ZUM BUCH

Norwegen, A.D 785: Der Wikingerclan unter Führung von Jarl Harald steht vor einem neuen Sturm der Schwerter. Die harten Kämpfer ziehen für ihren König Gorm in die Schlacht: Drachenboot gegen Drachenboot. Doch der verräterische König lockt Harald und seine Mannen in eine tödliche Falle. Ihr Dorf wird niedergebrannt, Frauen und Kinder erschlagen oder in die Sklaverei gegeben. Nur wenige entkommen: Darunter Sigurd, der jüngste Sohn Haralds. Fortan widmet Sigurd sein Leben der Vergeltung. Von den Häschern des Königs gejagt, schart er eine Brüderschaft wilder Krieger um sich und stärkt sich mit bedingungsloser Härte in der Kunst des Kampfes: Gnade jedem, der ihnen auf ihrem Pfad der Rache im Wege steht ...

ZUM AUTOR

Seine norwegische Herkunft und die Werke von Bernard Cornwell inspirierten Giles Kristian dazu, historische Romane zu schreiben. Um seine ersten Bücher finanzieren zu können, arbeitete er unter anderem als Werbetexter, Sänger und Schauspieler. Doch Kristians Herz schlägt für die Welt der Wikinger, die er in Götter der Rache zum Leben erweckt. Mittlerweile ist Giles Kristian Bestseller-Autor und kann sich ganz dem Schreiben widmen. Mehr Informationen zum Autor finden Sie unter www.gileskristian.com

Giles Kristian

Götter der Rache

Roman

Aus dem Englischen
von Wolfgang Thon

WILHELM HEYNE VERLAG
MÜNCHEN

Die Originalausgabe GOD OF VENGEANCE erschien 2014
bei Bantam Press/Transworld Publishers, London

Verlagsgruppe Random House FSC® N001967

4. Auflage
Vollständige deutsche Erstausgabe 12/2015
Copyright © 2014 by Giles Kristian
Copyright © 2014 der deutschsprachigen Ausgabe by
Wilhelm Heyne Verlag, München,
in der Verlagsgruppe Random House GmbH,
Neumarkter Str. 28, 81673 München
Printed in Germany
Redaktion: Heiko Arntz
Umschlaggestaltung: Nele Schütz Design
unter Verwendung des Originalartworks von © Johnny Ring
Satz: KompetenzCenter, Mönchengladbach
Druck und Bindung: GGP Media GmbH, Pößneck
ISBN: 978-3-453-43824-8

www.heyne.de

Götter der Rache ist Phil, Pietro und Drew gewidmet,
meinen Rudergenossen
im Drachenboot *Harald Fairhair*.

SIGURD HARALDARSONS WELT
SÜDWESTLICHES NORWEGEN, A.D. 785

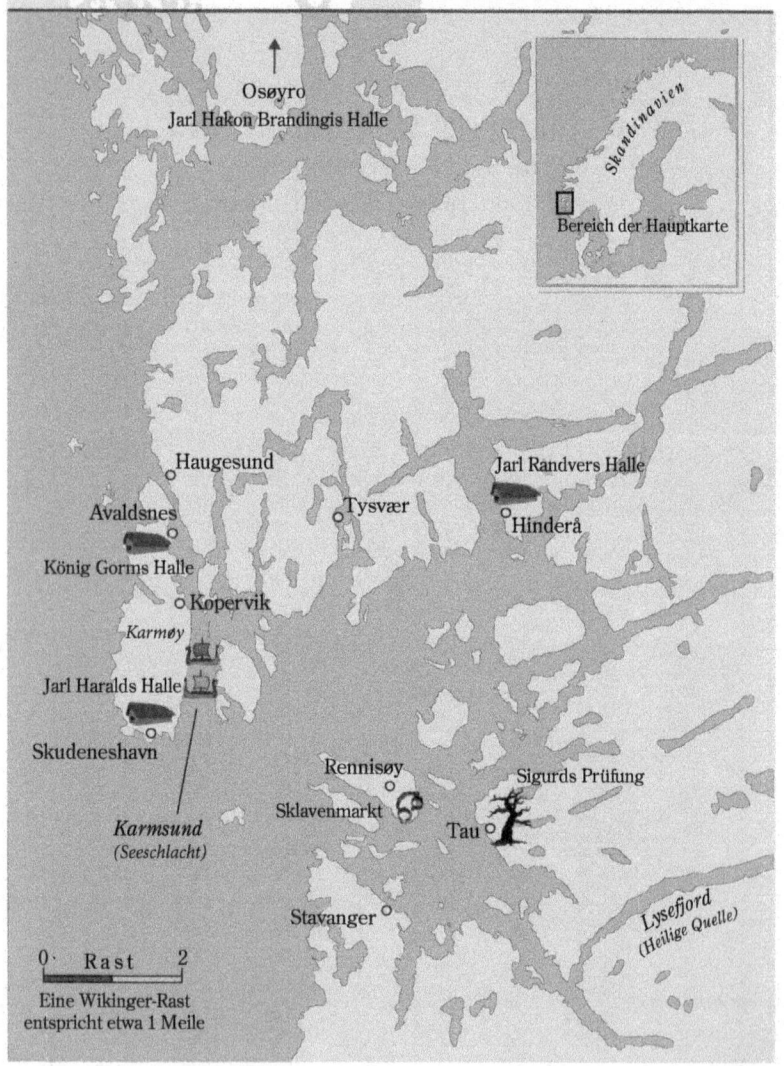

Osøyro
Jarl Hakon Brandingis Halle

Skandinavien

Bereich der Hauptkarte

F

Haugesund

Jarl Randvers Halle

Tysvær

Hinderå

Avaldsnes

König Gorms Halle

Kopervik

Karmøy

Jarl Haralds Halle

Skudeneshavn

Rennisøy

Sigurds Prüfung

Sklavenmarkt

Tau

Karmsund
(Seeschlacht)

Stavanger

Lysefjord
(Heilige Quelle)

0 Rast 2

Eine Wikinger-Rast
entspricht etwa 1 Meile

Ich weiß, dass ich hing
am windigen Baum
neun ganze Nächte,
vom Speer verwundet,
und Óðin geweiht,
ich selbst mir selbst,
an diesem Baum,
von dem niemand weiß,
aus welcher Wurzel er sprießt.

Óðins Runenlied

PROLOG

Anno Domini 775, Avaldsnes, Norwegen

Der Wald war still. Die Männer jedoch nicht. Sie arbeiteten sich langsam und vorsichtig vor, vermieden plötzliche Bewegungen. Die Schultern ließen sie hängen wie Wölfe, zogen die Köpfe ein und hielten die Augen halb geschlossen, damit das Weiße ihrer Augäpfel sie nicht verriet. Dennoch brach immer wieder ein Zweig unter einem Fuß, fuhr ein Stiefel raschelnd durch die Kiefernnadeln. Der Schuldige unterdrückte einen Fluch und verharrte unbeweglich, wartete, ob der Elchbulle die Flucht ergreifen würde.

Doch das Tier stand vorerst zumindest gegen den Wind und bemerkte die Männer nicht. Sein Fell leuchtete blassgolden gefleckt in den Strahlen der späten Vormittagssonne, die durch das Laubdach drangen.

Drei Jäger hatten sich von der Gruppe getrennt. Zwei Männer und ein Junge, alle mit Speeren bewaffnet. Die Waffe des Jungen war anderthalbmal so lang wie er selbst, und ihr Schaft war so dick, dass er ihn kaum mit der Hand umfassen konnte. Dennoch war er ihm noch kein einziges Mal entglitten. Er hatte trotz seiner erst sieben Jahre bereits gelernt, dass man seinen Speer im Wald nicht fallen ließ, wo Keiler auf Futtersuche umherstreifen konnten.

9

Oder wo möglicherweise ein angeschossener Wolf lauerte. Und unter den Augen seines Vaters oder des Königs ließ man den Speer schon gar nicht fallen, ganz gleich, wie sehr die Finger schmerzten.

Vielleicht hätten sie auf die Bogenschützen warten sollen. Und auf die Hunde. Aber Könige und Jarls warteten nicht gern. Ersterer drehte sich jetzt herum, grinste den Jungen an und legte einen dicken Finger auf die Lippen. Sein langer, kupferroter Bart wehte leicht im schwachen Wind. Dann bedeutete er dem Vater des Jungen, um die Lichtung herum auf die rechte Seite zu gehen. Der Junge wusste, dass er damit seinem Vater, dem Stammeshäuptling, eine große Ehre erwies. Stolz glühte in seiner Brust. Sobald der König sich bereit machte, den Speer zu schleudern, würde der Elch die Gefahr wittern und in die entgegengesetzte Richtung flüchten, nach Osten. Dort wartete Jarl Harald, würde seinen Speer werfen und das Wild erlegen.

Der Junge stand jetzt regungslos da, während ihm das Herz bis zum Halse schlug und die Aufregung wie ein Stein in seinem Magen lag. Er würde eher sterben, als das Tier aufzuscheuchen und so ihre Möglichkeit zu vereiteln, es mit einem Speerwurf zu erlegen.

Was für ein prächtiger Bulle, dachte er, während er versuchte, so bewegungslos dazustehen, wie seine Brüder es ihn gelehrt hatten. Mit jedem tiefen Atemzug sog er den süßen, scharfen Duft der Baumrinde, des Kiefernharzes und des Mooses ein, das unten am Fuß der Baumstämme wuchs. Um ihn herum zitterten Farnwedel im Wind. Etwas huschte über den uralten Wildpfad in der Nähe, und weit hinter ihnen hallte das Kläffen eines Hundes zwischen den Bäumen. Aber der Junge hielt den Blick fest auf den Elch gerichtet. Er hoffte, ihn allein durch diesen Blick irgendwie festzuhalten, so als könnten seine Augen das Tier bannen, wie einst Gleipnir, die von Zwergen geschmiedete Fessel, den mächtigen Wolf Fefnir gebunden hatte.

Der König verdeckte das Tier mit seinem Körper und winkte den Jungen zu sich, forderte ihn mit dieser Handbewegung auf, als Erster sein Glück zu versuchen. Der Junge blinzelte und schluckte. Sie waren noch vor Morgengrauen aufgebrochen und das hier war die erste lohnende Beute, auf die sie gestoßen waren. Und nun wurde ihm die Ehre zuteil, den ersten Speer zu schleudern. Er hatte noch etwas anderes mit seinen sieben Jahren bereits gelernt. Man verfehlte sein Ziel nicht, wenn man von einem Mann mit einem Halsreif, fast so dick wie das Handgelenk des Jungen, aufgefordert wurde, den Speer zu schleudern. Der Junge übte zwar jeden Tag mit Schwert und Schild, hatte jedoch noch nie mit einem derart schweren Speer trainiert.

Er nickte dem König zu, der das Nicken erwiderte. Er hätte gern auch seinen Vater angesehen, um sich zu vergewissern, wo er stand, aber er wollte seine Gedanken nicht von dem Elch losreißen.

»Bevor du wirfst, stell dir den Speer vor, wie er gerade und zielsicher fliegt«, hatte sein Bruder Sørlie ihm geraten. Zweifellos hatte Sørlie das von Sigmund gehört, dem es wiederum Thorvard gesagt hatte. So ging es unter Brüdern. »Mal dir aus, wie der Speer Haut und Fleisch des Elchs durchbohrt und mitten in sein Herz dringt. Erst wenn du dieses Bild vor deinem inneren Auge beschworen hast, solltest du den Wurf wagen.«

Also ließ der Junge jetzt dieses Bild in seinem Kopf entstehen, während er seinen Führungsfuß vorschob, um etwas Boden zu gewinnen, und sich darauf vorbereitete, die Kraft seiner ganzen sieben Jahre in diesen Wurf zu legen.

Doch der Elchbulle hatte mehr Jahre auf dem Buckel als der Junge, viel mehr. Er riss plötzlich den Schädel hoch und nahm Witterung auf. Der Elch war ein Ungetüm von gewiss sieben Fuß Schulterhöhe, und die Spannbreite des Geweihs auf seinem gewaltigen Schädel war größer, als der Junge an Länge maß. Die Nackenhaare des Tieres sträubten sich, als es den Schädel senkte und die Ohren anlegte. Der Junge war dem Tier so nahe, dass er die Fliegen um seine Nüstern summen sah, und hörte, wie die Zähne des Elchs knirschten, als er die harten Wurzeln kaute, die er eben aus der Erde gewühlt hatte.

Jetzt!

Der Junge machte drei schnelle Schritte und schleuderte beim vierten den Speer. Der beschrieb einen flachen Bogen, bevor er den Bullen in den Hinterlauf traf. Aber der Wurf war nicht kraftvoll genug, um den Speer tief in das Fleisch des Tieres zu treiben. Der Bulle brüllte auf, fuhr herum und galoppierte zwischen den Bäumen davon.

Genau auf den Vater des Jungen zu.

Haralds Brüllen, als er seinen Speer schleuderte, stand dem des Bullen in nichts nach. Die eiserne Spitze blitzte, aber irgendwie wich das Tier aus, fast zu geschmeidig für seine Größe. Der Speer des Jarl hinterließ zwar einen roten Streifen an seinem Hals, flog dann jedoch harmlos zwischen die Bäume.

»Bei Thórs Arsch!«, schrie Harald, als der Bulle davonstürmte, rücksichtslos durch Zweige und Äste brach und schließlich tief im Kiefernwald verschwand.

Der König lachte schallend. Sein Gelächter hallte von den Bäumen wieder und zwang ihn, sich zu bücken, die Hände auf die Knie zu stützen. Sein Speer stak in der Erde neben ihm.

»Was gibt's da zu lachen?« Der Vater des Jungen hatte vor Ärger einen hochroten Kopf, denn er hatte vorbeigeworfen. Das allein war schon schlimm genug, auch ohne dass sein Gastgeber sich darüber lustig machte.

Der König lachte immer noch, als er sich aufrichtete, zu dem Jungen trat und ihm einen Arm um die Schultern legte. Der Junge warf sich in die Brust und versuchte, in einem Herzschlag ein Jahr an Wachstum zuzulegen.

»Dein Junge, Harald!«, erklärte der König. »Bei den Göttern, was für ein Wurf! Ich schwöre, dieser stolze Bulle hat sich vollgeschissen, als er das Gesicht des jungen Sigurd gesehen hat!«

Der Junge wusste nicht genau, ob der König ihn lobte oder verspottete. Er versuchte zu lächeln, spürte jedoch selbst, dass er nur die Zähne zeigte. Dann lachte sein Vater plötzlich auch, und ihr Lachen donnerte wie die Brandung des Meeres.

»Dich möchte ich nicht zum Feind haben, Junge!« Der König schüttelte die Schultern des Knaben so heftig, dass er nicht wusste, wie ihm geschah.

Aber er dachte immer noch an den Elchbullen. Und daran, dass er ihn nicht hatte erlegen können. Beim nächsten Mal würde sein Speer das Fleisch durchbohren, das gelobte er sich. Nächstes Mal würde er stärker sein.

»Ich weiß nicht, wie es dir geht, Harald, aber ich bin durstig«, sagte der König und zog seinen Speer aus der Erde.

»Ich bin immer durstig«, sagte Harald, als der Rest der Jagdgruppe herankam. Die Männer beeilten sich, ihre Herren einzuholen, und die Hunde kläfften wie wild, als sie die Witterung des Elchbullen aufnahmen.

Sigurd holte seinen Speer zurück, und sein Vater deutete auf die Klinge.

»Siehst du das Blut, Junge?«, erkundigte sich Harald. »Das war ein guter Wurf. Besser als meiner.«

Nach diesen Worten gingen sie nach Norden zurück, zu König Gorms Halle und dem Met, der dort bereits auf sie wartete.

Und der Speer in den Händen des Jungen fühlte sich plötzlich nicht mehr zu groß an.

1

Der Jarl fuhr mit den Fingern durch die Fleischreste und die weißen Knochen auf dem Teller vor sich. Dann griff er mit der fetttriefenden Hand nach den Reifen aus gehämmertem Silber, die unter dem Bizeps seines linken Arms saßen, und schmierte das Fett zwischen Metall und Haut. Er grinste, als einer der Ringe sich so weit lockerte, dass er seinen dicken Daumen zwischen die Schädel der drohenden Bestien schieben konnte, die den Ring mehr als ein Jahr lang geschlossen gehalten hatten.

»Der gehört dem Mann, der Olaf auf den Arsch setzt!«, brüllte er. Lautes Hämmern von Fäusten auf die hölzernen Tische antwortete ihm, als er den Armreif herunterzog und ihn hochhielt. Das Licht der Öllampen ließ das Silber dunkel schimmern, bevor der Jarl den Reif neben sein Schneidebrett knallte. »Wir müssen Hagal ein paar neue Geschichten liefern, was? Er singt uns seit Jahren dasselbe Lied und glaubt, er könnte uns zum Narren halten, wenn er einfach nur die Namen ändert!«

Darüber lachten alle, außer Hagal »Krähenlied«, der unter seinem fein säuberlich gestutzten blonden Bart errötete und irgendeine halbherzige Entschuldigung murmelte.

»Er glaubt, wir merken nicht, dass er uns immer und immer wieder denselben Mist erzählt!«, schrie Harald. Die große silberne Brosche, die seinen Umhang auf der rechten Schulter hielt, glänzte im Licht der Flammen. »Aber er weiß nicht, dass wir einschlafen, während er aus seinem Mund furzt!« Die Männer johlten und hämmerten auf die roh gezimmerten Tische. Der Skalde fuhr abwehrend mit der Hand durch die Luft, während er beleidigt sein Trinkhorn an den Mund setzte.

»Aber brich niemandem das Genick, Olaf!«, warnte ihn Harald, hob drohend den fettigen Finger und zog die dichten Brauen zusammen.

Olaf machte sich nicht die Mühe, sich umzudrehen und zu sehen, ob es Herausforderer gab, denn es gab immer welche. Er zuckte mit den breiten Schultern und erhob sich von der Bank, während er sich Krümel von der Tunika strich, die über seiner breiten Brust spannte. Er setzte das Trinkhorn an die vollen Lippen und leerte es mit einem Zug, begleitet von lautem Jubel und Hämmern auf die Tische, das die Dachbalken von Eik-Hjálmr, der Halle des Jarl, erschütterte.

»Lass dir Zeit, Olaf! Du wirst viele Jahre mit der Demütigung leben müssen, die dir jetzt blüht«, rief Sørlie und grinste seine Freunde an, die ihre Methörner hoben, um Sørlies Prahlerei zu feiern. Männer und Frauen vergnügten sich derweil in den dunkleren Ecken der Halle, und Hunde rauften sich knurrend um Essensreste.

»Ha!«, rief Olaf und setzte sich das Methorn umgedreht auf den Kopf, um zu zeigen, dass es leer war. Dann warf er es einem dunkelhaarigen Thrall zu, der es geschickt auffing.

»Du wirst dich schon sehr bald mit Mäusen und Hunden anfreunden müssen, alter Mann«, sagte Sørlie trunken und trat mit einem Fuß das frische Stroh auf dem Boden hoch, wobei er fast das Gleichgewicht verloren hätte. »Jetzt kriegst du was zum Erzählen, Krähenlied!«, schrie er dem Skalden zu. Der verzog nur missmutig die Lippen.

Sigurd hob sein eigenes Trinkhorn an den Mund und murmelte einen Fluch. Sein Freund Svein neben ihm schüttelte den Kopf, und die dicken Zöpfe seines roten Haars schwangen durch die Luft, wie Taue an einem Segel. »Dein Bruder hat sich das Hirn weggesoffen!«, meinte er und grinste. »Aber wenigstens kriegen wir was zu lachen, hej!«

Sigurd nickte wenig überzeugt. Er war nicht in der Stimmung zu lachen, was jedem klar war, der auch nur in seine Nähe kam. Trotzdem würde er bleiben und zusehen, wie sein älterer Bruder versuchte, mit Prahlereien für Stimmung zu sorgen, wie man sie in Eik-Hjálmr häufig hörte.

»Du solltest lieber wegsehen, Junge!«, fuhr Sørlie Harek an, der in der Menge grauhaariger Männer wegen seines bartlosen Gesichtes auffiel, vor allem jedoch wegen seines Haars, das so weiß war wie Bierschaum und glatt wie das eines Mädchens. »Ich will nicht, dass du Zeuge wirst, wie dein alter Vater vor seinen Freunden auf den Arsch gesetzt wird!« Sørlie verzog finster das Gesicht und kratzte sich sein dichtes blondes Haar. Es hatte ihm den Beinamen Baldur eingebracht, denn wenn er es offen trug, so wie jetzt, fanden sowohl Frauen als auch Männer, dass Sørlie diesem hübschesten aller Götter ähnelte. Allerdings war Baldur, Sohn Óðins, angeblich auch der weiseste aller Götter. Und in dem Punkt, dachte Sigurd, hört die Ähnlichkeit auf.

Harek jedoch sah nicht weg, sondern warf Sørlie ein freundliches Lächeln zu und nickte. Dann sah er zu seiner Mutter, die mit Hareks kleinem Bruder an der Brust dasaß. Das Einzige, was von dem Kind aus der Decke herauslugte, war ein Haarschopf, ebenso weiß wie der von Harek. Die Frau verdrehte die Augen, schüttelte den Kopf und flüsterte weiter Liebkosungen in das Ohr des kleinen Erik.

»Ich bin so weit, Junge«, sagte Olaf und schob die Männer zur Seite, die sich in der Mitte der Halle versammelt hatten, um dem Kampf zuzusehen. »Und verkneif dir die Tränen. Dein Vater und deine Brüder sehen zu.« Olaf zwinkerte Sigurd zu, der unwillkürlich grinste. Dieser Mann war der engste Freund seines Vaters und sein Schwertbruder. Während er aufstand und sich auf die Bank stellte, um besser sehen zu können, dachte er, wie sonderbar es war, dass er einerseits wünschte, Olaf würde Sørlies prahlerisches Gehabe mit einer ordentlichen Tracht Prügel vergelten, und gleichzeitig hoffte, dass sein Bruder sich gut hielt und vielleicht sogar Olaf aufs Kreuz legte.

»Mach uns keine Schande, Bruder!«, rief Thorvard. Er hob sein Methorn, aber sein breites Grinsen konnte seine ernste Besorgnis nicht verbergen. Thorvard war der älteste der Brüder, und, wenn Sørlie zu leicht geschlagen wurde, wäre er wohl oder übel gezwungen, Olaf selbst herauszufordern, um dadurch die Familienehre wieder herzustellen.

»He, Asgot!« Slagfids laute Stimme dröhnte wie Donner durch den Lärm in der Halle. »Wer gewinnt? Was sagen deine Runen?« Doch der Godi ignorierte den offiziellen Preiskämpfer des Jarl, der, abgesehen von Harald selbst vielleicht, der einzige Mann in der Halle war, der es wagen konnte, ihn so frech anzusprechen. Er saß unbeeindruckt wie eine drohende Gewitterwolke rechts neben dem Hochsitz des Jarl.

»Was machst du für eine saure Miene?« Svein sah Sigurd fragend an. Er nahm den Kamm aus Hirschgeweih, der an einem Band um seinen Hals hing, und fuhr sich damit durch den roten Flaum in seinem Gesicht, auf den er so stolz war. Wie viele Male hatte Sigurd mit seinen siebzehn Jahren bereits seinen Freund prahlen hören, dass er vom Donnergott Thór selbst abstammte? »Liegt es am Runensack des Godi?«

Jubel brandete auf, als sich Olaf und Sørlie wie zwei Bullen in der Brunft aufeinanderstürzten und sich gegenseitig zu packen versuchten.

»Du weißt genau, dass es damit nichts zu tun hat«, gab Sigurd zurück.

Sørlie befreite sich aus Olafs Griff und schlug mit der Faust nach ihm, verfehlte ihn jedoch. Die Männer brüllten begeistert, als Olaf sich in der Halle umsah, als wollte er wissen, ob irgendjemand gesehen hatte, wo dieser Schlag gelandet war.

»Wir bekommen unsere Chance noch«, erklärte Svein. »Wenn du dich auf eines verlassen kannst, dann darauf, dass es mehr Kämpfe geben wird, als Thór Haare am Sack hat, solange der alte Biflindi König ist.«

Olaf hämmerte Sørlie seine Faust gegen die Schläfe.

Der jüngere Mann taumelte zurück, hielt sich jedoch auf den Beinen.

»Du und ich haben noch Jahre Zeit, um Ruhm zu ernten«, fuhr Svein fort und winkte einem Thrall, sein Trinkhorn neu zu füllen. »Wir werden unsere Schwerter zu kurzen Stümpfen abschleifen«, fügte er hinzu und grinste anzüglich, um klarzumachen, dass er auch die Schwerter in ihren Hosen meinte.

»Aber nicht morgen«, entgegnete Sigurd. Verbitterung fraß an ihm wie Rost an einem Helm. Er hatte mit Schwert, Axt und Schild trainiert, seit er stark genug war, die Waffen halten zu können, und doch musste er immer noch zurückbleiben, wenn seine drei Brüder und ihr Vater in den Eisensturm zogen.

»Ach, trink aus!« Svein stieß sein Methorn gegen das von Sigurd. Die Flüssigkeit schwappte über den Rand und tränkte die Schulter eines Mannes, der jedoch den Kampf viel zu begeistert verfolgte, als dass er es bemerkt hätte. Zudem hätte er ohnehin keinen Streit mit Svein riskiert. Das nahm Sigurd jedenfalls an, denn Svein war trotz seiner jungen Jahre schon gebaut wie ein mächtiger Troll. Noch ein paar Jahre mehr, dann würde er ein rothaariger, rotbärtiger Riese sein, vielleicht sogar noch größer als sein Vater Styrbjørn, der, den Bart voller Met und eine Thrall auf dem Schoß, auf der anderen Seite der Halle saß und nicht das geringste Interesse an dem Kampf zeigte.

Sigurd trank.

»Schon besser.« Svein fuhr sich mit dem Handrücken über den Mund und stieß einen stinkenden Rülpser aus. In dem Moment duckte sich Olaf unter Sørlies Führungshand weg, rammte dem jüngeren Mann die Schulter gegen die Brust und rollte sich über ihn. Jetzt konnte er Sørlies Arm mit beiden Fäusten packen und bog die Hand zurück. Dadurch zwang er Sørlie auf die Knie, weil der vermeiden wollte, dass sein Handgelenk brach.

Sørlie fluchte. Olaf hatte ihn so gut im Griff, dass er mit gespielt entspanntem Gähnen einen Arm ausstrecken konnte.

»Scheiße!«, schrie ein Mann namens Aud in der offenen Tür. Er war nach seinem kurzen Ausflug zur Jauchegrube dabei, den Gürtel über dem massigen Bauch zu schließen. »Ich hab den Kampf verpasst.«

»Da gab es nicht viel zu verpassen«, meinte ein anderer.

»Noch jemand?« Olafs Blick fuhr durch die Versammlung wie die Zangen eines Schmiedes durch glühende Kohlen. Etliche Männer erwiderten seine Herausforderung oder traten vor, doch als sie sahen, wie Thorvard sich durch die Menge drängte, blieben sie aus Respekt vor ihm stehen. Und das nicht nur, weil er der Sohn ihres Jarls war.

»Ich kämpfe gegen dich, Onkel!«, schrie Sigurd plötzlich. Das brachte ihm einige Lacher ein, aber nicht sehr viele. »Und wenn ich dich schlage, bekomme ich morgen einen Platz an Bord der *Reijnen*.«

Olaf riss die Augen auf, dann blickte er ratlos zu seinem Jarl. Harald musterte Sigurd böse. Doch Hagal der Skalde hob nur die Brauen. Sigurds Herausforderung hatte ihn aus seiner düsteren Stimmung gerissen, wie ein Haken einen Fisch aus der Dunkelheit der Tiefe. Er kletterte hastig auf die Bank, um besser sehen zu können, und verschüttete dabei achtlos den Met aus seinem Horn.

»Setz dich wieder hin, Junge!«, fuhr Harald seinen Sohn an und machte eine herrische Geste mit der Hand, an der silberne Ringe glänzten. »Ich musste mit ansehen, wie sich bereits ein Sohn zum Narren gemacht hat. Auch wenn der Kampf so fruchtlos war, als würde man Wasser nass machen. Ich werde nicht zulassen, dass du ebenfalls vor ihm in die Knie gehst.«

»Lass ihn kämpfen!«, schrie ein Mann.

»Heja, er hat alles, was ein guter Kämpfer braucht. Ich habe gesehen, wie Svein und er mit Speeren geübt haben! Lass es ihn versuchen!«, schrie jemand anders.

Olaf kratzte sich seinen gewaltigen Bart und sah Jarl Harald an. »Ich tue ihm nicht weh«, erklärte er. »Solange er mich nicht kitzelt.« Er drehte sich um und lächelte Sigurd strahlend an. »Kitzeln mag ich nicht«, erklärte er.

»Lass es ihn versuchen, Vater«, mischte sich Sigurds Bruder Sigmund ein. Er stand auf einer Bank neben dem Herd, in jedem Arm eine hübsche Thrall. Seine weißen Zähne blitzten in seinem goldenen Bart. »Wenn er Olaf schlagen kann, ist er morgen im Eisensturm ein brauchbarer Mann.« Sigurd nickte ihm dankend zu. Sigmund erwiderte die Geste.

»Nein, Sigurd«, erklärte Thorvard. Das Gesicht ihres Bruders wirkte wie aus Granit gemeißelt. »Geh und brüte weiter beleidigt in deiner Ecke. Das hier ist mein Kampf.« Doch Sigurd hörte nur: *Mach uns keine Schande.*

Sigurd brannte innerlich, als er die Blicke aller Anwesenden auf sich fühlte. Selbst Var und Vogg, die beiden Haushunde seines Vaters, hatten im Streit über einen schmackhaften Knochen Waffenstillstand geschlossen und blickten jetzt mit rotgeränderten Augen zu ihm hoch. Es war nicht das erste Mal, dass Sigurd seinen Vater um

Erlaubnis gebeten hatte, in einem Schildwall stehen zu dürfen, aber es war das erste Mal, dass er es vor seinen Freunden und allen Schwert- und Speerträgern des Dorfes tat. Er hatte das Gefühl, wie ein Schiffsanker zum Meeresboden zu sinken, als ihm klar wurde, wie gedemütigt er wäre, falls sein Vater ihm jetzt seinen Wunsch versagte. Vielleicht wusste Harald das auch, oder aber er hatte entschieden, es wäre an der Zeit, dass sein jüngster Sohn eine wichtige Lektion lernte: nämlich was es hieß, zum Mann zu werden. Ganz gleich aus welchem Grund – Harald nickte schließlich. Für Sigurd war diese einfache Geste süßer als jeder Met.

Thorvard stieß einen Fluch aus, schüttelte den Kopf und trat einen Schritt zurück, um zu zeigen, dass er seine Herausforderung zurücknahm.

Svein tippte sich mit einem Finger an den Kopf. »Du bist verrückt, Sigurd«, sagte er. »Olaf wurde nur einmal geschlagen, und zwar, weil er zu viel Met getrunken hatte und im Stehen eingeschlafen war, bevor der Kampf überhaupt begonnen hatte.«

»Vielleicht passiert das ja wieder«, gab Sigurd zurück.

»Genauso gut könnte Asgot ein paar gute Omen aus dem Arsch eines Bullen ziehen«, konterte sein Freund.

Sigurd verzog die Lippen, um anzuzeigen, dass wohl keins von beidem sehr wahrscheinlich war.

»Also dann, geh und vergnüg dich«, sagte Svein und machte eine wegwerfende Handbewegung. »Ich komme und kratze dich vom Boden auf, wenn es vorbei ist.«

Sigurd leerte sein Methorn und gab es dem Freund, der irgendetwas Unverständliches murmelte. Dann drehte er sich um und trat auf denselben Platz in der Halle, auf dem sein älterer, stärkerer und weit erfahrenerer Bruder gerade eben besiegt worden war.

»Geh behutsam mit Olaf um, Sigurd!«, rief Sigmund. »Wenn man so alt ist wie er, dauert es eine Weile, bis man wieder hochkommt. Und morgen wartet ein Kampf auf uns.«

Das rief Getrommel und Gelächter hervor. Natürlich wussten alle, dass Olaf stark wie ein Ochse und zudem ein sehr erfahrener Kämpfer war. Olaf selbst würdigte den Einwurf keiner Antwort, sondern beugte sich so dicht zu Sigurd vor, dass der den Met in seinem Atem und das Schweinefett in seinem Bart riechen konnte. »Bist du dir wirklich sicher, Junge?« Er sprach leise und ohne die Lippen zu bewegen, damit die Zuschauer nichts merkten.

Sigurd hob eine Braue. »Ich habe ihr versprochen, ich würde dich jaulen lassen wie einen getretenen Hund«, entgegnete er.

Olaf riss die Augen auf. »Wem hast du das versprochen?« Sein Lächeln erlosch, und seine Lippen wirkten in seinem buschigen Bart plötzlich so klein wie ein Katzenarsch.

»Ihr da.« Sigurd deutete mit einem Nicken auf das Portal von Eik-Hjálmr. Als Olaf hinsah, trat Sigurd ihm mit voller Wucht in die Eier. Olafs Augen quollen aus ihren Höhlen wie die von einem Fisch, den man an Land gezogen hatte. Er sackte zusammen, ging erst auf die Knie und kippte dann langsam zur Seite, wobei er die Hände zwischen die Beine klemmte. Einen Moment lang stand Sigurd neben dem Mann, während die anderen um ihn herum vor Empörung tobten, lachten oder Sigurd als den neuen Preiskämpfer von Eik-Hjálmr ausriefen. Das Getöse in der Halle war so groß, dass Sigurd nicht einmal Olafs Heulen hörte, obwohl er es ihm vom Gesicht ablesen konnte.

Mitten in diesem Tumult erinnerte sich Sigurd an die Geschichte vom Helden Beowulf, die so oft von Skalden neben dem Herd in Eik-Hjálmr gesungen oder gebrüllt worden war. Denn so wie das Ungeheuer Grendel vom Lärm der Feiernden in König Hrothgars Halle angezogen worden war, so schienen auch hier die Männer das Unheil noch anziehen zu wollen mit ihrem Toben und Lärmen. Jedenfalls feierten alle unbekümmert, als gäbe es kein Morgen.

Sigurd warf einen Blick durch das Gewühl und fing Thorvards Blick auf. Sein Bruder nickte ihm unmerklich zu. Das war das größte Lob, das er erwarten konnte.

»Vater, der Armreif!«, brüllte Sigmund durch den Lärm. »Mein kleiner Bruder hat seine Belohnung verdient.«

»Heja, gib dem Burschen seinen Preis!«, schrie Orn Hakennase. »Olaf auf seinem Arsch sitzen zu sehen ist diesen Armreif wert, mehr als das sogar!«

Harald schüttelte den Kopf und schlug mit seiner großen Hand auf den Armreif vor sich auf dem Tisch. »Nicht dafür! Der Junge muss erst Respekt lernen.«

Andere stimmten ihm zu, aber Sigmund fuhr sie wütend an und schwenkte sein Methorn durch den Dunst. Sigurd ignorierte sie alle und hielt Olaf die Hand hin, um ihm vom Boden hochzuhelfen. Olaf vergalt ihm das mit einem wilden Fluch, also zuckte Sigurd nur mit den Schultern und ging zu seiner Bank zurück. Dort wartete Svein bereits auf ihn, mit zwei bis an den Rand gefüllten Trink-hörnern und einem Grinsen, das so breit war wie das Portal der Halle.

»Du hast ihm den Abend versaut«, sagte Svein. »Heute gibt's nur eine Kerbe für den alten Olaf.«

»Dafür wird dir seine Frau für eine ungestörte Nacht-ruhe danken«, nuschelte ein Junge namens Aslak mit vol-lem Mund. »Falls Olaf nicht die ganze Nacht oben im Schilfdach nach seinen Eiern sucht.«

»Das war nicht sehr ehrenvoll, Sigurd«, sagte ein Mann namens Vigdis und sah Sigurd missbilligend an. Seine grauen Brauen hatte er finster zusammengezogen. »Ihr Jungen verhöhnt die Götter mit eurer Respektlosigkeit.« Er schüttelte den Kopf. »Als Sohn des Jarls solltest du es besser wissen.«

Svein und Aslak hüteten sich, den älteren Mann weiter zu ärgern, und schwiegen, aber Sigurd erwiderte Vigdis Blick unerschrocken.

»Ich weiß, wie man einen Kampf für sich entscheidet«, erwiderte er. »Und das reicht Óðin.«

Der Mann schüttelte wieder den Kopf und ging zu seinem Essen zurück. Svein, Aslak und Sigurd warfen sich Blicke zu, wie es junge Männer gern tun, wenn Ältere sie belehren.

Das Gebrüll schwoll wieder an, als ein stämmiger Mann namens Alfdis sowie Jarl Haralds Preiskämpfer Slagfid in den Kreis traten. Jenseits dieses verräucherten Baldachins aus Kiefern- und Eichenholz ritten die Wal-küren durch den Nachthimmel. All die trunkenen Prahl-hänse spürten ihre Gegenwart, aber keiner verlor ein Wort darüber. Morgen wartete der Sturm der Schwerter auf sie. Drachenboot gegen Drachenboot in der Karmsund-Enge.

Der rote Krieg.

Sigurd spürte, wie die Wut in seinem Leib sich wie eine zischende Schlange zusammenzog, aber er unterdrückte sie, damit er nicht alle Blicke auf sich zog. Er war wie alle zum Hafen hinuntergegangen, gekleidet für den Kampf in seinen dicken, wollenen Mantel, der bis zum Oberschenkel reichte und um die Taille gegürtet war, mit Wollhose und dazu Beinschienen aus eisernen Platten, die mit Lederriemen an den Waden befestigt wurden. Sie waren ein Geschenk von dem Mann gewesen, dem er in der Nacht zuvor in die Eier getreten hatte. Ein Schwert besaß er nicht. Sein Vater sagte, eine solche Waffe müsse er sich erst noch verdienen, aber er hatte seinen Speer mitgebracht, der ohnehin besser für einen Schiffskampf geeignet war.

Allerdings würde er keine Gelegenheit bekommen, ihn zu nutzen. Jedenfalls nicht jetzt.

»Ich habe die Herausforderung ausgesprochen, und alle unter diesem Dach haben die Bedingungen gehört, Vater!«, stieß er hervor. Seine Wut drohte ihn fast zu ersticken. »Habe ich etwa nicht gewonnen?«

Der Jarl hob eine Braue. »Ja, in einem wahrlich ruhmreichen Kampf.« Er räusperte sich vernehmlich. »Du kannst von Glück reden, dass Olaf dich nicht bei lebendigem Leib zerlegt und gehäutet hat«, fuhr er fort und sah kurz zu Olaf. Der schien Sigurd nichts nachzutragen, denn er warf ihm einen mitfühlenden Blick zu, während er die Riemen seines Helms unter seinem dichten Bart festzurrte.

»Also nimmst du dein Wort zurück? Schleichst zurück wie ein Fuchs in seinen Bau?«, provozierte ihn Sigurd.

»Hüte deine Zunge, Bursche!«, knurrte Harald.

Hagal Krähenlied führte sein Pony am Zügel, weil er vorhatte, Skudeneshavn zu verlassen. Er blieb stehen, um dem Wortwechsel zu folgen.

Der Jarl sah auf der Mole aus wie ein Kriegsgott. Das Licht der aufgehenden Sonne färbte das Meer blutrot und ließ die eisernen Ringe seines Brynja aufleuchten. »Außerdem, was würde deine Mutter dazu sagen?« Er nickte in Grimhilds Richtung, und Sigurd drehte sich um zu seiner Mutter. Sie stand zusammen mit Sigurds jüngerer Schwester Runa und den anderen Frauen auf den mit Moos und Gras bedeckten Felsen. Die Gesichter der Frauen waren ebenso grimmig wie die ihrer Männer, während sie ihnen zusahen, wie sie sich für die Schlacht rüsteten.

»Sie liegt mir ohnehin schon in den Ohren, weil ich drei Söhne in diese Schlacht führe«, fuhr Harald fort. »Wenn ich dich jetzt auch noch mitnehme, wäre das, was du mit Olaf gemacht hast, ein zärtlicher Kuss auf die Wange im Vergleich zu dem, was sie mit mir anstellen würde.«

»Der Wind steht gut, Harald, und die Männer sind bereit!«, rief Olaf in diesem Moment von der Mole aus. Er stand neben dem Bug der *Reijnen*. Harald hob eine Hand und nickte. Dann bellte er eine Gruppe von Thralls an, sich gefälligst zu beeilen. Die Diener trugen so viele Speere, wie sie konnten, von Eik-Hjálmr zum Hafen herunter und luden sie auf die Schiffe. Es waren zwei Langschiffe von fünfundsiebzig Fuß und ein kürzeres Karvi mit dreizehn Paar Rudern. Die *Reijnen* war Haralds bestes Schiff und trug ihren Namen »Rentier« zu Recht. Sie war kräftig gebaut und doch schnell, und sie strich durch die Wogen des Meeres so würdig wie ein stolzer Rentierbulle über das Hochland im Osten von Karmøy. Sigurd hatte sich oft den Tag ausgemalt, an dem er an Bord der *Reijnen* stehen würde, gewappnet für die Schlacht in einer Gemeinschaft von Kriegern.

»Ich werde vorsichtig sein, Vater«, sagte er. Ihm war jedoch klar, dass er genauso gut in den Regen hätte spucken können.

»Ha!« Diese Bemerkung hätte Harald fast ein Lächeln entlockt. »Keiner meiner Söhne weiß, was dieses Wort bedeutet!« Dann fuhr er lauter fort, damit Grimhild ihn hören konnte: »Als dein Jarl verbiete ich es. Und als dein Vater verbiete ich es. Mehr gibt es nicht zu sagen.«

»Sei nicht betrübt, kleiner Bruder.« Sigmund trat zu Sigurd und schlug ihm auf die Schulter. Er hatte sein Haar für den Kampf zum Zopf geflochten, den Helm unter einen Arm geklemmt und war einer der wenigen Männer, die ein Kettenhemd, ein Brynja, trugen. »Ich lass ein paar von den Hurensöhnen laufen. Für den nächsten Kampf – wenn Mutter dich endlich ziehen lässt«, sagte er lächelnd und winkte Grimhild und Runa zu. »Heute Abend besaufen wir uns, hej?«

Sigurd sah mürrisch zu, wie Slagfid das große Rentiergeweih zum Bug der *Reijnen* trug. Sobald das Schiff in den Fjord hinausglitt und weit genug weg von Skudeneshavn wäre, um die Landgeister nicht zu erzürnen, würde er den zähnefletschenden Tierschädel am Steven befestigen. Als der Mann, der an diesem Tag am Bug kämpfte, gebührte Slagfid diese Ehre. So für die Schlacht gerüstet, würde die *Reijnen* Angst und Schrecken unter ihren Feinden verbreiten.

Sigurd fühlte, wie eine starke Hand seine Schulter packte. Er sah sich um und blickte seinem Vater in die Augen. »Deine Zeit wird kommen, Sigurd«, erklärte Harald. »Ein Krieger muss ebenso die Kunst der Geduld meistern, wie er den Kampf mit Schwert und Schild beherrschen muss.«

»Ich könnte dir von Nutzen sein, Vater, wenn die Dinge sich gegen uns wenden sollten.« Sigurd hielt seinen Speer fester umklammert. »Asgot sagte, dass du heute nicht kämpfen solltest, Vater, dass die Vorzeichen schlecht stehen. Ein weiterer Speer könnte hilfreich sein.«

»Die Runen dieser alten Krähe verkünden stets Unheil«, erwiderte Harald. »Hätte ich auf jeden Wurf seiner Runen gehört, hätte ich niemals auch nur einen Fuß aus meiner Halle gesetzt.« Der Jarl drehte sich zu seinen Männern um, die auf der Mole und den umliegenden Felsen verteilt waren. Einige hatten bereits ihre Plätze an Bord der *Reijnen* eingenommen sowie auf Haralds zweitem Schiff, der *Seeadler*, und auch auf dem kurzen Karvi, das den Namen *Kleiner Elch* trug. Sie alle waren mit Schilden, Speeren und Äxten bewaffnet. Einige trugen eiserne Helme, die meisten jedoch hatten nur lederne Schädelkappen oder Fellmützen zum Schutz aufgesetzt. Diese Männer würden schon sehr bald Blut und Wasser schwitzen.

»Männer von Skudeneshavn!« Haralds Stimme konnte man ebenso wenig ignorieren wie eine Langaxt in den Händen eines Feindes. Sie dröhnte laut über das stille Wasser des Hafens und erhob sich wie donnernde Brandung über die Felsen. »Wir wurden gerufen, um für König Gorm zu kämpfen, dem wir Treue geschworen haben und dessen Hochsitz zu schützen wir durch einen Eid verpflichtet sind. Biflindis Ländereien im Osten werden von Jarl Randver bedroht. Und darüber ist unser König nicht sonderlich glücklich.« Zähne blitzten in Haralds blondem Bart. »Dieser Hund Randver hat seine Kette abgestreift, und sein Appetit kennt keine Grenzen. Heute werden wir diesem Hund die Peitsche zu schmecken geben!«

Die Männer jubelten bei seinen Worten, und die Speerträger hämmerten die Schäfte gegen ihre Schilde. Es war wie ein Echo von König Gorms Beinamen Biflindi, der »Schildschüttler«, den er sich einem von Óðins Beinamen entlehnt hatte. Selbst Hagal, der Skalde, schien von der Rede beflügelt, trotz der Art und Weise, wie der Jarl ihn in der Nacht zuvor verspottet hatte.

»Mit den Männern des Königs und den freien Bauern, die er zusammengetrieben hat, sind wir in der Überzahl.« Harald hustete und spuckte einen Schleimklumpen auf die glatten Bohlen der Mole. »Aber unterschätzt Jarl Randver nicht. Er ist einer von denen, die warten, bis man den Blick abwendet, und einen dann in den Arsch beißen. Außerdem wisst ihr so gut wie ich, wie schnell die Bauern zu ihren Höfen zurückrennen, wenn die ersten Speere fliegen.«

»Deswegen kämpft Biflindi auf dem Meer gegen Randver!«, brüllte Slagfid vom Bug der *Reijnen*. »Denn diese ziegenfickenden Landratten können nicht weglaufen, wenn sie auf einem Schiff sind!«

Die Männer grölten über die Bemerkung von Haralds auserwähltem Bugmann, der nur selten Scherze machte.

Sigurd kannte keinen größeren Wunsch, als einer von ihnen zu werden, ein Schwertbruder, der in den Kampf zog, statt als jüngster Sohn des Jarls mit den Frauen, Kindern und Alten zurückzubleiben.

»Seht meinen Sohn Sigurd!«, rief Harald. »Der tapfere Týr selbst könnte nicht mehr darauf brennen, heute mit uns zu kämpfen!« Harald legte Sigurd seinen kräftigen Arm um die Schultern und zog ihn an seine Brust, an die glänzenden Eisenringe des Brynja. »Ich schätze mich glücklich, dass all meine Söhne Wölfe sind. Sie verlangen nach dem Blut unserer Feinde!« Sigurd konnte den Met im Atem seines Vaters riechen. Ein Mann brauchte Met oder Bier in seinem Bauch, bevor er sich in den Eisensturm stürzte, sonst, das hatte Olaf ihm einst verraten, konnte allein die Vorstellung, wie sich Klingen in die Haut gruben, einen Mann um den Verstand bringen. »Schon bald wird auch dieser Junge mit uns kämpfen.«

Dann ließ der Jarl Sigurd los und richtete seinen Blick auf Asgot, den Godi, der sechs Thralls anschnauzte, die mit vereinten Kräften einen störrischen Ochsen zum Wasser zerrten. Der Godi war in Tierhäute gehüllt und hatte Knochen in sein langes, wolfsgraues Haar geflochten. Einige Frauen in seiner Nähe umklammerten ihre Bälger fester, als fürchteten sie, der Seher könnte sie ihnen für irgendwelche gräulichen Rituale entreißen.

»Den Allvater verlangt es nach Blut!«, schrie Harald. »Und wir werden ihn davon kosten lassen!«

Alle Augen richteten sich auf den Ochsen und auf den Godi, in dessen Hand jetzt eine Klinge aufblitzte.

Asgot erhob das Messer mit seiner knochigen Hand und reckte es gen Himmel. »Óðin, nimm dieses Opfer an.

Gewähre uns deine Gunst, dann werden wir in deinem Namen das Meer mit dem Blut des Verräters rot färben.« Mit diesen Worten trat er hinter einen der Thralls, die den Ochsen hielten, schlang einen Arm um den Kopf des jungen Mannes, riss ihn zurück und schnitt ihm die Kehle durch. Blutroter Nebel sprühte wie Gischt.

Die Frauen keuchten entsetzt, als der Sklave auf die Knie fiel und seine Hand auf die klaffende, blutende Wunde presste. Haralds Krieger schlugen mit Speeren und Schwertern auf ihre Schilder, und der Ochse brüllte, als der Gestank von Blut in seine aufgeblähten Nüstern drang.

»Das war ein guter Thrall«, knurrte Sigmund in den Lärm. Männer schrien »Óðin!«, und der Thrall lag auf den Felsen, blutüberströmt, mit weit aufgerissenen Augen und rasselndem Atem.

»Das war er«, stimmte Jarl Harald ihm zu. »Aber die Vorzeichen standen schlecht. Heute möchte ich lieber auf Nummer sicher gehen, was die Gunst des Allvaters betrifft. Lass den Ochsen am Leben, Asgot!«, rief er und drehte sich zu seinem Sohn um. »Er soll ordentlich geschlachtet werden, Sigurd. Wir verzehren ihn bei unserer Siegesfeier.«

»Ja, Vater«, erwiderte Sigurd. Er beobachtete, wie der Godi den toten Thrall zum Meer schleppte. Das Blut des Jungen beschmierte die Felsen. Dann ließ Asgot den Leichnam in die Brandung fallen. Seine Gliedmaßen wurden hierhin und dorthin geschleudert, und sein bleiches Gesicht starrte in den Himmel. Die Augen waren ihm aus den Höhlen getreten, als wäre er immer noch überrascht über seinen Tod.

Asgot sah Harald und Sigurd an und zog die Zöpfe seines Bartes durch seine blutigen Hände. Dadurch schmierte er sich Blut in sein Haar, wodurch er noch wilder aussah. »Es ist nicht schlecht, vor einer Seeschlacht auch an Njörð zu denken«, sagte er. Harald nickte zustimmend und setzte seinen Helm auf, der selbst einen König mit Neid erfüllt hätte. Er war aus bestem Stahl geschmiedet und mit Platten aus poliertem Silber geschmückt, dazu gekrönt von einem hohen Kamm aus Bronze, der in einen Rabenkopf auslief. Der Schnabel der Kreatur teilte sich zu zwei dicken Augenbrauen aus Messing. Darunter fanden sich der Augen- und Nasenschutz. Beides ließ den Träger so aussehen, als wäre einer der Asen leibhaftig von Asgard hinabgestiegen. Sigurd hatte noch nie etwas Schöneres gesehen.

»Jeder, der mir an diesem Tag zur Seite steht, um den Wolf und den Raben zu füttern, ist mein Bruder!«, brüllte der Jarl.

Olaf hob seinen Speer. »Harald!«, schrie er. »Harald!« Mehr als einhundert Krieger nahmen den Ruf auf. »Harald! Harald!« Ihre lauten, rauen Stimmen weckten den neuen Tag und wurden bis zu den Göttern getragen, so wie der Ruf des Gjallarhorns den Beginn von Ragnarøk, der letzten Schlacht, ankündigt. Sigurd spürte, wie die Erregung sein Blut vibrieren ließ wie die Takelage eines Schiffs, durch die der Wind fährt.

»Viel Glück, Bruder!«, rief Sigurd Sigmund zu, der die Lederriemen seines Helmes unter seinem blonden Bart schloss.

»Ich werde dir heute Nacht alles erzählen, kleiner Bruder«, sagte er grinsend und drehte sich um, um mit den anderen an Bord der *Reijnen*, der *Seeadler* und der *Kleiner Elch* zu steigen. Harald und die fünf besten seiner Krieger nahmen ihre Positionen im Bug der *Reijnen* ein, der Rest setzte sich auf die Seekisten, die als Ruderbänke dienten. Dann wurden die Riemen aus Rottanne verteilt. Die Vertäuung wurde gelöst, und auf Befehl des Steuermannes der *Reijnen*, Thorald, stemmten die Männer an Backbord ihre Ruder gegen die Mole und drückten das Schiff vom Liegeplatz weg.

Jetzt traten auch die Frauen auf die Mole und riefen ihren Männern Lebewohl zu. Sie wünschten ihnen Glück, und einzelne ermahnten sie, vorsichtig zu sein. Die Männer murmelten ihre Antworten oder winkten und nickten nur, weil es ihnen unangenehm war, so von ihren Frauen aus der Gemeinschaft der Schwertbrüder herausgehoben zu werden.

In der Zeit, die es braucht, eine Klinge zu schärfen, waren alle drei Schiffe im tiefen Wasser und nahmen Kurs nach Osten, in den Skude-Fjord, der Sonne entgegen. Ihre Riemen wurden im Einklang durchs Wasser gezogen, denn es herrschte nicht genug Wind für die Segel. Außerdem wusste Harald, dass es nicht schlecht war, die Männer vor einem Kampf zu beschäftigen.

Eine Weile sahen die Menschen von Skudeneshavn ihnen nach. Viele berührten Thórs Hammer oder andere Amulette und Glücksbringer, die ihnen um den Hals hingen, und murmelten Gebete zu ihren Göttern, auf dass sie ihre Ehemänner, Väter und Söhne sicher von diesem Tag des Blutvergießens zurück nach Hause brachten.

»Ich komme mit dir, Sigurd.« Runa tauchte neben Sigurd auf, während er der *Reijnen* nachstarrte, als könne seine Willenskraft allein ihn über das Meer tragen und wie einen Raben auf dem Deck landen lassen, um dort neben seinen Brüdern Thorvald, Sørlie und Sigmund zu stehen.

»Hast du gehört, Bruder? Ich komme mit, um zuzusehen«, erklärte Runa.

Sigurd nickte ihr zu und wandte sich dann an Svein. »Wir müssen uns beeilen, sonst könnte es vorbei sein, bevor wir dort sind.«

Svein schüttelte den Kopf. »Ich habe Thorvald gebeten, keinen der Speichellecker dieser Kröte Randver zu töten, bis wir einen netten Ort mit guter Aussicht gefunden haben.«

Jemand pfiff, und sie drehten sich um. Aslak wartete bereits im hohen Gras auf der Klippe, von der aus man den Hafen überblicken konnte. Er hielt die Leinen der Ponys, die herbeizuholen Sigurd ihn gebeten hatte. Wie es aussah, hatte er eines zusätzlich mitgebracht.

»Ich habe ihm gesagt, dass ich mitkommen will«, kam Runa Sigurds Frage zuvor.

»Hab ich mir gleich gedacht.« Svein lächelte.

Sigurd war sich nicht sicher, ob es gut war, wenn seine jüngere Schwester sich mit ihnen die Schlacht ansah. Sie war erst vierzehn Jahre alt und noch zu jung für so etwas. Er wollte es ihr gerade sagen, als ihre Mutter, die zusammen mit den anderen Frauen die Mole verließ, nach Runa rief und sie aufforderte, mit ihr ins Dorf zurückzukehren.

Selbst nach fünf Kindern, von denen vier Jungs waren, war Grimhild noch immer eine große Schönheit, doch jetzt war ihr Gesicht so bekümmert vor Sorge, dass sie um Jahre gealtert schien.

»Runa!«, wiederholte sie. »Komm, Mädchen! Wir haben viel für die Rückkehr der Männer vorzubereiten.«

»Ich will mit Sigurd gehen!«, schrie Runa zurück. Sie hatte ihr blondes Haar zu zwei langen Zöpfen geflochten. Sigurd wusste, dass seine Schwester es genoss, ihr schönes Haar zu zeigen. In einem Jahr war sie im heiratsfähigen Alter und musste ihre Zöpfe bedecken. Doch auch wenn sie noch zu jung für die Ehe war, warfen die Männer ihr schon begehrliche Blicke zu.

»Du kommst mit mir nach Hause, Tochter!«, befahl Grimhild. Ihr Gesicht war gerötet vor Zorn über die Halsstarrigkeit ihrer Tochter.

»Lass sie mitkommen, Mutter«, sagte Sigurd. Plötzlich war er fest entschlossen, dass Runa sie begleiten sollte. Er hatte genug von den ewigen Bevormundungen der Erwachsenen. »Sie ist bei uns sicher.«

Grimhild runzelte die Stirn und Sigurd drehte sich zu Runa herum. »Geh einfach weiter«, zischte er. »Vor ihren Freundinnen wird sie dir keine Szene machen.«

»Es gibt viel Arbeit zu erledigen!«, protestierte ihre Mutter schwach. Aber Sigurd, der seiner Mutter die Schuld dafür gab, dass er nicht an Bord der *Reijnen* sein konnte, sah eine Möglichkeit, sich ihr zu widersetzen, und fasste Runa bei der Hand. Er musste sich nicht umdrehen, um zu wissen, dass sich das Gesicht ihrer Mutter verfinsterte, aber kein Donner rollte hinter ihnen her. Seine Aufsässigkeit war im Grunde kindisch, und sein Vater hätte ihn mit einer Ohrfeige gehörig zurechtgewiesen. Sigurd wusste es, und er schämte sich selbst deswegen, doch er stieg unbeirrt den mit Kies bestreuten Weg hinauf, wo Aslak mit den Ponys wartete.

»Danke«, sagte Runa, aber Sigurd erwiderte nichts. Er war in Gedanken bereits mit anderen Dingen beschäftigt, als er jetzt Aslak zunickte. Dann ritten die vier auf ihren Ponys nach Norden über den Küstenpfad bis hinauf nach Kopervik und noch weiter bis nach Avaldsnes. Irgendwo zwischen diesen beiden Siedlungen würden sie aufs Meer hinausblicken und die Flotten von König Gorm Biflindi und dem Rebellen Jarl Randver sehen, die an der zuvor vereinbarten Stelle aufeinandertreffen würden. Die Schiffe würden sich mit Seilen und Enterhaken ineinander verkeilen, und Männer mit Schilden würden sich an den Seiten drängen.

Auf dass das Töten beginnen konnte.

2

Als sie die Stelle schließlich erreichten, waren sie erhitzt und ihre Pferde schweißbedeckt. Die Sonne hatte den Zenit überschritten und stand jetzt am westlichen Himmel wie ein goldener Schild, tief unter dem mit Giebeln verzierten Dach von Walhall, Óðins Halle der Toten. Aslak sagte, es wäre ein guter Tag für einen Kampf.

»Aber nicht, wenn Pfeile aus dem Himmel regnen«, entgegnete Sigurd und verzog das Gesicht bei der Vorstellung, wie ein Geschoss, unsichtbar gegen den Sonnenglanz, sich in die Augenhöhle eines Mannes bohrte.

»Man muss einfach nur den Schild hoch und den Kopf unten halten«, warf Svein ein. Woraufhin Runa ihn mit spöttischem Lächeln fragte, ob er das vielleicht in den vielen Schlachten gelernt habe, in denen er gefochten hatte.

Aber Svein ließ sich nicht beirren. Er lächelte die drei anderen herablassend an. »Warte ab, wenn ich erst einmal im Skjaldborg gestanden habe, Runa« – und er stellte sich den Schildwall lebhaft vor – »die Skalden werden noch Jahrzehnte davon singen.« Er zupfte an seinem spärlichen Bart. »Und die Frauen werden erröten, wenn ich nur in ihre Nähe komme.«

»Wo wir gerade von Skalden reden, ich hatte eigentlich auch Hagal hier erwartet«, warf Aslak ein. »Es sieht ihm gar nicht ähnlich, einen solchen Kampf zu verpassen.«

Svein nickte. »Die Götter wissen, dass es für ihn wahrhaftig an der Zeit wäre, ein paar neue Fäden in seine Geschichten zu weben.«

»Warum sollte er sich hierher bemühen, wenn er es sich genauso gut ausdenken kann – behaglich im Schoß irgendeiner Thrall?«, warf Sigurd ein. Trotzdem, Aslak hatte recht mit seiner Äußerung. Es war ungewöhnlich, dass der Skalde darauf verzichtete, sich mit eigenen Augen die Entstehung eines neuen Heldenliedes anzusehen, das er in Hunderten von Met-Hallen im ganzen Land gegen klingende Münze vortragen konnte.

Sie waren die etwa fünfzehn Rast so schnell geritten, wie ihre Pferde es zuließen, und keiner der Karls, über deren Ländereien sie ritten, stellte sie zur Rede. Einige boten ihnen sogar Bier und Speisen an, und ein Bauer brachte ihnen Wasser für die Pferde. Die Männer wussten, wer Sigurd war, vor allem, wenn Svein sie daran erinnerte. Sie respektierten Jarl Harald und begriffen, dass Sigurd gekommen war, um zu sehen, wie sein Vater und König Gorm mit dem abtrünnigen Jarl Randver kurzen Prozess machten. Was im besten Fall bedeutete, dass er im Haugr landete, im düsteren Hügelgrab. Wenn nicht, landete er auf dem kalten Grund des Fjords, wo ihn die Krabben fraßen.

»Ich hoffe nur, dass diese Leute hier Biflindi zujubeln«, erklärte Aslak. Die vier aus Skudeneshavn waren nämlich nicht die Einzigen, die aus ganz Karmøy gekommen waren, um sich die Schlacht anzusehen.

»Sie wären jedenfalls gut beraten, es zu tun.« Sveins grollende Stimme war laut genug, dass eine kleine Gruppe von fünf jungen Männern in ihrer Nähe sie hören konnte.

»Denn jeder, der diesem Schafsdreck Jarl Randver zujubelt, wird über die Klippe springen und sich wünschen, er wäre ein Vogel.« Er warf einen Kieselstein über den Felsrand. »Oder wenigstens ein Fisch.«

Es hatten sich etliche Gruppen hier eingefunden, aus Kopervik, südlich von König Gorms Festung bei Avaldsnes, und aus dem Osten von Åkra, zum Beispiel aus Ferkingstad und etlichen anderen Siedlungen. Sie alle wollten sich an dem Spektakel der Seeschlacht ergötzen. Und tatsächlich bot sich ihnen ein beeindruckender Anblick, als sie sich jetzt auf der Klippe vor dem Kiefern- und Birkenwäldchen versammelten. Sie hatten einen ungehinderten Blick auf die Karmsund-Enge, die Karmøy vom Festland trennte. Seit seiner Kindheit hatte Sigurd die Männer reden hören, der Donnergott Thór durchschreite jeden Morgen auf seinem Weg zu Yggdrasil, dem Baum des Lebens, diese Meerenge.

Morgen früh würde er durch Blut schreiten, dachte Sigurd.

Mit dem Bug nach Osten, dem Festland zugewandt, rauschten die *Reijnen, die Seeadler* und die *Kleiner Elch* jetzt unter vollen Segeln durch die Fluten. Auf ihren Ruderbänken drängten sich die Krieger mit funkelnden Klingen, während die Steuerleute und die wenigen Seeleute an Bord versuchten, sie in eine Reihe mit König Gorms sieben Drachenbooten zu manövrieren. Es war eine langwierige, mühsame Arbeit. Das laue Lüftchen, das wehte, mussten die Seeleute geschickt mit ihren Segeln einfangen. Doch genau aus diesem Grund hatten sich beide Seiten auf den heutigen Tag geeinigt, da man wusste, dass das Wasser in der Meerenge ruhig und glatt sein würde.

»Selbst ein Furz von Wind kann eine Seeschlacht nahezu unmöglich machen«, hatte Harald Sigurd einmal erzählt. »Die Möglichkeit, die Boote bei Wind oder einer starken Strömung längsseits zu bringen und aneinander zu binden, ist genauso groß, wie dein Eheweib dazu zu bringen, Arsch an Arsch neben einer hübschen jungen Thrall zu sitzen.«

Trotzdem, der Schildschüttler und Jarl Harald würden mehr als nur einen windstillen Tag und eine schlafende See brauchen, um hier einen Sieg zu erringen. Sigurd suchte auf den Rebellenschiffen nach Anzeichen, dass Randver ein dahergelaufener Lump war, der nicht wusste, auf was er sich da eingelassen hatte, aber er fand keine. Die Schiffe sahen sauber und ordentlich aus, und seine Leute wirkten kampfbereit und wild entschlossen.

»Jetzt begreife ich, warum Jarl Randver bereit war, im Schatten von Avaldsnes zu kämpfen«, erklärte Sigurd. Jeder wusste, dass oft die den Sieg davontrugen, die näher an ihrem heimatlichen Hafen kämpften. »Für einen aufsässigen, ehrgeizigen Jarl hat er ziemlich viele Schiffe. Vielleicht hat der Mann doch mehr Mumm, als man ihm zubilligt.«

»Ja, er hat die Schiffe, aber versteht er auch, Gebrauch davon zu machen?«, fragte Svein zurück. Doch nicht einmal er mochte abstreiten, dass sechs Schiffe erheblich mehr waren, als sie bei einem Aufstand gegen den König erwartet hatten. Vier der Schiffe waren ebenso so groß wie die *Reijnen*.

»Dieser Ziegenschiss hat mehr Geld und Männer als dein Vater.« Aslak äußerte laut, was sie alle dachten, während er unwillkürlich Thórs eisernen Hammer am Band um seinen Hals betastete. »Die Raubzüge von letztem

Jahr haben seine Truhen mit Silber und seinen Kopf mit Ehrgeiz gefüllt.«

»Trotzdem werden auch sechs Schiffe nicht reichen.« Sigurd sah seine Schwester an, die einen zunehmend ängstlichen Eindruck machte. »Der Schildschüttler hat viele Seeschlachten gefochten. Er wäre nicht König, hätte er nicht die meisten, wenn nicht sogar alle gewonnen. Und meinem Vater ist die See gewogen und er besitzt das Talent des Allvaters für den Krieg.«

Die anderen murmelten zustimmend, und Sigurd sah, wie Runa das silberne Freyja-Amulett umklammerte, das sie um den Hals hängen hatte.

Da Jarl Randver zahlenmäßig unterlegen war, erwarteten alle, dass er seine Schiffe längsseits aneinanderbinden würde, um auf diese Weise ein großes Floß zu bilden, und dann auf einen Angriff wartete. Diese Taktik erlaubte, wie Sigurd wusste, eine größere Anzahl von Kämpfern auf kleinem Raum zu konzentrieren und von einem Boot zum anderen zu springen, sobald man irgendwo einen Vorteil erkämpft hatte. Doch stattdessen ruderten Randvers Schiffe mit gerefften Segeln, gerade noch in Rufweite voneinander entfernt, durch die Enge, während Harald seine drei Schiffe zusammengezogen hatte, wie ein Mann, der seine Hunde an die Leine nimmt. Seine Leute waren mit Haken und Tauen beschäftigt.

»Dein Vater macht ein Floß.« Sveins Tonfall und Aslaks Miene machten klar, dass sie angesichts der Lage Haralds Taktik sonderbar fanden.

»Warum macht er das, Sigurd?« Runa war ganz offensichtlich von den finsteren Mienen ihrer Freunde beunruhigt.

Eine Weile beobachtete Sigurd die Schiffe seines Vaters, bis er plötzlich grinste. »Weil er all das schon einmal gemacht hat und die Gezeiten genau kennt«, erwiderte er. Erst als er sich in Haralds Lage versetzt hatte, war ihm die Antwort gekommen, so hell wie eine Makrele an der Angel, die dicht unter der Oberfläche funkelt. »Da die Schiffe des Königs weiter entfernt dort drüben warten, sind die *Seeadler* und die *Kleiner Elch* angreifbar. Wären sie getrennt weitergesegelt, hätten Randvers Schiffe sie abgedrängt, wie Wölfe, die einem Reh nachstellen, und hätten sie geentert. Wenn Vater sie mit der *Reijnen* zusammenbindet, macht er sich einen schwimmenden Stützpunkt, den er leicht verteidigen kann. Er wird die Rebellen anlocken wie Krähen, denen man einen fleischigen Knochen hinlegt, und dann greift der König an.« Sein Blut erhitzte sich bei diesem Gedanken. »Gemeinsam werden sie diesen räudigen Köter zur Strecke bringen und jedes seiner Schiffe erbeuten.«

Svein und Aslak nickten und grinsten über die Klugheit ihres Jarls. Doch in Sigurds Bauch machte sich ein ungutes Gefühl breit. Denn wenn sein Vater seine drei Schiffe erst einmal zusammengebunden hatte und sie umzingelt wurden, war es in dem Tumult nicht leicht, sie wieder zu trennen und davonzusegeln, um sich in Sicherheit zu bringen, wenn die Sache schlecht lief.

Trotzdem, der Schildschüttler hatte sieben Schiffe zur Verfügung, und wenn alles mit rechten Dingen zuging, hätte er allein mit diesen Schiffen Randvers sechs Drachenboote besiegen müssen, selbst wenn Jarl Harald an diesem Morgen in seiner Halle geblieben wäre. Sigurd klammerte sich an diesen Gedanken, während er die beiden Flotten beobachtete, die sich wie Spielsteine auf einem Tafl-Brett aufgestellt hatten.

»Jarls sind gut beim Hnefatafl«, sagte er leise, »aber Könige sind noch besser.« Es würde gut ausgehen, und die Rebellen würden sich entweder ergeben oder sterben.

König Gorms Männer jubelten und brachten sich in Stimmung für das bevorstehende Gemetzel. Der Lärm ihres Gebrülls drang herauf bis zu den versammelten Schaulustigen am Rand der Klippe. Sigurd und die anderen hatten die Arme um Birkenstämme geschlungen, die gefährlich schräg auf dem steilen Hang wurzelten. Unter ihnen, kaum einen Steinwurf entfernt, stand eine Gruppe Fischer auf dem Kiesstrand. Sie blickten auf das Meer hinaus, ebenso gebannt wie alle anderen. Sigurd vermutete, dass sie draußen in der Enge gewesen waren, als sie die beiden herannahenden Flotten bemerkten. Er konnte sich gut vorstellen, wie diese Männer auf ihren kleinen Schiffen geflucht hatten. Jedenfalls hatten sie ihre Boote eingeholt, die jetzt auf dem Kies lagen, denn ans Fischen war nicht mehr zu denken.

Fünf Langschiffe von König Gorm, einschließlich sein eigenes, die *Hríð-Visundr*, der »Sturm-Bison«, gingen jetzt in einer Reihe backbord von Jarl Haralds Schiffen in Stellung. Zwei andere Schiffe segelten um das Heck der *Reijnen* herum, um Haralds Steuerbordseite zu schützen.

»Du hattest recht, Sigurd. Dein Vater hat vor, sie anzulocken und den Kampf zu beginnen«, erklärte Aslak. »Hoffentlich schluckt Randver den Köder.« Er verhakte seine Zeigefinger, um seinen Worten Nachdruck zu verleihen. »Und wenn sie dann von Gorms Schiffen geentert werden und der Kampf so richtig tobt, werden die beiden andern eingreifen, Randvers Schiffe wie Mühlsteine in die Mitte nehmen und den Verräter wie eine Laus zerquetschen.«

Sigurd nickte, denn Aslak sah das ganz richtig. »Es ist ein guter Plan«, sagte er.

Und sein Vater hatte die Ehre, als Erster das Blut des Feindes zu vergießen, wofür ihn König Gorm hinterher zweifellos belohnen würde. Loyale Männer verdienten sich an solchen Tagen viel Silber.

»Da kommen sie!«, schrie einer der jüngeren Männer, die mit ihnen auf der Klippe standen. Vielleicht war sein eigener Vater an Bord eines der Schiffe des Königs. In dem Fall war sein Magen zweifellos genauso verkrampft wie der von Sigurd.

»Es ist die Fjord-Wolf, Jarl Randvers Schiff!«, rief jemand anders. »Ich habe es schon einmal gesehen. Der Jarl selbst steht am Achtersteven.«

»Ja, da, wo es am sichersten ist«, warf ein alter Mann ein und spuckte verächtlich aus.

Sigurd wusste nicht, ob der Mann am Achtersteven des angreifenden Schiffes Randver war, aber er trug einen Kettenpanzer und einen reich verzierten Helm. Also war das sehr gut möglich. Falls dem so war, konnte Sigurd es dem Jarl nicht verdenken, den Kampf vom Heck aus zunächst einmal zu beobachten. Denn auch wenn das nicht gerade eines Heldenliedes würdig war, würde aus seinen ehrgeizigen Plänen nicht viel werden, wenn er gleich beim ersten Scharmützel starb.

»Es spielt keine Rolle, wo er steht«, erklärte Svein. »Mein Vater kann einen Speer doppelt so weit werfen, wie dieses Schiff lang ist. Jarl Randver wäre in Hinderå besser aufgehoben, unter dem Met-Tisch, wenn er unbedingt an einem ungefährlichen Ort sein wollte!« Er grinste. »Und wenn der Wind günstig steht, wäre er nicht einmal dort sicher.«

»Auf welchem Schiff ist dein Vater, Junge?«, erkundigte sich der Graubärtige. Seine zusammengekniffenen Augen tränten bei dem Versuch, in der Ferne Einzelheiten zu erkennen.

»Er ist der Bugmann auf der *Seeadler,* dem Langschiff an der Steuerbordseite der *Reijnen*«, verkündete Svein.

»Ah, dann muss er auch so ein großer Bursche sein wie du«, sagte der Graubärtige. »Ich war auch einmal ein Bugmann.«

Svein und Aslak warfen sich einen vielsagenden Blick zu, den der alte Mann trotz seiner schlechten Augen bemerkte. Er wedelte mit der Hand, als wollte er sagen: Was wisst ihr jungen Leute schon? Sigurd war froh, dass der Graubärtige nicht Aslak gefragt hatte, auf welchem Schiff sein Vater wäre. Olvir Schnellspeer war bei dem letzten Kampf getötet worden, den Jarl Harald für König Gorm wegen seines Treueschwurs hatte ausfechten müssen. Niemand wird gern daran erinnert, dass sein Vater vor der Siedlung in einem Grabhügel verfault. Auch nicht, wenn er dann in der nächsten Welt weiterlebte und in der Halle des Allvaters trank und schmauste.

Sigurds Muskeln vibrierten, und das Blut schien in seinen Adern zu kochen. Die Gier nach Ruhm in seinem Herz wollte gestillt werden. Der Eschenschaft des Speers in seiner rechten Hand schien ihm zuzuflüstern, schien ihn anzuflehen, nach unten in den Tumult geschleudert zu werden, wo er Feinde durchbohren und seinen Zweck erfüllen konnte. Aber Sigurd musste seinem Speer diesen Wunsch verweigern, so wie man ihm selbst sein Begehr verweigert hatte.

Eine Hand landete klatschend auf seiner Schulter. »Jetzt geht's los«, sagte Svein. Tatsächlich flogen unten in der Meerenge jetzt die ersten Pfeile zwischen den Schiffen hin und her. Jarl Randvers Flotte war in Reichweite der Schiffe von Jarl Harald gekommen. Allerdings würden diese Pfeile nur wenig Schaden auf beiden Seiten anrichten. Die Männer hatten ihre Schilde in Position gebracht, und die Planken aus Lindenholz waren bald von gefiederten Schäften gespickt.

Haralds Männer banden immer noch die Schiffe zusammen, als Jarl Randvers Schiffe sich so weit genähert hatten, dass die kräftigsten Männer auf beiden Seiten ihre Speere schleudern konnten. Die zeigten, anders als die Pfeile, oft gute Wirkung, weil ein Speer, der von einem kräftigen Arm geschleudert wurde, einen Schild zertrümmern und den Träger schutzlos machen konnte, jedenfalls so lange, bis der einen neuen Schild nehmen konnte.

Randvers andere Schiffe zogen jetzt die Ruder ein, um ihrem Jarl Platz zum Manövrieren zu geben. Dadurch konnte er den Bug seines Schiffes, an dem seine besten Krieger standen, neben den der *Reijnen* bringen, wo Slagfid mit dem Speer in der einen und seiner großen Langaxt in der anderen Hand stand. Sein Helm glänzte in der Sonne. Es war nicht einfach, nicht einmal auf einer schlafenden See, die beiden Buge zusammenzubringen, aber Randvers Ruderer verstanden ihr Handwerk. Sigurd umklammerte den Speer unwillkürlich fester, als die beiden

Vordersteven aneinanderprallten und lautes Brüllen von den beiden Besatzungen aufbrandete.

Randvers Bugmann war jedoch zu begierig darauf, sich einen Namen zu machen. Als er seinen Schild sinken ließ und ausholte, um eine Faustaxt zu schleudern, warf Slagfid seinen Speer mit der Kraft und der Schnelligkeit von Thórs Blitz. Er durchbohrte die Kehle des Bugmannes und grub sich in den Schild des Mannes dahinter.

»Slagfid!«, schrie Svein, während die anderen auf der Klippe jubelten und Jarl Haralds Männer mit Schwertern, Speeren und Äxten gegen ihre Schilde hämmerten und so ihren Stolz über ihren Preiskämpfer kundtaten. Der Tote wurde weggeschleppt, und der Krieger, der seinen Platz einnahm, war klug genug, seinen Schild hochzuhalten. Aber Slagfid hatte schon mehr Männer getötet, als sich auf Randvers Schiff befanden. Der hier war einfach nur einer mehr. Er packte seine gewaltige Axt mit zwei Händen, richtete sich auf wie ein Bär und hämmerte die Waffe in einem tödlichen Überkopfschlag auf seinen Gegner. Die Klinge grub sich in den Schild des Trägers. Das untere Horn spaltete den Schild in zwei Teile, während das obere das Schlüsselbein seines Gegners zerfetzte, seine Brust zertrümmerte und ihn wie einen Eichenstamm spaltete.

Die Männer jubelten wieder, und dann noch einmal, als Slagfid seine Axt in den Schild des nächsten Mannes hackte, sich zurücklehnte und ihn über das Dollbord ins Meer riss. Der Mann schlug eine Weile verzweifelt um sich, bis er schließlich zwischen den beiden Schiffsrümpfen zermalmt wurde. Sigurd jedoch blieb stumm und sah zum Heck der *Fjord-Wolf*. Er wusste, was jetzt passieren musste, vorausgesetzt Jarl Randver war wirklich ein Anführer, der diesen Namen verdiente. Und richtig, der Jarl trat vor, flankiert von Gefolgsleuten, die ihn mit erhobenen Schilden schützten.

Die anderen Krieger an den Steven der Schiffe stießen mit ihren Speeren und schlugen mit Langäxten aufeinander ein, während einige Bogenschützen auf die Dollborde sprangen, um aus kürzester Entfernung ihre Pfeile abzufeuern. Vor allen anderen jedoch hielt Slagfid blutige Ernte. Trotzdem versuchten Randvers andere Schiffe währenddessen, wie Hunde ihre Zähne in die Beute zu schlagen. Eines von ihnen ging längsseits der *Kleiner Elch* und holte rasch die Backbordruder ein, bevor die Rümpfe aufeinanderprallten. Randvers Leute schossen Pfeilsalven ab und schleuderten ihre Speere, während andere Enterhaken über die Seite der *Kleiner Elch* warfen. Dann legten sie sich die Taue um den Rücken und zogen mit aller Kraft, um die Schiffe zusammenzubringen und schließlich in Überzahl das Deck der *Kleiner Elch* zu entern.

Aber die Mannschaft von Haralds Schiff hatte ganz andere Vorstellungen. Sie präsentierten den Angreifern einen Schildwall über die ganze Länge des Karvi, und eine zweite Reihe schleuderte ihre Speere über die Köpfe der vor ihnen Stehenden hinweg oder zwischen ihnen hindurch. Asgot der Godi war ebenfalls an Bord des Karvi. Er konnte mit einem Speer genauso gut umgehen wie mit seinen Runen. Und der Steuermann Solveijg war wahrscheinlich genauso alt wie der Graubart oben auf der Klippe, aber er war ein fähiger Kämpfer, der Haralds Vertrauen besaß. Sehr wahrscheinlich würde Solveijg irgendwann Hilfe von der *Reijnen* benötigen, aber er würde nicht darum bitten, wenn es nicht unbedingt nötig war. Das wusste Harald. Falls Harald Randver töten konnte, bevor es dazu kam, würde er vielleicht sogar die Schlacht gewinnen, bevor König Gorm auch nur sein Schwert ziehen musste.

Hinter ihnen im Kiefernwald krächzte ein Rabe. Sigurd spürte Sveins Blick. Sein Freund wusste, dass Sigurd solchen Dingen Bedeutung beimaß. Aber er wandte den Blick nicht ab von dem Kampf unter ihnen, und Svein verkniff sich die Bemerkung, die ihm auf der Zunge lag. Aber der Rabe schrie weiter, und sein Krächzen wurde lauter und schriller. Sigurd strich mit dem Daumen über die Runen, die er in den Schaft des Speers geritzt hatte. Der Zauber, der dafür sorgen sollte, dass der Speer gerade und zielsicher flog, konnte allerdings schwerlich helfen, das schlechte Omen zu vertreiben, das Sigurd in dem Schrei des Vogels hörte. Es schien wie ein scharfer Angelhaken in einem Garnknäuel zu stecken. Es sei denn, es gelänge ihm, den Vogel mit dem Speer zu erlegen. Was, wie Asgot ihm zweifellos erklären würde, gleichbedeutend damit war, in Óðins gutes Auge zu spucken.

Und doch waren die Götter Jarl Harald und König Gorm immer noch wohlgesonnen. Slagfid hatte dem nächsten Krieger den Schädel zertrümmert, und die Toten stapelten sich bereits am Bug der *Fjord-Wolf*. Jetzt stand Olaf neben dem Preiskämpfer und rammte seinen Speer gegen die Schilde der Feinde. Die Männer wurden gegen ihre Kameraden zurückgeschleudert, während hinter ihnen auf beiden Seiten die Krieger aufmunternd brüllten und darauf warteten, selbst in den Kampf eingreifen zu können.

Auf der Backbordseite der *Reijnen* hielt sich die *Kleiner Elch* wacker. Die Schildwälle auf beiden Seiten waren etwa gleich stark. Aber auf der Steuerbordseite mussten die Männer der *Seeadler* einem Eisensturm der Mannschaften zweier weiterer feindlicher Langschiffe trotzen. Sie waren in Position gerudert, das eine Steven an Steven mit der *Seeadler*, während das andere längsseits gegangen und die Schiffe mit Enterhaken aneinandergezogen hatte. Es gelang ihnen, obwohl Haralds Männer die Taue mit Äxten durchtrennten und versuchten, das Schiff mit ihren Rudern wegzustoßen.

Sveins Vater Styrbjørn schwang seine eigene Langaxt. Wie ein Riese stand er am Bug der *Seeadler*, wie der Donnergott Thór selbst, während er die Feinde, die sich auf den Ruderbänken des Bugs drängten, der geradewegs auf ihn zukam, lautstark verhöhnte.

Svein umklammerte mit seiner großen Hand Sigurds Schulter, und Sigurd zuckte unter dem kräftigen Griff zusammen. Er hörte, wie Svein seinem Vater da unten in der Meerenge eine Ermunterung zuknurrte.

»Dein Vater ist genauso gut wie Slagfid«, sagte Sigurd. Das hätte vielleicht gestimmt, wäre Styrbjørn nicht so häufig zu betrunken gewesen, um sich auch nur auf den Beinen zu halten. Deshalb wusste niemand so genau, wie nützlich er noch in einem Kampf war. Allerdings hatte niemand, einschließlich Slagfid, den Mut, Styrbjørn das ins Gesicht zu sagen. Seit Sveins Mutter Sibbe gestorben war, vermochten nur noch Met oder Blutvergießen Styrbjørn ein Lächeln zu entlocken.

Den ersten Mann tötete er mit einem sauberen Überkopfschlag, der dem von Slagfid ähnelte. Allerdings benutze er nicht die Schneide der Axt, sondern den Nacken, mit dem er seinem Gegner Helm und Schädel zertrümmerte. Aber es schien fast, als hörte er, wie sein Sohn ihn oben von der Klippe anfeuerte. Vielleicht war es auch Loki, der ihm Versprechungen von großen Heldenliedern ins Ohr flüsterte, denn Styrbjørn schlug jede Vorsicht in den Wind und sprang auf das Dollbord neben dem hoch aufragenden Steven, den linken Arm um den Drachenkopf der *Seeadler* geschlungen, während er mit der rechten den Schaft der Langaxt hielt. Mit erstaunlichem Geschick für einen Säufer, wie Sigurd fand, balancierte er über die steile Relingsplanke und schwang brüllend die Axt in einem großen, horizontalen Bogen. Die stumpfe Seite krachte gegen den Schild eines Mannes und schleuderte ihn zu Boden. Er riss andere in einem Durcheinander aus Leibern mit sich. Dann holte Styrbjørn mit der Axt aus, um erneut zuzuschlagen, drehte aber geschickt den Schaft in der Hand, sodass diesmal die Schneide den Kopf eines Mannes vom Hals trennte. Andere Krieger duckten sich hinter ihre Schilde.

Die Zuschauer auf der Klippe jubelten aus voller Kehle, am lautesten Svein. Die Krieger an Bord der *Seeadler* hämmerten auf ihre Schilde, damit die Männer der *Reijnen* wussten, dass sie nicht allein in diesem Kampf waren.

»So etwas habe ich noch nie gesehen!«, rief der Graubärtige.

Auch Sigurd traute seinen Augen kaum. Das war etwas für die Geschichten am Feuer, und das galt auch für das, was als Nächstes passierte. Denn alle Geschichten, die es wert waren, erzählt zu werden, haben auch ihre betrüblichen Stellen. Styrbjørn hätte danach herunterklettern und hinter einem Schild in Deckung gehen sollen, um Luft zu holen. Stattdessen jedoch hatte ihn die Blutgier gepackt, vielleicht hatte er auch einfach zu viel Met intus. Jedenfalls schlug er noch einmal mit der Axt zu, aber diesmal krachte der Schaft gegen die Bugfigur der *Seeadler* und wurde vielleicht von dem spitzen Ohr des Drachenkopfes abgelenkt. Bevor Styrbjørn den Schlag korrigieren konnte, trat ein Mann am Bug des anderen Schiffes vor und rammte ihm einen Speer in den Bauch.

Styrbjørn krümmte sich zusammen, und seine Kameraden zerrten ihn gerade noch auf die Ruderbänke zurück. Svein raufte sich sein flammend rotes Haar.

»Diese verdammten Hurensöhne«, murmelte der Graubart fast unhörbar. Sigurd wollte Svein gerade trösten und sagen, die Wunde wäre vielleicht nicht so ernst. Doch dann fiel sein Blick auf Aslak, und der Junge schüttelte nur den Kopf. Hinter diesem Stoß mit dem Speer hatten so viel Kraft und Entschlossenheit gesteckt, dass er selbst einen wütenden Keiler aufgehalten hätte. Außerdem trug Styrbjørn kein Brynja, weil er es sich nicht hatte leisten können, sich ein Kettenhemd in seiner Größe anfertigen zu lassen.

Vielleicht war das ja das Omen des Raben, dachte Sigurd. Denn der Vogel hatte aufgehört zu krächzen. Styrbjørn hatte seine letzte Ruhmestat begangen, und damit war das Ende des Lebensfadens erreicht, den die Nornen für ihn gesponnen hatten. Sein Verlust war ein schwerer Schlag für die Mannschaft der *Seeadler*, die erschüttert war, weil sie ihren Bugmann so früh in der Schlacht verloren hatte. Aber jetzt schnappte sich ein Furcht einflößender Kämpfer namens Erlend Styrbjørns große Axt und drängte sich zum Steven vor. Er hielt sich gut, trennte einem Feind den Arm an der Schulter ab und machte Styrbjørn alle Ehre, bis ihn ein Pfeil mitten ins Gesicht traf. Er kippte über die Reling und verschwand im Wasser, bevor die andern ihn festhalten konnten.

Jetzt witterten Randvers Männer wie Hunde Blut und stürmten vor. Sigurd wusste, dass es nicht gut aussah für die *Seeadler*, denn die Männer des zweiten feindlichen Schiffes, das sich mit Enterhaken an die Steuerbordseite des Schiffes gezogen hatte, sahen, dass ihre Kameraden am Bug Erfolg hatten. Und Erfolg erzeugt Erfolg.

»Jarl Harald muss der *Seeadler* Männer zu Hilfe schicken«, rief Aslak aus.

Sigurd schüttelte den Kopf. »Noch nicht«, murmelte er.

»Warum nicht? Und warum kommen die Schiffe des Königs nicht zu Hilfe?«, fragte Runa. Sie kaute auf ihrer Unterlippe und kratzte achtlos mit den Fingernägeln einer Hand die weiße Borke von der Birke, an der sie sich festhielt. Das war eine gute Frage, auf die Sigurd keine Antwort wusste. Aber die Furcht im Blick seiner Schwester zwang ihn dazu, etwas zu erwidern.

»Die beiden Schiffe warten entweder darauf, bis alle Männer von Randver in den Kampf mit der *Seeadler* verwickelt sind, oder aber, bis die ersten von ihnen das Deck der *Seeadler* entern. Denn dann sind nicht mehr so viele Speere auf den Schiffen des Feindes, und Biflindi kann sie mit Leichtigkeit erobern.«

Runa nickte, und Aslak spitzte die Lippen, weil die Antwort tatsächlich gar nicht so schlecht klang. Aber Sigurd wusste, dass seine Worte nicht mehr waren als eine Nebelschwade, die sich auflösen würde, sobald einer die

Frage stellte, warum denn wohl die fünf anderen Schiffe von König Gorm noch nicht Randvers restliche zwei Schiffe angegriffen hatten. Die hielten ihre Position in der Enge auf der Backbordseite der *Kleiner Elch* und Haralds Floß aus Schiffen. Eine Pfeilsalve nach der anderen regnete darauf herab, aber sie hielten Abstand. Sigurd wollte einfach kein Grund einfallen, warum Biflindis fünf Schiffe diese beiden noch nicht angegriffen hatten oder warum der König nicht zumindest eines seiner Drachenschiffe gegen das Langschiff neben der *Kleiner Elch* geschickt hatte.

Harald hatte mittlerweile eine Gruppe von Männern zur *Kleiner Elch* geschickt, vielleicht auf Solveijgs Bitte hin, vielleicht auch nicht. Jetzt deutete der Jarl auf einen Mann neben sich. Sigurd erkannte ihn an seinem schwarz bemalten Schild. Es war Yngvar, der an die Reling der *Reijnen* trat, sein Horn an die Lippe setzte und einen langen Ton über das Meer blies.

»Jetzt muss der König kommen.« Svein presste die Worte hervor, das Erste, was er nach dem Tod seines Vaters sagte.

Sigurd nickte, obwohl er im Geiste immer noch das Krächzen des Raben im Kiefernwald hörte. Es schien wie ein Spottgesang auf den Ton des Horns zu sein, das Yngvar immer wieder blies.

König Gorm kam nicht.

»Seht nur!«, rief einer der jungen Männer aus Kopervik. Er deutete auf die beiden Langschiffe, die der Schildschüttler um das Heck von Jarl Haralds *Reijnen* geschickt hatte, damit sie die Steuerbordseite der *Seeadler* deckten.

»Das war auch höchste Zeit«, sagte der Graubart und

sah Sigurd mit seinen tief in den Höhlen liegenden Augen an. »Er hat deinen Vater schon viel zu lange schmoren lassen.«

»Ha! Ich wette, das würdest du König Gorm nicht ins Gesicht sagen, alter Mann!«, sagte ein anderer Jungmann.

»Und warum nicht, Jungchen?«, wollte der Alte wissen. »Wie du sehen kannst, bin ich längst tot, bevor der Schildschüttler jemanden zu mir schicken kann, um mir die Kehle durchzuschneiden.«

Das hätte vielleicht ein paar Lacher hervorgerufen, wäre es unten in der Meerenge besser gelaufen. Ein Krieger namens Haki hatte inzwischen Slagfid am Bug abgelöst, damit Haralds Preiskämpfer verschnaufen konnte. Der Kampf mit der Axt schmerzte in den Muskeln und kostete ungeheuer viel Kraft und Atem. Aber obwohl Haki, Olaf, Thorvad und die anderen Randvers Männer in Schach halten konnten, nutzten die anderen Krieger des aufständischen Jarls ihren Vorteil. Harald hatte sein Floß aus Schiffen gebildet und den Feind auf sich gezogen, sodass jetzt vier von Randvers sechs Schiffen im Kampf gegen ihn gebunden waren. König Gorm musste nur entweder Randvers restliche zwei Schiffe erledigen oder sie zumindest fernhalten, während er das Schiff, auf dem Randver stand, am Heck angriff, das Deck enterte, die Mannschaft hinwegfegte und der Schlacht auf diese Weise ein jähes Ende bereitete.

Die beiden Schiffe des Königs waren um das Heck der *Reijnen* gerudert, aber statt jetzt längsseits der beiden Drachenschiffe zu gehen, die die *Seeadler* angriffen, steuerten sie auf Haralds Langboot zu. Die Männer schrien die Gefolgsleute von König Gorm an, doch endlich in den Kampf einzugreifen.

»Bei Óðins Arsch!«, entfuhr es Svein, als sich die ersten Pfeile von den Schiffen des Schildschüttlers in die Planken der *Reijnen* und der *Seeadler* bohrten.

»Verrat!«, schrie der Graubart. »Man darf einem König eben niemals trauen.« Er warf Sigurd einen Seitenblick zu, aber der konnte die Augen nicht von dem Schlachtgetümmel abwenden. »Dein Vater ist ein toter Mann, Junge. Du solltest so schnell zu deinen Leuten zurückkehren, wie du nur kannst.«

»Es ist noch lange nicht vorbei, Graubart!«, erwiderte Aslak. »Nicht solange Slagfid noch kämpft.«

Sigurd stieß einen Fluch aus und hoffte, dass der Allvater ihn hörte. Denn dieser Verrat Gorms war erbärmlich und gemein und ehrlos. Óðin konnte doch nicht zulassen, dass er damit durchkam. Andererseits liebte Óðin bekanntlich das Chaos. Hatte Asgot Sigurd das nicht schon tausendmal gesagt? Die *Kleiner Elch* war also auf sich allein gestellt, und bis jetzt erwehrte sich die Mannschaft tapfer der Übermacht. Das lag vor allem daran, dass Haralds Schiff so viel kleiner war als das Drachenboot, das sich mit den Enterhaken daran klammerte. Die Verteidiger konnten sich auf einen kleineren Bereich konzentrieren, was ihnen ermöglichte, einen drei Reihen tiefen Schildwall zu bilden. Die *Seeadler* drüben an der Steuerbordseite von Jarl Haralds Floß jedoch war dem Untergang geweiht, was jeder ganz deutlich erkennen konnte. Denn das Wichtigste war jetzt, Jarl Harald zu beschützen, was bedeutete, seine besten Krieger mussten bei ihm an Bord der *Reijnen* bleiben, damit sie nicht von Jarl

Randvers Gefolgsleuten von der *Fjord-Wolf* überrannt wurden.

Der Steuermann der *Seeadler*, Gudrod, stand im Zentrum des Schildwalls an der Seite seines Langschiffes. Er stieß mit dem Speer nach jedem feindlichen Krieger, der versuchte, sein Schiff zu entern. Doch immer wieder fielen Männer in diesem Bollwerk, und sie waren nicht genug, um die Lücken zu schließen. Sigurd und seine Freunde mussten zusehen, wie Männer, die sie ihr Leben lang gekannt hatten, niedergemetzelt, niedergestochen wurden und zwischen die Ruderbänke stürzten. Sigurd knurrte Runa an, nicht länger hinzusehen. Aber sie hörte ihn gar nicht.

Dann wurde Gudrod von einem Speerstoß gefällt, und einer von Randvers wild entschlossenen Männern sah seine Chance. Den Schild ausgestreckt vor sich haltend, sprang er über die Relingplanke auf die *Seeadler* und schlug damit eine Bresche. Obwohl er einen Herzschlag später fiel, folgten ihm andere Krieger. Wurde ein Schildwall erst einmal auf eine solche Weise durchbrochen, bedeutete das fast immer das Ende. Das hatte Sigurd einst von Olaf gehört, der am Ende seines Schildwalls am Bug der *Reijnen* stand und sehen konnte, was an Bord des Schwesterschiffs vorging. Aber er vermochte nichts dagegen zu unternehmen. Thorvard kämpfte immer noch mitten im Gewühl wie ein Preiskämpfer, aber jetzt kam Harald selbst zum Bug. Sigmund und Sørlie flankierten ihn, und Sigurd schwoll die Brust vor Stolz beim Anblick seiner Brüder, die in den Eisensturm gingen und sich weigerten zu akzeptieren, dass sie geschlagen waren.

Als Slagfid sah, dass sein Jarl in das Gemetzel eingriff,

stürmte er wieder zu seinem Platz am Bug. Er überließ Haki seine Axt und kämpfte mit einem gewaltigen Eberspieß, stach und schlug um sich. Nur seine Kraft kam seiner Geschicklichkeit im Umgang mit der Waffe gleich. Als Randvers Männer sahen, dass Haralds Preiskämpfer wieder im Getümmel stand, hoben sie ihre Schilde und zogen die Köpfe ein. Ein junger Mann in der Nähe von Sigurd sagte, Jarl Randver würde schäumen und toben wie ein Berserker, während er seine Krieger anschrie, mehr Eisen und weniger Lindenholz zu zeigen.

»Wir können immer noch gewinnen«, sagte Aslak. »Wenn der König Harald hilft und seine Schiffe zu ihm schickt.«

»Du Kindskopf! Der König will, dass sich die Fische noch heute Nacht an Jarl Harald satt fressen!« Der Graubart deutete auf die beiden Schiffe des Königs, die ihre Pfeilsalven auf Haralds schwimmende Festung feuerten. »Das ist so klar, als hätten sie's mit Runen auf ihre Stirnen geschrieben.«

»Verdammt, du hast recht, Alter, diese beiden Schiffe haben sich auf die Seite von Randver geschlagen«, sagte Sigurd, »aber das bedeutet noch lange nicht, dass Biflindi selbst mit dieser stinkenden Schweineblase gemeinsame Sache macht. Der König kämpft weiter. Sieh doch.«

»Das nennst du kämpfen, mein Junge?«, erwiderte der Graubart. »Pah! Meine Frau legt mehr Feuer in ihre Worte, wenn sie mich ausschimpft, weil ich betrunken bin oder zu lange einem hübschen jungen Ding nachschaue.«

Sigurd spürte Wut in sich aufsteigen, aber er erwiderte nichts darauf, denn trotz seiner trüben Augen hatte der Alte die Lage richtig erkannt. Die Pfeilsalven, die zwischen den sieben Schiffen hin und her flogen, waren nur unwesentlich gefährlicher als ein Hagelsturm, wenn überhaupt. Der König ließ nur zum Schein feuern, wie ein angeketteter Hund einen anderen Kettenhund anknurrt, der an ihm vorbeiläuft.

»Sieh nur, wie weit sie schon abgetrieben sind«, bemerkte Aslak, und Sigurd nickte.

»In dieser Meerenge herrscht eine stärkere Strömung, als man mit bloßem Auge erkennen kann«, erklärte er. Haralds Floß aus Schiffen und die daran vertäuten Schiffe von Randver hatten den Kampf in der Mitte des Sunds begonnen. Jetzt jedoch waren sie dicht an das Ufer getrieben worden. »Sie müssen bald die Leinen kappen, alle«, meinte Sigurd. »Sonst laufen sie Gefahr, an den Felsen zu zerschellen.«

»Kann Vater entkommen, wenn sie die Taue zerschneiden?«, wollte Runa wissen. In ihren blauen Augen leuchtete ein Funke Hoffnung.

»Ja, das ist das Einzige, was deine Männer jetzt noch retten kann, Mädchen«, mischte sich der Graubart wieder ein. »Aber der alte Njørð hat sie schon aufgegeben, da bin ich mir sicher. Er nährt noch ein wenig ihre Hoffnung, aber er schenkt Jarl Harald weder den Wind noch die Wellen, die er braucht.«

»Wenn du noch mehr Quatsch daherredest, Alter, dann sehen wir bald, wie es deinen krummen Knochen dort unten an den Felsen ergeht«, knurrte Sigurd. Der alte Mann sah offenbar an Sigurds Blick, dass die Worte keine leere Drohung waren. Er schüttelte den Kopf und fletschte seine verfaulten Zähne, hielt jedoch den Mund.

»Verflucht«, sagte Svein, als Randvers Männer jubelten.

Der Schildwall der *Seeadler* war plötzlich zerborsten wie ein alter Tonkrug. Die Krieger des rebellischen Jarls rückten vor, enterten das Deck und tränkten es mit dem Blut von Haralds Gefolgsleuten. Einige von ihnen kämpften weiter, schlossen sich mit ihren Schwertbrüdern zu Paaren oder Dreiergruppen zusammen, aber immer mehr Feinde drängten sich auf den Planken, und rasch wurde klar, dass die *Seeadler* verloren war. Männer wurden niedergehackt oder bekamen Speere in den Rücken, als sie versuchten, über die Relingsplanke auf die *Reijnen* zu klettern. Deren Kämpfer stießen mit ihren Speeren zu oder hoben ihre Schilde, um die Kameraden zu schützen, die zu ihnen flüchteten.

Auf der Backbordseite herrschte auch auf der *Kleiner Elch* ein blutiges Gemetzel. Es war dem Feind irgendwie gelungen, auf das Heck zu kommen, und als der Schildwall sich ausdünnte, um sich dieser neuen Bedrohung zu stellen, konnten die Lücken nicht gefüllt werden. Die zahlenmäßige Überlegenheit von Randvers Leuten gab schließlich den Ausschlag. Die Waage hatte sich geneigt, und nichts und niemand konnte das rückgängig machen.

Sigurd schmeckte bittere Magensäure im Mund, fühlte, wie sie brennend aus seinem Magen in die Speiseröhre hochstieg. Die Männer von Skudeneshavn wurden abgeschlachtet, und er konnte nichts dagegen tun.

»Geh zurück zu deinen Leuten, Junge«, sagte der Graubart, ungeachtet, dass er damit Sigurds Zorn riskierte. »Du musst ihnen mitteilen, was da auf sie zukommt. Gib ihnen die Möglichkeit, zu fliehen. Glaub mir, diese ehrlose Angelegenheit ist noch längst nicht zu Ende.«

Sigurd rammte seinen Speer zwischen die Wurzeln der

Birken und marschierte auf den alten Mann zu, dem vor Angst die Augen aus den Höhlen traten. »Ich hatte dir befohlen, den Mund zu halten!«, schrie er, packte mit beiden Fäusten die Kotte des Mannes und zerrte ihn durch das hohe Gras zum Rand der Klippe. Sie konnten beide die Gischt der Brandung unten an den Felsen sehen.

Dann bemerkte Sigurd die Fischer und ihr Boot auf dem Kiesstrand.

»Ich wollte dich nicht beleidigen!«, jammerte der Alte.

»Sigurd! Lass ihn los!«, schrie Runa. Die anderen sahen zu, mit großen Augen, stumm. Keiner rührte sich.

Auf der Meerenge tobte nach wie vor der Kampf, klirrte Stahl auf Stahl, krachten Klingen gegen Schilde, gellten die Schreie der Verwundeten und hallte das Gebrüll der Krieger, und Sigurd hörte in seinem Geist wieder das Krächzen des Raben, der aus dem Kiefernwald zugesehen hatte.

Er stieß den alten Mann zu Boden. »Wie kommt man am schnellsten von hier aus dort hinunter?«

»Es gibt einen Pfad hinter diesem Fels.« Der alte Mann deutete mit zitternder Hand dorthin. »Er führt direkt zum Ufer.«

Sigurd nickte und drehte sich zu Svein und Aslak herum. »Kommt ihr mit?«

Die beiden sahen sich an und nickten. Noch bevor der alte Mann sich wieder aufgerappelt hatte, rannten sie zu dritt über die Klippe und kletterten den ausgetretenen, schmalen Pfad zum Meer hinab.

Als sie den Strand erreichten, drehten sich die vier Fischer um und standen auf. Zwei von ihnen zogen Langmesser aus ihren Gürteln. Ihre Nerven lagen nach dem, was sie dort in der Meerenge hatten mit ansehen müssen, blank.

»Gib mir dein Boot«, sagte Sigurd, während er auf sie zuging. Rechts flankiert von Svein, links von Aslak.

Einer der Männer lachte, aber es war kein fröhliches Lachen.

»Hau ab, Junge«, knurrte ein anderer. Er fuhr mit seinem Messer durch die Luft.

Sigurd drehte den Speer in seinen Händen und stieß zu. Er traf den Mann mit dem stumpfen Ende des Schafts mitten auf die Stirn. Der Mann sackte zu Boden. Die drei andern traten zurück und ließen ihren bewusstlosen Kameraden auf dem nassen Kies liegen.

»Das ist Jarl Haralds Sohn«, sagte schließlich einer von ihnen. Die Männer hoben die Brauen.

»Nimm es.« Ein Fischer mit wettergegerbter Haut deutete mit einer Bwegung seines Kinns auf ihr kleines Boot.

Sigurd nickte und kehrte ihnen den Rücken zu. Er ging zu dem Boot, von dem sich kreischend Möwen erhoben, als er sie bei ihrem Festmahl mit Fischinnereien störte. Die drei zogen das Boot in das ruhige Wasser der geschützten Bucht, und als der Kahn genügend Wasser unterm Kiel hatte, stiegen sie hinein. Aslak gab ihm noch einen letzten Schubs, bevor er ebenfalls an Bord sprang.

»Ich mache das.« Svein setzte sich mit dem Rücken zum Fjord auf die mittlere Ruderbank, nahm die beiden Riemen und legte sie in die Dollen ein. Sigurd blickte zur Klippe hoch und sah Runa, deren Haar in der Nachmittagssonne glänzte wie Gold. Er winkte ihr zu, aber sie umklammerte mit beiden Fäusten den silbernen Freyja-Anhänger an ihrer Brust. Dann drehte sich Sigurd um und kniete sich an den Bug, von wo aus er den Kampf jenseits der von Riffs geschützten Bucht beobachtete. Svein legte sich in die Riemen, und sie entfernten sich rasch vom Ufer.

»Was hast du vor, Sigurd?«, erkundigte sich Aslak, während Sveins kräftige Züge sie an den Felsen vorbei in die Meerenge brachten. »Mit einem Speer können wir nicht viel ausrichten.«

»Halt dich einfach nur bereit«, erwiderte Sigurd. Er trat auf die Stufe im Bug und stützte sich auf seinen Speer, um das Gleichgewicht zu halten, während die Kampfgeräusche lauter wurden. Mitten in dem Chaos schrie ein Mann. Yngvar stieß immer noch in sein Horn, wenn er nicht gerade um sein Leben kämpfte. Sigurd hörte das Aufklatschen, wenn Krieger ins Meer fielen. Ihre gepanzerten Brynjur zogen sie rasch auf den Meeresgrund, noch bevor ihnen klar wurde, was mit ihnen geschah. Die *Seeadler* war verloren, und auf ihren Planken drängten sich Jarl Randvers Männer. Sigurd sah, dass einige von ihnen gebeugt dastanden, vielleicht weil sie den toten Feinden die Wertsachen abnahmen, während andere jenen halfen, die jetzt versuchten, das Deck der *Reijnen* zu entern. Aber obwohl er stand, hatte Sigurd Schwierigkeiten, über die Seiten des Schiffs zu blicken. Erst als er den Helm seines Vaters sah, dessen polierte Silberplatten in der Sonne schimmerten, wusste er, dass die *Reijnen* ebenfalls verloren war. Denn Harald war auf das erhöhte Achterdeck der *Reijnen* zurückgedrängt worden und stand jetzt unmittelbar vor der Ruderpinne. Seine Söhne Sørlie und Sigmund standen mit erhobenen Schilden neben ihm. Slagfid war ebenfalls dort. Die hängenden Schultern des Preiskämpfers verrieten seine Erschöpfung, obwohl er den Schild hochhielt, und seine große wellenförmig geschliffene Klinge versprach jedem den Tod, der sich ihm in den Weg stellte.

»Schneller, Svein«, knurrte Sigurd. Svein gehorchte, und die Muskeln an seiner Schulter traten mit jedem Zug hervor. Die Adern in seinem Hals waren so dick wie Taue aus Walrosshaut, als er sie immer dichter an das Heck der *Reijnen* heranbrachte. Er achtete darauf, Abstand zu den beiden Schiffen zu halten, die sie angriffen, und zur *Seeadler*, auf der sich jetzt die Krieger von Jarl Randver drängten.

Dann sah Sigurd einen kleinen Schildwall, der an der Backbordseite der *Reijnen* langsam zurückwich, und entdeckte Olaf, der diesem letzten Haufen von Haralds Herdkarls Befehle zubrüllte. Thorvard war bei ihnen, blutüberströmt und mit verzerrtem Gesicht, als er ihr kleines Schildbollwerk gegen die Übermacht der Angreifer verteidigte, die gegen sie anrannten.

»Die *Kleiner Elch* hat sich losgemacht!«, schrie Aslak. Das war wenigstens etwas, und Sigurd sah die hektische Panik auf dem Schiff. Er hörte das Rumpeln der Ruder, als die Männer sie vom Deck hoben und sie hastig durch die Öffnungen schoben. Dann begannen sie, das Schiff von dem Gemetzel wegzubringen, während Randvers Männer sie mit einem Pfeilhagel eindeckten. Sigurd konnte fast hören, wie Asgot Flüche hervorspie und die Götter anflehte, aus Walhall herabzusteigen und auf diesen Wurm Jarl Randver zu pissen.

Yngvar hing tot über der Seite der *Reijnen*, sein Horn in der verkrampften Faust, als bestände noch Hoffnung, dass

König Gorm käme und an ihrer Seite kämpfte. Aber von Biflindi war nichts zu sehen, und außerdem war es jetzt ohnehin zu spät.

»Vater! Sørlie!« Sigurd schrie, aber der Schlachtenlärm war so laut, dass sie ihn nicht hören konnten. Und selbst wenn sie ihn gehört hätten, konnten sie keine Notiz von ihm nehmen, weil sie mitten im Kampf steckten. Da die *Kleiner Elch* sich von dem Gemetzel entfernte und die *Seeadler* bereits erobert war, konnte Jarl Randver all seine Krieger gegen die wenigen Gefolgsleute von Jarl Harald führen, die immer noch auf dem Achterdeck der *Reijnen* Widerstand leisteten. Immer mehr Haken gruben sich mit dumpfen Schlägen in die Spanten und Planken des Schiffs, immer mehr Taue wurden an die Männer Randvers weitergereicht, die ohnehin schon auf dem Deck von Haralds Schiff die Oberhand gewonnen hatten. Seine schwimmende Festung gehörte jetzt dem Rebellen – bis auf zwei Speerlängen des Eichendecks, das der große Krieger mit dem funkelnden, von einem Rabenschnabel geschmückten Helm mit seinen besten Kriegern und seinen beiden Söhnen nach wie vor verteidigte.

Sigmund, ein großartiger Kämpfer, nahm zwei Schritte Anlauf, sprang vor und rammte sein Schwert hinter dem Schild eines Feindes hinab in dessen Hals. Dann prallte er mit seinem Schild gegen den des Sterbenden, stieß sich ab und sprang in seinen eigenen Schildwall zurück. Er fletschte die Zähne zu einem Grinsen. Sigurd spürte heißen Stolz über die Geschicklichkeit und den Mut seines Bruders, obwohl er wusste, dass dieser eine Tote mehr oder weniger nicht viel nützen würde.

Ein anderes Hornsignal ertönte, diesmal von einem

Schiff Jarl Randvers, und Sigurd sah, dass der Rebell seinem besiegten Feind die Bedingungen für eine Kapitulation nennen wollte. Aber Harald brüllte nur, dass Randver eine ranzige Mistkröte sei, eine hinterhältige, verräterische Ratte von einem elenden Hurensohn. Seine Männer hämmerten mit Schwertern und Speeren gegen ihre Schilde, um der Beleidigung Nachdruck zu verleihen und ihren Trotz kundzutun.

Einen Augenblick schienen Randvers Männer nicht genau zu wissen, was ihr Jarl von ihnen wollte. Harald half ihnen, eine Entscheidung zu treffen, indem er sich von Sørlie einen Speer geben ließ und ihn mit so viel Wucht schleuderte, dass er den Schild eines Kriegers durchbohrte und dem Mann den Arm an die Brust nagelte. Das brachte ihm donnernden Jubel von seinen Männern auf den Planken der *Reijnen* ein. Obwohl sie wussten, dass sie schon bald mit ihren Vorfahren in Óðins Halle sitzen würden.

Der Schildwall der Rebellen erstreckte sich über das gesamte Deck der *Reijnen* und musste mindestens fünf Männer tief sein. Eine Welle aus Eisen und Fleisch, die Sigurds Vater und seine tapferen Streiter ins Meer treiben oder sie in einem Meer ihres eigenen Blutes auf den Eichenplanken ertränken würde. Beide Seiten brüllten, als die Schildwälle aufeinanderprallten und das Lied der Schwerter zur Unterhaltung der Asen erklang. Jarl Haralds Männer wurden Fuß um Fuß zurückgedrängt, bis sie auf Höhe der Pinne standen und sich unter dem großen Rudersteven zwängten. Dort waren die mit Baumharz getränkten, senkrechten Planken mit Runen und angreifenden Bestien geschmückt.

Slagfid schlug den Schild eines Widersachers herunter, und Thorald stieß sein Schwert in das Gesicht des Mannes. Die Klinge platzte in einer Fontäne aus Blut und Knochensplittern aus dem Hinterkopf hinaus. Der Mann fiel, und Sørlie sprang in die Lücke, hackte einem Krieger seine Faustaxt ins Gesicht und trennte ihm den Kiefer ab, bevor er wieder, schnell wie ein Blitz, in seinen Schildwall zurücksprang. Jetzt jedoch feuerten einige der Krieger von Randver an Bord des Schiffes, das an der Backbordseite der *Reijnen* vertäut war, Pfeile ab, die Haralds Männer trafen. Sie konnten ihre Schilde nicht an zwei Stellen gleichzeitig haben. Drei oder vier drehten sich jedoch herum und versuchten, ein Bollwerk gegen diese neue Bedrohung zu errichten. Thorald, den Steuermann der *Reijnen*, traf ein Pfeil in den Hals. Er umklammerte mit beiden Fäusten den Schaft, während er über die Seite kippte und verschwand. Dann taumelte Harald, und Sigurd sah einen gefiederten Schaft aus seiner Schulter ragen. Aber die Ringe seines Brynja hatten das Schlimmste verhindert. Er richtete sich wieder auf und rollte mit den Schultern, um zu zeigen, dass es ihn nicht kümmerte.

»Was sollen wir tun?« Aslaks Gesicht war aschfahl, er hatte vor Entsetzen über das, was sie da sahen, die Augen weit aufgerissen. »Sie werden sich schon bald auf uns stürzen.«

Sigurd antwortete nicht. Er stand immer noch auf der Bank, glich mit ruhigen Bewegungen das Schaukeln des Fischerbootes aus und beobachtete die letzten Augenblicke seines Vaters und seiner Brüder. Er konnte einfach den Blick nicht losreißen. Eine Speerklinge grub sich in Auds Auge, und er schrie auf. Sein Schildarm sank herunter, sodass derselbe Speer erneut zustoßen konnte. Diesmal schlitzte er ihm den Bauch auf, und Sigurd sah, wie seine glitzernden Eingeweide auf dem Deck landeten. Olaf brüllte immer noch Befehle, wies die Männer an, die Schilde zu überlappen und die Köpfe einzuziehen. Slagfid knurrte die feindlichen Krieger an, sie sollten doch kommen, wenn sie durch seine Hand sterben wollten. Sigurds Brüder standen Schulter an Schulter, und aus ihrer ganzen Haltung sprach Stolz und Trotz. Aber sie waren von drei Seiten umzingelt und hatten kaum genug Platz, ihre Schwerter zu benutzen. Es sah ganz danach aus, als würden sie jeden Moment ins Meer gestoßen werden wie Fischinnereien und jämmerlich ersaufen. Diesen Tod fürchtete ein Krieger fast mehr als alles andere.

Vielleicht war eben dieser Gedanke auch für Sørlie unerträglich. Er stürzte plötzlich vor, hämmerte seinen Schild gegen den Schildwall des Feindes, hob den Arm, drehte das Schwert um und hackte es in den Rücken eines Mannes, der sich nicht rühren konnte, weil er von allen Seiten eingekeilt war. Der Rest von Haralds Männern nahm sich an ihm ein Beispiel und stürzte sich voller Wut und Verachtung mit letzter Kraft auf den Feind. Sie wurden von Schwertern, Speeren und Äxten niedergemacht. Sigurd schrie Svein zu, sie noch dichter an das Heck der *Reijnen* zu rudern. Svein sagte nichts, aber die Ruder klatschten ins Wasser und das Boot setzte sich in Bewegung. Aslak saß mit zusammengebissenen Zähnen im Heck und schluckte seinen Protest klugerweise hinunter.

»Der Jarl! Schützt den Jarl!«, schrie jemand. Sigurd wusste, dass sein Vater zu Boden gegangen war, obwohl er es selbst nicht mit angesehen hatte.

»Vigdis!«, rief Sigurd, als er den Krieger an dem Bärenfell erkannte, das er über dem Lederharnisch trug. Vigdis warf einen Blick über die Seite des Schiffs. Ihm traten fast die Augen aus den Höhlen, als er Sigurd und seine Freunde erkannte.

»Verschwinde, Junge!«, schrie Vigdis. »Lauf zurück zur Siedlung!« Derselbe Vigdis, der Sigurd gesagt hatte, es wäre unehrenhaft gewesen, wie er Olaf in der Nacht zuvor besiegt hatte, besaß jetzt selbst genug Ehre, sich auf den Feind zu stürzen, damit sie Sigurd nicht bemerkten. Der fluchte, als der Mann aus seinem Blickfeld verschwand.

Dann sah Sigurd Alfdis dort, wo eben noch Vigdis gestanden hatte. Er rief ihn an, und Alfdis war ähnlich erschrocken über seinen Anblick, aber Sigurd ließ dem Mann keine Zeit, etwas zu sagen.

»Der Jarl!«, schrie Sigurd und deutete auf das Fischerboot. Alfdis verstand sofort und nickte. Sigurds Herz hämmerte gegen seine Rippen, und er hatte Angst, er wäre zu spät gekommen, doch dann tauchten Alfdis und ein Mann namens Jorund auf, die den Jarl auf ihren Schultern schleppten. Harald war verletzt, aber er lebte. Dann jedoch wurde Alfdis niedergeschlagen, und ein Hüne von Mann hob seine Axt, um den Jarl zu erledigen. In dem Moment tauchte Olaf auf und rammte sein Schwert in die Achsel des Mannes. Er zerfetzte ihm das Herz, zog das Schwert in einem Schwall von hellem Blut heraus und sah Sigurd dann mit blutverschmiertem Gesicht an. Seine Zähne leuchteten weiß in seinem triefenden Bart.

»Nein!«, schrie Harald, der wieder zu sich kam, als Olaf seinen anderen Arm packte und ihn zur Seite des Schiffes schob. Obwohl er verletzt und sein Brynja von seinem eigenen Blut besudelt war, hatte der Jarl noch genug Kraft, um sich gegen Olaf und Jorund zu wehren, während der Rest seiner Männer hinter ihm hackte und um sich schlug.

Sigurd hörte ein lautes Platschen und sah Sørlie, der in seinem Kettenpanzer im Wasser lag und wild mit den Armen fuchtelte. Thorvard, der ihn ins Meer gestoßen hatte, blickte gerade so lange über den Rand der *Reijnen,* bis er sich davon überzeugt hatte, dass Sigurd ihren Bruder gesehen hatte. Dann drehte er sich um und stürzte sich wieder ins Gemetzel. Sigurd sah, wie ein Speer sich in Thorvards Seite grub, während ein anderer Krieger ihm eine Faustaxt in den Nacken hieb. Zwei Pfeile erledigten Jorund, einer bohrte sich ihm in den Hals, der andere in den Schenkel. Er stürzte über die Seite und versank im Meer. Aslak nahm ein Seil aus der Bilge und warf ein Ende Sørlie zu. Der packte es und zog sich zum Boot.

»Olaf!«, schrie Sigurd. Aber Olaf tat ohnehin schon, was er konnte, und es gelang ihm irgendwie, seinen Jarl zur Seite zu drängen. Mit letzter Kraft stieß er ihn über das Dollbord, während sich der Jarl vergeblich wehrte. Jetzt streckte sich Sigurd und packte mit Sveins Hilfe seinen Vater. Die drei fielen in einem Durcheinander von Armen und Beinen auf die Planken des Bootes zurück. Olaf drehte sich wieder zum Kampf herum. Er schnappte sich sein Schwert, fest entschlossen, mit den anderen zu sterben, als ihn ein Speer in die Schulter traf und er zurücktaumelte. Mit den Beinen prallte er gegen das Dollbord der *Reijnen,* stolperte über die steilen Planken und fiel mit einem lauten Klatschen ins Wasser.

Sigurd krabbelte hastig zum Bug und streckte ihm den Speer entgegen. Olaf war geistesgegenwärtig genug, sich daran festzuhalten, sodass Sigurd ihn an Bord ziehen konnte.

»Ruder!«, schrie Sigurd, und Svein ließ sich das nicht zweimal sagen. Er tauchte die Riemen ins Wasser, und mit seinen breiten Schultern und seinen muskulösen Armen ruderte er das Boot weg von dem Gemetzel, während Olaf sich an die Seite klammerte, Sigurd Olaf festhielt und Aslak sich nach Kräften bemühte, Harald auf den Boden zu drücken und dort zu halten, damit der Jarl nicht etwa versuchte, wieder zurück auf die *Reijnen* zu klettern, um mit seinen Getreuen zu sterben.

»Festhalten, Olaf!«, befahl Sigurd, während er zusah, wie Slagfid unablässig Männer niedermähte, neben sich zwei, drei Männer, die mit ihm kämpften. Bis zuletzt.

Einer von ihnen war sein Bruder Sigmund.

3

Svein legte sich so kräftig in die Riemen, dass sich die Ruderblätter im Wasser bogen. Schließlich gelang es Sigurd und Aslak, Olaf ins Boot zu ziehen. Er lag halb ertrunken in der Bilge. Bart und Brynja schimmerten grünlich vom Brackwasser, und sein Atem pfiff wie ein Blasebalg. Sørlie stand aufrecht in dem Fischerboot und tobte vor Wut. Schaumiger Speichel fing sich in seinem Bart, als er Thorvard verfluchte, der ihn mit seiner letzten Tat über Bord geworfen hatte. Sørlie verwünschte seinen Bruder, weil er ihm so seinen Platz beim letzten Gefecht verweigert hatte. Seine Augen schwammen in Salzwasser oder in Tränen, während er gegen die Planken des Bootes trat, sich die Haare raufte und Thorvard beschimpfte, obwohl der ihn nicht mehr hören konnte. Sigurd versuchte erst gar nicht, seinen Bruder zu beruhigen. Sørlie war nicht bei Sinnen, und das Beste war, ihn in Ruhe zu lassen.

Als Jarl Harald zu sich kam, wirkte er wie ein Mann, den man soeben aus seinem Hügelgrab gezerrt hatte, den köstlichen Bratenduft von Sæhrímnir noch in der Nase, Óðins Eber, der jede Nacht aufs Neue gebraten wurde, und die Stimmen seiner Vorfahren in der Halle der Asen in den Ohren. Sein Blick war auf das Gemetzel im Heck der *Reijnen* geheftet, von dem sie jetzt bereits zwei gute Speerwürfe entfernt waren. Krampfhaft umklammerte er das Dollbord. Er hatte Sigurd noch nicht angesehen, der darüber auch ganz froh war, denn er ahnte, was kommen würde.

Dann brandete Jubel unter Jarl Randvers Männer auf. Das konnte nur bedeuten, dass der letzte Krieger Haralds gefallen war, dass sich sein Blut mit dem seiner Schwertbrüder auf den Eichenplanken der *Reijnen* mischte. Sigurd fühlte sich, als triebe er in einem Sturm mitten auf dem Meer, die Gedanken wirbelten in seinem Kopf herum, wie in einem Mahlstrom.

»Meine Söhne«, murmelte Harald. Er sprach so leise, dass sein Atem kein Härchen seines blutbefleckten blonden Bartes rührte. »Meine Söhne.«

»Der König hat uns verraten.« Olafs Haar war voller Blut, genau wie die Ringe seines Brynja, aber er hatte keinen Blick dafür übrig. »Diese verfaulte Schweineblase hat tatenlos zugesehen, wie wir zerfleischt wurden.«

Sigurd merkte, dass er immer noch den Speer umklammert hielt. Seine Knöchel hoben sich weiß gegen den von Runen überzogenen Eschenschaft ab. Er hatte das Gefühl, als läge ihm ein Mühlstein im Magen, und doch hämmerte sein Herz wie das eines Hasen, der einen Bussard gesehen hat. Seine Brüder Sigmund und Thorvard waren tot. Slagfid, der unbesiegbare Kämpfer, der jedem Gegner Furcht eingeflößt hatte und dessen Ruhmestaten in aller Munde waren, war niedergemetzelt worden. Sveins Vater Styrbjørn war ebenfalls tot, ebenso Haki und Gudrod und so viele andere. Haralds beste Krieger und Gefolgsleute waren nur noch Leichen, denen man Waffen, Kriegerarmspangen, Brynjur und Helme abgenommen hatte, während die zerlumpten Überlebenden sich davonschlichen wie feige Hofköter, die dem Fuchs mit eingekniffenem Schwanz den Hühnerstall überließen.

»Die *Kleiner Elch!*«, rief Aslak. Sigurds Blick folgte seinem ausgestreckten Arm und sah das Karvi schräg voraus vor ihrem Bug. Die Männer ruderten nach Süden, eine kluge Entscheidung von Solveijg. Der Steuermann hielt sich dicht an der Küste, wohin ihm Jarl Randvers Schiffe wahrscheinlich nicht zu folgen wagten, aus Angst, dass ihre mit Beute schwer beladenen Schiffe gegen die Felsen geworfen und Leck schlagen könnten, da mittlerweile die Gezeiten gewechselt hatten und Ebbe gekommen war.

Olaf schrie etwas zum Karvi hinüber, und Solveijg befahl seinen Leuten, die Ruder hochzunehmen, bis Svein das Schiff erreicht hatte und die Männer an Bord klettern konnten. Sigurd bemerkte die Erleichterung auf den Gesichtern der Männer der *Kleiner Elch,* als sie sahen, dass ihr Jarl noch lebte. Asgot der Godi, dessen geflochtene Bartzöpfe blutgetränkt waren, schickte einen Dank zum Allvater, der ihnen wenigstens dieses kleine Stück Treibholz nach dem heutigen Schiffbruch gelassen hatte.

Sie überließen das Fischerboot der Strömung, und die Überlebenden, insgesamt neunundzwanzig Männer, begaben sich zu den Riemen oder behielten die Schiffe draußen in der Karmsund-Enge im Blick. Einige hielten Ausschau nach Felsen und Riffen direkt unter der Wasseroberfläche, während der alte Solveijg seinen geschlagenen Jarl nach Süden brachte, nach Skudeneshavn. Sigurd fiel Runa wieder ein. Aber als er zur Klippe hochblickte, war von ihr zwischen den Leuten, die immer noch dort oben herumstanden, nichts zu sehen. Aslak vermutete, dass sie längst nach Hause in die Siedlung geritten war, um die Nachricht von den Ereignissen zu überbringen.

»Wir hätten sie nicht allein zurücklassen sollen«, sagte Sigurd.

»Hatten wir eine Wahl?«, gab Aslak zurück. Er hatte recht, aber trotzdem hoffte Sigurd, dass Runa mitbekommen hatte, dass ihr Vater und Sørlie am Leben waren und dass zumindest ein paar der Männer von Skudeneshavn den Verrat von Jarl Randver und König Gorm überlebt hatten und auf dem Weg nach Hause waren.

»Sie interessieren sich nicht mehr für uns«, verkündete Olaf, als er sicher war, dass ihre Feinde sie nicht verfolgten. Er blickte zu der Meerenge zurück wie ein Mann, der seiner Familie auf dem Felsen einen Abschiedsblick zuwirft, wenn er zu einem Raubzug aufbricht. So, als wäre er hin- und hergerissen zwischen dem Wunsch, zurückzugehen, und dem, weiterzufahren.

»Warum sollten sie auch?«, erwiderte Jarl Harald. »Sie haben meine Schiffe erbeutet, und sie haben meine Söhne und meinen Preiskämpfer getötet.« Er schien die Pfeilwunde in seiner Schulter überhaupt nicht zu bemerken. »Ich bin am Ende«, murmelte er.

»Dafür wird Biflindi mit Blut bezahlen.« Sørlie schob den Ärmel seiner Tunika hoch, um den gefährlich wirkenden roten Fleck zu untersuchen, der sich auf seinem linken Unterarm ausbreitete. »Wir werden ihm die Haut in Streifen vom Rücken ziehen und ihm die Eier abschneiden.«

»Und wie sollen wir das anstellen, Junge?« Harald stieß die Worte fast verächtlich hervor. »Meine Schwertbrüder sind tot. Ich habe nur noch Feiglinge, alte Männer und

Kinder an meiner Seite.« Sigurd trafen die Worte wie ein Hieb, und er wusste, dass sie auch den Stolz der Männer verletzten, die jetzt an den Riemen saßen. Sie hielten die Köpfe gesenkt, um ihren Jarl nicht anblicken und den Ausdruck der Qual auf seinem Gesicht sehen zu müssen. Harald stand auf der Steuerbordseite und sah zu den Schiffen, die ihm nicht länger gehörten. Ein Stück weiter entfernt nahmen König Gorms Langschiffe Kurs nach Norden in Richtung seiner Halle in Avaldsnes. Er hatte seine Rolle in dieser Geschichte gespielt, und offenbar schien der König zufrieden damit zu sein, Randver die Beute zu überlassen. »Óðin hat sich von mir abgewendet«, sagte Harald und warf einen Blick auf Asgot, der auf den Knien hockte und die Runen auf dem Deck auswarf. »Du hast mir geraten, ich sollte heute nicht kämpfen. Ich hätte auf dich hören sollen.«

Asgot betrachtete die Steine vor ihm auf den Planken und spitzte dann die Lippen. Als er zu seinem Jarl hochsah, schimmerten seine Augen so schwarz wie Feuerstein. »Einauge hat immer noch seine Hand im Spiel, Harald. Andernfalls wärst du nicht hier. Das Blut, das heute vergossen wurde, ist wie der erste Tropfen eines Wolkenbruchs vor einem Sturm. Óðin hat die Steine auf dem Tafl-Brett aufgebaut und reibt sich bei der Vorstellung an das Spiel vor Freude die Hände.«

»Wenn der alte Einauge will, dass ich dieses Spiel spiele, hätte er mir mehr Männer lassen sollen«, zischte Harald. Asgot hob eine Braue bei diesen Worten, während er die Runensteine aufsammelte, um sie erneut zu werfen.

Die Sonne stand tief im Westen und war von Wolken verdeckt, als sie durch die geschützten Gewässer östlich von Karmøy nach Süden und rund um die Halbinsel in Skudeneshavns sicheren Hafen ruderten. Am Kai wimmelte es von Menschen, die sehen wollten, ob ihre Angehörigen lebten oder gefallen waren. Sigurd rief einer Freundin seiner Mutter die Frage zu, ob Runa bereits nach Hause gekommen sei. Das war sie, kam die Antwort. Bei dieser Nachricht seufzte er erleichtert und dankte murmelnd der Göttin Freyja.

Als sie das Boot vertäuten, sah Sigurd die Erleichterung in den Augen seiner Mutter beim Anblick von Harald. Aber sie mäßigte ihre Freude aus Respekt vor den Frauen, die ihre Ehemänner und Liebsten nicht auf den Ruderbänken der *Kleiner Elch* entdecken konnten. Und der Jarl schien alles andere als glücklich darüber zu sein, dass er überlebt hatte. Er trat missmutig und gereizt unter seine Leute, die ihm rasch aus dem Weg gingen. Sigurd jedoch sah vor allem die Scham, die schwerer auf ihm lastete als sein prächtiges Brynja oder sein blutbefleckter Helm. Sie schien sich an den Jarl zu klammern, auf seinen breiten Schultern zu lasten und veranlasste ihn, den Blick zu senken, weil er ihn nicht auf Grimhild zu richten wagte. Im nächsten Moment hämmerte sie mit den Fäusten auf die Brust seines Kettenpanzers, während ihr die Tränen über die Wangen liefen. Sigurd wusste, dass sein Vater ihr den Verlust ihrer Söhne gestanden hatte, ihr mit seinen geflüsterten, harten Worten bestätigt hatte, was sein Blick ihr schon verraten hatte. Harald stand da wie ein Fels, während Grimhild auf ihn einschlug und sich dabei die Nägel an den blutigen Ringen seines Brynja aufriss. Sie stöhnte so entsetzlich vor tiefer Trauer, dass die Umstehenden den Blick abwandten. Schließlich zog Harald sie an sich, sodass sich ihre vom Eisen erstickten Schreie in der dunklen Welle von Leid verloren, die die Einwohner von Skudeneshavn erfasst hatte.

Sigurd schloss Runa in die Arme, sodass Sørlie allein dastand und aufs Meer hinausblickte. Selbst tausend Möwen hätten nicht ein so erbärmliches Klagen von sich geben können wie die Menschen, deren Schreie durch die stille Dunkelheit hallten, während die *Kleiner Elch* sanft glucksend an der Mole dümpelte.

Sigurd fühlte, wie Runa in seinen Armen zitterte, wie die Takelage eines Schiffs bei starkem Wind. Aber er fand nicht die richtigen Worte, sie zu beruhigen. Schließlich trat Olaf zu ihnen und legte Sigurd eine feste Hand auf die Schulter.

»Wir müssen uns vorsehen, Sigurd. Schick Wachen zur Meerenge. Und sorg dafür, dass das Silber vergraben wird.« Seine Augen funkelten, und er fletschte die Zähne. »Es ist mehr als wahrscheinlich, dass Jarl Randver hierherkommt, um die Sache ein für allemal zu Ende zu bringen. Jedenfalls würde ich das tun.«

Sigurd nickte. Ihm war alles recht, wenn er nur von hier wegkam.

»Vielleicht kommt der König ja sogar selbst.« Svein blinzelte, um Tränen der Wut zurückzudrängen. Er biss die Zähne zusammen, dass die Kiefer knackten.

Olaf schüttelte den Kopf. »Welche Rolle Biflindi in dieser verdammten Geschichte auch spielt, er will ganz sicher nicht dabei gesehen werden, wie er seine eigenen Gefolgsleute angreift. Es sei denn, er möchte riskieren, dass jeder Jarl, der über Speere und Schiffe verfügt, von heute an bis Ragnarøk an seinem Wort zweifelt.« Er spie aus. »Aber dieser Scheißkerl Randver wird kommen und uns mit einem Lächeln auf dem Gesicht umbringen. Darauf müssen wir gefasst sein.«

»Ich stelle Wachen auf«, sagte Sigurd. »Falls Jarl Randver tatsächlich kommt, schlitzen wir ihm vor seinen Männern den Wanst auf!«

Olaf nickte, aber er wirkte nicht sehr überzeugt. »Sorg dafür, dass trockenes Holz auf dem Signalturm ist, und besorg dir die lautesten Hörner, die du finden kannst. Sollte Randver kommen, will ich, dass die Götter selbst aus dem Schlaf hochfahren, Junge.« Er verzog das Gesicht. »Bei diesem ganzen Gejammer könnten hundert Männer in der Bucht landen, und wir würden sie nicht hören.«

Sigurd wandte sich ab, aber Olaf hielt ihn am Arm fest. »Und gib allen Speere. Auch den Jungen. Wenn dieser Hurensohn kommt, will er uns alle erledigen. Er wird keine Gnade gewähren, und niemand wird darum bitten.«

Sigurd warf einen Blick auf seine Mutter, die immer noch an Jarl Haralds Brust lag, und musterte dann die anderen Gruppen von weinenden Frauen. Soll Randver doch kommen, dachte er. Der Gedanke erschien ihm fast so tröstlich wie ein wärmender Umhang. Er hat Sigmund und Thorvard getötet, also lass ihn kommen, dann tränken wir diese Nacht mit Blut.

Er wandte sich ab und ging zu den Jungmännern von Skudeneshavn, um ihnen zu sagen, dass nur Blut ihre Väter rächen würde, keine Tränen. Svein und Aslak begleiteten ihn.

Auf der Anhöhe, von der aus man die Meerenge und den Fjord von Skudeneshavn überblicken konnte, teilte er die Jungmänner in Zweier- und Dreiergruppen auf. Danach verbrachten Svein, Aslak und er die Nacht auf einem Hügelkamm, von dem aus man nach Norden die Weiden von Hillesland sehen konnte, auf denen der Hahnenfuß hell im Zwielicht leuchtete. Richtig dunkel würde es frühestens in zwei Monaten sein, was bedeutete, dass eine Kriegerhorde, die diesen Weg nahm, sich ihnen nicht unentdeckt nähern konnte. Aber Jarl Randver und seine Männer kamen in dieser Nacht nicht. Am Morgen kehrte Sigurd in die Halle seines Vaters zurück, und Olaf schickte andere Männer auf die Beobachtungsposten.

»Ich hätte mit dir kommen sollen. Alles wäre besser gewesen, als die Nacht hier zu verbringen«, murmelte Sørlie in sein Methorn und starrte in die Glut des Herdes. Sigurd sah sich in der Halle um, wo Rauch und Elend die Frauen zu umhüllen schien, und betrachtete die Männer Haralds, die zwar überlebt hatten, aber Freunde, Ruderkameraden und ihren Stolz verloren hatten.

Mit einem Blinzeln vertrieb Sigurd das Brennen aus seinen müden Augen. Er war froh, dass er die Nacht auf dem Hügel verbracht hatte statt an diesem finsteren, bitteren Ort. »Wo ist Vater?«

Sørlie nahm seinen Blick nicht von der Glut. Die schuppige, aschgraue und rotglühende Oberfläche des Holzes schien zu pulsieren. »Irgendwo bei Asgot. Und den Göttern. Sie versuchen, den Knoten dieser üblen Sache zu entwirren.« Sørlie trug immer noch sein Brynja. Das Blut ihrer Feinde war in den Ringen schwarz getrocknet, und der Schaft des Speers hinter ihm war vollkommen davon überzogen.

Sigurds eigener Speer lag neben ihm in den Binsen. Die Klinge war sauber und der mit Runen bedeckte Schaft schien ihn dafür zu verhöhnen, dass er nicht neben seinen Brüdern gestanden und keinen einzigen Mann mit seiner Waffe niedergestreckt hatte.

»Scheiß auf Thorvard.« Sørlies Worte klangen wie das Knurren eines Hundes, und sein hübsches Gesicht verzerrte sich dabei.

»Sprich nicht schlecht von deinem Bruder, Junge.« Olaf kaute an einem Stück Brot und starrte ebenfalls ins Feuer, dessen ersterbende Flammen jedem eine andere Geschichte zuzuflüstern schienen.

»Sag mir nicht, was ich tun soll, Onkel.« Sørlie warf Olaf einen finsteren Blick zu. »Er hat mich über Bord gestoßen. Er hat mir meine Ehre genommen, und jetzt sitze ich hier mit den Jungen, den Alten und denen, die vor dem Kampf geflohen sind.«

Seine Worte lösten unwilliges Gemurmel und Knurren bei den Männern der *Kleiner Elch* aus, aber keiner mochte sich dazu aufraffen zu protestieren.

Nur Olaf hob eine Braue und brummte schließlich: »Du bist ein Narr, Sørlie.« Er winkte einem Thrall, ihm den Becher neu zu füllen. »Glaubst du wirklich, Thorvard hätte dich beschämen wollen?«

Sørlie bearbeitete gerade die Handfläche seiner rechten Hand mit dem Daumen, um die vom festen Griff um das Schwert schmerzenden Sehnen zu lockern. »Nein. Er hat versucht mich zu retten, aber dazu hatte er kein Recht. Es stand ihm nicht zu, mir meinen Platz in diesem Kampf streitig zu machen. Ich stand Schulter an Schulter mit ihm und Sigmund. Ich tötete Männer neben Slagfid und hätte meinen Platz in seinem Heldenlied bekommen.«

Sigurd warf einen Blick auf die Bank links neben Haralds Hochsitz, unter dem an die Wand genagelten alten Bärenschädel. Das war Slagfids Platz gewesen, aber jetzt würde er sich nie wieder dort hinsetzen. Slagfids Vater hatte diesen Bären angeblich mit einem Tischmesser getötet, sagte man, obwohl ein oder zwei Graubärte leise lachten, wenn sie hörten, wie die Jungs sich diese Geschichte ehrfürchtig erzählten.

»Randvers Männer haben gesehen, wie ich wie ein verdammter Fisch aus dem Wasser gezogen wurde. Sie werden glauben, ich wäre aus Feigheit gesprungen, und zerreißen sich jetzt bestimmt das Maul über mich.«

»Pah!«, rief Olaf. »Was du dir einbildest! Als würden sie auch nur deinen Namen kennen! Sie werden viel zu sehr damit beschäftigt sein, Slagfids Armreifen zu zählen, und jeder dieser Schweinehunde wird damit prahlen, er hätte ihm den tödlichen Schlag versetzt. Wenn die Leute dich wirklich für einen Fisch halten, dann muss ich sagen, dass ich noch nie einen gesehen habe, der außerhalb des Wassers so gut atmen kann. Du solltest deinem kleinen Bruder lieber danken, dass er dich herausgefischt hat.« Er nickte zu Sigurd hinüber. »Denn Sigurd und Thorvard haben dir etwas geschenkt, das du dir nie hättest kaufen können.«

Sørlie war betrunken und müde und fuhr sich mit der Hand über den Mund. Dann fletschte er wütend die Zähne. »Was redest du da für ein Zeug? Stell mir keine Rätsel, Onkel.«

»Bei Thórs Arsch, Junge, du hast zwei Portionen gutes Aussehen abgekriegt, aber dafür hat man dir verdammt viel Platz im Schädel gelassen.«

Sørlie wischte die Beleidigung mit einer Handbewegung beiseite und murmelte irgendeinen Fluch in seinen blonden Bart. Aber Olaf ließ sich nicht beirren.

»Du wärst bei diesem blutigen Gemetzel verreckt. Und dann? Man hätte dich in blutige Stücke gehackt, und diese Made Randver hätte auf deine Leiche gepisst und seinem Godi befohlen, irgendeinen miesen Fluch zu wirken, damit du niemals die Halle des Allvaters zu Gesicht bekommst. Selbst im besten Fall hättest du höchstens eine halbe Zeile in Slagfids Heldenlied abbekommen und vielleicht eine ganze in dem über deinen Vater, und das auch nur, wenn der Skalde durstig gewesen wäre und deine Verwandtschaft in Hörweite.«

Sørlie gefiel das zwar nicht, aber er widersprach auch nicht. Stattdessen richtete er seinen Blick wieder auf das ersterbende Feuer und die Geheimnisse darin.

»Deine Brüder haben dir ein Geschenk gemacht, Sørlie, und dieses Geschenk ist Rache. Oder zumindest die Möglichkeit dazu.« Olaf sagte das so laut, dass auch die anderen in der Halle es hören konnten. Sigurd spürte, dass die Leute aufblickten. Sie waren nicht so von Trauer zermartert, dass sie nicht irgendwo vor ihnen den wärmenden Funken der Vergeltung hätten sehen können. Svein saß ein bisschen abseits und brütete vor sich hin. Neben ihm lagen ein alter Schild seines Vaters, Styrbjørns erster Helm und eine Langaxt. Niemandem erschien es sonderbar, den jungen Hünen mit dem Kriegszeug seines Vaters zu sehen.

»Denn wer sollte sich das Blutgeld für unsere toten Brüder von Randver holen, wenn nicht wir? Selbst Harald weiß, dass unser Überleben etwas Gutes hat, und das ist

Rache. Aber sein Stolz ist noch zu sehr verletzt, um das einzugestehen und Sigurd den Armreif zu geben, den er verdient hat.«

»Thorvard und Sigmund würden bestimmt wollen, dass wir Randvers Eingeweide auf dem Boden verteilen, Bruder«, sagte Sigurd. »Und auch die des Verräters König Gorm.«

Sørlie sah zu Sigurd. Er schien einen Entschluss zu fassen. »Also schön«, sagte er schließlich. »Dann wirst du von jetzt an nicht mehr am Ufer stehen und zusehen, Bruder. Sondern du wirst im Schildwall stehen, und zusammen werden wir die Raben füttern.«

Sigurd nickte. Er spürte die Blicke der anderen auf sich lasten, schwer wie Mühlsteine. Denn es waren nicht nur erwartungsvolle Blicke. Er hatte gestern mit angesehen, wie zwei seiner Brüder getötet wurden, und die Blicke der Männer verlangten nach Vergeltung.

»Gut.« Olaf kaute weiter sein Brot und nickte. »Der verdammte Nebel verzieht sich endlich.«

Bevor noch irgendjemand etwas sagen konnte, tauchte eine Gestalt in der Tür der Halle auf. Im Gegenlicht war ihr Gesicht in Dunkel gehüllt, aber Sigurd wusste, dass es Solveijg war. Er erkannte ihn an seiner bronzenen Umhangfibel. Die Enden des offenen Rings zeigten den Bug und das Heck eines Schiffes.

»Olaf! Bist du hier, Olaf?« Etwas in der Stimme des Steuermanns der *Kleiner Elch* ließ Sigurd unwillkürlich nach seinem Speer greifen.

»Ich bin hier! Was gibt es?«, knurrte Olaf, setzte den Krug an den Mund und leerte ihn in einem Zug.

»Komm besser raus und sieh selbst.« Damit drehte sich

Solveijg um und verschwand dorthin, woher er gekommen war.

Sigurd und die anderen folgten Olaf nach draußen und standen blinzelnd in der hellen Morgensonne, die den Hügel und die Gebäude erstrahlen ließ und auf dem Meer im Süden und Osten funkelte.

»Biflindis Männer.« Svein spuckte aus, und Sigurd spürte, wie er bei dem Gedanken an das bevorstehende Blutvergießen eine Gänsehaut bekam.

»Ich wette, sie sind gekommen, um die Wogen zu glätten«, sagte Olaf, während sie auf die Fremden zugingen, die sich bereits mit Jarl Harald und Asgot unterhielten. Bezeichnenderweise hatte Harald die Männer nicht in seine Halle eingeladen, was man als Beleidigung König Gorms hätte verstehen können. Wären sie nicht längst über Beleidigungen hinaus gewesen.

»Die Männer bringen Kunde von Avaldsnes, Olaf.« Jarl Harald drehte sich nicht zu den Herankommenden herum. »Sie sagen, unser König wäre über das, was uns gestern in der Meerenge widerfahren ist, entsetzt.«

Olaf erwiderte irgendetwas Unverständliches, und einer von Gorms Männern drehte sich um und nickte ihm respektvoll zu. Man kannte ihn. »Der Tod seiner Untertanen in Skudeneshavn und der Tod von Jarl Haralds Söhnen Thorvard und Sigmund haben dem König das Herz gebrochen. Aber es hat ihn getröstet zu hören, dass ihr Bruder Sørlie sich mit einem Sprung über Bord retten konnte.«

»Bei Friggs Arsch!« Sørlie warf Olaf einen wütenden Blick zu, aber Harald verhinderte jeden weiteren Kommentar, indem er die Hand hob. Dem Jarl waren die Verletzungen nicht anzusehen, die er davongetragen hatte, und er wollte sich auch vor Biflindis Männern keine Schwäche anmerken lassen.

König Gorms Mann mochte gekommen sein, um zu reden, aber er war mit Brynja und Helm wie für eine Schlacht gekleidet. Und als sich die Männer und Frauen und selbst die Kinder von Skudeneshavn um ihn und seinen unbehaglich dreinschauenden Gefährten sammelten, lief sein Gesicht unter seinem blonden Bart leuchtend rot an.

»Der König ist von den Ereignissen ebenso überrascht worden wie du, Jarl Harald«, versicherte der Bote dem Jarl. Er sah zwischen Olaf und Harald hin und her. »Zwei seiner Schiffsführer sind von dem Rebellen Randver gekauft worden, und wir haben erst gemerkt, dass sie deine Schiffe angriffen, als es schon zu spät war.«

»Zu spät?«, platzte Olaf heraus. »Wir haben gegen die Hunde gekämpft, bis unsere Klingen stumpf wurden, ohne dass der König uns Hilfe geschickt hätte!«

»Wir wurden von Jarl Randvers anderen Schiffen mit Pfeilen beschossen und haben den Beschuss erwidert«, sagte der Mann. Er ignorierte die Beleidigungen, die jetzt von den Umstehenden auf ihn einhagelten. Der Begleiter des Boten war offenbar nicht mitgekommen, um etwas zu sagen, sondern nur um die Wut abzufangen, die ihnen entgegenschlug, damit der Bote nicht vor Angst seine eigene Zunge verschluckte.

»Der König hielt es für klug, sich zunächst einmal selbst zu verteidigen. Er hätte dir nicht viel genützt, wenn er von Pfeilen gespickt gewesen wäre«, fuhr der Bote fort. »Und wir waren überrascht, als wir sahen, dass du so rasch überwältigt wurdest. Wir hatten erwartet, du würdest sie länger aufhalten, damit wir eine Möglichkeit bekommen, dir unsere Schiffe zu schicken.« Der Mann bewegte sich auf dünnem Eis, was ihm klar sein musste. Das bedeutete, dass er unter seinem Kettenhemd auch über Rückgrat verfügte. Dieser Mut rettete ihm wahrscheinlich das Leben.

»Blödsinn!«, warf Olaf ein.

»Meine Krieger sitzen in Óðins Halle, während Verräter am Leben sind und atmen«, antwortete Harald. Biflindis Mann wusste nicht genau, ob der Jarl jetzt über den König, Jarl Randver oder die beiden Schiffsführer redete, die laut Biflindi sich von Randver ihren Eid hatten abkaufen lassen, und Harald hatte nicht die Absicht, es ihm zu erklären. »Du behauptest also, dass der König uns *nicht* in den Rücken gefallen ist. Schön. Aber Tatsache ist, dass die Erfüllung meines Treueschwurs mich viele Männer und zwei Schiffe gekostet hat.«

Zweifellos fragte sich Biflindis Mann mittlerweile, ob er Skudeneshavn lebend verlassen würde, aber er war trotzdem klug genug, die Gelegenheit zu ergreifen, denn er nickte feierlich. »Der König wird dich für deine Loyalität entlohnen ... und für deine Standfestigkeit da draußen.« Er deutete mit einem Nicken zum Meer. »Du bekommst ein Methorn voll Silber für jeden verlorenen Mann, und der König gibt dir für deine beiden verlorenen Schiffe zwei seiner eigenen.«

Harald zupfte mit zwei Fingern an seinem Bart und betrachtete den Mann vor sich wie ein Falke die Maus.

»Außerdem«, fuhr der Mann fort, »hat er dem Verräter Jarl Randver Silber geschickt, um die Leichen deiner Männer zurückzukaufen. Der König lädt dich nach

Avaldsnes ein, wo du dein Wergeld empfangen und hören sollst, wie er dir die beiden Schiffe verspricht. Außerdem kannst du dann deine Toten mitnehmen und sie ihren Familien übergeben, damit sie ihnen den Respekt erweisen können, den sie verdienen.«

Das war Balsam für die versammelten Witwen und Waisen. Der Bote sprach jetzt mit neuer Zuversicht. »Ihr werdet außerdem eure Treueschwüre gegenseitig erneuern, sodass das trübe Wasser zwischen euch wieder geklärt ist«, sagte er. »Danach könnt ihr Pläne für Jarl Randvers Vernichtung schmieden. Dieser Verräter muss getötet werden, bevor er seinen Sieg zu einem noch größeren Erfolg ausbauen kann.«

»Diese ganze Sache stinkt gewaltig«, erklärte ein Mann namens Asbjørn. Er war bei der Seeschlacht vom Vortag nicht dabei gewesen, weil seine rechte Hand durch eine Krankheit verkrüppelt war. Obwohl er sehr gut eine Klinge mit der Linken zu führen verstand, war es ihm unmöglich, einen Schild zu halten, deshalb war er von keinem Nutzen im Schildwall. Jetzt funkelte er die Männer des Königs an. »Wir sollten euch die Kehlen durchschneiden und allesamt ins Meer werfen.«

König Gorms Männer sahen sich an und griffen nach ihren Schwertern. Sie waren zwar bewaffnet, aber entschieden in der Unterzahl.

»Bringen wir sie um, Harald«, sagte Asbjørn.

»Hüte deine Zunge, Asbjørn!«, fuhr Jarl Harald ihn an. Dabei warf er Sørlie ebenfalls einen warnenden Blick zu. Was für eine Wahl hatte er schon, als dem Ruf des Königs Folge zu leisten, denn genau darum handelte es sich bei dieser Einladung.

»Wir werden unsere Toten abholen«, antwortete Harald. »Und zwar schon morgen, damit wir sie der Erde oder den Flammen übergeben können, bevor sie anfangen zu stinken. Und was das Horn angeht, mit dem das Wergeld für jeden meiner Männer abgemessen wird – ich bringe mein eigenes Trinkhorn mit. Sag deinem König, dass er genug Silber zur Hand hat.« Der Mann reagierte klugerweise nicht auf die Formulierung »dein König«. Stattdessen grüßte er erneut ehrerbietig, drehte sich um und ging davon. Sein stummer Gefährte folgte ihm wie ein übler Geruch.

Als die Männer auf ihre Pferde gestiegen und durch das Tor in der niedrigen Palisade geritten waren, sah Olaf Harald an. Der Jarl hob eine Braue.

»Wir marschieren also nach Avaldsnes und springen in den Topf mit Pisse, der über Randvers Herd siedet?«, erkundigte sich Olaf.

»Was bleibt uns anderes übrig?«, gab Harald zurück. »Wenn du eine bessere Idee hast, Onkel, nur zu, ich bin ganz Ohr.«

Olaf machte ein Gesicht wie ein Steuermann, der es mit grauen Felsen, Ebbe und einer unerfahrenen Mannschaft zu tun bekommt. »Dieser Hundearsch hat zugesehen, wie wir abgeschlachtet wurden, während er sich in Sicherheit gebracht hat. Höchstwahrscheinlich hat er selbst diese beiden Schiffe geschickt, damit sie uns erledigen. Und jetzt sollen wir unsere Hosen runterlassen und vor ihm buckeln?«

»Es ist besser, bewaffnet und in Erwartung eines Kampfes dorthin zu gehen, als die nächsten fünf Jahre mit einem offenen Auge zu schlafen und immer damit rechnen zu müssen, dass wir lebendig verbrannt werden, während die Balken von Eik-Hjálmr unsere Frauen und Töchter zerschmettern. König Gorm oder Randver, oder beide zusammen, könnten genug Schiffe und Speere aufbringen, um uns im Handumdrehen zu erledigen, selbst wenn wir wüssten, dass sie kommen.« Das brachte ihm etliche zustimmende Bemerkungen ein, denn kein Mann will einen Tod, der sich heimtückisch von hinten anschleicht.

»Ich werde mir jedenfalls nicht die Kehle in meinem eigenen Bett durchschneiden lassen«, erklärte Asbjørn.

»Und kein Mann wird meine Frau und meine Kinder ermorden und meine Bettsklavinnen betatschen, solange ich atme«, rief ein Mann namens Frothi und berührte dabei Thórs Hammer an seinem Hals.

»Gehen wir also zum König und sehen ihm in die Augen, stolz und mit gestähltem Schwertarm!«, verkündete Jarl Harald. »Dann werden wir noch früh genug feststellen, zu welchem Ende die Nornen diesen Schicksalsfaden verwoben haben.«

»Er wird in einem See aus Blut enden, Herr«, schnaubte Asgot. Der Godi saß auf einem kleinen Hügel in der Nähe und wühlte in den Innereien einer Katze herum. Er war vollkommen nackt, und sein knochiger Körper war von Narben und sonderbaren Symbolen übersät, die auf seine Haut gemalt waren. Seine Hände leuchteten hellrot vom Blut des Tieres.

Harald drehte sich um und sah zu dem Mann hoch, wobei er gegen die grelle Sonne die Augen mit der Hand beschirmte. »Ist dieser See von Blut in Avaldsnes?«

Sigurd wusste, dass seinem Vater nicht immer gefiel, was sein Godi verkündete, aber er hörte ihm doch zu. Die anderen hatten sich ebenfalls dem Seher auf seinem Hügel zugewandt. Die Gesichter der Frauen waren angeschwollen vom Weinen und ihre Augen zu Schlitzen verengt.

Asgot hielt etwas Rotes, Schimmerndes zwischen Zeigefinger und Daumen und hielt es an die Lippen. Dann blickte er finster zu seinem Jarl hinunter.

»Nein, Herr. Ich sehe Feuer in Avaldsnes, aber kein Blut.«

»Vielleicht Scheiterhaufen für die Toten«, spekulierte Sørlie. »Wir haben viele von Jarl Randvers Männern getötet, aber vielleicht auch einige des Königs.«

Harald kratzte sich sein bärtiges Kinn, und seine Stirn kräuselte sich wie die Bucht von Skudeneshavn, wenn die ersten Nordwinde wehen. »Du glaubst also, wir sollten hingehen und uns anhören, was Biflindi zu sagen hat? Wir sollen ihm zuhören, wie er versucht, sich aus dem stinkenden Kadaver dieser ganzen Lügengeschichte herauszuwinden?«

»Es ist klüger, sich einem Bären entgegenzustellen, als ihm den Rücken zuzukehren«, gab Asgot zurück. Selbst Olaf schien ihm in diesem Punkt zuzustimmen, denn er nickte kurz.

»Dann müssen wir uns gut vorbereiten«, erklärte Olaf. »Wir müssen festlegen, wer bleibt und wer geht. Denn wir wollen ganz bestimmt bei unserer Rückkehr nicht feststellen wollen, dass unsere Thralls mitsamt unserem Silber verschwunden sind.«

»Oder dass Randver ans Tor geklopft hat«, erklärte Frothi.

Olaf sah seinen Jarl an, aber der blickte auf den Hafen hinaus. Seine Gedanken schienen sehr weit weg zu sein.

Vielleicht hoffte er, dass die *Reijnen* und die *Seeadler* einliefen, mit Rudern, die wie Flügel schlugen, mit Slagfid, Thorvard und Sigmund am Bug der *Reijnen,* die die Geschichte ihres wundersamen Siegs den Leuten am Ufer übers Wasser hinweg zuschrien. Sigurd hatte seinen Vater noch nie so gesehen, und es gefiel ihm nicht, was er sah.

»Kommt alle heute Abend in die Halle«, erklärte Olaf. »Dann wird Jarl Harald seine Kriegshorde zusammenstellen.«

»Und was sollen wir jetzt machen?«, fragte Geirhild, Auds Witwe, mit versteinerter Miene. Sie hatte sich unter ihrem eigenen Dach ausgeweint.

»Hol Steine«, antwortete Harald, der immer noch über die Bucht sah. »Und Holz. Meine Männer werden in einem Steinschiff begraben werden. Alle zusammen, so wie sie gefallen sind, damit sie Walhall als Gruppe betreten können.«

»Und das Holz?«, fragte Asbjørn, der eine Laus aus seinem Bart zupfte und sie zwischen Finger und Daumennagel zerquetschte.

Einen Moment herrschte Schweigen, und alle Blicke waren auf den Jarl gerichtet.

»Meine Söhne werde ich verbrennen«, sagte der schließlich und hielt dann weiter Ausschau nach Schiffen, die niemals kommen würden.

Es gab keine Lieder in Eik-Hjálmr, keine Kämpfe oder Prahlereien oder Liebkosungen in dunklen Ecken. Aber es wurde getrunken. Der Met floss reichlich, und die Hörner und Becher flossen über. All das geschah ohne Freude, und Sigurd wurde an Hrothgars Halle erinnert, in der

Heorot von Gram gebeugt saß, nach dem Unheil, das der Unhold Grendel über sie gebracht hatte.

Bis auf die wenigen Männer und Jungen, die an dem Signalfeuer auf dem Hügel im Osten Wache hielten, und jene auf den anderen Wachposten schienen sich alle Bewohner von Skudeneshavn in Jarl Haralds Halle zu drängen. Die Bänke an den Wänden knarrten unter dem Gewicht der vielen Leute, die darauf standen, um besser sehen zu können. Sigurd war es gelungen, sich durch die Menge zu drängen, bis er vor seinem Vater und Olaf stand. Die beiden waren auf ihre Bänke gestiegen, geschmückt mit den Armreifen der Krieger und in ihren besten Tuniken, Umhängen und Fibeln. Harald trug sogar seinen Jarl-Halsreif, das verschlungene Silberband, das seinen Leuten Vertrauen einflößen und sie daran erinnern sollte, dass immer noch ein großer Krieger über sie wachte.

Aber allen war nur zu bewusst, dass viele Gesichter in Eik-Hjálmr fehlten, die Gesichter vieler großer Krieger, deren Stimmen niemals wieder in dieser Halle erklingen würden. An einem einzigen Tag hatte Skudeneshavn zweiundfünfzig Männer verloren, und jetzt nahmen ihre Frauen und Söhne ihre Plätze in Haralds Halle ein. Sie sahen auf ihren Jarl, von dem sie hofften, dass er nach dieser Katastrophe, wie aus einem gestrandeten Wrack, rettete, was zu retten war.

Doch wenn Jarl Harald auch ein großer Krieger war, er war jetzt auch ein Wolf ohne Rudel. Er hatte immer noch Speere hinter sich, die von guten Männern getragen wurden, aber ohne seinen Preiskämpfer und seine beiden ältesten Söhne, ohne seine besten Krieger und seine Schiffe war seine Macht in Haugaland gebrochen. Selbst der Glanz von Silber in dieser dunklen Halle vermochte an dieser Tatsache nichts zu ändern.

»Wie viele sind das?«, zischte Svein wütend und nach Met stinkend Sigurd ins Ohr.

»Fünfzehn«, erwiderte Sigurd. Er hatte sich alle Namen gemerkt, die sein Vater bis jetzt verkündet hatte, und sie wie Hacksilber in einem Fach in seinem Gedächtnis verstaut. Er hätte sie alle wiederholen können, obwohl es unmöglich alle sein konnten, weil sein eigener Name dabei fehlte.

»Frothi, Agnar«, übertönte Harald das allgemeine Stimmengemurmel. Jeder der auserwählten Männer hob die Hand, damit der Jarl ihm in die Augen blicken konnte. Das genügte, um jedem klarzumachen, was von ihm erwartet wurde, und um ihn wissen zu lassen, was für eine Ehre die Namensnennung darstellte. Auch wenn Sørlie gemault hatte, dass es schon genügte, einen Speer und einen Schild zu besitzen, um auserwählt zu werden.

»Asbjørn, wo bist du?« Harald nickte, als er den Mann im Gewühl der Leiber sah. »Du kommst auch mit.«

Sigurd sah das Grinsen in Asbjørns Bart, als der seinem Sohn durchs Haar fuhr. Und er sah den Stolz in den Augen des Kindes, sowie die Furcht im Blick der Mutter.

»Du nimmst lieber einen Mann mit nur einer guten Hand mit als mich?« Sigurd hatte lauter gesprochen als beabsichtigt. Seine Stimme drang durch die Halle wie ein Kiel durch dunkles Wasser.

Die Leute schnappten nach Luft, und einige brummten missbilligend, weil bisher noch niemand gewagt hatte, den Jarl zu unterbrechen. Außerdem war es natürlich auch eine Beleidigung Asbjørns. Haralds Gesicht war ohnehin schon finster, jetzt jedoch drohte ein Sturm.

»Asbjørn stand mit mir schon im Schildwall, als du noch ein Jucken in meinen Lenden warst, Junge«, erwiderte Harald. Einige lachten darüber, aber es waren nur wenige.

»Und doch war ich es, der dir im Kampf mit Jarl Randver das Leben gerettet hat«, gab Sigurd zurück. »Deine anderen Männer waren zu sehr damit beschäftigt, sich abschlachten zu lassen.«

»Hüte deine Zunge, Sigurd«, knurrte Svein neben ihm. Ein Murren ging durch die Halle von Eik-Hjálmr nach dieser schändlichen Bemerkung.

Haralds Blick schien Pfeile zu verschießen, und Olaf neben ihm schüttelte den Kopf. Sigurd jedoch hielt dem Blick seines Vaters stand und straffte sich.

»Geh, Sigurd, bevor du etwas sagst, das du bereust«, brummte Olaf und deutete mit einem Nicken in Richtung der Tür. »Das ist jetzt nicht der richtige Moment.«

Doch da drehte sich Sørlie zu seinem Vater und Olaf herum. »Wenn nicht jetzt, wann dann?«, fragte er. Harald traten die Augen aus den Höhlen angesichts der Kühnheit dieses doppelten Angriffs in seiner eigenen Halle und vor allen Leuten. »Sieh dich um, Vater. Was siehst du? Ich sehe Schafe, die auf den Wolf warten. Ich sehe alte Männer und Knaben, wo noch vor zwei Tagen kühne Schwertträger standen. Der Eisensturm hat uns ausgeblutet, und wir alle wären mit unseren Brüdern in den Tod gegangen, wäre Sigurd nicht gewesen.« Er zögerte einen Moment, bevor er fortfuhr. »Sigurd hat uns die Möglichkeit gegeben, Blut mit Blut zu vergelten. Aber zuerst müssen wir dem König zeigen, dass wir noch Zähne haben. Lass ihn sehen, dass du immer noch zwei starke Söhne hinter dir hast. Wir werden wie Kriegsgötter nach Avaldsnes gehen, und Biflindi wird nur die Wahl haben, uns das Wergeld zu bezahlen, das er uns schuldet, oder sich auf einen harten Kampf gefasst zu machen.«

»Sigurd ist auch nur ein Mensch«, erwiderte Harald.

»Das stimmt. Aber er ist ein Krieger.« Sørlie sah Sigurd an. »Er trägt sein Schicksal wie ein gehämmertes Brynja. Wenn es jemals einen Mann gegeben hat, dessen Wyrd von den Nornen so gewoben wurde, dass selbst die Götter aufmerken, dann ist es mein Bruder. Selbst die Vögel reden zu ihm.«

Sigurd warf Runa einen Blick zu und erriet, dass sie Sørlie die Geschichte von dem Raben erzählt hatte, dessen Warnung Sigurd gehört hatte, als sie von der Klippe aus die Seeschlacht beobachteten. Runa errötete und sah hastig wieder zu ihrem Vater.

»Zugegeben, er hat mich auf den Arsch gesetzt.« Olaf hob eine Braue, und der Hauch eines Lächelns zuckte durch seinen buschigen Bart. »Und das gelingt nur einem Mann, dem die Götter gewogen sind.«

Harald blickte zu Grimhild hinüber, und Sigurd bemerkte, dass seine Mutter beinah unmerklich den Kopf schüttelte. Dann drehte sich Harald zu seinem Godi herum, der bis jetzt geschwiegen hatte. »Was sagst du dazu, Asgot?«

»Sørlie ist nicht gerade berühmt für seine Klugheit, aber was Sigurd angeht, hat er recht.« Asgot hatte sich neue Knochen ins Haar geflochten, vielleicht von der Katze, in der er heute Morgen bis zu den Handgelenken gesteckt hatte. »Der Junge steht in der Gunst von Óðin. Es war der Allvater, der den Raben geschickt hat, um Sigurd mitzuteilen, dass du da draußen in der Meerenge dem Untergang geweiht warst. Und Sigurd hat genug von den Asen in sich, dass er die Stimme des Vogels verstanden hat. Ich bin kein Jarl, und es ist nicht meine Entscheidung, aber ich würde ihn mit nach Avaldsnes nehmen.«

Der Jarl verzog missmutig das Gesicht, aber er nickte. Gemurmel erhob sich in Eik-Hjálmr wie das Rauschen des Meeres, als die Leute darüber berieten, ob die Entscheidung richtig oder falsch war.

Nachdem er sich lange den Bart gekrault und auf den Lippen gekaut hatte, hob Jarl Harald Ruhe gebietend die Hand. »Sigurd kommt mit«, erklärte er. »Ebenso Finn Yngvarsson und Orn Hakennase.«

Svein schlug Sigurd auf die Schulter, und der nickte Sørlie zu, der entschuldigend die Hände hob, als wollte er sagen, dass nur die Vernunft aus ihm gesprochen habe. Und das, obwohl Sørlie nur selten etwas Vernünftiges sagte.

Harald gebot erneut Ruhe. »Olaf wird nicht mitkommen, denn er wird zu den umliegenden Höfen gehen, um Speere zu sammeln und die Kunde der Ereignisse unter den Bauern und Lehnsleuten zu verbreiten. Er wird herausfinden, wie die Dinge bei Jarl Leiknir in Tysvær und Jarl Arnstein Reisigbauch in Bokn stehen. Er hat sich bereits Männer für die Reise ausgesucht, und sie werden noch früh genug erfahren, auf wen die Wahl gefallen ist.« Svein sollte ebenfalls unter diesen Männern sein, aber auch er wusste es noch nicht.

»Diejenigen, die hierbleiben, haben eine genauso wichtige Aufgabe«, übernahm Olaf das Wort. »Denn während diese Männer hier vor König Gorm ihr Gefieder spreizen können, werdet ihr eure Speere nach Osten richten, falls der Hund Randver es wagen sollte, uns hier anzugreifen. Haltet die Augen offen und die Balken feucht.« Er schlug mit der Hand gegen einen der dicken Eichenpfosten, die das Dach der Halle trugen. »Ihr Jungen übt mit Speer und Schild, denn wir brauchen eine neue Kriegerschar, in der Platz ist für jeden, der nachweisen kann, dass er im Schildwall nützlicher ist als im Schweinekoben.«

Erneut erhob sich Stimmengemurmel, als die jungen Männer, auch jene, die gerade erst ihren Vater verloren hatten, ihre große Chance sahen, zum Mann zu werden und dazu noch einer von Jarl Haralds Herdkarls, seinen auserwählten Kriegern.

Angesichts dessen, wie sich die Dinge entwickelten, brannte das Blut heiß in Sigurds Adern, obwohl er auch den üblen Beigeschmack wahrnahm. Denn er verdankte seinen Aufstieg den Grabhügeln seiner Brüder, obwohl sie nicht einmal in welchen ruhten.

Trotzdem würde er sich würdig erweisen. Er würde neben Sørlie und seinem Vater stehen und König Gorm zeigen, dass die Männer von Skudeneshavn nicht geschlagen waren. Sie würden ihre Toten rächen, und Skalden wie Hagal Krähenlied würden ihre Lieder für die Ohren jener ersinnen, die noch in den Krippen lagen.

»Wenn der Junge mit dir geht, sollte er auch nach etwas aussehen, Harald.« Olaf kratzte sich die Wange und spitzte die Lippen.

Die Andeutung eines Lächelns schien Haralds Lippen zu umspielen. »Du hast recht. Immerhin hat dieser Junge dich auf den Arsch gesetzt, Onkel.« Mit seiner mächtigen Pranke bog er den silbernen Reif um seinen Arm auf, den er in jener Nacht vor der Schlacht als Preis ausgesetzt hatte. »Wenn du König Gorm ebenfalls so in die Eier trittst, kriegst du noch einen«, sagte er, zog den Armreif ab und warf ihn seinem jüngsten Sohn zu. Sigurd fing ihn auf und wog sein Gewicht einen Moment in der Hand, bevor er ihn auf seinen linken Arm schob.

Er ging nach Avaldsnes!

4

Der Tag begann bewölkt und so grau wie die schlafende See rund um Karmøy. Ein schwacher, kaum spürbarer Regen hatte Umhänge und Hosen durchnässt und die Speere mit einer schmierigen Schicht überzogen, als sie die sieben Rast bis nach Snørteland marschiert waren. Nach weiteren vier Rast würden sie die Siedlung Kopervik erreichen, und von dort waren es nur noch fünf Rast zu König Gorms Burg in Avaldsnes. Von diesem Stützpunkt aus, hoch oben auf den Hügeln, hatten schon immer Könige versucht, den Handel und die Schiffe zu kontrollieren, die in nördlicher Richtung durch den Karmsund segelten.

Sigurd spürte ein schwaches Zittern, ein Vibrieren in seinem Blut. Es war keine Angst, wohl aber eine Unruhe, die ihn ergriffen hatte, angesichts der Ungewissheit, was sie in Avaldsnes erwartete. Denn auch wenn König Gorm behauptete, er wäre ein loyaler König, und trotz seines Versprechens an Jarl Harald, für jeden seiner gefallenen Krieger Silber zu zahlen, waren die zwanzig Männer aus Skudeneshavn für den Kampf gerüstet. Jeder hatte einen Speer und einen Schild dabei, viele trugen Lederhauben und einige wenige auch Eisenhelme. Sie alle hatten ihre dicksten Wollmäntel angezogen, die sie normalerweise nur im Winter anlegten, sodass sie von außen vom Regen und von innen vom Schweiß durchnässt waren. Aber diese Unbequemlichkeit ertrugen sie, weil ihnen die Mäntel zumindest einen gewissen Schutz gegen eiserne Klingen boten.

Einige trugen Bögen und in den Köchern Pfeile mit hakenbesetzten Eisenspitzen. Etliche hatten Faustäxte in ihren Gürteln stecken, Waffen, mit denen man Holzscheite spalten oder eine Haustür einschlagen konnte, und in einem engen Schildwall waren sie oft sogar nützlicher als Schwerter. Andere waren mit langstieligen Streitäxten bewaffnet, mit denen man Schilde, Helme und Gliedmaßen spalten konnte. Mit solchen Äxten hatten Haralds Preiskämpfer Slagfid und auch Sveins Vater Styrbjørn ihren Ruhm erlangt. Sie hatten Männer mit einem einzigen Schlag getötet und andere Männer dazu gebracht, sich vor Angst in die Hose zu scheißen. Heute waren jedoch weder ein Slagfid noch ein Styrbjørn unter ihnen. Sigurd wünschte sich, dass wenigstens Svein hier wäre, aber sein Freund war mit Olaf und drei anderen Männern mit dem Boot nach Tysvær gefahren.

Nur zwei Männer trugen Brynjur, deren zahllose miteinander verkettete Eisenringe im Regen glänzten. Die Nässe setzte ihnen ebenso zu wie feindliche Pfeile. Denn der Regen ließ die Kettenhemden rosten. Trotzdem strebte jeder Krieger danach, ein Brynja zu besitzen, denn so ein Kettenhemd zeigte, dass man wohlhabend und mächtig war, oder aber, dass man einen wohlhabenden und mächtigen Mann getötet und ihm seines abgenommen hatte. Weiterhin hieß es, dass man nur schwer zu töten war, denn ein gutes Brynja konnte einem Schwerthieb und selbst dem Schlag mit einer Faustaxt seine tödliche Wirkung nehmen. Jarl Harald und Sørlie sahen wie Kriegsgötter aus in ihren Kettenhemden und mit ihren glänzenden Helmen. Ihre mit Gold und Silber verzierten Schwertknäufe, die Gürtelschließen und Umhangfibeln und ihre Armreifen aus gehämmertem Silber verstärkten diesen Eindruck noch.

Sie gingen hintereinander, sodass die Asen in Asgard den Eindruck haben mussten, eine giftige kleine Schlange würde sich schlängelnd nach Norden bewegen, und Jarl Harald, Sørlie und Sigurd bildeten ihren Kopf.

Sigurd fühlte sich wie Týr, der Schlachtengott. Ein passender Vergleich, wie er fand, denn Týr hatte einst seine rechte Hand dem Wolf Fenrir in den Rachen gelegt, so wie sie jetzt ihr Leben in die Hand eines Königs legen würden, dem sie nicht mehr trauten. Týr war jedoch von den anderen Göttern getäuscht worden und hatte sich für seinen Mut eine Wolfshand eingehandelt. Doch obwohl er fortan nur noch eine Hand zur Verfügung hatte, hatte er in späteren Kämpfen stets den Sieg davongetragen. Sigurd fragte sich, was ihnen wohl ihr Marsch zu König Gorm einbringen würde.

Er trug einen Lederumhang über seiner wollenen Tunika, der einmal Sigmund gehört hatte, seinem Bruder. Der hatte ihn benutzt, bevor er sich sein eigenes Brynja verdient hatte. Seine Unterschenkel wurden von Beinschienen geschützt, deren glänzendes Eisen sich gegen das dunkle Leder seiner Hose abhob, über die sie geschnallt waren. Wie die meisten anderen Männer war auch er mit einem Scramasax bewaffnet, einem Langmesser, mit dem man zum Beispiel einen am Boden liegenden Feind erledigen konnte. Im Unterschied zu den meisten anderen

Männern jedoch hatte er sich auch ein Schwert umgegürtet. Die Waffe war schlicht, hatte keinen Silberdraht um den Griff und auch keinen Schmuck, weder am Knauf noch an der Parierstange. Aber sie hatte eine gerade, zweischneidige Klinge, und es hatte einen ganzen Mondzyklus gedauert, sie zu schmieden. Auch wenn sich niemand bewundernd danach umdrehen würde, war die Waffe bestens dazu geeignet, Köpfe vom Rumpf zu trennen. Der Schmied, der sie angefertigt hatte, hatte den Namen »Trollkitzler« in Runen in die Klinge geritzt, direkt unter der Parierstange, und Sigurd fand einen solchen Namen mehr wert als Gold oder Silberdraht. Die Scheide bestand aus mit Leder überzogenem Holz, und sowohl die Öffnung als auch das spitze Ende waren mit Eisen beschlagen. Sie war mit Schafswolle gefüttert, deren Fellverlauf nach oben ausgerichtet war, damit man das Schwert leicht ziehen konnte. Das natürliche Fett der Wolle verhinderte, dass die Klinge rostete, die Locken hielten es in der Scheide fest, und das Gewicht an seiner Hüfte gab Sigurd das Gefühl, er wäre einen Fuß größer.

»Du bist jetzt mein zweitältester Sohn und musst wie ein Krieger auftreten, der bereits jede Menge Männer für mich getötet hat«, hatte sein Vater an diesem Morgen gesagt, als er Sigurd das Schwert aus dem Vorrat an Waffen in seiner Kriegstruhe gegeben hatte. »Vergiss aber nicht, dass du heute unter besseren Männern stehst. Männer, die sich bereits im Skjaldborg behauptet und gegen unsere Feinde gekämpft haben. Nicht viele von ihnen haben ein Schwert wie dieses. Sie könnten es dir verübeln, dass du etwas besitzt, was du dir nicht verdient hast.«

»Jeder, der das denkt, soll es mir ins Gesicht sagen«,

hatte Sigurd geantwortet und den Zorn seines Vaters erwartet. Stattdessen jedoch hatte Harald gelächelt, und Sigurd hatte darin das Lächeln seines ältesten Bruders Thorvard wiedererkannt.

»Zeigen wir Biflindi, dass wir noch Zähne haben«, sagte der Jarl dann und drückte Sigurds Schulter, während der die Klinge zückte und das sonderbare verschlungene Muster im Eisen betrachtete, das wie ein Drachenhauch über die ganze Klinge lief. Diese Markierungen durch das Schmieden machten die Waffe einzigartig.

»Wenn der König dich verrät, Vater, werde ich ihn töten.« Sigurd stieß das Schwert nachdrücklich in die Scheide zurück.

Diesmal wirkte das Lächeln seines Vaters unter seinem blonden Bart wie das eines Wolfs, als er sagte: »Wenn er mich betrügt, dann ist er bereits tot«, erklärte der Jarl ...

»Aha, also gibt es doch eine Sonne da oben.« Das war Orn Hakennase, der einen Blick auf den fahlgelben Fleck am Himmel warf, der versuchte, das Grau zu durchdringen.

»Warm genug ist es jedenfalls«, bemerkte Frothi und blies die Wangen auf. Er wünschte sich wohl, er hätte nur einen Speer mitgenommen statt seiner Langaxt mit der gewaltigen, halbmondförmig geschmiedeten Klinge und der scharfen, stählernen Schneide.

»Zumindest schuldet er uns Met und Frauen«, erklärte Finn Yngvarsson. Er humpelte wegen einer alten Verletzung. Sie marschierten gerade hinauf nach Sålefjell, dem höchsten Punkt auf der Halbinsel Karmøy, etwas, das niemand gern in voller Kriegsrüstung tat. Aber Harald hatte vor der einfacheren Möglichkeit zurückgescheut, nämlich mit der *Kleiner Elch* an der Küste entlangzufahren und den Wind die Arbeit tun zu lassen. Denn sollten Jarl Randvers Schiffe sie draußen in der Enge aufbringen, dann wären sie endgültig verloren gewesen.

»Die Frauen, die uns ein solcher König gibt, sind garantiert verkleidete Trolle, die uns die Eier abschneiden wollen«, rief Asbjørn, was für einige Lacher sorgte.

»Schlimmer als deine Alte zu Hause kann es nicht sein«, spottete Orn Hakennase. Das Lachen der Männer wurde lauter, während Asbjørn den Schaft seines Speers gegen den Schild auf Orns Rücken schlug.

»Mir würde Met reichen«, sagte Agnar, was mit beifälligem Gemurmel aufgenommen wurde. »Und das Silber, das er uns für unsere Schwertbrüder schuldet«, setzte er hinzu. Die Männer verstummten, als sie an ihre Freunde dachten, die sie nie wieder sehen würden.

Über ihnen kreischten Möwen, und die Sonne, die Anstalten gemacht hatte hervorzubrechen, zog sich wieder hinter Wolken zurück. Sigurds Hand suchte immer wieder den Griff des Schwertes an seiner Hüfte, denn nach all den Jahren der Ausbildung mit diesem Werkzeug des Todes gehörte er jetzt endlich zu einer Gruppe von Schwertbrüdern. Er hatte endlich die Gelegenheit bekommen, sich selbst, seinem Vater und seinem Bruder zu beweisen, dass er des Blutes, das durch seine Adern lief, würdig war.

Als sie den Kiefernwald erreichten, der wie ein dunkelgrüner Mantel die Hänge des Sålefjells bedeckte, donnerte es, und im selben Moment fegte ein scharfer Windstoß über sie hinweg, dem ein eisiger Regenguss folgte.

»Verflucht!«, knurrte Frothi, der sich wie die anderen auch den Schild über den Kopf hielt, als aus den Regentropfen Hagelkörner wurden, die prasselnd von dem Lindenholz und den eisernen Schildbuckeln abprallten.

»Gerade rechtzeitig«, sagte ein stiernackiger Krieger namens Ulfar, als sie zwischen die Kiefern traten, deren dichte Zweige sie vor dem Wolkenbruch schützten. Normalerweise hätten sie den Küstenpfad bis nach Avaldsnes genommen, aber niemand hatte die Entscheidung ihres Jarls infrage gestellt, den Weg durch den Wald zu nehmen. Keiner von ihnen wollte in diesem Moment den Karmsund sehen, weil niemand sich an die Bilder ihrer schrecklichen Niederlage erinnern oder wieder die Schreie ihrer abgeschlachteten Kameraden hören wollte. Die Wunde war noch zu frisch, und im Meer dort unten mischte sich das Wasser immer noch mit dem Blut ihrer Brüder.

Sigurd erinnerte sich an seine Kindheit, als er mit seinem Vater auf Einladung von König Gorm in diesen Wäldern Elche gejagt hatte. Zehn Sommer war es her. Die beiden Männer waren sich damals so nah gewesen wie Schwertbrüder, sie hatten gelacht, silberne Armreife und edle Schwerter getauscht. Sie hatten davon gesprochen, Schiffe zu bauen und den Norden und Westen zu überfallen, und Sigurd war vor Stolz fast geplatzt, als er sah, wie sehr sein Vater vom König geschätzt wurde. An diesem Tag hatten sie keinen Elch erlegt, aber das hatte keine Rolle gespielt. Am Ende des Tages hatten sie in Biflindis Halle gespeist, und Sigurd hatte zugesehen, wie sein Vater einen Eid schwor und erklärte, dass all seine Schwerter dem König gehörten. Der Jarl und seine Männer würden für Avaldsnes kämpfen, wann immer König Gorm sie brauchte. Dafür würde der König Haralds Ländereien beschützen und dem Jarl erlauben, alle Beute zu behalten, die er bei seinen eigenen Raubzügen gegen ihre gemeinsamen Feinde machte. Außerdem wollte er Jarl Harald ein Schiff schenken, und er hatte Wort gehalten. Dieses Schiff war die *Reijnen* gewesen. Der Eid wurde mit einem großen silbernen Halsreif besiegelt, den der Schildschüttler seinem Jarl um den Hals gelegt hatte. Obwohl Harald den Reif nur selten trug.

»Ha, es ist nicht das Gewicht des Silbers, mit dem dein Vater Schwierigkeiten hat, sondern das Gewicht seiner Bedeutung«, hatte Olaf eines Nachts in Eik-Hjálmr Sigurd ins Ohr gelallt, als der Met ihm die Zunge gelöst hatte. »Kein Mann krümmt sich gern unter dem Fuß eines anderen, auch nicht, wenn dieser andere ein König ist.«

»Warum wird dann mein Vater nicht König?«, hatte Sigurd mit der einfachen Weltsicht eines Kindes gefragt.

Darüber musste Olaf lachen. »Vielleicht wird er das«, hatte er erwidert. »Und dann lässt er einen anderen Jarl unter seinem Fuß zappeln, was meinst du?«

Und jetzt waren sie auf dem Weg nach Avaldsnes, um herauszufinden, was es mit dem Schwur von vor zehn Jahren auf sich hatte und ob die Hand des Königs freundschaftlich geöffnet oder um einen Schwertgriff geschlossen war.

Der von Kiefernnadeln übersäte Waldboden war weich und trocken. Es roch nach Harz. Ringsum herrschte Stille. Die meisten der tief hängenden Zweige der Bäume waren verkümmert, kahl und so braun und ausgedorrt, dass sie brachen, wenn auch nur der Rand eines Schildes oder ein Speerschaft dagegenschlugen. Aber von den oberen Zweigen hingen grüne und silberfarbene Flechten herunter, die die Form von Geweihen oder Knochen hatten,

Schiffswracks oder alten Lumpen. Sigurd spürte die Magie dieses Ortes, und die Haare auf seinen Armen richteten sich auf.

Sie folgten einem uralten Pfad zwischen den Bäumen, und schon bald verdeckten die Wipfel der Bäume den grauen Himmel vollkommen, sodass es dunkler war als in einer Mittsommernacht draußen auf den Weiden. Die einzigen Geräusche, die sie hörten, waren die, die sie selbst erzeugten, ihre Schritte auf dem Waldboden und gelegentlich das Platschen von Regentropfen, denen es gelang, sich den Weg durch das dichte Dach aus Zweigen zu bahnen.

»Seltsam, dass man keine Vögel hört«, sagte Sigurd zu seinem Bruder. Sørlie runzelte die Stirn.

»Also, kleiner Bruder, du siehst ein Omen, wenn Vögel da sind, und jetzt auch, wenn *keine* da sind?« Er lächelte. »Du bist genauso schlimm wie Asgot.«

»Mag sein, aber trotzdem sind hier keine Vögel«, meinte Sigurd.

Sørlie blickte in die dichten Zweige hinauf und hob nach ein paar Schritten den Speer. Er deutete auf eine weiter entfernte Stelle. »Ich sehe einen«, erklärte er. »Oder was ist das oben, Bruder, wenn nicht ein Vogel?«

Jetzt sah auch Sigurd die Krähe, deren Gefieder gegen das dunkle Grün der Kiefernnadeln so grau wirkte wie Herdasche.

Sigurd nickte erleichtert, doch im selben Moment wurde ihm bewusst, dass ein einzelner Vogel vielleicht noch schlimmer war als gar keiner. Er hatte den Gedanken kaum gedacht, als der erste Pfeil durch die Zweige zischte.

Er prallte mit einem hohlen Klang von Finn Yngvarssons Helm ab, der vor Schreck aufschrie. Und zweifellos hinterher errötete.

»Schilde hoch!«, schrie Jarl Harald, und die Kolonne kam mit einem Ruck zum Stehen, als jeder Mann seinen Schild vom Rücken zog, den linken Fuß vorsetzte und den Speer ans rechte Ohr legte, bereit zum Wurf. Zwei weitere Pfeile zischten aus dem Dunkel hervor, und der eine grub sich mit einem dumpfen Knall in den Schild eines Mannes. »Schildwall!«, schrie Harald. Die Reihe zog sich wie ein verknotetes Seil zusammen, bis ein Viereck mit jeweils fünf Männern an jeder Seite entstand, die ihre Schilde am Rand übereinanderlegten.

»Zeig dich!«, rief Jarl Harald, während seine Männer hinter ihren Schilden von Verrat knurrten und ihren König als ein verdammtes Stück Scheiße verfluchten. »Ich bin Jarl Harald von Skudeneshavn und unterwegs nach Avaldsnes, auf Einladung des Königs.«

Es herrschte Schweigen, dann knackten Zweige.

»Ich weiß, wer du bist, Jarl Harald!«, antwortete dann eine dröhnende Stimme ein Stück vor ihnen.

»Diese Drecksratte«, stieß Sørlie aus. Es war die Stimme des Königs gewesen, aufgeblasen und überheblich.

»Zeig dich, Eidbrecher!«, schrie Jarl Harald. Er ließ den Schild sinken und stemmte den Schaft seines Speeres in den Boden. Es war eine trotzige Geste und eines Jarls würdig, wenn auch Sigurd und die anderen ihre Schilde weiter erhoben und ihre Speere wurfbereit hielten. »Ich will mit eigenen Augen den Mann sehen, der mich verraten hat!«

Ein weiterer Pfeil pfiff zwischen den Bäumen hervor und prallte von einem Schildbuckel ab.

»Da ist er!«, rief Agnar.

»Ich sehe ihn«, brummte Asbjørn.

Aber König Gorm antwortete nicht, und man hörte nichts als das Keuchen von Haralds Männern und ein paar gemurmelte Anrufungen an Óðin oder Thór. Sigurd lief der Schweiß zwischen den Schulterblättern herunter, und das Herz hämmerte ihm schmerzhaft gegen den Brustkorb. Er dachte an seine toten Brüder Thorvard und Sigmund und wünschte sich inständig, dass König Gorms Männer sich auf sie stürzen würden, damit er sie töten konnte.

Jemand furzte laut in der angespannten Stille, was bei einigen glucksendes Gelächter auslöste.

»Worauf warten die?«, murmelte Orn Hakennase. »Je früher sie kommen, desto schneller können wir sie umbringen und nach Hause gehen. Ich bin so durstig wie Styrbjørn, nachdem er sich mit dieser kleinen, dunkelhaarigen Schönheit im Stroh gewälzt hat, die er in Førdesfjorden aufgegabelt hat.«

»Sie warten auf die Männer, die den Küstenweg bewacht haben«, antwortete Jarl Harald. Er hat recht, dachte Sigurd. König Gorm hatte seine Leute aufgeteilt, weil er nicht wusste, welche Strecke Harald nehmen würde.

»Dann sollten wir sie jetzt angreifen«, sagte Hakennase und spuckte auf den Waldboden.

»Gern, nach dir, Orn«, sagte Harald. Aber Orn stand nur da wie angewurzelt.

»Blöder Idiot«, knurrte jemand, und Orn murmelte einen Fluch in Richtung der Stimme.

Denn selbst wenn der Schildschüttler auf den Rest seiner Männer wartete, hatte er zweifellos mehr als genug

Leute bei sich, um die zwanzig Männer aus Skudeneshavn leicht zu erledigen. Das war allen klar. Trotzdem zögerte Harald, den Schildwall aufzulösen, vor allem, weil sie die Männer, die hier waren, um sie zu töten, nicht sehen konnten.

»Du hast Leute überfallen, die zu beschützen ich gelobt habe, Jarl Harald«, erklärte König Gorm. Seine Worte hallten laut durch den Wald und schienen ihn ganz zu erfüllen.

Das stimmte nicht, und wenn doch, hatte Gorm vergessen, Harald gegenüber zu erwähnen, dass diese Leute einen Pakt mit dem König geschlossen hatten. Aber das spielte auch keine Rolle. Biflindi brauchte diesen Vorwand und versuchte einfach nur, den Bruch ihres gegenseitigen Treuegelübdes zu rechtfertigen.

»Du lügst!«, rief Jarl Harald. Er stand immer noch hoch aufgerichtet da, die Schultern so breit wie das rote Segel der *Reijnen*, und seine Brust schien die Bogenschützen förmlich herauszufordern, auf ihn abzuschießen.

»Du und Jarl Randver seid Schlangen aus dem gleichen Nest. Ich frage mich, ob du ihn als Frau benutzt, oder ist es umgekehrt?«

Es gab keine schlimmere Beleidigung, die man einem Mann an den Kopf werfen konnte, und Schweigen senkte sich über den Wald, als alle warteten, was der König erwidern würde.

»Ich habe mich mit Randver verständigt«, sagte der König schließlich. »Er ist mächtig geworden. Und er hat mir ausreichend Grund gegeben, einen Pakt mit ihm zu schließen.«

»Du meinst, er hat dir Silber gegeben«, antwortete

Harald. »Und im Gegenzug wolltest du ihm dafür mein Land geben. Und mein Silber.«

Dann hörten sie das Klappern von bewaffneten Männern von rechts und laute Rufe vor ihnen, die hin und her hallten.

»Jetzt werden wir diese Hurensöhne bald sehen«, knurrte Sørlie. Er deutete mit seinem Speer auf eine Reihe von Kriegern, die durch die Bäume auf sie zukamen. Die etwa dreißig Männer gingen in einer lockeren Reihe, wie Wölfe.

»Und da auch.« Sigurd deutete mit seinem eigenen Speer nach links, wo weitere Männer mit Schilden auftauchten.

»Bei Thórs behaarten Eiern, das wird ein verflucht harter Kampf.« Frothi rieb sich die Nase mit der rauen Innenseite seines Schildes.

»Pah, mein Lebensfaden wird nicht hier enden«, murmelte Orlyg, ein Bulle von einem Mann. »Ich sterbe auf dem Meer in einer Seeschlacht oder gar nicht.«

»Das hat ihm der alte Priester weisgemacht, der letzten Winter nach Skudeneshavn gekommen ist«, merkte Finn an. »Und du bist ein Narr, wenn du ihm glaubst, Orlyg. Denn er hat auch gesagt, dass ich reich wäre, wenn die Vogelschwärme auftauchten. Aber ich habe im Sommer mehr Bekassinen und Knutten gesehen als je zuvor in meinem Leben und habe immer noch so wenig Silber wie zuvor.«

»Und mir hat der alte Pissfleck gesagt, mein Zahnweh wäre verschwunden, sobald er Kopervik erreicht und die Leute ihm sein erstes Bier eingeschenkt hätten«, meinte Orn. »Ich habe schon bessere Weissagungen aus einem Hundefurz herausgehört.«

»Und warum, glaubt ihr wohl, wandert er von Dorf zu Dorf und bleibt nicht bei einem Jarl oder einem König? Ihr Narren!«, knurrte Sørlie.

»Trotzdem, ich werde hier nicht sterben. Das steht fest«, behauptete Orlyg.

»Da kommen sie!«, rief Sørlie.

»Gorm!«, schrie Harald, als die Männer des Königs zwischen den Bäumen auf sie zukamen, kaum einen Speerwurf entfernt. »Du kannst mich hören, Eidbrecher! Lass uns das auf die alte Art regeln. Mein Preiskämpfer gegen deinen!«

Ein lauter Ruf ertönte, und der Schildwall, der sich ihnen von links näherte, kam zum Stehen. Die Männer pflanzten das Ende ihrer Speere auf den Boden. Dann teilte sich der Haufe, und ein Hüne von Krieger kam auf einem stämmigen, kleinen Pferd durch die Lücke geritten. Goldene Verzierungen schimmerten auf seinem Kettenpanzer, auf Helm, Gürtel und der Scheide seines Schwertes. Sigurd war unwillkürlich von dem König beeindruckt, der gekommen war, um sie zu töten.

»Dein Preiskämpfer war Slagfid, der jetzt auf einer Bank in meiner Halle liegt, damit meine Männer ihn sehen können. Allerdings würdest du ihn wohl kaum wiedererkennen«, sagte Gorm. »Mein Godi wollte ihm die Augen herausschneiden, damit er die Halle der Gefallenen niemals zu sehen bekäme, aber das habe ich nicht zugelassen. Immerhin war er ein großer Krieger.« Der König beugte sich vor und spuckte auf den Waldboden. »Deinen Söhnen habe ich diesen Respekt nicht erwiesen.«

»Du schwanzloser Neiding!«, schrie Sørlie, dem die Wut aus allen Poren zu sickern schien. Sigurd brannte der

Bauch bei dem Gedanken, dass irgendein Godi Thorvard und Sigmund die Augen ausgestochen hatte, und der Wunsch, König Gorm zu töten, erdrückte ihn fast, sodass er kaum atmen konnte.

Jarl Harald dagegen war wie ein Fels, ungerührt und nicht bereit, seinem Feind eine solche Genugtuung zu gönnen.

»Mein Preiskämpfer gegen deinen, Eidbrecher«, wiederholte er.

König Gorm tätschelte mit beringten Fingern seinem Pony den Hals, während er darüber nachdachte. Sigurd fiel auf, dass er sich auch einige Goldringe zwischen die grauen Kettenglieder seines Brynjas hatte schmieden lassen.

»Warum nicht?«, verkündete der König schließlich. »Mein Vater sagte immer, bei einer guten Mahlzeit soll man nicht schlingen. Also, dann lass deinen Preiskämpfer vortreten, und ich schicke meinen.«

»Vater«, sagte Sørlie. »Als dein ältester Sohn beanspruche ich dieses Recht.«

Jarl Harald drehte sich zu Sørlie herum, und sein Lächeln erinnerte Sigurd an vergangene Zeiten. »Nein, mein Sohn. Du bist ein großer Kämpfer, aber du kannst immer noch ein paar Kniffe von deinem Vater lernen, hej.« Mit diesen Worten zog Harald die Nadeln aus seiner großen silbernen Fibel an seiner rechten Schulter und ließ seinen blauen Umhang auf den Boden fallen. Die Fibel gab er mit einem Augenzwinkern Sigurd. Dann drehte er sich um und hob Speer und Schild. »Gut, wen soll ich also töten?«, brüllte er, während er vortrat. Seine Männer jubelten ihrem Jarl zu und überschütteten ihre Widersacher mit Flüchen.

Das war eine heftige Beleidigung von Harald, denn jeder Mann in Skudeneshavn kannte König Gorms Preiskämpfer. Der Jarl hatte mit seinen Worten auf den Ruf des Mannes gepisst.

König Gorms Gefolgsleute hämmerten mit Speeren, Schwertern und Äxten auf ihre Schilde und skandierten: »Moldof! Moldof!«, als ihr Preiskämpfer seinen Platz im Schildwall verließ und auf Jarl Harald zuging. Er bog den Kopf von einer Seite zur anderen, um die Muskeln in seinem Nacken zu lockern.

»Bei Friggs Titten, dem würde ich nicht gern nachts allein begegnen«, sagte Asbjørn. Die Männer murmelten zustimmend, denn der Kämpfer von Gorm war nicht nur riesig – mindestens so groß, wie Sveins Vater Styrbjørn gewesen war –, sondern sein Gesicht war auch besonders hässlich, eine Fratze, wie geschaffen, um Feinde zu erschrecken. Es war eine Sache, den Ruf des Mannes als einen tödlichen Kämpfer zu kennen und sich daran zu erinnern, wie er ihre gemeinsamen Feinde zerschmettert hatte. Eine ganz andere Sache jedoch war es, ihn leibhaftig vor sich zu sehen und zu wissen, dass er gegen einen ihrer eigenen Leute kämpfen würde.

»Ach was, er ist nur einen Kopf größer als Harald«, sagte jemand.

Und nur ein kleines bisschen breitschultriger, dachte Sigurd.

»Und viel hässlicher«, verkündete Orn Hakennase. Aber Orn musste gerade reden.

Harald deutete mit seinem großen Speer auf Moldof. »Dein Ochse wird so laut brüllen, dass er deine Ahnen aufweckt, wenn ich ihm den Bauch aufschlitze«, sagte er.

»Er ist übrigens viel kleiner, als ich dachte. Hast du ihm nicht genug zu essen gegeben, Gorm?«

Moldof grinste, ein gruseliger Anblick. Zweifellos hatte der Mann schon so ziemlich jede Beleidigung gehört, die man sich ausdenken konnte. Dass er immer noch lebte und sie anscheinend genoss, bedeutete, dass für viele Männer diese Beleidigungen die letzten Worte gewesen waren, die sie in ihrem Leben gesprochen hatten.

»Ich habe auf die Leichen deiner Söhne gepisst«, erwiderte Moldof. Sein Gesicht war unbewegt, als würde seine hässliche Fratze keine Regung erlauben. Diese Bemerkung war die schlimmste aller möglichen Beleidigungen.

»Nachdem Moldof dich getötet hat, Jarl Harald«, König Gorm spie das Wort *Jarl* förmlich hervor, »werden meine Männer die deinen abschlachten. Und deine Söhne auch.« Er sah Sigurd an, dessen Augen beim Anblick des Königs fast zu brennen schienen, als wäre Gift darin. »Du bist gewachsen, Junge«, fuhr Gorm fort. »Aber wie ich sehe, bist du längst nicht so hübsch wie dein Bruder da neben dir.«

»Ich werde dich zertreten, du Wurm!«, erwiderte Sigurd.

König Gorm quittierte das mit einem Lächeln. »Ich habe dich schon immer gemocht, Junge.« Dann richtete er seinen harten Blick wieder auf Harald. »Deine Blutlinie wird heute erlöschen, Harald.«

Sigurd wusste auch ohne hinzusehen, dass sein Vater wieder dieses wölfische Grinsen zeigte. »Möglich«, erwiderte er. »Wir werden auf dich in Walhall warten, Eidbrecher.« Eidbrecher war ein ebenso guter Name für den König wie Schildschüttler, was den meisten Männern hier nicht entging, ganz gleich, auf welcher Seite sie waren. Ein solcher Name klebt an einem Mann wie Schafscheiße, dachte Sigurd.

»Enttäusch mich nicht, Moldof«, stieß der König zwischen den Zähnen hervor.

Moldof schlug mit seinem Speer gegen seinen Schild, und seine Schwertbrüder brüllten anfeuernd. Dann trat er vor und rollte seine breiten Schultern. Die Ringe seines gewaltigen Brynjas kräuselten sich wie das graue Meer.

»Schlitz ihn auf, Vater!« Sørlie bebte am ganzen Körper wie ein Wolf, der sich gegen seinen Strick wehrt, aber er wusste, dass er keine andere Wahl hatte, als zu warten und zuzusehen. »Dieser Ochse wird schnell müde werden«, sagte Sørlie zu Sigurd. »Außerdem fehlt es ihm an Hirn, um es mit Vater aufzunehmen. So große Männer üben ihren Geist nicht, weil sie ihn normalerweise nicht brauchen.«

»Bei schönen Männern ist es genauso«, warf Asbjørn mit einem Grinsen in Sørlies Richtung ein. Der nannte ihn dafür den krabbenklauigen Sohn einer rossigen Stute.

»Schneid ihm die Eingeweide raus!«, schrie Frothi.

»Ziel auf seine verfluchten Schienbeine«, knurrte Orn Hakennase. »Ich wette, dass er nicht tief genug herunterkommt, um sich dagegen zu wehren.«

»Ja, piss auf seine Wurzeln, wenn er nicht hinsieht!«, riet Finn. Denn der Preiskämpfer des Königs stand da wie eine Eiche.

Harald hielt den Schild hoch und stieß mit dem Speer zu, ein Angriff, der den meisten Männern den Bauch aufgeschlitzt hätte. Aber Moldof bekam seinen Schild rechtzeitig hoch und stieß seinerseits zu. Harald zog den Kopf ein, sodass der Stoß weit vorbeiging. Dann umkreisten sich die beiden Krieger, auf der Suche nach einem schwachen Punkt. Ihre Muskeln und Sehnen waren so gespannt wie die Taue eines Flaschenzugs, während sie darauf warteten zuzuschlagen.

Schließlich hob Harald den Schild und stieß tief zu, aber Moldof lenkte den Schlag mit seinem Speer ab, und dann konnten alle die Kraft und Geschicklichkeit der beiden Männer bewundern, als sie ihre schweren Spieße fast wie Schwerter benutzten. Sie schlugen zu, parierten und wirbelten sie herum, um mit den stumpfen Enden zuzustoßen. Sigurd konnte sich vorstellen, wie ihre Arme und Schultern von der Anstrengung, diese Spieße mit einer Hand zu benutzen, brannten, aber es war den Männer nicht anzumerken.

Dann ahnte Harald einen Schlag voraus und drängte mit seinem Schild den Speer von Moldof beiseite. Gleichzeitig sprang er vor und schlug den Rand seines Schildes in Moldofs Gesicht. Der Hüne taumelte zurück und spuckte Zähne und Blut aus. Die Männer um Sigurd herum johlten, als Moldof hustete und einen blutigen Schleimklumpen nach Harald spuckte. Der Jarl trat vor und setzte zu einem Stoß nach Moldofs Gesicht an. Als König Gorms Kämpfer seinen Schild hochriss, ließ sich Harald jedoch auf ein Knie fallen und stieß von unten nach den Lenden des Hünen. Seine Speerklinge zerfetzte die Ringe von Moldofs Brynja an seiner linken Hüfte und verteilte sie auf dem Waldboden. Moldof brüllte, und Harald schwang den Speer in einem großen Bogen. Doch der Hüne konnte gerade noch den Schild hochreißen. Dann schlug Moldof selbst zu und rückte mit seinem Speer den Schaft seines

Gegners zu Boden, bis sich die Klinge in die Erde grub. Darauf hob der Hüne ein Bein und trat mit voller Wucht auf den Schaft, der daraufhin zerbrach. Der Jarl schlug mit dem Rest des Schafts zu und traf Moldof mit einem Schlag an der Schläfe, der selbst einen Bullen gefällt hätte.

Im selben Moment trat Harald zurück und schleuderte den zerbrochenen Stab auf den Hünen, der aber von Moldofs Schild abprallte. Die beiden Männer rangen nach Luft, und Sigurd hoffte, dass Óðin Allvater diesem Kampf zusah.

»Das soll dein Preiskämpfer sein, Eidbrecher?«, rief Harald König Gorm zu. Zwei oder drei Männer des Königs schrien Moldof zu, die Sache endlich zu Ende zu bringen und dem Jarl den Kopf vom Hals zu schlagen, aber die meisten blieben stumm. Vielleicht waren sie nicht daran gewöhnt, dass Moldof so lange brauchte, um einen Widersacher zu töten. Das Gesicht des Königs sah aus wie der Himmel bei einem Gewittersturm.

»Das ist eine Beleidigung für mich.« Harald zog sein Langschwert, auf dessen Klinge das Drachenmuster in dem Zwielicht des Waldes leuchtete wie eine Makrele drei Fuß unter der Wasseroberfläche. »Jeder meiner Söhne könnte diesen Fladen Kuhscheiße besiegen.« Der Jarl verzog keine Miene bei diesen Worten, aber er hoffte wohl, dass seine Worte Moldof zu einer Dummheit verleiten würde und dass der Hüne ihm in seiner Wut eine Möglichkeit bot, ihm einen tödlichen Hieb zu versetzen. Aber Moldof war nicht so dumm, wie er aussah. Er rollte erneut seine breiten Schultern und verzog seine Fratze zu einem Grinsen. Denn er hatte noch seinen Speer, während der Jarl nur sein Schwert und den Scramasax hatte.

Und prompt stieß er mit der Waffe blitzschnell zu. Sie landete knallend immer wieder auf dem hölzernen Schild und dem eisernen Schildbuckel, während Harald um den Hünen herumtänzelte, rechts und links im Kreis, um ihn zu verwirren. Mehr konnte er nicht tun, weil er die geringere Reichweite hatte. Die Speerklinge prallte von seinem Helm ab, dann von seiner linken Schulter, und dann brüllte Moldof laut, holte mit dem Speer hoch über dem Kopf aus und machte einen Schritt nach vorne, um sein ganzes Gewicht in den Schlag zu legen. Die Klinge zertrümmerte die Bretter von Haralds Schild und klemmte fest. Harald riss den Schild zurück, sodass der Speer Moldofs Fingern entglitt. Dann warf er beides zu Boden, woraufhin der Speer brach. Eine Fußlänge des Schafts ragte aus seinem Schild, als Harald sich wieder aufrichtete.

Einen Schild mit einem einhändigen Schlag zu spalten war eine Tat, die eines Heldenliedes würdig war, das wussten alle. Es lief Sigurd eiskalt über den Rücken, weil ihm klar war, dass auch die Götter solche Taten liebten. Und als wollte er das Stück Speerspitze noch tiefer hineintreiben, packte Moldof seinen Schild mit beiden Händen und holte mit dem ganzen Oberkörper aus. Dann fuhr er herum und schleuderte den Schild auf Harald. Er verfehlte ihn, traf dafür aber Finn Yngvarsson, der zu Boden stürzte. Die Gefolgsleute des Königs höhnten und brüllten, während Finn sich wieder aufrappelte. Er war bestimmt froh, dass der Bart seine roten Wangen verbarg.

»So ein Arsch, Finn! Aber es wäre besser gewesen, wenn du auf den Beinen geblieben wärst«, knurrte Asbjørn.

Daraufhin wollte Finn von ihm wissen, was er denn wohl getan hätte, ohne einen Schild. Er beantwortete die

Frage selbst. »Er hätte dich in zwei Hälften geteilt!«, fauchte Finn. »Also halt dein Maul, Klauenhand!«

»Aber, aber, Mädchen«, beschwichtigte Sørlie sie spöttisch, doch in diesem Moment stürzte sich Moldof mit seinem riesigen Schwert auf Harald. Er grunzte bei jedem Schlag, und Splitter vom Schild des Jarl, in dem ja schon der Speerschaft steckte, flogen in alle Richtungen durch die Luft.

Harald blieb nichts anderes übrig, als zurückzuweichen. Dann hackte der Hüne mit einem Überkopfschlag sein Schwert tief in Haralds Schild, was er auch beabsichtigt hatte. Er zerrte den eingeklemmten Schild zu sich, sodass Harald das Gleichgewicht verlor. Dann beugte sich der Preiskämpfer vor und hämmerte seine rechte Faust gegen das Kinn des Jarl. Sigurd hörte das Brechen von Knochen. Aber irgendwie gelang es seinem Vater, den Schild festzuhalten und damit zurückzustolpern. Moldof trat vor und schlug erneut zu. Seine Klinge hackte das untere Drittel des Schildes ab. Beim nächsten Schlag flog wieder ein Stück Holz davon, und als Harald den Schild beiseitewarf, sah Sigurd, dass die Klinge auch den Arm seines Vaters getroffen hatte. Blut tränkte die Tunika des Jarls, wo der Ärmel des Kettenhemdes endete.

»Lass ihn bluten, Vater!«, schrie Sørlie. Sigurd sah die verzerrten Lippen seines Vaters und wusste, dass er Schmerzen hatte. Moldof witterte das ebenfalls, so wie ein Wolf weiß, dass sein Rivale verletzt ist. Er trat vor und hämmerte wie ein Hufschmied immer wieder auf das erhobene Schwert des Jarls ein. Er war offenbar davon überzeugt, dass, wenn überhaupt, das Schwert des Jarls brechen würde, nicht sein eigenes. Harald konnte nur unter seiner eigenen Klinge Schutz vor diesem Eisensturm suchen, während sein Arm die Schläge auffing, und das Klirren in den Ohren der Männer hallte, und vielleicht auch in denen der Götter.

Moldof schlug erneut zu, diesmal jedoch von der Seite, und Harald war nicht schnell genug. Die Klinge traf ihn in die Rippen und hätte ihn in zwei Teile zerfetzt, hätte er nicht sein Kettenhemd getragen. Der Jarl brüllte vor Schmerz.

Sørlie fluchte, und alle wussten, dass ein solcher Schlag dem Jarl etliche Rippen gebrochen haben musste. Obwohl man das Harald nicht ansah, als er sich aufrichtete und mit der linken Hand seinen Scramasax, das Langmesser, zog. Er schlug damit nach Moldofs Gesicht, auch wenn er sich damit nur Zeit erkaufen wollte, wieder zu Atem zu kommen.

Moldof schlug ebenfalls zu, und Harald wehrte den Hieb mit der kürzeren Klinge ab. Dann trat er rasch vor und schmetterte den Knauf seines Schwertes in Moldofs Gesicht. Der brüllte und schnappte sich Haralds Wappenrock, zog ihn zu sich heran und rammte ihm den Helm ins Gesicht. Als die beiden voneinander wegtraten, waren ihre Gesichter so von Blut überströmt, dass es ihnen aus den Bärten tropfte.

Harald schleuderte den Sax auf seinen Feind. Sigurd hatte oft genug gesehen, wie genau er damit treffen konnte, aber vielleicht lag es an dem Blut in seinen Augen, denn die Klinge flog harmlos an Moldof vorbei. Der stürzte sich wie ein Bulle auf den Jarl, setzte einen tiefen Schlag an und traf Haralds Oberschenkel. Der Jarl sank auf ein Knie.

Die Männer um Sigurd herum stöhnten, und Harald ließ den Kopf sinken. Aus seinem Bart tropfte Blut auf sein Brynja, als Moldof über das ganze blutige Gesicht grinste und sein Schwert hob, um dem Jarl den tödlichen Stoß zu versetzen.

Sigurd ließ den Schildarm sinken und berührte die schwere, silberne Fibel seines Vaters, die er an seinem Gürtel befestigt hatte.

»Er wird Harald wie ein Holzscheit spalten«, murmelte Agnar.

Dann zischte Moldofs Schwert hinab, aber irgendwie gelang es Harald, dem Hieb auszuweichen. Die Klinge grub sich tief in den Boden neben ihm. Dann sprang der Jarl mit einem Wutschrei auf, riss sein Schwert hoch und trennte Moldof mit einem sauberen Hieb den Unterarm ab.

Der Hüne brüllte auf und taumelte zurück. Der Unterarm mit der Hand, die immer noch das Schwert umklammerte, blieb in den Kiefernnadeln liegen, Moldof wedelte mit dem blutigen Stumpf hin und her.

»Tötet sie!«, schrie König Gorm.

»Zwei Schildwälle!«, knurrte Jarl Harald. Er hatte sich aufgerappelt und wich jetzt rückwärts zu seinen Männern zurück, die zwei Skjaldborgar in Dreiecksformation gebildet hatten. Der Jarl stand an der Spitze, Sørlie und Sigurd an den beiden Ecken. »Óðin!«, brüllte Jarl Harald voller Kampfeslust. »Óðin!«

Aber die Götter sahen ja schon zu. Sigurd konnte sie hier in diesem Wald fühlen. Und auch die Walküren waren da, ritten unsichtbar zwischen ihnen umher und wählten bereits jene aus, die hier und heute fallen sollten.

Der pfeilförmige Schildwall war eine sehr gute Taktik, um den Feind daran zu hindern, einem in die Flanke zu fallen. Doch Sigurd war klar, dass dies hier im Wald keine Rolle spielte. Selbst wenn der König Männer abgestellt hatte, die die Küste, und andere, die Avaldsnes bewachten, hatte er genug Speere in seinen beiden Schildwällen, um diesen Tag siegreich zu beenden und seinen alten Freund zu töten.

»Schon bald werden wir mit Sigmund und Thorvard in Walhall Met trinken, kleiner Bruder!«, rief Sørlie von der anderen Seite des Schildwalls Sigurd zu. »Aber noch nicht! Erst, wenn wir die Hälfte dieser verräterischen Hurensöhne umgebracht haben, heja!«

Ein Pfeil schlug dumpf in Sigurds Schild ein. Der Bogenschütze rechts von ihm grinste und amüsierte sich offenbar prächtig.

»Ich bin stolz auf euch, Jungen«, stieß ihr Vater durch seine blutigen Zähne hervor. Wegen seines gebrochenen Kiefers klangen die Worte undeutlich. »Kein Mann hatte jemals bessere Söhne.«

Sørlie nickte Sigurd zu, der den Gruß erwiderte. Ihm war klar, dass er in diesem Leben seinem Bruder nie wieder in die Augen sehen würde.

»Also, Männer von Skudeneshavn«, rief ihr Vater ihnen über die Schulter zu. »Lasst sie glauben, dass wir hier Wurzeln geschlagen hätten, um dieses Fleckchen Erde bis Ragnarøk, der letzten Schlacht, zu halten.«

»Und was dann?«, erkundigte sich ein verschwitzter Mann namens Hopp. Er nahm rasch seine Ledermütze ab, um sich mit dem Unterarm fettigen Schweiß von seinem kahlen Schädel zu wischen.

»Dann wartest du auf den Befehl des Jarls, du Hohlschädel«, rief Sørlie.

»Und dann bringen wir diese Scheißkerle um«, erläuterte Asbjørn.

Sigurd sah zu, wie die beiden Schildwälle sich näherten. Jeder dreißig Mann stark. Er hatte das Gefühl, als liefe Eiswasser durch seine Eingeweide. Das ist es, dachte er und blickte zu den dunklen Zweigen hinauf. Hier werde ich mir einen Namen machen. Nicht auf der Straße der Wale, sondern auf dem Meer der Wunden.

»Wie ich euch schon gesagt habe, ich werde hier nicht sterben«, sagte Orlyg und schlug mit dem Speerschaft gegen seinen Schild. »Also, jeder der will, kann sich mit mir heute Nacht bis zur Besinnungslosigkeit besaufen, sobald wir diesen Haufen Ziegenficker erledigt haben.«

Die anderen bejubelten seine Worte, und diesmal zweifelte niemand an seiner Prophezeiung. Orlyg trat aus der Reihe, rollte seine muskulösen Schultern, holte mit seinem Speerarm aus und ließ die Waffe fliegen. Sie zischte zwischen die Bäume hindurch, durchbohrte den Schild eines Mannes und nagelte seinen Arm an seine Brust. Haralds Männer jubelten bei diesem Anblick. Er war es wert, einen Speer zu verlieren, denn jetzt fiel König Gorms Mann schreiend aus dem Schildwall, wobei er mit seiner unversehrten Hand nach dem Speer griff. Die anderen hatten nicht die leiseste Ahnung, was sie tun sollten.

»Heja, Schildschüttler, hier kommt der Schildbrecher!«, schrie Frothi. Irgendjemand schlug auf seinen Schild, und die anderen Herdkarls von Harald stimmten ein, bereiteten sich auf das bevorstehende Gemetzel vor.

Über den Rand seines Schildes hinweg betrachtete Sigurd die Leute, die ihn töten wollten. Er sah die silbernen Ringe, die in Bärte und Haar geknotet waren. Und er konnte ihre Gedanken lesen, so wie andere Männer Runen entziffern konnten. Sie haben Angst, dachte Sigurd. Trotz ihrer Überzahl und ihres lauten Gebrülls haben sie Angst vor dem, was ein Schwert einem Mann zufügen kann. Sie haben Angst vor mir. Und das sollten sie auch, dachte er, denn ich habe einen Speer in der Faust und das Blut eines Jarls in den Adern.

»Achtung!«, rief sein Vater in diesem Moment. »Noch nicht! Noch nicht, Männer von Skudeneshavn!«

Sigurds Muskeln vibrierten. Sein Blut kochte in seinem Körper, und der mit Runen überzogene Speer in seiner Hand flüsterte ihm zu, er wolle endlich losgelassen werden, in das blutige Getümmel eintauchen.

Dann gab König Gorm den Befehl, den Harald erwartet hatte, und seine beiden langen Schildwälle blieben stehen, wie eine Welle, die gegen einen Fels schlägt. Jede Reihe würde sich verdoppeln, sodass sie zwei Männer tief war, mit Schilden und Schwertern oder Äxten in der ersten Reihe und Speerträgern dahinter, die über die Köpfe und zwischen den Lücken zustoßen würden. Aber das bedeutete, dass sie ein paar Herzschläge lang keinen soliden Skjaldborgar bilden konnten, bei dem sich die Schilde überlappten und die Füße fest in den Boden gestemmt waren. Diese wenigen Herzschläge lang waren sie nur ein Durcheinander von Männern, die sich bemühten, eine Formation zu bilden, und genau das wusste Jarl Harald.

»Jetzt!«, schrie er. Seine Männer brüllten und rannten so schnell sie konnten auf ihre Feinde zu, die niemals daran gedacht hatten, dass sie diejenigen sein könnten, die angegriffen wurden.

»Tötet sie!«, schrie Harald, während er mit einem Hieb den Schild eines Mannes spaltete und mit einem weiteren seinen Kopf von den Schultern trennte.

Ein Mann hob seinen Schild, um Sigurds Speerstoß zu blockieren, aber Sigurd duckte sich tief nach links und rammte dem Mann den Speer von der Seite in die Lenden. Der Getroffene stieß einen gellenden Schrei aus. Sørlie rammte seinen Schild mit so viel Wucht gegen den Schild eines Feindes, dass der gegen seine Gefährten stürzte und Sørlie ihm den Speer in die Eingeweide stieß, bevor er sich wieder aufrichten konnte. Es herrschte ein blutiges Chaos.

»Standhalten! Standhalten!«, brüllte jemand, vielleicht der König selbst. Und auch wenn die Männer von Avaldsnes nicht wegliefen, wirkten sie doch kopflos wie eine Mannschaft, deren Schiff auf ein Riff gelaufen ist. In diesen ersten Momenten des Kampfes starben sie in einem wilden Gemetzel.

Ein Krieger schlug mit seinem Schwert nach Sigurd, aber es prallte von seinem Lederpanzer ab. Sigurd zahlte es ihm heim, indem er ihm mit dem Speer den Hals durchbohrte. Als er ihn herausriss, spritzte eine Fontäne von Blut auf. Dann sah er, wie eine Speerklinge aus Agnars Brust platzte, und das sagte ihm, dass die Männer des Königs sich gesammelt hatten. Der Lärm schien die ganze Welt zu erfüllen, und doch konnte Sigurd nur das Rauschen des Blutes in seinen Ohren hören, während er Schlag um Schlag mit seinem Schild abfing und mit seinem Speer zustieß oder zuschlug. Aus den Augenwinkeln sah er, wie Sørlie seine Klinge einem Mann in den Mund rammte, sie umdrehte und sie in einem Sturzbach aus Zähnen und Knochen herausriss, bevor er sich umdrehte und einen Schlag parierte, der ihm sonst den Arm von der Schulter getrennt hätte. Orn ging neben ihm zu Boden, das Gesicht mitsamt seiner Hakennase zerschmettert und die Augen aufgerissen vor Empörung über das, was man ihm da angetan hatte. Hopp bekam zwei Speere in den Rücken und einen in die Brust, und der stiernackige Orlyg widersetzte sich mit trotzigem Brüllen seinem Schicksalsfaden, noch während er in Stücke gehackt wurde. In diesem Augenblick stellte sich Sigurd vor, wie Orlyg diesen alten Scharlatan in Walhall aufspürte und ihm den Hals umdrehte. Rund um Sigurd starben Männer von Skudeneshavn, andere wiederum hatten ihre Schilde aneinandergelegt und kämpften in verzweifelten Grüppchen. Sie vereinigten Erfahrung und Wut in dem Versuch, ihr Leben noch ein wenig zu verlängern.

»Der Jarl!«, bellte ein Mann. Sigurd sah sich um. Sein Vater schlitzte einem Mann den Unterleib auf, während drei andere Männer ihn umringten und mit ihren Speeren immer wieder auf ihn einstachen, bis sein schönes Brynja blutüberströmt war.

»Du musst von hier verschwinden, Bruder!«, zischte Sørlie ihm zu, während sie Schulter an Schulter standen und sein Bruder eine Klinge mit dem Schild abwehrte und einen Mann niedermähte. »Du musst dich in Sicherheit bringen. Jetzt!«

»Nein!« Sigurd hatte seinen Speer verloren, doch der Trollkitzler war blutüberströmt, und ihn dürstete nach mehr.

»Wer soll uns rächen, wenn nicht du?«, schnarrte sein Bruder. »Verschwinde!«

»Nein, Bruder!« Sigurds Schild war zerhackt und nutzlos. Er warf ihn weg und wehrte einen Schlag mit seinem Schwert ab, bevor er die Klinge in ein bärtiges Gesicht hackte, sodass heißes Blut über ihn spritzte.

Neben ihnen fiel Frothi, eine Faustaxt im Schädel.

»Lauf, Bruder! Räche uns!« Ein Speer schoss auf Sigurd zu, aber Sørlie schlug ihn eine Handbreit vor Sigurds Brust zur Seite. »Wir sehen uns in Óðins Halle.« Er grinste. »*Eidbrecher!*«, brüllte er dann. Durch das Chaos um ihn herum sah Sigurd König Gorm auf seinem kleinen Pferd, den Speer quer auf dem Schoß. Er sah, wie er den Kopf hob und sein Blick auf Sørlie fiel. Im nächsten Moment rannten Sørlie und Asbjørn auf den König zu, gefolgt von Finn. Die Männer von Avaldsnes umringten ihren König wie eine Faust, die sich um einen Schwertgriff legt. Sørlie bekam einen Schwerthieb in den Hals und stolperte, rannte aber weiter, während er dem Verräter trotzig Tod und Verderben entgegenbrüllte.

Sigurd drehte sich um, sank auf ein Knie und schlug mit Trollkitzler einem Mann das Bein am Schenkel ab, sodass der Krieger kreischend umfiel. Dann sprang Sigurd wieder hoch, hackte mit einem beidhändig geführten Schlag einen anderen Mann fast in zwei Teile. Laut schrie er seine Wut heraus. Dann waren plötzlich keine Männer von Gorm mehr vor ihm, sondern nur Bäume und der düstere Kiefernwald.

Er rannte.

5

Er flüchtete durch den Wald nach Süden. Mit dem schweren Lederumhang über seiner Wolltunika brach er krachend durch Gebüsch und abgestorbene Baumzweige. Seine Brust drohte zu platzen und die Muskeln in seinen Schenkeln brannten, dennoch warf er die hinderliche Kleidung nicht ab. Der Umhang hatte ihm im Kampf gute Dienste geleistet und würde ihm vielleicht noch nützen, falls ihn einer von König Gorms Männern einholte. Außerdem hatten sie ihm bereits genug genommen, und er wollte seinen Feinden nicht noch mehr überlassen.

Er erreichte schließlich den alten Pfad und wurde langsamer, bis er schließlich stehen blieb. Er krümmte sich und pumpte keuchend Luft in seine brennenden Lungen. Mit einem Ohr horchte er auf Geräusche von dem Gemetzel. Fünf hämmernde Herzschläge lang hielt er den Atem an und war überzeugt, dass er ein dumpfes Dröhnen hören konnte, als Männer triumphierend Waffen gegen Schilde schlugen. Er stellte sich vor, wie der Eidbrecher-König neben dem verstümmelten, blutigen Leichnam seines Vaters stand. Wie Gorms Männer seinem Bruder Sørlie das Kettenhemd und seine Waffen abnahmen und ihn auf noch schlimmere Art und Weise schändeten.

Sie waren alle tot, abgeschlachtet.

Plötzlich verkrampfte sich sein Magen, und er spuckte

eine heiße, saure Flüssigkeit auf den Boden. Irgendwo im Hinterkopf hörte er seinen Bruder Sørlie lachen und sah bei seinen Worten das Grinsen auf seinem hübschen Gesicht. *Davon haben sie in den alten Heldenliedern nie gesungen, heja, Bruder!*

Sigurd richtete sich wieder auf, fuhr sich mit der Hand über den Mund, zog die Scheide aus seinem Gürtel und schob den blutigen Trollkitzler hinein. Er konnte einfacher laufen, wenn er die Waffe festhielt, bevor sie ihm noch zwischen die Beine geriet. Dann dachte er an seine Mutter und Runa, und ihm gefror das Blut in den Adern. Er drehte sich um und blickte den Weg zurück, den er gekommen war. Von den Männern des Königs war noch nichts zu sehen, aber sie würden irgendwann auftauchen. Gorm wusste, dass Skudeneshavn jetzt kaum noch Speere hatte und nur darauf wartete, eingenommen zu werden. Er würde kommen.

Also lief Sigurd los. Obwohl ihm das Herz fast in der Brust zerbarst, würde er nicht stehen bleiben, bis er seine Leute gewarnt und sie auf den Kampf vorbereitet hatte. Denn es hatte keinen Sinn, sich jetzt noch zu verstecken. *Wir werden alle im Schlachtenschweiß ersaufen,* dachte er, *nicht aber Mutter und Runa. Sie würden irgendwie entkommen. Sie würden sich retten.*

Doch etwa eine Meile vor dem Dorf wusste er, dass er zu spät kam.

Rauch stand am düsteren Himmel, schwärzer als die dunklen Wolken. Das sagte Sigurd, dass er von brennendem Reet oder von mit Pech getränkten Balken stammte, obwohl die Flammen selbst hinter einem Hügel verborgen waren. Ein lautes Flügelschlagen lenkte seine Aufmerksamkeit auf ein Moorhuhn, das aus dem hohen Gras vor ihm aufflog. Es flog auf ihn zu, statt von ihm weg, sodass er den blauschwarzen Bauch des Vogels hätte durchbohren können, wenn er noch seinen Speer gehabt hätte. Und dann sah er, was dem Vogel mehr Angst einge- jagt hatte als der atemlose, nach Blut stinkende Mann. Eine Natter richtete ihren Kopf in seine Richtung. Ihre gegabelte Zunge zuckte tastend, sie hielt den Kopf hoch und ihr schlanker grauer Leib ringelte sich wie ein Tau auf einem Steg. Die lidlosen, starren Augen der Kreatur wirk- ten in ihrem keilförmigen Kopf so kalt wie Bronze, und Sigurd fühlte sich von ihrem drohenden Blick wie durch- bohrt.

Die Schlange ist gefährlicher als der Krieger, dachte er. Das hatte das Moorhuhn gewusst und war geflüchtet, so wie Sigurd vor diesem schleimigen, eidbrüchigen König geflüchtet war. Der Gedanke erfüllte ihn mit Scham, als er an der Natter vorbei zu seinem brennenden Dorf rannte.

Was er vorfand, war in gewisser Weise noch schrecklicher als das, was er hinter sich gelassen hatte, und doch konnte er seinen Blick nicht davon losreißen. Seine Augen nah- men alles in sich auf, obwohl es ihn würgte, aber er konnte sich ohnehin nicht mehr erbrechen, nur stinkender Speichel troff in Fäden aus seinem Mund, weil er seinen Magen längst geleert hatte. Die einzigen Gebäude, die sie angezündet hatten, waren die Schmiede, die wie der Scheiterhaufen eines Helden gelodert und das Gebäude daneben ebenfalls in Brand gesetzt hatte, Asgots Haus. Sie hatten es brennen lassen, vielleicht weil sie seinen Seiðr fürchteten, seine Zauberkunst. Ebenso brannte Haralds

Halle, Eik-Hjálmr, die allerdings zum größten Teil nur rußig und verqualmt war, weil die Bewohner von Skudeneshavn die Balken und Träger zuvor mit Wasser getränkt hatten. Nur das westliche Ende hatte richtig Feuer gefangen und brannte noch schwach, und von dem reetgedeckten Dach stieg zischend gelbbrauner Qualm hoch.

Die Toten lagen da, wo sie niedergemacht worden waren. Auf ihren Gesichtern zeichnete sich Verwunderung ab, als könnten sie noch nicht begreifen oder akzeptieren, dass sie tot waren. Die meisten Männer hatten gekämpft, wie es aussah. Ihre Leichen waren von Wunden übersät, und etliche von ihnen mussten sich erfolgreich gewehrt haben, denn auf dem regennassen Boden um sie herum sah er Blutflecken und manchmal sogar ausgedehnte Lachen. Wahrscheinlich stammten sie von den Männern, die den Tod nach Skudeneshavn gebracht hatten.

Der Rauch von Asgots Haus roch nach getrockneten Kräutern und Gewürzen und den anderen namenlosen Dingen, die der Godi für seinen Seiðr benutzte. Der Qualm, der sich zwischen den Häusern der Toten hindurchschlängelte, schien Sigurd zu verfolgen, brannte in seinen Augen und in seinem Hals.

Die Frauen lagen auf dem Boden, die Röcke hochgeschoben und die weißen Beine und ihr Geschlecht nackt und blutig. Ihre Gesichter waren von allen Toten die schlimmsten, wegen dem, was sie hatten erdulden müssen, bevor die Männer ihnen die Kehlen durchschnitten hatten. Bei dem Anblick wagte Sigurd nicht einmal, den Namen seiner Schwester auch nur zu denken.

Plötzlich bewegte sich ein Leichnam. Der Mann lag zusammengesunken auf dem Boden, hatte das Kinn auf die

Brust gelegt und sein weißes Haar hing ihm ins Gesicht. Es war Solveijg. Sigurd rief seinen Namen, und der Steuermann der *Kleiner Elch* blickte langsam hoch. Jetzt erst bemerkte Sigurd die Schnittwunde in der Brust des Mannes. Sie wirkte wie das höhnische Grinsen eines Feindes.

»Sigurd, Junge.« Die Stimme des alten Mannes klang so leise wie das Zischen, mit dem die Luft aus einem Fischbauch entweicht, wenn man ihn aufschlitzt. Aber in seinen Augen glühte noch der Lebensfunke. Sigurd hockte sich neben ihn, froh darüber, seine Suche nach dem, was er unausweichlich finden würde, hinauszögern zu können.

»Sie kamen aus dem Osten.« Solveijgs Blick zuckte zu Haralds Fibel an Sigurds Gürtel. »Sie sind wie verfluchte Flöhe von Bokn hier herübergehüpft, bevor wir auch nur einen Blick auf sie werfen konnten. Die Hurensöhne müssen in den letzten Tagen da draußen gelagert haben.« Er zuckte vor Schmerz zusammen, aber er beachtete die Wunde in seiner Brust nicht weiter.

»Wer hat das getan?« Sigurd stellte die Frage, obwohl er die Antwort kannte.

»Randver, wer sonst?« Solveijg spie aus. »Er und seine Brut.« Dann riss er die Augen auf, voller Hoffnung, nicht wegen der Schmerzen. »Und dein Vater? Ist der Jarl auch hier?«

Sigurd überlegte kurz, ob er ihn anlügen sollte, doch dann sagte ihm etwas, dass Solveijg noch zu viel Leben in sich hatte, als dass eine Lüge sich gelohnt hätte. Außerdem hatte der alte Mann die Fibel an Sigurds Gürtel gesehen, und die war beredt genug. »Mein Vater ist tot«, erwiderte er. »Mein Bruder auch und alle anderen, die nach Avaldsnes gegangen sind. Sie haben auf uns gewartet, Biflindi und seine Gefolgsleute.«

»Also hatte der König kein Wergeld für uns.« Solveijg grinste bitter.

Sigurd schüttelte den Kopf. »Nur Eisen und Stahl«, murmelte er und strich sich das verklebte Haar aus der Stirn.

»Sieht aus, als hättest du ihnen deutlich die Meinung gesagt, Junge«, sagte der alte Seebär. Sigurd wischte sich mit der Hand über das Gesicht, und der Schweiß färbte seine Hand rot. Da erst wurde ihm klar, dass sein ganzes Gesicht von Blut verschmiert war.

»Ich bin weggelaufen«, sagte er. Die Scham darüber lag ihm wie ein Stein im Magen.

»Deine Schwester wird froh darüber sein«, erwiderte Solveijg.

»Meine Schwester?«

»Sie haben sie mitgenommen. Sie und die Jungen. Jedenfalls alle, die sie nicht umgebracht haben. Runa war unter ihnen. Andere sind weggelaufen und laufen vielleicht immer noch, aber sie werden zurückkommen, wenn sie es für sicher genug halten. Runa ist dageblieben.«

Sigurd schwindelte bei diesen Worten. Runa lebte!

»Und meine Mutter?«

Solveijg schüttelte den Kopf. »Das kann ich nicht sagen, Junge. Ich muss eine Weile das Bewusstsein verloren haben, als sie mich zerhackt haben. Aber das Stück Ziegenscheiße, das mich so zugerichtet hat, dürfte von jetzt an Schwierigkeiten mit seinem Methorn haben.« Er grinste, und erst jetzt bemerkte Sigurd, dass der alte Mann etwas in seiner knorrigen Faust hielt. Er öffnete sie und zeigte drei abgetrennte Finger. Sie hatten die Farbe von Teig, bevor er gebacken wird. »Ich hab sie mit meinem Sax abgetrennt, bevor er mir die Brust aufgeschlitzt hat. Jetzt muss er sich den Arsch mit seiner Esshand abwischen.« Das Grinsen auf seinem Gesicht erlosch. »Sind die Jungen gut gestorben?«

Sigurd sah dem alten Mann in die Augen und deutete dann mit einem Nicken auf die lange Wunde auf Solveijgs Brust. »Wirst du ebenfalls zu ihnen gehen?«

Solveijg blickte auf die Verletzung. Sigurd sah den hellen Knochen im Fleisch schimmern. »Nicht, wenn du mich zusammenflickst, solange ich noch ein bisschen Blut in mir habe«, sagte Solveijg.

Sigurd nickte. »Ich hole eine Nadel.« Er stand auf und sah eine Kinderwiege, die umgekippt im Durchgang zwischen zwei Pferchen lag. Die Schweine waren weg, abtransportiert nach Hinderå. Von dem Kind war nichts zu sehen, und Sigurd verzichtete darauf, die aufgewühlte Erde des Schweinepferchs zu untersuchen. Er konnte sich die traurige Geschichte auch so zusammenreimen. Dann näherte er sich dem östlichen Ende der Halle seines Vaters, die immer noch zu feucht war, als dass sie hätte Feuer fangen können. Mit einem Arm, der sich noch nie so schwach angefühlt hatte wie in diesem Moment, stieß er die Tür auf. Im Inneren der Halle war es dunkler als an einem Sommerabend, und er stand lange in der Öffnung und blickte in die Finsternis. Auch hier lagen Leichen, die der Thralls seiner Eltern und sogar die von Haralds Hunden Var und Vogg. Der Gestank von Tod, Blut, Pisse und Eingeweiden mischte sich mit dem Gestank des Herdrauchs und dem beißenden Geruch des glimmenden

Schilfs über ihm. Und hinter den Wandteppichen, die das Gemach seiner Eltern vom Rest der Halle trennten, fand Sigurd seine Mutter.

Grimhild war nicht vergewaltigt worden, jedenfalls konnte Sigurd in dem schwachen, gelblichen Licht keine Spur davon erkennen. Die beiden Öllampen brannten, als wäre es ein ganz normaler Abend. Aber sie hatte gekämpft. Das wusste er, denn er kannte den Sax mit dem Griff aus Rentiergeweih, der in ihrer Brust steckte, so gut wie ihre Hand. Sein Vater hatte ihn ihr geschenkt. Sigurd wusste, dass seine Mutter mit diesem Langmesser umgehen konnte, dass sie wie eine Wölfin gekämpft hatte, und es hätte ihn nicht überrascht, wenn einer von Jarl Randvers Männern ohne sein Gemächt zwischen den Beinen nach Hause gehumpelt wäre, kastriert wie ein Vieh. Falls ihm nicht noch Schlimmeres widerfahren war.

Er kniete sich neben sie auf den Boden und schloss ihre starren Augen. Mit zitternden Fingern strich er ihr das blonde Haar aus der Stirn und küsste sie. Ihre Haut fühlte sich unter seinen Lippen so kalt an wie Stein. Ihr linker Arm war unmittelbar unter dem Ellbogen abgetrennt worden, vermutlich als sie ihn gehoben hatte, um sich gegen ein Schwert oder einen Sax zu verteidigen. Es beschämte ihn, das zu sehen, ihr aufgeschlitztes Fleisch und den milchigen Glanz ihres Knochens. So etwas sollte niemand sehen, deshalb riss er ein Stück Leinen von ihrem Rock ab und verband den Armstumpf, als wäre sie nur verwundet.

Er legte den Mund an ihr Ohr und flüsterte ihr zu, dass es ihm so schrecklich leidtäte, dass er nicht für sie hatte kämpfen können. »Ich hätte hierbleiben und dich beschützen sollen, Mutter«, sagte er. Als würden diese Worte, die er ihr ins Ohr flüsterte, ihren Geist noch erreichen, irgendwie, obwohl ihr Leib längst kalt und tot war.

Dann wischte er sich mit dem Ärmel Tränen, Rotz und das Blut anderer Männer aus dem Gesicht, packte den Griff aus Rentiergeweih, bat Týr murmelnd, ihm Kraft zu geben, holte so tief Luft, wie er konnte, und zog die Klinge aus der Leiche heraus. Es ging ganz leicht, was immerhin eine kleine Gnade war, und als er das von Blut glitzernde Eisen sah, stockte ihm der Atem. Es waren Kerben auf der Schneide, die vorher nicht da gewesen waren. Es waren vier, jede so tief wie ein Fingernagel. Diese Kerben hätten auch Runen in einem Fels sein können, die von dem letzten Kampf der tapferen Grimhild kündeten. Sigurds Herz pochte heftig bei diesem Anblick vor bitterem Stolz. Dann sah er noch etwas, etwas so Kleines, dass er von Glück reden konnte, es in dieser Dunkelheit überhaupt wahrgenommen zu haben. Dennoch war es kostbarer für ihn als eine ganze Seekiste voller Silber. Ein Faden hatte sich in der zweiten Kerbe verfangen. Sigurd nahm ihn zwischen Finger und Daumen und spuckte darauf, dann wischte er ihn am Ärmel seiner Tunika ab und sah unter dem Blut, dass die Wolle grün war, wie das Blatt einer reifen Stechpalme. Das Unterkleid seiner Mutter war aus ungefärbtem Leinen, und ihr wollener Kittelrock war blau. Also stammte der grüne Faden nicht von ihr. Sigurd stellte sich den Kampf vor, wie die Klinge seiner Mutter die grüne Tunika ihres Angreifers durchdrang, der die mit einem Langmesser bewaffnete Ehefrau eines Jarls wohl unterschätzt hatte.

»Ich werde die töten, die das getan haben.« Er sprach

mehr für die Ohren der Götter als für die seiner Mutter. »Ich will niemals Walhall sehen, wenn ich es nicht tue.« Er dachte an den Allvater und ließ diese gewichtigen Worte eine Weile im Raum stehen. Dann nahm er eine dünne Knochennadel und Faden aus Rosshaar aus Grimhilds Kiste, ging hinaus und holte tief Luft. Sie schmeckte trotz des allgemeinen Brandgeruchs so süß wie Met nach dem Verwesungsgestank in der Halle seines Vaters.

Er kochte etwas Wasser und wusch Solveijgs Wunde aus. Er hätte gern den Schmerz des alten Seemanns gelindert, indem er ihn mit Met oder Bier betrunken gemacht hätte, aber Jarl Randvers Männer hatten alles ausgetrunken, was sie hatten finden können.

»Kinder zu töten macht durstig«, hatte Solveijg gemurmelt. Es gelang ihm sogar, angewidert auszuspucken. Dann musste er grinsen und den Schmerz ertragen, als Sigurd seine Schnittwunde zusammennähte. Er knurrte Flüche und hatte Schaum vor dem Mund. »Eine blinde einhändige Frau voller Groll gegen mich hätte das besser gemacht als du«, beschwerte sich der Schiffsführer, als alles fertig war und er Sigurds Arbeit betrachtete. Sein Gesicht schimmerte von Schweiß und seine Augen glänzten wie Nietnägel.

»Nächstes Mal kannst du es selber machen, alter Mann.« Sigurd meinte es ernst.

»Ha! Nächstes Mal? Wenn mir dieser pferdegesichtige Mistkerl, der das hier verbrochen hat, jemals unter die Augen kommt, stutze ich ihn wegen seiner schlampigen Schwertarbeit zurecht und gebe ihm dann Silber, damit er die Sache zu Ende bringt.« Er verzog das Gesicht. »Ich bin allein, seit du ein kleiner Junge warst, Sigurd«, fuhr er dann fort. »Wofür sollte ich noch weiterleben? Ohne eine Ruderpinne in der Hand bin ich keinen Fliegenschiss mehr wert.«

Jarl Randver hatte die *Kleiner Elch* mitgenommen. Solveijg liebte das Schiff mehr als Met, Silber oder Ruhm. »Außerdem wartet dein Vater bereits auf mich.«

»Er muss wohl noch ein bisschen länger warten, alter Mann«, erwiderte Sigurd. »Ich brauche einen guten Schiffsführer und Steuermann wie dich.«

Solveijg verzog die Lippen unter seinem weißen Bart und schloss die Augen. Sigurd ließ ihn ausruhen, weil er etwas anderes zu erledigen hatte.

Als er die meisten Toten in die Halle von Eik-Hjálmr geschleppt hatte, kehrten die ersten Überlebenden allmählich ins Dorf zurück. Sie kamen in kleinen Gruppen, zu zweit oder zu dritt, stolperten wie Draugar, Tote, die sich den Weg aus ihrem Grabhügel gegraben hatten, um unter den Lebenden zu wandeln. Ihnen traten die Augen aus den Höhlen, die Frauen umklammerten sich, und die Kinder weinten. Einige fanden ihre Verwandten unter den Niedergemetzelten. Andere mussten feststellen, dass ihre Lieben wie Rauch vom Wind verweht waren, was in gewisser Weise noch schlimmer war. Denn sie wussten, dass sie auf dem Sklavenmarkt enden würden. Es kann besser sein, zu wissen, dass eine Schwester oder ein Sohn tot ist, als sich damit abfinden zu müssen, dass sie unter der Knute eines Fremden stehen und grausam missbraucht werden.

Sigurd hatte sich gefreut, als Ragnhild über die Felsen ins Dorf kam. Sie hielt ihr weißhaariges Kind im Arm, und ihre Kleider wehten im Wind. Sie hatte Sigurd unter

Tränen angelächelt, aber noch bevor er es ihr hatte sagen können, kannte sie die Antwort auf ihre unausgesprochene Frage. Ihr war klar, dass Jarl Harald, Sørlie und die anderen tot waren. Voller Entsetzen hatte sie den kleinen Erik so fest an ihre Brust gedrückt, dass es ein Wunder war, dass er nicht erstickte.

»Mein Olaf wird sich zu helfen wissen«, erklärte sie in der unerschütterlichen Gewissheit, dass ihr Ehemann früher oder später zurückkommen würde. Sigurd strich mit dem Daumen über den kleinen Anhänger des einäugigen Óðin, der an seiner Brust hing, und hoffte wenigstens in diesem Punkt auf ein bisschen Glück.

Es war finstere Nacht, als die letzten Überlebenden zurückkehrten. Sie umklammerten Werkzeuge, Schmuck, Umhänge, ihre besten Pelze – was immer sie von ihren Habseligkeiten hatten zusammenraffen können, bevor sie vor Jarl Randvers Männern geflüchtet waren. Es waren insgesamt sechsunddreißig Überlebende, darunter acht Männer. Alle, auch die drei Graubärte unter ihnen, mochten Sigurd nicht in die Augen blicken, beschämt darüber, dass sie noch atmeten, wo so viele tot waren.

Sie sammelten sich um Sigurd, die Hände vor den Mund gepresst, rieben sich die Augen oder betasteten ihre Waffen und hörten zu, wie Sigurd und Solveijg ihnen die traurige Geschichte erzählten. Wie sich herausstellte, waren fünf junge Frauen und sechs junge Männer von der Räuberbande verschleppt worden. Auf sie wartete der Sklavenmarkt, wenn man sie denn bändigen konnte, und der Scramasax, wenn nicht.

»Sie werden zurückkommen, um uns umzubringen«, rief eine Frau aus, nachdem Sigurd und Solveijg ihre Geschichte beendet hatten. Einige blickten unwillkürlich nach Süden, auf die Bucht und das Meer, dessen Wellen von Gischt gekrönt waren, als der Wind auffrischte.

Sigurd schüttelte den Kopf. »Sie wollen das Land und haben bereits geraubt, was sie tragen konnten. Wenn Randver wiederkommt, dann, um sich zu eurem neuen Jarl zu erklären. Er wird von euch verlangen, dass ihr für ihn fischt, Getreide anbaut und Schweine züchtet.« Ihm fiel die Kinderwiege wieder ein, und er war froh, dass er sie in die Flammen von Asgots Haus geworfen hatte, bevor die Flüchtlinge wieder zurückkehrten. Vielleicht war es ganz gut, dass Unn, die Mutter des Kindes, tot war.

»Ich habe gehört, wie Randver geflucht hat, als seine Männer versucht haben, die Halle deines Vaters in Brand zu setzen.« Solveijgs Gesicht war so bleich wie sein weißes Haar, als er in Richtung der Halle nickte. Die Flammen hatten das westliche Ende immer noch nicht erfasst, obwohl das Reet noch qualmte. »Er wollte sie für sich selbst. Und warum auch nicht?« Er warf einen Blick auf die furchtsamen Gesichter um sich herum und schüttelte den Kopf. »Aber seine Leute waren wie berauscht vom Blut. Sie sollten wohl eigentlich nicht so viele töten. Randver war jedenfalls nicht besonders glücklich darüber.«

Das war zwar kein Trost für die Überlebenden, aber wahrscheinlich war es die Wahrheit. Mit den Sklaven, der Beute und den drei Schiffen würde Randver auch Skudeshavn bekommen, mit seiner beneidenswerten Lage hoch oben auf dem Hügel und mit dem freien Blick auf den Boknafjord. Und was König Gorm anging, der hatte jetzt in Randver einen mächtigen Verbündeten statt eines

Feindes, und einen Pakt, der ihm mehr Silber brachte, als sein Treueschwur mit Jarl Harald es je getan hatte.

Als den Überlebenden von Skudeneshavn diese bedrückende Wahrheit klar wurde, kehrte Leben in sie zurück. Sie durften keine Zeit verlieren. Sie mussten ihre Verluste einschätzen und sich um ihre Toten kümmern. Einige Jungen, denen nicht einmal ein Bart gewachsen war, halfen Sigurd, die letzten Toten in die Halle von Eik-Hjálmr zu schleppen. Als sie damit fertig waren, lagen die Leichen von dreizehn Männern, Frauen und Kindern rund um den Herd in der Mitte der Halle. Aslak war nicht dabei, was bedeutete, dass sie ihn zusammen mit Runa wahrscheinlich für den Sklavenmarkt mitgenommen hatten. Obwohl Jarl Randver möglicherweise andere Pläne mit ihr haben würde, wenn er erst einmal herausgefunden hatte, dass sie Haralds Tochter war.

Den kleinsten von Jarl Haralds Silberschätzen hatten die Mörder jedoch nicht gefunden, wie Sigurd bald herausfand. Sie hatten denjenigen ausgegraben, der sich unter seiner und Grimhilds gemeinsamer Bettstatt befand, und sie hatten auch die Seekiste des Jarls mitgenommen, in dem Harald seine kostbarsten Besitztümer aufbewahrte: Saxe mit Griffen aus Silber und Knochen, silberne Fingerringe, Thórs Hämmer und Armreifen, die er den Männern abgenommen hatte, die von ihm im Kampf getötet worden waren. All das würde Jarl Randver ein breites Grinsen entlocken, obwohl es nicht gerade ein Schatz war, wie der, den Fáfnir hütete. Aber den Knappsack hatten sie nicht gefunden, die lederne Provianttasche voller Hacksilber, die Jarl Harald auf einem der Dachbalken versteckt hatte, dort, wo er seinen Met- oder Bierrausch des

Nachts ausschlief. Sigurd holte sie mit einem gut gezielten Wurf einer Faustaxt herunter, und seine Finger zitterten, als er den Riemen löste und hineingriff. Seine Finger berührten den kühlen Schatz, der einmal seinem Vater gehört hatte: Tributzahlungen und Beute, die Jarl Harald durch Verhandlungen, List und Schwert zusammengetragen hatte. Selbst in dem dämmrigen Glanz der Öllampen konnte Sigurd erkennen, dass die Barren, Ringe, Münzen und zerbrochenen Armreife in dem Beutel stumpf, grau und schwarz waren, angelaufen, vernachlässigt, zurückgelegt für harte Zeiten.

Aber Silber war Silber. Sigurd war reich.

Er ließ abgelagertes Holz und Reisig in die Halle bringen und um die Toten herum aufschichten. Dann beschmierten sie das Ganze mit dem Tran von Dorschleber aus einem Vorrat in einem der Nausts, den Bootshäusern unten am Kai, den Randvers Männer ebenfalls übersehen hatten.

»Jeder Jarl würde lieber Nahrung für die Würmer werden, als mit ansehen zu müssen, wie seine Leute ein so erbärmliches Schicksal erleiden«, murmelte ein Graubart namens Gylvi, als er die Leichen im Licht der Lampe betrachtete, die an einer Kette über ihnen hing.

Die Wunden der Toten waren jetzt mit Leinen bedeckt, sodass Sigurd sich einreden konnte, dass sie gerade ihren Rausch nach einem großen Fest ausschliefen, wie sie es so oft gemacht hatten, an dieser Esse, berauscht vom Met und satt vom Fleisch ihres Jarls und satt von ihren Geschichten. Aber am nächsten Morgen, wenn die Sommersonne die Luft wärmte und die Wellen im Fjord wie Juwelen funkeln ließ, würden diese Unglückseligen immer noch kalt und steif daliegen. Sigurd hatte seine Mutter in ihr eigenes Bett gelegt, umringt von den Dingen, die sie in der anderen Welt brauchen würde. Sie würde niemals wieder einen Tag erleben oder das Gesicht ihres Sohnes sehen.

»Wir lassen das alles noch ein oder zwei Tage trocknen«, sagte er zu Gylfi, denn noch immer waren die Balken von Eik-Hjálmr zu nass, um zu lodern wie Vølunds Esse, wie es eine würdige Totenverbrennung erforderte.

»Nun ja, die hier werden wohl kaum irgendwo hingehen«, stimmte Gylfi ihm zu und trat nach einer Ratte, die keine Zeit vergeudete und an dem steifen weißen Finger einer Frau knabberte. Das Tier verschwand im Stroh auf den Bodendielen. »Wenn das hier erst einmal brennt, werden die Flammen so hoch schlagen, dass sie dem Allvater die Füße versengen.«

Niemand hatte Sigurds Vorhaben widersprochen, die Halle zusammen mit den Toten zu verbrennen. »Soll Jarl Randver den Rauch doch bis Hinderå sehen. Dann weiß er wenigstens, dass er niemals auf dem Hochsitz deines Vaters thronen wird«, hatte eine wild aussehende Frau namens Thorlaug gesagt. Sigurd hatte ihren Ehemann Asbjørn das letzte Mal gesehen, als er mit Sørlie losgerannt war, um König Gorm zu töten. Um Sigurd die Möglichkeit zu geben, sein Leben zu retten. Asbjørns verkrüppelte Hand hatte ihn nicht davon abgehalten, bis zum Ende am Leben zu bleiben, und Sigurd wollte dafür sorgen, dass die Skalden das erfuhren. Einstweilen hatte die Kunde jedenfalls dafür gesorgt, dass Thorlaug ein bisschen aufrechter dastand.

»Wir sollten warten, bis Randver drin ist, bevor wir sie

anzünden«, sagte ein Mädchen namens Ingun. Sie war so hübsch, dass sich Randvers Gefolgsleute wahrscheinlich gegenseitig umgebracht hätten, um der Erste zu sein, der sie vergewaltigen oder sie nach Hinderå verschleppen durfte, um sie zu heiraten. Ganz gleich, ob er schon eine Frau dort hatte. Aber Ingun war genauso flink, wie sie hübsch war, und niemand hatte sie erwischt.

»Ich will nicht, dass dieser Mann ihre Flammen teilt«, widersprach Thorlaug.

Sigurd kannte den eigentlichen Grund, warum niemand etwas dagegen hatte, dass er Eik-Hjálmr niederbrannte. Nicht, weil sie nie wieder Freude an diesem Ort empfinden würden, der bis unter das Dach mit Geistern und Erinnerungen an glücklichere Tage erfüllt war. Sondern, weil ein loderndes, brausendes Feuer die Toten ebenso schnell ins Nachleben brachte, wie der Rauch sich in den Himmel erhob, fast so schnell, wie eine Walküre mit einem Helden in den Armen nach Asgard ritt.

Also würde Eik-Hjálmr brennen, wenn die Halle trocken genug war.

Sigurd war nicht ihr Jarl. Aber offenbar hielt er in ihren Augen das Ende eines unsichtbaren Seils in Händen, dessen anderes Ende noch in Jarl Haralds Hand lag, obwohl Harald in diesem Moment zweifellos bereits mit den Göttern in Walhall schmauste. Sie erwarteten, dass Sigurd sie anführte, und er spürte die Bürde dieser Verantwortung wie einen schweren Halsreif um seinen Hals.

»Du kannst nicht hierbleiben, Junge«, sagte Solveijg, als Sigurd ihm eine Talgkerze ins Gesicht hielt. Sigurd war unterwegs zu der Anhöhe gewesen, von der aus man auf die Bucht blicken konnte, als ihm eingefallen war nachzusehen, ob der Steuermann nicht schon in seinem Bett gestorben war. »Randver wird sich um mich oder die anderen keine Gedanken machen, aber sobald er Witterung von dir bekommt, lässt er seine Hunde los. Ebenso der Eidbrecher-König, denn er weiß ganz bestimmt, dass du ihm entkommen bist.« Er grinste trotz der tristen Lage. »Er wird sich wie ein flohverseuchter Thrall kratzen, wenn er daran denkt, dass du irgendwo da draußen herumläufst, obwohl du eigentlich ein Leichnam sein solltest.«

Das war ein wärmender Gedanke, der das Eis in Sigurds Eingeweiden ein wenig auftaute. Allerdings bezweifelte er, dass der Gedanke an einen Jungen, dem gerade der erste Bart wuchs, einem König den Schlaf rauben würde.

»Zweifle nicht an dem alten Einauge!« Solveijg hob warnend einen blutbeschmierten Finger. »Es gibt einen Grund dafür, dass du dem Eisensturm entkommen bist.«

»Ich bin weggelaufen«, murmelte Sigurd, aber der Schiffsführer ignorierte seine Worte.

»Und der Grund ist nicht, dass du mich zusammenflicken solltest, das steht mal fest. Denn dann hätte Óðin einen fähigeren Mann geschickt.« Der alte Mann grinste. »Die Götter lieben das Chaos. Sie lieben es einfach.«

Sigurd wusste, dass das stimmte. Er hatte es im Kiefernwald gelernt, als beim Kampf der Schweiß in Strömen geflossen war und er Männer mit Speer und Schwert niedergestreckt hatte. Da war ihm klar geworden, dass er selbst ebenfalls eine Gabe für das Chaos hatte. Was auch gut so war.

»Sobald Olaf zurückkommt, brechen wir auf«, sagte er. »Du auch, Solveijg. Jarl Randver wird kommen, um Skudeneshavn im Namen von König Gorm in Besitz zu nehmen, aber wir werden nicht mehr hier sein.«

»Wohin gehen wir?« Der alte Steuermann war so bleich wie der Tod, und seine Brustverletzung war nur notdürftig zusammengeflickt, aber trotzdem war er bereit, Sigurd überallhin zu folgen, wohin der Wind sie wehte.

Sigurd wünschte sich, er hätte seine Treue mit einer besseren Antwort lohnen können.

»Ich weiß es nicht«, meinte er.

Die Flammen loderten Funken sprühend auf. Wütend und fauchend schienen sie fast lebendig zu sein, als hätte man sie losgelassen, um aller Welt zu verkünden, was den Leuten von Skudeneshavn widerfahren war. Der Rauch erhob sich wie ein schwarzes Segel vom Langschiff eines Gottes in den Himmel, und die alten, wurmstichigen Balken knackten und prasselten wütend. Eik-Hjálmr brannte lichterloh.

Drei Tage waren seit dem Überfall vergangen, und zwei Tage lang hatte es nicht geregnet. Olaf, Svein und die anderen waren an diesen traurigen Ort zurückgekehrt. Auch sie brachten gute Nachrichten, um den anderen Trost zu spenden.

»Unser Empfang in der Halle von Jarl Leiknir war so kalt wie die Titten der Frostriesen«, erklärte Olaf. »Leiknir hat uns offen ins Gesicht gesagt, dass er mit der Angelegenheit nichts zu tun haben will, da sich sein Hof nun mal genau zwischen unserem und dem von Jarl Randver befindet. Das war keine große Überraschung, aber dann sagte er, dass Randver im Moment so reich an Silber wäre, dass die Leute von Tysvær sich auf jeden Fall für ihn ent-

scheiden würden, wenn sie sich entscheiden müssten.«
Olaf verzog das Gesicht. »Ich habe mit dem Gedanken
gespielt, ihm einen Speer in den Wanst zu rammen, um
uns später die Mühe zu ersparen.«

»Und was ist mit Reisigbauch?«, fragte Sigurd. Er meinte Jarl Arnstein Arngrimsson, der in Bokn saß.

Svein presste einen Fluch hervor, und Olaf schüttelte
den Kopf. »Ich habe schon Felsbrocken gesehen, die mehr
Hirn hatten als dieser Narr. Er hat uns fettiges Fleisch serviert und Bier, das wie Pisse schmeckt, und dann hat er
verkündet, dein Vater wäre ein Narr gewesen, nicht zu
merken, dass sich Biflindi und Randver gegen ihn ver-
schworen hätten.«

»Sie werden uns also auch nicht helfen«, sagte Sigurd.

Olaf kratzte sich die bärtige Wange. »Das hätte er
auch nicht getan, wenn dein Vater noch leben würde.
Und jetzt?« Er schüttelte missmutig den Kopf. »Sie
hocken zufrieden auf ihrer Insel und wuchten ihren
fetten Wanst nur dann aus dem Bett, wenn König Gorm
Speere für irgendeinen Raubzug braucht. Allesamt
Ziegenficker. Und was die Lehnsleute und Freibauern
angeht, die wir aufgesucht haben, die sagten, dass ihr Gelübde gegenüber Jarl Harald jetzt nichts mehr gelte, weil
Jarl Harald seinen dem König geleisteten Schwur gebrochen hätte, als er Dörfer überfiel, die unter Gorms
Schutz standen.«

Sigurd war wütend deswegen, denn das waren dieselben Lügen, die König Gorm seinem Vater im Kiefernwald
an den Kopf geworfen hatte.

Olaf hob eine Hand. »Sie wissen, dass das nicht wahr
ist, aber da sie alle dieselbe Scheiße erzählt haben, ist mir

klar geworden, dass jemand ihnen diesen Mist eingeredet haben muss.«

»Also waren die Männer des Königs sehr fleißig«, sagte Sigurd.

Olaf nickte. »Ich hätte mir meinen Atem sparen können.« Er warf einen Blick auf Svein, der mit Hendil, Loker und Gerth redete, Männer, die Olaf ebenfalls mitgenommen hatte. »Fünf Speere mehr wären hier sehr nützlich gewesen. Vielleicht wäre die Sache dann anders gelaufen.«

Nach dem, was Solveijg erzählt hatte, bezweifelte Sigurd das, und das sagte er auch. Er erzählte Olaf und den anderen von dem Hinterhalt im Kiefernwald und vom letzten Gefecht seines Vaters. Hendil sagte, das wäre ein ehrenwerter Tod, wie ein Krieger ihn sich nur wünschen könnte.

»Jedenfalls angesichts des verdammten Verrats, der ihren Schicksalsfaden gesponnen hat«, stieß Loker zwischen den Zähnen hervor.

Sigurd berichtete, was er von Solveijg über Jarl Randvers Überfall erfahren hatte, und er schilderte Olaf, wie er den letzten Kampf seiner Mutter gedeutet hatte. Olaf hörte zu, während ihm die Tränen in den Bart liefen, ohne dass er sich auch nur die Spur dafür schämte.

»Die Götter sind grausamer als Reißzähne und Klauen und Hunger zusammen«, brummte er schließlich. »Aber wem sag ich das, Junge.«

Er verfolgte mit Blicken einen Kormoran, der nach Süden flog, Richtung Boknafjord. Sie hatten sich alle unter dem zunehmenden Mond versammelt, um zuzusehen, wie die Halle ihres Jarls zu Asche wurde. Ihre Gesichter waren nass von Schweiß und Tränen, als sie die Hände hoben, um sich vor der glühenden Hitze zu schützen.

»Warum haben sie Asgots Haus angezündet?«, wollte Svein wissen. Er hatte empört reagiert, als Sigurd davon erzählte, und sich verflucht, dass er nicht da war, um gegen die Räuberbande zu kämpfen. Solveijg hatte ihn einen ausgewachsenen Narren geschimpft und ihm gesagt, dass Svein ebenso tot wäre wie alle andern, wenn Olaf ihn nicht zu den Jarls mitgenommen hätte. Aber Svein hatte nicht zugehört.

»Wahrscheinlich hat er gerade irgendeinen Zauberspruch gegen diese Hurensöhne gewirkt, und das hat ihnen nicht gefallen«, mutmaßte Olaf. Sigurd konnte sich sehr gut vorstellen, wie der Godi geifernde Flüche ausstieß und Jarl Randvers Leute in die Tiefen von Helheim verwünschte. Er stellte sich vor, wie Randvers Männer prahlten, als sie das Haus des Godi anzündeten, und er glaubte die schrecklichen Schreie der Vögel und Fledermäuse zu hören, der Stinktiere, Ratten und der anderen Kreaturen, die Asgot in Kisten aufbewahrt oder an Pflöcken im Boden festgebunden hatte. Denn trotz ihrer Prahlerei hatte die Angst vor den Gefolgsleuten des Jarls zweifellos in ihren Eingeweiden gesessen. Es war keine Kleinigkeit, sich einen Godi zum Feind zu machen.

»Randver wusste einfach nicht, was er mit ihm anfangen sollte«, sagte Solveijg. »Es war fast so, als hätten sie einen Wolf am Schwanz gepackt.«

»Ja, ich jedenfalls hätte lieber den Schwanz eines Wolfs in der Hand als den von Asgot«, sagte Olaf.

Jarl Randvers Männer hatten den Godi jedenfalls nicht getötet, das würde jeder als Riesendummheit empfinden.

Aber Sigurd fragte sich, was sie jetzt mit ihm anfangen wollten, denn keiner, der bei Verstand war, würde einen Godi als Sklaven kaufen.

In einigen der rußgeschwärzten Balken schimmerte die Glut wie Drachenaugen. Andere brachen zusammen, und ein Schleier aus Funken stob über die Leute von Skudeshavn hinweg. Sie hinterließen kleine, schwarze Brandlöcher auf Tuniken und Wollhosen. Die Flammen schlugen hoch in den Himmel, und in dem entstehenden Sog jaulte ein Wind, der klang, als würde eine traurige Saga erzählt. Sigurd beobachtete, wie der Rauch aufstieg, und wusste, dass die Götter ihn sehen würden.

Mittlerweile hatte die Hitze in Eik-Hjálmr schon große Blasen auf der weißen Haut seiner Mutter geschlagen. Ihr blondes, von silbernen Strähnen durchsetztes Haar würde so hell brennen wie der Helm eines Helden frisch aus der Esse und dann verschwinden. Alle hier Versammelten wussten, dass ihnen schon bald der Gestank von verbranntem Fleisch in die Nase steigen würde, aber niemand würde einen Arm vor den Mund nehmen oder deshalb zusammenzucken. Denn sie alle waren in dieser traurigen Geschichte von diesem Tag an bis zum Tag ihres eigenen Todes vereint, und sie würden jeden Tropfen dieses bitteren Getränks auskosten, aus Respekt vor ihren Toten.

Als es dann schließlich so weit war und nur noch die Balken standen, die das Dach stützen, von Flammen umzingelt und doch fest, sammelten all jene, die mit Sigurd gingen, ihre Sachen, verabschiedeten sich von ihren Verwandten, falls sie noch welche hatten, und bereiteten sich auf die Abreise vor.

Olaf sagte jenen, die in Skudeneshavn blieben, sie sollten ihrem neuen Jarl keinen Ärger machen, mehr noch, er riet ihnen, Randver willkommen zu heißen, so gut sie konnten.

»Tut alles, was ihr könnt, um euch das Leben angenehmer zu machen«, sagte er. »Jarl Harald und die anderen sind nicht mehr, und ihr werdet ihre Gesichter in diesem Leben nie wieder sehen.« Er hatte keine Tränen mehr in den Augen. »Schwört Randver die Treue, wenn er das verlangt, denn ihr habt keine andere Wahl. Und sagt ihm, dass die Halle verbrannt ist, weil seine Männer Feuer an das Dach gelegt haben«, warnte er sie. »Denn er wird wütend sein, weil sie zerstört ist.« Er beauftragte seinen ältesten Sohn Harek, auf seine Frau und den kleinen Erik aufzupassen, küsste die beiden und schwor, wieder zurückzukommen, sobald er konnte. Er zog die Angelegenheit nicht in die Länge, denn das war nicht seine Art. Und außerdem wusste Sigurd, dass sich Olaf sehr bewusst war, dass er, Sigurd, sich von niemandem verabschieden konnte. Er hatte keine Verwandten mehr, bis auf Runa, die nach Hinderå verschleppt worden war, und Olaf wollte ihm den Schmerz ersparen, mit ansehen zu müssen, wie andere von liebenden Armen umschlungen wurden.

Es waren sieben Männer, die Skudeneshavn am nächsten Morgen verließen. Sie kehrten dem Rauch, der immer noch träge von dem Aschehaufen aufstieg, der einmal Jarl Haralds Halle gewesen war, den Rücken zu. Eik-Hjálmr. Eichenhelm. Es hatte eine gewisse Ironie in diesem Namen gelegen, aber am Ende lag keine Fröhlichkeit mehr darin. Und jetzt mischte sich ihre Asche mit der der Toten. Am Ende hatten sie keinen Schutz unter Eik-

Hjálmrs mächtigem Dach gefunden. Vielleicht amüsierten sich die Götter ja darüber.

Also dann, wende deinen Blick nicht von mir ab, Allvater, dachte Sigurd, als er in das Boot stieg und auf das Meer hinaussah. Sein Blick folgte einer Möwe, die kreischend zu ihnen herabsank, als wollte sie fragen, ob sie fischen gingen. »Wir gehen nicht fischen, Vogel«, murmelte Sigurd leise und legte den Trollkitzler auf die Bank neben sich. »Wir gehen auf Jagd.«

6

Das Boot trug den Namen *Otter*. Es war aus Eiche, so wie Jarl Haralds Schiffe, und mit nur knapp elf Schritten Länge und zwei in der Breite hätte es ein Abkömmling der *Reijnen* oder der *Seeadler* sein können. Es bestand aus sechs Lagen von Planken, von denen sich die beiden ersten jeweils scharf nach oben bogen, fast bis zur Spitze vom Vordersteven und zum Heck. Es hatte fünf Paar Riemen, Dollen, Bodenbretter, Ruderbänke und eine Pinne und war ein hübsches, gut gebautes und zuverlässiges Boot. Nur eben etwas klein.

Dabei war nicht die Mannschaft das Problem – die *Otter* konnte mit Leichtigkeit sieben Männer aufnehmen. Aber das ganze Kriegszeug wog schwer: die Schilde, Speere, Äxte und Schwerter, die sie mitgenommen hatten, weil sie jetzt nur noch Gesetzlose waren, Männer, die vor einem Jarl und einem König flüchteten. Doch solange ein Mann einen Speer in der einen und ein Schwert in der anderen Hand hat, ist er frei, sagte Hendil. Und lebendig.

Loker beschwerte sich darüber, dass Svein den Platz von zwei Männern auf den Ruderbänken einnahm, und Gerth fluchte, als er sich sein Schienbein an einer Speerklinge aufschlitzte. Aber letztendlich klagte niemand ernsthaft über die Unbequemlichkeit. Nur Olaf besaß ein Brynja, das jetzt, eingerollt und in gefettetes Leder geschlagen, neben ihm auf der Ruderbank lag. Aber auf allen sieben Männern lastete die grausame Wahrheit, dass die *Otter* und ihre kleine Mannschaft alles waren, was von der Macht Jarl Haralds übrig geblieben war. Skudeneshavn hatte in den Kämpfen des Königs gefochten, hatte in jedem Frühling Männer auf Raubzüge geschickt, nach Norden bis nach Giske und nach Süden übers Meer bis ins Land der Dänen. Sie hatten Silber und bearbeitetes Eisen, Edelsteine, Schmuck, Felle, Knochen und aufregende Geschichten mit nach Hause gebracht.

Und Sklaven.

Die Sklaven wurden in Ketten auf die Insel Rennisøy südwestlich von Bokn gebracht, weil in früheren Zeiten die stärksten Jarls von Haugaland, Rogaland und Ryfylke sich darauf geeinigt hatten. Die Insel war für alle erreichbar und lag nicht in der Nähe irgendeiner Halle irgendeines Häuptlings. Nicht einmal König Gorm hatte mit dieser Tradition zu brechen gewagt. Deshalb war das Meer um Rennisøy für den Sklavenhandel das, was Fett für Schlittenkufen war. In den ersten drei Tagen nach jedem Vollmond brachten Männer von hundert verschiedenen Fjords ihre Gefangenen zum Sklavenblock, was Kaufleute anzog wie die Fleischbank die Fliegen.

Deshalb wollte Sigurd nach Rennisøy.

»Sie haben Runa nicht angefasst, soweit ich gesehen habe«, hatte Solveijg den Männern am Abend erklärt. Das bedeutete wahrscheinlich, dass Sigurds Schwester Randvers Männern entweder gesagt hatte, wer sie war, oder Jarl Randver hatte es nach einem Blick erraten, wozu auch nicht die göttliche Eingebung einer Völva, einer Seherin, nötig war.

»Wenn der Jarl weiß, dass Runa Haralds Tochter ist, wird er sie sehr wahrscheinlich eher für sich selbst behalten, als sie an irgendeinen fetten, kahlköpfigen Bauern aus Svartevatn zu verkaufen«, hatte Svein mit dem Mund voller Pferdefleisch genuschelt. Randvers Männer hatten das Tier aus reinem Übermut getötet, und die ersten Frauen, die ins Dorf zurückgekehrt waren, hatten sich daran gemacht, es ordentlich zu schlachten, solange es noch warm war.

Olaf nickte zustimmend, doch Sigurd schien die Sache etwas anders zu sehen.

»Schon möglich«, sagte er und wiegte bedächtig den Kopf, »jedenfalls wenn Jarl Randver glaubt, dass Harald und all seine Söhne tot sind. Als er Runa weggeschleppt hat, muss er das in er Tat angenommen haben...« Er schwieg eine Weile, bis die anderen begriffen, worauf er hinauswollte.

Die Augen des alten Solveijg hatten als Erste aufgeleuchtet. »Aber jetzt hat Biflindi ihm sicher schon die Nachricht geschickt, dass der junge Sigurd ihm durch die Maschen gegangen ist«, sagte der alte Schiffer. »Schließlich stecken die beiden Schufte ja bei der ganzen Sache unter einer Decke.« Er hob eine silbergraue Braue. »Und Randver kennt Haralds Ruf gut genug, dass er annehmen muss, dass keiner seiner Söhne sich unter einem Felsbrocken verkriecht, solange seine Schwester unter dem Dach seines Feindes schläft.«

Sigurd nickte, denn Solveijg sprach genau das aus, was er dachte.

»Also wird er Runa nach Rennisøy bringen«, fuhr Solveijg fort. »Und er wird das Mädchen dort wie eine silberne Kette vor aller Augen präsentieren – und hoffen, dass Sigurd dumm genug ist, dort aufzutauchen.«

»Da hat er aber Glück gehabt«, sagte Svein, ohne Sigurd anzublicken.

»Du gehst nach Rennisøy?« Solveijgs Blick zuckte zwischen Olaf und Sigurd hin und her.

»*Wir* gehen nach Rennisøy«, hatte Sigurd ihn verbessert ...

Und jetzt hatten sie die *Otter* aus dem Karmsund gerudert und kamen an den Klippen der südlichen Spitze von Bokn vorbei. Das war leicht gewesen, denn Njørð, der Gott des Meeres, hatte ihnen eine schlafende See geschenkt. Dafür waren sie sehr dankbar. Aber nun mussten sie den Boknafjord durchqueren, was nicht so einfach werden würde. Selbst wenn nur ein Windhauch über das offene Meer strich, waren die Wellen meistens von Gischt gekrönt. In der *Reijnen*, der *Seeadler*, ja selbst in der *Kleiner Elch* wäre diese Überfahrt ein Kinderspiel gewesen, aber in diesem Punkt war die *Otter* mit Jarl Haralds Schiffen nicht zu vergleichen. Vollbeladen mit Männern und Ausrüstung, ragte sie nur eine Planke breit über die Wasseroberfläche hinaus. Also mussten sie darauf achten, kein Wasser aufzunehmen, wenn die Wellen höher wurden.

»Mir ist alles recht«, verkündete Hendil, als Solveijg das Ruder drehte und die *Otter* auf Kurs brachte. Die Sonne stach ihnen nicht mehr in die Augen, als sie auf ihre linke Seite wanderte. »Wenn der alte Einauge uns wie eine Bande von Neidings ersäufen wollte, warum hätte er dann Sigurd helfen sollen, ohne einen Kratzer aus diesem Gemetzel herauszuspazieren?«

»Ich bin nicht spaziert, Hendil, ich bin gerannt«, gab Sigurd zurück.

»Trotzdem.« Hendil ließ sich nicht beirren. »Es kann kein Zufall sein, dass ein alter Ziegenbock wie Solveijg ebenfalls überlebt hat, wo so viele andere gestorben sind. Der Allvater wusste, dass wir einen Steuermann brauchen würden.«

»Für das Boot hier brauchst du keinen Steuermann«, widersprach Solveijg.

»Du kannst gerne rudern, wenn du willst, dann nehme ich die Pinne«, warf Loker ein. Solveijg brummte nur verächtlich. Der alte Mann war immer noch bleich und litt sichtlich unter seiner Verletzung, aber Sigurds Nähte hielten, und bis jetzt gab es kein Anzeichen dafür, dass die Wunde sich entzündet hatte.

»Einerlei, mir ist alles recht«, meinte Hendil, »und damit soll genug darüber gesagt sein.«

»Ich werde dich daran erinnern, wenn wir einem von Jarl Randvers Drachenbooten im Fjord begegnen«, sagte Olaf. Bei diesen Worten berührten die Männer ihre Glücksbringer oder Schwertgriffe, weil sie wussten, dass kaltes Eisen böse Geister und Pech vertrieb.

Jedenfalls sahen sie keine Schiffe, und die *Otter* trug sie sicher über die offene See, sodass sie schließlich schwitzend und mit roten Gesichtern am unbewohnten, südwestlich gelegenen Ufer der Insel landeten und das Boot zwischen die Bäume zogen. Sie hatten nicht riskieren wollen, im Hafen auf der Nordseite der Insel anzulegen, aus Angst, dass Jarl Randvers Männer nach ihnen Ausschau halten könnten.

»Keine Schilde«, sagte Olaf zu Svein, der seinen Schild

aus der *Otter* genommen hatte und ihn sich gerade auf den Rücken schnallte. »Und auch keine Speere oder Helme.«

»Und dein Brynja?«, fragte Loker.

»Bleibt auch hier«, erwiderte Olaf. Für einen Krieger wie Loker musste das schwer zu verstehen sein, denn er hätte seine eigene Mutter auf dem Meer ausgesetzt, wenn er sich dafür ein Brynja hätte leisten können. »Nehmt eure Lieblingsklinge mit. Alles andere bleibt hier bei Solveijg auf dem Boot.« Der alte Schiffsführer wirkte bei diesen Worten erleichtert, denn wenn er auch kaum Schmerzen hatte, war er doch sehr geschwächt, und er war nicht gerade begeistert von dem, was Sigurd und Olaf vorhatten. »Wir dürfen nicht riskieren, dass dieses Arschloch, das Solveijg so zugerichtet hat, ihn am Ende auch noch erkennt.«

Solveijg grinste. »Wenn ihr den Schweineschwanz seht, sagt ihm, dass ich noch zwei von seinen Fingern habe, falls er sie zurückhaben möchte. Den dritten habe ich an meinen Hund verfüttert.«

»Benehmt euch unauffällig und geht jedem Ärger aus dem Weg«, sagte Olaf. »Wenn euch jemand fragt, wir sind Männer aus dem Lysefjord.«

»Außer, wenn die Person, die euch fragt, selbst aus dem Lysefjord ist«, warf Hendil hilfreich ein. »Dann bist du ein Mann aus Stavanger.«

»Und woran erkennen wir, ob der Frager vom Lysefjord kommt?«, erkundigte sich Svein.

»Ganz einfach. Er wird versuchen, mit Makrelen für Sklaven zu zahlen und dabei grunzen, dass Silber Silber ist«, erwiderte Loker und erntete dafür ein paar Lacher, während sich die Männer ihre Faustäxte in die Gürtel schoben oder ihre Schwerter umgürteten.

»Taucht unter in der Menge«, sagte Olaf und warf Svein einen skeptischen Blick zu. Der hünenhaft junge Krieger würde nur in einer Horde Trolle untertauchen können. »Und ganz gleich, wen wir auf dem Block sehen, niemand unternimmt etwas.« Er durchbohrte jeden einzelnen Mann mit seinem Blick. Er wusste, dass es keinem von ihnen leichtfallen würde, Leute aus Skudeneshavn angekettet zu sehen, während um sie gefeilscht wurde. Und noch schwieriger würde es ihnen fallen, dabeizustehen und sich den Arsch zu kratzen, statt ihre Klingen in die Männer zu bohren, die ihren Leuten diese Ketten angelegt hatten.

Glücklicherweise waren nur Verwandte von Sigurd und Gerth von Jarl Randvers Männern verschleppt worden. Sigurd wandte sich daher an Gerth, der neben ihm stand. »Sollte deine Base da sein, befreien wir sie, wenn wir das können, Gerth.« Er band sich das Haar in seinem Nacken zu einem Zopf zusammen. »Aber wir stellen es klug an.« Gerth nickte, doch Sigurd kannte den Mann gut genug, um zu wissen, dass ein Nicken nicht unbedingt bedeutete, dass er etwas akzeptierte oder es auch nur verstanden hätte. Es gab Schafe, die gerissener waren als Gerth. Aber er war ein guter Mann im Kampf, und Sigurd brauchte gute Kämpfer.

Er wandte sich an Olaf. »Vielleicht solltest du hier bei Solveijg bleiben, Onkel«, schlug er vor. Olaf sah weder aus wie ein Bauer noch wie ein Händler oder Handwerker. Mit seinen breiten Schultern und seiner mächtigen Brust würde jeder auf den ersten Blick erkennen, dass dieser Mann sich sein Fleisch und seinen Met mit dem Schwert verdiente. Das konnte selbst ein Blinder erkennen, so wie die Nase einem sagte, wann man sich einem Feuer näherte.

»Du musst betrunken sein, Jungchen, wenn du glaubst, dass ich dich in aller Ruhe mit Jarl Randvers Hurensöhnen kämpfen lasse, während ich hier herumhocke und mit dem alten Seebären darüber streite, wie nass das Wasser ist.« Er deutete mit einem Daumen auf Solveijg, der ihm seine Freundlichkeit mit einem entsprechenden Fluch vergalt. »Dein Vater wartet schon auf mich in der Halle des Allvaters, und er wird mir den Kopf abschlagen, wenn ich zulasse, dass dir etwas passiert.«

Sigurd widersprach nicht, als Olaf so etwas wie einen Kompromiss einging, indem er an den steifen Zöpfen seines Bartes fummelte und die drei silbernen Ringe und zwei kleinen Thórshämmer herauszog. Auch wenn das nicht viel bewirkte. Aber Sigurd war bereit, das Risiko einzugehen, dass Olaf die Aufmerksamkeit gewisser Männer erregte oder sogar erkannt wurde. Denn Olaf bei sich zu haben war fast so gut, als würde einem ein Ase auf der Schulter hocken.

Er blickte an sich hinunter, um sich davon zu überzeugen, dass er nichts übersehen hatte, was ihn als Sohn eines Jarl hätte verraten können. Er war mit dem, was er sah, zufrieden. Er trug eine alte, verschlissene Tunika, eine schmutzige Hose und hatte sogar sein Óðin-Amulett versteckt. Denn Óðin war der Gott eines Jarls. Ein junger Mann, der sich erst noch einen Namen machen musste, würde wahrscheinlicher Thór, Frey, Týr oder Váli anrufen.

Trollkitzler steckte in der Scheide an seiner Hüfte, und obwohl es weit hübschere Klingen gab, war ein Schwert ein Schwert. Einige Leute würden sich möglicherweise fragen, wie ein so junger Mann wohl daran gekommen war. Aber mit dieser Klinge hatte er Männer getötet und seine Feinde niedergemetzelt. Sigurd wollte jetzt nicht mehr ohne sie gehen.

»Lasst euch ja nicht umbringen«, rief Solveijg ihnen hinterher, als sie ihm und der *Otter* den Rücken kehrten und zwischen den Bäumen verschwanden. »Habt ihr gehört? Ich kann dieses verdammte Boot nicht allein zurückrudern!«

»Ich verstehe, warum dein Vater ihn nicht am Ruder der *Reijnen* haben wollte«, sagte Loker. Obwohl es ein Scherz sein sollte, fachte die bloße Erwähnung des besten Schiffes seines Vaters, das sich Randver, dieser Neiding, unter den Nagel gerissen hatte, die Wut, die in Sigurds Brust glomm, erneut an. Das Einzige, was dieses Feuer löschen konnte, war Blut.

Zuerst jedoch musste er Runa finden.

Nachdem sie den Wald durchquert hatten, kletterten sie die Klippen hinauf und über von Flechten bedeckte Felsen, bis sie oben angekommen waren. Dort segelten Möwen kreischend auf Luftströmungen, die nach Kiefern und Salz rochen. Jemand hatte hier oben eine Röse errichtet, von der aus man den ganzen Fjord überblicken konnte. Sigurd fragte sich, wer wohl all diese Steine hier hinaufgeschleppt und so sorgfältig fast bis auf Schulterhöhe aufeinandergeschichtet hatte. Vielleicht eine Frau, zum Gedenken an ihren Ehemann, der nach Westen gesegelt und niemals zurückgekehrt war.

»Ich glaube, ich kann von hier aus Ragnhild sehen, wie sie mit einem Gesicht wie ein Donnerwetter am Strand steht, weil du ihr nicht erlaubt hast, nach Avaldsnes zu reiten und König Gorm die Eier abzuschneiden.« Svein wischte sich mit dem Ärmel den Schweiß von der Stirn und lächelte. Sie standen in dem hohen Gras und blickten auf den Boknafjord, während dicke graue Wolken über den Himmel nach Westen in Richtung Skudeneshavn zogen. Sie konnten ihre Bucht nicht sehen, aber sie wussten sehr genau, wo sie lag, dort auf der Südspitze der Landmasse hinter der Insel Bokn.

»Ich habe zwar nicht so gute Augen wie du, aber ich bin ziemlich sicher, dass du recht hast«, sagte Olaf. »Und ich würde lieber dem Wolf Fenrir mit einem Tischmesser entgegentreten als Ragnhild, wenn sie wütend ist.« Er schüttelte den Kopf. »Wenn sie nicht auf die Kinder hätte aufpassen müssen, wäre sie dageblieben und hätte Randvers Männern die Gastfreundschaft gewährt, die sie verdient haben.« Er sah Sigurd an, der die Möwen beobachtete. »Erzählen sie dir irgendetwas, das wir wissen sollten?«, fragte er mit einem Nicken zu den Vögeln hin, deren Schreie weithin gellten.

Sigurd schüttelte den Kopf, und Hendil meinte, das wäre wohl auch ganz gut so, weil alle wüssten, dass Vögel berüchtigte Lügner wären.

Sie sahen, wie ein Mann und ein Junge Schafe und ein anderer Bauer fünf Schweine zum Markt trieben, aber die meisten Leute auf Rennisøy lebten vom Fischfang. Im Landesinneren war die Insel nur schwer zu bebauen, weil sie mehr Hügel hatte als der Arsch eines Jungmannes Pickel, wie Olaf es etwas später formulierte, als sie, am ganzen Körper schwitzend, endlich die Vik erreichten. Zu anderen Zeiten war sie nicht besonders bemerkenswert, nur eine schmale Bucht, geschützt von einer Landzunge mit kiefernbewachsenen Felsen, die sich nach Norden und halbkreisförmig nach Osten erstreckte. Aber selbst ein Rentierhirt aus den eisigen Nordlanden konnte erkennen, dass es ein ausgezeichnet geschützter Platz für Boote war. Und jetzt, am zweiten Tag nach Vollmond, wimmelte es in der Bucht nur so von Schiffen. Rennisøys berühmter Sklavenmarkt hatte seit seinem Bestehen einige Männer sehr reich gemacht und andere sehr unglücklich. Sigurd brauchte nicht lange, bis er die *Reijnen* zwischen den Schiffen erkannte, die an den Stegen vertäut waren, die sich kreuz und quer über das ruhige Wasser erstreckten.

»Also ist er hier«, sagte Olaf, dem sich die Nackenhaare sträubten beim Anblick des Schiffs seines Jarls in den Händen ihres Feindes. Männer mit Schilden und Speeren gingen in der Nähe des Schiffs herum, andere hockten faul an Bord. Der Anblick schien auch in Sigurd zu brennen, weil er wusste, dass er nichts dagegen tun konnte. Aber sie waren wegen Runa gekommen, nicht wegen der *Reijnen*.

Sie stiegen von der Anhöhe hinunter, und Sigurd warf einen Blick auf die stahlgrauen Wolken in der Hoffnung, dass es regnen würde. Männer waren weniger aufmerksam, wenn es regnete. Aber die Wolken zogen weiter nach Westen, behielten ihre feuchte Last, und Sigurd berührte das kleine Amulett in seiner Tunika und rief Óðin an, von dem bekannt war, dass er in der Lage war, sein Äußeres nach Belieben zu verändern.

»Mir scheint, es sind viel mehr Leute da, als ich je zuvor hier gesehen habe«, erklärte Loker, als sie an dem Lager mit seinen Feuern und Zelten und herumlaufenden Kindern vorbeigingen und sich unter die Menschenmenge mischten, die sich zwischen den Buden der Händler hindurchwälzte. Sie boten Pelze und Leder feil, die an Balken hingen, oder hatten Tische aufgebaut, beladen mit Hornkämmen, Glasperlen, Webereien, Töpferwaren, Schwertgriffen, Edelsteinen und Speisen. Die Stimmen der Verkäufer, die ihre Waren anpriesen, erfüllten die Luft. Männer und Frauen begrüßten sich aufgeregt, Händler machten mit derselben Geschicklichkeit Geschäfte, mit der Schmiede Klingen fertigen, Hunde bellten, Pferde wieherten, und Krieger lachten bei einem Humpen Bier oder einem Horn mit Met. Fische brutzelten über offenen Feuerkörben, und aromatischer Rauch stieg von dampfenden Kesseln auf. Sigurd lief das Wasser im Mund zusammen, als ihm bewusst wurde, dass er seit Tagen keine warme Mahlzeit mehr zu sich genommen hatte.

Sie hatten sich aufgeteilt, um sich unauffälliger durch die Menge bewegen zu können. Sigurd sah Svein in einiger Entfernung, während er über den Markt schritt. Das flammendrote Haar seines Freundes ragte wie ein Signalfeuer über den Köpfen der anderen heraus. Aber Svein hatte noch nie im Schildwall gestanden und war auch noch nie zuvor in Rennisøy gewesen. Deshalb war es sehr unwahrscheinlich, dass ihn hier jemand erkannte, und der einzige Grund, warum er auffiel, war der, dass er mit dem Donnergott selbst hätte verwandt sein können. Sigurd jedoch hatte in der Kriegshorde seines Vaters gekämpft und hatte auch schon einmal den Sklavenmarkt besucht. Also musste er auf der Hut sein. Er hielt den Kopf nach Möglichkeit gesenkt und vermied Blickkontakt mit den Leuten. Zudem achtete er darauf, dass er keinen mit einem Speer bewaffneten Griesgram in der Menge rammte. Eine

Schlägerei wegen eines verschütteten Biers war das Letzte, was er jetzt brauchen konnte.

Er suchte den Weg nach Norden, zum Hafen, den sie von den Klippen aus gesehen hatten. Je näher er ihm kam, desto besser waren die Leute bewaffnet, und desto schlechter waren sie gelaunt. Der Sklavenhandel war ein ernstes Geschäft, und nur wenige der wohlhabenden Händler verzichteten darauf, Schläger zu dingen, die ihnen als Leibgarde den Rücken freihielten.

»Jeder Drecksarsch hier glaubt, er wäre ein kleiner Jarl«, hatte Olaf gesagt, als sie die *Otter* aus der Brandung auf den Kiesstrand gezerrt hatten. »Und keiner von ihnen scheut davor zurück, Blut zu vergießen, um das zu beweisen.«

Als Sigurd den Platz mit dem Sklavenblock erreichte, sah er sich um, immer in der Hoffnung, dass er unsichtbar wäre unter all den Kaufleuten in ihren schön gewebten Tuniken. Die Säume dieser Kleider waren mit bunten Borten verziert. Um ihre Taillen hingen prall mit Silber gefüllte Geldbeutel, und die Gürtel waren mit glänzenden Schnallen verschlossen, die ebenso ein Zeugnis für ihre Geschicklichkeit beim Handel waren wie Armringe Beweis für die Tapferkeit von Kriegern. Sigurd erkannte einige von ihnen wieder, Männer, die Jarl Harald in seiner Halle zu Gast gehabt hatte, wenn sie nach Skudeneshavn kamen, um Häute oder Elfenbein zu verkaufen, Waltran oder Eiderdaunen. Er hoffte nur, dass die Männer ihn nicht erkannten.

Sigurd fing Olafs Blick auf, der mit einem Nicken auf eine Gruppe von grauhaarigen, narbenübersäten Speerträgern deutete, die in der Nähe standen und sich eindeutig mehr für die Menschenmenge interessierten als für die Vielzahl von jungen Männern und Frauen, die darauf warteten, auf den Block gezerrt zu werden. Sigurd erwiderte das Nicken, und obwohl es wahrscheinlich war, dass diese Krieger zu Jarl Randver gehörten – was bedeutete, dass der Jarl tatsächlich erwartet hatte, dass Sigurd nach Rennisøy kam –, drängte er sich jetzt durch die Menschenmenge, um sich die Ware genauer anzusehen, die diese mit Silber gut bestückten Männer auf die Insel lockten wie Aas die Krähen. Denn wenn Randver hier war, dann hatte er auch Runa mitgebracht. Sigurd war sich dessen so sicher, wie er das Gewicht von Trollkitzler an seiner linken Hüfte spürte.

»Pass gefälligst auf, Bursche!«, knurrte ein Dickwanst, an dem Sigurd sich vorbeidrängen wollte. Dann jedoch musterte er Sigurd mit seinen Schweinsaugen genauer. Er senkte hastig den Blick und trat zur Seite, um Sigurd durchzulassen.

Als Sigurd den Mittelpunkt des Platzes erreichte, kippte ein Kaufmann gerade Hacksilber aus seinen Waagschalen in einen Säckel, während ein großer, mit vielen Armringen geschmückter Krieger ein flachshaariges, tränenüberströmtes Mädchen vom Block zerrte. Das Silber war kaum in der Börse des Mannes, als der Krieger schon seine Hand unter den Rock des Mädchens schob. Aber es war nicht Runa, und Sigurd ließ seinen Blick weiter über die Unglücklichen schweifen, während sein Herz in seiner Brust so laut hämmerte wie ein Hammer auf den Amboss.

Dann sah er Aslak. Zuerst hatte er ihn übersehen, weil selbst Aslaks Mutter Schwierigkeiten gehabt hätte, ihren Sohn zu erkennen, wenn sie noch gelebt hätte. Sein Gesicht war ein geschwollener, grün und gelb verfärbter Klumpen. Sein rechtes Auge war nur noch ein schwarzer Halbmond, seine Unterlippe war aufgeplatzt und sein Haar ein Knoten aus getrocknetem Blut. Niemand würde ihn kaufen wollen. Und zwar nicht deshalb, weil selbst Bergtrolle schreiend vor diesem hässlichen Gesicht weggelaufen wären, sondern weil ein Sklave, dessen Besitzer bereit war, ihn zu Brei zu schlagen, bevor er ihn auf dem Block zeigte, eindeutig mehr Ärger machte, als er wert war.

Sigurds Entschluss stand fest. Er sah sich um. Er bemerkte in der Nähe Hendil und machte ihm Zeichen, näherzukommen. Als er neben ihm stand, flüsterte ihm Sigurd seinen Plan ins Ohr. Hendil machte große Augen und drängte sich dann wieder zurück durch die Menge. Sigurd drehte sich zu dem fetten Mann herum, der nur Augen für ein kleines, dunkelhaariges Mädchen hatte, das nackt auf dem Block stand. Sie lächelte schüchtern, wohl in der Hoffnung, dass ihr das bessere Aussichten verlieh, gekauft zu werden. Das sprach nicht gerade für den Mann, der das andere Ende des Seiles hielt, das er um ihren Hals geschlungen hatte.

»Siehst du den Sklaven da, der aussieht, als hätte er mit Mjøllnir Bekanntschaft gemacht?«, fragte Sigurd den Dickwanst. Der sah Sigurd argwöhnisch an und nickte. »Ich will, dass du ihn kaufst«, erklärte Sigurd.

Der Dicke wischte sich den Schweiß vom Gesicht. »Ich würde diesen hässlichen Zwerg nicht mal für zwei Fürze kaufen. Nicht mal, um meine Jauchegrube zu leeren.«

»Du wirst ihn kaufen «, erwiderte Sigurd. »Und es wird dich nicht einmal einen Furz kosten. Ich gebe dir den geforderten Preis und noch mal das Doppelte dazu für deine Mühe.«

»Du?«, höhnte der Fette. Dann wischte er sich erneut über sein nasses Gesicht. »Warum?«

»Weil ich ihn will«, antwortete Sigurd. »Und weil du, wenn du meinem Wunsch nachkommst, genug Silber hast, um dir die Schwarzhaarige von dem Kerl da zu kaufen. Er hat sie zweifellos für umsonst bekommen.« Dem Fetten traten fast die Schweinsaugen aus dem Kopf, und er leckte sich nervös die Lippen. »Sie liegt noch heute Nacht in deinem Bett, und der hässliche Sklave darf noch heute Nacht meine Jauchegrube ausschaufeln.«

Sigurd zwang sich zu einem Lächeln, und der Dicke richtete seinen Blick wieder auf das schwarzhaarige Mädchen.

»Zeig mir das Silber«, sagte er.

Als Aslak auf den Block gestoßen wurde, senkte Sigurd den Kopf, weil er nicht wollte, dass sein Freund ihn sah. Jarl Randvers Gefolgsleute würden wie die Habichte aufpassen. Wie Sigurd vorhergesagt hatte, veranlasste Aslaks Anblick nur wenige Männer, nach ihren Geldbörsen zu greifen. Das bedeutete, die wenigen, die es taten, waren noch verdächtiger. Randver selbst musste irgendwo hier sein und zusehen. Er war in Jarl Haralds Schiff nach Rennisøy gekommen und hatte den Köder ausgeworfen in der Hoffnung, dass Sigurd anbeißen würde. Wie es ihn enttäuschen musste, mit anzusehen, wie ein dicker Mann aus Mekjarvik vortrat und sein Silber in die Schale legte. Jarl Randvers Mann am Block nahm Aslak den eisernen Kragen ab, ersetzte ihn durch ein Seil und legte das andere Ende in die fettige Handfläche von Aslaks neuem Besitzer. Selbst als der Dickwanst Aslak vom Block wegführte, ließ er das kleine schwarzhaarige Mädchen nicht aus den Augen. Sigurd fand das nicht besonders klug. Denn Aslak würde dem Mann bei der erstbesten Gelegenheit die Kehle durchschneiden. Hoffentlich nicht, bevor Sigurd sich mit ihm nach der Auktion treffen konnte.

Er beobachtete, wie Aslak durch die Menschenmenge zum Lager geführt wurde, wo Sigurd dafür gesorgt hatte, dass der neue Besitzer seines Freundes ihn an Hendil übergab. Danach würde sich der Fettwanst auf das Mädchen stürzen wie eine Wildsau auf Eicheln. In dem Moment ging ein Raunen durch die Menge, und Sigurd drehte den Kopf herum, um den Grund herauszufinden. Es war leicht zu erkennen, was die Menschenmenge so in Aufregung versetzte, was Männer dazu brachte, beifällig zu brummen und sich zu fragen, was von ihrem Besitz sie möglicherweise verkaufen könnten. Ein oder zwei wünschten sich vielleicht sogar, sie könnten ihre Frauen in die Waagschale werfen, denn das Mädchen, das jetzt auf den Block getreten war, war eine große Schönheit. Ihre Haut war weiß wie Sahne, und ihre Augen funkelten wie blaue Edelsteine. Ihr Haar war hellblond und hing so glatt herunter wie ein Ankerseil in einer ruhigen See. Sie hielt sich stolz aufrecht, sodass selbst ein Narr erkennen konnte, dass sie noch nicht lange eine Sklavin war.

Und lange würde sie es auch nicht mehr sein, dachte Sigurd, als er sich gegen den Drang wehrte, loszustürmen und seiner Schwester den eisernen Kragen vom Hals zu schlagen. Runa. Sie stand da wie eine Göttin, trotz allem, was ihr widerfahren war, denn sie war die Tochter eines

Jarls, und dieser eiserne Ring um ihren Hals hätte so, wie sie ihn trug, auch ein silberner Halsreif sein können.

Sigurd spürte Olafs Blick. Er hob den Kopf und sah, wie der andere den Kopf schüttelte und ihn davor warnte, etwas zu unternehmen. Sigurd bebte am ganzen Körper, als würde das Blut in seinen Adern kochen. Trollkitzler redete auf ihn ein, flehte ihn an, ihn herauszuziehen, ans Licht des Tages, und ihn das Blut seiner Feinde kosten zu lassen. Noch nicht, meldete sich Sigurd. Noch nicht. Aber vielleicht konnte er dafür sorgen, dass Runa ihn wenigstens sah, damit sie wusste, dass sie nicht allein auf der Welt war, dass die Rettung nah war. Olaf, der Sigurds Gedanken von seiner Miene ablesen konnte, schüttelte wieder den Kopf. Sigurd nickte. Er würde sich beherrschen. Dann sah er wieder zu Runa, als Jarl Randvers Gefolgsmann die Versteigerung eröffnete und die ersten Angebote wie ein Schwarm Sperlinge heranrauschten.

Der Mann erzählte eine wilde Geschichte, wie das Mädchen angeblich bei einem Raubzug bei den Schweden im Osten erbeutet worden war.

»Sie war eine Prinzessin in ihrem Volk«, rief der Mann. »Seht sie euch an. Sie ist so schön wie Freyja selbst und wird ihrem glücklichen Besitzer viele starke Söhne schenken. Der Mann der sie … gefunden hat, schwört, dass sie nicht berührt wurde. Kein Mann in seiner Horde ist auch nur mit seinem Atem in ihre Nähe gekommen«, fuhr er fort und hätte Runa fast berührt. »Selbstverständlich kann der Mann, der sie heute kauft, meine Worte selbst auf ihre Wahrheit hin überprüfen.«

Er erntete einige Lacher und nicht wenige anzügliche Bemerkungen. Ein Mann bot an, die Ware im Voraus zu überprüfen, bevor irgendjemand sein Silber in die Waagschale warf. Ein weiterer sagte, ein kluger Mann würde sie jetzt kaufen, denn er könnte sie für noch viel mehr verkaufen, sobald ihre Titten ausgewachsen seien. Runa stand da, als wäre der ganze Lärm nur das Geschnäbel von Krähen in einem Baum. Ihre Haltung erfüllte Sigurd mit Stolz. Nur sein Kiefer schmerzte, weil er seine Zähne so fest zusammenbiss, und die Muskeln seiner Hände verknoteten sich fast. Was würden Thorvard oder Sigmund oder Sørlie an seiner Stelle tun? Er konnte sich nicht vorstellen, dass seine Brüder einfach so regungslos wie Felsen dastehen würden, so wie er es jetzt tat, während ihre Schwester wie die beste Kuh irgendeines Karls vorgeführt und um sie gefeilscht wurde. Bei den Göttern, was würde Harald tun! Dieses Bild war so klar wie Fjordwasser in Sigurds Geist: Wäre Harald hier, es würden Klingen blitzen, würde Blut spritzen und das Chaos regieren.

Die Männer boten jetzt gutes Silber für Runa, aber sie hätten genauso gut in den Wind pissen können. Der Händler wusste, welche Rolle er zu spielen hatte, und er spielte sie gut. Er schüttelte übertrieben heftig den Kopf und wischte die Angebote der Männer beiseite. Manchmal ließ er nicht einmal zu, dass sie ihr Silber auf seine Waagschale legten, so als könnte er schon mit einem Blick erkennen, dass das Gewicht nicht ausreichte. Und doch sah Sigurd andere Händler, Männer, von denen er wusste, dass sie reich waren, weil sie bereits in der Halle seines Vaters mit ihrem Reichtum geprahlt hatten. Aber sie traten nicht vor, und sie griffen auch nicht nach ihren Geldbörsen. Ihnen liegt der üble Beigeschmack auf der Zunge, dachte er. Vielleicht erkannten sie Runa oder hatten von

Jarl Randvers Überfall auf Skudeneshavn gehört und wollten nicht in diesen Sumpf geraten. Denn es war nicht üblich, dass Gefangene von einem Raubzug in der Nähe ihrer ehemaligen Heimstatt verkauft wurden. Normalerweise brachte ein Händler sie zu einem entfernten Markt, um das Risiko zu vermindern, dass jemand weglief oder Vergeltung geübt wurde.

Aber natürlich hatte Randver gar nicht vor, Runa zu verkaufen. Tatsächlich hob der Mann des Jarls jetzt die Hände und gebot um Ruhe.

»Das reicht! Ja, haltet ihr mich für einen Narren? Ich würde nicht einmal ein Schwein für das beste Angebot verkaufen, das ich für dieses Mädchen bekommen habe! Keine weiteren Beleidigungen, bitte!« Er bedeutete Runa, vom Block zu treten, und sie gehorchte, ohne ihn eines Blickes zu würdigen. »Wenn irgendjemand ernsthaft Interesse an diesem Geschäft hat, dann findet er mich hier, wenn wir fertig sind. Aber ich werde jetzt keine Zeit mehr verschwenden. Ich kenne den Mann, dem dieses Mädchen gehört, und er wird keinem Angebot, das geringer ist als fünfzehn Aurar, auch nur sein Ohr schenken.«

Das löste ein aufgeregtes Stimmengewirr in der Menge aus, denn ein guter männlicher Sklave kostete etwa zwölf Aurar Silber und war durchaus nützlicher als ein Mädchen auf einem Hof. Aber das Gemurmel verstummte schon bald. Denn Runa war blond und gut gewachsen und jung und wunderschön.

»Also gut, hier ist noch ein junger Honigtopf, bei dem euch die Augen aus dem Kopf treten werden«, erklärte der Händler und zerrte ein anderes Mädchen auf den Block. Das Mädchen wand sich aus seiner Hand, und ein bärtiger Krieger packte sie grob am Arm und stieß sie wieder hinauf. Er drückte das Ende des Seils, das um ihren Hals geschlungen war, dem Sklavenhändler in die Hände. Dann riss er daran. Das Mädchen taumelte zur Seite und spuckt ihm ins Gesicht. Sigurd fluchte leise, als der Sklavenhändler ihr mit dem Handrücken ins Gesicht schlug.

In dem Moment bemerkte Sigurd in den Augenwinkeln eine Bewegung unter den Schaulustigen und sah, wie Gerth sich nach vorne drängte und vortrat, das Schwert in der Hand. Der Sklavenhändler blickte hoch, und seine Augen traten vor Schreck aus ihren Höhlen, als Gerth auch schon nach ihm schlug. Seine Klinge schlitzte ihn von der linken Schulter bis zur rechten Hüfte auf. Die Menge brüllte, und Sigurd zog Trollkitzler aus der Scheide und setzte sich in Bewegung.

»Nein, Junge! Bleib hier!« Es war Olaf, der seine Arme um Sigurd geschlungen hatte, wie Baumwurzeln einen Felsen umklammern. »Wir können nichts tun«, knurrte Olaf. Untätig musste Sigurd mit ansehen, wie ein Mann Gerth einen Speer in den Rücken rammte. Gerths Base Svanhild kreischte. Plötzlich tauchten Krieger auf wie aus dem Nichts, überall blitzten Klingen, und Gerth wurde von zwei weiteren Speeren durchbohrt. Er war auf die Knie gesunken und starrte seine schreiende Verwandte hilflos an.

»Steck das Schwert wieder weg, Sigurd«, sagte Olaf. »Wir können Runa nicht helfen, wenn wir tot sind.«

Die Bewaffneten drängten die Menschenmenge zurück und forderten die Leute auf, zu gehen, für heute sei der Markt beendet. Sigurd sah, wie Loker sich abwandte und sich mit den anderen vom Schauplatz des Gemetzels entfernte. Und er sah Hendil, der lachend mit einem anderen Mann davonging.

Olaf setzte sich ebenfalls in Bewegung. »Komm Junge, wir verschwinden, und das ist einfacher ohne einen Speer im Leib.«

Sigurd schob Trollkitzler wieder in die Scheide und folgte Olaf. Er riskierte einen Blick über die Schulter zurück, während sie sich von der Menge vorwärtsschieben ließen. Krieger hatten einen Schildwall vor dem Sklavenblock errichtet, sodass er Runa jetzt nicht mehr sehen konnte, ebenso wenig wie den blutigen Leichnam des Sklavenhändlers, oder Gerth, der keine Furcht gezeigt hatte, als man ihn tötete. Aber dafür sah er Randver. Der Jarl reckte seinen mit einem Silberreif geschmückten Hals und ließ den Blick über die Menge gleiten. Er suchte jene, die, wie er wusste, wegen Runa gekommen waren. Und als Sigurd davonging, spann er in seinem Geist den Nornenfaden von Jarl Randver weiter, und er wusste, dass er ihn bald tot sehen würde. Vorausgesetzt, sein eigener Lebensfaden war nicht mit demselben Fluch vergiftet wie der, der seine Familie getroffen hatte.

Die Menschen entfernten sich von der Bucht, die Händler und Kaufleute plauderten aufgeregt über das, was passiert war, machten Witze über den Sklaventreiber, den man mit Eisen statt mit Silber bezahlt hatte, und murmelten, dass so etwas immer passieren kann, wenn es um hübsche Mädchen geht.

Sigurd hoffte, dass im Moment weder die Götter noch seine Brüder und sein Vater von Walhall auf sie herabblickten.

7

»Trotzdem, es war ein guter Tod.« Die Worte kamen irgendwo aus dem gelbgrünen Brei, der Aslaks Gesicht war.

»Ha! Das hältst du für einen guten Tod?«, entgegnete Olaf. »Bei den Göttern, es wird ziemlich mühsam werden, euch junge Narren alle zu begraben.«

»Ich schäme mich jedenfalls, dass wir hier stehen, während unser Bruder von Speeren durchbohrt wurde«, murmelte Svein leise.

Sigurd behielt seine Meinung von der ganzen Angelegenheit lieber für sich. Sein Gesicht brannte vor Scham deswegen, und er wollte durch Worte nicht noch mehr Aufmerksamkeit darauf lenken.

»Man hat uns auf die Probe gestellt.« Olaf biss in ein Stück geräuchertes Wildschweinfleisch, das er auf dem Weg zurück zu Solveijg und der *Otter* auf der anderen Seite der Insel auf dem Markt gekauft hatte. »Ich gebe zu, dass es eine verdammt miese Prüfung gewesen ist, aber das ist oft so.« Er sah Svein und Aslak an, doch Sigurd wusste, dass die Worte ihm galten. »Ihr habt selbst gesehen, wie viele dieser Blutmaden nach ihrem Schwert gegriffen haben, als Gerth den Moment nutzte, um allen zu zeigen, was für ein Hohlkopf er ist. Das heißt war. Bei zwanzig habe ich aufgehört zu zählen.«

Sie waren zu einer kleinen Insel vor Rennisøy gerudert,

hatten die *Otter* auf den Kiesstrand gezogen und saßen jetzt auf einem großen, flachen Felsen, von dem aus sie nach Norden auf die ruhige See blicken konnten, die sie gerade durchquert hatten.

»Dieses Arschloch Jarl Randver ist wie aus dem Nichts aufgetaucht«, sagte Loker. »Hast du ihn gesehen, Sigurd?«

»Und ob Sigurd ihn gesehen hat«, bestätigte Olaf an seiner Stelle. »Der Junge war kaum zu bändigen.« Sigurd sah ihn an, und ihre Blicke begegneten sich kurz. »Dein Vater war als junger Mann genauso. Er hätte nicht lange genug gelebt, um Jarl zu werden, wenn ich ihn nicht bei den Hammelbeinen festgehalten hätte, wenn er vor Wut schäumte.«

Sigurd hätte das möglicherweise als Beleidigung empfinden können, hätte sein Vater bei einem vollen Horn Met nicht oft genau dasselbe gesagt.

»Es ist eine Prüfung«, fuhr Olaf fort. »Der alte Einauge hat uns das vor die Brust geknallt, so wie Wellen an den Bug schlagen. Jeder Narr kann sein Schwert in Blut tauchen, nur um ein paar Herzschläge später in Stücke gehackt zu werden. Ihr glaubt, das würde euch ein Heldenlied einbringen? Pah! Das bringt euch nicht mal den Furz eines Skalden ein. Jedenfalls keines anständigen Skalden.«

»Und erst recht keinen anständigen Furz«, warf Solveijg ein.

»Es ist also wie ein Tafl-Spiel«, sagte Svein. Und das war wohl das Klügste, was er jemals gesagt hatte. Jedenfalls sahen ihn alle an und sein Gesicht wurde so rot wie sein Bart.

»Richtig, es ist ganz genau wie Tafl«, stimmte ihm Olaf mit vollem Mund zu. »Du schiebst deine Figuren über das

Brett und benutzt dabei deinen Verstand. Und wenn du schließlich in einer besseren Position bist als dein Gegner, erledigst du ihn.« Er verzog das Gesicht und wedelte mit seinen fettigen Fingern. »Falls es eurer Aufmerksamkeit entgangen sein sollte, wir befinden uns derzeit *nicht* in der besseren Position. Wir haben gerade noch einen Spielstein auf dem Brett und müssen damit verdammt klug umgehen.« Ein Lächeln huschte über sein Gesicht, bevor er wieder ernst wurde. »Aber wir sind immer noch im Spiel«, schloss er. »Und Óðin hat immer noch ein Auge, mit dem er es beobachten kann.«

»Glaubt ihr, dass Jarl Randver wusste, dass ihr da wart?« Aslak richtete sein zerschlagenes Gesicht erst auf Sigurd, dann auf Olaf.

»Er kann es nicht gewusst haben«, erwiderte Olaf. »Gerth hat bestimmt kein Wort verloren, als er den geschwätzigen Sklavenhändler in zwei Stücke gehackt hat oder als Randvers Männer ihm ihre Speere in den Leib gerammt haben.«

»Er wusste es, Onkel«, widersprach Sigurd.

Olaf zuckte mit den Schultern, als wollte er sagen, vielleicht, vielleicht aber auch nicht.

Dann senkte sich Schweigen über die Männer, als sie alle über das nachdachten, was in den letzten Tagen passiert war. Sie hatten Gerth verloren, aber Aslak befreit, das bedeutete, sie waren wieder zu siebt. Aber nur fünf von ihnen hatten Erfahrung in ihrem blutigen Handwerk. Sieben. Und sie kämpften nicht nur gegen den mächtigsten Jarl in Rogaland, sondern auch gegen Gorm Biflindi, den Schildschüttler, der über ein Dutzend Jarls verfügte, die ihm Lehnstreue schuldeten. Irgendwo saßen die Götter und lachten. Sigurd glaubte es im Rauschen des Meeres und dem Kreischen der Möwen zu hören. Die Götter lachten, ganz eindeutig.

Aber das bedeutete immerhin, dass sie ein Auge auf sie hatten.

»Erzähl mir mehr über Asgot.« Sigurd drehte sich zu Aslak um.

»Sie hatten zu viel Schiss, ihm die Kehle durchzuschneiden, stimmt's?«, warf Olaf ein, bevor Aslak antworten konnte.

Der tupfte sich mit dem Finger auf die aufgesprungene Lippe, die beim Essen wieder aufgeplatzt war. Dann sah er in die Runde und begann zu erzählen: »Zwei Tage nachdem sie uns weggeschleppt haben, kamen ein paar Männer des Königs zu Jarl Randvers Halle. Sie wollten wissen, wie der Überfall gelaufen war und wie viele Gefolgsleute Randver dabei verloren hatte.« Er grinste, und das Blut leuchtete rot auf seiner Lippe. »Eigentlich wollten sie nur wissen, wie viel Beute Randver in die Hände gefallen war.«

»Ein König muss dafür sorgen, dass seine Jarls nicht reicher werden als er selbst, sonst wird er nicht mehr lange ruhig schlafen«, sagte Loker mit erhobenem Zeigefinger und machte eine wichtige Miene. Aber keiner beachtete ihn.

»Also haben sie uns mit der Hälfte der Beute in die Halle geführt«, meinte Aslak.

»Wirklich, die Hälfte? So viel?« Olaf hob spöttisch eine Braue.

»Runa haben sie Gorms Männern nicht gezeigt.« Aslak warf einen Blick auf Sigurd, der nickte. Das war keine große Überraschung, denn König Gorm war dafür bekannt, dass er Frauen schätzte. Er hatte mehr Bettsklavinnen als Jagdhunde und sollte sogar angeblich drei Ehefrauen haben. Aber Jarl Randver wollte Runa für sich behalten.

»Jedenfalls würde eher Yggdrasil seine Wurzeln aus der Erde ziehen und davonspazieren, als dass Randver deine Schwester auf dem Block feilbieten würde«, sagte Solveijg und erntete dafür zustimmendes Gemurmel.

»Die Männer des Königs haben uns in Augenschein genommen, und einer von ihnen, ein gefährlicher, gerissener Kerl namens Bok, sagte dem Jarl, er könnte uns gerne verkaufen und den Profit behalten. Und er sagte ihm, dass er auch den Rest der Beute aus Skudeneshavn behalten könnte, das Silber von Jarl Harald, das Randver wohl vergessen hätte, ihm zu zeigen. *Solange* Jarl Randver dem König die *Reijnen* übergäbe.«

»Es steht einem Jarl nicht an, bessere Schiffe zu haben als ein König«, merkte Olaf an.

»Jedenfalls war Randver nicht sonderlich glücklich darüber«, fuhr Aslak fort. »Aber er konnte dann doch ein Grinsen nicht unterdrücken, als er seinen Männern befahl, das Geschenk zu holen, das Bok dem König überbringen sollte.«

»Asgot«, spekulierte Hendil ganz richtig.

»Ein schönes Geschenk, hej«, meinte Svein.

Aslak grinste und leckte sich das Blut von der Lippe. »Sie hatten ihm eine Kapuze über den Kopf gezogen wie einem verdammten Falken, aus Angst vor seinen Zaubersprüchen. Keiner war besonders scharf darauf, ihn auch nur anzufassen, und selbst als sie ihn in die Halle zerrten, griffen alle nach ihrem Mjøllnir-Anhängern und ihrem Schwert, und man hörte das Tuscheln, als die Männer den Schutz ihrer Götter vor Jarl Haralds Priester erflehten.«

Selbst jetzt berührte Svein das Eisen von Thórs Hammer an seinem Hals, weil allein die Vorstellung, sich Asgots Hass zuzuziehen, genügte, dass einem Mann die Zähne klapperten. Sigurd bedeutete Aslak mit einem Nicken, mit der Geschichte fortzufahren.

»Jarl Randver sagte zu Bok, dass Asgot sein Geschenk für den König wäre. Jetzt war es an Bok, seine finstere Miene mit einem Lächeln zu übertünchen.«

»Man kann nicht gut ein großherziges Geschenk ablehnen«, sagte Olaf.

Aslak grinste. »Natürlich wusste jeder in der Halle, Männer, Frauen und selbst Hunde, dass Randver Asgot dem König nur aus dem Grund schenkte, weil er es nicht wagte, den Godi selbst umzubringen.«

»Als ich ein kleiner Junge war, habe ich mal die Geschichte von einem Jarl aus Hardangervidda gehört, der seinen Godi umgebracht hat«, warf Solveijg ein. »Beim nächsten Vollmond war der Schwanz des Jarls schwarz geworden, und am Vollmond danach war er ihm abgefallen.«

Die Männer verzogen ihre bärtigen Gesichter.

»Jedenfalls übergaben sie Asgot«, nahm Aslak seinen Faden wieder auf. »Man konnte hören, wie er in dem Sack, den sie ihm über den Kopf gebunden hatten, fluchte. Man muss Bok zugestehen, dass er Asgot ordentlich festgehalten hat, als wollte er zeigen, dass ihm diese Flüche nichts bedeuteten. Ich habe gehört, wie Bok sagte, dass er gern hören würde, wie Asgot die Flut verfluchen würde.«

»Die Flut verfluchen?« Svein nahm den Bierschlauch

aus Ziegenhaut, den Hendil ihm reichte, und genehmigte sich einen großzügigen Schluck.

»Ja, daran ist nichts Geheimnisvolles.« Alle Blicke richteten sich auf Olaf. »König Gorms Halle steht auf einem Hügel, von dem aus man die Meerenge überblicken kann. Dort, wo sie von Inseln und Riffs durchzogen ist. Er hat überall in der breiteren Fahrrinne Schiffe vor Anker gehen lassen, die so dicht beieinanderliegen, dass man bequem von einem zum nächsten springen kann.«

Wahrscheinlich übertrieb Olaf ein wenig, aber es konnte auch durchaus stimmen, angesichts des Würgegriffs, mit dem König Gorm alle Schiffsführer, die nach Norden segelten, erpresste. Auf die Art und Weise war er überhaupt erst König geworden, weil er seine Seekisten mit diesen Zöllen gefüllt hatte.

»Direkt an Gorms Ufer liegt ein schmaler Kanal, der zwischen den Inseln Karmøy und Bukkøy hindurchführt, und hier ist das Wasser so flach, dass nur Schiffe wie die *Kleiner Elch* darauf segeln können. Es sei denn, du kennst die Fahrrinne und seine Felsen wie das Gesicht deiner Frau.« Er erklärte das für Svein, Aslak und Hendil, die noch nie in Avaldsnes gewesen waren. »Und dort gibt es einen flachen Felsen, der noch größer ist als der hier.« Er schlug mit der flachen Hand auf den Felsbrocken, auf dem sie saßen. »Aber wenn die Flut kommt, sieht man nichts mehr davon. Das Wasser braucht aber ziemlich lange, bis es wieder fällt, und genau darum geht es.« Er verzog seine Lippen, als hätten die Worte, die er jetzt aussprechen wollte, einen widerlichen Beigeschmack. Er sah Sigurd an. »Kurz nachdem Gorm anfing, sich König zu nennen und Treueschwüre und Silber aus jedem Mann herauszupressen, der ein größeres Boot hatte als die *Otter*, hat er deinen Vater und mich zu einem Festmahl dorthin eingeladen. Obwohl das Festmahl nicht der Hauptgrund für die Einladung war. Sondern er wollte, dass wir sehen, welche Strafe er für seine treulose Frau geplant hatte. Man munkelte, sie wäre mit Gorms Bugmann im Stroh gewesen. Das war damals nicht Moldof, sondern irgendein Troll namens Gunthiof. Den hat Gorm mit seinem eigenen Schwert erledigt …« Olaf hob einen dicken Finger. »Denn Gorm versteht es zu kämpfen. Was auch immer er sonst noch ist, dieser hinterhältige Hurenbock kann kämpfen, täuscht euch nicht. Aber für seine Frau hatte er etwas anderes im Sinn. Ich kann mich nicht mehr an ihren Namen erinnern. Jedenfalls hat man sie bei Ebbe auf diesen flachen Felsen angekettet. Dann haben wir uns zu Met und Fleisch in Biflindis Halle gesetzt und sind in dieser Nacht zum Ufer gestolpert, wo der Mond auf den Kopf der armen Frau geschienen hat.« Olaf reckte das Kinn so hoch er konnte. »Ihr Kopf war das Einzige, was man noch von ihr sah. Zwei oder drei Hörner später waren wir sternhagelvoll, und sie war verschwunden.« Er wedelte mit der Hand in Lokers Richtung, der ihm daraufhin den Bierschlauch reichte. »Sie haben sie am nächsten Morgen vielleicht herausgefischt oder den Krabben überlassen, keine Ahnung.« Er zuckte mit den Schultern. »Wir sind im Morgengrauen aufgebrochen, zusammen mit den anderen, die nach Avaldsnes eingeladen worden waren, um sich dieses Schauspiel anzusehen.«

»Die Frau hätte vorher lieber ihre Beine übereinanderschlagen sollen«, murmelte Solveijg. »Man muss schon lebensmüde sein, wenn man den Schildschüttler betrügt.«

Sigurd fragte sich, was das für ihn bedeutete.

Denn er würde nach Avaldsnes gehen.

Hendil ging voraus. Nicht bis Avaldsnes, weil das zu riskant war, aber in die Nähe, drei Dörfer südlich von König Gorms langer Halle. Er war gekleidet wie ein einfacher Händler und schob einen Handkarren voller Gänse- und Entenfedern vor sich her. Mit Sigurds Silber hatten sie die meisten Daunenfedern von einem Bauern in Bokn erstanden. Den Rest hatten sie selbst aus frisch verlassenen Nestern gesammelt. So hatten sie insgesamt zwölf Säcke von dem Zeug in den Karren geladen, den Hendil jetzt über das ganze Gesicht grinsend nach Norden schob.

»Das ist Kinderkram«, hatte er erklärt, während er die Griffe des Handkarrens packte, trotzdem stolz, dass er für die List ausgesucht worden war.

»Nicht im Geringsten«, hatte Olaf widersprochen. »Mit Federn und Gänsescheiße zu handeln passt zu dir, Hendil. Ich glaube, Loki selbst kocht vor Neid und wünscht sich, er wäre so schlau gewesen, selbst daraufzukommen.«

Hendil hatte mit einem Schulterzucken den Karren gepackt und sich aufgemacht. Trotz Olafs Worten war es klug gewesen, Hendil mit dieser Aufgabe zu betrauen. Denn er war ein liebenswerter Mensch, mit dem die Leute schnell ins Gespräch kamen. Aber auch er konnte in den Dörfern nichts über Asgot herausfinden. Was jedoch keine Rolle spielte, denn er hatte eine der Thralls des Königs getroffen, und die Frau hatte Hendil verraten, dass es den königlichen Arsch nach neuen Kissen verlangte. Weil sie glaubte, dass der König ihr dafür danken würde, hatte sie Hendil auf den Hof des Schildschüttlers bei

Avaldsnes eingeladen, und dort hatte Hendil alles in Erfahrung gebracht, was er wissen musste.

»Wie sich herausgestellt hat, will der König Asgot ersäufen«, hatte Hendil nach seiner Rückkehr berichtet. Er war sehr erfreut, dass er nicht nur alle seine Federn mit ordentlichem Gewinn verkauft hatte, sondern auch noch Informationen mitbrachte.

»Ich dachte, das wäre ohnehin sicher gewesen«, hatte Svein gesagt. Daraufhin erinnerte Solveijg sie daran, dass bei Königen *nichts* sicher war. »Aber er will offensichtlich keine große Sache daraus machen«, fuhr Hendil fort. »Gorms Leuten ist unwohl bei dem Gedanken, einen Godi zu töten, aber sie sind sich offensichtlich einig, dass, wenn man es schon tut, Ersäufen das Beste wäre.«

»Ich habe den Mann nicht umgebracht«, ahmte Olaf den Schildschüttler nach. »Mein Schwert hat die ganze Zeit in seiner Scheide geschlafen, und doch ist er tot. Njørð ist schuld, also seht mich nicht so an.« Er spuckte aus. »Dieser Sohn einer flohverseuchten Ziege mit seiner gespaltenen Zunge!«

»Ein feiges Stück Scheiße«, sagte Loker. Allerdings bezweifelte Sigurd, dass Loker König Gorm auch einen Feigling nennen würde, wenn er vor ihm stünde. Und einen Godi mit seinem Schwert durchbohren würde er schon gar nicht.

»Und wann soll es passieren?«, erkundigte sich Sigurd.

»Wenn der Mond so weit abgenommen hat, dass nur noch die Fische und die Krabben sehen, dass der Godi deines Vaters an einen Felsen gekettet ist, wenn die Flut kommt«, erklärte Olaf, bevor Hendil antworten konnte.

»Oder wenn sich eine Wolke vor den Mond schiebt«,

sagte Sigurd und blickte zum Himmel. Olaf fluchte, denn natürlich war diese Möglichkeit sehr wahrscheinlich.

Also ruderten sie jetzt mit der *Otter* den Karmsund hoch, während der Regen auf sie herabprasselte. Die Sommernacht war lau und, wie um diese Jahreszeit üblich, alles andere als dunkel. Und sie würde zudem auch nicht besonders lange dauern. Die Männer wussten, dass sie so gut wie tot waren, wenn sie noch in der Nähe von Avaldsnes waren, wenn die Sonne aufging.

Sie schwitzten und keuchten, und Sigurds Arme fühlten sich bleischwer an. Aber er sagte nichts. Sie waren früh aufgebrochen, weil sie einen weiten Weg vor sich hatten. Einen zu weiten Weg ohne ein Segel, das ihnen helfen konnte, hatte Hendil gejammert, aber Solveijg hatte sie daran erinnert, dass es noch gar nicht so lange her war, dass Schiffe überhaupt Segel hatten, und dass man sich bis dahin nur mit Muskelkraft vorwärtsbewegt hatte.

»Gib mir ein Segel, dann bringe ich uns mit meinem Darmwind allein dorthin«, sagte Svein, nahm eine Hand vom Ruder und winkte einer Knørr zu, die nach Süden segelte. Zwei Leute von der Mannschaft des Handelsschiffs erwiderten den Gruß. Das war ein gutes Zeichen. Die *Otter* wirkte offensichtlich nicht bedrohlich und weckte auch keine falschen Begehrlichkeiten. Weder war die *Otter* groß genug, dass andere Schiffe versucht waren, sie als lohnende Beute anzugreifen – denn ihre Bänke waren eindeutig voller Fleisch und Knochen und nicht voller Silber, Elfenbein oder Felle –, noch konnte man ahnen, dass das kleine Boot bis unter die Dollborde voller Waffen war. Olaf hatte sogar sein Brynja mitgenommen, weil er glaubte, dieser Plan wäre so aussichtslos, dass es wahrscheinlich zu einem Kampf kommen würde, und wenn, dann würde er in seinem Brynja kämpfen und so viele Männer töten, wie er konnte.

Sie hielten sich einen Steinwurf vom Ufer entfernt, wann immer sie konnten, weil sie auf diese Weise zumindest den größten Teil der Zeit von Klippen und Riffs gedeckt wurden. Aber sie waren trotzdem oft genug mitten in der Fahrrinne, und dann hämmerte Sigurds Herz heftig in seiner Brust, und seine Handflächen auf den Riemen wurden nass. Sie redeten kaum, weil sie wussten, wie weit die Stimme eines Mannes übers Wasser getragen wurde. Nur Svein schien so gleichmütig zu sein wie der Fjord selbst und grinste träge, wie eine Katze im Stroh, als wäre das alles nur eine Vergnügungsreise. Die Augen der anderen glänzten in der Dunkelheit, und Sigurd vermutete, dass er auch ihren Herzschlag gehört hätte, wenn nicht das rhythmische Klatschen der Ruderblätter im Wasser gewesen wäre. Solveijg bediente die Pinne, und Loker, der behauptete, sein Augenlicht wäre so gut, dass er sogar einmal Rán gesehen habe, die Mutter der Wellen, die ihre Netze in den dunklen Tiefen auswirft, hing über dem Bug der *Otter* und suchte das Meer vor ihnen nach Felsen ab, die ihren Untergang bedeuten konnten.

Sigurd hatte sein Schwert, die Axt und den Schild mitgenommen und sicher unter den Ruderbänken verstaut, wie es Svein gemacht hatte. In dem Lederbeutel zu seinen Füßen waren die Dinge, die er brauchen würde, Gegenstände, die sie in dieser kurzen Zeit hatten beschaffen können. Quer auf den Ruderbänken hinter ihm lag ein drei Schritt langer, frischer Kiefernstamm. Das war vielleicht der wichtigste Gegenstand, den sie mitgebracht hatten, obwohl Olaf immer noch kein Vertrauen zu der ganzen Sache hatte. Jedenfalls nicht mehr, seit sie die Bucht südlich von Kopervik passiert hatten und jetzt mit einem Fuß in der Höhle des Bären standen.

Ab und zu sprang irgendwo ein Fisch aus dem schlammigen Wasser, und dieses Geräusch zerrte jedes Mal an den Nerven der Männer. Sie fuhren herum, obwohl es nicht sehr wahrscheinlich war, dass ein Schiffsführer, der noch alle Sinne beisammen hatte, in der Nacht segeln würde. Das wussten sie alle.

»Biflindi oder eines seiner Arschlöcher werden ganz bestimmt nicht erwarten, dass Haralds letzter noch lebender Sohn sich im Karmsund zeigt, erst recht nicht in Reichweite des königlichen Nachttopfs«, hatte Olaf gesagt. »Aber es spielt keine Rolle, wer wir sind, wenn wir zu dem Riff kommen, wo er seine Zölle erhebt. Sie werden glauben, dass wir eine Bande von Schwachköpfen sind, die versuchen, durch das Netz zu schlüpfen, ohne dafür zu bezahlen. Dann werden sie uns eben wegen des Zolls umbringen. Und tot ist tot, wie mein Vater immer zu sagen pflegte.«

Also suchte Solveijg jetzt nach den Riffs, die mitten in diesen Gewässern lagen, dem Eingang zur Fahrrinne, die man auch die Nördliche Straße nannte. Denn weiter als bis zu diesen felsigen Inseln würden sie mit der *Otter* nicht fahren. Männer, die auf Zölle aus sind, haben Nasen wie Bluthunde, hatte Hendil gesagt. Also wagten sie es nicht, weiter als bis zu diesem Punkt zu rudern.

Aber es war Loker, der die Riffs zuerst sah. Was nach einem ganzen Tag Rudern eine große Erleichterung für alle war, nicht zuletzt für Olafs Rücken, der, wie er stöhnend anmerkte, irgendwo in der Nähe von Blikshavn gestorben war.

Als sie die Inseln erreichten, lenkte Solveijg die *Otter* vorsichtig in eine geschützte Bucht, in der es pechschwarz war. Die anderen zogen die Riemen ein, ließen ihre verkrampften Schultern kreisen und schüttelten ihre schmerzenden Arme, während Loker das Boot an einem scharfkantigen Felsen vertäute, der aus dem dunklen Wasser emporragte. Irgendwo in der Nähe flog quakend ein Vogel vom Nest auf, ein weißer Blitz in der Dunkelheit, und etwas anderes rutschte mit einem Platschen von einem Felsen ins Wasser.

Weiter landeinwärts, in Richtung der Halle des Königs oben auf dem Hügel, brannte ein Feuer, das sie zwar nicht sehen konnten, das aber den Himmel in ein bronzefarbiges Licht tauchte. Der Westwind, der die *Otter* in den Kanal hatte drücken wollen, trug den Geruch von Holzfeuer mit sich. Es war ein warmer Wind, der so süß wie Freyjas Atem schmeckte. Sigurd fragte sich, ob die Göttin vielleicht aus Asgard herabgestiegen war und zusah, wie sie den König überlisteten.

»Asgot wird mit seinen Flüchen und Zaubersprüchen gegen Gorm und Randver die Ohren des Allvaters klingeln lassen«, hatte Svein gesagt, als sie vom Schicksal des Godi erfahren hatten. Sigurd hatte seine Worte nicht bezweifelt. Den Godi zu retten, weil er der Freund seines Vaters und ein Mann aus Skudeneshavn war, war eine Sache, und vielleicht war sie es nicht wert, dafür zu sterben. Aber den Mann davor zu bewahren, zu ertrinken, weil er ein Priester war und die Götter ihn deshalb wahrscheinlich beobachteten? Das war jedes Risiko wert, weil

Sigurd alles verloren hatte, einschließlich der Gunst der Götter, und vielleicht konnte eine mutige, riskante Tat diese Pechsträhne beenden. Diese Gedanken lasteten schwer auf ihm, als er zu der fernen Uferlinie blickte, die schimmerte, als hätten die Steine immer noch die Hitze des Tages in sich.

»Vielleicht passiert es nicht heute Nacht«, sagte Olaf, während er die Arme in die Ärmel seines Kettenhemdes schob und es dann über den Kopf hob, sodass das Gewicht der Eisenringe es wie von allein über seinen Kopf und Körper zog. »Oder sie haben es schon längst gemacht, und die Krabben kotzen sich da unten die Eingeweide aus dem Leib.« Er zuckte mit den Schultern, damit sich das Kettenhemd richtig anlegte. Dann legte er den Schwertgurt an und schob eine Axt hinter den Gurt, Helm und Schild jedoch ließ er im Boot.

»Es wird heute Nacht passieren, Onkel.« Sigurd zog seine Tunika aus und ließ sie mit seinen Waffen neben der Ruderbank liegen. Er konnte nicht sagen, warum er sich so sicher war, er wusste es einfach. Hendil und Loker hoben den Kiefernstamm von den Ruderbänken und gaben ihn an Svein weiter. Der legte ihn über seine kräftigen Schultern und wartete auf Sigurd, der den Beutel mit Werkzeug über seine Schultern band, sodass er ihm auf den Rücken hing.

Hendil trat ebenfalls zu ihnen an Land, gürtete sich mit seinem eigenen Schwert und nahm einen Eschenspeer in die linke Hand.

»Wartet so lange auf uns, wie ihr könnt«, sagte Sigurd zu Solveijg und Loker, dessen Augen er gerade noch durch den Glanz des Wassers, der sich darin spiegelte, erkennen konnte. »Aber wenn es hell wird, solltet ihr nicht mehr hier sein.«

»Wenn nur wir beide rudern, hätten wir schon gestern aufbrechen müssen«, brummte Solveijg. Das war nicht weit von der Wahrheit entfernt, aber Sigurd ging nicht darauf ein.

»Fertig, Svein?«, erkundigte er sich und überzeugte sich davon, dass der Sax sicher in der Scheide an seinem Gürtel saß. Bis auf diese Klinge war er unbewaffnet, was Olaf mit einer Grimasse kommentierte. Trotzdem wusste er, dass es so sein musste. Sveins Antwort war ein Aufblitzen weißer Zähne in seinem Bart. Dann gingen sie los, Sigurd, Svein, Olaf und Hendil. Sie tasteten sich mühsam voran, traten in Pfützen und rutschten auf glitschigen Algen aus, die die letzte Flut angespült hatte, bis sie endlich höher gelegenen Grund erreichten. Sie folgten dem Kamm des Riffs nach Norden, Olaf voran, eine dunkle, hünenhafte Gestalt, die sich von dem kahlen Fels abhob. Ihm folgte Sigurd, mit Hendil hinter sich. Svein ging als Letzter und wirkte mit dem Kiefernstamm auf seinen Schultern wie ein Bergtroll. Die Luft war kühl auf Sigurds Haut. Das leise Rauschen des Meeres am Ufer des Riffs drang ihm trotz seines lauten Keuchens und seines Pulsschlags in die Ohren, und er kam sich wieder vor wie ein Junge, der in einer Sommernacht einen Streich ausheckt. Er hoffte, dass die Flut noch nicht so weit gestiegen war, dass sie Asgot bis zum Hals stand. Und er hoffte auch, dass die Götter ihrem Vorhaben gewogen waren.

Kurz darauf hob Olaf eine Hand und zischte leise, während er sich hinhockte. Die anderen bückten sich oder gingen ebenfalls in die Hocke. Dann sahen sie es, hinter einem Fels – das Licht eines Feuers. Die Stimme eines Mannes hallte über das Riff, gefolgt von Gelächter. Sigurd leckte sich die Lippen und umklammerte sein Óðin-Amulett. Sein Magen fühlte sich an, als wäre darin ein ganzer Schwarm von Motten aufgeschreckt, als er sah, wie Olaf Hendil das Zeichen gab, seinen Schwertgurt abzunehmen und vorauszukriechen, um die Lage zu erkunden. Olafs Kettenhemd würde zu laut über den Fels kratzen, während Hendil, der nur Leder und Wolle trug, sich so leise anschleichen konnte wie ein Fuchs an einen Hühnerstall.

Trotzdem hielt Sigurd den Atem an, als Hendil seinen Speer weglegte und an ihm vorbei die Anhöhe hinaufrobbte, bis sich sein Kopf vor dem stahlgrauen, dunklen Himmel abzeichnete. Eine andere Stimme drang zu ihnen, auch wenn sie die Worte durch den Wind nicht verstehen konnten. Aber sie war so laut, dass Sigurd sich fragte, wieso die Männer sie nicht gehört hatten, wo sie doch fast in ihr Lager gestolpert und sich die Füße an ihrem Feuer verbrannt hatten.

Hendil kehrte zurück, in der Zeit, die ein Mann braucht, um seine Klinge zu schärfen, und seine Handfläche leuchtete weiß, als er die Finger weit spreizte. Sigurd und Olaf nickten. Fünf Männer und zweifellos gut bewaffnet. Das konnte man nicht auf die leichte Schulter nehmen. Aber nach dem trunkenen Singsang ihrer Stimmen zu urteilen, vertrieben sich die Wachen die Zeit, die sie hier auf diesen öden Felsen festsaßen, so gut es eben ging, während ihre Freunde mit Frauen im Stroh lagen oder sich den Metrausch in der Halle ihres Herrn wegschliefen.

Svein legte den Kiefernstamm auf den Boden und zog

seinen großen Sax aus der Scheide an seinem Gürtel. Hendil gab Sigurd seinen Speer und zückte sein Schwert, während Olaf seine Klinge in eine Hand und die Faustaxt in die andere nahm. Niemand sagte ein Wort, denn die Männer wussten, dass sie schnell sein mussten. Sie mussten ihre Gegner gleichzeitig angreifen und töten, bevor einer von ihnen weglaufen oder ein Warnsignal zum gegenüberliegenden Strand schicken konnte.

Sie erwarten uns nicht, sagte sich Sigurd. Die Kampflust ließ seine Hände vibrieren. Dasselbe Gefühl spürte er auch in den Schenkeln, und er wehrte sich nicht dagegen, sondern ließ die Empfindung durch seinen ganzen Körper strömen, bis sie ihn von innen erwärmte wie heißer, gewürzter Met.

Olaf bedeutete Svein mit einer Handbewegung, links um den Hügel herumzugehen, und Sigurd nickte beifällig über diese kluge List, denn wenn die Männer des Königs ein Boot hier liegen hatten, dann war es zweifellos am Ufer vertäut, und genau dorthin würden sie fliehen.

Svein setzte sich in Bewegung, und Sigurd und die anderen sahen ihm etwa zwanzig Herzschläge lang nach. Dann erhob sich Olaf, und Sigurd und Hendil folgten seinem Beispiel. Gemeinsam rannten sie mit zusammengepressten Lippen die kleine Anhöhe hoch, und als sie oben waren, stürzten sie sich von der anderen Seite auf die unter ihnen lagernden Männer. Olaf schleuderte seine Faustaxt, die sich in die Brust eines Kriegers grub, bevor der Mann auch nur wusste, wie ihm geschah. Ein anderer griff noch nach seinem Schwert, kam aber nicht einmal dazu, die Klinge ganz aus der Scheide zu ziehen, weil Sigurds Speer ihn mitten in die Brust traf. Er sank auf die

Knie und umklammerte den Schaft. Ein weiterer Krieger hob knurrend seinen Speer und stieß damit nach Olaf. Der wich aus und hämmerte sein Schwert so wuchtig auf den Schaft, dass er ihn glatt durchtrennte. Dann riss er die Klinge hoch, hackte dabei dem Mann seinen linken Arm ab und traf ihn mit der Spitze so unter das Kinn, dass er ihm das Gesicht in zwei Hälften teilte, bevor der Kämpfer einen Schrei ausstoßen konnte.

Ein weiterer Mann wandte sich zur Flucht. Und rannte direkt in Svein hinein. Obwohl er mit einem guten Speer bewaffnet war, wollte der Wachposten wohl sein Glück nicht gegen Sveins Sax auf die Probe stellen und wirbelte herum. Hendils Schwert grub sich in seinen Bauch. Dann packte Hendil den geflochtenen Bart des Mannes und zog ihn zu sich, weiter auf die Klinge, die er gleichzeitig bis zur Parierstange in den Leib seines Gegners rammte. Dabei spie er ihm Flüche ins Gesicht.

Der Letzte verzichtete darauf, auch nur zu versuchen, um sein Leben zu betteln. Er warf resigniert seinen Speer auf den Boden, drehte sich zu Olaf herum und ließ sich auf die Knie fallen. Er blickte kurz zu Sigurd hoch, und in seinen Augen schien so etwas wie Erkennen aufzublitzen. Dann nickte er Olaf zu, dem scharfen Eisen des gepanzerten Kriegers vertrauend, und senkte den Kopf.

»Gib ihm deinen Knauf, Hendil«, knurrte Olaf. Hendil gehorchte. Der Krieger schlang seine Finger um den Griff des Schwertes und lächelte. Dann schimmerte Olafs Schwert in der Dunkelheit auf und trennte ihm den Kopf vom Hals.

Sie standen am Ufer der Insel, und Olaf deutete mit seiner blutigen Klinge auf einen anderen Felsen im Wasser, einen Pfeilschuss entfernt. »Wenn er noch nicht ertrunken ist, muss er irgendwo da draußen sein«, erklärte er.

Sigurd konnte jedoch von Asgot nichts sehen. Er zog seine Stiefel aus und drehte sich zum gegenüberliegenden Ufer herum, das weit unterhalb der Halle des Königs lag. Er suchte nach einem Anzeichen von Bewegung, lauschte auf Geräusche, die vielleicht verrieten, dass jemand den Kampf auf der Insel bemerkt hatte. Das konnten sie wegen des gedämpften Scheins des Feuers, das neben ihnen knisterte, nicht ganz ausschließen.

Aber es blieb alles ruhig.

»Wir beschweren sie mit Steinen und versenken sie.« Olaf deutete auf den toten Karl, der direkt neben ihm lag. »Dann wird es aussehen, als wären sie wie Nebel über dem Meer verschwunden.« Sigurd nickte, als Svein mit dem Kiefernstamm über den Schultern über die Anhöhe kam. Kurz darauf wateten die beiden vorsichtig ins Wasser. Ihnen stockte der Atem, weil es so kalt war. Die Augen der Fische glühten im Wasser, und Sigurd fühlte schleimige Pflanzen unter seinen Füßen und scharfe Muscheln und Schnecken, die an den Felsen und Steinen klebten.

»Kommt nur nicht auf die Idee, zu ersaufen«, murmelte Olaf ihnen nach, während er seine Axt aus der Brust des Toten zog. »Ich habe keine Lust, euch wieder herauszufischen. Dann würde mein Brynja rosten, und ihr habt nicht genug Silber, mir ein neues zu kaufen.«

Sigurd antwortete nicht. Svein und er hatten ihre Arme über den Kiefernstamm gelegt und stützten ihr Kinn auf die raue, schuppige Borke, während ihre Körper vom Wasser getragen wurden. Schweigend traten sie unter der

Wasseroberfläche mit den Beinen, um sich abzustoßen, sogen die Luft tief in ihre Lungen und achteten darauf, mit den Füßen nicht die Wasseroberfläche aufzuwühlen. Als sie in tieferem Wasser waren und ihre Beine das kalte Wasser traten, wurde das Branden des Meeres gegen die Felsen schwächer, ebenso wie der Schein des Feuers hinter ihnen, während sie in die Dunkelheit hinausschwammen und den Kiefernstamm vor sich herschoben.

Es war kalt geworden, und der Wind klatschte Wellen gegen die linke Seite von Sigurds Gesicht, aber bevor sie ins Wasser gegangen waren, hatte er sich die Position des Mondes am Himmel gemerkt, an dem schimmernden Schein hinter den Wolken. Jetzt blickte er immer wieder hoch, überprüfte ihre Position und drehte sich herum, um nachzusehen, wo genau das Feuer auf der Insel hinter ihnen war. So konnte er sie auf dem richtigen Kurs halten. Oder zumindest auf dem Kurs, den Olaf ihnen gezeigt hatte.

Sie schwammen und zitterten, und in der Dunkelheit war schwer zu erkennen, wie weit sie gekommen waren. Sigurd war im Begriff, Svein das zu sagen, als sie das Klatschen von Ruderblättern im Wasser hörten.

Sie hörten auf, Wasser zu treten, und hielten den Atem an, während sie auf das Geräusch lauschten. Sveins Augen glühten in der Dämmerung. Aber sofort wurden sie von der Strömung abgetrieben und traten weiter Wasser, um nicht wieder zurückgespült zu werden. Dann wäre all ihre Mühe umsonst gewesen. Das Klatschen der Ruderblätter wurde lauter. Sie hörten wieder auf und hielten ihre Position, so gut sie konnten, indem sie mit ihren Beinen fast senkrecht Wasser traten.

Schließlich zischte Svein, und Sigurd folgte seinem

Blick. Jetzt sah er das Boot, das sie gehört hatten. Der schwarze Umriss verriet ihm, dass es vielleicht ein oder zwei Fußlängen kleiner war als die *Otter*, was sie allerdings nicht tröstete, denn es hielt direkt auf sie zu. Vier Paar Riemen trieben es gegen die Strömung voran.

»Sie werden uns sehen«, flüsterte Svein. Das stimmte, denn Sigurd und Sveins blasse Arme hoben sich deutlich von der dunklen Rinde des Stammes ab, an den sie sich klammerten. Aber sie konnten das Holz nicht anders festhalten, denn Svein hatte die kleinen Stümpfe abgehackt, wo Zweige und Äste gewesen waren, und wenn sie jetzt den Stamm losließen, riskierten sie, dass er von der Strömung weggetrieben wurde.

Das Boot kam immer näher, und sie konnten schon die Stimmen der Rudermannschaft hören.

»Dein Gürtel«, flüsterte Sigurd und versuchte mit einer Hand, die Schließe neben dem Griff seines Sax zu öffnen. Svein folgte seinem Beispiel, als Sigurd den Gürtel abnahm. Er warf den Gürtel über den Stamm und schloss ihn unter Wasser. Svein folgte seinem Beispiel, und als er bereit war, hielten sie sich mit beiden Händen an ihren Gürteln fest. Ihre Köpfe waren fast unter Wasser, sodass die Wellen ihnen ins Gesicht schlugen. Das Salz brannte in Sigurds Augen, während er zitterte und sich nicht rührte und darauf wartete, dass die Männer in dem kleinen Boot bei seinem Anblick zu schreien begannen.

Als die Männer nur noch vier Speerlängen von ihnen entfernt waren, glaubte Sigurd, sie müssten das Klappern seiner Zähne hören, so kalt war ihm. Es schien eine Ewigkeit zu dauern, bis das Boot an ihnen vorbei war, und Sigurd war froh, dass er Wasser in den Ohren hatte, sodass er nicht hören konnte, wie die Götter ihn auslachten, weil er bei dem Versuch, sich nicht von einem Speer durchbohren zu lassen, fast ertrunken wäre. Aber die acht Ruderblätter tauchten ein und hoben sich aus dem Wasser, tauchten ein und hoben sich wieder, und das Boot setzte seinen Weg zum Strand unterhalb der Halle des Königs fort. Sigurd und Svein zitterten zwar, aber sie waren noch am Leben. Und vor allem wussten sie jetzt, dass das Boot von den Felsen gekommen sein musste, auf dem Asgot angekettet war. Also drehten sie ihren Baumstamm nach Nordosten und traten Wasser.

Vor sich sah Sigurd etwas Weißes schimmern, und einen Moment lang wusste er nicht, worum es sich handelte. Doch dann begriff er. Zwei Schwäne glitten Seite an Seite über das Wasser. Ihre Federn waren aufgestellt wie Segel, und Sigurd fragte sich, ob Asgot die Vögel geschickt hatte, um ihnen den Weg zu zeigen. Sie folgten den Schwänen, und nach einer halben Ewigkeit fühlten sie von Moos und Algen überzogene Felsen unter ihren Füßen. Sie kletterten hoch, zerrten den Kiefernstamm mit sich, stolperten und stürzten, weil das Wasser ihnen bis zu den Oberschenkeln reichte und sie nicht sehen konnten, wohin sie ihre Füße setzten. Sigurd bickte sich nach den Schwänen um, aber sie waren verschwunden. Ja, das hier war der richtige Ort. Ganz bestimmt.

Sie stolperten mit tauben Beinen weiter, zitternd und zähneklappernd. Ihre Saxe hatten sie wieder um die Hüften geschlungen, und Svein hatte den Stamm wieder auf die Schultern genommen.

Sie brauchten die Schwäne nicht, um in der bleichen, knochigen Gestalt einen Steinwurf von ihnen entfernt

Asgot zu erkennen. Der Godi hockte da, und das Wasser reichte ihm schon bis zur Schulter. Es tränkte seinen Bart, aus dem man alles Silber entfernt hatte, obwohl die kleinen weißen Knochen noch hineingeknotet waren. Er drehte sich um, als sie näher kamen, und reckte seinen Hals höher über das Wasser. Er schien sie wie ein Tier zu wittern und fletschte die Zähne.

»Rán wird dich heute Nacht nicht bekommen, Asgot«, sagte Sigurd. Seine kalten, zitternden Lippen verzerrten die Worte.

»Dieses gierige Miststück hätte mich sowieso nicht gekriegt!«, schnarrte der Godi, hob den angeketteten rechten Arm aus dem Wasser und spuckte in die Fluten. Svein berührte den eisernen Hammer um seinen Hals, was Sigurd ihm nicht verübeln konnte. Sie mussten immerhin die ganze Strecke zurückschwimmen, und Rán, die Göttin der Wellen und des Windes, wollte sich niemand gern zum Feind machen.

Sigurd nahm den Beutel von seinem Rücken, griff mit zitternden Fingern hinein und holte Hammer und Meißel heraus. Svein hockte sich ins Wasser neben Asgot und hielt den Kiefernstamm fest, damit Sigurd ihn als Werkbank benutzen konnte.

»Haralds Welpe und Styrbjørns Troll«, stieß Asgot spöttisch hervor. »König Gorm wird sich vor Angst in die Stiefel pissen!« Den Godi schien ihr Auftauchen nicht sonderlich zu beeindrucken. Er legte jedoch bereitwillig sein Handgelenk auf den Stamm, damit Sigurd den Meißel ansetzen und die eiserne Fessel sprengen konnte.

»Wir können dich auch hier lassen, Godi«, sagte Sigurd, bevor er den ersten Schlag ansetzte.

Asgot lachte rasselnd. »Ich komme lieber mit dir, junger Sigurd«, meinte er. »Auch wenn ich gern Biflindis Gesicht sehen würde, wenn er morgen früh den leeren Eisenring bestaunt.« Svein zuckte bei dem scharfen Klirren von Eisen auf Eisen zusammen, aber nach fünf Schlägen brach die Fessel, und Asgot zog seinen Arm heraus und rieb sich mit der anderen Hand das Gelenk.

»Von wegen leer.« Sigurd öffnete den Proviantbeutel erneut und holte einen Fuchslauf heraus. Der dunkle Pelz war nass und glitschig und das Fleisch am abgetrennten Ende weiß und blutleer, nachdem es so lange im Wasser gelegen hatte. Er packte die Pfote und drückte die Krallen zusammen, bevor er sie bis zu der Stelle, wo der Schenkel zu dick wurde, in die Eisenschelle schob. Er hoffte, dass die Wellen und die Strömung das Bein nicht aus der Fessel befreien würden.

Svein grinste wie ein Dämon, und Asgot, der begriff, was Sigurd beabsichtigte, murmelte, dass Allvater und Loki, der Gott der List, hoffentlich zusahen.

Wenn am nächsten Tag die Ebbe kam, würden König Gorm und seine Leute hierher zurückkehren und erwarten, einen von Krabben angefressenen Leichnam in den zurückweichenden Fluten vorzufinden. Stattdessen würden sie nur ein Fuchsbein sehen. Und vielleicht würden sie sich nicht einmal so weit zu nähern wagen, um zu bemerken, dass der Ring gesprengt war. Die Geschichte, dass Jarl Haralds Godi sich in ein Wesen verwandelt hatte, dessen Zähne scharf genug waren, sein eigenes Bein abzuknabbern, um so dem nassen Tod zu entkommen, würde sich wie Schmeißfliegen in Avaldsnes verbreiten.

»Das ist ein verdammt mächtiger Seiðr«, bemerkte Asgot.

Aber jetzt war im Osten bereits ein feiner Silberstreifen zu sehen und sie mussten verschwinden. Asgot war so weiß wie eine Leiche und seine Knochen waren steif. Die sonderbaren Muster und Zeichen auf seinem Körper schienen zu leben, so sehr zitterte er. Aber wer zitterte, lebte noch.

Und die Götter sahen zu.

Runa fühlte immer noch das Zittern tief in ihren Knochen, obwohl sie sich einredete, dass es niemand anderem auffallen würde. Nicht in dem schwachen Licht der Tranlampen, die von den mächtigen Pfeilern der Methalle des Jarls herunterhingen.

Sie glaubte immer noch das Blut im Mund zu schmecken, das ihr ins Gesicht gespritzt war, als Gerth den Sklavenhändler zerhackt hatte. Und sie konnte immer noch den Schrei ihrer Freundin Svanild hören, als hätte er sich wie eine Made in ihre Ohren gewunden und fände nicht wieder hinaus. Wenn sie die Augen schloss, sah sie Gerths Gesicht vor sich, als Randvers Männer ihm ihre Speere in den Rücken und die Seite bohrten. Gerths Miene hatte Wut und Scham verraten, weil er wusste, dass er seine Base nicht hatte retten können. Oder war es die Wut über seine Waffenbrüder, die nicht aus der Menge herausgetreten waren und neben ihm gekämpft hatten?

Denn Runa hatte Olaf und Svein und Hendil gesehen, trotz ihrer Versuche, sich zwischen den Händlern, Handwerkern und Bauern zu verbergen. Sie hatte auch Sigurd gesehen, und bei seinem Anblick hatte ihr der Atem gestockt. Randvers Gefolgsleute hatten ihr erzählt, ihr Vater und ihre Brüder wären alle tot, abgeschlachtet in einem

Kampf in der Nähe von König Gorms Halle bei Avaldsnes. Als Runa das gehört hatte, wäre sie am liebsten auch gestorben, denn das hätte bedeutet, dass alles verloren war.

Als sie aber Sigurd lebend auf dem Sklavenmarkt in Rennisøy sah, so nah bei ihr, dass sie ihm etwas hätte zurufen können, war ihr Mut aus diesem düsteren Sumpf der Hoffnungslosigkeit auferstanden, und das Herz hatte in ihrer Brust wild zu pochen begonnen.

Runa vermutete, dass sie nicht deshalb zitterte, weil Blut und Tod ihr an jenem Tag so nahe gewesen waren wie einem Krieger in der dritten Reihe des Schildwalls, oder wegen des Schreckens, mit ansehen zu müssen, wie ihre Freundin an einen Karl mit fettigem Bart verschachert worden war. Denn genau das war Svanilds Schicksal gewesen, nachdem sich das Chaos gelegt und Randvers Männer die blutigen Leichen weggeschleppt hatten. Nein, Runa zitterte, weil Sigurd am Leben war! Er war dem Tod entkommen, der ihre restliche Familie dahingerafft und sogar vor ihrer Mutter nicht haltgemacht hatte. Runa hatte sie das letzte Mal gesehen, als sie von einem von Randvers Kriegern mit dem Schwert niedergeschlagen wurde, aber erst, nachdem sie einem anderen Mann mit ihrem Sax den Bauch aufgeschlitzt hatte.

Ihr Bruder, von dem die Männer flüsterten, er stünde in der besonderen Gunst Óðins, war am Leben. Und sie wusste, dass er sie holen würde.

»Was ist los, Mädchen? Keinen Hunger?«

Sie warf Jarl Randver einen finsteren Blick zu, in den sie ihren ganzen Hass legte, aber der Jarl zuckte nur mit den Schultern und drehte sich dann wieder zu dem Mann um, mit dem er gerade redete und trank.

Sie hätte so gerne versucht, Blickkontakt mit Sigurd aufzunehmen, ihn wissen zu lassen, dass sie ihn gesehen hatte, wenn auch nur, um ihn daran zu hindern, etwas Dummes zu tun. Denn vielleicht wusste er ja nicht, dass Jarl Randver seine Krieger in der Menge verteilt hatte. Aber sie hatte ihre ganze Selbstbeherrschung aufgebracht und den Blick ihres Bruders gemieden. Denn sie wusste genau, dass Amleth, Randvers zweitältester Sohn, sie scharf beobachtete. Sie konnte seinen Blick auf sich spüren wie die Krallen eines Falken in ihrer Haut, und sie war davon überzeugt, dass Amleth sofort merken würde, wenn sie Sigurd ansah.

Dann war Gerth vorgestürzt, und der Sklavenhändler war durch sein Schwert gestorben, bevor Svanilds Verwandter seinerseits abgeschlachtet worden war. Runa hatte inständig gehofft, dass Sigurd sich weiter verborgen hielt und sich nicht etwa von seinem Stolz umbringen ließ. Vielleicht hatte der Allvater ihren Bruder behütet, denn Sigurd hatte sein Schwert nicht gezogen und sich nicht ins Getümmel gestürzt. Aber vielleicht war es gar nicht Óðin gewesen, der ihn zurückgehalten hatte. Dann bedeutete der Name Óðin nicht »Wahnsinn«? Wenn, dann hätte der göttliche Speerträger Sigurd vermutlich nur noch angefeuert und gelacht, wenn das Blut in Strömen geflossen wäre.

Viel wahrscheinlicher war, dass Olaf, der Waffenbruder ihres Vaters, Sigurds Klinge wieder in die Scheide zurückgeschoben hatte. Da Haralds Blutlinie von Eidbrechern und Neidingen nahezu ausgelöscht worden war, würde Olaf nicht zulassen, dass Sigurd sein Leben einfach so wegwarf. Er hatte Kinder von Harald und Grimhild stets wie seine eigenen behandelt, und Runa wusste, dass er Sigurd beschützen würde. Das tröstete sie.

Und doch empfand Runa jetzt, da sie am Tisch ihres Feindes saß und sein Fleisch aß und seinen Met trank, eine gewisse Enttäuschung, die wie ein Brandmal auf ihrer Haut schmerzte, weil ihr Bruder nicht versucht hatte, sie zu retten. Sie schämte sich selbst dafür, aber das änderte nichts daran, dass sie so empfand. Denn sie hatte gesehen, wie Amleth und der älteste Sohn des Jarls, Hrani, sie ansahen wie Männer, die überlegten, wie sie einem Mann sein Schwert unter der Nase wegstehlen konnten. Selbst ihr kleiner Halbbruder Aki, der nicht älter sein konnte als elf Jahre, starrte sie mit unverhohlener Gier an. Runa hatte das Gefühl, als würden ihr Ameisen über Arme und Nacken krabbeln. Aber von den Söhnen Randvers hatte nur Hrani an jenem Tag zusammen mit dem Jarl Tod und Verzweiflung nach Skudeneshavn gebracht, und dafür hasste sie ihn.

»Deiner Mutter sollte nichts geschehen«, hatte Jarl Randver zu Runa gesagt, als sein Schiff an der Mole in Hinderå angelegt hatte. Er wirkte ernüchtert, nach dem Blutrausch, der ihn in Skudeneshavn ergriffen hatte, und in seinen Worten schwang ein Anflug von Reue mit. »Aber sie hat Andvett den Bauch aufgeschlitzt, und sein Freund wollte nicht warten, bis sie mit ihm dasselbe machte.«

Runa hatte zugesehen, wie Andvett sich auf den Ruderbänken von Randvers Schiff hin und her gewälzt hatte, während seine violett schimmernden Eingeweide aus dieser grauenvollen Wunde quollen. Die grüne Wolle seiner Tunika war mit so viel Blut getränkt, dass sie fast schwarz aussah.

Die anderen Männer hatten sich mit grimmigen Gesichtern um ihn geschart und ihm versichert, dass er einen Platz in Walhall bekäme, und gaben ihm Nachrichten für ihre Freunde und Väter mit, die bereits dort waren. Nicht dass es Andvett interessiert hätte, als er mit knirschenden Zähnen und wimmernd dalag.

Er war gestorben, bevor Randvers Gefolgsleute die böse blickende Stevenfigur der *Fjord-Wolf* abgenommen hatten und als die Halle des Jarls noch ein dunkler, beeindruckender Umriss auf den von Möwen umschwärmten Anhöhen war. Runa hatte gesehen, wie Randver erbleichte, als ein Mann ihm die Nachricht überbrachte. Trotz ihrer Furcht war Runa stolz auf ihre Mutter gewesen, stolz auf ihren Mut und ihre Weigerung, sich einfach zu ergeben. Und sie hatte gedacht, dass Harald, falls er noch lebte, ebenfalls stolz auf Grimhild wäre.

Mittlerweile jedoch wusste sie, dass ihr Vater tot war, ebenso wie ihr Bruder Sørlie. Sie waren in Avaldsnes ermordet worden, von Biflindi, dem Verräter-König.

»Sicher ist sie hübsch, aber wir wissen nicht einmal, ob sie in diesem verkniffenen Katzenarsch von Mund überhaupt Zähne hat«, tönte der Mann neben Randver jetzt und beugte sich um den Jarl herum, um Runa näher zu betrachten. »Vielleicht hält sie ja nicht viel von deinem Met, Jarl Randver.«

Runa wusste zwar nicht, wer dieser Mann war, aber sie wusste ganz genau, dass sie ihm gern eine Klinge ins Auge rammen würde.

Randver deutete abfällig in ihre Richtung. »Ach, sie ist nur mürrisch, weil ihr Bruder es nicht für wert befand, für sie zu kämpfen«, sagte er. Dann blickte er sie an und verzog die Lippen unter seinem blonden Bart. »Aber er war da, dein Bruder, nicht wahr, meine Teuerste? Dieser Narr, den meine Männer aufgespießt haben, ist mit dem jungen Sigurd dort hingegangen, darauf würde ich einen Eyrir setzen.« Runas Miene blieb so ausdruckslos wie die schlafende See und verriet nichts. Randver zuckte mit den Schultern. »Ganz offensichtlich hat dein Bruder auch nicht viel von seinem herrenlosen Freund gehalten, weil er einfach nur dagestanden und zugesehen hat, wie er aufgespießt wurde wie ein Spanferkel.«

»König Gorm hat es nicht geschafft, meinen Bruder zu töten, und dir wird es auch nicht gelingen.« Runa konnte nicht länger schweigen und starrte dem Jarl wutentbrannt ins Gesicht. Stille legte sich über Jarl Randvers Halle, als die Krieger und Frauen begierig darauf warteten, was Jarl Haralds Tochter ihrem Lehnsherrn zu sagen hatte. Runa spürte ihre Blicke, aber sie hielt das Kinn stolz gereckt und ließ Randver nicht aus den Augen. War sie nicht die Tochter eines Jarls? Nur Randvers Hunde konnten sehen, wie ihre Beine unter dem Tisch zitterten. »Mein Bruder steht in Óðins Gunst.« Sie sprach so laut, dass alle sie hören konnten. »Das kann jeder bezeugen, der ihn kennt. Ihr…« Sie drehte den Kopf und ließ den Blick über die Anwesenden schweifen. »Ihr alle werdet bedauern, dass ihr ihn euch zum Feind gemacht habt.«

Jarl Randver kniff die Augen zusammen. War das Respekt, der darin funkelte? Oder Mordgier? »Deinem Bruder ist gerade erst ein Bart gewachsen«, erwiderte er. »Er steht allein in der Welt, und er kann keine Hoffnung auf eine große Zukunft hegen. Er ist ein Nichts.«

»Warum suchen deine Männer dann nach ihm?«, wollte Runa wissen. Das löste Murmeln in der Menge aus.

»Dieses anmaßende Miststück braucht eine gehörige Tracht Prügel!«, rief einer der Männer.

»Gib sie Skarth zum Spielen!«, kreischte eine Frau. Skarth war Jarl Randvers neuer Preiskämpfer und Bugmann, und Runas Mut geriet bei diesen Worten ein wenig ins Wanken. Denn bis jetzt hatte noch kein Mann, weder hier noch irgendwo anders, sie als Frau berührt. Ihr war jedoch klar, dass es nur eine Frage der Zeit war, bis einer von ihnen es versuchte.

»Meine Männer suchen nach deinem Bruder, weil ich ein großmütiger Mann bin und beschlossen habe, seinen Treueschwur zu akzeptieren. Zusammen mit dem der anderen, die dumm genug waren, ihm wie Hunde auf der Suche nach einem Stück Fleisch zu folgen.« Der Jarl lächelte. »Und obwohl dein eigener Wert ... wie soll ich sagen? ... gesunken ist, da deine Mitgift nicht mehr das ist, was sie einmal war, hat sich mein zweiter Sohn Amleth nach wie vor in den Kopf gesetzt, dich zu heiraten.«

Amleth besaß genug Anstand, unter seinem spärlichen Bart rot anzulaufen. Er setzte sein Trinkhorn an die Lippen und trank gierig, wobei er Runas Blick mied.

Sie hatte davon tuscheln hören, aber dass es jetzt so laut ausgesprochen wurde, vom Jarl selbst, war eine ganz andere Sache. Sie hatte das Gefühl, als wäre die Bank eine herrenlose Jolle und der mit Stroh bedeckte Boden der Halle ein wogender, stürmischer Fjord.

Ihr schwindelte.

»Und letzten Endes würde der Segen deines Bruders für diese Hochzeit die Wogen zwischen uns ein wenig glätten«, fuhr Randver fort. »Meine Männer haben mir gesagt, dass die Leute von Skudeneshavn den Wechsel der Gezeiten nicht sonderlich gut aufgenommen haben. Und noch wichtiger ist, dass einige der wohlhabenderen Karls und andere mächtige Männer erst einmal abwarten wollen, wie sich die Dinge entwickeln.«

Das zumindest war keine Überraschung. Zweifellos würde etlichen Jarls der Verrat des Königs an seinem Lehnsmann Jarl Harald Unbehagen bereiten, und außerdem erfüllte der neue Pakt zwischen Gorm und Randver sie mit Misstrauen. Von Jarl Randvers Gesichtspunkt aus betrachtet, wäre es in der Tat nicht schlecht, wenn sich die Wogen zwischen ihm und den Leuten von Jarl Harald glätteten, und erst recht zwischen ihm und Haralds Sohn und Tochter.

Runa zog sich wie eine Schnecke vor einer Krähe in ihre Muschel zurück. Sie wünschte sich, sie hätte den Mut ihrer Mutter. Sie sehnte sich danach, aufzustehen und ihnen allen zu trotzen, so wie Grimhild einigen dieser Männer, die jetzt am Feuer saßen, getrotzt hatte, als ihr Sax wie eine Bärenklaue zugeschlagen hatte. Aber noch während sie daran dachte, wandten sich die Männer und die wenigen Frauen, die auf den anderen Bänken tranken, wieder ihren Gesprächen zu, und schon bald erfüllte lautes Stimmengewirr erneut die Halle.

»Stimmt es, dass sie Jarl Haralds Halle verbrannt haben?«, erkundigte sich der Mann neben Randver. »Eik-Hjálmr. So hieß sie doch, oder?«

Runa hörte zu.

Jarl Randver nickte, aber es war offenkundig, dass er nicht darüber reden wollte.

»Eine Schande.« Sein Gast schüttelte den Kopf. »Es war eine schöne Methalle. Ein ganzes Stück größer als die hier, hej?« Das gefiel dem Jarl erst recht nicht, ganz und gar nicht. Aber er riss sich zusammen und schwieg, womit klar war, dass der andere Mann ziemlich bedeutend sein musste. Denn nach allem, was Runa von ihm mitbekommen hatte, war Randver kein Mann, der seine Zunge im Zaum hielt, wenn es um eine Angelegenheit ging, die ihm wichtig war. »Manche Männer sagen sogar, die Halle hätte es mit Hrothgars Halle in Heorot aufnehmen können«, fuhr der Gast fort. Er bildete einen Ring mit seinen Armen und verschränkte die Finger. »Mit Dachpfeilern so dick, dass ein Mann sie nicht mit seinen Armen umschlingen konnte.« Er blickte zum rußgeschwärzten, verrauchten Dach seines Gastgebers hinauf. »Und Dachbalken, die man aushöhlen könnte, um mit ihnen aufs offene Meer hinauszufahren.«

»Die Leute des Mädchens werden mir eine neue bauen«, unterbrach Jarl Randver den Mann. »Sobald sie akzeptiert haben, dass ich jetzt ihr neuer Jarl bin. Vielleicht bleiben Amleth und Runa dann hier, und ich gehe dorthin.« Er zuckte mit den Schultern, als würde ihn das nicht sonderlich scheren, und winkte dann einer jungen Thrall, erst seinem Gast und dann ihm das Trinkhorn neu zu füllen. »So etwas braucht seine Zeit.«

Der andere nickte. »Wenn du diesen jungen Sigurd aus dem Trollloch ausgegraben hast, in dem er sich versteckt, dann schick nach mir, denn ich würde ihn gern kennenlernen.« Randver nickte. »Was ist eigentlich mit Jarl Haralds Godi?«, fuhr der Mann dann fort. »Stimmt es, was die Leute munkeln? Dass er dem Tod durch Ertrinken bei Avaldsnes entkommen ist, weil er seine Gestalt gewandelt hat?«

Jarl Randver wurde der Fragen seines Gastes allmählich überdrüssig. Er lehnte sich auf seinem Stuhl zurück und verzog mürrisch das Gesicht. »Was glaubst du denn selbst, Broddi?«, fragte er und sah seinen Gast prüfend an.

»Ich weiß nur, was die Leute sagen. Sie haben einen Fuchslauf gefunden, angekettet auf Biflindis flachen Felsen«, antwortete Broddi.

Der Jarl nickte. »So sagt man.«

»Ich nehme an, Füchse können schwimmen, obwohl ich es noch nie gesehen habe«, sagte Broddi. Dann beugte er sich vor. »Warum fragen wir nicht einfach das Mädchen? Sie muss doch wissen, ob der Priester ihres Vaters zu so etwas fähig war.«

Jarl Randver zuckte mit den Schultern und deutete mit dem Methorn auf Runa, als Einladung an Broddi.

»Also, Haraldsdóttir? Konnte sich der Godi deines Vaters in einen Fuchs verwandeln und sich das Bein abbeißen, um den Ketten des Königs zu entkommen?«

Runa lächelte, zum ersten Mal seit dem Tag, an dem sie hatte zusehen müssen, wie die Krieger ihres Vaters und zwei ihrer Brüder im Karmsund niedergemacht worden waren. Es schien eine Ewigkeit her zu sein.

»Mich überrascht nur, dass er sich nicht in einen Otter verwandelt hat und davongeschwommen ist, als die Flut kam«, antwortete sie.

8

Zu der Insel zurückzuschwimmen, wo Olaf und die anderen warteten, schien nur halb so lange zu dauern, wie die Strecke hinaus zu Asgots Felsen. Das lag kaum daran, dass der Godi mit seinen dünnen Beinen ihnen beim Wassertreten half, sondern es war die frische Kraft, die Sigurd und Svein beflügelte, da ihr Plan so tadellos funktioniert hatte.

»Eine klug ersonnene List ist zuweilen eine bessere Waffe als ein gut geschliffenes Schwert«, hatte Sigurds Vater einmal gesagt. Dass der Godi wieder bei ihnen war, war der Beweis. Als sie jetzt am Feuer saßen und sich trockneten, bestätigte Asgot, dass König Gorm nach Sigurd suchte.

»Er wird nicht ruhen, bis du tot bist«, erklärte der Godi, während er mit den Fingern das Fleisch von den Gräten eines Fisches zupfte, den sie über den Flammen gebraten hatten. »Er war außer sich vor Wut, dass seine Männer dich bei dem Kampf im Wald haben entkommen lassen.«

»Sørlie hat mir zur Flucht verholfen«, stellte Sigurd richtig, »zusammen mit Asbjørn und Finn.« Er dachte wieder an diese Momente zurück, als die Krieger auf König Gorm zugerannt waren und sich Biflindis Männer wie eine Faust um ihren König scharten. Damit hatten ihm seine Schwertbrüder die Möglichkeit gegeben, zu entkommen. Sørlie und die beiden anderen tapferen Männer hatten ihr Leben für Sigurd geopfert.

Asgot blies auf das dampfende weiße Fleisch zwischen seinen Fingern und stopfte es sich dann in den Mund. »Gorms Preiskämpfer Moldof ist jedenfalls nicht mehr der Mann, der er einmal war.«

»Er lebt noch?« Sigurd hatte mit angesehen, wie sein Vater dem Hünen den Schwertarm am Ellbogen abgetrennt hatte. Normalerweise verblutete ein Mann an einer solchen Verletzung, es sei denn, das Fleisch wurde mit einem glühenden Eisen ausgebrannt und die Wunde so versiegelt. Und selbst das konnte einen Mann umbringen. Aber Moldof war hart wie Granit, auch wenn er nie mehr der Bugmann seines Königs sein würde.

»Er lebt, o ja, aber er hockt finster brütend wie eine Trollfrau in der dunkelsten Ecke von Gorms Halle, weil der König sich seinetwegen schämt, da er den Kampf gegen deinen Vater verloren hat.«

»Wir täten gut daran, Moldof bei der erstbesten Gelegenheit ein Messer ins Herz zu rammen«, warf Olaf ein. »Ein Einarmiger, der versucht, sich zu beweisen, kann gefährlicher sein als ein Mann mit zwei Armen, der sich damit zufrieden gibt, in der einen Hand ein Methorn und in der anderen ein Weibsbild zu halten.« Zustimmendes Gemurmel antwortete auf seine Worte.

Asgot richtete seinen Blick auf Sigurd. »Dich am Leben zu lassen, ist für den König gleichbedeutend damit, mitten im heißesten Sommer eine Flamme unbeaufsichtigt in seiner Halle lodern zu lassen. Er wird alles unternehmen, um dich auszulöschen, Junge.« Er grinste schief und leckte sich das Fett von den Fingern. »Er hat Männer über ganz

Karmøy ausgeschickt, um nach dir zu suchen, Sigurd Haraldarson. Und Jarl Randver hat seine Hunde von Bokn bis nach Tysvær auf deine Fährte gesetzt.« Sein Blick zuckte zu Olaf. »Ihr wart wirklich Narren, wenn ihr geglaubt habt, dass Jarl Reisigbauch oder Jarl Leiknir euch schützen würden. Da Randver jetzt Gorms frisch ernannter Kettenhund ist, gibt es keinen Jarl oder irgendeinen Mann von erwähnenswerter Macht innerhalb von zwanzig Tagesreisen, der sich den beiden entgegenstellen würde.« Er nahm seinen Becher und leerte ihn. »Nicht für den Sohn eines von Würmern durchlöcherten Jarl.«

Sigurd sah Olaf an, der unverwandt ins Feuer starrte. Er wusste nichts zu sagen, was Asgots düstere Geschichte in ein helleres Licht tauchen würde. Was nicht hieß, dass Sigurd ihre Lage in hellerem Licht sah. Sie waren nur acht Männer, das war alles, was von der einst Furcht einflößenden Kriegerschar seines Vaters übrig geblieben war. Das Glück der Leute von Skudeneshavn hatte sich schneller gewendet, als ein Mühlstein einen Hang hinabrollte, und mehr gab es dazu nicht zu sagen. Seine Schwester war Gefangene von Jarl Randver, und er selbst wurde gejagt. Das war nicht gerade der goldene Wyrd, den die Nornen für ihn woben, wie er immer geglaubt hatte.

»Wir haben kein Schiff, keine Männer und keine sichere Halle, in der wir Zuflucht finden würden«, fuhr Olaf fort. »Was also haben wir?«

»Nur einen Karren voller Unglück«, seufzte Loker, zupfte eine Laus aus seinem Bart und warf sie ins Feuer.

»Es stimmt, dass wir keine Männer haben«, erklärte Asgot, »und wir werden auch höchstwahrscheinlich keine um uns scharen können, denn nur ein Narr würde sich an den Mast eines sinkenden Schiffes fesseln!« Er blickte von Sigurd zu Olaf und wieder zurück und deutete dann anklagend mit seinem Becher auf ihn. »Und im Moment würden uns auch selbst tausend Speere nichts nützen, weil uns etwas fehlt, das wir noch viel mehr brauchen. Es ist etwas, das dein Vater einmal besaß und sich dann hat durch die Finger gleiten lassen.«

»Silber?«, spekulierte Hendil.

Sigurd schüttelte den Kopf. »Die Gunst der Götter«, erklärte er.

Asgot nickte. »Die meisten Männer glauben, dass ihre Schicksalsteppiche schon lange vor ihrer Geburt gewebt wurden. Wenn die Nornen einem den Tod durch Ertrinken hineingewebt haben, kann man nichts dagegen tun. Ebenso wenig wie man einem Neugeborenen helfen kann, das die Brust der Mutter nicht findet, weil ihm in den Lebensfaden gewebt wurde, zu verhungern, bevor es auch nur krabbelt.« Er spitzte die Lippen. »In den meisten Fällen stimmt das auch«, fuhr er fort. »Aber es gibt Menschen, an denen haben die Asen und Wanen ein besonderes Interesse. Diese Männer vermögen die Fäden ihres Schicksalsteppichs aufzuknüpfen und neu zu verweben, zum Guten oder zum Schlechten hin.« Er hob einen Finger. »Zumeist jedoch durchtrennen die Götter selbst hier einen Faden oder knüpfen dort einen Knoten, denn sie können nicht anders.« Die Blicke der Männer richteten sich auf Sigurd, der ihr Gewicht wie ein Brynja auf sich spürte. »Möglicherweise ist dir vorherbestimmt, ein solcher Mann zu sein, Sigurd.« Der Godi fletschte die Zähne. »Oder aber du verhungerst, bevor du auch nur gekrabbelt bist.«

»Es kann aber auch ein närrisches Streben sein, die Aufmerksamkeit der Götter erlangen zu wollen«, knurrte Olaf.

»Der Allvater muss dein Schwertlied im Lauf der Jahre oft genug gehört haben, Onkel«, erwiderte Sigurd. »Er muss oft genug zugesehen haben, wie ihr, mein Vater und du, Männer und Helden im Blutrausch getötet habt. Ihr habt nicht gerade ein Leben von Bauern geführt.«

Olaf hob eine Braue. »Das ist wahr, aber sobald du anfängst, Tafl mit den Göttern zu spielen, riskierst du, dass sie das Brett einfach umstoßen, aus Grimm oder aus blankem Übermut. Sie sind launisch.« Er machte eine wegwerfende Handbewegung. »So unberechenbar wie dieser verdammte Wind.«

Asgot nickte. »Trotzdem, die Götter lieben nun einmal dieses Spiel, und uns bleibt nichts anderes, als es mitzuspielen.«

»Gut, aber wenn du nach irgendeinem elenden Mistkerl suchst, den du mit deiner Klinge aufschlitzen kannst, um ihn zu opfern, dann sieh ja mich nicht an, alter Mann«, entgegnete Olaf. »Und wie du dich selbst überzeugen kannst, sind wir zurzeit ein wenig knapp, was Thralls angeht.« Er kratzte sich den Bart. »Außerdem hast du doch diesem unseligen Burschen an dem Tag, an dem wir zum Kampf mit Jarl Randver ausgelaufen sind, die Kehle durchgeschnitten, und wenn ich mich nicht täusche, hat uns das nichts Gutes gebracht.«

»Es gibt andere Möglichkeiten«, behauptete Asgot.

»Du weißt, wie ich den Blick des alten Einäugigen auf mich lenken kann?«, fragte Sigurd. Denn so launisch die Asen auch sein mochten, er würde bei dem Versuch, sie auf sich aufmerksam zu machen, lieber ihren Zorn riskieren und sterben, als nichts zu tun und von ihnen unbeachtet zu bleiben.

»Allerdings, Haraldarson«, erwiderte Asgot. Aber sein verzerrtes Gesicht ließ ahnen, dass ihm schon der Gedanke daran Schmerzen bereitete.

Asgot schien eine Weile auf den Worten herumzukauen, bevor er sie aussprach. Vielleicht war er auch im Gespräch mit den Göttern.

»Du kannst aufhören, darauf herumzubeißen, Priester. Spuck es endlich aus!«, sagte Olaf schließlich. »Dann können wir uns darauf einigen, dass es eine beschissene Idee ist, und weitermachen.«

Sigurd hob eine Hand, um Olaf zum Schweigen zu bringen, und zu seiner Überraschung verstummte der Mann tatsächlich, obwohl er mit einem Kopfschütteln deutlich machte, wohin diese Unterhaltung seiner Meinung nach führte.

»Sprich, Asgot!«, forderte Sigurd ihn auf.

»Ich werde es dir schon noch früh genug sagen«, erwiderte der Godi. »Aber zuerst müssen wir einen Platz finden, an dem wir vor Gorms und Randvers Speeren in Sicherheit sind.«

Solveijg blickte hoch und zwirbelte den Bart zwischen den Fingern. »Ich kenne einen solchen Ort«, erklärte er.

Sie ruderten mit der *Otter* nach Rennisøy. Sechs von ihnen blieben an Bord bei den Riemen, während Solveijg und Hendil mit Sigurds Silber Nahrung und Met kauften. Dann ruderten sie weiter nach Mekjarvik, und von dort von Insel zu Insel, immer in geschützten Küstengewässern, bis sie eine Landzunge sahen, die man Tau nannte. Sie wurde nur selten besucht. Ihr Name stammte von dem Wort »Taufr« ab, was Hexerei bedeutete, denn angeblich gab es dort einen Sumpf, in dem das Volk der Altvorderen Opfer darbrachte, Blut, Silber, Speisen, Met und klares Wasser. Als Solveijg diesen Ort vorgeschlagen hatte, hatten Asgots Augen geleuchtet wie brennende Dochte im Fischtran, und Olaf knurrte Sigurd später zu, dass er sich nicht wundern würde, wenn der Godi dem alten Solveijg diesen Vorschlag eingegeben hätte. Denn, wie er sagte, die beiden kannten sich schließlich schon aus der Zeit, als die Weltesche Yggdrasil noch ein junger Setzling gewesen war.

Trotzdem, ein Ort, den nur wenige Menschen aufsuchten, war ein guter Ort, um sich zu verstecken, was selbst Olaf nicht abstreiten konnte. Sie fanden eine geeignete Stelle zum Anlegen und stiegen einen Hügel zu einem Gehöft hinauf, dem einzigen Gebäude weit und breit. Es war besser, sich mit den Leuten zu besprechen, die dort lebten, als zu riskieren, dass sie verschreckt in den Sumpf rannten oder anderen verrieten, dass Fremde nach Tau gekommen waren.

Der Bauer hieß Roldar, und ihm lag nicht viel an Menschen, was wahrscheinlich der Grund dafür war, dass er an einem Ort lebte, den die Menschen fürchteten. Roldar hatte eine Frau namens Sigyn und zwei mürrische Söhne, Aleijf und Alvi, sowie eine große, kräftige Tochter namens Hetha. Svein gab sich große Mühe, sie nicht anzusehen, was ein sicheres Zeichen dafür war, dass sie ihm ziemlich gut gefiel. Hetha ihrerseits füllte Sveins Humpen bis zum Rand, sodass er schlürfen musste, um das Bier nicht zu verschütten. Und vor dem Nachtmahl nahm sie umständlich ihr verknotetes Kopftuch ab, um ihren strohblonden Zopf neu zu flechten. Das alles tat sie eindeutig nur für Svein. Bis ihre Mutter sie anfauchte, sie solle ihr helfen, die Suppe für die Gäste aufzutischen.

»Ach übrigens, habt ihr hier draußen irgendwelche Geister gesehen?«, erkundigte sich Loker bei Roldar, noch bevor er einen Löffel Fischsuppe im Maul hatte. Sie aßen draußen, weil an Sigyns Herd nicht genug Platz für sie alle war. Aber es war warm genug, und obwohl der Mittsommer vorbei war, waren die Tage noch mild und lang. »Irgendeinen Haugbui zum Beispiel, der aus seinem Grab gestiegen ist, oder einen Draugr, der im Sumpf wandelt?«

Olaf warf dem Mann einen finsteren Blick zu, weil sie gerade erst angefangen hatten, mit Roldar zu reden, und er das Gespräch nicht so schnell auf dieses Thema hatte bringen wollen.

Roldars Miene war ebenso finster wie die von Olaf, aber es war sein Sohn Alvi, der die Frage mit einem Nicken beantwortete. Er deutete mit dem Daumen hinter sich auf den Schafspferch und das Marschland dahinter. »Ich habe einmal einen gesehen«, sagte der Junge. »Vor drei Wintern, als ich die Zäune da draußen repariert habe. Er war bleich wie der Tod und sein Leib angeschwollen wie eine ungeheure Kröte. Seine Augen glühten im Mondlicht.« Sein Bruder stieß einen verächtlichen Laut aus, aber Alvi achtete nicht darauf. »Er drückte sich in der Nähe der Schafe herum und hätte bestimmt zwei davon weggeschleppt, eins unter jedem Arm, wenn ich nicht meine Faustaxt nach ihm geworfen hätte.«

»Wir können von Glück sagen, dass wir von so einem

mutigen Krieger beschützt werden«, feixte Aleijf. Das brachte ihm einen strafenden Blick von ihrer Mutter ein. Sie machte keinen Hehl daraus, dass Alvi ihr Liebling war.

»Und er ist noch ein Skalde dazu«, murmelte Olaf leise, was ihm ein Grinsen von Aleijf einbrachte.

»Gibt es hier in der Nähe irgendwelche Grabhügel?«, erkundigte sich Asgot.

Aslak berührte die schwarze Tätowierung von Thórs Hammer Mjöllnir, die er über dem Handgelenk auf seinem linken Unterarm trug. Jedes Gespräch über Geister und Gespenster bereitete ihm Unbehagen.

»Würde mich nicht überraschen«, brummte Svein Sigurd leise zu. »Denn irgendwie steigt mir hier ein übler Gestank in die Nase.«

Natürlich wussten sie alle, dass das weniger mit den Bewohnern der Grabhügel zu tun hatte als vielmehr mit der Jauchegrube, die man zu dicht am Haus angelegt hatte. Den Grund dafür konnte sich keiner so recht erklären, denn Roldar hatte weder Nachbarn, noch mangelte es ihm an Land. Andererseits, wenn hier tatsächlich Draugar ihr Unwesen trieben – wer würde schon gern nachts weit laufen wollen, um den Nachttopf oder seinen Darm zu entleeren?

»Da euch diese Dinge zu interessieren scheinen«, sagte Roldar finster, »es gab tatsächlich einen Mann, zwei Tagesmärsche von hier, der von einer solchen Kreatur getötet wurde.« Sigurd bemerkte, dass seine Leute die Augenbrauen hoben. »Seine Familie hat ihn gefunden. Jemand hat ihm sämtliche Knochen gebrochen, und seine Tiere lagen tot um ihn herum auf dem Boden. Die Leute behaupten, sie wären zu Tode geritten worden.«

Asgot nickte, als hätte er solche Geschichten schon oft gehört. »Die Toten verlangt es nach den Dingen des Lebens. Sie beneiden die Lebenden.«

»Ich wüsste nicht, warum sie uns beneiden sollten«, warf Sigyn ein. »Denn wie du siehst, besitzen wir nicht viel.« Sigurd hörte den bitteren Unterton, der eindeutig auf ihren Ehemann abzielte, aber ihre Worte waren vor allem an ihre Gäste gerichtet. Denn obwohl die beiden ihnen Gastfreundschaft gewährten, einen Schlafplatz in der Scheune mit frischem Stroh, Speisen und Bier, betrachteten sie diese acht Fremden misstrauisch, was sie auch getan hätten, wenn sie weniger Waffen mit sich herumgeschleppt hätten. Zudem hatten sie eine Tochter im Haus.

»Wir bezahlen euch für eure Gastfreundschaft«, sagte Sigurd, der die Gedanken der Frau erraten hatte. Er sah Roldar an. »Und zwar gut. Aber ihr dürft niemandem sagen, dass wir hier sind.«

»Es wäre wirklich nicht gut, wenn ihr das tätet«, setzte Olaf hinzu, und sein Blick fügte die Worte »nicht gut für euch« hinzu.

»Wem sollten wir schon etwas sagen?« Roldar zuckte mit den Schultern. »Ich verlasse diesen Ort nur, um meine Wolle auf dem Markt in Rennisøy zu verkaufen, manchmal auch an die Leute in Finnøy. Gelegentlich gehe ich auch nach Jørpeland, aber die haben ihre eigene Wolle, und ich erziele dort nur selten einen Preis, der die Reise lohnt.« Er sah von Olaf zu Sigurd. »Außerdem weiß ich nicht, wer ihr seid, und will es auch gar nicht wissen.« Bei diesen Worten zeigte sich der Anflug eines Lächelns in seinem bärtigen Gesicht. »Obwohl ich mich natürlich frage, ob ihr vielleicht König Gorm verärgert habt.«

»Es spielt nicht die geringste Rolle, welchen verfluchten Reifgeber wir verärgert haben«, knurrte Olaf. Der Bauer wurde blass und hob die Hände.

»Wir wollen wirklich nichts darüber wissen, ihr Herren«, mischte sich Sigyn ein und zeigte damit, dass sie keineswegs begriffsstutzig war. Selbst wenn sie nur mit Schafen zusammenlebte und möglicherweise nicht weit herumgekommen war. »Aber wir hoffen natürlich, etwas von dem Silber zu sehen, das ihr versprochen habt, bevor wir eines unserer Tiere für euer Mahl schlachten.«

Solveijg warf Hendil einen Blick zu, der besagte: *Sie hat mehr Mumm in den Knochen als du* – während Sigurd ein daumengroßes Stück Hacksilber aus seinem Beutel zog und es Roldar zuwarf. Der hätte es fast verschluckt, so weit stand sein Mund beim Anblick des Silbers auf.

»Wir wollen gut essen«, sagte Sigurd, was ihm ein beifälliges Nicken von Svein einbrachte, der unauffällig Hetha im Auge behielt, die gerade Olafs und Lokers Schüsseln ins Haus trug, um sie neu zu füllen.

»Und ich will, dass du uns in den Sumpf führst.« Asgots Blick war so hart wie Stahl, als er Roldar anblickte. Es überraschte Sigurd, dass der Godi sich mit dieser Forderung so lange Zeit gelassen hatte. Roldar machte den Eindruck, als wäre ihm alles andere lieber als das, trotz des Hacksilbers, das kalt in seiner Handfläche lag. Dann sah er seine Frau Hilfe suchend an.

Doch bevor Sigyn etwas sagen konnte, ergriff der jüngere Sohn das Wort.

»Ich werde euch führen«, erbot sich Alvi. Er warf seinem Vater einen Blick zu, der offensichtlich die Frage nicht zu stellen wagte, die ihm auf den Lippen brannte.

Doch Olaf war ebenso neugierig wie ihr Gastgeber: »Und warum gehen wir in den Sumpf, Asgot?« Er runzelte die Stirn und leckte seinen Löffel ab, während er darauf wartete, dass Hetha mit einer frischen Portion Suppe zurückkehrte.

»Der Junge weiß, warum.« Asgot nickte in Sigurds Richtung. Der Godi presste die Lippen fester zusammen, als Sigurd Solveijgs Hautlappen auf der Brust zusammengenäht hatte. Alle sahen Haralds Sohn an.

»Ist das so?« Olaf brummte dankbar, als Hetha mit seiner Schüssel zurückkam, dann wandte er sich wieder Asgot zu.

Doch der blieb ihnen die Antwort schuldig. Olaf und die anderen mussten warten, trotz ihrer Blicke, mit denen sie ihn zu löchern versuchten.

Am nächsten Tag, direkt nach dem Morgenmahl, machten sie sich auf den Weg in den Sumpf.

Es war noch dunkel, als sie aufbrachen. Sie gingen an den Pferchen und der abgemähten Weide vorbei, und der Tau durchtränkte ihre Schuhe. Dann marschierten sie durch höheres Gras, in dem gelbe Blumen blühten. Sie waren behangen mit glitzernden Spinneweben und Hexenspucke, die ihre Hosen färbte. Sie kamen an den Grabhügeln vorbei, die Roldar und seine Familie erwähnt hatten, und schlugen einen großen Bogen darum, um die Toten nicht zu stören, die darin wohnten. Als sie die Salzmarsch erreicht hatten, wurden sie blau und grün von Libellen umschwirrt, und Wolken von Stechfliegen stürzten sich auf sie. Hier und dort ließen Laufenten die Schilfrohre schwanken, aber wo es keine Vögel gab, standen die hohen Pflanzen vollkommen regungslos da.

»Ich steuere jetzt schon seit Jahren die Schiffe deines Vaters, habe die *Kleiner Elch* häufiger ent- und beladen, als ich zählen kann, und habe bis zum Arsch in der Bilge gestanden«, sagte Solveijg zu Sigurd, »aber es braucht nur zwei Fahrten mit dir, und meine Schuhe sind hinüber.« Er schüttelte den Kopf, dass seine grauen Zöpfe flogen.

»Es war deine Idee hierherzufahren, alter Mann«, erinnerte Olaf ihn. Doch er zuckte zusammen, als auch er jetzt in dem schlammigen Wasser einsank. Er hatte sein Brynja nicht mitgenommen, denn sie erwarteten nicht, auf Männer zu stoßen. Obwohl sie ihre Speere dabeihatten, die immerhin als Wanderstäbe nützlich waren.

»O ja, allerdings.« Solveijg warf Asgot einen finsteren Blick zu.

Alvi, der Sohn des Bauern, ging voraus, dicht gefolgt von Asgot. Der Godi hatte sich ein Tau über die Schultern geschlungen, für den Fall, dass jemand im Sumpf versank. Außerdem hatte er auch noch eine Trommel dabei. Er hatte sie an dem Gurt über seiner linken Schulter befestigt, sodass sie neben seinem Beutel auf dem Rücken herunterhing. Diese Trommel hatte er in Rennisøy angefertigt, während Solveijg und Hendil Proviant für ihre Reise gekauft hatten. Sie war etwa so groß wie der erste Schild, den Jarl Harald ihm, Sigurd, gemacht hatte, als er kaum laufen konnte. Sie bestand aus Rentierhaut und Birkenholz, und Asgot hatte den Weltenbaum Yggdrasil mit den neun Welten daraufgemalt. An den Seiten hingen etliche Amulette und Glücksbringer, einschließlich irgendwelcher Tierknochen und Runensteine, und auf der Rückseite, innerhalb des Rahmens, hatte Asgot einen Strang mit Samenkapseln und eine Rabenklaue befestigt.

Er hatte ihnen gesagt, die Trommel würde helfen, den Moorgeist zu beschwichtigen, was von den Männern mit ehrfürchtigem Schweigen aufgenommen worden war.

Die acht Männer folgten dem Jungen, der sie an einem verschlungenen Bach entlangführte. Einem von Hunderten, die das Meerwasser weit in die Marsch trugen, wie die Wurzeln eines gewaltigen Baumes. »Wenn ihr von jetzt an die Augen offen haltet, seht ihr vielleicht eine Totenkerze«, rief Alvi ihnen zu. Damit meinte er die Lichter, die die Hügelgräber der Altvorderen bewachten. »Aber ich kann euch noch etwas Besseres zeigen.« Er grinste. »Es ist nicht mehr weit.«

Auch wenn ihre Augen keine Sekunde ruhten, sprachen sie so gut wie kein Wort. Das flache, von Schlingpflanzen übersäte Wasser wurde immer tiefer, und darin wuchsen von Flechten und Moosen überwucherte Bäume, die dichter waren als Olafs Bart. Menschen waren in Sümpfen und Mooren für gewöhnlich nicht willkommen, und nicht einmal Olaf würde abstreiten, dass er an die bösartigen Geister glaubte, die hier lebten. Orte wie dieser waren weder ganz Erde noch ganz Wasser. Es waren Durchgangswelten. Und wenn man an so einen Ort ging, tat man das mit Ehrfurcht – und erst, wenn man ein Opfer dargebracht hatte. Das wussten die Männer, und Sigurd, der an einem solchen Ort unwillkürlich an die Sage von Beowulf denken musste, spürte den unheilvollen Zauber, der so schwer wie nasse Kleidung auf seinen Schultern lag.

»Sümpfe wissen sich vor Menschen zu schützen«, hatte seine Mutter ihm einmal erzählt. »Aber wir können die Geister, die dort wohnen, mit Gaben milde stimmen. Gaben, die das Moor begierig verschlingt.«

Mit der Sonne kam auch der Nebel. Die Luft wurde schwer und roch nach Tod und Verfall, bis Hendil Asgot schließlich fragte, ob das vielleicht der Odem eines Drachen sei, der sie einhüllte, durchsetzt von dem verfaulenden Fleisch der Männer, die er gefressen hatte. Loker wies ihn darauf hin, dass das nicht möglich sei, weil es hier keine Männer als Futter für einen Drachen gäbe und dass dieser Gestank wahrscheinlich eher aus Sveins Hintern komme.

Das Lachen, das diese Worte auslösten, war Sigurd sehr willkommen, denn es schien für einen kurzen Augenblick die drückende Atmosphäre zu verscheuchen, die auf dem Land lastete. Doch schon bald senkte sich das alte Schweigen wieder über sie.

»Hier«, sagte Alvi schließlich, als sie eine Weile so gegangen waren. »Hier ist es.« Seine Worte kamen rau und ehrfürchtig aus seinem Mund. Er trat so eng an Sigurd heran, dass dieser seinen von Bier und Käse säuerlichen Atem riechen konnte. »Ich habe ihn gefunden, als ich hierherkam, um Torf zu stechen.«

»Den da?« Svein sprach so laut, dass er sich finstere Blicke von Asgot und Alvi einhandelte. Der Junge war an einer knorrigen Erle stehen geblieben und deutete auf eine Stelle im Wasser, ein paar Ellen entfernt. Seine Augen waren so rund wie das Maul eines Fisches am Haken. Es dauerte eine Weile, bis Sigurd erkannte, was er sah.

»Bei Friggs Arsch!« Aslak zuckte zurück, als hätte ihn eine Schlange gebissen.

Unter der Wasseroberfläche lag ein Mann, bleich wie die rindenlose Erle. Seine weißen Lippen waren so fest zusammengepresst wie abgedichtete Schiffsplanken. Die

Augen hatte er geschlossen. Sigurd vermutete, Alvi hatte geflüstert aus Angst davor, dass diese Augen sich plötzlich öffneten, weil der Mann nur schliefe.

»Wenn ihr genauer hinseht, erkennt ihr das Seil um seinen Hals«, erklärte er.

Sigurd sah jetzt auch das Seil und vermutete, dass man den Mann in den Sumpf gezerrt und ihn dann an diesem Seil an der Erle aufgehängt hatte. Wer weiß, vielleicht gab es auch eine versteckte Wunde unter seinem bärtigen Kinn.

»Ist das ein Verwandter von dir?«, fragte Hendil grinsend an Svein gewandt. Denn der Bart und das Haar des Mannes, die um sein leichenblasses Gesicht im Wasser schwebten, waren ebenso rot wie das von dem Jungen.

»Du kannst ihn fragen, wenn ich dich zu ihm ins Wasser geworfen habe«, gab Svein barsch zurück, aber er sprach leise.

»Haltet den Mund, ihr Narren!« Asgots Stimme klang wie das Kratzen einer Klinge, die man aus einer Scheide zieht. »Dieses Opfer wurde wahrscheinlich schon gebracht, als die Großväter eurer Großväter noch an den Titten ihrer Mütter hingen.« Er deutete mit einem Finger auf sie, an dem er Ringe aus Menschenhaar trug. »Ich könnte mir also gut vorstellen, dass die hiesigen Geister zwei frische Leichen begrüßen würden.«

»Es gibt in der Nähe auch Waffen.« Alvi hatte seinen Blick nicht von dem Mann unter der Oberfläche genommen. »Aber meine Mutter sagte, ich darf sie nicht berühren. Auch wenn die Klingen aus gehämmertem Silber und die Griffe aus solidem Gold sind.«

»Deine Mutter ist eine kluge Frau.« Olaf schlug mit der

Hand nach einem Insekt an seinem Hals. »Hier gibt es nichts mehr zu holen, gehen wir weiter.« Er zog seinen Fuß mit einem schmatzenden Geräusch aus dem saugenden Schlamm. Eine Luftblase platzte und ein ekelhafter Geruch stieg auf. »Bevor dieser Ort noch glaubt, dass wir uns selber zum Opfer bringen.«

Sigurd warf Asgot einen Blick zu. Der seufzte nur, drehte sich um und folgte Alvi. Sigurd betrachtete noch ein letztes Mal die Moorleiche und die geflochtene Lederschlinge um seinen Hals, dann folgte er den anderen, der verschleierten Sonne entgegen.

An einigen Stellen gab es Stege mit Planken auf Pfählen, die durch das von Pflanzen und Wurzelwerk durchzogene Wasser führten. Aber die uralten Planken waren längst verrottet, und die Männer aus Skudeneshavn mussten aufpassen, wohin sie ihre Füße setzten. Nicht so Alvi, der diese Wege und Stege bestens zu kennen schien. Der Sohn des Bauern musste ziemlich viel Mut haben, ging es Sigurd durch den Kopf, wenn er sich allein an einen solchen Ort wagte. Vielleicht hatte er tatsächlich vor drei Wintern einen Draugr mit seiner Faustaxt vertrieben.

An dem Fleck der Sonne hinter dem Nebelschleier konnten sie erkennen, dass es bereits Nachmittag war, als Alvi schließlich stehen blieb.

»Gut, bis hierher und nicht weiter.« Alvi zuckte mit den Schultern und drehte sich zu den anderen herum. Er war noch nie weiter gegangen, weil man dieselbe Zeit für den Rückweg brauchte.

»Na, prächtig, jeder vernünftige Mensch kehrt hier um, und wir sollen noch weitergehen?«, schimpfte Loker.

Olaf wischte sich den Schweiß von der Stirn und musterte Asgot finster. »Ist dieser Platz nicht gut genug für deine Zaubersprüche, alter Mann?«

Asgot blickte sich um und schloss für eine Weile die Augen. Dann wandte er sich an Sigurd. »Das hier ist ein ausgezeichneter Ort, um eine bescheidene Opfergabe darzubringen.«

Sigurd nickte, griff in die Börse an seinem Gürtel und nahm die Hälfte eines silbernen Armreifs heraus. Der Rest davon war schon von jemand anderem vor langer Zeit ausgegeben worden.

Asgot runzelte die Stirn. »Vielleicht nicht ganz so bescheiden«, sagte der Godi. Sigurd warf einen Blick auf Olaf, der die Augen verdrehte. Er dachte zweifellos an den Proviant und die Waffen, die man mit diesem Silber kaufen könnte. Aber Sigurd war nicht hierhergekommen, um den Göttern und den Geistern zu zeigen, wie geizig und engherzig er war. Er nahm ein weiteres Stück Silber, so lang wie seine Hand und leicht gebogen, aber dünner als ein Finger. Wahrscheinlich hatte es einmal zu einem kostbaren Steigbügel gehört, und er fragte sich, während er es Asgot gab, welcher Mann wohl reich genug gewesen war, um so etwas zu besitzen.

»Schon besser«, meinte der Godi, der beide Stücke in seinen Händen wog. Das waren die Waagschalen, mit denen er seine Geschäfte mit den Göttern machte. »Normalerweise würden wir diesen Sumpf umwerben wie die Lieblingstochter eines Häuptlings«, erklärte er.

»Also mit Met!«, warf Svein ein.

»Und einer guten Heldengeschichte«, fügte Aslak an.

Asgot ignorierte sie. »Wir würden mehrere Opfer bringen und keine Gegenleistung dafür erwarten. Mit der Zeit würden wir dann die Gunst des Geistes erlangen. Wir würden es nicht überstürzen.« Er hielt das Silber an die Nase, als wollte er es beschnuppern, dann warf er beide Stücke in ein Schlammloch. Sie verschwanden spurlos in dem schwarzen Morast. Und sanken in die jenseitige Welt hinab.

Alle starrten auf das Schlammloch. Besonders Alvi, der noch nie so viel Silber gesehen hatte, und schon gar nicht, dass man so viel Silber in ein Schlammloch warf, machte große Augen.

»Und was jetzt?« Solveijg schlug sich mit der flachen Hand ins Gesicht und wischte dann das zerquetschte Insekt an seiner Hose ab.

»Ich kenne Asgot gut genug, um meinen Bart darauf zu verwetten, dass wir nicht diesen weiten Weg gemacht haben, nur um irgendeinen Moorgeist gnädig zu stimmen«, sagte Olaf und sah Asgot an. »So viel Silber«, fuhr er fort, »das kann nur bedeuten, dass wir die Nacht hier draußen verbringen.«

»Wir bleiben heute Nacht hier draußen?« Loker rief es lauter als beabsichtigt.

»Ja, und für so viel Silber sollte dieser Moorgeist eigentlich Met, Fleisch und Frauen auftischen.« Olaf pflanzte das stumpfe Ende seines Speeres in den Sumpf. »Also schön, nachdem du uns erfolgreich in diese morastige Falle gelockt hast, willst du uns nicht endlich verraten, was du und Sigurd ausgeheckt habt? Habt Mitleid mit dem armen Solveijg, der noch nie so weit vom Meer entfernt war.« Er legte eine Hand hinter das Ohr. »Ich höre schon Rán schluchzen, weil sie den alten Seebären vermisst.«

»Wenn ich finde, wonach ich suche, Olaf, weißt du, warum wir hier sind«, erwiderte Asgot.

»Wir hätten dich auf Gorms Felsen lassen sollen«, knurrte Olaf.

Asgot grinste säuerlich. »Glaubst du wirklich, mein Schicksalsteppich hätte vorgesehen, dass ich ersaufe, ausgesetzt von irgendeinem Ormstunga-König?«

Schlangenzunge? Ein guter Beiname für König Gorm, dachte Sigurd.

»Das wärst du allerdings, wenn wir nicht gewesen wären«, gab Olaf zurück.

»Wie du siehst, Olaf, haben die Götter selbst für dich Verwendung«, konterte Asgot. Olaf murmelte irgendetwas Unverständliches in seinen Bart, als der Godi ihnen den Rücken zukehrte und weiterging. Die Männer zögerten. Es war Sigurd, der sich als Erster in Bewegung setzte. Olaf zuckte die Schulter, sah in die Runde und machte den anderen Zeichen, ebenfalls loszumarschieren.

Und so wateten sie wieder durch den Sumpf, der an ihren Füßen saugte, und ließen sich von unsichtbaren Kreaturen beißen, bis sie fast den Verstand verloren.

Endlich, nach der Zeit, die acht Männer gebraucht hätten, die *Kleiner Elch* zu entladen, fand Asgot, wonach er suchte. Zuerst war es nur ein dunkler Umriss im Nebel, aber Sigurd hatte gespürt, wie die dunkle Vorahnung in ihm immer stärker wurde, als sie näher kamen. Er hatte gewusst, dass dies der richtige Ort war, noch bevor sie den Umriss ganz zu erkennen vermochten.

»Das ist zwar nicht Yggdrasil«, sagte Asgot, »aber sie muss tiefe Wurzeln haben, wenn sie an diesem stinkenden Ort Nahrung finden kann.« Sie waren vor einer Erle stehen geblieben, diesmal vor einer, die noch lebte. Sie war zwar verkrüppelt, stand aber auf einem Flecken Torf und erhob sich stolz über dem Gras und den Binsen, dem Sumpfgras und dem stinkenden Wasser. Als Sigurd den Baum betrachtete, lief ihm ein ahnungsvoller Schauer über den Rücken.

»Wir haben diesen beschissenen Weg durch ein Meer aus Scheiße für einen Baum auf uns genommen?«, rief Svein aus.

»Yggs Gaul«, murmelte Asgot. »Óðins Hengst.«

»Sieht mir gar nicht danach aus«, widersprach Olaf. »Sieht mir eher nach einem verkrüppelten alten Baum in einem stinkenden Sumpf aus.« Er warf einen Blick zurück. »Allerdings in einem Sumpf, der reicher ist als ich.«

Asgot sah Sigurd an, der tief Luft holte, seinen Speer mit einem Schmatzen in die Erde bohrte und sich zu den anderen herumdrehte.

»Du solltest dich besser beeilen, Junge«, rief Solvejg, »denn es ist keine gute Idee, hier allzu lange auf einer Stelle zu stehen. Jedenfalls nicht, wenn man so kurze Beine hat wie ich«. Zustimmendes Gemurmel erhob sich, denn die Männer sackten zunehmend in den Morast ein. Ständig mussten sie ihre Füße befreien, immer in der Angst, der Sumpf würde sie vollends verschlingen – wegen der silbernen Ringe an ihren Fingern und in ihren Bärten und den Reifen an den Armen, der Saxe und Klingen an ihren Gürteln oder den eisernen und silbernen Amuletten.

Sigurd holte tief Luft, bevor er zu sprechen begann .«Ihr habt alle miterlebt, wie die Götter meiner Familie den Rücken gekehrt haben«, sagte er. Einige Männer mochten ihm bei diesen Worten nicht in die Augen sehen. »Das ist kein großes Geheimnis. Mein Vater, den die Asen einst geliebt haben, wurde von einem Eidbrecher verraten. Meine Brüder wurden abgeschlachtet. Meine Mutter, die immer Freyja, die Gebende, verehrte und von der Göttin mit Wohlwollen betrachtet wurde, hat man an ihrem eigenen Herd ermordet.« Jedes Wort lastete schwer in seiner Brust und musste doch ausgesprochen werden. »Meine Schwester Runa wurde aus ihrem Heim verschleppt und ist jetzt Gefangene dieses elenden Wurms Jarl Randver.«

Die Männer starrten auf den Schlamm zu ihren Füßen, und zuerst dachte Sigurd, es läge daran, dass sie sich für ihn schämten, weil die Götter seine Familie aufgegeben hatten. Aber dann wurde ihm klar, dass dies nicht der Grund war. Gewiss, sie empfanden Scham, aber sie schämten sich dafür, dass sie das alles hatten geschehen lassen. Dass sie ihren Jarl und ihre Familien nicht hatten beschützen können.

»Sieh mich an, Svein«, sagte er. Sein Freund hob den Kopf und richtete den Blick seiner blauen Augen auf Sigurd. Der nickte. »Wie ein Fisch, der klein genug ist, um durch die Maschen eines Netzes zu schlüpfen, bin ich diesem Verrat entkommen, der meinen Vater und meine Brüder das Leben gekostet hat. Vielleicht war es einfach nur Glück. Oder aber der Allvater hat mich aus einem Grund verschont, den nur er allein kennt.«

»Wen kümmert das, Junge?«, platzte Olaf heraus. »Du bist am Leben, und in deinem Alter ist das besser, als tot zu sein.«

»Nein, Onkel«, erklärte Sigurd. »So einfach ist das

nicht. Ihr alle kanntet meinen Vater. Wäre er noch am Leben, was würde er tun?« Sigurd beobachtete, wie die Männer sich erst gegenseitig und dann Olaf anblickten, als erwarteten sie, dass er antwortete.

Es war jedoch Solveijg, der sprach. »Selbst wenn Harald ein verdammter Schweinebauer gewesen wäre und kein Jarl, hätte er sich an denen gerächt, die ihn verraten hatten. Das würde jeder Mann tun, der seiner Vorfahren würdig ist.«

Sigurd sah Olaf an. »Und dann erwartest du von mir, dass ich etwas anderes mache? Soll ich mich für den Rest meines Lebens unter einem Felsen verkriechen, nur froh darüber, überlebt zu haben?«

Svein drehte den Kopf zur Seite und spuckte in den Sumpf. Das war seine Antwort auf diese Frage.

»Wir wären nicht hier bei dir, wenn wir dich für einen Feigling hielten, Sigurd«, sagte Olaf. »Wir hätten uns auch einem anderen Jarl anschließen können. Vielleicht hätten sogar Randver oder Biflindi für uns Verwendung gehabt, wenn wir ihren Stahl geküsst und die richtigen Schwüre gemurmelt hätten.«

»Und doch steht ihr jetzt bis zu euren Knöcheln im Sumpf und wartet darauf, dass ich die Ehre meiner Familie wiederherstelle, statt den Met eines anderen Herrn zu saufen«, sagte Sigurd. Niemand widersprach. »Aber ich weiß nicht, wie ich es anstellen soll. Ich bin kein Jarl. Ich habe weder Gefolgsleute, denen ich befehlen kann, noch genug Silber, um mir gute Kämpfer zu kaufen.«

»Und wenn der da das Silber weiterhin in den Sumpf wirft, hast du bald gar keins mehr«, sagte Olaf und deutete auf Asgot.

»Wiederhol deine Worte heute Nacht«, höhnte der Godi, »wenn du den stinkenden Atem der Geister im Nacken spürst, wenn da draußen die Totenkerzen flackern.«

Das genügte, um Olaf für eine Weile zum Schweigen zu bringen. Loker sah sich unbehaglich um.

Sigurd wandte sich wieder der Erle zu. »Deshalb sind wir hier. Ich bin hergekommen, um Antworten zu finden. Ich bin gekommen, um den Göttern zu zeigen, dass ich Haralds Sohn bin, auch wenn sie meinem Vater den Rücken gekehrt haben. Ich werde nicht davonlaufen und mich an irgendeinen Herd setzen. Soll der Herr der Speere mich ruhig mit Verrat quälen, wie er es bei meinem Vater getan hat. Soll er mich in die Wolfsgrube werfen, wenn er das will. Aber er wird mich beachten. Und wenn er seinem Namen Ehre macht, der, wie jedermann weiß, ›der Wahnsinnige‹ bedeutet, dann wird er mir verraten, was ich zu tun habe – während ich an diesem Baum hänge.« Einen Moment versagte ihm die Stimme. Dann fuhr er fort. »Danach werde ich wissen, was zu tun ist. Der Allvater wird es mir sagen.«

Hendil sah Loker an, der seinerseits Olaf anstarrte, dem fast die Augen aus den Höhlen traten, während er seine Nasenflügel blähte und die Zähne fletschte.

»Glaubst du, ich sehe zu, wie du dich an diesen Baum hängst?«, stieß Olaf hervor.

»Niemand zwingt dich zuzusehen, Onkel«, erwiderte Sigurd.

»Ganze neun Nächte hing Óðin an dem windgepeitschten Baum Yggdrasil«, sagte Asgot. »Ihr alle kennt die Geschichte. Er hing dort ohne Speisung, ohne Wasser, mit einer Speerwunde in der Seite. Er opferte sich für sich selbst auf, bis er schließlich, schreiend vor Schmerz, in der Lage war, hinabzutauchen und die Runen aufzunehmen. Die Geheimnisse des Todes wurden ihm aus den Tiefen der Wurzeln des Weltenbaumes und der Höhle des Nídhøggr anvertraut.«

»Du wirst sterben, du verdammter Narr!«, schnauzte Olaf Sigurd an.

Sigurd nickte. »Vielleicht.« Seine Stimme war nur ein Flüstern.

»Auf jeden Fall erregst du damit die Aufmerksamkeit des alten Einauges, darauf verwette ich meinen Armreif«, erklärte Solveijg.

»Ja. Wir werden ihn alle über die Sturheit dieses Jungen lachen hören!«, schimpfte Olaf weiter und fuchtelte wild mit seinem Speer. »Alvi, bring uns zurück, Junge, bevor wir völlig in dieser Jauchegrube versinken!«

»Ich bleibe, Onkel«, erklärte Sigurd.

»Wenn Sigurd bleibt, bleibe ich auch«, sagte Svein und sah mit treuer Miene in die Runde.

»Ich schaffe es heute ohnehin nicht mehr zurück«, sagte Solveijg. Er deutete auf den Torfhügel, auf dem die Erle stand. »Und soweit ich sehe, ist das der einzige trockene Flecken weit und breit. Was sagst du, Olaf? Wir könnten es uns genauso gut hier ein bisschen gemütlich machen, hej? Während der Junge tut, was er tun muss.«

Olaf schüttelte verwirrt den Kopf und funkelte dann Sigurd wütend an. »Sag mir wenigstens, dass du dich nicht auch noch aufschlitzen lässt.«

Sigurd sah Asgot an.

»Es ist nur ein kleiner Schnitt«, sagte der Godi und nahm das Seil von den Schultern. Er rieb sich die Stelle, an der das grobe Tau den ganzen Tag auf der Haut gescheuert hatte.

Olaf knurrte einen Fluch. »Dieser stinkende Sumpf hat euch alle vollkommen verrückt gemacht.« Er tippte sich verächtlich mit einem Finger an die Schläfe.

Vielleicht hat er recht, dachte Sigurd. Denn sie alle standen hier und starrten ihn an, alle bis auf Olaf, fast als erwarteten sie, dass er sein Messer zog und sich ein Auge herausschnitt, um es als Entgelt für einen Schluck aus Mímirs Brunnen der Weisheit anzubieten.

Also habe ich doch meine Kriegerschar, dachte Sigurd und spürte, wie seine Mundwinkel sich zu einem Lächeln verzogen. Selbst wenn sie nur hier sind, weil sie nirgendwo anders hingehen können. Aber er benötigte für sein Vorhaben mehr als ein paar Getreue, so viel war ihm ebenfalls klar.

Also würde er sich von Asgot mit dem Seil an diesen Baum binden lassen. Wenn er nach neun Tagen noch am Leben war, würde er wissen, was er zu tun hatte.

Und die Götter würden seinen Namen kennen.

9

Bei allen Göttern, Loker und Hendil hatten wirklich ganze Arbeit geleistet! Das Seil lag so eng um seine Hüften und seine Brust und drückte ihn so fest an den Stamm der Erle, dass er dort auch gehangen hätte, wenn er keinen Ast unter den Füßen gehabt hätte, auf den er gerade noch seine Zehen stellen konnte. Trotzdem war er froh, dass dieser Ast da war, denn dadurch konnte er sein Gewicht zwischen dem Seil und seinen Beinen aufteilen. Seine ausgestreckten Arme waren an kleinere Äste gebunden. Mit geflochtenen Binsen, weil sie nicht genug Seil gehabt hatten.

Und auch die Schnittwunde fehlte nicht. Asgot hatte sein verdammt scharfes Messer genommen und die zarte Haut unter der zwölften Rippe auf Sigurds rechter Seite geritzt. Es war kein tiefer Schnitt, und die Wunde war nicht länger als Sigurds Daumen, aber der Schmerz fühlte sich an, als wäre sie doppelt so lang und tief. Olaf hatte geflucht und dem Godi Vorhaltungen gemacht, weil die Wunde sich leicht entzünden und einen Mann ebenso sicher umbringen konnte wie ein Axthieb im Schädel. Nur langsamer.

»Ich will nicht mal darüber nachdenken, was dein Vater und deine Brüder sagen würden, wenn sie dich sehen könnten, Junge«, hatte Olaf geknurrt, als Hendil, der ein guter Kletterer war, in den Baum gestiegen war, um die Knoten zu überprüfen.

»Der Vater des Jungen und seine Brüder sind tot, weil Jarl Harald die Gunst des Speergottes verspielt hat«, hatte Asgot erwidert. Das waren harte Worte, aber niemand hatte gewagt zu widersprechen.

»Ich werde diese Gunst zurückgewinnen«, hatte Sigurd erklärt, nicht ohne schmerzhaft aufzustöhnen, als Hendil prüfend an einem der Binsentaue zog.

»Das wird dir auch viel nützen, wenn du halb tot in diesem stinkenden Schlammloch an einem Baum hängst!« Olaf schüttelte den Kopf. »Bei Thórs Eiern, Sigurd, du nimmst König Gorm nur die Arbeit ab. Er wird sein Methorn bis in den Himmel heben, vor Freude über so viel Glück.«

»Ich werde nicht sterben, Onkel«, hatte Sigurd erwidert.

Und bis jetzt traf das auch zu.

Aber diese erste Nacht war verdammt hart gewesen. Im Anfang hatten seine Arme noch gekribbelt, jetzt waren sie nur noch taub, und er konnte nichts weiter tun, als die Fäuste zu ballen, um etwas Leben in sie hineinzupumpen. Das Seil über seiner Brust erschwerte ihm das Atmen, und das beklemmende Gefühl der Reglosigkeit ließ ihn fast verzweifeln. Das Schlimmste jedoch in dieser ersten Nacht waren die Insekten, die sich überall dort, wo seine Haut entblößt war, an ihm gütlich taten, vor allem an seinen Handgelenken und am Hals. In den Bäumen ringsumher schien es von diesen winzigen Kreaturen nur so zu wimmeln. Sie mussten glauben, irgendein Gott hätte ihnen ein Festmahl gereicht, sie ließen es sich jedenfalls schmecken.

Die anderen schliefen auf dem Torfhügel um den Stamm des Baumes herum, aber ein erholsamer Schlaf war das nicht. Bei jedem Geräusch draußen im Moor berührten sie ihre Speere, ihre Schwertgriffe oder die Amulette mit Thórs Hammer und murmelten Beschwörungen zu den Göttern, sie vor Moorgeistern und blutrünstigen Untoten zu beschützen, die aus ihren Gräbern kämen. Doch keiner schlief unruhiger als Alvi. Wenn der Junge nicht in die Finsternis starrte, war sein staunender Blick auf Sigurd gerichtet. Das ging so lange, dass Sigurd schließlich dachte, der Junge hätte vielleicht nie die Geschichte gehört, wie Óðin an jener großen Esche gehangen hatte, wo die Asen täglich Hof hielten. Vielleicht dachte der Junge einfach nur, dass die Männer, die er in das Moor geführt hatte, verrückt waren. Oder aber Alvi kannte die Geschichte gut und wartete darauf, dass der Allvater selbst auftauchte, mit dem Speer in der Hand und dem glühenden Auge unter dem breitkrempigen Hut.

Trotz seiner misslichen Lage lächelte Sigurd grimmig bei diesem Gedanken. Was würde Óðin wohl sagen?, dachte er.

Am Morgen führte Alvi die anderen zu dem Bauernhof zurück, alle bis auf Asgot, der bis zum Ende bleiben wollte. Svein hatte ebenfalls zurückbleiben wollen, aber Sigurd hatte ihm gesagt, er könne hier nichts tun und er solle sich lieber bei Roldar und Sigyn auf dem Hof nützlich machen.

Olaf brauchte keine Ermunterung, um zu verschwinden, obwohl er etwas davon murmelte, dass er seine Zeit besser damit zubrachte, Alvis Familie im Auge zu behalten. Er wollte dafür sorgen, dass keiner von ihnen irgendwo hinging und Geschichten erzählte, von sonderbaren Leuten, die nach Tau gekommen waren, um einen der Ihren an einen Baum zu hängen. Sigurd hatte den Hünen selten so übel gelaunt erlebt.

»Ich bringe dir morgen Bier, Sigurd«, versprach Aslak. Er rieb sich das Ohr und konnte Sigurd nicht in die Augen sehen, weil er ein schlechtes Gewissen hatte, seinen Freund hier alleinzulassen.

»Kein Bier«, erklärte Asgot. »Er darf nichts zu sich nehmen außer dem, was ich ihm zubereite.«

»Dann ist er in der Tat so gut wie tot«, brummte Olaf, der bereits davonmarschierte.

Sigurd sah ihnen nach. Als sie verschwunden waren, fühlte er sich noch elender als zuvor.

»Fürchtest du mich, Sigurd?«, wollte Asgot wissen. Der Godi hatte noch vor Sonnenaufgang Kräuter im Sumpf gesammelt, und jetzt hockte er auf dem Erdhügel unter Sigurd, roch an ihnen, zerquetschte Blätter, rollte sie zwischen den Fingern oder schnitt sie mit seinem Tischmesser in kleine Stücke.

»Warum sollte ich dich fürchten?« Sigurds Zunge fühlte sich in seinem Mund an wie ein Stück ausgetrocknetes, rissiges Leder. Aber in Wahrheit fürchtete er Asgot tatsächlich. Der Godi war wie die Sumpflöcher da draußen im Moor, er gehörte weder dieser noch der anderen Welt ganz an. Asgot ging zwischen den Welten hin und her, und obwohl er Sigurds Vater gegenüber immer loyal gewesen war, konnte man nur schwerlich einem Mann vertrauen, von dem es hieß, er würde seiner eigenen Mutter die Kehle durchschneiden – falls er überhaupt eine gehabt hatte –, wenn irgendein launischer Gott die Runen so legte, dass sie es ihm befahlen.

»Dein Vater hat gefürchtete Herdkarls um sich herum geschart. Männer wie Slagfid und Olaf und auch deinen Bruder Thorvard, der das Zeug zu einem großartigen Preiskämpfer hatte. Aber sie alle haben ihn am Ende nicht retten können.«

Sigurd gefielen diese Worte nicht, oder vielleicht war es auch das Gefühl von spitzen Nadeln, die in seine Haut zu stechen schienen, weil er seine Gliedmaßen nicht rühren konnte. »Aber du hast ihn auch nicht gerettet«, gab er zurück und richtete seinen Blick auf den Godi. Manchmal war es so, als würde man einen ganz normalen Mann ansehen, dann wiederum hatte man das Gefühl, als starrte man in eine Flamme. Diesmal war es Letzteres.

»Du hast recht, ich habe ihn nicht gerettet«, gab Asgot zu. »Obwohl ich ihn davor gewarnt habe, mit seinen Schiffen auszulaufen und gegen Jarl Randver zu kämpfen. Ich hatte geträumt, dass der Karmsund ein Meer aus Blut wäre, und das habe ich Harald auch gesagt. Er wollte nicht auf mich hören.«

»Er war ein eidgebundener Gefolgsmann von König Gorm und wäre niemals nur wegen eines Traums zu Hause geblieben«, gab Sigurd zurück. »Außerdem redest du immer von Blut.«

»Trotzdem, Sigurd, wer nicht versucht, das Knäuel seiner Träume zu entwirren, der ist ein Narr.« Er roch an einem Blatt, das er zu einem kleinen Ball zusammengerollt hatte, und streckte seine andere Hand aus, als wollte er etwas aus der Luft greifen. »Träume sind nichts. Und doch sind sie alles.« Dann richtete er seinen Blick wieder auf Sigurd. »Ich habe vielleicht deinen Vater nicht retten können, aber ich werde dafür sorgen, dass er seine Rache bekommt. Du wirst das Feuer sein, das unsere Feinde verschlingt.« Er grinste, und sein dürres, wolfsartiges Gesicht wirkte wahrhaft grimmig. »Falls du da oben an dem Baum nicht verreckst«, setzte er hinzu.

Sigurd ersparte sich eine Antwort. Sein Mund war so trocken, dass er keine Spucke dafür verschwenden wollte. Er redete nicht mehr mit Asgot, bis die Dämmerung heraufzog und die Stechfliegen in gewaltigen Wolken heranschwärmten. Und auch dann richtete er nur das Wort an den Godi, um ihm mitzuteilen, dass er mit dem Scheißeimer zu ihm heraufklettern solle.

Am nächsten Tag kehrten Alvi, Svein und Aslak zurück. Sigurd sah sie nicht kommen, aber mittlerweile verlor er auch immer wieder das Bewusstsein, und wenn er die Augen offen hatte, war alles verschwommen, als befände er sich unter Wasser. Er brauchte eine Weile, bis er begriff, wer da war und wer nicht.

Er hörte, wie einer von ihnen zu Asgot sagte, er glaubte, Sigurd wäre gestorben. Denn sein Gesicht hätte die Farbe eines Toten. Asgot antwortete, dass er sich im Moment darüber nicht den Kopf zu zerbrechen brauchte. Es wurde noch mehr gesprochen, aber für Sigurd war es wie das Murmeln des Meeres, und es gelang ihm nicht, einzelne Worte herauszufischen. Vielleicht schliefen Svein und Aslak zusammen mit Asgot in dieser Nacht auf dem Torfhügel, vielleicht auch nicht. Irgendwann glaubte Sigurd, Flammen zwischen dem hohen Gras und den Binsen zu sehen, und sein Unterleib verkrampfte sich, weil er glaubte, es wären König Gorms Männer oder vielleicht sogar die von Jarl Randver. Vielleicht hatten sie ihn irgendwie doch aufgespürt, und jetzt würde er sterben, ohne auch nur einen Finger rühren zu können, weil er ein Narr war, weil er schwach, hungrig und hilflos an einen Baum gefesselt war wie ein Huhn, das man an den Füßen zusammengebunden hatte. Aber seine Haut wurde nicht von Klingen durchbohrt, und die Flammen kamen auch nicht näher. Sigurd begriff in seinem Dämmerzustand, dass es Leichenkerzen sein mussten, die von unsichtbaren Toten gehalten wurden.

Er wollte Asgot nach diesen Flammen fragen, aber die Worte drangen nur undeutlich aus seinem Mund, wie Schnee, der von einem Dach rutscht. Außerdem wusste er nicht einmal, ob die undeutliche Gestalt unter ihm der Godi war, also schloss er einfach wieder die Augen. Er fürchtete die Moorgeister nicht, denn die hielten ihn sicherlich für tot, falls sie ihn überhaupt bemerkten. Allmählich bekam Sigurd das Gefühl, als würde er zu einem Teil des Baumes, als würden die Zweige der Erle ihn in einer Umarmung umschlingen.

Außerdem, was konnte der Tod ihm schon Schlimmeres antun als das, was er sich selbst zufügte? Er spürte, wie der Gedanke ihn erheiterte. Im nächsten Moment durchzuckte ihn Schmerz, und er war sich einen Herzschlag lang gewiss, dass einer der verhassten Draugar ihn mit einer Kerze verbrannt hatte. Bis ihm die Schnittwunde in seiner Flanke wieder einfiel, er das Brennen fühlte und wusste, dass der Schmerz von Eisen herrührte, nicht von Feuer. Dieser Gedanke löste Panik in ihm aus. Wie hatte er so dumm sein können? Hatte er nicht schon tausend Mal gesehen, wie Asgot mit seinem Messer zu Werke ging? Hatte er nicht von Kindesbeinen an beobachtet, wie diese blutgierige Klinge Leben für die Götter raubte?

Asgot hat mich übertölpelt!, schrie sein Geist. Ich bin sein Opfer! Ich bin der Preis, den sie zahlen, um den Fluch der Götter von sich abzuwenden! Er kämpfte und schrie, und doch rührte er sich nicht, und es drang auch kein Laut aus seinem Rachen. Als würde das Moor jedes Geräusch verschlucken, und als er diese entsetzliche Wahrheit begriff, schien sich ein Becken der Verzweiflung tief in Sigurds Seele zu öffnen.

Dann spürte er, wie er ertrank, war sich gewiss, dass er in das Moor gefallen war und das faulige Wasser in seine Kehle sickerte, ihn tötete, und er nichts dagegen tun konnte.

»Trink, Sigurd.« Die Stimme klang dicht an seinem Ohr. »Trink, Junge. Das hilft.«

Sigurd trank.

Der Schlag der Trommel erklang zuerst langsam, bedächtig wie der Wechsel der Gezeiten. Sigurd bemerkte, wie sein eigenes Herz sich dem Schlag anpasste, der schneller wurde und plötzlich klang wie die auf die weiche Erde trommelnden Hufe eines flüchtenden Rentiers. Sigurd ritt auf dem Tier, wurde von ihm über die Welten hinweggetragen. Der Rhythmus war der von Hufen, und das Trommeln war das Schlagen von Flügeln. Es war Sonnenaufgang und –untergang, Regen und Wind, Schlafen und Wachen. Leben und Tod. Es war das alte Rein und Raus des Geschlechtsaktes von Mann und Frau.

Es waren die Nornen, Urd, Verdandi und Skuld, die die Schicksalsfäden des Lebens der Menschen spannen, und Sigurd sah die Kette der Fäden als das, was ist, was war und was sein wird, und den Schlussfaden als das, was zu tun er sich entschied. Dann jedoch sah er, dass der große Webstuhl mit Eingeweiden bespannt und mit Schädeln beschwert war. Die drei Schicksalsfrauen webten mit dem Blut und den Eingeweiden von Menschen, und blankes Entsetzen erfüllte Sigurd.

Dann sah er die gelben Augen, die wie geschliffener Bernstein in einem großen Kopf schimmerten. Er hörte das tiefe Knurren aus dem Maul der Kreatur und sah, wie sich die Haare in ihrem muskulösen Nacken sträubten.

Dieser Narr hat mit seinem Trommeln die Wölfe angelockt, dachte Sigurd. Oder aber sie haben das Blut in der Wunde an meiner Seite gewittert.

Er wartete, dass die Bestie ihre Zähne in seine Seite schlug. Aber schlug nicht Asgot immer noch seine Trommel? Der Godi würde doch ganz sicher nicht einfach danebenstehen und zusehen, wie ein Wolf ihn fraß!

Die Dunkelheit verschluckte ihn erneut wie eine eisige Meereswoge.

Dann fand er sich in einem Eichenwald wieder, in einem Dickicht hockend, und in der Nähe schnupperte schnaubend eine Kreatur und kam immer näher. Er hielt den Atem an, als der Keiler aus dem Unterholz brach. Eine Masse Fleisch mit steifen Borsten und Muskeln, dessen einst gewaltige obere Reißzähne, mit denen er einem Mann den Leib aufschlitzen konnte, sich an den riesigen unteren Hauern zu breiten Stümpfen abgeschliffen hatten.

Er stürmte durch das Dickicht, und seine Haut war zu dick, als dass die Stechfliegen sie hätten durchdringen können. Der Keiler suchte nach seiner Beute. Auch die, die sich im Boden versteckte, war nicht sicher und wurde ausgegraben. Die ganze Welt wartete nur darauf, geplündert und gefressen zu werden. Schließlich nahm die Bestie Witterung auf und richtete ihren Blick auf Sigurd. Mit glühenden Augen griff der Keiler an. Äste zerbrachen, als er über die Erde zu fliegen schien, furchtlos und schnell, und Sigurd wusste, dass nichts ihn ablenken konnte. Diese stachelige Wut würde ihn treffen wie ein Schmiedehammer, die Hauer würden ihm die Oberschenkel zertrümmern. Aber der Keiler hastete an ihm vorbei, der Staub, den er aufgewirbelt hatte, brannte in Sigurds Seite unterhalb der Rippen, und die Kreatur verschwand im Gebüsch neben ihm.

Er atmete aus und hob den Kopf. Durch eine Lücke im Blätterdach sah er eine Gestalt, die sich vor dem blauen Himmel abhob. Ihre ausgebreiteten Schwingen waren so groß wie ein Scheunentor, von Spitze zu Spitze länger als ein Speer, und ihre Schwanzfedern waren so weiß wie Schnee. Er fühlte den Schatten des Vogels wie einen Windhauch auf dem Meer kühl über sein Gesicht ziehen und hörte, wie sein klagender Ruf durch den Himmel gellte. Dann war auch der Vogel verschwunden, aber Sigurd hatte ihn erkannt. Es war ein großer Seeadler gewesen, der mit seinen Krallen Fische aus dem Fjord reißen oder sogar eine Ziege oder ein Reh erbeuten konnte.

Dann versank er wieder ins Nichts.

Regen weckte ihn. Kalte, frische Tropfen fielen von den Blättern und Zweigen über ihm auf sein erhobenes Gesicht und in seinen offenen Mund. Weit weg, im Osten, donnerte es. Das Gewitter schien sich zu nähern.

»Was hast du gesehen, Haraldarson?«

Sigurds Hals war starr wie ein Schürhaken, und er versuchte nicht einmal, zu Asgot hinabzublicken. Ebenso wenig konnte er antworten oder auch nur seine Lippen bewegen, aber der Regen, den er mit offenem Mund auffing, schmeckte nach Eisen, als er sich mit dem Blut seiner aufgesprungenen Lippen vermischte. Denn jetzt war er mehr von seinen Träumen gefesselt als von den Tauen. Sie schienen immer noch schwer auf ihm zu lasten, so schwer wie ein Brynja und so real wie der Baum, an den er gebunden war. Aber er wollte sie auch nicht abschütteln.

»Was hast du gesehen, Junge?«

Er wollte nicht, dass sich die Träume oder Visionen, oder was sie auch sein mochten, auflösten, da er jetzt wieder unter den Lebenden weilte. Er wollte, dass sie tief in seine Knochen sickerten, bis ins Mark, wie der Qualm des Herdes, der in die Maserung der Dachbalken von Eik-Hjálmr eingedrungen war. Denn er wusste, dass diese Träume wichtig waren, dass sie von den Göttern stammten.

Dann verschwanden die Zweige, die Blätter und das Moor wieder, trieben davon wie ein Boot im Nebel, und Sigurd versuchte zu schreien. Er versuchte einen Arm zu heben, als könnte er das Bewusstsein selbst mit Händen greifen, aber er hatte so wenig Macht über seine Gliedmaßen, dass sie genauso Teile der Erle sein konnten.

Sein Herz schlug schneller. Das spürte er. Dann fühlte er Finger in seinem Mund und glaubte, er müsse ersticken. Aber er schluckte, soviel er konnte, und rang nach Luft.

Erneut spürte er diesen bitteren Trank, der seine Kehle zu versengen schien und ihn würgen ließ.

Ich werde sterben, dachte er. Ich werde mich niemals mit meinem Vater und meinen Brüdern und meinen Vorfahren in Walhall treffen. Sie sind auf eine gute Art gestorben. Im Eisensturm. Sie wurden von den Walküren auserwählt. Ich dagegen werde hier sterben wie ein Fuchs in einer Falle, und mein Name wird noch weniger gelten als ein Schatten. Für meine Feinde werde ich weniger bedeuten als ein Sperling, der durch die Tür in ihre Halle hineinfliegt und durch das Rauchloch wieder hinaus.

Dann erklang wieder die Trommel. Sie schlug langsam. Es fühlte sich an wie die zärtliche Hand einer Geliebten. Es war das Pulsieren von Sigurds Blut in seinen Ohren. Es war seine Mutter, die ihm übers Haar strich, als er noch ein Junge gewesen war, und er hörte das Wiegenlied, mit dem sie ihn in den Schlaf gesungen hatte.

Mutter.

Dann träumte er vom Herrn der Tiere, dem Bären. Die Alten glaubten, er wäre ihr älterer Bruder, weil er aufrecht stehen und auf zwei Beinen gehen konnte, fast wie ein Mensch. Ja bei den Göttern, dieser Bär war ein wahrhaft stolzes Tier! Er hatte sich auf der Suche nach Honig sehr weit von seiner Höhle entfernt, aber als er schließlich zu diesem Ort kam, sah der Bär, dass der Bienenstock von einem Schwarm wütender Bienen beschützt wurde. Der Lärm schien die ganze Welt zu erfüllen, und das Schlagen Zehntausender kleiner Flügel ließ das Blut in Sigurds Adern vibrieren.

»Willst du den Angriff des Bienenschwarms für diese süße Beute riskieren?«, fragte Sigurd den Bären. »Du weißt, dass sie dich grausam zerstechen werden. Vielleicht werden sie dich sogar töten.«

Der Bär drehte sich zu Sigurd um und lachte wie ein Mensch. Es klang wie Donner.

Wind strich über Sigurds Schläfen, fuhr zwischen seine Zöpfe und durch seinen Bart und kühlte seine Kopfhaut und sein Gesicht. Den Wind machte ein großer Rabe, der mit seinen mächtigen Flügeln flatterte – so dicht vor Sigurds Kopf, dass der nur den violetten, grünen und schwarzen Glanz seines Gefieders und seinen kräftigen Schnabel sehen konnte.

Ich bin nicht tot, Leichenfresser, sagte sein Geist zu dem Vogel. Wenn du gekommen bist, um dich an mir zu laben, wirst du enttäuscht sein.

Doch Óðin Draugadróttin, der Herr der Toten, besaß zwei Raben. Der Rabengott schickte Hugin und Munin bei Tagesanbruch los, und am Abend kehrten sie zurück, hockten sich auf seine Schultern und flüsterten ihm ins Ohr, was sie gesehen hatten. Vielleicht war dieser Vogel ja einer von ihnen. Er war nicht gekommen, um ihm die Augen auszuhacken, sondern um zu sehen, wie dieser Sohn eines Jarls an einem Baum hing.

Sag deinem Herrn, was du hier gesehen hast, Vogel. Der Allvater liebt doch das Chaos. Dann soll er mir folgen.

Sein Bewusstsein kam und ging wie die Gezeiten. Manchmal litt er schreckliche, schier unerträgliche Schmerzen, und sein ganzer Körper zitterte, als hätten sich seine Knochen in Eis verwandelt. Dann wiederum spürte er gar nichts, und dann wiederum fühlte er sich vollkommen frei. Er hob sich in die Lüfte wie ein Vogel, flog so schnell wie ein Pfeil, wendete in einem Aufwind und sah die Wipfel einzelner Eichen, sah dunkelgrüne Kiefernwälder, sah das Reet von Hausdächern, verschleiert von Rauchwolken aus dem Kaminloch, und er sah die glitzernden Fjorde, gesprenkelt von Fischerbooten …

Vielleicht glaubte er ja, dass er wie ein Falke durch die Lüfte segelte, als Olaf auf den Baum kletterte und die Seile löste. Eines ließ er um Sigurds Brust und unter seinen Achseln, damit er ihn langsam zu den anderen hinablassen konnte, die am Fuß des Baumes warteten.

»Wir sind noch nicht fertig!«, hörte Sigurd jemanden sagen. Es klang, als wäre die Stimme sehr weit weg.

»Doch, sind wir!«, schrie jemand anders.

Als Sigurd wieder zu sich kam, lag er auf einem Fell auf dem Stroh in Roldars Scheune.

»Ich werde nie begreifen, wie du das überlebt hast, Junge.«

Sigurd nahm alles verschwommen war, aber er sah, dass Olaf auf dem Hocker neben ihm saß. Der Hüne hielt ihm einen Becher an die Lippen, und Sigurd trank gierig. Bei dem süßen Honiggeschmack des Mets fiel ihm seine Vision von dem Bären wieder ein.

»Sigurd, der Glückliche.« Olaf seufzte.

Sigurd legte den Kopf schief, um einen Blick auf die Wunde in seiner Seite zu werfen. Aber er konnte sie nicht sehen, denn man hatte ihm einen Leinenwickel um den Bauch gemacht.

»Es hat sich keine Fäulnis gebildet«, erklärte Olaf. »Aber wir haben die Wunde nicht genäht. Sie hat aufgehört zu bluten, und Asgot hat sie sauber gehalten. Das war auch das Mindeste, was er tun konnte, verflucht!« Olaf warf Asgot einen finsteren Blick zu, als der Godi mit einem anderen Mann hereinkam. Die beiden waren nur dunkle Umrisse vor dem goldenen Sonnenlicht, das in die Scheune fiel.

»Krähenlied?« Sigurd reckte den Kopf, als Hagal der Skalde neben die Tranlampe trat, die an der Wand neben Sigurds Kopf hing.

Hagal nickte. »Sigurd Haraldarson. Ich bin erleichtert, dich nach deiner Prüfung am Leben zu sehen.«

»Mir geht es so gut wie nie«, log Sigurd. Ihm war schwindlig, und er hatte das Gefühl, er müsste sich übergeben. »Was machst du hier?«

»Ich habe Hendil, Loker und Roldars ältesten Sohn Aleijf gleich am nächsten Tag, nachdem wir dich festgebunden hatten, nach ihm geschickt«, erklärte Olaf. »Ich fand, wenn du schon etwas so Verrücktes vorhast, was nur ein Gott tun würde, sollten wir wenigstens einen Skalden dabei haben, damit er die Tat anständig besingt.« Er deutete mit einem Daumen auf Hagal. »Bedauerlicherweise kenne ich keine anständigen Skalden, also mussten wir uns mit Krähenlied begnügen.«

Hagal ignorierte die spöttische Bemerkung. Er hatte sich seinen Spitznamen Krähenlied verdient, weil er seine Geschichten, wie die Männer sagten, geradeheraus und ohne Ausschmückung oder Schönrederei zum Besten gab. Obwohl Hagal selbst behauptete, der Name spielte auf seine Fähigkeit an, Tand und Schätze in der Welt um sich herum zu finden und sie in glänzende Heldenlieder zu verwandeln.

»Ich hätte es nicht geglaubt, wenn ich es nicht mit eigenen Augen gesehen hätte.« Der Skalde schüttelte den Kopf, als könnte er es noch immer nicht fassen.

»Wir haben ihn in irgendeiner Spelunke in Tysvær gefunden, gut abgefüllt. Zweifellos war er gerade dabei, irgendeinem Neiding das Silber aus der Tasche zu ziehen, um ihm dafür einen Platz in einem Heldenlied zu verschaffen.«

»Wäre es dir lieber, wenn ich verhungere?« Krähenlied sah Olaf vorwurfsvoll an. »Es gibt immer weniger Jarls und Hallen, und ich schlage mich durch, so gut ich kann.«

Sigurd ging nicht darauf ein. Er sah Olaf an.

»Wie lange …?« Seine Stimme war kaum mehr als ein Flüstern.

»Sechs Tage«, antwortete Olaf. »Asgot hätte dich dort auch neun Tage hängen lassen, aber ich habe mir gesagt, wenn ich deinem Vater in der Halle des Speerträgers wieder begegne, dann habe ich keine anständige Erklärung dafür, dass ich dich in irgendeinem stinkenden Sumpf einfach habe verrecken lassen …«

»Sind sechs Tage lange genug?«, fragte Sigurd an Asgot gewandt. Er ließ sich von Olaf den Becher geben und trank noch ein paar Schlucke, in der Hoffnung, die Galle hinunterzuspülen, die wie Feuer in seiner Kehle brannte. Aber sein Arm zitterte, und das Bier schwappte auf das Stroh. Olaf half ihm, den Becher an die Lippen zu führen.

»Das sollten sie wohl besser«, erklärte Olaf.

»Der Erlenmann kam in der dritten Nacht«, antwortete Asgot. Seine gelblichen Augen schienen Funken zu sprühen. »Er war dünn wie eine Rute, in Felle gekleidet, und die Haut über seinen Gesichtsknochen war so bleich wie die Rinde einer Birke.«

»Klingt so, als hättest du in dem Sumpf dein eigenes Spiegelbild gesehen«, warf Olaf ein. Aber Hagal verschlang die Worte geradezu.

Asgot verzog die Lippen. »Seine Augen waren rot, und auf seinem Gesicht war der Valknut tätowiert, das Symbol des alten Einäugigen. Er hatte einen Bogen und einen Köcher auf dem Rücken und in den Händen eine Schüssel mit roter Farbe.« Er deutete mit einem Finger voller Ringe aus Haar auf Sigurds Gesicht. »Er hat dich gezeichnet.«

Sigurd hob die Hand zu seiner Wange und betastete sie. Direkt über dem Bart fühlte er etwas Hartes auf der Haut. Er kratzte daran und sah roten Ocker unter seinen Fingernägeln.

»Der Erlenmann hat dreierlei Fähigkeiten ...«, hob Krähenlied den Faden mit seiner besten Vortragsstimme an, wurde aber von Olafs und Asgots Blicken zum Schweigen gebracht. »Na, schön, dann höre ich eben weiterhin zu«, bot er an.

»Nun, Krähenlied hat recht«, bestätigte Asgot. »Jede dieser Fähigkeiten ist symbolisiert mit einer Farbe. Der Erlenmann kann dir helfen, dich mit den Geistern von Tieren zu verbinden. Das ist seine rote Seite. Sie ist sein Geschenk an Jäger und Fährtenleser. Er kann dir auch helfen, dich mit den Geistern eines Ortes in Verbindung zu setzen. Das ist seine grüne Seite. Sie ist nützlich, wenn du die Toten beschwichtigen willst.«

»Das hätte uns viel Hacksilber gespart«, murmelte Olaf.

»Und er kann dir helfen, unentdeckt zu bleiben. Unsichtbar für deine Feinde«, fuhr Asgot unbeirrt fort. »Das ist seine braune Seite.« Er hob den Finger. »Aber er gibt dir nur eine dieser Gaben, und das auch nur, wenn er dir gewogen ist.«

Die Visionen, die Sigurd empfangen hatte, schienen in seinen Geist zu fluten, und er starrte Asgot finster an.

»Es war ein mächtiger Keiler, Sigurd, hej?« Der Godi starrte Sigurd direkt in die Augen.

»Du hast ihn auch gesehen?« Wie konnte es sein, dass Asgot seine Visionen geteilt hatte? Andererseits, wer wusste schon, wozu dieser Godi alles in der Lage war.

»Als der Erlenmann sein Mal auf dir hinterlassen hat, hat er dir etwas gesagt«, fuhr Asgot fort. »Kannst du dich daran erinnern, was es war?«

Sigurd schüttelte den Kopf. Doch dann kamen ihm die beiden Worte in den Sinn. Das eine war »Blut«, das andere war »Feuer«.

»Blut und Feuer«, sagte er laut und erschrak selbst über seine Stimme.

Asgot fletschte die Zähne und lachte. Es war ein Lachen, bei dem einem das Blut gefrieren konnte, und Hagal berührte den eisernen Knauf seines Schwertes. »Dann blickt der Hangagud auf dich, Sigurd«, erklärte der Godi.

Óðin, der »Hänge-Gott«. Sigurd spürte, wie es ihn kalt überlief.

»Bedeutet das, dass wir diesen von Geistern verseuchten Ort verlassen und endlich ein paar Schädel spalten können?« Olaf stand auf und schob die Daumen in seinen Gürtel.

Svein tauchte in der Tür auf. Seine Zähne blitzten in seinem Bart, als er Sigurd aufrecht sitzend auf der Bettstatt sah. »Ziehen wir weiter?«, fragte der Hüne.

»Ja, sobald unser junger Freund hier wieder auf seinen zwei Beinen stehen kann«, erwiderte Olaf.

»Lass uns heute noch aufbrechen, dann trage ich ihn!«, bot Svein an.

Sigurd schmeckte Blut auf der Zunge, als er die rissigen Lippen zu einem Lächeln verzog. Die Zeit des Versteckens war vorbei.

Und die Götter blickten auf ihn.

10

Die Frau, die sie in den Armen hielt, wog weniger als ein Kind, sogar weniger als das Brynja, das Valgerd trug. Das war der letzte Nagel, der sich in ihr Herz bohrte, denn sie wusste, dass die Frau nicht mehr lange leben würde. Höchstens ein paar Tage, wenn überhaupt.

»Bist du noch bei mir?«, fragte sie und sah ein Zucken ihrer geschlossenen Lider. Es sagte ihr, dass Sygrutha sich noch nicht dem Tod ergeben hatte, obwohl seine Aura sie einhüllte. Sygrutha war eine Völva, und als Seherin besaß sie die Gabe der Weissagung, vermochte Geister zu beschwören, die ihr die Zukunft zeigten. Nur ihren eigenen Tod hatte sie nicht vorhergesehen. Falls doch, dann hatte sie sich entschieden, dieses Wissen nicht mit Valgerd zu teilen, was ihren ohnehin schwelenden Ärger noch weiter anfachte. Aber das schmale Gesicht, in das sie jetzt blickte, vertrieb ihren Zorn. Selbst jetzt. So war es schon immer gewesen.

»Wir sind fast da«, sagte sie. Sie war diesen Weg schon tausendmal gegangen, häufig in der Dunkelheit. Jetzt jedoch setzte sie jeden Schritt mit äußerster Sorgfalt, nicht, weil sie zu fallen fürchtete, sondern aus Angst, dass jeder noch so kleine Ruck die Völva schmerzen musste, die mittlerweile nur noch aus Haut und Knochen zu bestehen schien.

Dabei war Sygrutha einmal wunderschön gewesen. Sie hatte dunkle Haare gehabt, dunkle Augen, sie war flink gewesen und behände, weswegen Valgerd ihr den Beinamen »Ikorni« gegeben hatte. Das bedeutete Eichhörnchen, obwohl sie Sygrutha niemals vor anderen so nannte. Solche Dinge waren vertraulich. Außerdem hatte Sygrutha gegen den Namen protestiert und gesagt, sie hoffte sehr, dass Valgerd sie hübscher fände als ein Eichhörnchen. Doch Valgerd wusste, dass sie eigentlich nichts gegen den Namen gehabt hatte, denn er stand für mehr als nur für Schnelligkeit. Ein Eichhörnchen namens Ratatøskr lief unaufhörlich den Weltenbaum hoch und runter und überbrachte Botschaften zwischen dem Adler in den oberen Zweigen und dem Drachen Nídhøggr, der an den Wurzeln von Yggdrasil frisst.

»Du bist ein Bote zwischen den Welten«, pflegte Valgerd ihre Freundin zu besänftigen, wenn Sygrutha eingeschnappt tat. »Du kannst dich vom Eis zum Feuer bewegen und überall dazwischen. Meine Ikorni.«

Dann lächelte Sygrutha unwillkürlich oder knirschte mit den Zähnen, als hätte Valgerd ihr Eicheln zu essen gegeben.

»Es ist nicht mehr weit«, sagte Valgerd. Diesmal jedoch bewegten sich die Augen unter den Lidern nicht, und Valgerd blieb stehen. Sie spürte, wie ihr das Blut aus dem Gesicht entwich. Sie stand da auf dem Pfad und wagte es kaum, Sygrutha anzusehen, aus Angst, dort den Tod zu finden. Doch in diesem Moment der Ruhe spürte sie den Herzschlag der Völva, der durch das abgemagerte Fleisch ihres Schenkels pulsierte. Es war ein Zittern des Blutes, nicht stärker als der Flügelschlag eines Nachtfalters, und doch kostbarer für sie als alles andere auf der Welt.

»Du bekommst sie nicht«, murmelte Valgerd, als stände Freyja, die Herrin des Seiðr, neben ihnen und streckte schon die Arme aus, um ihr Sygrutha wegzunehmen. »Noch nicht!« Diesmal mischte sich ein bedrohlicher Unterton in ihre Worte. Und doch war es schon viel zu spät. Valgerd hatte ihr ganzes Leben dem Schutz der Völva gewidmet, so wie es ihre Mutter für Svanhvita getan hatte, die letzte Seherin der Quelle. Die Götter wussten, dass sie ihr Bestes gegeben, dass sie gegen Speerkrieger und Gesetzlose gekämpft hatte. Einmal sogar gegen einen Bären, als das verrückte Vieh mit Zähnen und Klauen auf die Schreie einer Gebärenden geantwortet hatte. Aber es war ihr nicht gelungen, Sygrutha vor dem Tod zu beschützen. Am Ende waren ihre Schwertkunst, ihre Geschicklichkeit mit dem Speer und all ihre hart erarbeiteten Fähigkeiten nutzlos.

Sie ging weiter. Sie ging schneller, als der Wasserfall hinabrauschte, dessen Brausen die Stimmen der Forskarlar waren, der Herbstgeister, wie Sygrutha sie einst gelehrt hatte. Sie sangen und schrien ihren Übermut und ihre Wut heraus, während sie immer stärker wurden. Der Weg wurde rutschig von der Gischt, die der Wind von dem Wasser, dass sich über die Klippe ergoss, heranwehte. Sie gingen zwischen einem Birkengehölz hindurch, in dem die Blätter der Bäume silbrig und grün flimmerten. Sie gingen hinab durch das hohe Gras und über den sumpfigen Boden, der Valgerd bei jedem ihrer tief einsinkenden Schritte zu verschlingen drohte. Die Luft so dicht am Wasserfall war kalt und frisch wie nach einem starken

Regenguss, aber sie duftete nach Erde und Moos. Valgerd sog sie tief ein, weil sie wusste, dass sie dieses Aroma nie wieder gemeinsam atmen würden.

Früher waren sie zusammen den glatten Felsen hinuntergeklettert und waren hinter den Wasserfall getreten. Dort hatten sie sich an den nassen Stein gepresst, während das Wasser wie ein Vorhang kaum einen Fuß vor ihren Gesichtern herabrauschte und ihre ganze Welt nur aus dem Brausen zu bestehen schien.

»Die Forskarlar spenden Freude und Mut«, hatte Sygrutha ihr einst erzählt. »Sie sind wunderschön, aber auch sehr gefährlich. Nur ein Narr würde sie verärgern.« Erst nach langer Zeit hatte Valgerd begriffen, dass Sygrutha nicht nur über die Forskarlar geredet hatte, sondern auch über sie selbst. Als sie das nächste Mal zu den Geistern hinabgeklettert waren, hatte Valgerd den Armreif eines besiegten Feindes von ihrem Oberarm gelöst und ihn tief hinein in eine Ritze im Fels gesteckt. Ein Geschenk für die Geister, unter denen sie sich so heimisch fühlte.

Sie hatten die Felsbecken erreicht, in denen sich die Wassermassen vereinten, die sich in kochender weißer Wut über die zerklüftete Klippe stürzten.

Aufgeschreckt ließ ein Otter seine Beute fallen und sprang über die Felsen, bevor er sich in die Fluten stürzte. Im nächsten Moment war er verschwunden. »Da sind wir«, sagte Valgerd, ging in die Knie und legte Sygrutha auf einen flachen Felsen neben ein besonderes Becken. Ihr Becken. Dann machte sie sich daran, Sygrutha zu entkleiden, so wie sie es schon so viele Male zuvor getan hatte. Sie löste die Messingbrosche in Form der Göttin Freyja und nahm den Umhang von Sygruthas Schultern. Sie rollte ihn zusammen und schob ihn der Völva unter den Kopf. Behutsam zog sie Sygrutha dann das Oberkleid aus, das die Völva eigenhändig aus den Häuten der großen Waldkatzen gefertigt hatte, die Freyja heilig waren und die den Kampfwagen der Göttin zogen.

Sygrutha stöhnte, als Valgerd ihr das wollene Unterkleid über den Kopf zog. Aber dann war sie fertig, und die Sterbende lag bleich und nackt auf dem Felsen. Valgerd stiegen Tränen in die Augen, denn Sygrutha sah wahrlich aus wie ein Kind. Ihre Haut spannte sich über den Schlüsselbeinen, und ihre Brüste, die noch nie Männer zu Liedern inspiriert hatten, waren nur noch schlaffe Hautsäcke.

Im mageren Brustkorb der Völva konnte Valgerd das Herz pochen sehen. Nicht leicht und flach, wie sie den Puls zuvor in Sygruthas Schenkel gefühlt hatte, sondern heftig, so wie man mit einem Schwertknauf gegen die Innenseite eines Schildes schlägt. Doch Valgerd wagte nicht zu hoffen, dass sich Sygrutha gegen die schwarze Flut wehrte, die nach ihr griff. Valgerd hatte den Tod zu oft gesehen, um sich einer Täuschung hinzugeben.

Sie stand auf und entkleidete sich ebenfalls. Sie legte den Waffengurt mit dem Schwert und dem Sax mit dem Knochengriff ab und legte ihn auf den Felsen neben die sterbende Frau. Normalerweise war sie niemals unbewaffnet in Gegenwart der Völva, nur für alle Fälle, denn es war ihre Aufgabe, Sygrutha zu beschützen. Aber was bedeutete das jetzt noch?

Sie bückte sich, zog das Brynja über den Kopf, streifte dann Stiefel, Hose und Tunika ab und legte sie ordentlich zusammen, wie sie es immer tat. Dann bückte sie sich, hob

Sygrutha in die Arme und ging barfuß über den feuchten Felsen. Diesmal raubte ihr das eiskalte Wasser nicht den Atem. Sie ging tiefer hinein, fühlte die vertraute Glätte unter ihren Füßen und tauchte Sygrutha ins Wasser, sodass die Dunkelheit der Fluten sie umhüllte. Aber Valgerd ließ sie nicht los. Sie würde sie niemals loslassen, und ein Lächeln, so schwach wie ein Flüstern, huschte über die Lippen, auf die Valgerd ihre eigenen drückte, so sacht wie eine Schneeflocke, die das Meer berührt.

»Verlass mich nicht«, sagte Valgerd und wünschte sich im selben Moment, sie könnte die Worte zurücknehmen. Es war nicht ehrenvoll, um etwas zu bitten, das nicht gewährt werden konnte. Sie wollte nicht, dass Sygrutha kämpfte. Nicht um ihretwegen. Und nicht jetzt.

Zusammen zogen sie langsam ihre Kreise im Wasser. Sygruthas schwarzes Haar breitete sich aus wie Tang, und Valgerd kam es so vor, als würde sie die Völva der Erde zurückgeben.

Die Lippen der Seherin wurden blau, aber sie zitterte nicht. Stattdessen lag eine Ruhe auf ihrem Gesicht, die Valgerd schon lange nicht mehr an ihr gesehen hatte. Sie begann, den zerbrechlichen Körper zu reinigen, wusch den Schweiß, den Schmutz und den Schmerz ab, der sich in den letzten Wochen dort festgesetzt hatte. Und weil sie nicht wusste, was sie sagen sollte, begann sie zu singen. Sie sang das *Varðlokkur*, was sie noch nie zuvor getan hatte, denn dieser Gesang gehörte Seherinnen wie Sygrutha und nicht Kriegerinnen wie ihr. Aber die Götter würden es ihr ganz gewiss nicht verübeln, wenn sie es tat, und wenn doch, dann sollten sie verdammt sein, denn sie würde es trotzdem singen.

Wenn Sygrutha das *Varðlokkur* sang, hüllten die Worte Valgerd wie ein warmer Umhang ein. Das Lied hatte sie beruhigt und ihren Geist von ihrem Körper befreit, so wie Rauch, der von einem Herd aufsteigt. Obwohl sie niemals die Visionen empfangen hatte, von denen einige redeten, wusste sie, dass ein Teil von ihr weit weg gereist war. Valgerd sang nie, und ihre Stimme klang ihr selbst fremd in den Ohren. Die Worte wirkten unbeholfen und grob, wie schlechtes Flickwerk, aber das war alles, was sie geben konnte. Sie sang das Lied in Sygruthas Ohren, als sich ihre Leiber in dem kalten Wasser aneinanderschmiegten.

Haut auf Haut.

Die Dämmerung kam. Stahlgraue Wolken rollten in den Lysefjord, und Valgerd wollte Sygrutha nicht in der Dunkelheit über Felsen tragen müssen, die glatt vom Regen waren. Also hob sie sie aus dem Becken, legte sie auf den flachen Fels und trocknete sie mit ihrem Umhang ab. Als sie die Völva wieder angekleidet hatte, hob sie sie auf ihre Arme und trug sie nach Hause.

Trotz Sveins Angebot, ihn zu tragen, hatten sie noch zwei Tage gewartet, bis Sigurd kräftig genug war, um selbst gehen zu können. Trotzdem fühlte er sich noch wacklig auf den Beinen, und seine Haut spannte sich über den Wangenknochen und den Brustkorb wie beim Erlenmann. Roldar und Sigyn waren froh gewesen, als sie endlich gingen. Das war so klar wie Gebirgswasser, und wer wollte es ihnen verübeln? Mit Sigurds Selbstaufopferung im Namen des Gottes des Wahnsinns wollten sie nichts zu tun haben, und sie hatten ihn argwöhnisch und furchtsam beobachtet, seit Olaf ihn aus dem Sumpf zurückgebracht hatte. Aber sie hatten gutes Silber dafür bekommen, und Svein und Aslak hatten auf dem Hof geholfen. Also hatten sie keinen Grund zur Klage. Alvi hatte Sigurd gefragt, ob er mit ihm gehen könne. Sigurd hätte eingewilligt, wenn noch Platz in der *Otter* gewesen wäre.

»Ich werde schon bald ein Schiff haben«, sagte er dem jungen Mann. »Dann komme ich zurück und hole dich. Und deinen Bruder nehme ich auch mit, wenn er mit uns kommen will.« Sigurd hatte das ernst gemeint, denn ein Mann, der einen wandelnden Leichnam mit seiner Faustaxt verscheuchen konnte, war gewiss auch ein guter Mann im Schildwall.

Zuerst jedoch mussten sie Zugang zu mächtigen Männern finden, zu jedem Häuptling oder Jarl, der noch eine Rechnung mit Jarl Randver offen hatte und sie mit seiner Axt begleichen wollte. Falls es solche Männer überhaupt gab.

»Ich will alles wissen, was du weißt«, hatte Sigurd am zweiten Tag zu Hagal gesagt, nachdem er in Roldars Scheune aufgewacht war. Denn Hagals Handwerk als Skalde führte ihn in die Halle eines jeden reichen Mannes von Rogaland bis Haugaland, und noch weiter nach Norden, jenseits vom Hardangerfjord. Und Gerede und Gerüchte blieben an ihm haften wie Pollen an fleißigen Honigbienen.

»Ich will wissen, wer Pläne schmiedet und wer sich über den Tribut, den er an den König entrichten muss, beklagt«, fuhr Sigurd fort. »Ich will wissen, welche Karls vom Ehrgeiz getrieben werden und welche Bauern lieber auf einen Kriegszug gehen würden, als auf dem Acker für einen anderen Mann den Rücken krumm zu machen.«

»Sigurd, ich bin ein Skalde, ich handle nicht mit Geheimnissen anderer Männer.« Hagal klang nicht sonderlich überzeugend.

Sigurd hatte ihn scharf angesehen. »Wo warst du an dem Tag, als mein Vater mit seinen Schiffen in den Karmsund gerudert ist, um gegen Jarl Randver zu kämpfen?«

Hagal wurde bei diesen Worten so bleich wie ein Mann, dem man ein Messer an die Kehle setzte.

»Wir haben vom Ufer aus zugesehen. Es hat mich überrascht, dich dort nicht ebenfalls vorzufinden«, fuhr Sigurd fort. »Denn ein solcher Anblick wäre doch sicher eine deiner blutigen Geschichten wert gewesen, oder?« Sigurd legte den Kopf auf die Seite wie ein Habicht, der seine Beute betrachtet. »Oder warst du vielleicht zu sehr damit beschäftigt, den Met des Königs in Avaldsnes zu saufen?«

»Nein, Herr!«, stieß Hagal hervor und sah sich um, ob jemand ihm einen Dolch in den Rücken rammen wollte. Aber Sigurd hatte den anderen nichts von seinem Verdacht gegen den Skalden verraten. So etwas behielt man lieber für sich, bis man es in einem Moment wie diesem gewinnbringend einsetzen konnte. »Du wusstest, dass König Gorm meinen Vater verraten hatte, hab ich recht, Krähenlied?« Er spie den Beinamen des Skalden förmlich hervor.

»Ich wusste nichts davon, Herr!« Hagal zwirbelte nervös seinen Bart in dünne Zöpfe. Als Sigurd ihn anstarrte, hob er die Hand. »Es hat Gerüchte gegeben, als ich das letzte Mal unter Jarl Randvers Dach in Hinderå war. Aber es gibt immer Gerüchte. Randvers Base sollte heiraten, und er wollte, dass ich eine neue Geschichte für die Hochzeitsnacht ersinne, und ich …«

»Schweig, Hagal«, sagte Sigurd. »Du gehörst jetzt mir, Skalde. Du wirst die Würmer, die du ausgegraben hast, auch mit mir zusammen fressen. Dafür werde ich dich vor dem Blutaar verschonen, ich werde dir nicht den Rücken aufschlitzen, nicht die Rippen aufbrechen, dir nicht die Lungen herausschneiden und sie nicht an Roldars Scheune nageln.«

Niemand hätte behauptet, dass Hagal ein Feigling wäre. Er trug ein Schwert, und es war bekannt, dass er es auch benutzen konnte. Jetzt jedoch war er nur ein schwitzendes Häufchen Elend, das entsetzt die Augen aufriss. Vielleicht hatte er Angst, weil er von dem Plan gewusst hatte, Jarl Harald von seinem Hochsitz zu stürzen, und weil ihm klar war, dass Sigurd das Recht hatte, ihn zu töten, weil er nichts davon gesagt hatte. Vielleicht hatte er auch Angst, weil er zugesehen hatte, dass Sigurd es überlebt hatte, an einen Baum gefesselt zu sein, wo er sich dem Allvater selbst zum Opfer gebracht hatte. Ein Mann, der zu so etwas in der Lage war, würde nicht lange zögern, einen Skalden, von dem er annahm, dass er ihn verraten hatte, mit dem Blutaar zu foltern.

Krähenlied zuckte die Schultern. »Manchmal höre ich gewisse Dinge«, gab er zu. »Wenn Bier und Met fließen und die Zungen wie Fische im Netz zappeln. Ich behalte sie für mich und verdiene mir mein Silber, aber manchmal wünsche ich mir, ich hätte mir die Ohren mit Wolle zugestopft, statt sie mir mit den Ränken und Geheimnissen der Männer füllen zu lassen.« Der Anflug eines Lächelns huschte über sein Gesicht. »Und auch mit den Geheimnissen der Frauen. Bei den Göttern, du wärst überrascht, wenn du wüsstest, was sie mir alles über ihre Ehemänner erzählen.« Er runzelte die Stirn, als er Sigurds finsteren Blick bemerkte. »Aber natürlich kümmert dich so etwas nicht.«

»Svein!«, rief Sigurd. »Bring mir eine Axt und Nägel!«

Krähenlied hob hastig beide Hände. »Warte, Haraldarson! Das ist nicht nötig. Ich rede ja schon. Aber wie bei allen Geschichten gibt es immer erst ein bisschen Rauch, bevor die Flammen lodern, hej.« Er zwang sich zu einem Lächeln, und Sigurd vermutete, dass es genau an diesem Lächeln lag, dass die Frauen Hagal mit ihrem vom Met süßen Atem in den Ohren lagen. »Ich habe etwas in der Nähe von Hjelmeland gehört, das dich interessieren könnte. Dort gibt es einen reichen Mann namens Guthorm...«

Daher ruderten sie jetzt mit der *Otter* nach Norden, vorbei an der zerklüfteten Küste, an Finnøy, Årdal und Randøy. An diesem Abend sahen sie im Boknafjord eines von Jarl Randvers Langschiffen. Aber Randvers Mannschaft hatte sie nicht gesehen, jedenfalls hofften sie das.

Schließlich hatten sie unbehelligt eine Siedlung in der Nähe eines Ortes erreicht, den Hagal Moldfall nannte. Olaf hatte zwei Jungen, die auf den Felsen gehockt und geangelt hatten, ein kleines Messer mit einem Knochengriff angeboten, wenn sie auf die *Otter* aufpassten.

»Wenn sie einen Schaden hat, der vorher noch nicht da war, dann ziehe ich euch beiden damit die Haut ab«, drohte Olaf und ließ beide einen gründlichen Blick auf das Messer werfen.

Die Jungen schienen mit dieser Vereinbarung sehr zufrieden zu sein, obwohl Olaf ihnen nicht sagen konnte, wie viele Tage sie wegbleiben würden, und obwohl es nur ein Messer für sie beide gab. Aber das mussten sie unter sich regeln, und Sigurd hatte die *Otter* fast vergessen, als sie jetzt in Guthorms kleinem, verrauchtem Langhaus saßen, saures Bier tranken und das Fleisch von einem Schwein aßen, das ihr Gastgeber bei ihrer Ankunft geschlachtet hatte. Diese großzügige Geste hätte selbst einem Jarl gut angestanden und sagte eine Menge über einen Karl wie Guthorm aus. Obwohl das Fleisch ziemlich zäh war, das Tier hatte wohl schon ein paar Jährchen auf dem Buckel gehabt.

Der Bauer saß am Ende des Tisches, neben sich seine Frau Fastvi. Sie trug eine Halskette aus Glasperlen und Bernstein und war alles andere als eine Schönheit. Ihr breites Lächeln machte die Sache nicht besser. Ihr Ehemann hielt seinen Umhang mit einer Brosche auf der Schulter zusammen. Sie war aus Bronze und bescheiden, wenn auch hübsch anzusehen. Interessanter jedoch waren die beiden Armreifen an seinem rechten Arm, der Schmuck eines Kriegers, der eine aus Silber und der andere aus Bronze, wie es aussah. Der Mann legte offenbar Wert darauf, dass die Leute sahen, dass er sich ehrenvoll im Sturm der Schwerter geschlagen hatte. Seine Halle hätte vielleicht viermal in Eik-Hjálmr hineingepasst, aber sie war ordentlich gebaut, und die Wandbehänge waren dick genug, um die schärfste Winterkälte abzuhalten. In Sigurds Augen war Guthorm ein Mann, der es zu etwas gebracht hatte.

»Es kommt nicht oft vor, dass uns jemand besucht.« Guthorm hob sein Horn zum Gruß für die Neuankömmlinge, die auf der anderen Seite des langen Tisches ihm gegenübersaßen. Seine eigenen Männer saßen ihnen ebenfalls gegenüber, mit dem Rücken an der Wand. Sie lächelten, aber ihre Blicke verrieten Argwohn. »Abgesehen von König Gorms Hurensöhnen, die im Frühling hier auftauchen und unsere jungen Männer zu irgendeinem sinnlosen Kampf mitnehmen.« Er runzelte die Stirn, während er Olaf in seinem Brynja betrachtete. Er hatte Haupthaar und Bart zu Zöpfen geflochten, als wäre er bereit für einen Kampf. »Aber du hast mir ja versichert, dass ihr keine Männer des Königs seid, Olaf…« Er ließ die Stimme fragend erhoben.

»Olaf genügt.« Olaf ließ sich nicht dazu verleiten, seinen Vatersnamen zu nennen oder mehr zu verraten, als er bereits gesagt hatte. Denn Sigurd hatte den Umhang mit der großen silbernen Fibel seines Vaters angelegt, also wusste Guthorm, dass seine Gäste eine Geschichte zu erzählen hatten, obwohl ihm nicht klar war, um was für eine Geschichte es sich handelte.

»Wenn ihr nicht gekommen seid, um mir meine Männer wegzunehmen, damit sie in einen Krieg für den König ziehen, seid herzlich willkommen, meine Freunde.« Guthorm war etwa zehn Jahre älter als Olaf und hielt seine Muskeln unter einer großzügigen Fettschicht warm. »Lasst uns auf die neue Freundschaft und vielleicht einen künftigen Handel trinken, einverstanden?« Er hob erneut das Horn zu den Männern auf der anderen Seite des Tisches, und sein Blick ruhte einen Moment auf Asgot. Der hatte sich Knochen in sein graues Haar geflochten und strahlte Gefahr aus wie einen üblen Körpergeruch. Die Männer berührten in seiner Gegenwart häufig etwas aus Eisen, was sie gerade zur Hand hatten, selbst wenn sie nicht wussten, dass er ein Runenkundiger und Priester war.

Auf den Bänken an den Wänden saßen Männer und Frauen, tranken und unterhielten sich und warfen ab und zu verstohlene Blicke auf Guthorms Tisch und die Fremden.

»Wir haben die besten Bärenfelle von ganz Rogaland«, fuhr Guthorm fort. »Außerdem Wolfspelze. Und ausgezeichnete Rentiergeweihe. Habe ich für einen Spottpreis bekommen.« Er lächelte. »Aber erstklassige Ware, ihr werdet sehen.« Er hielt sich für einen mächtig gerissenen Händler, dieser Guthorm.

»Was ist mit Thralls?« Solveijg deutete mit dem Daumen über die Schulter, wo in der dunkelsten Ecke des Hauses ein sonderbares, mürrisches Wesen hockte. Sigurd bemerkte ihn erst jetzt. Es war ein junger Mann, dessen bartloses, hageres Gesicht von schmutzigen schwarzen Haarsträhnen verdeckt wurde, die ihm bis auf die Brust reichten.

»Thralls, meinst du?« Guthorm verengte die Augen zu Schlitzen und kaute einen Moment nachdenklich auf seiner dicken Unterlippe. »Gewiss, aber ich habe keine, die zum Verkauf stehen«, fuhr er nach einer Weile fort. Er nahm einen Knochen von seinem Teller und knabberte letzte Fleischfasern von ihm ab. Sigurd sah das Weiße in den Augen des Thralls in der Dunkelheit aufleuchten und hörte das Rasseln der Kette, an die er offensichtlich gelegt worden war. Guthorm warf den Knochen in die dunkle Ecke, und der Sklave schnappte ihn hastig vom Boden auf.

»Muss ja ein ziemlich lebhafter Hund sein, wenn du ihn an der kurzen Leine halten musst.« Olafs Frage klang beiläufig, aber Olaf hätte Guthorm genauso gut fragen können, ob er Angst vor einem halb verhungerten Sklaven hatte.

Guthorm hob die Brauen und wollte gerade antworten,

als seine Frau die Hand hob, um ihn zum Schweigen zu bringen.

»Nur ein Narr lässt sein Silber aus den Augen. So sagt man doch, oder?« Fastvi strich mit ihren dicken Fingern über die Kugeln und Bernsteinperlen um ihren Hals. »Wir behalten unser ›Silber‹ nun mal gern im Auge, Olaf, Sohn von niemandem. So kommt nichts abhanden.«

Olaf brummte verächtlich. Er sah nicht ein, warum der junge Thrall ein so kostbares Gut sein sollte, dass man ihn anketten musste. »Wenn ein Mann etwas nimmt, das mir gehört, muss er entweder die Schnelligkeit eines Hasen haben oder die Macht eines Königs«, erwiderte er. »Und selbst dann stehen die Chancen gut, dass die Sache tödlich für ihn endet.«

Fastvi begriff die versteckte Warnung. »Eure Waffen sind bei uns sicher. Niemand hier würde es wagen, sie anzurühren.« Die Sitte hatte verlangt, dass sie ihre eigenen kostbaren Güter, ihre Schwerter und Äxte, draußen vor Guthorms Langhaus ließen. Was keinem von ihnen sonderlich gefallen hatte.

Sigurd nickte. Er hatte keinen Grund, der Frau keinen Glauben zu schenken. Dann sah er ihren Ehemann an. »Das ist eine schöne Halle, Guthorm.« Das war zwar nicht direkt eine Lüge, aber es war trotzdem ein recht großzügiges Kompliment.

»Aber dein Bier schmeckt nach Pferdepisse«, setzte Olaf hinzu.

Fastvi klappte der Kiefer herunter, und Guthorms Gesicht verfinsterte sich. Seine Männer murrten. Dann jedoch brach der Karl in schallendes Gelächter aus und kippte den Inhalt seines Horns in die Binsen.

»Wie ich sehe, seid ihr Männer, die gutes Bier zu schätzen wissen – und ein offenes Wort ebenso«, sagte er. »Das gefällt mir. Geirny! Bring unseren Gästen vom guten Bier!« Die Männer an Guthorms Tisch jubelten und kippten ebenfalls den Inhalt ihrer Trinkhörner auf den Boden. Das schien Guthorms Hunden zu gefallen, denn sie machten sich sofort daran, die Flüssigkeit aufzulecken. »Die da können bei der Pferdepisse bleiben«, setzte er gut gelaunt hinzu und deutete mit dem Daumen auf die Leute, die auf den Bänken an den Wänden des Langhauses saßen.

Sigurd warf Olaf einen vorwurfsvollen Blick zu, doch der zuckte nur mit den Schultern. »Was ist? Wir bekommen jetzt besseres Bier, und dafür kannst du dich bei mir bedanken.«

Als die Gäste mit neuem Bier versorgt worden waren, wandte sich Guthorm an Sigurd. »Ihr seid also wegen des weinenden Steins hier?«, fragte er, als würde er den Faden eines unterbrochenen Gesprächs wieder aufnehmen.

Sigurd hatte noch nie von einem weinenden Stein gehört. »Was ist der weinende Stein?«, erkundigte er sich und sah Asgot und Olaf an. Ersterer schüttelte den Kopf, der andere zuckte mit seinen kettenbewehrten Schultern.

»Ach, das ist nicht der Grund, warum ihr in meine Halle gekommen seid?« Die Miene des Karls verfinsterte sich kurz. Dann fuhr er mit der Hand durch die verräucherte Luft. »Macht nichts. Dann seid ihr also gekommen, um Handel zu treiben?«

»Aber wo ist dann ihre Handelsware?«, schaltete sich ein Mann ein, den Guthorm mit Eyd vorstellte, als Sigurds kleine Gruppe auf den Bänken Platz genommen hatte.

Er wandte sich Olaf zu. »In dem kleinen Boot, mit dem ihr gekommen seid, befindet sich jedenfalls nichts. Das haben mir meine Jungs berichtet.« Er war ein großer Mann, und sein Blick sollte wohl Olafs Stolz kitzeln. Aber Sigurd hatte oft genug gesehen, dass Männer wegen eines solchen Blicks ihr Leben verloren hatten, und nur ein Mann, der Olaf nicht kannte, würde es wagen, ihn so anzusehen.

Asgot drehte sich zu Eyd um. Die Knochen in seinen Zöpfen klimperten. »Sehen wir vielleicht wie Händler aus?« Sein verächtlicher Ton veranlasste einige Männer von Guthorm, die Klingen ihrer Tischmesser zu berühren, um das Böse abzuwehren.

»Wir sind nicht hier, um zu handeln.« Sigurd hielt seinen Becher hoch, damit Guthorms Thrall ihn aus einem Krug füllen konnte. Er trank und ließ sich Zeit dabei. Dann wischte er sich den Bart mit seinem Handrücken ab, während ihre Gastgeber sich besprachen. Ihre Mienen waren finster, und sie beäugten ihre Gäste misstrauisch.

»Ihr seid hierhergekommen, bewaffnet, aber ohne Ware, und dazu in einem lächerlichen Boot«, erklärte Eyd schließlich. »Das kann nur eines bedeuten – ihr müsst Ausgestoßene sein.« Seine Zähne leuchteten in seinem Bart.

»Vielleicht sind es ja alle Skalden wie Freund Krähenlied hier«, rief ein kahlköpfiger, schwitzender Mann.

»Dann binde ich mir einen Stein ans Bein und springe in den Fjord«, rief ein anderer, was ihm etliche Lacher einbrachte, sogar von Hendil, Aslak und Svein.

»Also, wer von euch hat Biflindi ans Bein gepisst?« Eyds

dunkle Augen richteten sich auf Olaf, der einfach nur die Brauen hob und sich unterm Kinn kratzte.

»Klapp deine Bierluke zu, Eyd. Das ist keine Art, mit Gästen zu reden«, sagte Guthorm. Aber er selbst fragte sich offensichtlich ebenfalls, an wen er da gerade sein Fleisch und sein Bier verschwendete. Er zerkaute ein paar graue Barthaare auf seiner fetten Unterlippe. »Trotzdem, wenn ich eine Wette abschließen sollte, würde ich sagen, dass der junge Harek hier beim König in Ungnade gefallen ist. Nur dass dein Name gar nicht Harek ist, hab ich recht?« Er sah Sigurd grinsend an, der darüber nachdachte, dass sein Plan, den Namen von Olafs Sohn zu benutzen, schneller gescheitert war, als er erwartet hatte.

»Mein Name ist Sigurd«, gab er zu.

»Sigurd«, wiederholte Fastvi leise, während sie in ihrem Gedächtnis nach einer Erinnerung kramte. »Haraldarson?«

Guthorm nickte, bevor Sigurd antworten konnte. »Der Sigurd, der mit einem Fischerboot zu der Seeschlacht in den Karmsund gerudert ist und Jarl Harald gerettet hat, als der große Krieger von seinem Drachenboot gesprungen ist, um dem eisernen Tod zu entgehen.«

Sigurd warf einen Blick auf Hagal, der blass wurde. »So habe ich es in meinen Geschichten nicht dargestellt!«, rief der Skalde.

Sigurd wandte sich Guthorm zu und maß den Mann mit einem eisigen Blick. »Mein Vater ist nicht gesprungen«, sagte er kalt.

»Ich wollte niemanden beleidigen.« Guthorm hob beschwichtigend die Hände. »Wir alle haben die Geschichte gehört. Wie dein Vater eine Kriegerschar nach Avaldsnes geführt hat, um den König anzugreifen. Das war tapfer … wenn auch recht unklug.«

Sigurd sparte sich die Mühe, dem Mann die wahren Begebnisse zu schildern. »Reden wir nicht mehr davon«, sagte er. »Ich habe gehört, du bist ein ehrgeiziger Mann, Guthorm.«

»Man sollte nicht alles glauben, was Krähenlied erzählt«, erwiderte Guthorm und spitzte die Lippen. »Obwohl ich nicht abstreiten will, dass sich die Lust nach Silber in meiner Brust regt, wenn ich einen Jüngling sehe, dem gerade erst ein Bart gewachsen ist und der so eine Umhangfibel trägt.« Er deutete auf Sigurds rechte Schulter. »Da frage ich mich, ob ich nicht eine Kriegerschar um mich sammeln sollte. Und ob ich nicht meine alte Seekiste packen und mich wieder auf einen Raubzug begeben sollte.«

Genau das war der Grund dafür, dass Sigurd die kostbare Fibel angelegt hatte und Olaf steif wie ein in Eisen gehüllter Baum in seinem Brynja am Tisch saß. Diese Dinge machten jeden Mann neidisch, der noch jugendliches Feuer in sich hatte, und flößten ihm genau das Gefühl ein, das Guthorm jetzt empfand.

»Was für eine Schar könntest du denn zusammenstellen, Guthorm?« In Olafs Stimme lag gerade genug Verachtung, um eine Antwort aus dem Mann herauszulocken, die ihm möglicherweise nicht über die Lippen gekommen wäre, solange sie sich nicht besser kannten.

»Vierzig Speere, jederzeit«, behauptete Guthorm.

Was wahrscheinlich bedeutet, höchstens dreißig, und dann auch nur, wenn er Glück hat, dachte Sigurd.

Guthorm sah Eyd an und dann den narbengesichtigen

Mann neben ihm, Alver. »Obwohl ich vielleicht nur einen einzigen brauche«, setzte er scherzhaft dann hinzu. Das brachte ihm Gelächter, beifälliges Nicken und einige zustimmende Ausrufe von seinen Männern ein. Dann richtete Guthorm den Blick wieder auf seine Gäste. »Ich mag kein Jarl sein, aber das Dasein eines Jarls kann auch recht heikel sein, wenn man sein Leben liebt.« Sigurd spürte, wie Olaf neben ihm sich bei diesen Worten ruckartig aufrichtete, aber er sagte nichts. Sigurd war froh darüber, denn die ganze Angelegenheit hing in der Schwebe, und sie mussten vorsichtig vorgehen.

An den Wänden hingen Schilder, und in den Ecken standen Speere. Aber die Waffen hatten das Aussehen von Dingen, die ebenso zur Einrichtung der Halle zählten wie Guthorms mit Pelzen gepolsterter Hochsitz und sein großer Tisch. Die Kriegsausrüstung war vor allem ein Heim für Spinnen, die wussten, dass sie nicht oft gestört wurden. Guthorm liebte seinen eigenen Herd viel zu sehr.

»Stehst du mit Jarl Randver auf gutem Fuß?«, erkundigte sich Sigurd.

Guthorm legte den Kopf auf die Seite. »Ich habe die Ehre, zur Hochzeit seines Sohnes eingeladen zu sein«, sagte er. Während er die Worte wirken ließ, beobachtete er Sigurd wie ein Habicht.

Die Erkenntnis traf Sigurd mit der Wucht eines Ankers, der ins Meer fällt, obwohl er versuchte, sich nichts anmerken zu lassen.

»Ah, wie ich sehe, wurdest du nicht eingeladen?«, sagte Guthorm. »Aber ist es nicht deine Schwester, die Jarl Randvers Sohn heiraten wird?«

Sigurd musste Olaf nicht ansehen, um zu wissen, was er

dachte. Er würde genauso entsetzt und angewidert sein wie Sigurd, als er jetzt erfuhr, was der Jarl mit Runa vorhatte. Trotzdem war sie zumindest am Leben und offensichtlich in Sicherheit.

»Wann soll diese Hochzeit stattfinden?« Sigurd brachte das Wort »Hochzeit« kaum über die Lippen. Es hinterließ einen widerlichen Nachgeschmack in seinem Mund.

»Beim Haustblót-Fest.« Guthorm rülpste in seine Faust. »Woraus ich schließe, dass Randver längst nicht so scharf auf diese Paarung ist wie sein Junge, könnte ich mir denken.«

Das war fast eine Beleidigung, aber Sigurd ließ sie durchgehen. Außerdem steckte wahrscheinlich sogar ein Stückchen Wahrheit darin, denn auch wenn das Haustblót, das »Weihen« der letzten Ernte des Jahres und der Zeit der Vorbereitung für die langen Wintermonate, eine Gelegenheit für Feierlichkeiten bot, war es doch nur ein schwacher Abklatsch vom Mittwinter-Fest. In dieser Zeit hätte man mit der Menge an Bier und Fleisch, die die Leute verzehrten, ein Langschiff versenken können.

»Vielleicht will der älteste Sohn, Rathi...« Guthorm runzelte die Stirn. »Oder heißt er Hrani?« Er sah Eyd an, der mit den Schultern zuckte, als wäre es ihm vollkommen gleichgültig. Guthorm seufzte. »Wie auch immer der junge Mann heißt, ich vermute, dass er seine Hochzeit am Jul-Fest feiert. Und dahin nehme ich mein eigenes Horn mit.« Er blickte auf das Horn in seiner Hand und drehte es ein wenig, damit Sigurd den versilberten Rand und das hineingeätzte Muster sehen konnte. »Ich habe für solche Gelegenheiten noch ein viel größeres«, meinte er dann.

Zwei Thralls, ein Junge und ein Mädchen, wischten die

Essensreste vom Tisch. Alver betrachtete das Mädchen, als wäre er noch hungrig. Guthorm rülpste erneut und bedeutete dem Jungen, dem in der dunklen Ecke angeketteten Sklaven Bier zu bringen.

»Es ist eine traurige Geschichte, die dir und deiner Familie zugestoßen ist, Sigurd Haraldarson«, sagte Guthorm. »Ein junger Mann wie du muss die Nornen für den Teppich verfluchen, den sie dir gewebt haben.« Einen Moment lang schien es, als würde Mitleid in den Augen des Karls leuchten, aber es verflog rasch, und Sigurd war froh darüber. »Aber ich sehe, dass ihr alle stolze Männer seid und nicht wegen meines Mitgefühls gekommen seid.«

»Aber weswegen sind sie denn nun gekommen?«, warf Eyd mit unverhohlenem Unmut ein.

Guthorm gebot ihm mit einer Handbewegung zu schweigen. Dann senkte er seine schweren Lieder ein wenig und sah Sigurd darunter an. »Du wolltest hören, dass ich sage, Jarl Randver und ich wären Feinde, hej? Dass ich hoffe, der Jarl würde von seinem Schiff fallen und vom Gewicht seines Silbers in die Tiefe gezogen werden. In Wahrheit jedoch wünsche ich ihm nichts Schlechtes. Mir hat er nichts dafür versprochen, dass ich über seine Pläne mit König Gorm, was deinen Vater angeht, nichts habe verlauten lassen. Ich schwöre dir, dass ich davon erst hinterher erfahren habe.«

Damit sagte er Sigurd indirekt, dass andere mächtige Männer in der Tat vom Tod seines Vaters profitiert hatten.

»Und ebenso wenig hat Jarl Randver mich gebeten, ihm zu helfen, seinen Hintern auf den Hochsitz deines Vaters zu hieven. Dafür bin ich sehr dankbar, denn es wäre schwer gewesen, ihm das abzuschlagen. Schließlich kann man von uns nach Hinderå fast pissen.« Er schüttelte den Kopf und kratzte sich die dicke Nase. »Wenn du also hierhergekommen bist, um eine Allianz gegen deine Feinde zu schmieden, muss ich dich enttäuschen, junger Sigurd.« Er lächelte, aber seine Augen blieben kalt. »Ich will dich nicht beleidigen, aber niemand würde sich an der Seite eines Flaumbarts wie dir gegen einen Jarl und einen König stellen, nicht mal, wenn dieser Flaumbart Eisen in den Augen hat, wie ich es in deinen sehe.« Er warf Hagal einen kalten Blick zu. »Wenn Krähenlied hier dich hat glauben machen, dass ich dir helfen würde, dir den Jarl-Halsring deines Vaters wiederzubeschaffen, dann solltest du ihn bei eurer nächsten Fahrt über Bord werfen, weil er deine Zeit verschwendet hat.«

»Deine Zeit und unser Bier«, setzte Eyd hinzu.

»Na, na, Eyd, wir wollen trotzdem gute Gastgeber sein, hej? Ich will nicht, dass dieser junge Mann und seine Freunde etwas anderes behaupten, wenn sie wegsegeln.«

»Ich kann dich reich machen, Guthorm«, sagte Sigurd kurz und knapp.

»Du kannst mich tot machen, Junge!«, knurrte Guthorm. Jetzt hatte seine Stimme nichts Wohlwollendes mehr.

»Du kannst dich dahin verpissen, woher du gekommen bist«, sagte Eyd.

Olaf und Svein schoben ruckartig ihr Ende der Bank zurück und standen auf. Ihnen sträubten sich die Haare fast bis zu den Dachbalken. Eyd, Alver und etliche andere standen ebenfalls auf, und die Männer und Frauen auf den Bänken an den Wänden des Raumes verstummten, als Gewalt in der Luft knisterte. Aber die einzigen Männer in Guthorms Langhaus mit scharfen Klingen waren die des Karls. Solveijg, der immer noch saß, fluchte, weil er glaubte, dass sie gleich so gut wie tot waren, und wofür das Ganze?

»Kann ich mit dir reden, Guthorm?« Krähenlied hob die geöffneten Hände, um zu zeigen, dass er kein Tischmesser darin versteckt hatte.

»Genau, Krähenlied, schlag mit deinen Flügeln und winde dich aus der Sache heraus.« Loker scheuchte ihn mit der Hand weg. Aber einer von Guthorms Männern stand mit der Hand auf dem Schwertgriff zwischen Hagal und Guthorm.

»Schon gut, Ingel«, sagte der Karl zu dem Mann mit dem Schwert. »Nur weil er dich noch nie in einer seiner Geschichten erwähnt hat, musst du nicht gleich nach einem Vorwand suchen, ihn aufzuschlitzen. Krähenlied war hier immer willkommen.«

Hagal bedankte sich mit einem Nicken, während Ingel zur Seite trat. Guthorm stand auf und winkte den Skalden zu sich hinter die Wandteppiche, die die Rückseite des Langhauses abtrennten. »Und ihr anderen steckt eure Schwänze weg, bevor sich noch jemand verletzt. Ich will nicht, dass in meiner Halle Blut vergossen wird.«

»Halle? Ha«, nuschelte der alte Solveijg in sein Bier.

Sigurd bedeutete seinen Freunden, sich hinzusetzen, und sie gehorchten. Obwohl Olaf es nicht lassen konnte, mit dem Finger auf Eyd zu zeigen und dem Mann damit zu signalisieren, dass sie noch eine Rechnung offen hatten.

Alver schrie die Sklavin an, den Gästen die Humpen zu

füllen, was ein angemessenes Friedensangebot war. Sigurd hob seinen Becher anerkennend in Alvers Richtung, während um sie herum auf den Bänken an den Wänden die Leute ihre Gespräche wieder aufnahmen, als wäre nichts passiert.

Als Guthorm und Hagal wieder zu ihren Plätzen zurückkehrten, wusste Sigurd sofort, dass der Skalde dem Karl von den Ereignissen im Moor auf der Insel Tau erzählt hatte. Es war Guthorm an den Augen abzulesen, mit denen er jetzt Asgot ebenso musterte wie Sigurd. Es kam schließlich nicht jeden Tag vor, dass ein Mann wie Guthorm einen Godi in seinem Langhaus bewirtete, einen Mann, der mit den Göttern sprach, und seiner Miene nach zu urteilen, legte er auch keinen besonderen Wert darauf.

Aber zumindest wusste er jetzt, dass Sigurd seinen Wunsch nach Rache an jenen, die seinen Vater verraten hatten, so gründlich bedacht hatte, wie man nur konnte. Außerdem zeigte die Tatsache, dass er an dem Baum gehangen und überlebt hatte, dass er entweder in der Gunst von Óðin stand oder einen verdammt eisernen Willen hatte. Beides waren Eigenschaften an einem Mann, die man respektieren sollte. Zumindest würde Guthorm sich jetzt fragen, ob der Allvater tatsächlich sein Auge auf Sigurd und seine Blutfehde richtete.

Als er sprach, klang seine Stimme verändert. »Unser Freund Krähenlied verbürgt sich für dich, Sigurd. Er hat mir von deinem Opfer erzählt, obwohl man es nur schwer glauben kann. Und doch erkenne ich jetzt, dass du vor Kurzem schwer gelitten haben musst.«

Sigurd antwortete nicht. Er wartete ab, was der Mann zu sagen hatte.

»Es ist ein Wunder, dass du überlebt hast«, fuhr Guthorm fort. »Neun Tage an einem Baum zu hängen? Das sind Geschichten, die man am Herd erzählt. Ich bin sicher, dass Hagal bereits angefangen hat, deine Geschichte zu dichten.«

Sigurd musste sich zusammenreißen, um Hagal keinen finsteren Blick zuzuwerfen. Neun Tage? Was hatte der Skalde da erzählt? Sind sechs denn nicht genug? Immerhin, Krähenlied hatte einmal damit geprahlt, eine alte Geschichte zwei Tage und Nächte lang erzählt zu haben und sich noch an jede Einzelheit erinnern zu können. Eine Geschichte ein wenig auszuschmücken lag Hagal ebenso im Blut wie einer Frau, den Teig zu verlängern, um mehr Brot daraus zu machen.

»Die Götter sind mit mir, Guthorm, und der Tag der Abrechnung wird kommen«, sagte Sigurd. »Wer mir hilft, wird feststellen, dass ich sehr großzügig bin.« Er wusste zwar nicht, ob die Götter wirklich zu ihm hielten, aber er war sicher, dass sie ihn beobachteten. Nur war das nicht ganz dasselbe. Aber weder Guthorm noch irgendjemand anders konnte in sein Inneres blicken. Sie sollten sich damit begnügen, zu wissen, was möglich war.

»Ich bewundere deinen Mut, Sigurd«, fuhr Guthorm fort. »Wäre ich ein jüngerer Mann, wäre ich vielleicht versucht, mich deiner Sache anzuschließen, einfach nur aus Vergnügen.« Mit Vergnügen meinte er Silber, denn wenn Sigurd gewann, würde es sehr viel davon geben. »Aber du kannst genauso gut versuchen, die Gezeiten zu ändern, Junge.«

Fastvi fuhr ihm ins Wort. »An dieser ganzen Geschichte hängt noch mehr als nur das, Mann.« Sie warf Sigurd einen ernsten Blick zu. »Du bist hier in der Halle meines Ehemannes, und das wird man uns übel anrechnen, wenn Jarl Randver oder König Gorm davon erfahren sollten.« Sie verzog die Lippen. »Es wäre besser für uns gewesen, euch abzuweisen.«

»Deine Frau sieht das ganz richtig, Guthorm«, mischte sich Eyd ein. »Da wir jetzt wissen, wer sie sind, nämlich Ausgestoßene und Feinde der beiden reichsten Männer in einem Umkreis so weit, wie eine verfluchte Krähe fliegen kann, frage ich mich, warum sie immer noch unser Bier trinken?« Das trug ihm zustimmendes Murmeln der Männer auf seiner Seite des Tisches ein.

Alvers vernarbtes Gesicht verzog sich zu einem listigen Grinsen. Sigurd fragte sich unwillkürlich, wer Alver diese schreckliche Wunde zugefügt hatte. »Ich weiß, warum sie noch hier sind«, sagte Guthorms Mann.

Hat er sich diese Narben im Schildwall zugezogen, überlegte Sigurd, oder waren es Geschenke einer wütenden Frau, die seine Aufmerksamkeiten nicht wollte?

»Sie sind noch hier«, fuhr Alver fort, »weil Guthorm glaubt, dass sie die morgigen Festlichkeiten genießen könnten.« Er sah Guthorm aufmunternd an, der eine ergraude Braue hob, um zu zeigen, dass Alver den Nagel auf den Kopf getroffen hatte.

»Wenn ihr zu den Männern gehört, die gern eine Wette abgeben, während ihr eure Rache schmiedet und eurer Blutfehde hinterherjagt, seid ihr willkommen, uns morgen am Weinenden Stein Gesellschaft zu leisten.« Der Karl nickte. Alver und einige andere Männer grinsten bei dieser Vorstellung, und nicht einmal Eyd hatte Einwände. »Wir haben ursprünglich gedacht, dass ihr deswegen gekommen wärt. Bevor wir eure unglückliche Geschichte gehört haben.«

»Was ist der Weinende Stein?« Sigurd sah seinen Gastgeber ratlos an.

»Bringt einfach euer Silber mit«, sagte Alver, bevor Guthorm antworten konnte. Dabei stieß er den Mann neben sich mit dem Ellbogen an, der vor Vergnügen die Zähne fletschte und sich die Hände rieb wie ein Wollhändler, der gerade drei Ballen Stoff zum Preis von fünf verkauft hat.

Olaf beugte sich zu Sigurd hinüber. »Wenn Wetten abgeschlossen werden können, heißt das, es gibt Silber zu gewinnen«, flüsterte er Sigurd ins Ohr. »Frigg weiß, dass wir welches gebrauchen könnten. So wie die ganze Sache läuft, müssen wir ein Schiff kaufen und eine Mannschaft aus Dänen anheuern, um mit Randver fertigzuwerden.«

»Lieber zwei Dänen als diesen ganzen Haufen hier zusammen«, murrte Solveijg. Guthorms Leute ließen sich nicht anmerken, ob sie seine Worte gehört hatten.

»Je mehr Silber im Topf ist, desto mehr kann gewonnen werden, hej!«, rief Hrethrik, ein fast zahnloser alter Mann mit teigiger Haut, und hob seinen Becher.

Deshalb also sitzen wir noch in Guthorms Langhaus, dachte Sigurd. Der Bauer hatte von vornherein nicht die Absicht gehabt, ihnen zu helfen, Jarl Randver von seinem Hochsitz zu stoßen, sondern wollte ihnen lieber ihr Silber bei den Wettkämpfen abknöpfen, die er für den folgenden Tag anberaumt hatte.

»Gibt es Kämpfe?«, wollte Olaf wissen. »Und sag jetzt nicht, dass es nur irgendein verdammter Wettlauf ist!«

»Ich kann zwar nicht beschwören, dass es Kämpfe geben wird, aber ich kann dir versichern, dass Leute sterben werden.« Guthorm hielt sich eindeutig für besonders geistreich.

Svein sah Olaf an, der wiederum Sigurd ansah, und in dem Moment wusste Sigurd, dass sie in dieser Nacht auf den von Bier getränkten Binsen in Guthorms Langhaus schlafen würden.

»Du wirst einige meiner Freunde kennenlernen, junger Sigurd«, sagte Guthorm. »Von denen Æskil In-Halti und Ofeig Grettir die reichsten sind.«

Die Beinamen bedeuteten »Lahmbein« und »Düsterauge«, wie Hendil bemerkte. »Klingt nach großartiger Gesellschaft.« Er zwinkerte Aslak zu.

»Außerdem werdet ihr auch Grima Großmaul kennenlernen. Wenn ihr ihm etwas Silber abknöpft, wäre ich sehr froh«, fuhr Guthorm fort. »Vielleicht könnt ihr ja ein paar von ihnen überreden, an eurem Abenteuer teilzunehmen, hej.«

»Dann braucht der Junge zuerst mal ein größeres Schiff«, warf Eyd ein.

Das stimmt wohl, dachte Sigurd, während die Thrall seinen Humpen füllte. Und als er trank, dachte er an Runa, die schon bald den Sohn seines Feindes heiraten sollte.

»Ich weiß, dass du darüber nicht glücklich bist«, sagte Olaf. Sigurd brauchte ihn nicht zu fragen, wovon er sprach. »Aber das bedeutet, dass er sie zumindest gut behandeln muss. Wenn sie seinen Jungen zum Mann nehmen soll.«

»Sie wird Amleth nicht heiraten«, antwortete Sigurd. »Und auch sonst keinen von Randvers Leuten. Es wird keine Hochzeit geben.«

Olaf senkte den Kopf und hob beschwichtigend eine Hand. »Es bedeutet vor allem, dass noch niemand sie berührt hat«, fuhr er fort. Er wagte es auszusprechen, weil es wichtig war.

Sigurd spürte, wie er errötete. Aber Olaf hatte recht. Das war zumindest eine Sache, über die er froh sein konnte.

Und dennoch, Runa sollte den Sohn dieses verräterischen Dreckskerls heiraten? »Sprechen wir nicht davon, Onkel, nicht jetzt«, sagte Sigurd.

»Ist mir nur recht«, erwiderte Olaf.

11

Sigurd fühlte sich, als hätte ihm jemand im Schlaf eine Axt über den Schädel gezogen. Die Sonne hatte bereits erste Strahlen über die schneebedeckten Berggipfel im Osten geworfen, als sie sich endlich zum Schlafen auf die Bodenbinsen gelegt und die Augen geschlossen hatten. Sie hatten schon bald den letzten Tropfen von Guthorms gutem Bier geleert und sich dann mit dem sauren Zeug begnügt. Sie hatten getrunken, bis ihre Bärte und Tuniken von Bier durchtränkt waren und keiner von ihnen noch in der Lage war, über eine Bank zu balancieren, ohne herunterzufallen. Dieses alberne Spiel war Olafs Idee gewesen, und irgendwann hatte draußen ein Hahn angefangen zu krähen. Svein hatte knurrend gedroht, er würde hinausgehen, ihn auf der Stelle schlachten und fressen, wenn ihm nur seine Beine gehorchen würden.

Sie hatten zugehört, wie Hagal die blutrünstige, von Rache und Vergeltung handelnde Geschichte des Helden Sigurd, des Drachentöters, erzählt hatte, der den Schatz des Drachen Fáfnir erbeutet hatte. Sigurd war gerade noch klar genug im Kopf, um sich wegen der Heldengeschichte des Skalden ein wenig zu schämen, vor allem als der an die Stelle kam, wo er behauptete, der Held würde jeden Mann an Kraft, Talent, Kühnheit und Mut übertreffen. Trotzdem war es nicht schlecht, dass sie alle hörten, wie reich dieser Held Sigurd durch seine Kühnheit und seinen Mut geworden war, und wenigstens beendete Krähenlied seine Geschichte, bevor er zu den tragischen und unheilvollen Ereignissen am Ende der Sage kam. Möglicherweise war Sigurd bis dahin aber auch bereits eingeschlafen.

Der Tag war bereits weit vorgeschritten, als sie jetzt in Begleitung aller lebenden Seelen des Dorfs, wie es schien, einen alten steinigen Viehtreiberpfad zu einer Anhöhe hinaufgingen. Alle waren aufgeregt ob der kommenden Ereignisse, alle bis auf Sigurds Gefährten, die mit verquollenen Augen, verschwitzt und mürrisch daherschlurften.

»Ich fühle mich, als hätte ein Troll meine Schädeldecke aufgeklappt und reingeschissen«, brummte Loker und wischte sich den Schweiß von der fettigen Stirn. Sie hatten ihre Speere bei sich und trugen ihre gesamte Kriegsausrüstung, bis auf ihre Schilde, die sie in Guthorms Halle gelassen hatten.

»Das ist noch gar nichts, Loker«, erklärte Aslak. »Ich sehe dich doppelt.«

»Wenn das kein Fluch ist!«, erklärte Hendil.

»Pah! Ihr Kinder könnt einfach kein Bier vertragen!« Aber Olaf sah nicht weniger mitgenommen aus als die anderen. »Als ich in eurem Alter war, bestand der Boknafjord nicht aus Salzwasser, sondern aus süßem, goldenen Met. Ich bin jeden Morgen mit weit geöffnetem Mund von Skudeneshavn nach Kvitsøy geschwommen.«

Das brachte ihm trotz der schmerzenden Schädel einige Lacher ein. Asgot kommentierte Olafs Prahlerei mit einer verächtlichen Handbewegung. »Ich kann mich noch sehr genau daran erinnern, wie du am Tag, als Harald den

Halsreif des Jarls von Ansgar Eisenbart übernommen hat, deine Eingeweide über Slagfids Schuhe ausgekotzt hast.«

»Ich war dabei«, bestätigte Solveijg. »Slagfid hat die Schuhe in die Jauchegrube geworfen, weil er sagte, er würde lieber barfuß laufen, als mit dem Gestank zu leben.«

»Ach was, der Fisch, den wir gegessen haben, war verdorben. Das war der Grund«, behauptete Olaf. Was ihm höhnisches Gelächter einbrachte, das jedoch rasch wieder verstummte. Möglicherweise wegen ihrer brummenden Bierschädel, aber Sigurd hielt es für wahrscheinlicher, dass die Männer schwiegen, weil jeder von ihnen sich an die alten Zeiten erinnerte, als ihre Freunde und Verwandten noch lebten und Haralds Halle unter den Feiern, den Saufgelagen und Prahlereien erzitterte. All das war jetzt Vergangenheit.

»Seht, da sind Guthorm und sein Kettenhund.« Svein deutete auf den Pfad voraus.

»Thrall oder nicht, es ist erbärmlich, mit ansehen zu müssen, wie ein Mann so an einer Kette gehalten wird«, erklärte Olaf.

Guthorm und seine Leute trotteten den Hügel hinauf. Der Karl führte den jungen, dunkelhaarigen Mann an einer Kette, deren Ende an einem eisernen Halsring befestigt war. Eyd hatte eine Reihe von Äxten und Schwertern in den Armen, und Alver hinter ihm trug ein Bündel Speere über den Schultern. Fastvi war ebenfalls dabei. Sie ging inmitten einer Gruppe von Frauen, die lachten und kicherten, als wären sie unterwegs zum Markt.

»Ich muss an den Wolf Fenrir denken«, erklärte Sigurd, während er Guthorms Thrall beobachtete und bemerkte, wie die anderen Bewohner der Siedlung auf ihn zeigten und aufgeregt miteinander schwatzten wie die Finken. Trotzdem hielten sie Abstand, wie es aussah.

»Es ist besser, einem lästigen Thrall die Kehle durchzuschneiden und ihn Loki, dem Zwiststifter, zum Opfer zu bringen, als ständig mit einem offenen Auge schlafen zu müssen«, erklärte Asgot. Dem konnte keiner widersprechen.

»Vielleicht hat Guthorm ja genau das vor«, überlegte Aslak. »Warum sollte er sonst einen Thrall an einer Kette hierherführen?«

»Vielleicht liebt Guthorm diesen schwarzhaarigen Hurensohn so sehr, dass er ihm ein wenig frische Luft gönnen will.« Olaf sog tief die Luft ein, die nach Moos und vom Tau noch feuchtem Gras roch.

Sigurd bezweifelte allerdings, dass es darum ging. Guthorms Leute hatten ganz offensichtlich Angst vor diesem jungen Mann mit dem rabenschwarzen Haar und den Wolfsaugen. Der Karl hatte gesagt, dass heute Leute sterben würden, und Sigurd hätte jedes Stück Silber in seiner Geldbörse darauf verwettet, dass Guthorms Thrall dabei in jedem Fall eine Rolle spielte.

»Da ist es«, stellte Svein fest, als sie über einen felsigen Kamm zum weinenden Stein kamen, um den sich bereits eine Menschenmenge versammelt hatte. In den Stein, der mehr als mannshoch vor ihnen aufragte, hatte man Jörmungard, die Midgard-Schlange, eingemeißelt. Ihr mit Runen bedeckter Körper schlängelte sich über den Fels in gebranntem Ockerrot, in Safrangelb, im Grün von Kupfersalzen und Schwarz von Holzkohle.

»He, Junge! Komm her!«, rief Olaf einem Jungen zu, der mit seinen Freunden und einem kläffenden Köter über den Hügel lief. Der Junge kam zu ihnen. Er hatte die Augen weit aufgerissen, in Erwartung von dem, was dort oben auf dem Hügel passieren würde. Olaf zeigte mit seinem Speer auf den Stein. »Warum nennt man den da den Weinenden Stein?«

Der Junge hatte ein Holzschwert in den Gürtel gesteckt und trug an einem Lederband um den Hals einen Kamm. Letzteren hatte er offenbar vergessen, jedenfalls nach dem Stroh in seinen Haaren zu urteilen. »Eine Frau namens Aesa hat ihn errichtet«, antwortete er mit seiner hellen Stimme. »Ihr Mann und ihr Sohn sind auf einen Raubzug nach Westen gefahren und nie zurückgekommen. Die Runen erzählen das.« Er kräuselte seine Stupsnase. »Jedenfalls denen, die sie lesen können«, setzte er hinzu.

»Und da kommt Lahmbein, wenn ich nicht irre«, sagte Loker und deutete auf Guthorms Freund, der zu der Gruppe am Stein humpelte.

»Kluges Bürschchen, jedenfalls sehe ich sonst weit und breit niemanden humpeln«, bemerkte Solveig, was ihm einen Rippenstoß von Loker einbrachte.

In-Halti, auch Lahmbein genannt, trug einen edlen blauen Kyrtill über seiner Tunika, dessen Saum er hochgeklappt und in seinen Gürtel geklemmt hatte. Das hatten viele andere ebenfalls gemacht, denn der Tag versprach warm zu werden. Er wurde von etlichen Leuten begleitet, unter anderem von zwei schwer bewaffneten Kriegern. Der eine, ein Bär von einem Mann, schwitzte sichtlich unter dem Gewicht eines gewaltigen Brynjas und zwei Langäxten, die er je über einer Schulter trug. Der andere war kleiner, trug eine Lederrüstung sowie Schild und Speer und hatte zudem ein Schwert in der Scheide an seinem Gürtel.

Sie traten zum Stein und Sigurd sah zu, wie Guthorm die Besucher der Reihe nach begrüßte. Einige mit einem Lächeln, andere mit dem Kriegergruß, wieder andere nur mit einem knappen Nicken. Ofeig, der den Beinamen Düsterauge trug, war ebenso leicht in der Menge zu erkennen, denn er machte ein Gesicht wie ein Donnerwetter, obwohl das nichts über seine Laune aussagte. Die Grimasse war das Ergebnis einer dicken, verkrusteten Narbe, die quer über seine Stirn und durch seine rechte Braue bis unter das Auge verlief, obwohl es immer noch brauchbar zu sein schien. Die Narbe war vernäht worden und hatte die Haut so verzogen, dass der Mann aussah, als hätte er gerade irgendeinen jungen Tunichtgut mit seiner Tochter im Heu gefunden. Auch er hatte Kämpfer mitgebracht, insgesamt vier, die alle bis an die Zähne bewaffnet waren. Drei von ihnen trugen Kettenpanzer, kurzärmlige Brynjur, die einen Blick auf ihre tätowierten Arme erlaubten. Der vierte trug eine Lederrüstung und einen Bärenspieß, dessen Schaft fast so dick war wie sein Arm. Aber er hatte ganz offensichtlich genug Muskeln, um ihn schwingen zu können.

Und diese Männer waren nicht die einzigen anwesenden Kämpfer. Es gab noch etwa ein Dutzend weitere. Sie alle waren an diesen verlassenen Ort gekommen, um in dem vom Wind hin- und herwogenden Gras Silber zu gewinnen.

»Scheint lustig zu werden«, sagte Svein und rieb sich die Hände, »ich wünschte, ich hätte ein bisschen Bier mitgebracht.« Sigurd war immer wieder erstaunt, was sein Freund vertrug, ihm selbst drehte sich allein bei dem Gedanken an Bier fast der Magen um.

»Wie können wir herausfinden, auf wen wir unser Silber setzen sollen?«, fragte Hendil, der die Kämpfer unter den Versammelten betrachtete.

»*Unser* Silber?« Olaf sah ihn mit vorwurfsvoller Miene an, fuhr aber sogleich fort: »Du bekommst ein Gefühl dafür, wenn du sie einfach nur ansiehst. Gegen diesen Fleischkloß da würde ich nicht viel setzen.« Er deutete mit einem Nicken auf den Hünen mit den zwei Äxten. »Er trägt ein feines Brynja, so wie es aussieht, und mit diesen Armen und einer Langaxt kann er Männer ins nächste Leben befördern, bevor die auch nur nahe genug an ihm dran sind, um ihn mit dem Speer zu kitzeln.«

Silber wechselte bereits den Besitzer, und Guthorms Frau Fastvi, flankiert von zwei mit Speeren bewaffneten Karls und einem Thrall mit einer kleinen Handwaage, nahm die Wetten entgegen und erklärte denjenigen, die sie noch nicht kannten, die Regeln. Die, wie sich herausstellte, nicht sonderlich kompliziert waren: Die Männer würden kämpfen, bis sie entweder tot oder zu schwer verletzt waren, um weiterzumachen. Oder bis ihre Herren, oder auch Lehnsherrn, wie es aussah, denn nicht alle Kämpfer waren Thralls, einen Speer in den Boden rammten. Das bedeutete, ihr Mann gab auf, was dieselbe Wirkung hatte, als wenn sie getötet worden wären, jedenfalls was das gesetzte Silber betraf.

Olaf und Solveijg und die anderen stritten noch darüber, wer im ersten Kampf gegen wen antreten sollte, als Guthorm seinen jungen Thrall zum Weinenden Stein führte und sich daranmachte, das Ende der Kette an einem Ring zu befestigen, der in den Fels eingelassen war, genau an der Stelle, wo sich das offene Maul der Schlange befand. Der schwarzhaarige junge Mann ließ sich bereitwillig hinführen. Dann stand er da und flocht sich das Haar zu zwei Zöpfen, während er mit wilder Miene die Menge betrachtete. Guthorm hob eine Hand, um die Versammelten zum Schweigen zu bringen, und sofort trat Stille ein. In dem Moment wechselten Sigurd und der Thrall einen langen Blick, bis Svein Sigurd am Arm zupfte und seine Aufmerksamkeit auf den axtschwingenden Hünen lenkte, der grinsend in den Kreis von Männern, Frauen, Kindern und Hunden trat.

»Wie ich sehe, habt ihr nach dem letzten Mal würdigere Gegner mitgebracht«, erklärte Guthorm den Versammelten. Sigurd beobachtete derweil, wie Aslak sich entfernte. »Jedenfalls nach dem ersten Eindruck zu urteilen«, fuhr Guthorm fort. »Ob der Eindruck trügt, wird sich zeigen.« Einige der Gäste warfen sich gegenseitig Beleidigungen an den Kopf oder brüllten Flüche in Guthorms Richtung, aber der fuhr ungerührt fort: »Möge der Mut belohnt und die Langsamkeit bestraft werden. Und vergesst nicht, eure Wetten bei meiner Frau abzugeben. Der erste Kampf beginnt bald.«

Mehr geredet wurde nicht, offensichtlich wussten alle Anwesenden, wie der Wettkampf ablaufen würde.

Der Angekettete ging bis ans Ende seiner kleinen Welt. Die Kette gab ihm eine Reichweite von ungefähr sieben Schritten in einem Halbkreis rund um die Vorderseite des weinenden Steines. Dann zog er mit seinem Fuß Linien in die Erde. Dasselbe machte er etwa auf halber Strecke zwischen diesen Markierungen und dem Stein. Er hatte offensichtlich Erfahrung, denn man wollte natürlich die Länge einer Kette nicht erschöpfen, wenn man daran gefesselt war. An einigen Stellen konnte man noch alte Zeichen sehen, aber er zog frische Linien und wirkte dabei vollkommen unbekümmert.

»Beim letzten Mal muss ein Haufen von Schlappschwänzen angetreten sein«, sagte Olaf, dem auffiel, wie ruhig der Angekettete war. »Aber dieser Bursche hat offenbar nicht genug Hirn im Schädel hat, um zu begreifen, dass er diesmal keine Chance hat. Was vielleicht auch besser für ihn ist.«

»Setz ein bisschen Silber auf den Hünen.« Svein stützte sich mit gekreuzten Armen auf den eisernen Kopf seiner Stielaxt.

»Gut, aber wir werden nicht viel gewinnen, weil alle auf ihn setzen«, bemerkte Solveijg.

»Hast du schon gewettet, Harek?«, rief Guthorm ihm zu. Zu ihrer Erleichterung benutzte er den Namen, den Sigurd bei seiner Ankunft auf dem Hof genannt hatte.

Der nickte und lächelte Guthorm schwach zu.

»Wann denn?«, wollte Olaf wissen, doch dann sah er, wie Aslak aus der Traube von Menschen rund um Fastvi und ihre Waage trat.

Alle sahen Sigurd an. Solveijg brummte, er hätte das Silber besser ins Meer geworfen, denn dann hätten sie sich wenigstens Njörðs Wohlwollen gesichert.

»Sigurd hat das Silber auf den großen Mann gesetzt«, erklärte Svein. »Jeder kann sehen, dass dieser Krieger den Thrall in zwei Stücke hacken wird.«

Sigurd betrachtete den Hünen mit den Langäxten, und sein Magen verkrampfte sich. Svein hatte recht, der Mann sah aus wie ein Preiskämpfer. Er hatte sein Haar für den Kampf geflochten, seine Arme waren von Narben übersät und mit silbernen Reifen geschmückt. Er war ein Mann, den man an den Bug eines Schiffes stellen konnte, wo er die Eingeweide seiner Feinde vor Angst in saures Wasser verwandelte. Plötzlich kam Sigurd in den Sinn, dass er das Silber, genug Silber, um sich ein gutes Schwert zu kaufen, besser genutzt hätte, um sich die Loyalität dieses Hünen zu erkaufen. Statt es, wie er es getan hatte, auf Guthorms Thrall zu setzen, einen Burschen, dem noch nicht einmal ein ordentlicher Bart gewachsen war.

»Wartet«, entfuhr es Olaf, »was sehe ich in deinem Gesicht, Sigurd?« Er richtete seinen finsteren Blick auf Aslak. »Haben wir etwa unser Silber auf den Jungen gesetzt?«

»Unser Silber?« Hendil hob beide Brauen, was ihm einen wütenden Blick von Olaf einbrachte.

Aslak sah Sigurd an, der nickte. »Aber wir waren nicht die Einzigen«, meinte Aslak. »Obwohl die meisten auf den Hünen gesetzt haben.«

»Du sagst ja gar nichts dazu, Godi«, sagte Olaf an Asgot gewandt. »Was hältst du davon?«

Der alte Seher legte den Kopf schief, während er den jungen Mann mit dem pechschwarzen Haar betrachtete. »Es gibt einen Grund, ihn an einer Kette zu halten«, erklärte er schließlich.

»Ja, weil er sonst, so schnell ihn seine jungen Beine tragen, nach Osten rennen würde«, sagte Solveijg. »Denn wer kämpft schon freiwillig gegen einen solchen Troll?«

»Schlimm genug, dass er keinen Kettenpanzer oder Helm hat, aber sie geben ihm nicht einmal einen Schild«, sagte Loker. Eyd hatte dem Thrall eine Faustaxt gegeben, der vollkommen damit zufrieden zu sein schien. Er wog sie in der Hand und prüfte ihr Gewicht, während er zum Weinenden Stein zurückging.

»Was würde ihm ein Schild gegen diesen Kerl auch schon nützen?« Hendil deutete mit einem Nicken auf Lahmbeins Kämpfer, der seinen Widersacher jetzt angrinste. Hendil hatte zweifellos recht. Mit so viel Muskeln konnte ein Mann die Klinge einer Langaxt glatt durch einen Schild und den Arm, der ihn hielt, hämmern.

»Ich freue mich jedenfalls auf den Kampf«, erklärte Svein.

Er war nicht der Einzige. Die Anwesenden hatten einen Halbkreis um den Weinenden Stein gebildet, und ihr aufgeregtes Gemurmel klang wie das Summen in einem Bienenstock.

Sigurd sah, wie Guthorm Lahmbein zunickte. Der stand hoch aufgerichtet mit herausgedrückter Brust und erhobenem Kinn da, wie ein Mann, der weiß, dass er recht behalten wird. Er fuhr mit der Hand durch die Luft als Zeichen für Guthorm, den Kampf beginnen zu lassen. Sofort ertönten aufmunternde Rufe aus der Menge, die meisten für Lahmbeins Mann, aber einige galten auch dem schwarzhaarigen Jüngling.

Der ließ die Faustaxt einmal durch die Luft wirbeln, sodass der Schaft in seine Handfläche klatschte.

Der Hüne lachte verächtlich und spuckte irgendetwas Ekliges in das hohe Gras. »Sag deinen unwürdigen Vorfahren, dass du kommst!«, schnaubte er. »Du wirst ihnen schon bald in Niflheim Gesellschaft leisten!« Etliche Anwesende schüttelten sich, denn Niflheim war die dunkle Welt, ein Ort mit eisigen Nebeln und Flüssen aus Eis, zu dem jene fuhren, die einen erbärmlichen Tod gestorben waren. »Ich bin Waltheof, der Sohn des Asgaut. Ich könnte die Taten aufzählen und dir die Männer nennen, die ich getötet habe, aber ich spar mir die Mühe.« Mit diesen Worten breitete er die Langäxte zur Seite aus, wirbelte sie einmal in einem großen Kreis herum und trat vor.

Der Angekettete schleuderte als Antwort seine Faustaxt.

Sie wirbelte zweimal durch die Luft und grub sich mit einem Krachen in die Stirn des Hünen, das laut von dem weinenden Stein widerhallte. Die Menge keuchte vernehmlich, als der große Mann einen Moment lang dastand, mit der Axt in der Stirn, so wie man vielleicht eine Spaltaxt im Block lassen würde, nachdem man Holz gehackt hat. Blut rann von seinem Schädel und tropfte an der Nase herunter. Dann fiel der Hüne, beide Langäxte immer noch am Schaft gepackt, wie ein Baum nach vorne und krachte auf die Erde. Ebenso tot wie jener Runenstein, der in Erinnerung an einen verlorenen Ehemann und Sohn errichtet worden war.

»Bei Óðins Arsch«, brummte Olaf. »Ein anständiger Kampf sieht anders aus.« Er warf Sigurd einen Seitenblick zu. »Die Taktik hätte von dir stammen können«, knurrte er in Erinnerung an den ebenso kurzen Kampf in Eik-Hjálmr, als Sigurd ihn mit einem gezielten Tritt in die Eier auf den Arsch gesetzt hatte.

»Trotzdem, es war ziemlich mutig, die Faustaxt zu werfen«, erklärte Aslak. »Was, wenn er vorbeigeworfen hätte?«

Sigurd zuckte mit den Schultern. »Hat er aber nicht«, sagte er.

»Seien wir froh«, warf Loker ein. »Wir können das Silber gut gebrauchen.«

Die meisten Schaulustigen rund um den Weinenden Stein waren jedoch alles andere als froh und machten das Guthorm auch unmissverständlich klar. So unmissverständlich, dass Guthorms Speerträger, die Fastvi und das Silber bewachten, bereits nervös wurden. Guthorm selbst war, seiner düsteren Miene nach zu urteilen, ebenfalls nicht begeistert. Er knurrte seinem Thrall etwas Boshaftes zu, verbarg es aber unter einem Lächeln.

»Wie es scheint, ist es unseren Gastgebern nicht recht, dass der Kampf so schnell vorbei war«, sagte Hagal. Verständlich, denn so etwas war nicht gut fürs Geschäft.

Lahmbein war so wütend, dass er immer noch nach Worten rang, während zwei seiner Freunde den toten Kämpfer wegschleppten. Sie zogen ihn, jeder an einem Fuß, hinter sich her, und der Schaft der Axt in seinem Schädel hinterließ eine Furche in der Erde.

»Es dürfte nicht so einfach sein, sie aus seinem Schädel herauszubekommen«, bemerkte Solveijg.

Der Angekettete ging wieder zum Runenstein zurück, setzte sich hin und lehnte sich mit dem Rücken dagegen. Er reinigte gelassen seine Fingernägel, während er darauf wartete, dass sich der Sturm der Entrüstung unter den Versammelten legte.

»Das kannst du keinen Kampf nennen, Guthorm!«, brachte Lahmbein schließlich heraus. Er spuckte vor Wut Schaum auf seinen Bart.

Guthorm breitete die Arme aus. »Vielleicht hast du nächstes Mal mehr Glück, In-Halti.« Lahmbein sah sich Hilfe suchend um, aber die anderen hatten die Sache bereits vergessen und viele drängten sich um Fastvi, um auf den nächsten Kampf zu wetten. Sigurd gab Aslak noch etwas Silber, sein Freund nickte und lief rasch zu der Gruppe um die Frau.

»Wieder auf den Jungen?«, wollte Olaf wissen.

»Willst du etwa gegen ihn wetten?«, erkundigte sich Sigurd, woraufhin Olaf seinen buschigen Bart kratzte.

»Nur weil der Junge eine Faustaxt werfen kann, ist er noch lange kein guter Kämpfer«, erklärte Loker. »Und jeder, der als Nächster gegen ihn antritt, ist auf diesen Trick vorbereitet.«

Sigurd musste zugeben, dass das stimmte.

»Du hast deine Chance vertan, In-Halti.« Ofeig Grettir winkte mit seinen beringten Fingern in Lahmbeins Richtung. »Jetzt liegt es an mir, diesen Trollschiss von Thrall an die Würmer zu verfüttern.« Er winkte einen seiner vier Männer heran. Der Krieger gehorchte, auch wenn er nicht ganz so überheblich wirkte wie der Hüne. Wer konnte es ihm verdenken nach dem, was er gerade gesehen hatte?

Aber dann schickte Fastvi einen Jungen zu ihrem Ehemann, und nachdem sich Guthorm angehört hatte, was der Bursche zu sagen hatte, hob er Ruhe heischend die Hand. »Das geht nicht!« Er schüttelte den Kopf. »Keiner hat sein Silber auf Ofeig Grettirs Kämpfer gesetzt.«

»Grettir vermutlich schon«, murmelte Solveijg. »Und der wird so reich sein wie ein Jarl, wenn sein Mann gewinnt.«

Aber Guthorm wollte das nicht durchgehen lassen. »Um die ganze Angelegenheit ausgewogener zu machen«, meinte er, »werde ich den vier Männern von Grettir erlauben, gleichzeitig gegen ihn zu kämpfen.« Er deutete auf seinen Thrall, der immer noch mit dem Rücken an den

Runenstein gelehnt dasaß. Die Leute brummten, und Fastvis Gewichte klapperten in den Waagschalen, als die Leute sich von ihren silbernen Barren, Stangen und Reifen trennten.

»Guthorm ist ein gieriger Narr.« Olaf war offenbar der Meinung, dass der Bauer in seinem Bemühen, die Leute dazu zu bringen, gegen seinen Mann zu wetten, zu weit gegangen war. »Einer allein kann nicht gegen vier kämpfen. Nicht, wenn er an einen verfluchten Felsen gekettet ist, ohne Kettenpanzer, ohne Helm und noch nicht einmal mit einem verdammten Bart am Kinn!«

Sigurd fluchte leise, denn er war derselben Meinung. Aber es war zu spät, Aslak zurückzuholen, ohne das Gesicht zu verlieren. Also berührte er nur den eisernen Schwertknauf an seiner Hüfte und rief Óðin Hrafnáss an, den Rabengott. Denn nur dessen Einmischung konnte den jungen Thrall vor einem blutigen Ende bewahren und Sigurd davor, sein Silber zu verlieren.

Doch der junge Mann mit dem schwarzen Haar schien nach wie vor keinerlei Furcht zu spüren. Im Gegenteil. Er war aufgestanden und betrachtete neugierig die vier Männer, die sich vor ihm aufbauten. Drei trugen Kettenpanzer, einer einen Harnisch aus gekochtem Leder, und alle waren mit Speeren bewaffnet.

»Das könnte ein Kampf für deine Geschichten werden, Skalde«, meinte Solveijg in Richtung Hagal.

»Die Geschichte dürfte ziemlich kurz ausfallen«, sagte Olaf, und Hagal entgegnete, dass die Leute nichts gegen kurze Geschichten hätten, sie müssten nur blutiger sein als die langen. Das war gut gesagt, und niemand widersprach ihm.

»Ich wette, dass er diesmal nicht seine Axt wirft«, erklärte Svein.

Doch Eyd gab dem Thrall gar keine Axt. Der Junge sollte mit einem Speer kämpfen, obwohl Sigurd sich nicht vorstellen konnte, dass ein Speer oder auch eine andere Waffe ihm bei einem Kampf gegen vier Widersacher viel nutzen würden. Denn wenn er einen von den vieren mit dem Speer durchbohrte, stand er den drei anderen ohne jede Waffe gegenüber. Und doch hatten einige Leute ganz offensichtlich Silber auf den sonderbaren Jungen gesetzt. Offensichtlich trauten sie ihm mehr zu, als nur eine Faustaxt zu schleudern.

Ofeig Düsterauges Männer schienen das ähnlich zu sehen, denn sie marschierten nicht einfach auf ihn los und versuchten ihn aufzuspießen, und ebenso wenig riskierte einer von ihnen, seine Waffe zu verlieren, indem er den Speer warf. Stattdessen umringten sie ihn und rückten langsam vor, wie Männer, die sich einem Keiler näherten.

Oder einem Wolf.

Der junge Mann packte den Speer mit beiden Händen. Den Schaft klemmte er unmittelbar unter den Rippenbogen unter seinem linken Arm, und er richtete die Klinge nacheinander auf jeden seiner Widersacher, als sie näher kamen.

»Worauf wartet ihr? Bei Friggs Titten, ihr seid zu viert!«, blaffte Loker.

»Halt schön die Augen offen, Junge«, knurrte Olaf. »Einen dieser Hurensöhne wird es noch früh genug jucken, und er wird sich nicht beherrschen können. Einer wird den Ruhm einsacken wollen, selbst gegen einen angeketteten Thrall.«

Und genau so kam es. Einer der Speerkämpfer auf der rechten Seite des jungen Mannes griff mit einem zweihändigen Stoß etwa in Bauchhöhe an. Aber der Thrall hatte den Schlag kommen sehen, blockierte ihn mit seinem Schaft und schlug mit der linken Hand zu. Er rammte dem Mann das stumpfe Ende des Speers gegen die Schläfe. Der Krieger stolperte, aber der Thrall folgte ihm, blieb dicht bei ihm und riss die Klinge des Speeres hoch. Blut spritzte durch die Luft und kündete vom Untergang eines Mannes, als er dem Kämpfer die Lenden zerfetzte.

Ein zweiter Speerkämpfer brüllte auf und stieß seinen Speer nach dem Kopf des Thralls. Der riss den Kopf zur Seite, parierte mit dem Schaft und schlug so den Speer seines Widersachers nach oben weg. Dann wirbelte er seine Waffe herum, zu schnell, um es verfolgen zu können, und stieß die Klinge über seinem Arm in den Mund des Feindes. Blitzartig riss er sie wieder heraus, bevor sich das Eisen in den Kieferknochen verhaken konnte.

»Ihr Kettenpanzer nützt ihnen nicht viel«, bemerkte Hendil, als der dritte von Düsterauges Männern mit seinem Speer nach den Beinen des Thralls schlug. Der war aber schon aufgesprungen, wirbelte seinen Speer herum und rammte ihn unter seinem rechten Arm hindurch in den Hals seines Widersachers. Aber der Mann umklammerte den blutigen Schaft und trieb den Speer mit übermenschlicher Kraft noch weiter in die Wunde, sodass dem Thrall die Waffe aus den Händen gerissen wurde. Das war die Chance, die sein Gefährte nutzen konnte. Er schlug zu und hätte dem Thrall zweifellos die Brust aufgeschlitzt, wenn der junge Mann nicht auf ihn zugesprungen wäre und den Schaft mit dem Unterarm abgefangen hätte. Im selben Moment rammte er dem Speerkämpfer seine Stirn ins Gesicht. Dessen Nase brach mit einem Knacken. Dann kehrte er dem betäubten Mann den Rücken zu und ging langsam zum Weinenden Stein zurück.

Nur einer der drei anderen Männer atmete noch, aber er war wie betäubt, und das Blut sickerte ihm zwischen den Fingern hindurch, die er auf seine Lenden presste.

»Wir sollten mit deinem Silber diesen Thrall kaufen«, sagte Olaf zu Sigurd.

»Würdest du ihn verkaufen, wenn du Guthorm wärst?«, fragte Sigurd zurück.

Olaf wurde einer Antwort enthoben, als der Letzte von Düsterauges Männern trotzig aufbrüllte und mit blutendem Mund und gesenktem Speer angriff.

Der Thrall stand regungslos am Runenstein. Im letzten Moment wirbelte er herum wie eine Rauchfahne, packte die Kette, die hinter ihm durchhing, riss sie hoch und wickelte sie einmal um den Hals des Mannes. Dann zog er, mit aller Kraft und zusammengebissenen Zähnen. Das Gesicht von Düsterauges Kämpfer lief rot an, ihm traten die Augen aus den Höhlen und schienen jeden Moment platzen zu wollen. Er schlug verzweifelt gegen die Kette, aber der Thrall hielt sie fest. Aus dem halb offenen Mund quoll eine bläuliche Zunge, und ein Pissfleck färbte seine Hose dunkel.

»So etwas habe ich noch nie gesehen«, murmelte Solveijg. Und das sollte etwas heißen, wenn man so lange gelebt hatte wie er.

»Wo hat dieser Grünschnabel gelernt, so zu kämpfen?«, fragte Loker.

»Ein Wolf erkennt einen Wolf«, sagte Asgot.

»Einen solchen Umgang mit dem Speer kann man nicht lernen.« Olaf hatte seinen Speer quer über die Schulter gelegt und stützte seine kräftigen Arme darauf. »Mit dieser Gabe muss man geboren sein.«

»Ich würde nur gerne wissen, wie Guthorm an diesen Burschen herangekommen ist«, sagte Hendil. Das war eine gute Frage, denn Guthorm hatte sich nie oft auf Raubzüge begeben, und jetzt war er schon lange sesshaft.

»Da man sehen kann, dass Guthorm weder ein Arm noch der Kopf fehlt, würde ich sagen, dass er den Burschen sehr wahrscheinlich von irgendeinem Axtschwinger gewonnen hat«, erklärte Olaf.

Was wahrscheinlich der Grund war, warum Guthorm mittlerweile lieber in seinem Langhaus blieb, als in See zu stechen. Er verdiente am Weinenden Stein besser als mit seinen Feldern, seinen Schweinen und seinen Schafen zusammen.

Aber die anderen Karls, die ihre Kämpfer zum weinenden Stein gebracht hatten, gaben jetzt auf. Alle Zuversicht, mit der sie angetreten waren, war beim Anblick der Leichen, die jetzt im Gras lagen und von Fliegen umsummt wurden, verschwunden. Die Leute murmelten, Guthorms Mann würde von Óðin bevorzugt, und niemand könne erwarten, gegen einen Gott und einen Mann zu gewinnen. Über Guthorms fleischiges Gesicht lief der Schweiß, und sein Lächeln war so dünn wie seine Pissbrühe von Bier. Er machte sich Sorgen, und das zu Recht, denn so wie die Dinge liefen, würde niemand mehr seinen Kämpfer antreten lassen oder sein Silber einsetzen.

Svein packte seine Langaxt direkt unter dem stählernen Kopf und deutete damit in Richtung des Thralls. »Ich kämpfe gegen ihn, Sigurd«, sagte er. »Setz alles auf mich, dann werden wir hier und heute alle Börsen leeren.«

»Ist dir irgendein Gebräu zu Kopf gestiegen, von dem wir nichts wissen, Junge?«, fuhr Olaf ihn an. »Dieser Sohn einer Wölfin reißt ein Dutzend Löcher in deinen Leib mit seinen bloßen Fingern, wenn es sein muss.«

Svein sah ihn beleidigt an. »Ich brauche ihn nur einmal richtig zu treffen.« Er schlug gegen die Wange der Axt.

»Nein, Svein«, erwiderte Sigurd. »Wir haben hier gut verdient. Wenn du Guthorms Thrall tötest, dann sind unsere Gastgeber heute Abend schlechter Laune, und ich finde, wir sollten noch eine Nacht bleiben, wenn Guthorm uns aufnimmt.«

Svein überlegte. Dann nickte er, besänftigt von Sigurds Worten.

»Das Fest scheint ohnehin vorbei zu sein.« Solveijg beobachtete, wie Ofeig Düsterauge seinen Finger gegen die Brust eines anderen Karls stieß, der ebenfalls einen Kämpfer mitgebracht hatte, sich jetzt aber weigerte, den Mann auch nur in die Nähe von Guthorms Thrall zu lassen. Im Hintergrund sah man Fastvi, die eilig auszahlte, was sie den Leuten schuldete. Dann hockte sie sich hinter den beiden Speerkämpfern ihres Mannes auf die Knie und stopfte ihre glänzenden Gewinne und ihre Waage in einen Beutel, während Zwietracht um sie herum wie trockenes Holz in den Flammen knisterte.

»Vielleicht bekommen wir doch noch Kämpfe zu sehen«, sagte Olaf und nickte in Richtung von zwei Freunden Guthorms, die mit breiter Brust voreinander standen, die Hände auf den Griffen ihrer Saxe, die sie in Scheiden unter ihrem Bauch trugen.

Aber es war Lahmbein, der schließlich die allgemeine Aufmerksamkeit auf sich zog. Er schlug mit dem Griff seines Schwertes gegen den Schild, denn er witterte eine Gelegenheit, seine Verluste auszugleichen. »Wir sind alle von weit her gekommen. Ich selbst komme von Lysebotn«, schrie er. »Und ich bin nicht damit einverstanden, dass wir keine Gelegenheit bekommen sollen, auf ehrliche Weise unser Silber zu vermehren.«

»Mein Mann kämpft gegen jeden, der es wagt, sich ihm am Stein zu stellen«, erklärte Guthorm, die Arme weit ausgebreitet. »Es ist nicht meine Schuld, dass hier und heute nur Schwächlinge anwesend sind.«

Es war nicht besonders schlau, in dieser Stimmung so etwas zu sagen, aber Guthorm war zu aufgebracht, um auf seine Worte zu achten.

»Statt gegen ihn zu kämpfen, kannst du dir genauso gut selbst den Bauch aufschlitzen!« Der Rufer deutete auf Guthorms Thrall.

»Der Junge hat einen Seiðr an sich!«, rief ein anderer. »Das geht nicht mit rechten Dingen zu.«

»Dann lassen wir ihn außen vor«, schlug Lahmbein vor. »Ich habe noch einen Mann mitgebracht, wie ihr alle seht. Wagt jemand, gegen ihn zu kämpfen?« Die Leute reckten die Hälse. Gemurmel wurde laut. Lahmbeins Mann warf sich in die Brust und versuchte, wild entschlossen auszusehen. »Ich bin heute großzügig und würde ihn trotz meiner Verluste hier kämpfen lassen.«

Der Mann, auf den Lahmbein zeigte, schien einen halben Fuß gewachsen zu sein, jetzt, da er wusste, dass er nicht gegen den angeketteten Thrall kämpfen musste. »Denn dafür sind wir hergekommen«, fuhr In-Halti fort.

»Mein Mann kämpft gegen jeden, der nicht mit einem Gott im Bunde steht.«

»Wer hat diesen Mann schon kämpfen sehen?« Guthorm fuhr ausholend mit dem Arm durch die Luft.

Die Leute schüttelten den Kopf oder antworteten, dass sie diesen Mann noch nie gesehen hätten.

»Gut«, fuhr Guthorm fort. »Dann brauchen wir nur noch einen anderen Mann, den noch nie jemand mit einem Schwert in der Hand gesehen hat, dann haben wir einen gerechten Wettkampf, an dem hinterher niemand etwas aussetzen kann.«

»Was ist mit dir, Olaf?«, rief Eyd. »Du siehst aus wie ein Mann, in dessen Ohren das Lied der Schwerter schon oft erklungen ist. Und du zeigst uns dein schönes Brynja, seit du hierhergekommen bist. Willst du gegen Lahmbeins Mann kämpfen?«

Guthorm wischte Eyds Einladung mit einer Handbewegung beiseite. »Bist du noch bei Trost, Eyd?«, fragte er. »Olaf ist unser Gast. Warum sollte er sein Leben aufs Spiel setzen?«

»Weil sein junger Freund aus Skudeneshavn Silber braucht und Olaf ihm einen hübschen Gewinn bringen kann, wenn er wirklich ein so guter Kämpfer ist, wie man aus seiner Ausrüstung schließen sollte.«

Die Leute am Weinenden Stein sprachen aufgeregt durcheinander und starrten dann Sigurd an.

»Großmäuliger Ziegenficker«, murmelte Solveijg. Denn die meisten Leute mussten gehört haben, was Jarl Harald von Skudeneshavn und seinen Leuten widerfahren war. Außerdem hatten bestimmt auch etliche die Gerüchte gehört, dass der jüngste Sohn des Jarls, Sigurd, dem Netz des Königs entkommen war. Vielleicht war es ihnen auch zu Ohren gekommen, dass der Godi sich in einen Fuchs verwandelt und sein eigenes Bein abgebissen hatte, um dem Tod durch Ertrinken auf dem kleinen Riff unterhalb von Avaldsnes zu entkommen.

»Ich kämpfe gegen jeden, den du mir zeigst!«, rief Olaf und trat vor, um die Blicke der Anwesenden auf sich und weg von Sigurd zu ziehen.

»Nein, Onkel.« Sigurd packte seine Schulter. »Eyd hat uns vor den Leuten bloßgestellt. Sieh sie dir an. Sie fragen sich, was für ein Mann ich bin. Ich werde selbst gegen Lahmbeins Mann kämpfen.«

Olafs Miene verfinsterte sich. »Hör zu, Junge, ich bleibe bis zum Ende bei dir, was auch geschehen mag. Aber du bist nicht mein Jarl. Noch nicht.«

»Tut mir leid, Onkel.« Svein baute sich vor Olaf auf und hielt seine Langaxt quer vor seinen Körper. Olaf war ein großer Mann, aber Svein wirkte selbst neben ihm wie ein Hüne.

»Entweder schlägst du mit diesem Ding jetzt zu, oder aber du gehst mir aus dem Weg, bevor ich dir die Arme ausreiße und sie dir in deinen verdammten Schlund stopfe!«, schnarrte Olaf. Svein rührte sich nicht von der Stelle, aber Sigurd trat zu dem Runenstein und dem dunkelhaarigen Thrall, der immer noch mit dem Rücken dagegengelehnt dasaß.

Dann drehte er sich zu der Menge der Leute herum. »Ich bin Sigurd, Sohn von Jarl Harald von Skudeneshavn, der von dem Eidbrecher König Gorm verraten wurde. Ich werde gegen In-Haltis Mann kämpfen.« Er sah, wie die Augen der Leute aufleuchteten, aber keiner strahlte mehr als Guthorm. Der Karl wusste, dass sein Ruf gerettet war. Was auch immer passierte, seine Gäste würden jetzt mit einer Geschichte nach Hause zurückkehren, die es wert war, erzählt zu werden. Und das war fast so gut wie eine Börse voller Silber.

»Wir fühlen uns geehrt, Sigurd Haraldarson, und wir akzeptieren dein Angebot«, sagte Guthorm.

Sigurd nickte und drehte sich herum, um seine Freunde anzusehen. Er wollte sich davon überzeugen, dass sie kein Blut vergossen, aber mittlerweile standen Olaf und Svein nebeneinander und beobachteten ihn. Selbst Olaf wusste, dass er sich jetzt aus der Sache heraushalten musste, denn das hier war eine Frage der Ehre, und Sigurd hatte keine Wahl, als mit der Strömung zu schwimmen.

Was nicht hieß, dass er sich nicht innerlich einen Narren schalt. Er war immer noch geschwächt von der Prüfung am Baum, und der Gedanke an einen harten Kampf trieb ihm den Schweiß auf die Handflächen und die Scheiße in die Eingeweide. Aber der einzige Weg, jemals stark genug zu sein, gegen Jarl Randver und König Gorm zu kämpfen, war der, Männer für seine Sache zu gewinnen, falls ihm überhaupt Schwertkämpfer in diesen blutigen Eisensturm folgen wollten. Was sie niemals tun würden, wenn er ein Mann war, der sich bei einer Herausforderung hinter anderen versteckte.

Er betrachtete den Kämpfer von Lahmbein, um ihn einzuschätzen. Der Mann war nicht besonders groß, wirkte jedoch stolz und hatte Feuer in den Augen.

»Welche Waffen willst du benutzen, Sigurd?«, wollte Eyd wissen. Der Mann hatte ohne Zweifel gewollt, dass Olaf kämpfte, aber er schien damit zufrieden zu sein, dass jetzt Sigurd an Olafs Stelle stand. Ganz offensichtlich erwartete er, dass Sigurd verlöre, und wusste, dass dies Olaf mehr schmerzen würde, als selbst eine Klinge zwischen die Rippen zu bekommen.

»Mein Schwert genügt«, erwiderte Sigurd und zuckte mit den Schultern. »Ich könnte auch eine Axt, einen Speer oder sogar einen Schmiedehammer benutzen, aber das Ende wäre dasselbe. Der wahnsinnige Gott liebt mich, und ich kann nicht verlieren.«

Das war zwar eine schreckliche Prahlerei, aber es funktionierte, denn der Mann von Lahmbein zwang sich zu einem Grinsen, obwohl ihm alles Blut aus dem Gesicht wich. Die Zuschauer am weinenden Stein hatten an diesem Tag bereits genug Bestaunenswertes erlebt, um zu argwöhnen, dass die Götter unter ihnen waren. Der Thrall mit dem pechschwarzen Haar bewies es. Er hatte keinen einzigen Kratzer davongetragen, und auf sein Kerbholz gingen fünf frische Leichen, um die die Fliegen summten.

Ich habe nicht umsonst in diesem stinkenden, verfluchten Sumpf an diesem Baum gehangen, dachte Sigurd grimmig. Er blickte in den blauen Himmel hinauf, über den einige hauchdünne, weiße Wolken zogen, wie Wollfetzen, die in einem Brombeerstrauch hängen geblieben waren. Fastvi war bereits wieder mit Wiegen beschäftigt, und Guthorm schickte einen Jungen mit seiner Börse zu ihr.

Sigurd konnte nicht erkennen, auf wen der Karl sein Silber setzte, aber er wusste, dass Aslak wahrscheinlich mindestens die Hälfte von Sigurds Silber auf ihn setzen würde. Wahrscheinlich mehr.

»Willst du einen Schild, Sigurd?«, fragte Eyd. Sigurd zuckte erneut mit den Schultern, als wäre es ihm gleichgültig, aber er nahm den Schild, den Eyd ihm anbot. In Wahrheit war er froh, dass er ihn hatte. Ohne den Schild hätte er sich so schnell bewegen müssen wie eine Katze, um dem Schwert seines Gegners auszuweichen, aber dafür war er nicht kräftig genug. Selbst der kurze Anstieg auf den Hügel heute Morgen hatte ihn schwindeln lassen, und seine Brust war so angespannt gewesen wie die Haut auf Asgots Geistertrommel. Aber mit dem Schild konnte er widerstehen und ein paar Schläge abfangen. Das würde ihm Zeit geben herauszufinden, wie er seinen Gegner schlagen konnte.

Guthorm trat zu Sigurd, und für einen Moment lang sah er ihn nur schweigend an. »Wenn du diese Sache überlebst, bist du heute Abend wieder mein Gast«, sagte er schließlich. »Möglicherweise gibt es da doch ein paar Dinge, über die wir uns unterhalten können.«

Sigurd nickte und ging an ihm vorbei zu seinem Gegner, Hagberth, der bereits auf ihn wartete, Speer und Schild fest in Händen. Sigurd konnte es ihm nicht verübeln, dass er außer seinem Schwert auch einen Speer hatte. Aber Sigurd selbst hatte die Gunst des Allvaters beschworen, also was brauchte er da einen Speer? Gleiches galt für seine Rüstung, denn er trug nichts weiter als Beinschienen, die sich glänzend gegen die dunkle Lederhose abhoben, auf die er sie geschnallt hatte.

Ein Helm wäre gut, dachte er.

Die Leute jubelten bereits, voller Vorfreude auf diesen, wie sie hofften, ordentlichen Kampf.

»Schnitz ihm ein neues Arschloch, Sigurd!«, brüllte Svein.

Sigurd drehte sich um, und sein Blick fiel auf Asgot, der auf dem Boden saß und seine Runen warf. Als könnte er mehr erkennen, wenn er sie betrachtete statt den Kampf. Vielleicht war dem ja so. Olaf nickte, und Aslak deutete auf den Boden, was heißen sollte, dass Sigurd seinen Widersacher so schnell wie möglich zu Boden bringen sollte. Hendil stand da und drehte seinen Fingerring, Loker kaute an seinem Daumennagel, und Solveijg hielt sich den Bauch, als müsste er dringend seinen Darm entleeren. Die Muskeln in Sveins Wangen zuckten unter seinem roten Bart, und die Knöchel seiner Hände leuchteten weiß auf dem Schaft seiner Langaxt. Sigurd wusste, dass sein Freund schneller als ein Spatzenfurz mit ihm die Plätze tauschen würde, wenn er gekonnt hätte.

Dann griff Hagberth ihn an. Sigurd konnte über dem Eisenrand seines Schildes nur die Lederkappe und die Augen seines Gegners sehen.

Hagberth schlug zuerst zu. Seine Speerklinge zielte auf Sigurds Gesicht, aber Sigurd schlug sie mit dem Schild weg, während er gleichzeitig mit seinem Schwert nach dem Mann hieb. Der Schlag hätte Hagberth fast die Gurgel aufgeschlitzt, aber er zog gerade noch rechtzeitig den Kopf zurück. Wieder stieß er mit dem Speer zu, und diesmal blockte Sigurd den Schlag mit seinem Schwert. Dann jedoch kauerte Hagberth sich hin, und die Klinge hätte Sigurds rechtes Schienbein getroffen, wenn sie nicht von seiner Beinschiene abgeprallt wäre. Sigurd hackte auf den Schaft und zertrümmerte ihn in zwei Teile. Hagberth sprang zurück und schleuderte den Rest auf Sigurd, um sich Zeit zu verschaffen, die er nutzte, um sein Schwert zu zücken.

Dann griff er erneut an. Er schlug auf Sigurds Schild ein, drei heftige Schläge, um die Stärke seines Widersachers und die Qualität des Lindenholzes zu prüfen. Aber Sigurds Schild hielt stand, und er lockerte seine Schultern, als sie sich langsam umkreisten. Dann stürmte Hagberth erneut vor, und diesmal hielt Sigurd den Schild so, dass der Schlag nach unten links abgelenkt wurde, sodass er eine Gelegenheit für einen Gegenschlag hatte. Aber Hagberth war ein erfahrener Kämpfer und riss seinen Schild gerade noch herum, um den Schlag abzufangen. Sie trennten sich erneut, schwitzend und keuchend.

»Ich habe dich für besser gehalten«, sagte Sigurd. »Aber jetzt verstehe ich, warum Lahmbein dich vorhin zurückgehalten hat, als wärst du der Kleinste vom Wurf.« Er schlug nach Hagberths Schulter, aber der Mann wehrte den Schlag mit dem Schild ab. Dann prügelten sie aufeinander ein, dass die Splitter von Lindenholz durch die Luft flogen.

Als sie erneut auseinandertraten, schien alles um Sigurd herum zu verschwimmen. Dunkle Punkte bewegten sich durch sein Blickfeld, wie Schatten von Vögeln, die über eine gekräuselte Wasseroberfläche huschten. Er wusste, dass er noch nicht genug Kraft für diesen Kampf gesammelt hatte. Aber das durfte er niemanden sehen lassen, also führte er einen Schlag nach Hagberths Beinen. Er verfehlte sie, und sein Widersacher trat vor und hämmerte Sigurd den Schwertgriff gegen den Kopf. Blitze tanzten vor seinen Augen.

Er hörte, wie die Zuschauer brüllten, und spürte, wie sich seine Beine unter ihm bewegten.

»Bleib auf den Füßen, Haraldarson!«, schrie jemand. Olaf.

Sigurd taumelte aus der Reichweite von Hagberths Schwert, und es gelang ihm, nicht zu stürzen. Aber er hatte auch keine Zeit, wieder zur Besinnung zu kommen, weil der Mann erneut angriff. Doch das Krachen des Schwertes des Gegners auf sein Schild weckte schlagartig seine Lebensgeister.

Sigurd stemmte seine Schulter in seinen Schild und hämmerte ihn gegen seinen Widersacher. Der taumelte zurück und stürzte. Erneut jubelten die Leute, und eine Woge von Gelächter brandete auf, als der Mann auf dem Hosenboden saß. Der Mann lief rot an und rappelte sich wieder auf. Sigurd wischte sich mit dem Arm den Schweiß aus den Augen und versuchte, die dunklen Flecken wegzublinzeln, die durch sein Blickfeld huschten.

»Was ist, Hagberth?«, rief er. »Bist du müde? Dann musst du wohl älter sein, als du aussiehst.« Er grinste den Mann an und breitete Schild und Schwert aus, um Hagberth zum Angriff einzuladen.

In-Haltis Kämpfer brauchte keine Einladung. Er trat vor, und erneut sangen ihre Eisen und hallten vom weinenden Stein wider. Genau deswegen waren die Leute hierhergekommen, und sie rissen die Augen auf und reckten die Hälse, um sich ja nichts entgehen zu lassen. Sie schrien und kreischten bei jedem Schlag. Klingen krachten gegen Lindenholz und klirrten auf Schildbuckel und Eisenränder. Dann sprang Sigurd vor und bohrte sein Schwert in Hagberths rechte Schulter. Aber die Lederrüstung des Mannes hielt die Klinge auf. Der Kämpfer brüllte vor Schmerz auf, hämmerte seinen Schild gegen Sigurd und trieb ihn zurück.

»Du bist ein toter Mann, Hagberth«, rief Sigurd ihm zu und deutete mit einem Nicken auf den weinenden Stein, an dem der schwarzhaarige Thrall immer noch saß und sie beobachtete. Sein Gesicht war vom Blut der Toten bespritzt. »Glaubst du, dass deine Frau dir zu Ehren auch einen Runenstein errichtet?« Sigurd grinste ihn an. »Das glaube ich nicht, Hagberth. Ich glaube eher, dass sie über deinen Tod hinwegkommt, indem sie sich unter den erstbesten Mann legt, der ihr über den Weg läuft.«

»Hüte deine Zunge, du Welpe!«, fauchte Hagberth. Aber Sigurd lachte nur. Er hatte mit Schwert, Schild und Speer geübt, seit er stark genug gewesen war, sie in Händen zu tragen. Aber er wusste, dass auch Worte gefährliche Waffen sein konnten. Sie konnten einem Mann das Selbstbewusstsein rauben. Eine gut platzierte Beleidigung konnte die Kampfkraft eines Feindes ebenso gut schwächen, wie ein Speer einen Schild durchbohrte. Und Worte konnten einen Krieger dazu verleiten, leichtsinnig zu werden.

Aber so leicht ließ sich Hagberth nicht übertölpeln. InHaltis Krieger würde nicht auf die List eines Jünglings hereinfallen. Er näherte sich langsam, den Schild vor seinem Körper, alle Sinne geschärft, den Schwertarm nicht zu weit von seinem Körper entfernt und den Schild davor, als wollte er ihn als Ziel anbieten.

Sigurd ließ ihn kommen.

Er wartete, während sein Herz schmerzhaft gegen sein Brustbein hämmerte. Die Muskeln in seinen Armen und Beinen waren angespannt wie die Takelage im stärksten

Sturm. Er hatte nur einen Versuch, nicht mehr. Die Zuschauer und seine Freunde schrien, und für Sigurd hörte es sich an wie die Brandung, die sich gegen die Felsen wirft.

Dann komm. Lass es uns beenden.

Es war jetzt kaum noch ein Schritt Abstand zwischen ihnen. Plötzlich holte Sigurd mit seinem linken Bein aus und hämmerte das von der Beinschiene geschützte Schienbein unter den unteren Rand von Hagberths Schild. Der krachte gegen den Kiefer des Mannes, und mit einem lauten Knacken flog sein Kopf zurück.

Hagberth taumelte nach hinten, weil er unbedingt Abstand zwischen sich und Sigurd bringen wollte. Sein Mund füllte sich mit Blut, das in seinen Bart lief und auf das harte Leder auf seiner Brust tropfte.

»Gibst du auf, Hagberth?« Wie immer seine Antwort lautete, er würde sie nicht artikulieren können, das wusste Sigurd, denn Hagberths Kiefer war zerschmettert wie eine schlecht geschmiedete Klinge. Der Mann würde nie wieder sprechen. Tatsächlich schüttelte er jetzt stumm den Kopf, so heftig, dass das Blut nach rechts und links spritzte. Dann hämmerte er seinen Schwertgriff gegen seinen Schild. Das nötigte Sigurd Bewunderung ab. »Ich sagte dir ja, dass du ein toter Mann bist«, knurrte er, trat vor und schwang Trollkitzler mit aller Kraft, die er in sich hatte, in einem Überkopfschlag. Die Klinge hackte Hagberths Schild in zwei Stücke und trennte ihm den Unterarm ab. Die Leute stöhnten und keuchten, als Lahmbeins Mann sein Schwert fallen ließ und auf die Knie ging. Er umklammerte den blutigen Armstumpf, die Augen weit aufgerissen, Kinn und Bart voller Blut.

Sigurd bückte sich und hob das Schwert des Mannes auf. Dann riss er Hagberths rechte Hand los, die noch immer den blutigen Stumpf umklammerte. Er presste Hagberths vom Blut glitschigen Finger um den Griff der Waffe, umschloss sie mit seiner eigenen Linken, sodass der Mann nicht loslassen konnte.

»Wenn du meinen Vater Jarl Harald bei den Asen in Óðins Halle sitzen siehst, sag ihm, dass ich ihm und meinen Brüdern erst dann Gesellschaft leisten werde, wenn meine Schwester in Sicherheit ist und ich ihn gerächt habe.« Hagberth starb. Sigurd sah, wie das Leuchten in seinen Augen langsam erblasste, wie eine flackernde Lampenflamme. »Hast du mich gehört, Hagberth?«, schrie er. »Sag meinem Vater, dass ich ihn rächen werde!«

Hagberth schaffte es noch, zu nicken. Die Geste wirkte wie ein Donnerschlag in der Stille, die jetzt am weinenden Stein herrschte. Während er die Hand des Mannes am Griff von dessen eigenem Schwert hielt, setzte Sigurd die Spitze von Trollkitzler in die Mulde über Hagberths Schlüsselbein und legte sich mit seinem ganzen Gewicht darauf. Er trieb die Klinge tief in den Körper des Mannes, bis sie sein Herz durchbohrte. Hagberth keuchte, schüttelte sich und starb. Dann richtete Sigurd sich auf, riss sein Schwert aus der Leiche. Sein Blick streifte die dunklen Flecken, die sich in den Mulden der Klinge gefangen hatten. Dann drehte er sich zu Guthorm und den anderen am Runenstein Versammelten herum.

»Will noch jemand gegen mich kämpfen?«, brüllte er und bemühte sich, ihre Gesichter zu erkennen, weil immer größere schwarze Punkte sein Blickfeld beeinträchtigten. Niemand meldete sich, was auch gut war. Denn

Sigurd drohte jeden Moment aufs Gesicht zu fallen. Dann spürte er einen Arm um seine Schulter. Olaf stand neben ihm, massig wie ein Baum, an den Sigurd sich lehnen konnte. Zusammen ließen sie den Weinenden Stein hinter sich. Und den jungen Mann mit den schwarzen Haaren und den Wolfsaugen, deren grimmiger Blick ihnen folgte.

12

»Ich glaube nicht, dass wir uns hier viele Freunde gemacht haben«, sagte Solveijg und sah sich in Guthorms verrauchtem Langhaus um. Æskil Lahmbein und Ofeig Düsterauge besänftigten ihren verletzten Stolz mit dem Bier des Karls, wie die vielen anderen, die ihr Silber zum Weinenden Stein gebracht und in den meisten Fällen verloren hatten. Sie hatten Guthorms Einladung akzeptiert, die Nacht in seiner Halle zu verbringen, bevor sie am nächsten Morgen nach Hause aufbrachen.

»Im Gegenteil, ich würde sagen, du hast dir noch dazu einen Feind in Lahmbein gemacht«, fuhr Solveijg fort und lenkte mit seinen Worten Sigurds Blick auf Æskil, der mit seinem Bart fast in Guthorms Ohr steckte und dessen Miene noch düsterer war als die von Ofeig Grettir.

»Das mag so sein, Solveijg, aber zumindest kennen sie Sigurd jetzt«, sagte Olaf. »Und das ist auch etwas wert.« Er nahm einen tiefen Schluck von dem sauren Bier und fuhr sich dann stirnrunzelnd mit der Hand über den Mund. »Aber du hast recht, es sieht nicht so aus, als ob wir hier viele Arme für unsere Ruder finden würden.«

»Arme für unsere Ruder?« Solveijgs Grinsen war ebenso säuerlich wie das Bier. »Wir haben nicht einmal ein Schiff.«

»Ja, aber das ist eine andere Sache.« Olaf brummte die

Worte in seinen Humpen. »Außerdem sind das hier ohnehin keine echten Kämpfer. Sie mögen ihr ruhiges Leben und sehen sich ab und zu gerne an, wie das Blut an Guthorms Runenstein spritzt. Solche Männer nützen uns nichts.« Die Stimmung in der Halle war gedämpft. Männer und Frauen unterhielten sich leise und tranken. Am Herd saß ein alter Mann auf einem Hocker und spielte auf einer Knochenflöte. Sein noch älterer Freund sang dazu mit dünner, müder Stimme. Es ging in dem Lied um einen Fischer, der in Ráns Königreich unter dem Meer schwamm, um einen Armreif für seine Frau zu stehlen. Doch der Mann verliebte sich in die Mutter der Wellen und ertrank in ihrer Umarmung, was, wie Olaf bemerkte, seine eigene Dummheit war. Außerdem war das auch nicht gerade die Art Lied, das die Stimmung heben konnte, sagte er dem Alten, der ihm sofort zeigte, was er von seinem Einwand hielt. Denn er stimmte ein Lied über einen Jungen an, dessen launisches Schicksal ihn zu einem Gesetzlosen machte und ihm einen schlimmen Tod brachte.

»Ein guter Ruf ist wie ein gutes Schwert«, erklärte Hagal, »oder auch wie eine gute Geschichte. Man kann ihn sich nicht über Nacht erwerben. Das braucht Zeit. Die Kunde von Sigurds Zeit an dieser Esche ...«

»Esche? Es war eine Erle«, verbesserte ihn Loker.

Hagal schüttelte den Kopf. »Jetzt ist es eine große Esche, Loker, wie diejenige, an der Óðin Einauge neun Tage lang auf seiner Suche nach Weisheit gehangen hat. So geht das in meinen Geschichten, und die Kunde davon und auch die von Sigurds Kampf gegen den Riesen am weinenden Stein ...«

»Riese?«, warf Olaf ein.

Hagal hob eine Hand, um weitere Einwände zu unterbinden. »Es klingt nun mal besser, wenn Sigurd einen Riesen geschlagen hat, und nicht irgendeinen normalen Mann«, sagte er. Die anderen stimmten ihm knurrend und nickend zu. »Die Geschichten gehen von Ohr zu Ohr wie Flöhe, die über ein Bettfell hüpfen, und Sigurds Ruf wird sich verbreiten wie die Wurzeln von Yggdrasil selbst.« Er lächelte siegessicher. »Es hat bereits begonnen.«

Sigurd zweifelte nicht an den Worten des Skalden, denn er hatte Hagal beobachtet, der wie Rauch vom Herd zwischen Guthorms Gästen umhergestrichen war, mit ihnen getrunken und den gewürzten Met von Sigurds Heldengeschichte in ihre Ohren geträufelt hatte.

»Wir haben hier zwar keine Freunde gewonnen, aber jede Menge Silber«, erklärte Svein. Er begriff nicht, dass diese beiden Dinge ebenso sicher miteinander verbunden waren wie die Kette und der Hals des jungen, mörderischen Thralls in der Ecke von Guthorms Halle. Vielleicht kümmerte es ihn auch nicht.

Olaf hob seinen Becher und prostete Sigurd zu. »Ja, und du hast dieses Silber redlich verdient, Junge«, sagte er, und Sigurd hob ebenfalls den Humpen und war froh, dass er eine grob gezimmerte Bank unter seinem Hintern hatte und ihm die Suppe aus Erbsen und Ziegenfleisch wieder Kraft gab. »Aber nächstes Mal solltest du diesem Hurensohn den Schild gleich am Anfang ins Gesicht treten, statt zu warten, bis du aussiehst, als würdest du in deinem eigenen Schweiß ersaufen.«

»Das gehörte alles zu meinem Plan, Onkel«, erwiderte Sigurd.

»Na sicher.« Olaf hob vielsagend eine Braue.

»Sigurd hat die Sache nur hinausgezögert, damit diese Leute keinen Grund hatten, Guthorm an den Eiern aufzuhängen.« Hendil stieß seinen Humpen gegen den von Sigurd.

»Obwohl Guthorm dankbar dafür zu sein scheint, weil er immerhin sein Essen und sein Bier mit uns teilt, traue ich ihm nicht«, sagte Aslak. »Was spricht dagegen, dass er jemanden nach Hinderå geschickt hat, um Jarl Randver zu verraten, dass wir hier sind? Oder vielleicht sogar zum König nach Avaldsnes?« Er deutete auf die dampfenden Schüsseln und die Laibe Brot auf dem Tisch vor ihnen. »Vielleicht hat er uns das nur aufgetischt, um uns aufzuhalten, bis unser Feind eintrifft.«

»Wir könnten tatsächlich die Fliegen im Netz sein«, stimmte Loker zu. »Es besteht kein Zweifel, dass Guthorm eine Nase für leicht verdientes Silber hat, und wenn er uns Randver oder König Gorm ausliefert, würde er sich ein schönes Zubrot verdienen.«

»Vielleicht reden sie ja gerade im Moment genau darüber.« Asgot nickte in Richtung von Guthorm und Lahmbein, während er die Suppe von seinem Löffel schlürfte. »Die beiden scheinen wieder gute Freunde zu sein.«

»Wir brechen morgen früh auf«, erklärte Sigurd.

Olaf nickte und sagte, dass es nicht gut aussähe, wenn sie sich jetzt einfach davonschlichen. Außerdem verachtete man nicht die Gastfreundschaft eines Mannes, nicht einmal dann, wenn man ihm nicht traute und das einzige Bier, das er noch hatte, nach Pferdepisse schmeckte. »Ich kann mit Guthorm sprechen, um herauszufinden, ob er irgendwelche anderen Karls in Rogaland oder Ryfylke kennt, oder sogar noch weiter im Osten in Nedenes, die vielleicht Gründe haben könnten, einen toten Jarl Randver einem lebenden vorzuziehen.« Er sah seine Freunde an, trank und versuchte, beim Geschmack von Guthorms Bier nicht zusammenzuzucken. Er wünschte sich, sie hätten etwas von dem besseren Gebräu in der Nacht zuvor übrig gelassen. »Und es wäre gut, wenn ihr andern dasselbe tätet.« Die Männer murrten, aber sie konnten nicht leugnen, dass es besser wäre, zu versuchen, etwas herauszufinden, als herumzusitzen wie Jungen, die zu schüchtern waren, um sich unter die anderen zu mischen, oder zu überheblich.

»Da drüben ist ein Mädchen, das aussieht, als würde es gern plaudern.« Hendil lächelte ein hübsches Mädchen an, das sein langes, welliges Haar unbedeckt trug. Zur Überraschung der anderen erwiderte es sein Lächeln.

»Und ihre Freundin scheint auch nicht gerade stumm zu sein«, setzte Loker hinzu und schlug seinem Freund aufmunternd auf den Rücken, während sie ihre Becher leerten und von der Bank aufstanden.

Kurz darauf waren Sigurd und Asgot allein. Solveijg neben ihnen war eingeschlafen. Er hatte den Kopf an den alten Wandteppich hinter sich gelehnt und schien zu versuchen, mit seinem offenen Mund Rauch und Fliegen zu fangen.

»Was denkst du, Asgot?«, wollte Sigurd wissen.

Der Godi hob die Schüssel an die Lippen und betrachtete den Raum über den Rand hinweg, während er den Rest der Brühe trank. »Ich denke, diese Schafe würden sich vollpissen, wenn ich mich neben sie setzte.« Das stimmte. Nachdem die Leute erfahren hatten, dass Asgot der Seher war, der seine Gestalt gewandelt hatte, um in Avaldsnes dem Ertrinken zu entkommen, hatten sie ihn angestarrt wie Vieh einen herumschleichenden Wolf. Mit großen Augen, die Blicke auf ihn gerichtet und sofort ihr Essen unterbrechend, wenn er in ihre Richtung blickte.

Aber das hatte Sigurd nicht gemeint, was der Godi sehr genau wusste. Asgot sah ihn an.

»Ich glaube, hier geht es nicht um Guthorm. Oder um Lahmbein oder seinen hübschen Freund.« Er deutete auf Ofeig Düsterauge.

»Sag du mir, worum es geht«, entgegnete Sigurd. Fastvi blickte in diesem Moment zu ihm hinüber und bedachte ihn mit einem breiten Lächeln, das ihr ohnehin schon hässliches Gesicht noch hässlicher machte. Sigurd lächelte zurück, nickte ihr zu und wandte sich dann wieder Asgot zu. »Es ist fast so, als würde man versuchen, nach zu viel Met aus einer von Hagals Geschichten schlau zu werden.« Sigurds ganzer Körper schmerzte, und er war so erschöpft, dass selbst sein Blut aufhören wollte zu fließen, um sich auszuruhen. Und sein Schädel tat so höllisch weh, dass er sich fragte, ob Hagberth ihn mit diesem Hieb seines Schwertknaufs vielleicht gebrochen hatte. Das Letzte, wozu er in diesem Zustand Lust hatte, war zu versuchen, das Knäuel der Visionen zu entwirren, die ihm immer noch zum schwachen Klang von Asgots Geistertrommel durch den Kopf schwirrten.

»Du bist müde, Sigurd.« Asgot lächelte und betastete einen silbernen Ring, den er sich in seinen Bart geknotet hatte. Um das zu sehen, muss man kein Seher sein, dachte Sigurd spöttisch. »Du solltest jetzt schlafen. Morgen siehst du vielleicht schon alles viel klarer.«

Sigurd schloss die Augen und fühlte sich einen Moment lang wieder nach Eik-Hjálmr versetzt, in die Halle seines Vaters, unter das Stimmengemurmel seiner Leute, das in seine Ohren drang wie das Brausen der Brecher auf den Felsen unten in der Bucht. Der süßliche Holzrauch des Herdfeuers stieg ihm in die Nase, und hinter seinen Lidern glühte rötlich der goldene Schein der Tranlampen. Doch all das war jetzt vergangen und existierte nur noch im Hirnkasten seines Verstandes, wo er es so lange bewahren wollte, wie es ging. Er öffnete die Augen wieder, und die Wahrheit traf ihn wie ein Eimer kaltes Wasser. Das hier war nicht die Methalle eines Jarls, sondern das niedrige, schlecht gebaute Langhaus eines Karls, der sich für mehr hielt, als ihm zustand. Er war nur ein Bauer, der sich an den Brocken, die man ihm zuwarf, fett gefressen hatte, dem aber der Mut fehlte, den Keiler selbst zu erlegen.

Solche Männer kann ich nicht brauchen. Sigurd schüttelte den Kopf. Das sind keine Männer, es sind Schafe, und mit Schafen kann ich nichts anfangen.

Das Bier trübte allmählich seine Gedanken, und er war froh darüber, weil es auch die Schmerzen in seinen Muskeln und Knochen dämpfte.

»Es schmeckt besser, je mehr du davon trinkst«, sagte er zu Asgot. »Das ist wenigstens etwas.«

»Es verliert immer mehr Geschmack, je mehr du davon trinkst«, brummte Solveijg neben ihnen plötzlich. Er hatte die Augen noch geschlossen. »Das ist ein Unterschied.«

»Verdammter Dreck!«, knurrte jemand. Als Sigurd sich umdrehte, stand Ofeig Grettir hinter ihm. Er hielt einen Brocken Käse in der einen und seinen Humpen mit Bier in der anderen Hand. Mit dem Käse deutete er auf Solveijg. »Ich habe darauf gewettet, dass der alte Mann tot wäre«, sagte er. Sigurd wartete darauf, dass Solveijg etwas erwiderte, aber offenbar war der schon wieder eingeschlafen. »Was dagegen, wenn ich mich setze?«, fuhr Düsterauge fort.

Sigurd deutete auf die leere Bank gegenüber. Ofeig nickte, ließ sich auf die Bank fallen und knallte den Humpen auf den Tisch.

»Was willst du, Ofeig Grettir?«

»Ich wollte dir danken, dass du heute gewonnen hast«, erklärte Düsterauge. »Ich hatte schon vier Männer an diesen dämonischen Jungen verloren.« Er nickte in Richtung des Thralls, der angekettet in der dunklen Ecke hockte. »Noch schlimmer hätte es nicht kommen können. Aber dann habe ich wenigstens etwas Silber gewonnen, weil ich auf dich gesetzt habe.« Die Narbe über seiner Stirn und seinem rechten Auge wirkte, aus der Nähe betrachtet, noch schrecklicher, aber der Mann schien daran gewöhnt zu sein. »Auch wenn ich ehrlicherweise zugeben muss, dass ich einen Moment glaubte, Lahmbeins Mann würde dich erledigen.« Er lächelte, falls man diese Grimasse ein Lächeln nennen konnte. »Der Trick mit dem Schild hätte selbst Loki Ehre gemacht, hej. Ich muss mir auch solche Beinschienen besorgen, wie du sie hast. Ohne sie hättest du jetzt ein gebrochenes Schienbein.«

»Hast du schon viele Kämpfe ausgetragen?«, erkundigte sich Sigurd.

»Sieh mich an«, forderte Düsterauge ihn auf.

Sigurd nickte und musste unwillkürlich lächeln.

»Aber ich suche mir meine Kämpfe sehr sorgfältig aus«, fuhr Ofeig fort. In seinem rechten Auge funkelte es, was Sigurd verriet, dass der Mann immer noch damit sehen konnte, trotz der Verletzung. »Anders als du, Sigurd Haraldarson. Und damit meine ich nicht deine kleine Rauferei am weinenden Stein heute. Mit Königen und Jarls verhält es sich anders. Das ist eine verdammt ernste Sache, Junge.«

»Ich habe mir diesen Kampf in der Tat nicht ausgesucht«, entgegnete Sigurd. »Er liegt vor mir wie das Meer vor dem Bug eines Schiffes. Jene, die meinen Vater verrieten, meine Mutter abschlachteten, meine Brüder und meine Freunde töteten, haben sich ihren eigenen Tod gesponnen, als sie mich nicht ebenfalls ermordeten.«

»Das mag sein, wie es will«, erwiderte Düsterauge, »aber genauso gut könntest du einen Troll mit einem Kienspan bekämpfen. Trotzdem, ich sehe in dir einen zielstrebigen jungen Mann, Sigurd. Und wie es aussieht, kannst du dich auch auf einige gute Speerarme stützen, auf Freunde, die dir folgen, wohin du sie führst. Das spricht für dich. Aber du wirst noch sehr viel mehr davon brauchen als die da.« Er deutete auf Olaf und Svein, die unter den Einheimischen saßen und mit ihnen redeten.

»Wirst du dann ebenfalls zu mir kommen, Ofeig Grettir?«, erkundigte sich Sigurd.

»Ich? Ha! Nein.« Der Mann biss ein Stück Käse ab. »Die einzigen anständigen Kämpfer, die ich zu einem Schwertkampf mitbringen könnte, liegen tot in Guthorms Scheune. Was mich angeht, hege ich nur wenig Zuneigung für Jarl Randver oder König Gorm, aber ich verspüre auch kein großes Verlangen, einen Speer in den Bauch zu bekommen, weil ich dir helfe.«

»Es ist viel Beute zu machen«, meinte Sigurd. »Selbst Jarl Randver ist zurzeit so reich wie Fáfnir.«

»Silber nützt einem toten Mann nicht viel«, erklärte Düsterauge. »Aber ich kenne zwei Männer, die durch Drachenfeuer laufen würden, um bei einer Kriegerschar mitzutun, die den Mut hat, es mit Jarl Randver von Hinderå aufzunehmen. Nicht nur wegen des Silbers, sondern einfach auch um des Blutvergießens willen.« Er spülte den Käse mit Bier hinunter und wischte sich den Mund mit der Hand ab. »Zwei Brüder, die so dumm waren, sich wegen des Mordes an einem Mann zu Gesetzlosen zu machen, und sich dann geweigert haben, den Verwandten des Toten das Wergeld zu zahlen.« Er fuhr mit der Hand durch den Rauch. »Wie ich hörte, ging es bei dem Kampf um eine Frau, und wie es bei Brüdern so ist, kaum saß der eine im Sumpf, folgte ihm der andere nach. Jarl Randver hat ihren Vater von einer Klippe werfen lassen.«

»Warum war Randver das so wichtig?«, erkundigte sich Sigurd.

Düsterauge schürzte die Lippen und kratzte sich den buschigen Bart. »Hatte wohl etwas damit zu tun, dass der Mann, den die Brüder niedergemetzelt hatten, mit Randvers Schwester verheiratet war. Diese Jungen haben sich nicht mit solchen Kleinigkeiten belastet«, sagte er und wechselte einen Blick mit Asgot, der besagte: Du weißt ja selbst, wie junge Männer heutzutage sind. Dann zuckte er mit den Schultern. »Aber soweit ich weiß, liebten sie ihren Vater sehr.«

»Und warum sollte ich zwei Unruhestifter in meiner Kriegerschar haben wollen?« Obwohl Sigurd diese Frage stellte, empfand er nach der Erzählung von Düsterauge bereits Zuneigung für die beiden Brüder.

»Weil Jarl Randver sechs Männer zu ihrer Heimstatt geschickt hatte, um sie vor Gericht zu bringen. Alle sechs Männer kehrten tot zurück. So steif und bleich wie meine Kämpfer in Guthorms Scheune.« Er schüttelte den Kopf. »Bei Óðins Arsch, du hast dir heute wirklich verdammt viel Zeit gelassen, diesen stolzen Narren zu töten.« Dann leuchteten seine Augen auf. »Bjarni und Bjørn. Ja, so heißen die Jungs, wenn mein Gedächtnis mich nicht im Stich lässt.« Er rief nach Guthorms Thrall, ihm mehr Bier zu bringen. »Die Brüder sind jetzt natürlich untergetaucht wie zwei Füchse, weil die Männer des Jarls überall nach ihnen herumschnüffeln.« Der Mann tippte sich mit einem seiner dicken Finger an die Nase, während er von Asgot zu Sigurd blickte. »Aber ich weiß, wo man sie finden kann.«

»Ich höre«, erklärte Sigurd.

Düsterauge hielt dem Mädchen seinen Humpen hin, und es füllte ihn bis zum Rand. »Lass mich erst noch mal einen Blick auf deine Beinschienen werfen, mein Junge«, sagte er.

Das Letzte, woran Sigurd sich erinnerte, bevor er in den Binsen auf Guthorms Boden einschlief, war ein trauriges Lied, das sich von der Knochenflöte in sein Ohr wand, und außerdem die Frage, ob er gerade ein Narr gewesen war, weil er Ofeig Grettir seine Beinschienen im Austausch für den Aufenthaltsort von zwei Brüdern gegeben hatte, die Jarl Randver hassten. Eine Schiene pro Bruder. Er hoffte nur, dass sie diesen Tausch wert waren. Falls er sie überhaupt fand.

Das Erste, was er hörte, als er mitten in der Nacht aufwachte, waren die Schreie der Sterbenden.

»Hoch mit dir, Sigurd!«, schnarrte Asgot. Das Gesicht des Godi war für Sigurds Geschmack viel zu nah. »Der Wolf ist im Schafspferch.« Sigurd blinzelte und versuchte aus den Schatten schlau zu werden, die in der Dunkelheit um ihn herum tanzten. Frauen kreischten und Männer brüllten Befehle, man hörte den Ruf nach Lampen und nach Waffen. Dann wurde die Tür aufgestoßen, und die Leute strömten aus Guthorms Langhaus in die Nacht hinaus.

»Hier.« Svein hielt Sigurd einen Speer hin, den er irgendwo gefunden hatte. Sigurd nahm ihn, stand auf und trat die Felle von sich, unter denen er geschlafen hatte.

»Was ist los?« Olaf tauchte neben ihnen in der Dunkelheit auf. In der einen Hand hielt er ein Langmesser, mit der anderen rieb er sich den Schlaf aus den aufgequollenen Augen. »Wer greift uns an?«

Irgendwo starb ein Mann. Das Leben strömte gurgelnd aus seiner Kehle, als ihm eine Klinge zwischen die Rippen drang und sein Herz durchbohrte.

»Jarl Randver?« Loker warf Hendil einen Schild zu, während der sich mühsam aufrappelte. Aslak und Hagal waren ebenfalls da. Das bedeutete, sie waren vollzählig, was Sigurd erleichterte.

»Das bezweifle ich«, erwiderte Solveijg, der hinter ihnen auftauchte. »Wir würden schon längst auf einer Rauchwolke auf dem Weg nach Walhall treiben, wenn Randver dahintersteckte. Jarls verstehen sich verdammt gut da-rauf, Hallen niederzubrennen.«

Plötzlich wusste Sigurd, wer dieser Tod in der Dunkel-heit war.

Er bahnte sich rücksichtslos den Weg durch das Chaos zu Guthorms Herd. Svein hielt sich dicht neben ihm. Als sie an der Feuerstelle ankamen, warf er zwei Handvoll Kienspäne in die Glut. Einen Moment später loderten sie hell auf, und als sie sich in der Halle umsahen, fiel ihr Blick auf den Thrall mit dem pechschwarzen Haar. Er schnitt gerade einem Mann mit einem Sax die Kehle durch. Dem erstarb der Schrei auf den Lippen. Dann sprang Guthorms Thrall vor einem Schwertschlag zurück, der ihn sonst an der Hüfte in zwei Stücke geschnitten hätte. Æskil In-Halti hatte den Schlag geführt, aber er stolperte fast über sein lahmes Bein, als er versuchte, das Gleichgewicht wieder-zugewinnen. Der Thrall nutzte den Moment, trat zu ihm, packte Æskil an der Gurgel und drückte ihn an die Wand, während er ihm das Messer in den Bauch trieb.

Dann fuhr der Jüngling herum und starrte finster auf das Licht der Flammen, das die Schatten aus dem Lang-haus vertrieb. Lahmbein rutschte derweil langsam an der Wand hinunter, die Hände auf die tödliche Wunde ge-presst.

»Ich jage ihm einen Speer in den Leib«, erklärte Svein.

»Nein, Svein!« Sigurd packte seinen Freund an der Schulter. »Noch nicht.«

Fastvi hockte jammernd in den von Bier getränkten Binsen, ihren Ehemann in den Armen. Jemand hatte Guthorm sein eigenes Schwert so in den Wanst gerammt, dass mehr als eine Fußlänge der blutigen Klinge aus seinem Rücken herausragte. Es erforderte einiges an Kraft, so viel Fett zu durchdringen.

»Also bekommen wir von Guthorm keine Pferdepisse mehr«, stellte Svein fest.

Die meisten, die in dem Langhaus geschlafen hatten, waren mittlerweile in den Schutz der Nacht verschwunden, obwohl sich eine Gruppe von Bewaffneten Guthorms Thrall näherte. Eyd, Alver und Ingel waren unter ihnen.

»Wie konnte sich der Junge befreien?«, wollte Olaf wissen, aber diese Frage konnte ihm niemand beantworten. Dann schlug der Thrall zu und durchtrennte mit seiner Klinge einen Arm, der mit einer Axt nach seinem Gesicht schlug. Er fing die Waffe auf, noch bevor sie auf dem Boden landete, riss sie hoch und hämmerte sie in die Lenden des Mannes. Der kreischte und stürzte zur Seite. Er schob sich krabbelnd weg und hinterließ eine blutige Spur in den Binsen. Der Thrall blockte Ingels Schwert zwischen dem Schaft und dem Kopf der Axt, riss mit einer Drehung die Waffe aus Ingels Hand und schnitt ihm mit dem Sax die Kehle durch. Dann drehte er sich zu den beiden letzten Kämpfern herum.

Alver wich zurück, die Faustaxt erhoben, dann drehte er sich um und flüchtete und überließ seinen Freund Eyd dem sicheren Tod.

»Also, Sigurd!«, rief Eyd über die Schulter. »Willst du mir helfen, diese Ausgeburt von Helheim wieder in den eisigen Nebel zurückzuschicken, wo sie hergekommen ist?« Er ließ den Thrall bei seinen Worten nicht aus den Augen, zögerte aber, ihn als Erster anzugreifen. Er wusste, dass sein erster Zug auch sein letzter sein würde, und ganz offenbar war der junge Mann ganz zufrieden damit, die Sache noch ein wenig in die Länge zu ziehen. »Neun von euch stehen nur herum und sehen zu. Schuldet ihr es eurem Gastgeber Guthorm nicht, dieses Vieh zu töten?« Seine Stimme klang ein wenig ängstlich, aber sein Schwertarm war ruhig.

Sigurd hob seinen Speer und holte aus.

»Töte ihn, Sigurd!«, schrie Eyd. »Ich entlohne es dir mit Guthorms Silber. Bring ihn um!«

Sigurd warf einen Blick zu Asgot und bemerkte den kleinen Schlüssel, der an einem Lederriemen um seinen Hals hing. Es war genau die Art Schlüssel, die zu eisernen Fesseln passte, mit denen Sklaven gefesselt wurden. Asgot verzog die Lippen, und Sigurd schleuderte den Speer. Der zischte durch den Rauch in Guthorms Langhaus und bohrte sich in Eyds Rücken zwischen seine Schulterblätter. Der Mann taumelte unter der Wucht des Aufpralls nach vorne, direkt gegen den Thrall, der ihm seinen Sax in die Eingeweide bohrte und ihn dann zur Seite stieß.

»Ich konnte ihn ohnehin nicht leiden«, murmelte Olaf.

»Der da ist gefährlicher als der Fimbulwinter«, erklärte Solveijg, während sie dastanden und den Thrall anstarrten. Der schien nur Augen für Sigurd zu haben. Dann hörten sie Schreie draußen in der Nacht, und man musste nicht besonders schlau sein, um zu wissen, dass jeder, der jetzt das Langhaus betrat, glauben musste, Sigurd und seine Männer aus Skudeneshavn hätten ihre Finger bei diesem Gemetzel mit im Spiel gehabt. Acht Männer lagen tot oder sterbend auf den Bodenbinsen, und die einzige andere Person, die noch am Leben war, war Fastvi. Doch so, wie sie die Leiche Guthorms hin und her wiegte, schien das alte Weib dem Wahnsinn nahe.

»Was jetzt?«, fragte Sigurd den Thrall.

Der bartlose Bursche grinste. »Jetzt verschwinden wir«, erklärte er.

»Es spricht!«, rief Hagal in gespieltem Erstaunen aus.

»Woher sollen wir wissen, dass du nicht bei der erstbesten Gelegenheit deine Faustaxt in unsere Schädelhelme rammst?«, fragte ihn Sigurd.

»Er wird keine Gelegenheit dazu bekommen, wenn wir dem Burschen auf der Stelle die Kehle durchschneiden«, schlug Olaf vor. »Ich möchte ihn jedenfalls nicht auf der Ruderbank hinter mir sitzen haben.«

»Dieser junge Mann ist gut für dein Heldenlied, Sigurd«, warf Hagal ein.

»Sie sind verschwunden!« Aslak war nach draußen gegangen, um ihre Waffen von den Regalen vor dem Langhaus zu holen. »Jemand hat unsere Waffen gestohlen!«

»Diese Nacht wird immer merkwürdiger«, stellte Olaf fest.

»Schuld daran ist diese Pferdepisse, die wir in uns hineingeschüttet haben«, murrte Solveijg. »Schlechtes Bier zu trinken zieht nie etwas Gutes nach sich.«

»Warum sollten sie unsere Waffen stehlen?«, fragte Olaf.

»Weil sie vorhatten, euch wegen des Silbers zu ermorden, das ihr am Weinenden Stein gewonnen habt«, erklärte Guthorms Thrall. »Und wegen dem, was sie sonst noch bei euch zu finden hofften.« Er zuckte mit den Schultern. »Sie wissen zwar nicht mit guten Schwertern umzugehen, aber sie wissen, was sie wert sind.« Er deutete mit seiner Faustaxt auf Olaf. »Und sie kennen auch den Preis von Kettenhemden.«

»Guthorm hatte vor, uns im Schlaf zu ermorden?« Olaf schien ungläubig.

»Pah!« Der Thrall schüttelte den Kopf. »Dafür fehlte es dem Schlappschwanz an Mumm.«

»Woher weißt du das?«, fragte Sigurd den blutüberströmten Thrall.

»Ich habe mitbekommen, wie er das mit Æskil In-Halti ausgeheckt hat.« Er sah von Sigurd zu Olaf. »Sie haben mich angekettet. Aber sie haben mir weder die Augen ausgestochen noch mir die Ohren abgeschnitten.«

»Hm, ich glaube, sie wünschten inzwischen, sie hätten es getan. Und wir sind hier auch nicht länger sicher.«

»Aber nicht wir haben diese Schweinerei angerichtet«, brummte der alte Solveijg.

Loker nickte. »Trotzdem, Olaf hat recht. Wir sollten vor Tagesanbruch verschwunden sein, denn sie werden zweifellos irgendein Großmaul und seine Mannschaft holen, um sich darum zu kümmern.«

»Ja, dieser Ort hier ist einer von Jarl Randvers Pisspfosten«, erklärte Olaf. »Er wird zweifellos Männer schicken, die herausfinden sollen, wer Guthorm und seine Neidinge abgeschlachtet hat.« Er drehte sich zu Sigurd herum und deutete auf Guthorms Thrall. »Wenn es stimmt, dass sie vorhatten, uns im Schlaf umzubringen, dann hat dieser Junge uns einen großen Dienst erwiesen.« Er kratzte sich die bärtige Wange. »Vielleicht wäre es undankbar, ihn aufzuspießen.«

»Lass dich nicht davon abhalten, es zu versuchen, Olaf.« Der Thrall breitete die Arme aus, als Einladung an sie alle.

Aber Sigurd erinnerte sich daran, wie Guthorm und Lahmbein früher am Abend miteinander geflüstert hatten. Er erinnerte sich auch an den Ausdruck auf Fastvis Gesicht, als sich ihre Blicke im Rauch begegnet waren. Angesichts dessen, was für ein Mann ihr Ehemann gewesen war, begriff Sigurd allmählich die Zusammenhänge. Er spielte mit dem Gedanken, zu Fastvi zu gehen, die immer noch mit ihrem toten Ehemann in den Binsen hockte, und ihr ein Messer an die Kehle zu halten, damit sie die Wahrheit ausspuckte. Aber was machte das schon für einen Unterschied? Er würde jedenfalls diesen Thrall nicht töten. Nicht einmal dann, wenn die Geschichte des Jungen über den beabsichtigten Verrat von Guthorm und Lahmbein so wahr wäre wie Hagals Heldenlieder.

»Ich würde nur gerne wissen, wie er es geschafft hat, sich von diesen Eisen zu befreien«, sagte Svein mit einem Nicken in die dunkle Ecke, in der der Thrall angekettet gewesen war.

Sigurd warf Asgot einen Blick zu, hielt es dann aber für klüger, den Schlüssel nicht zu erwähnen, den der Godi um den Hals trug.

»Mir scheint, du hättest Guthorm und seine Freunde jederzeit umbringen können«, sagte er stattdessen zu dem Thrall, der genau genommen kein Thrall mehr war. »Warum hast du bis jetzt damit gewartet?«

Der junge Mann schob die Faustaxt in seinen Gürtel, bückte sich und reinigte die Klinge seines Sax an Æskil In-Haltis Tunika. Lahmbein war so tot, wie ein Mann nur sein kann, aber seine Augen wie auch sein Mund standen noch offen, wie in einem stummen Schrei. »Mir schien es eine ausgezeichnete Nacht dafür zu sein, Sigurd Haraldarson«, erwiderte er. »Außerdem, wenn Guthorm dir die Kehle durchgeschnitten hätte, hätte ich weiterhin nichts Besseres zu tun gehabt, als unter seinem Dach zu hocken, seinen Abfall zu fressen und die Narren zu töten, die zum weinenden Stein kommen.« Er schob die Klinge in die Scheide und strich sich das schwarze Haar aus dem Gesicht. Er sah Sigurd mit seinem hageren Wolfsgesicht eindringlich an. »Du wusstest, dass ich diesen Hof mit dir zusammen verlassen würde, so oder so«, fuhr er fort. »Wir wussten es beide, da oben am Stein.«

Sigurd hätte versuchen können, das abzustreiten, aber es wäre sinnlos gewesen, also nickte er nur.

»Wenn er mit uns kommt, ketten wir ihn wieder an«, erklärte Olaf. »Jedenfalls so lange, bis wir wissen, dass er nicht verrückt ist.«

»Nein«, sagte Sigurd. »Dieser Mann wird nicht mehr angekettet.« Er ging zu dem Wolfsgesicht, baute sich vor ihm auf und pflanzte das stumpfe Ende seines Speers in die Binsen. »Wie ist dein Name?«

»Floki.«

»Also schön, schwarzer Floki, ich frage dich – wirst du mir helfen, meine Familie zu rächen und einen Eid schwören, dass du mein Gefolgsmann bist, wenn ich diesen Eid mit Essen und Silber und der Gunst erwidere, die du von einem guten Jarl erwarten kannst?« Als Sigurd das sagte, spürte er die Blicke seiner Gefährten in seinem Rücken. Denn bis jetzt hatte er von keinem von ihnen verlangt, ihm Treue zu schwören.

»Nimm mich mit dir, dann töte ich diejenigen, die getötet werden müssen«, erwiderte der Jüngling.

Sigurd nickte. Das genügte fürs Erste, jedenfalls so lange,

bis er sich genau überlegt hatte, wie er das Treuegelöbnis formulieren sollte, mit dem er sie alle an sich und ihn an sie binden würde. Aber es war besser, sich nicht jetzt darüber den Kopf zu zerbrechen, da sie es gerade zum ersten Mal von ihm gehört hatten und Sigurd schließlich kein Jarl war. Noch nicht.

»Wir sollten endlich von hier verschwinden.« Das waren Asgots erste Worte, seit er Sigurd durch das Gemetzel geführt hatte. Außerhalb der Wände des Langhauses war die Nacht still. Was nicht sonderlich überraschen konnte, da schließlich die meisten kampffähigen Männer tot dalagen und die Frauen, Kinder und Alten geflüchtet waren.

»Steckte Ofeig Grettir mit ihnen unter einer Decke?«, fragte Sigurd Floki und deutete mit dem Speer auf Düsterauge, der mit aufgeschlitzter Kehle auf dem Boden lag. Im Gegensatz zu den meisten anderen war er nur mit einem Sax bewaffnet, der neben seiner weißen, gekrümmten Hand lag.

»Ich habe ihn nicht danach gefragt«, erwiderte Floki. »Aber er hat mich auch nicht gefragt, ob ich an dem Runenstein angekettet sein will, um mit seinen nach Scheiße stinkenden Prahlhänsen zu kämpfen.«

Das ist nur gerecht, dachte Sigurd, obwohl er Düsterauge gemocht hatte. Trotzdem, wenigstens bekam er so seine Beinschienen zurück, und darüber war er heilfroh.

Er drehte sich zu Aslak, Solveijg, Loker und Hendil herum. »Ihr vier, bewaffnet euch mit allem, was ihr finden könnt, und geht zum Meer. Angesichts der Menge von Leuten, die Ofeig Düsterauge begleitet haben, muss er mit einem recht großen Boot gekommen sein.«

»Und das braucht er jetzt nicht mehr«, warf Olaf ein.

»Nein, aber möglicherweise seine Leute«, sagte Hagal.

»Vielleicht«, erwiderte Solveijg. »Aber sie werden es nicht wagen, mitten in der Nacht in den Fjord hinauszurudern. Sie warten gewiss bis morgen früh.«

Die vier nickten und machten sich daran, die Waffen, die zwischen den Leichen lagen, aufzusammeln. Es waren viel zu viele Waffen für Männer, die keinen Mord im Sinn hatten, wie Solveijg brummte.

Sigurd, Floki und die anderen ließen Fastvi bei den Toten zurück und traten hinaus in die Nacht, um die nach Kiefern duftende Luft zu atmen. In der Scheune neben Guthorms Langhaus fanden sie ihre Waffen. Svein fand außerdem die Leiche des Hünen, den der schwarze Floki mit dem Wurf der Faustaxt oben am weinenden Stein getötet hatte. Er trug ein kostbares Brynja, das Svein und Hagal ihm mit viel Mühe vom erstarrenden Leib zogen. Niemand machte Svein das Kettenhemd streitig, denn jedem anderen, bis auf Olaf, wäre es viel zu groß gewesen, und der besaß bereits ein edles Brynja.

Als Svein es angelegt hatte, sah er darin aus wie der Donnergott selbst. Auch Olaf nickte und brummte anerkennend. Aber Sigurd sah, wie Olaf eine wehmütige Miene machte. Er ahnte, dass Olaf in Svein den Vater sah, seinen alten Freund Styrbjørn, der mittlerweile tot und vergangen war, wie so viele Waffenbrüder Olafs.

Für Sigurd gab es kein Brynja. Die Waffen nebst Ausrüstung, die seinem Vater und seinen Brüdern gehört hatten und die ihm zustanden, waren in dem Kiefernwald in der Nähe von Avaldsnes als Beute an König Gorm gefallen. »Schlachtenlied«, das große Schwert seines Vaters, lag jetzt stumm in der Halle des Eidbrechers, zusammen mit

Haralds Helm mit den Platten aus poliertem Silber und dem Kamm aus Bronze, der zwischen den Brauen in einer Nasenplatte in Form eines Rabenkopfes endete. Allein dieser Helm war es wert, sich dem Tod zu stellen. Diese Ausrüstung würde bald Sigurd gehören. Oder aber er war selbst eine Leiche.

»Ich habe noch etwas vergessen«, sagte der schwarze Floki und stapfte zum Langhaus Guthorms zurück. Sigurd sah Olaf an, der mit den Schultern zuckte und meinte, sie hätten hier nichts mehr zu tun, sie sollten besser zum Strand gehen.

Svein dagegen schlug vor, sie könnten auch sehen, ob sie noch irgendwo Proviant fänden.

»Aber nehmt Guthorms Frau nicht alles«, mahnte Hagal. »Es wäre nicht ehrenhaft. Sie war immer gut zu mir.«

Die Worte waren ihm kaum über die Lippen gekommen, als ein schriller Schrei ertönte. Sie blickten über den Hof zum Langhaus.

»Damit wäre das Problem wohl erledigt«, sagte Olaf.

Im nächsten Moment öffnete sich die Tür mit einem Knarren und Floki trat heraus. Er hielt in der einen Hand Fastvis Kette aus Perlen und Bernstein und in der anderen die beiden Messingbroschen, mit denen sie ihr Kleid zusammengehalten hatte. Auf seinem rechten Arm trug er Guthorms Kriegerspangen, die eine aus Silber, die eine aus Messing, was vielleicht Missbilligung hervorgerufen hätte, weil ein Mann sie angelegt hatte, dem noch nicht einmal sein erster Bart gewachsen war. Aber hatten sie nicht alle gerade erst miterlebt, wie Floki fünf Männer besiegt hatte?

»Niemand soll behaupten, er hätte sie nicht verdient«, erklärte Sigurd. »Wer weiß schon, wie viele andere er da oben am Weinenden Stein schon ins Nachleben befördert hat, seit Guthorm ihm die geschmiedete Kette um den Hals legte.«

»Wohl wahr«, räumte Olaf ein. »Aber wenn wir zulassen, dass er die Toten ausplündert, und er jetzt zu uns gehört, dann können wir genauso gut hingehen und nachsehen, ob die anderen nicht ebenfalls etwas Wertvolles bei sich haben.«

»Eben. Was geschehen ist, ist geschehen«, stimmte Svein zu.

Also gingen sie alle zurück in das Langhaus und nahmen Broschen, Fibeln, Messer, Gürtel und Gürtelschnallen an sich, Ringe und Knochenkämme, und Asgot fand darüber hinaus noch ein Dutzend Stücke Hacksilber, die Ofeig Grettir in den Saum seiner Tunika eingenäht hatte.

»Behalt es«, sagte Sigurd, als der Godi ihm das Silber anbot. »Benutz es, um die Gunst der Götter zu erkaufen, wenn wir sie brauchen.«

»Oder kauf davon Met«, schlug Svein vor und sah Sigurd schulterzuckend an, als Asgot ihm etwas Böses zuzischte.

Nachdem sie Guthorms Hof so gründlich ausgeplündert hatten wie eine Räuberbande, überließen sie das Langhaus den Toten und ihren Geistern und gingen zum Meer, auf das der Mond sein Licht ergossen hatte wie geschmolzenes Silber.

Wo Solveijg und die anderen an Bord einer feinen Knørr bereits auf sie warteten. Ihr Grinsen war so breit wie das Boot, in dem sie standen.

Bjarni trat dem großen Mann mit dem Fuß zwischen die Beine. Der Hüne krümmte sich und hätte wahrscheinlich vor Schmerz gebrüllt, hätte Bjarni nicht mit voller Wucht den Stock aus Esche auf seinen Schädel gehämmert. Das Holz zersplitterte, und was der Aufprall mit dem Schädel des Mannes anstellte, konnte man nur vermuten.

Die Leute schrien und jubelten, keuchten und stöhnten, und Bjørn verwünschte seinen Bruder, der mit den Schultern zuckte, als wollte er fragen, was denn los sei. Nicht dass Bjørn Zeit gehabt hätte, es ihm zu erklären. Er fing einen Schlag mit seinem Stock ab und schlug die Waffe seines Gegners weit zur Seite. Dann trat er vor und hämmerte seine Faust gegen das bärtige Kinn seines Widersachers. Der Mann stolperte zurück und hob den Schild, als er auf ein Knie fiel. Aber Bjørn war bereits bei ihm, packte mit der Linken den Schild, rammte ihn in den Boden und beugte sich vor, um seinen Stock unmittelbar über dem Ellbogengelenk auf den Schildarm zu hämmern. Der Kämpfer hockte jetzt auf beiden Knien. Er hatte den Schild fallen lassen und starrte mit angsterfüllten Augen auf die beiden Brüder, die sich auf ihn stürzten.

»Ich gebe auf! Ich gebe auf!«, schrie er, während die Zuschauer ihm Beleidigungen an den Kopf warfen und angewidert und enttäuscht mit den Armen fuchtelten. Bjarni trat vor und hämmerte ihm das zerborstene Ende des Stocks an die Schläfe. Der Mann landete ausgestreckt auf dem Boden und lag so regungslos da wie eine Leiche.

Die Menge brüllte noch lauter, und ihre Wut schien ein Lächeln auf Bjarnis Gesicht zu treiben, so wie ein Stemmeisen eine hübsche Furche in den Bug eines Schiffs grub.

»Er hatte längst aufgegeben«, schnarrte Bjørn seinem

Bruder zu und hob eine Hand, um die Zuschauer zu besänftigen. »Er hat geschrien wie eine verfluchte Katze!«

Bjarni warf einen Blick auf den Mann, aus dessen Kopf Blut auf das platt getretene Gras sickerte, und zuckte mit den Schultern. »Ich habe ihn nicht gehört«, erwiderte er grinsend.

Sein Bruder schüttelte ungläubig ob dieser Dummheit den Kopf. »Wenn wir sie umbringen, können wir sie beim nächsten Mal nicht besiegen, du Schwachkopf«, sagte er, »weil sie dann nicht mehr gegen uns antreten können!« Er fluchte leise und machte sich auf den Weg, ihre Gewinne einzustreichen.

13

Die Knørr war ein gutes Schiff, fünfzehn Schritt lang, fast vier Schritt breit und mit einem Tiefgang von wenig mehr als drei Fuß. Sie hatte sowohl am Bug als auch am Heck ein Halbdeck, jedes mit ein paar Riemenlöchern versehen, damit sie auch im Hafen manövrierfähig war, und zwischen den Decks einen offenen Frachtraum, der mit Matten aus Reisig ausgelegt war, um die Rumpfplanken zu schützen. Man konnte sie mit Leichtigkeit auf einen Strand setzen, um sie zu entladen, und auf dem Meer war sie so wasserdicht wie eine Schweinsblase.

»Ofeig Düsterauge konnte sich glücklich schätzen, solch ein Schiff zu besitzen«, erklärte Solveijg kurz nach Tagesanbruch, als sie einen frischen Wind erwischt hatten, der sie nach Süden entlang der von Kiefernwäldern gesäumten Küste trug.

»Allerdings hatte er nicht so viel Glück mit seiner Freundschaft zu diesem Wurm Guthorm, denn die hat ihm das Genick gebrochen«, erklärte Sigurd, was ihm einige zustimmende Bemerkungen einbrachte. Sie waren sich jetzt ziemlich sicher, dass Guthorm und Æskil In-Halti vorgehabt hatten, sie im Schlaf zu ermorden, wegen ihres Silbers und vielleicht auch für eine Belohnung, die sie von dem Eidbrecher-König Gorm oder von Jarl Randver zu erwarten hatten. Denn warum sonst hätten Guthorms andere Gäste mitten in der Nacht ihre Waffen in den Händen halten sollten, wenn sie sie am Abend zuvor noch draußen in den Gestellen gelassen hatten, zusammen mit den Waffen der Männer aus Skudeneshavn?

Höchstwahrscheinlich war Düsterauge aufgewacht, als das Gemetzel begann, hatte gesehen, dass sein Gastgeber von dem Thrall angegriffen wurde, und hatte sein eigenes Messer gezogen, was jedermann tun würde, auch wenn ihm das nicht gut bekommen war.

»Mir wäre es fast lieber, wenn er in der Sache mit dringesteckt hätte«, sagte Hagal. »Immerhin haben wir ihn ausgeraubt und segeln mit seinem Schiff davon, und er hat höchstwahrscheinlich irgendwo irgendwelche Verwandten, die aufs Meer hinausblicken und ungeduldig auf seine Rückkehr warten.«

»Du kannst glauben, was du willst, denn das spielt jetzt keine Rolle mehr, Krähenlied.« Olaf stand am Bug, hatte die Augen geschlossen und genoss die warme Sonne auf seinem Gesicht.

Sigurd sah, wie einige seiner Schiffskameraden ihrem neuen Mannschaftsmitglied immer wieder unsichere Blicke zuwarfen, so als würde ein Seiðr über dem jungen Mann liegen, ebenso finster wie seine langen, rabenschwarzen Zöpfe, oder als warteten sie darauf, dass er über diese blutige Nacht redete. Aber der schwarze Floki zog es vor zu schweigen.

»Wie wollen wir das Schiff eigentlich nennen?« Olaf blickte von Sigurd zu Solveijg, der am Heck stand wie ein König, weil er endlich wieder eine Ruderpinne in der Hand hatte. Mehr verlangte Solveijg nicht vom Leben.

»Sie ist unten herum schön breit, Olaf, wie wäre es also mit *Ragnhild*?«

Olaf grinste und strich mit der Hand über die Relingplanke der Knørr. »Sie ist viel zu leicht zu handhaben, als dass man sie nach meiner Frau benennen sollte.« Er erntete einige Lacher für diese Bemerkung. Das war ein gutes Geräusch auf einem fremden Schiff.

»Wie wäre es mit *Seekuh*?«, schlug Aslak vor.

»Bei Friggs weißem Arsch, Aslak!«, platzte Hagal heraus. »Das ist kein Name, der in irgendeine Heldengeschichte passt, die ich mir ausdenken könnte. Kannst du dir vielleicht vorstellen, dass Jarl Randver vor Furcht zittert, wenn er den Namen *Seekuh* hört?«

»Mir gefällt er«, meinte Sigurd. Denn der Rumpf der Knørr war rund und tief, wie der dicke Bauch einer Kuh, und ganz anders als die schlanken Drachenschiffe seines Vaters, die *Reijnen* und die *Seeadler*, dass es sie vielleicht sogar beleidigt hätte, wenn man ihr einen Namen gegeben hätte, der einer Saga würdig gewesen wäre. Wenigstens war *Seekuh* ein ehrlicher Name, wie Olaf anmerkte, und als Solveijg zustimmend nickte, war die Angelegenheit besiegelt.

»Wir werden sie ordentlich taufen, sobald wir einen guten Met gefunden haben, um ihren Bug damit zu weihen«, erklärte Sigurd.

Die *Seekuh* war jedoch kein Kriegsschiff, und wenn eine Kriegerschar auf Beutezug war und sie aufbringen wollte, würde die Knørr unmöglich entkommen können. Also musste Solveijg sie dicht an der Küste entlang manövrieren, um ihnen die Möglichkeit offenzuhalten, rasch an Land zu gehen, statt auf offener See erwischt zu werden.

Mit ihren hohen Seiten war sie aber seetüchtig und erheblich geräumiger als die kleine *Otter*.

»Stellt euch vor, wie viel Beute wir hier stapeln können«, sagte Svein jetzt, als er in den großen Frachtraum blickte. Er war leer bis auf den Ballast, denn Ofeig Düsterauge war nicht zum Handeln zu Guthorms Hof gekommen. »Silber und Bronze, Pelze, Elfenbein und gute Trinkhörner. Und Frauen.« Seine Zähne blitzten in seinem roten Bart.

»Ja, wir könnten den Schatz eines Königs transportieren, Junge, und uns daran erfreuen, bis jemand vorbeikommt, der ihn uns wieder wegnimmt«, erwiderte Olaf. »Was sie wahrscheinlich nicht einmal einen Schweißtropfen kosten würde, da wir nur zu zehnt sind. Und ich habe den alten Solveijg schon mitgezählt, der seine besten Tage als Krieger bereits hinter sich hat.«

»Sag das dem siebenfingrigen Ziegenficker, der mich mit seinem Schwert gekitzelt hat!«, rief Solveijg vom Heck. Damit bewies er, dass trotz seines fortgeschrittenen Alters seine Ohren noch sehr gut waren.

Olaf wischte den Einspruch mit seiner großen Hand beiseite und sah dann wieder zu Svein. »Und dann ist da noch die Frage, wie wir überhaupt so viel Beute machen wollen.«

»Nun ja, ich bin ein großer Mann und habe deshalb auch große Pläne.« Svein tippte mit zwei dicken Fingern an seine Schläfe. »Ich kann nichts dagegen tun, wenn du in deiner Schädeltruhe nicht genug Hirn für ein solch ehrgeiziges Vorhaben hast.«

Obwohl die Stimmung an Bord der *Seekuh* ebenso leicht war wie die weiße Gischt, die der Wind von den kabbeligen Wellen aufwirbelte, lasteten Olafs Worte schwer auf Sigurd. Denn zehn Männer in einer behäbigen Knørr konnten einen Mann wie Jarl Randver nicht bekümmern. Der konnte neun Schiffe in den Fjord bringen, von denen mindestens sechs von Speerkriegern nur so starrten. Sigurd hatte das Gefühl, dass er weit davon entfernt war, jemals Rache nehmen zu können. Und selbst wenn er die Aufmerksamkeit des Allvaters auf sich gelenkt hatte, als er an dem Baum hing und am Weinenden Stein kämpfte, würde er nicht viel davon haben. Denn sie würde nicht andauern, wenn er sie sich nicht immer wieder neu verdiente.

Er brachte das vor Asgot zur Sprache, den das im Gegensatz zu Sigurd nicht sonderlich zu bekümmern schien. Der Wind peitschte ihm die mit Knochen geschmückten Zöpfe um das Gesicht, während die *Seekuh* der zerklüfteten Küste zwischen Jørpeland und der Insel, die einen Wurf von Thórs Hammer von der Küste entfernt lag, nach Osten folgte.

»Die Götter sind tatsächlich launisch, Sigurd, was dein Vater bestätigen würde, wenn er noch lebte«, erwiderte der Godi. »Aber nachdem sie jetzt Interesse an dir gefunden haben – wovon ich felsenfest überzeugt bin, denn wir haben sie angerufen, als hätten wir das Gjallarhorn selbst benutzt –, werden sie dir nicht innerhalb weniger Tage den Rücken zukehren. Für sie ist die Zeit zwischen zwei Monden ähnlich der Zeit, die ein Spatz braucht, um durch das Portal in ein Langhaus hinein- und durch das Rauchloch wieder hinauszufliegen.« Er verzog verächtlich die Lippen. »Wahrscheinlicher ist, dass sie uns und unsere ehrgeizigen Pläne betrachten, als würden sie mit uns eine

Partie Tafl spielen.« Er bewegte einen imaginären Spielstein durch die Luft. »Sie schieben uns Hindernisse in den Weg, um zu sehen, wie wir uns ihrer entledigen.«

Am Bug schrien die Männer jubelnd auf, als Aslak auf einen Schwarm fliegender Fische deutete, die wie eine Handvoll Kieselsteine ins Wasser klatschten. Die Männer waren froh, dass sie wieder auf See und in einem richtigen Boot waren. Und nicht rudern mussten.

»Sammle deine Kraft, Sigurd.« Asgot drückte seinen knotigen Finger an seine Schläfe, neben einen Zopf grauer Strähnen. »Und behalte nur dein Ziel im Auge. Jeder Schritt, den du unternimmst, jede Welle, die gegen den Bug schlägt, bringt dich deiner Beute näher.«

Aber es ist nicht die Beute eines Mannes auf Raubzug, dachte Sigurd. Es geht mir nicht um Silber, Sklaven oder Waffen, obwohl er auch all das gern erbeutet hätte. Ihm ging es mehr um die Blutbeute, die er mit seiner Klinge erringen würde, und zwar von jenen, die seinen Hass auf sich gezogen hatten, die seine Eltern und seine Brüder getötet und Runa gefangen genommen hatten.

Bei diesen Gedanken sträubten sich die Haare auf Sigurds Nacken. Sie strichen wie ein Windhauch über die glühenden Kohlen in seinem Leib und fachten sie zu unerträglicher Hitze an.

Der Godi bemerkte es und nickte. »Nähre das Feuer deines Hasses, Haraldarson«, sagte er. »Halte die Flammen am Leben, dann bleiben die Götter dir gewogen.« Er grinste. »Die Asen lieben ein gutes loderndes Feuer. Jetzt noch mehr als zuvor, da der Fimbulwinter naht. Denn dieser letzte Winter wird den Anfang ihres Untergangs einleiten. Und sie suchen die Welt nach den würdigsten

Männern ab, auf dass diese neben ihnen in der Schlacht von Ragnarøk kämpfen.«

»Ich brauche ebenfalls Männer«, erwiderte Sigurd und sah zu, wie eine Möwe ins Meer tauchte und etwas aus den Wellen schnappte.

Asgot deutete mit einem Nicken auf den schwarzen Floki, der mittschiffs stand, an der Backbordseite, und das Gesicht in die Gischt hielt, die wie Perlen auf seinem pechschwarzen Haar glänzte. »Unseren Wolf haben wir schon gefunden, richtig?«

Sigurd blickte auf den jungen Mann, der so geschickt verstand, mit seiner Klinge den Tod zu bringen. Er war ein Krieger, der selbst den großen Preiskämpfer seines Vaters, Slagfid, hätte bluten lassen, hätten sich die beiden jemals in einem Kampf gegenübergestanden. Vielleicht hatte Asgot ja recht, und Floki war der Geisterwolf aus Sigurds Vision damals am Baum. Und vielleicht spielten sie tatsächlich ein Spiel, bei dem die Götter mitmischten. Also würde Sigurd die *Seekuh* in den Lysefjord lenken, um nach den Brüdern Bjarni und Bjørn zu suchen. Männer, die dumm genug waren, einen Mann zu ermorden, der mit Jarl Randver durch Ehe verschwägert war, waren genau die Sorte Männer, die er brauchte. Wenn er sie fand, würde er sie überreden, sich mit einem Treueschwur an ihn zu binden, dann hatte er zwei weitere Schwerter, die gegen Randvers Hals gerichtet waren.

Doch in Walhall schoben die Götter ihre Spielsteine über das Brett, ihr Gelächter erschütterte die gewaltigen Dachbalken und ließ sie den Met aus ihren Trinkhörnern verschütten.

»Das ist, als würde man in Friggs Möse reinsegeln«, sagte Olaf und legte genießerisch den Kopf in den Nacken.

»Dann dürfte Gungnir der weniger ruhmreiche von Óðins zwei Speeren sein«, erwiderte Hagal. Er blickte ebenfalls zu der gewaltigen Felsformation empor, die sie umgab, »wenn der Allvater das hier zu füllen versteht.«

Sigurd war schon einmal in den Lysefjord gesegelt, aber beim ersten Mal war er noch ein kleines Kind gewesen. Jetzt war er ebenso von Ehrfurcht erfüllt wie die anderen, denn dieser Ort konnte einem Mann tatsächlich den Atem rauben. Grünes Wasser klatschte gegen gewaltige, majestätische Bergwände, die sich mehr als tausend Schritt in die nebligen Wolken erhoben und dem Betrachter Nackenschmerzen verursachten.

»Du hast recht, Olaf.« Solveijg holte tief Luft. »Man kann die Götter fast riechen. Hier gibt es mindestens ebenso viel Seiðr wie in diesem Sumpf.«

Niemand widersprach, während sich die Männer mit staunenden Blicken umsahen. Das Wasser war durch die Felsen vor dem Nordwind geschützt und so ruhig, dass Enten in langen Reihen im Schatten der Klippen dümpelten und jeder Fisch große Ringe im Wasser hinterließ, denen man mit dem Blick fünfzig Fuß oder mehr folgen konnte. Hendil stellte fest, dass man sich gar nicht den Hals verrenken musste, wenn man klug war. Denn die Felsen und der Himmel spiegelten sich so vollkommen in dem stillen Wasser, dass ein Betrunkener auf die Gedanken kommen mochte, er könne über die Seite der Knørr treten, ohne sich die Füße nass zu machen.

Obwohl wenig Wind herrschte – gerade so viel, dass sie langsam vorankamen –, beschwerte sich niemand. Denn dieser Windhauch war wie das Flüstern eines Gottes, das jedermann im Nacken spürte.

»Das ist einer der Fjorde, an die man denkt, wenn die Männer Geschichten aus alten Zeiten erzählen«, sagte Svein. »In denen die Helden gegen Trolle kämpfen und Thór aus Walhall herabsteigt, um gewaltige Schlangen mit dem Hammer zu zerschmettern.«

»Ah.« Hendil grinste. »Ich bin sicher, dass Solveijg sich noch sehr gut daran erinnern kann.«

»Hüte deine Zunge, Jungchen!«, blaffte Solveijg. »Ich bin vielleicht alt, aber mein Gürtel vermag immer noch auf einem Arsch zu tanzen.«

Sie starrten von der *Seekuh* aus die gewaltigen, zerklüfteten Felswände hinauf bis in die vom Nebel verhüllten Höhen. Einige Männer berührten eiserne Amulette oder die Griffe ihrer Schwerter, um das Glück zu beschwören, oder murmelten leise irgendwelche Anrufungen. Sie befanden sich mittlerweile tief im Fjord, und wenn die *Seekuh* jetzt leckschlug oder von irgendwo ein Sturm aufzog, wären sie hoffnungslos verloren. Denn nirgendwo an diesen steilen Klippen hätten sie an Land gehen können. Es gab weder einen Strand noch eine Bucht, ebenso wenig wie von Menschenhand angelegte Mole oder Stege. Hier gab es nur Fels und tiefes Wasser, und die Entfernung zum Grund war ebenso groß wie die zwischen Yggdrasils Laubdach und den Wurzeln, an denen Nídhøggr fraß.

»Es ist jedenfalls leicht zu verstehen, warum sich die Brüder hier verstecken«, sagte Loker. Das stimmt, dachte Sigurd. Denn wenn das Wasser ruhig war und man eine Stelle fand, wo es möglich war, mit dem Boot an der Felswand anzulegen und an Land zu gehen, konnte man wie eine Ziege hinaufklettern und zwischen den Bäumen verschwinden. Wer sollte einen hier jemals finden? Von den uralten Felsen rann Süßwasser ins Meer, und es musste in diesen dunklen Tiefen mehr Fische geben als Sterne am Nachthimmel. Deshalb war der Lysefjord ein ausgezeichneter Ort, wenn man sich vor einem Jarl verstecken wollte.

»Und genau deshalb frage ich mich, ob wir sie jemals aufspüren werden«, erklärte Sigurd.

Der größte Teil der gewaltigen Granitwände auf beiden Seiten, der nicht von dunkelgrünen Kiefernbüschen bewachsen war, war so weiß wie Knochen. Das hatte dem Ort den Namen Lysefjord, »Lichtfjord«, eingebracht. Jedenfalls hatte ihnen Krähenlied das erzählt, obwohl man einem Skalden nie so ganz trauen sollte. Trotzdem, es war eine gute Erklärung, und keiner hätte sich eine bessere ausdenken können.

»Diese beiden, Bjarni und Bjørn«, sagte Solveijg, »sind hier entweder von einem verdammt großen Seeadler hergebracht worden, oder aber sie sind mit einem Boot gekommen. Wenn wir davon ausgehen, dass sie dieses Boot behalten möchten, werden sie nicht wollen, dass irgendjemand, der in den Fjord segelt, es sieht.«

»Also haben sie es irgendwo an Land gezogen und versteckt«, schloss Olaf.

Solveijg nickte. »Wir müssen unsere Augen offen halten und denken wie sie. Vielleicht sehen wir ja Rauch oder hören etwas.« Er zuckte mit den Schultern. »Wenn sie aber wirklich von einem Seeadler hierhergebracht wurden, weiß ich auch nicht weiter.«

»Ich bin anderweitig beschäftigt. Also verlangt nicht

von mir, nach irgendwelchen Brüdern zu suchen.« Svein stand am Heck auf der Backbordseite und hatte eine mit Gewichten beschwerte Leine mitsamt Haken ins Wasser gelassen. Sie hatten vier solcher Leinen aus Nesselhanf gefunden. Sie waren in einer Kiste neben der Ruderpinne verstaut gewesen, zusammen mit zwei guten Wetzsteinen, einer alten Waage, einer Pelzmütze, einem eisernen Kessel und Ofeig Grettirs Trinkhorn.

»So beschäftigt kannst du nicht sein, da du bis jetzt nichts weiter gefangen hast als einen Haufen Schlamm«, meinte Aslak.

»Das liegt daran, dass ihr alle so viel quatscht und die Fische verscheucht«, erwiderte Svein mürrisch.

Hendil sah Loker lächelnd an. »Ich habe noch nie einen Fisch mit Ohren gesehen«, sagte er und furzte dann laut. »Ich frage mich, ob sie auch Angst vor Donner haben.«

»Ich habe nur Angst vor Donner, wenn er aus deinem Arsch kommt, Hendil«, knurrte Olaf.

»Seht dort!« Asgot deutete auf ein Gehölz aus Birken, das sich ein Stück vom Ufer entfernt auf der anderen Seite des Fjords befand.

Zuerst sah Sigurd gar nichts, aber dann bemerkte er eine dünne Rauchfahne, die zwischen den Bäumen emporstieg. »Zumindest ist das ein Landeplatz.«

»Und es brauchte Asgots alte Augen, um ihn zu finden«, sagte Olaf. »Zu dumm, dass er auf der anderen Seite ist. Sehr wahrscheinlich werden sie uns kommen sehen und haben genug Zeit, sich in irgendeine Trollhöhle zu verkriechen.«

»Trotzdem war es gar nicht so schwierig«, meinte Hendil. Das war typisch für ihn. Er sah immer die Sonne hinter den Wolken und glaubte, dass sich stets alles zum Guten wendete.

Aber als sie mit der *Seekuh* angelegt hatten und das Blockhaus zwischen den Bäumen fanden, stellte sich heraus, dass es nicht den beiden flüchtigen Brüdern gehörte, sondern einem alten Mann und seiner Frau. Sie hatten die Knørr schon von Weitem kommen sehen, aber statt sich zu verstecken, hatten sie geduldig am Ufer gewartet. Selbst als Sigurd und die anderen mit Speeren in den Händen auf die Felsen gesprungen waren, schien das alte Paar unbesorgt zu sein.

»Wir bekommen nicht viele Besucher«, sagte der alte Mann. »Und noch seltener sehen wir Männer auf Raubzug.« Er lächelte sie zahnlos an. »Allerdings haben wir nichts, was sich zu rauben lohnt. Das heißt, außer Vebjørg hier«, fuhr er fort und deutete auf seine Frau. »Ihr könnt sie gerne mitnehmen. Aber ich warne euch, sie kann nicht mehr so gut kochen wie früher.«

»Du bist ein mutiger Mann. Zumindest ein mutiger Ehemann«, sagte Olaf.

Der Alte schüttelte den Kopf. »Sie ist so taub wie ein Stein«, meinte er. »Und wenn ihr sie entführt, werdet ihr euch bald wünschen, dass ihr es auch wärt.«

Vebjørg sah ihren Ehemann böse an. Das sagte Sigurd, dass sie vielleicht alt und taub war, aber nicht dumm.

»Warum lebt ihr hier draußen nur mit Fischen und Ziegen als Gesellschaft, Alter?«, erkundigte er sich.

Einen Moment lang schien der alte Mann darüber nachzudenken, ob er auf die Frage antworten sollte oder nicht, aber dann deutete er nach Westen, auf die Mündung des Fjords. »Ich habe einen mächtigen Mann verärgert.« Er zuckte mit den Schultern, als wollte er sagen, dass das nicht schwer war.

»Das war nicht zufällig Jarl Randver von Hinderå?«, erkundigte sich Olaf.

Der alte Mann runzelte die Stirn. »Randver? Den kenne ich nicht. Es ist schon lange her.« Er sah Sigurd an. »Noch bevor du geboren wurdest, Jungchen.« Er zupfte an seinem dünnen Bart. »Als ich das letzte Mal da war, war Gunnlæif, den man Grunter nannte, Jarl in Hinderå.«

»Dann versteckst du dich tatsächlich schon sehr lange«, stellte Olaf fest. »Denn man hat Grunter vor mehr als zwanzig Sommern in einer hübschen Karvi verbrannt.«

»Ah, das hätte ich gern gesehen. Denn heutzutage versteht man sich kaum noch auf die alten Bestattungskulte.« Seine buschigen weißen Brauen zogen sich über seinen entzündeten Augen zusammen.

Sigurd lächelte Vebjørg aufmunternd an. »Wir suchen nach zwei Brüdern. Bjarni und Bjørn.« Sigurd machte eine entschuldigende Geste. »Wir kommen im Guten.«

»Ihr kommt vor allem gut bewaffnet«, bemerkte der Alte.

»Das kann ich nicht abstreiten«, erwiderte Sigurd. »Aber zur Zeit nützen uns Klingen mehr als gute Worte.« Er deutete nach Westen, in den Fjord. »Da draußen schleichen die Wölfe umeinander, und bis wir fertig sind, wird es noch schlimmer werden.«

»Und wir wollen für dich hoffen, dass du nichts damit zu schaffen hast, Alter.« Solveijg genoss es sichtlich, endlich einmal jemand anders *alt* nennen zu können.

»Dann seid ihr nicht auf Raubzug?« Der alte Mann zog sich die verschwitzte Mütze vom Kopf und tupfte sich damit sein wässriges linkes Auge. »Aber ihr seid auch keine Händler, auch wenn ihr ein gutes Handelsschiff habt.«

»Woher weiß er, dass wir keine Händler sind?« Svein sah Solveijg fragend an.

»Weil sie hoch im Wasser liegt.« Solveijg deutete mit einem Daumen auf die *Seekuh,* die hinter ihnen vertäut am Landesteg lag. »Das sagt ihm, dass außer Steinen nichts in ihrem Bauch ist. Jedenfalls nichts, womit man handeln könnte.«

Der Alte, der die Worte gehört hatte, nickte und schenkte Svein sein zahnloses Lächeln.

»Es gibt schnellere Wege, ihm die Wahrheit zu entlocken.« Das waren die ersten Worte, die der schwarze Floki an diesem Tag sagte. Er stand da mit zwei Faustäxten in seinem Gürtel, einem Sax vor seinen Lenden, einem Schwert in der Scheide an seiner linken Hüfte und einem Speer in der rechten Hand.

Aber der Alte war zu betagt, um selbst vor Floki Angst zu haben.

»Ich könnte nicht mehr weglaufen, nicht einmal wenn mir eine bartlose Meyla wie die da droht, mir den Bauch aufzuschlitzen.« Das brachte ihm einige staunende Blicke ein, denn Floki ein kleines Mädchen zu schimpfen hielt keiner für eine besonders gute Idee. Floki grinste jedoch nur, und der alte Mann richtete seinen Blick wieder auf Sigurd und Olaf. »Aber ich weiß nichts von diesen Brüdern«, sagte er. »Woher wollt ihr wissen, dass sie in den Lysefjord gekommen sind?«

»Das hat mir ein Mann namens Ofeig Grettir erzählt«, erwiderte Sigurd. Die Miene des Alten legte nahe, dass er

Ofeig Grettir ebenfalls nicht kannte, und wie hätte er auch? »Leben hier viele Leute?«

»Nicht viele. Aber ein paar schon.« Der alte Mann nahm die Hand seiner Frau in seine eigene und nickte ihr zu, als wollte er sagen, dass sie sich keine Sorgen machen müsste. »Und nicht alle verstehen es so gut wie wir, sich nur um sich selbst zu kümmern.« Er deutete mit einem Nicken auf die *Seekuh*. »Also habt ihr wirklich nichts in eurem stolzen Schiff?«

Er ließ diese Frage wie einen Haken vor der Nase der Männer baumeln und hatte mehr Glück, als Svein den ganzen Morgen gehabt hatte, denn Sigurd bat Aslak, Ofeig Düsterauges Trinkhorn aus der Kiste an der Ruderpinne zu holen, während sie dem alten Mann noch ein paar Fragen über die Leute stellten, die hier am Arsch des Lysefjords lebten.

Als Aslak mit dem Horn zurückkam, gab er es Sigurd, der es an den alten Mann weiterreichte. Es war zwar nicht das schönste Horn, was ihnen jemals unter die Augen gekommen war, aber es war hübsch poliert und hatte eine silberne Fassung am Rand. Das Ende war vielleicht ebenfalls einmal aus Silber gewesen, jetzt jedoch bestand es aus Zinn, und der alte Mann beäugte diesen Ersatz skeptisch.

»Ich ersaufe fast in Ziegenhörnern«, sagte er.

»In ein solches Horn passt viel mehr Met als in ein Ziegenhorn«, wies Svein ihn zurecht.

»Was für ein Jarl bist du denn?«, wollte der alte Mann wissen. »Wir trinken hier nicht besonders viel Met.« Trotzdem schob er das Horn in seinen Gürtel und verriet ihnen, wo sie andere Leute fanden, die sie nach den Brüdern Bjarni und Bjørn fragen konnten. »Ich würde allerdings vermuten, dass sie nicht so gastfreundlich sind wie wir«, warnte er sie. Daraufhin sagte Olaf, dass er wohl gerade die Augen geschlossen haben musste, als das Bier die Runde machte, wenn das hier ein herzliches Willkommen gewesen sein sollte. Der alte Mann ignorierte ihn. »Die Leute da oben mögen keine Fremden«, sagte er und richtete seinen wässrigen Blick auf die Ostseite des Fjords. Dann berührte er die Wollmütze auf seinem Kopf. »Wenn ihr etwas habt, das ihr euch auf eure Schädeltruhe setzen könnt, solltet ihr es bereithalten, wenn ihr zum Loch kommt.«

»Loch?«, erkundigte sich Sigurd.

Der Alte grinste. »Du weißt, was ich meine, wenn du es siehst.«

Sie verabschiedeten sich von dem alten Mann und seiner Frau und segelten erneut in das ruhige Wasser und den kalten Schatten der Felswände. Sie alle blickten in den Fjord und die von Wolken umhüllten Granitwände, die vor ihnen aufragten wie die Tore zu Walhall.

Bis auf Svein, der wieder angelte.

Die Nacht verbrachten sie an einem geschützten Ort, wo sich die Klippen bis ins Wasser neigten. Es war nicht einfach gewesen, einen flachen Ort zu finden, wo man Anker werfen konnte, aber es war ihnen schließlich gelungen. Sie hatten den großen eisernen Haken über die Steuerbordseite geworfen und die *Seekuh* an Bug und Heck angebunden, damit sie nicht gegen die Felswand gestoßen wurde. Wie das Glück es wollte, ankerten sie in Speerwurfweite von etlichen Bächen, die sich aus der Höhe in schmalen Wasserfällen ins Meer ergossen. Am Morgen zogen sie die Knørr am Hecktau nahe genug an den Felsen heran, um drei Fässer und ihre Ziegenhäute und Flaschen mit Wasser zu füllen. Obwohl es, wie sich bald herausstellte, gar nicht nötig gewesen war, sich die Zeit dafür zu nehmen und noch dazu das Risiko einzugehen, den Rumpf der *Seekuh* am Felsen zu beschädigen. Denn am Mittag begann es so heftig zu regnen, dass sich die Bilge gefüllt hätte, wenn Svein und Aslak sie nicht pausenlos ausgeschöpft hätten.

Es regnete immer noch, als sie bei Einbruch der Dämmerung das Loch erreichten. Sie hatten keine Fischerboote gesehen, ebenso wenig Häuser, Rauch oder Menschen. Aber das hatte nichts zu bedeuten. Denn, wie Olaf es ausdrückte, die *Seekuh* war für jeden weithin sichtbar, egal ob er sich auf dem Wasser oder auf den Klippen befand. »Wer auch immer hier lebt, wird sich schleunigst unter seinen Stein verkrochen haben, sobald er auch nur das Klatschen eines Segels oder den Schlag von Riemen hört«, meinte er. Deshalb hatte Sigurd befohlen, dass sie ihre Waffen bis auf ihre Speere im Frachtraum verstauten.

»Die *Seekuh* ist ein Handelsschiff, kein Kriegsschiff«, hatte Sigurd gesagt und mit der Hand über die glatten Planken der Knørr gestrichen. »Also sollten wir auch wie Händler aussehen, hej.« Er hatte sie angegrinst, amüsiert über ihr Zögern, die Äxte, Helme und Schwerter zu verstecken, auf die Krieger so stolz sind. »Wenn wir Glück haben, kommen sie heraus, um nachzusehen, was wir feilbieten. Denn es muss recht selten vorkommen, dass ein Schiff, beladen mit Pelzen und Geweihen und Silber und Leder, so weit hier im Fjord auftaucht. Und genau das werden sie glauben, wenn sie uns sehen.«

»Ja, sie kommen vielleicht, um zu sehen, womit wir

handeln, und ganz bestimmt, um herauszufinden, ob sie uns etwas stehlen können«, brummte Solveijg.

Sigurd nickte. »Wie dem auch sei, die Hauptsache ist, sie kommen.«

»Was auch schön und gut ist, solange sie nicht gleich mit einer verfluchten Horde anrücken«, gab Olaf zu bedenken. »Denn es macht keinen Sinn, drei oder vier von uns zu verlieren, nur weil wir nach zwei Brüdern suchen.«

»Dazu nach zwei Brüdern, die vielleicht gar nicht mit uns ziehen wollen«, warf Loker ein.

»Natürlich werden sie mit uns ziehen.« Sigurd deutete mit einem Arm auf den uralten, schlummernden Felsen. »Denn wer kann sich schon an einem Ort wie diesem hier einen Namen machen?«

»Richtige Männer verstecken sich nicht wie Mäuse in Löchern«, erklärte Svein. »Und wenn Bjarni und Bjørn lieber hier in Friggs Möse bleiben wollen, wollen wir sie ohnehin nicht bei uns haben. Weil sie dann nur erbärmliche Schwächlinge sind.«

Dem mochte keiner widersprechen, und so liefen sie jetzt in eine kleine Bucht ein, in der es selbst an einem sonnigen Tag nicht hell gewesen wäre. Aber jetzt bei Regen war es ein finsteres Loch.

»Nur ein Troll kann an einem solchen Ort leben wollen«, stöhnte Aslak. Er zog seinen Mantel enger um sich, denn es wurde plötzlich eiskalt, als die *Seekuh* zwischen zwei hohen Klippen in die geschützte Schlucht einlief, in der das Wasser pechschwarz wirkte.

Außerdem wehte nicht der geringste Wind in dieser Bucht. Also mussten sie die Ruder an Bug und Heck herausholen und der *Seekuh* genug Schwung geben, damit sie auf dem Kiesstrand anlegen konnten. Er war nur zweimal so breit, wie die Knørr lang war.

Das Geräusch, mit dem der Kiel über die Steine knirschte, wurde durch den höhlenartigen Fels um sie herum widernatürlich verstärkt, und Solveijg konnte nicht widerstehen, ein paar Worte eines alten Seemannsliedes zu singen, um sein Unbehagen zu verscheuchen. Seine Stimme hallte laut von den Wänden wider. Es ging in dem Lied um einen Steuermann, der ahnungslos sein Schiff in ein riesiges Methorn steuerte, weil er es für eine Bucht wie diese hier hielt. Und es endete damit, dass der Seemann von dem Riesen, dem das Horn gehörte, hinuntergeschluckt wurde, aber am nächsten Tag aus seinem Schwanz heraussegelte und bei seiner Rückkehr wie ein Held willkommen geheißen wurde.

»Sollten sie bislang nicht gewusst haben, dass wir hier sind, dann wissen sie es jetzt«, sagte Olaf zu Sigurd. Der konnte Solveijg das Unbehagen jedoch nicht verübeln. Kein Steuermann setzt sein Schiff gern auf einen unbekannten Strand. »Und was jetzt?«, fragte Olaf.

Er war nicht der Einzige, der Sigurd ansah. In diesem Moment begriff er, dass sie wirklich erwarteten, dass er sie anführte. Und wenn sein Plan sie nun alle das Leben kostete? Der Plan, mehr oder weniger unbewaffnet in eine Bucht einzulaufen, in der angeblich Ausgestoßene und Flüchtige lebten, Männer, die sich Jarls und Königen widersetzt hatten.

»Wir warten«, sagte Sigurd. Er suchte mit dem Blick die regengepeitschten Höhen ab und die dunklen Nischen, und auch die Höhle hoch oben in den Felsen vor ihnen, die der alte Mann am Tag zuvor das Loch genannt hatte.

Sie mussten nicht lange warten.

Aslak durchbohrte den Ersten mit einem Speer. Er rammte ihm die Waffe ins Gesicht, als es über der obersten Planke der *Seekuh* auftauchte. Der Mann kreischte, als er nach hinten fiel.

»Sie sind da!«, schrie Olaf. Seine Schiffskameraden sprangen von ihren Häuten und Fellen auf den Bänken hoch, die Speere bereit, und bauten sich an den Seiten der Knörr auf. Bis auf Solveijg und Hagal, die die Planken hochzogen, die über dem Frachtraum lagen, und die Waffen herausholten, die sie dort verstaut hatten.

Der schwarze Floki schnitt einem Mann die Gurgel durch, und Sigurd spürte, wie heißes Blut auf sein Gesicht spritzte, während er sich umdrehte, um den Schild zu packen, den Hagal ihm hinhielt. Ein Pfeil bohrte sich mit einem dumpfen Klatschen in das Deck hinter ihm, unmittelbar gefolgt von weiteren Geschossen.

»Bogenschützen!«, rief er. Der salzige, metallische Geschmack vom Blut eines anderen Mannes lag ihm auf den Lippen. »Schilde hoch!«

»Sigurd!«, schrie jemand. Er wirbelte herum und sah, wie ein Mann mit weit aufgerissenen Augen auf ihn zurannte und mit einer Axt nach seinem Kopf zielte. Er bekam gerade noch den Schild rechtzeitig hoch, und der Kopf der Axt spaltete das Lindenholz unmittelbar über seinem Arm. Sigurd riss den Schildarm zur Seite und rammte dem Mann seinen Speer in den Unterleib, gerade als Svein mit einem lauten Brüllen seine langstielige Axt schwang, die sich in den Rücken des Mannes grub und ihn fast in zwei Teile teilte, bevor sie sich in die Decksplanken der *Seekuh* bohrte.

»Immer besser, gründlich zu sein, stimmt's?« Hendil schlug Svein spöttisch auf die Schulter, während ein anderer Gesetzloser den Schwanz einzog und über die Seite des Schiffs zu seinen Gefährten hinuntersprang, die bereits über den Kies um ihr Leben liefen.

»Gefällt euch unsere Gastfreundschaft nicht?«, rief Olaf ihnen vom Bug der *Seekuh* nach, ohne mit der Wimper zu zucken, als ein Pfeil in den Stevenkopf neben ihm einschlug. Aber Svein, der schwarze Floki und Aslak sprangen über die Seite und verfolgten die Männer. Olaf sah Sigurd an, der mit den Schultern zuckte und ihnen ebenfalls folgte.

Er hörte, wie Olaf die anderen anschrie, beim Schiff zu bleiben, während er den flüchtenden Schatten über den Strand hinterherrannte. Er stolperte und rutschte über die glatten Algen und lockeren Steine, während die Rufe der Männer von den hohen Wänden um ihn herum widerhallten. Sein Blut siedete vor Kampfeslust, während er einen Feind suchte, den er mit seinem Speer durchbohren konnte.

»Sie sind verschwunden!«, sagte Svein, als Sigurd ihn und die anderen am Ende des Strandes einholte. Sie standen da, keuchten und sahen sich suchend um. »Von diesen schlüpfrigen Aalen ist nichts zu sehen.«

Vor ihnen erhob sich ein Turm aus zerklüftetem, dunklem Granit, und auch wenn sie keine Nischen und Spalten sehen konnten, in die die Gesetzlosen wie die Brandung auf dem Kies verschwunden sein mochten, existierten sie ganz bestimmt.

»Da oben, in diesem Nest da.« Der schwarze Floki zeigte mit seinem Speer auf eine Höhle hoch oben im Felsen. »Dort sind sie. Und um uns herum auch«, setzte er hinzu und deutete auf die umliegenden Klippen. Olaf tauchte neben ihnen auf. Sein Gesicht schimmerte finster in dem schwachen, silbrigen Licht, das in die Bucht drang.

»Ich jedenfalls werde nicht dort hinaufklettern …«

Ein Felsbrocken prallte mit einem Knall von Sveins Helm ab, und er taumelte fluchend zurück, während Sigurd sich seinen gespaltenen Schild über den Kopf hielt. Der nächste Felsbrocken trennte sauber die obere Hälfte seines Schildes ab, sodass er nur noch vier Planken am Arm hatte. Dann landeten weitere Felsbrocken auf dem Kies um sie herum. Es war ein tödlicher Hagelschauer, der Schädel zertrümmern und Knochen brechen konnte.

»Zurück zum Schiff!«, rief Sigurd, auch wenn er das den Männern nicht hätte sagen müssen. Einen Herzschlag später waren sie diejenigen, die flüchteten. Sigurd zog Svein am Ärmel seiner Tunika mit sich, weil der Hüne benommen war und unsicher stolperte.

»Das war ungefähr so schlau, wie in einem Brynja schwimmen zu gehen«, wurden sie von Solveijg begrüßt, als sie wieder in die Knørr kletterten.

»Sieh mich nicht so an!« Olaf atmete schwer. »Mir ist nichts passiert.« Er nickte in Richtung Svein. »Aber Svein Halbtroll hier hätte fast sein Hirn über den Strand verteilt. Nicht, dass es da viel zu verteilen geben würde.«

Svein zog eine Grimasse, verzichtete aber auf eine Bemerkung und ließ sich stattdessen gegen die Seite des Schiffes sinken. Die anderen standen am Rand und blickten in die dunkle Nacht hinaus. Die Schilde hielten sie wie einen Schutzwall über das Dollbord der *Seekuh*.

»Die kommen nicht wieder«, erklärte Asgot. Er stieß eine Leiche mit seinem Speer an, um sich davon zu überzeugen, dass der Mann tatsächlich tot war.

»Nicht, wenn sie klug sind«, sagte Olaf. Trotz seiner Worte legte er sein Brynja an. Die anderen hätten das auch gemacht, wenn sie eins besessen hätten.

»Vielleicht wollen sie ja ihre toten Freunde zurückholen«, meinte Hagal. »Möglicherweise würde es sich lohnen, darüber zu verhandeln.« Sie hatten fünf von diesen Ausgestoßenen getötet, und zweifellos gab es noch andere da draußen, die gerade schmerzlich bereuten, die Fremden angegriffen zu haben, die in ihre Bucht gekommen waren.

»Wie gefällt dir das Leben auf Raubzug, Krähenlied?«, fragte Solveijg den Skalden. Hagal war zwar ein Mann, der daran gewöhnt war, Worte zu weben, statt einen Speer zu schwingen, aber niemand konnte von ihm behaupten, dass er vor Blutvergießen zurückscheute.

»Ich hoffe nur, dass ich lange genug lebe, um euch alle in meinen Heldengeschichten bedenken zu können«, erwiderte er. Das war ziemlich schlau, fand Sigurd. Denn da er die Männer um sich herum kannte, wusste er, dass sie sich wahrscheinlich mehr Mühe geben würden, Hagals Leben zu beschützen, wenn sie glaubten, dass sie in einer seiner Geschichten vorkamen. Allerdings hatte er in den letzten Wochen nicht viel Gelegenheit gehabt, etwas zu erzählen.

»Es wird alles hier oben aufbewahrt«, hatte Krähenlied erwidert und sich an die Stirn getippt, als Sigurd ihm das vor ein paar Tagen gesagt hatte. »Ein Kettenhemd wird auch nicht an einem Tag gemacht, Sigurd. Jeder Ring muss geschmiedet und mit den anderen verbunden werden, und dann muss man es auch noch polieren. Vielleicht trage ich dir das Lied vor, wenn du auf Jarl Randvers Thron sitzt.« Sigurd hatte unwillkürlich gelächelt.

»Warten wir ab, was der Morgen bringt«, meinte Sigurd jetzt. Was hätten sie auch sonst tun sollen? Sie konnten nicht in der Dunkelheit mit der *Seekuh* in See stechen, weil sie dann riskierten, auf einen Felsen aufzulaufen. Außerdem hatten sie noch nicht gefunden, weshalb sie gekommen waren. Also stellten sie drei Wachposten auf, am Bug, mittschiffs und an Steuerbord, während die anderen versuchten zu schlafen. Diesmal jedoch mit ihren Klingen in Reichweite und den Schilden in einer Position, dass sie ihre Gesichter schützten, falls erneut von den Klippen aus mit Pfeilen auf sie geschossen würde.

Aber in dieser Nacht regnete es keine Pfeile mehr. Als das erste Grau die Welt jenseits des schmalen Eingangs der Bucht färbte und die Regenwolken wie dunkle Flecken vor dem aufhellenden Himmel auftauchten, wachten sie auf und fanden einen Ort vor, der ebenso ruhig war wie das Innere eines Grabhügels. Bis auf die Wellen, die gegen den Strand schlugen. Und das Furzen. Und das Geräusch, mit dem Männer Schleim hochhusteten und ausspien, gähnten und über die Reling pissten.

Svein öffnete die Augen und kotzte als Erstes seine Eingeweide auf den Strand. Olaf meinte, das würde oft passieren, wenn ein Mann einen heftigen Schlag auf seinen Schädel bekommen hätte. Der Helm seines Vaters hatte eine eigroße Delle, und auf Sveins Stirn befand sich eine entsprechende Schwellung.

»Wenn ich den Mann erwische, der mir diesen Felsen auf den Kopf geworfen hat, segle ich mit ihm aufs Meer hinaus und werfe ihn über den Rand der Welt«, sagte er.

»Ich wette, es war ein Kind«, spottete Hendil. »Vielleicht ein kleines Mädchen.« Er grinste. »Ja, mir gefällt die Idee, dass eine kleine Rotznase den Riesen Svein in die Knie gezwungen hat.«

»Das solltest du in deine Geschichte einflechten«, riet Loker Hagal. »Das erwartet bestimmt niemand.« Hagal runzelte die Stirn, als würde er den Vorschlag ernsthaft erwägen.

»Meine Knie haben den Kies nicht berührt«, brummte Svein, bevor er plötzlich das Dollbord packte und eine frische, dampfende Ladung auf den Strand spuckte.

»Da draußen wird es rau«, erklärte Solveijg. Er stand auf dem Kielschwein und blickte durch die Schlucht zwischen den beiden großen Klippen aufs Meer hinaus. »Ich würde mit dem Auslaufen gerne warten, bis sich das Wetter da draußen ein bisschen beruhigt hat. Ich muss mich immerhin erst an die Schöne hier gewöhnen«, setzte er hinzu und fuhr mit der Hand über den Kiefernmast der Knörr, als wäre es der Schenkel einer Geliebten.

Sigurd nickte. Hier in der geschützten Bucht konnte man schwer beurteilen, wie der Wind da draußen im Fjord wehte, denn die schaumgekrönten Wellen schienen in die eine Richtung zu laufen, die grauen Wolken dagegen in die andere. Aber das war ohnehin bedeutungslos, denn er würde diesen Platz nicht verlassen. Noch nicht.

»Wer geht mit mir dort hinauf?«, fragte er, während sie sich an Guthorms gepökeltem Schweinefleisch, geräuchertem Lamm und Käse gütlich taten. Das Ganze spülten sie

mit dem Wasser herunter, das sie von den Felsen aufge-
fangen hatten.

»Hast du auch einen Schlag auf den Kopf bekommen?«
Olaf deutete mit einem Stück Fleisch in Sveins Richtung,
bevor er es sich in den Mund stopfte.

»Ich bin nicht hierhergekommen, um untätig auf meinem Arsch herumzusitzen, Onkel«, erwiderte Sigurd. »Es
ist schon schlimm genug, dass wir ihnen gestern den
Rücken zugekehrt haben und davongeschlichen sind.«

»Du meinst, es ist schlecht, weil die Götter vielleicht
zugesehen haben«, sagte Olaf.

Sigurd stritt es nicht ab. »Oder sind wir etwa nicht weggelaufen?« Er sah die anderen der Reihe nach an. »Vor
Ausgestoßenen und Ziegenfickern, die sich hier wie Läuse
in der Arschspalte eines Riesen verstecken.«

»Ja, weglaufen ist etwas für Ratten und Hunde«, knurrte Svein.

»Ganz meine Meinung«, meinte Sigurd und sah die
Männer finster an.

»Die Götter lieben den Mut«, erklärte Asgot.

»Du meldest dich also freiwillig?« Olaf sah den Godi
an.

Der verzog das Gesicht und wedelte verächtlich mit
seiner knochigen Hand in Richtung der Klippen. »Sehe
ich aus wie eine Bergziege, Onkel?«

»Jedenfalls riechst du wie eine«, sagte Solveijg. Asgot
funkelte ihn dafür böse an.

»Hört zu«, erklärte Sigurd. »Wir sind in den Lysefjord
gesegelt, um die beiden Brüder zu finden, die nicht davor
zurückschreckten, sich Jarl Randver zum Feind zu machen.«

»Ja, und vielleicht liegen sie schon da draußen auf dem Kies und werden von Krabben gefressen, weil sie auch nicht davor zurückschreckten, sich uns zum Feind zu machen«, nuschelte Solveijg, den Mund voller Käse.

»Schon möglich«, gab Sigurd zu. »Aber ich hatte nicht den Eindruck, dass unter den Leichen ein Brüderpaar gewesen ist.« Er hatte sich die Toten, die bleich am Strand lagen, nicht genauer angesehen, aber das brauchten die anderen ja nicht zu wissen. Und er glaubte nicht, dass ein Bruder den anderen einfach so zurückgelassen hätte. »Ich gehe da rauf und versuche, diese Männer zu finden.« Er strich sich über den Bart. Er fühlte sich dichter an. Das lag vielleicht an der salzigen Luft. »Nachdem sie jetzt gesehen haben, wie wir kämpfen, werden sie uns wahrscheinlich nicht mehr angreifen.«

»Oder vielleicht erst recht«, knurrte Olaf.

Sigurd ging nicht darauf ein. »Außerdem werden sie sich uns vielleicht anschließen wollen, weil sie gesehen haben, dass wir Männer sind, die mit Speeren umgehen können und nichts fürchten.«

»Nichts außer herunterfallende Felsbrocken«, erklärte Solveijg.

»Ich gehe mit«, erklärte Loker.

»Ich auch.« Das war Aslak.

»Ich komme natürlich auch mit.« Svein saß immer noch an eine Querspante der *Seekuh* gelehnt, mit aschfahlem Gesicht und geschlossenen Augen.

»Du bist wohl kaum in der Lage zu klettern«, sagte der schwarze Floki.

»Was weißt du schon davon, kleiner Mann?« Svein richtete seinen müden Blick auf den schwarzen Floki.

»Nein, Svein. Du bleibst hier und ruhst dich aus«, erklärte Sigurd. »Floki hat recht. Wenn du mitkommst, ist es wahrscheinlicher, dass du uns den ganzen Berg auf den Kopf fallen lässt.«

Das entlockte Svein ein Lächeln.

»Keine Sorge, Svein. Wenn ich ein Stück von deinem Gehirn da draußen finde, bringe ich es dir auf jeden Fall zurück«, sagte Aslak grinsend. Was ihm eine bissige Beleidigung einbrachte.

»Ich könnte selbst auf die Spitze von Yggdrasil klettern«, erklärte der schwarze Floki, »und ihr habt ja bereits gesehen, dass mich niemand töten kann.«

Dadurch zog er sich etliche grimmige Blicke zu, denn in Wahrheit wussten sie alle noch nicht so recht, was sie von dem jungen Mann halten sollten. Ihm war zwar noch kein Bart gewachsen, aber er konnte ein Gemetzel veranstalten, bei dem Týr, der Gott des Krieges, grün vor Neid wurde.

»Wir können nicht alle gehen. Wir müssen das Schiff bewachen, oder wir riskieren, bis Ragnarøk in diesem düsteren Loch festzusitzen«, erklärte Hagal. Das stimmte, auch wenn es nur seine typische Art war, sich aus einer Sache herauszuwinden.

»Also ich gehe auch nicht mit, wenn das weiterhilft«, warf Solveijg ein.

»Ganz gleich, was ich von diesem Plan halte, du gehst nirgendwohin ohne mich, Junge«, sagte Olaf.

Damit war die Sache entschieden.

14

Es war eine gefährliche Kletterei, nicht zuletzt deshalb, weil wieder feiner Nieselregen eingesetzt hatte, der den Fels so rutschig machte, als wäre er mit Schneckenschleim überzogen, wie Loker es ausdrückte. Er fluchte, als er mit dem Fuß abrutschte und sich das Knie anschlug. Es wäre zwar einfacher gewesen ohne die Schilde, die sie sich auf den Rücken geschnallt hatten, aber sicher war sicher, immerhin verfügten die Ausgestoßenen über Pfeile und Bögen.

»Ich lasse mir nicht von diesen Bergtrollen einen Pfeil in den Rücken jagen«, hatte Olaf verkündet. Jetzt hatte er es wegen seines Brynjas und seines fortgeschrittenen Alters von allen am schwersten. Allerdings hätte er niemals zugegeben, dass ihm das Klettern mehr Mühe bereitete als den anderen.

»Hier entlang!« Sigurd deutete auf eine Felsspalte, die von Geröll und Büschen gesäumt war und in die Wand hineinführte. Er ging voran, gefolgt von Olaf, Aslak und Loker. Der schwarze Floki kam als Letzter. Den jungen Mann schien der gefährliche Aufstieg ebenso wenig zu beeindrucken, wie er vor scharfem Stahl seiner Feinde zurückschreckte.

Sigurd deutete auf einen Haufen schimmernder Kotkügelchen. »Wenn Ziegen hier hochkommen, muss der Aufstieg möglich sein«, sagte er.

»Ja, und siehst du die Möwe da oben?« Olaf deutete auf den kreischenden Vogel, der über der Bucht und der Knørr kreiste, die unter ihnen am Strand lag. »Wenn die da hochgekommen ist, müssten wir das auch schaffen, oder wie?«

Sigurd antwortete, indem er in die Spalte trat.

Statt von ihrem Liegeplatz den Weg zum Eingang der Höhle zu nehmen, waren sie zunächst zurück in Richtung des Fjords gegangen und hatten sich von dort einen anderen Aufgang gesucht. Nach dem, was Svein passiert war, hielt es keiner für besonders klug, auf direktem Weg vom Strand zur Höhle hinaufzuklettern.

»Ich kann nur hoffen, dass diese Brüder die Mühe wirklich wert sind.« Olaf grunzte vor Anstrengung, als er sich an Grasbüscheln festklammerte und sich über einen Felsvorsprung zog. Sie hatten ihre Speere zurückgelassen und nur Schwerter, Saxe und Äxte in die Gürtel geschoben, weil sie beide Hände zum Klettern brauchten

»Ofeig Düsterauge hat gesagt, die beiden seien die besten Kämpfer, die er je gesehen hat«, erwiderte Sigurd. »Sie haben sechs Gefolgsleute von Jarl Randver getötet, als die bei ihnen auf dem Hof aufgetaucht sind.«

»Pah! Sechs Männer habe ich schon mal nur mit einem Furz umgebracht«, hielt Olaf dagegen.

»Und es waren nur deshalb sechs, weil die restlichen vier die Halle fluchtartig verlassen konnten«, keuchte Aslak hinter ihm. Er zog sich auf den Felsvorsprung und sank auf Hände und Knie.

»Brauchst du Hilfe, Jungchen?« Olaf genoss es sichtlich, zu sehen, wie sich der jüngere Mann abmühte.

Sigurd sah ihnen von einem Vorsprung etwa drei Speerlängen über ihnen zu. »Du klingst wie die Schlange, die einem Fisch erklärt, wie er zu gehen hat«, meinte er.

»Pass auf, was du sagst, Bursche!«, knurrte Olaf zu ihm hoch. »Ich bin schon auf solche Felsen geklettert, da hast du noch auf einem Berg deiner eigenen Scheiße gehockt.«

Sigurd blickte zur *Seekuh* hinunter, und Solveijg winkte ihm zu, um ihm zu zeigen, dass unten alles ruhig war. Dann kletterten sie weiter, nach links, schoben sich über eine tückisch nasse Rinne, bis Sigurd einen anderen Pfad fand, der zur Baumgrenze hinaufführte. Die lag zwar ein Stück höher als die Höhlenöffnung, aber er wollte lieber von oben zum Eingang hinabsteigen als von unten hinauf, also war der Umweg die Zeit wert, obwohl das Herz in seiner Brust pochte, als fiele ein Hammer auf einen Amboss. Wer hier ausrutschte oder einen Fehltritt tat, der stürzte mehr als dreißig Schritte in die Tiefe und landete auf den Felsen oder im schwarzen Wasser. Keins von beidem war ein Tod, der würdig war, in das Heldenlied aufgenommen zu werden, das, wie sie alle hofften, Hagal für sie wob.

Als sie schließlich die Bäume erreicht hatten, setzten sie sich kurz hin, schnappten nach Luft und schöpften neuen Mut. Dann stiegen sie hinunter, in den schwarzen Schlund der Höhle. Doch als sie das modrig riechende, dunkle Innere durchsuchten, mit erhobenen Schilden und Schwertern oder Äxten kampfbereit in den Händen, mussten sie feststellen, dass sich niemand dort verbarg.

Der schwarze Floki scharrte mit dem Fuß in einem Haufen von angesengten Stöcken und Asche. Auf dem Boden lagen Tierknochen, Reste von Krabbenschalen, Trinkkürbisse und ein Wassereimer herum.

»Würdest du etwa hier rumsitzen und auf uns warten?«, fragte Sigurd.

»Nein, ich würde wahrscheinlich dort entlang gehen.« Aslak deutete auf einen ausgetretenen Weg, der aus der Höhle heraus und nach links hinauf zu den Bäumen führte.

Sigurd sah Olaf an. Der nickte, also folgten sie dem Pfad, der von dürren Kiefern und verkümmerten Birken vor Blicken aus der Bucht geschützt war. Sie folgten ihm bis zur Spitze der Klippe.

Wo eine Schar Bewaffneter auf sie wartete.

»Sonderlich bedrohlich sehen die nicht gerade aus.« Olaf lockerte Nacken und Schultern und hob dann Schild und Schwert.

Der schwarze Floki grinste wie ein Wolf, als er die Faustaxt aus dem Gürtel nahm und sie einmal durch den Nieselregen schwang.

»Wir sind nicht hier, um sie zu töten!«, rief Sigurd ihnen ins Gedächtnis.

»Versuch mal, denen das klarzumachen«, riet ihm Olaf.

Es waren elf Männer und sieben Frauen, und sie alle waren mit Speeren bewaffnet. Drei der Frauen besaßen zudem Bögen, in die sie bereits ihre Pfeile eingelegt hatten und mit denen sie auf sie zielten. Sigurd sah eine Bewegung zwischen den Bäumen an der Seite, und ihm kam der Gedanke, dass die Ausgestoßenen sie möglicherweise in einen Hinterhalt locken wollten.

»Bloß Kinder«, murmelte Olaf und deutete mit dem Kinn auf die Bäume. Kinder, die schon längst hätten verschwinden sollen, die aber dageblieben waren, um zuzusehen, wie sich die Angelegenheit entwickelte.

»Wir wollen nicht gegen euch kämpfen!«, rief Sigurd den Bewaffneten zu. Sie hatten einen Schildwall gebildet, obwohl nur zehn von ihnen Schilde besaßen.

In ihrer Mitte stand ein kahlköpfiger, breitschultriger Mann, dessen schwarzer Bart in drei steifen Zöpfen endete. Er sagte etwas, woraufhin die drei Bogenschützen vortraten, ihre Bögen spannten und feuerten. Aber die Entfernung war zu groß, als dass ihre Pfeile hätten Schaden anrichten können. Sigurd trat vor und schlug einen der Pfeile mit seinem Schild aus der Luft. Der andere Schuss war zu kurz, und der letzte Pfeil verfehlte sein Ziel um etliche Längen.

»Den Leuten hier liegt wirklich nicht viel an Besuch«, sagte Olaf.

»Wir suchen nach zwei Brüdern!«, rief Sigurd jetzt. »Wir kommen in friedlicher Absicht.«

»In friedlicher Absicht?«, schrie der Mann, der seinen Bart zu drei Zöpfen geflochten hatte, zurück. »Ihr kommt mit eurem dickbauchigen Schiff hierher, seht aus wie Händler, und dann lockt ihr unsere Brüder in einen Hinterhalt und schlachtet sie ab! Ihr habt uns reingelegt!«

»Ihr habt uns angegriffen!«, konterte Sigurd. »Was hättet ihr denn an unserer Stelle getan?«

»Ich hätte mich von hier ferngehalten!«, rief er. »Jetzt töten unsere Freunde diejenigen, die ihr am Strand zurückgelassen habt. Ihr werdet alle sterben.«

»Er lügt«, knurrte Olaf. Sigurd nickte. Wenn Solveijg und die anderen in einen Kampf verwickelt wären, hätte Hagal schon längst in sein Horn gestoßen. Aber von der Bucht waren weder Hornsignale noch Kampflärm zu hören.

»Du lügst!«, erwiderte Sigurd. »Kennt ihr die Brüder Bjarni und Bjørn? Ich will ihnen ein Angebot machen!«

Jetzt hob ein anderer Mann seinen Speer und richtete ihn auf Sigurd. Die Wangen unter seinem blonden Bart waren gerötet. »Die letzten Männer, die so etwas gesagt haben, haben wir an Hunde und Krähen verfüttert!«, schrie er.

»Er ist sicher einer von ihnen«, sagte Loker leise.

»Und der mit den Locken und dem Speer in der Faust ist sein Bruder«, gab Sigurd zurück und warf einen Blick auf den Mann, der den Rufer anraunzte, weil der sich gerade als ein Bruder des gesuchten Paares verraten hatte.

»Wenigstens haben wir sie gestern Abend nicht getötet«, meinte Loker.

»Dafür ist noch immer Zeit«, schlug Olaf vor, als die Bogenschützen neue Pfeile auf die Sehnen legten und vortraten. Diesmal zielten sie höher. »Schilde hoch«, sagte Olaf nüchtern.

Der schwarze Floki trat vor, wich einem Pfeil aus und schlug ihn mit seinem Schwert in der Luft in zwei Teile. Das war eine beeindruckende Tat, wie selbst Olaf zugab, nachdem er einen Pfeil mit seinem Schild abgefangen hatte. »Pah, ich war auch einmal jung und dumm«, setzte er dann an Floki gerichtet hinzu.

»Wir sind Feinde von Jarl Randver von Hinderå!«, schrie Sigurd den Leuten am anderen Ende des steinigen Pfades zu. Er hörte, wie der Regen auf die Blätter und Zweige der Bäume um sie herum prasselte. »Ich habe ein Angebot für Bjarni und Bjørn.«

»Und hier ist mein Angebot für dich!«, schrie der

Mann mit den roten Wangen, rannte auf sie zu und schleuderte seinen Speer, der wie ein tödlicher eiserner Blitz durch die Luft schoss und wie ein verspäteter Donner gegen Sigurds Schild prallte. Der taumelte zurück und blickte auf die Klinge, die das Holz durchstoßen hatte und sich in seine Rippen gebohrt hätte, wenn er den Schild nicht von seinem Körper weggehalten hätte.

»Bei Thórs Arsch, das reicht jetzt!«, knurrte Olaf.

Der Speer hatte Sigurd nicht verletzt, aber die Wut durchströmte ihn so heiß, als hätte er es getan. Er schleuderte den Schild zur Seite, weil der ihm mit dem Speer darin nichts mehr nützte, zog den Sax aus der Scheide und griff an, den Sax in der linken und Trollkitzler in der rechten Hand.

»Zeigen wir's denen!«, rief Olaf, der ihm auf dem Fuß folgte. Sigurd wusste, dass er alles in den Wind schlug, weswegen sie hergekommen waren, aber es kümmerte ihn nicht. Die blanke Wut hatte ihn mit ihren Klauen gepackt, und diese Bestie gierte nach Blut.

Die Ausgestoßenen schienen jedoch keine Lust zu haben, ihr Blut zu vergießen. Sie zerstreuten sich wie Blätter im Wind und verschwanden zwischen den Kiefern an beiden Seiten des Weges. Bis auf zwei, die einen Moment länger stehen blieben. Der eine hatte einen Schild und eine Axt, und der andere, der den Speer geschleudert hatte, war nur noch mit einem Sax bewaffnet. Dann warfen sich diese beiden, deren offenkundige Ähnlichkeit keinen Zweifel daran ließ, dass sie Brüder waren, einen kurzen Blick zu, drehten sich um und rannten ebenfalls weg.

Sigurd verfolgte sie.

Die Ausgestoßenen liefen bergauf, was ziemlich schlau von ihnen war, da sie keine schweren Kettenhemden, Mäntel und Waffen mit sich schleppen mussten wie ihre Verfolger. Sie verließen den Pfad und brachen zwischen den Bäumen hindurch wie zwei Wildschweine. Ein Pfeil zischte an Sigurds rechter Schulter vorbei und pfiff dann harmlos durch Blätter und Zweige. Er beachtete ihn nicht, sprang über umgestürzte Bäume, lief durch Pfützen, rutschte auf glitschigen Wurzeln aus und lief mit schmatzenden Schritten durch weiches, feuchtes Moos. Er hörte seine Gefährten hinter sich, hörte das Knacken der Zweige unter ihren Füßen und an den Bäumen, wenn sie sich keuchend zwischen den Kiefernstämmen hindurch ihren Weg bahnten.

Er sah, wie Aslak über einen umgestürzten Baumstamm sprang und nach links davonrannte. In der Dämmerung wirkte er wie ein flüchtiger Schatten.

»Lasst mir einen übrig!«, schrie Olaf. Behindert von seinem schweren Brynja und seinem Helm, blieb er zurück, und sein Ruf ging im Rauschen des Regens fast unter.

Sie rannten weiter den Berg hinauf, sprangen über Wasserläufe, wenn möglich, oder rannten spritzend hindurch, wenn sie zu breit waren. Sie wurden immer tiefer in das unbekannte Territorium gelockt. Eine Krähe flatterte von ihrem Nest auf, wütend krächzend. Sigurd sah aus den Augenwinkeln einen Fuchs, der im Farn verschwand, aber er lief nicht langsamer, weil der schwarze Floki direkt neben ihm war. Sigurd wollte die Brüder selbst töten.

Der eine Bruder warf seinen Schild jetzt beiseite, und dann kletterten die beiden hastig eine steile Böschung

hinauf. Sie zogen sich an Wurzeln, Felsen und Brombeer-
büschen empor, und Sigurd schob seine Waffen in ihre
Scheiden und machte sich an die Verfolgung. Als er die
Anhöhe erreicht hatte und er die Luft tief in seine brennenden Lungen sog, blieb er stehen, während ihm der
Regen über das Gesicht lief. Er blinzelte die Tropfen aus
den Augen, als er zusah, wie die Brüder zu einem weiteren felsigen Hügel rannten. Schlagartig begriff Sigurd, wie
sinnlos sein Handeln war. Er jagte zwei Männern am
Arsch des Lysefjords nach, wo er doch eigentlich seine
ermordete Familie hätte rächen sollen. Die Muskeln in
seinen Schenkeln schienen zu brennen, und seine Unterarme waren blutüberströmt, weil er damit sein Gesicht
vor den kahlen Zweigen und scharfen Dornen geschützt
hatte.

Dann fluchte er und setzte die Verfolgung fort.

»Was jetzt?« Loker wischte sich schweratmend Regen
und Schweiß aus dem Gesicht. Sigurd und er standen am
Ufer eines Baches und suchten den Wald ab, in dem die
Gesetzlosen verschwunden waren. Sigurd wusste nicht,
wo der schwarze Floki, Aslak oder Olaf waren. Sie hatten
unterschiedliche Wege durch den Wald genommen.

»Sie können nicht ewig so weiterlaufen«, sagte Sigurd.

»Und wir können das?« Loker spuckte Schleim in den
rauschenden Wasserlauf. »Niemand weiß, ob diese Brüder wirklich kämpfen können, aber ich bürge dafür, dass
sie sich verdammt gut darauf verstehen, wegzurennen.
Wenn Jarl Randver es nicht geschafft hat, sie zu fassen,
sollten wir vielleicht ebenfalls aufgeben.«

Sigurd durchbohrte ihn mit seinem Blick. »Du wirst

noch feststellen, dass ich niemand bin, der so leicht aufgibt, Loker.« Er strich sich sein langes nasses Haar aus dem Gesicht. Im selben Moment hörten sie einen Schrei, der im nächsten Augenblick wie abgeschnitten endete.

Loker deutete nach Norden, und Sigurd nickte. »Ruhig«, befahl er. Beide hielten den Atem an und lauschten in die Richtung, aus der der Schrei gekommen war. Durch das Geräusch des Regens hindurch hörten sie ein weiteres Rauschen. »Ein Wasserfall«, stellte Sigurd fest.

Im nächsten Moment rannte er nach Norden. Er lief mit federnden Schritten wie ein Wolf, und vorsichtig, weil sie in unmittelbarer Nähe des Bruders waren, der geschrien hatte. Und er wollte nicht blindlings in eine Klinge stolpern. Loker hielt sich dicht neben ihm, eine Faustaxt in der Hand. Sie kletterten einen steilen, schmalen Pfad zu einem Vorsprung hinauf und folgten einem grasbewachsenen Weg, der sich zwischen Felsbrocken hindurchschlängelte, bis sie zu einer uralten Esche kamen, deren gewaltiges Blätterdach sich breit über ihnen spannte und deren Wurzeln es irgendwie geschafft hatten, an diesem felsigen Ort Fuß zu fassen. Als sie an dem Baum vorbeigingen, streckte Sigurd den Arm aus und legte die Hand auf den Stamm. Die alte Rinde war grau wie Eisen und gefurcht wie ein Runenstein, den nur die Götter entziffern konnten.

»Hier drüben, Sigurd!«, schrie Loker. Er hob die Axt und näherte sich vorsichtig einem Loch im Boden, das teilweise von Stöcken und Blättern verdeckt war. Auf Sigurd wirkte es wie eine Fallgrube für Wölfe oder Wildschweine, oder vielleicht sogar Elche. Aber als er in die Grube spähte, die eigentlich mehr eine Felsspalte als ein in die Erde gegrabenes Loch war, blickten ihm zwei Augen entgegen, die unverkennbar einem Menschen gehörten. »Bei Óðins Arsch!«, stieß Loker hervor.

»Óðin hat nichts damit zu schaffen!«, erwiderte der Mann böse. Er hielt sich den linken Arm, den er sich bei dem Sturz verletzt hatte. Auf seiner Wange war eine böse Platzwunde, aus der Blut in seinen blonden Bart sickerte. Er konnte von Glück sagen, dass er sich nicht das Genick gebrochen hatte. Denn die Grube war fast vier Schritt tief, und der felsige Boden und die Wände waren von den Wurzeln der mächtigen Esche durchzogen.

»Wo ist dein Bruder?« Sigurd erkannte in dem Mann denjenigen, der den Speer nach ihm geschleudert hatte.

Der Ausgestoßene verzog vor Schmerz das Gesicht und hob den Sax auf, der zwischen die Wurzeln und die Blätter und Zweige gefallen war, die mit ihm in die Grube gestürzt waren. Dann sah er zu Sigurd hoch und verschmierte mit dem Rücken der Hand, in der er den langen Knochengriff seines Sax hielt, das Blut auf der Wange. »Um meinen Bruder brauchst du dir keine Sorgen zu machen«, meinte er.

Sigurd hob den Blick, und jetzt erst sah er die Frau. Sie stand einen Speerwurf entfernt am Rand eines kleinen Birkenhains. Eine Frau in einem Brynja aus glänzenden Kettengliedern, bewaffnet mit Schild und Speer. An ihrer linken Hüfte hing ein Schwert in der Scheide, und der Griff eines Langmessers ragte hinter ihrem Rücken hervor. Sie trug einen Helm, der fast so prachtvoll war wie der von Sigurds Vaters. Er hatte einen Augen- und einen Nasenschutz, und von einem kleinen Dorn auf dem Scheitel hing ein Schweif aus weißem Pferdehaar herunter. Ihr eigenes Haar lag in zwei dicken, blonden Zöpfen über ihren Schultern.

Sigurd hätte sie bis Ragnarøk angestarrt, wäre sie nicht kreischend wie ein Habicht auf ihn losgestürmt. Er schaffte es gerade noch, mit seinem Schwert ihren Speer zu parieren. Dann schlug er mit dem Sax zu, aber die Schildmaid wehrt den Hieb mit ihrem Speerschaft ab und hämmerte Sigurd ihren Schild ins Gesicht. Er taumelte zurück. Dann war Loker da und hackte mit seiner Axt ein Stück Lindenholz aus ihrem Schild. Sie stieß mit ihrem Speer tief zu, und Loker musste zurückspringen, damit sie ihm nicht die Schienbeine aufriss.

Loker war ein guter Kämpfer und wusste, dass er die Frau mit seiner Axt erledigen konnte, wenn er an ihrer Speerklinge vorbeikam, selbst wenn sie ein Brynja trug. Er lehnte sich zurück, und ihre Klinge zischte einen Fingerbreit an seinem Gesicht vorbei. Dann stürzte er vor, aber die Schildmaid riss den Schild hoch, und Lokers Axt grub sich in das Holz und klemmte fest. Sie zog den Schild zurück und riss ihm dabei die Axt aus den Händen. Dann schleuderte sie den nutzlosen Schutz zur Seite.

Sigurd sah seine Chance, doch er konnte sie nicht nutzen ...

»Wenn du dich bewegst, schlitze ich dir den Bauch auf«, schnarrte eine Stimme in seinem Ohr. Er spürte eine Axtklinge, die sich in seine Nieren bohrte, und fluchte, weil er den anderen Bruder gefunden hatte. Besser gesagt, der Bruder ihn.

Die Schildmaid schrie erneut auf und stieß mit dem Speer zu. Loker wich aus und packte den Schaft. Er riss ihn ihr aus den Händen, aber noch während er ihn umdrehte, um die Klinge auf sie zu richten, riss sie das Langmesser aus der Scheide hinter ihrem Rücken, schlug grunzend damit zu – und hackte Lokers linke Führhand ab.

Loker brüllte vor Schreck und Schmerz, und Sigurd wirbelte herum. Er schlug die Axt des Bruders hinter ihm zur Seite, stürzte sich auf die Schildmaid und hämmerte mit aller Kraft sein Schwert auf sie herab. Der Schlag hätte sie in zwei Hälften gespalten, hätte sie ihn nicht mit gekreuztem Schwert und Langmesser abgefangen. Aber die Wucht des Hiebes zwang sie in die Knie.

»Sigurd!«, schrie Aslak, stürzte zwischen den Bäumen hervor und stellte sich zwischen ihn und den Ausgestoßenen. Dann war auch der schwarze Floki da, schlang seinen Arm um den Hals der Schildmaid und hielt ihr die Schneide seines Langmessers an die weiße Kehle.

»Halt!«, schrie Sigurd. »Bring sie nicht um!«

»Scheiße! Schneid ihr die Kehle durch!«, kreischte Loker. Speichel flog durch die Luft und hing in seinem Bart. Er kniete auf dem Boden und umklammerte mit der rechten Hand den Stumpf seines Unterarms, aus dem das Blut nur so sprudelte. Es spritzte zwischen seinen Fingern hindurch, lief über beide Arme.

»Nicht, Floki!«, brüllte Sigurd. Er drehte sich zu dem Ausgestoßenen herum, der nicht genau zu wissen schien, was er in dieser Situation tun sollte. Er hörte, wie sein Bruder ihm etwas aus der Fallgrube zurief. »Lass die Axt fallen!«, befahl Sigurd. Aslak ging auf die andere Seite des Mannes und nahm ihn so mit Sigurd in die Zange.

»Tu lieber, was er sagt, Junge, es sei denn, du willst, dass ich deinen Bruder da unten wie eine Sau aufspieße und ihn über einem netten Feuerchen röste.« Sigurd sah sich um. Olaf stand keuchend da, beugte sich über die Grube und hielt den Speer der Schildmaid in beiden Händen.

Der zweite Bruder stieß einen Fluch aus, drehte sich um und schleuderte die Faustaxt durch die Luft. Sie wirbelte mehrmals herum und grub sich in einen Birkenstamm fast zwanzig Meter entfernt. Sigurd nickte, sowohl anerkennend über diesen geschickten Wurf als auch erleichtert darüber, dass er keinen der beiden Brüder töten musste. »Sobald er Anstalten macht, sich mit seinem Arsch von der Erde zu erheben, töte ihn!«, befahl er Aslak. Der nickte und trat mit gezücktem Schwert dichter zu dem Mann.

»Ich brauche Feuer«, sagte Olaf, der zu Loker gegangen war. Dessen Gesicht war kreidebleich und vor Schmerz verzerrt.

»Asgot wird wissen, was zu tun ist!«, rief Aslak.

»Loker krepiert, bevor wir ihn zum Schiff zurückbringen können«, widersprach Olaf. »Bei den Göttern, es ist hier nasser als in einem Fischarsch, aber ich brauche Feuer, und zwar schnell.«

Sigurd ging zu den Birken, um nach trockener Rinde zu suchen, die er als Feuerholz hätte benutzen können. Aber selbst die Zweige unter dem riesigen Blätterdach der Esche waren dunkel vom Regen. »Alles ist nass«, sagte er.

»Wer seid ihr? Was wollt ihr hier?«, fragte die Schildmaid.

»Halt den Mund, sonst schneide ich dir die Zunge heraus!«, zischte der schwarze Floki, riss ihr den Helm vom Kopf und schleuderte ihn zur Seite.

Sigurd trat zu ihr, während Olaf Loker seinen Gürtel um den blutenden Stumpf schnürte. »Wir sind hergekommen, weil wir diese Männer gesucht haben.« Er deutete auf die Grube und dann auf den Mann, der neben Aslak auf dem Boden saß. »Ich habe eine Blutschuld mit Jarl Randver aus Hinderå zu begleichen und habe gehört, dass die Brüder mir vielleicht helfen könnten, sie einzutreiben.«

»Ihr seid nicht wegen der Quelle hier?« Ihre Augen funkelten wie die Ringe ihres Brynja.

»Wir wissen von keiner Quelle«, erwiderte er. »Wir sind nur wegen dieser Männer gekommen. Sie sind weggelaufen. Also sind wir ihnen gefolgt.«

Die Schildmaid sah ihm eine Weile in die Augen, währenddessen Olaf knurrte, dass Loker nicht mehr viel Zeit bleibe und sie ihm zumindest ein Schwert in seine andere Hand legen könnten. »Ich habe Feuer«, sagte sie. »Ich führe euch hin.«

Sigurd drehte sich um und ging zu dem Bruder, den Aslak bewachte. Er packte ihn an der Tunika und setzte dem Mann die Spitze seines Sax an den Hals. Dann zog er ihn auf die Füße, zerrte ihn das kurze Stück zu der Grube, in der sein Bruder stand und hochblickte, hilflos wie ein gefangenes Tier, und stieß ihn dann hinein. Er landete auf allen vieren auf dem Boden und rief Sigurd eine wilde Beleidigung zu.

Der drehte sich zu der Schildmaid herum und bedeutete Floki, sie aufstehen zu lassen. »Du gehst voran!«, befahl er ihr.

Rauch war aus der Hütte gequollen, als die Schildmaid die Tür öffnete. Sie husteten, spuckten und fluchten. Der schwarze Floki behauptete, dass mehr in diesem Rauch läge als nur der Geruch von getrockneten Kräutern, die auf dem Herdstein glühten, und von Birkenholz, das in den Flammen darunter knisterte und knackte.

»Hier herrscht Seiðr«, hatte er gemurmelt. »So dick wie ein Bärenfell.« Sigurd sah das auch so, und die anderen berührten die eisernen Griffe oder Axtköpfe ihrer Waffen, als sie unter den Türsturz, in den Runen eingeritzt waren, in den dunklen Raum traten, in dem schwache Flammen spärliches Licht spendeten.

Loker hatte, Olafs Worten zufolge, bereits mehr als die halbe Strecke nach Walhall zurückgelegt. Olaf hatte Loker einen Sax in die Hand gedrückt. Während er ihn mit Sigurd durch den Wald trug, umklammerte er Lokers Finger am Griff der Waffe. Aslak bewachte die Fallgrube mit den beiden Brüdern. Er hatte den Auftrag bekommen, sie aufzuspießen, sollten sie versuchen, hinauszuklettern. Er hatte sich den Schild der Frau geholt, falls die Brüder auf die Idee kamen, ihr Langmesser nach ihm zu werfen, denn sie hatten sich geweigert, ihre Waffen abzugeben.

Jetzt in der Kate betrachtete Sigurd abwechselnd Loker und die Frau, die seinem Kämpfer die Hand abgehackt hatte. Es war schließlich nicht ganz ausgeschlossen, dass sie sie an diesen Ort geführt hatte, um sie mit Eisen oder Seiðr zu töten. Allerdings musste sie sich in dem Fall verdammt beeilen, denn sie musste schneller sein als Flokis Sax, den er nie weiter als eine Handbreit von ihrem blassen Hals entfernt hielt.

»Hast du Bier?«, fragte Olaf die Frau. Sie schüttelte den Kopf, und Olaf zischte einen Fluch, weil das Bier Lokers Schmerzen zumindest ein bisschen gelindert hätte. »Fach die Glut an«, sagte er zu ihr und nickte in Richtung des Feuers. »Ich brauche weiße Glut.«

Sie legte trockene Scheite ins Feuer, dann nahm sie einen Blasebalg und begann das Feuer anzufachen. Die Flammen schlugen hoch, fauchten wütend im Windstoß und loderten danach noch heißer und wütender empor. Schließlich nahm die Frau einen Strauß Kräuter, die von den Deckenbalken herabhingen, und warf ihn in die Flammen. Die trockenen Blätter knisterten und loderten auf. Der stechende Rauch brannte in Sigurds Augen und verursachte ihm Schwindel. Olaf knurrte, jetzt wüsste er endlich, wie sich Makrelen fühlten, wenn sie im Räucherhaus zum Dörren aufgehängt wurden.

»Das hilft gegen die Schmerzen.« Die Frau deutete mit einem Nicken auf Loker.

»Ganz recht, weil es ihn erstickt«, sagte Olaf, der sich in dem Blockhaus nach einem geeigneten Werkzeug umsah.

»Vielleicht ist das der da auch so ergangen.« Der schwarze Floki deutete auf das Bett an der gegenüberliegenden Wand. Eine Tranlampe baumelte an einer Kette am Kopfende von der Decke herunter, und in dem gedämpften Licht sah Sigurd einen schwarzen Haarzopf auf blasser Haut. Dann erkannte er ein Gesicht, so weiß wie das Ei einer Eule. Die Augen waren geschlossen und die Gesichtszüge so reglos wie eine spiegelglatte See. Der übrige Körper war mit schwarzen Bärenfellen bedeckt, deswegen hatte er die Frau vorher nicht bemerkt. Das starre Gesicht ließ keine Zweifel aufkommen – die Frau war eindeutig tot.

»Bei Friggs Arsch!«, brüllte Loker in diesem Moment und spuckte Speichel. Der Schmerz der schrecklichen

Wunde riss ihn einen Moment aus der dunklen Umarmung des Todes. Alle sahen ihn an. Er zappelte und wand sich, und der Schmerz schärfte seinen Blick. Er versuchte, den mit einem Gürtel abgebundenen Armstumpf zu betrachten. Olaf meinte, da wäre nicht viel zu sehen und er täte besser daran, an ein hübsches Mädchen zu denken. Auch wenn er sicherlich keins mehr ordentlich anpacken könnte.

»Halt ihn fest!«, befahl Olaf Sigurd. Der besudelte sich von oben bis unten mit Lokers Blut, als er versuchte, die Schultern des Mannes gegen die Wand des Blockhauses zu pressen und gleichzeitig den verstümmelten Arm hochzuhalten, damit Olaf sich ans Werk machen konnte. Ohne ein Wort zu sagen, ging die Schildmaid in eine dunkle Ecke, und als sie sich umdrehte, hielt sie eine Stielaxt in der Hand. Das Schwert des schwarzen Floki fuhr mit einem leisen Flüstern aus seiner Scheide, und Sigurd griff nach seinem Sax. Aber die Frau achtete nicht auf sie, sondern ging zum Feuer und legte den Kopf der Axt in die Mitte der Flammen, wo die Glut am heißesten loderte.

»Ja, das wird gehen«, meinte Olaf. »Wenn es ihn umbringt, ist es besser, er stirbt durch eine Axt als durch eine Pfanne.«

Sigurds Blick fiel auf die beiden Pfannen, die auf den Herdsteinen standen. Ihr flacher Boden wäre wahrscheinlich besser für ihr Vorhaben geeignet gewesen, aber wenn ihm das Blut aus einem abgetrennten Stumpf tröpfelte, wäre es ihm auch lieber gewesen, wenn man hinterher von ihm sagen konnte, eine Axt hätte ihn erledigt und nicht ein Kochtopf.

Olaf drehte sich zu Loker herum. »Hier, Junge, beiß darauf.« Er schob Loker die Lederscheide seines Tischmessers zwischen die Zähne. Loker biss so fest darauf, dass er aussah wie ein tollwütiger Hund. Die Augen waren vor Entsetzen und Schmerz weit aufgerissen.

»Wir haben keinen Met, Loker«, sagte Sigurd.

Loker brauchte keine Warnung vor den schrecklichen Qualen, die ihn erwarteten. Er brummte kaum vernehmlich, dass es genug Met für ihn in der Halle des Allvaters gäbe, wo er schon sehr bald sein würde. Sigurd nickte. In Walhall füllt jemand bereits ein Horn für dich, dachte er.

»Ist es heiß genug?«, fragte Olaf die Schildmaid. Er schob den Ärmel von Lokers Tunika zurück und entblößte alte Narben und rußige, blutbefleckte Furchen in der Haut.

Sie nahm die Axt aus dem Feuer. Das Eisen hatte gerade zu glühen begonnen, und das Holz im Auge des Eisens sowie am Nacken und der Schulter des Schafts qualmte vor Hitze.

»Das muss genügen«, erklärte Olaf. Das Eisen glühte zwar noch nicht rot, aber wenn sie noch länger warteten, war Loker ebenso tot wie die Frau im Bett. »Gib sie mir.«

Die Frau schüttelte den Kopf und bedeutete Olaf, den Stumpf festzuhalten. In dem Moment presste Sigurd sein ganzes Gewicht gegen Loker und sorgte dafür, dass der andere Arm fest an seiner Seite lag. Dann passierte es. Der glühende Axtkopf presste sich auf das rohe Fleisch. Stinkender Qualm zischte auf. Blut blubberte und kochte. Und Loker kreischte.

Ihm traten vor Schmerz die Augen aus den Höhlen, er warf sich gegen die Wand und gegen Sigurd, der ihn festhielt, wie ein Mann einen Keiler festhalten würde, von dem er wusste, dass er sich umdrehen und ihm die Eingeweide herausreißen würde, wenn er ihn losließ. Lokers Schrei klang entsetzlich erstickt und gepresst. Der schwarze Floki schlug vor, sie sollten Loker einen Schlag auf den Kopf verpassen, damit er das Bewusstsein verlöre, aber das wollte Olaf nicht riskieren. Er hatte einmal mit angesehen, wie jemand einen Verletzten bei einem solchen Versuch aus Versehen getötet hatte.

»Das reicht!«, sagte Olaf. Die Frau zog die Axt, an der eine frische Schicht verbranntes Fleisch klebte, von der Wunde. Loker verdrehte die Augen, er sackte in sich zusammen und rührte sich nicht mehr.

»Sag meinem Vater und meinen Brüdern, dass ich zu ihnen komme, wenn ich uns gerächt habe«, sagte Sigurd, der das Gesicht bei dem Gestank verzog, der die kleine Hütte wie das Gift aus einer aufgeplatzten Eiterbeule erfüllte.

Doch Loker konnte diese Nachricht nicht an Sigurds Familie in Walhall überbringen.

Weil er immer noch am Leben war.

Als er das nächste Mal die Augen öffnete, warf er einen Blick auf seinen verstümmelten linken Arm, auf dessen rußgeschwärztes Ende die Schildmaid eine Salbe aus gestampftem Lauch und Honig geschmiert und es dann mit einem Tuch verbunden hatte. Er verfluchte die Götter in einer Flut von übelsten Beschimpfungen. Der Anblick der Frau, die ihm die Hand abgehackt hatte, hätte ihm fast genug Kraft verliehen, sich auf sie zu stürzen, aber Olaf drückte ihn wieder zurück auf seine Bettstatt. Loker brüllte, er würde sie von der Möse bis zum Hals aufschlitzen. Dann sank er zurück und verlor erneut das Bewusstsein.

»Wer bist du?«, fragte Sigurd die Frau, die bis jetzt mehr mit ihren Waffen gesprochen hatte als mit ihrem Mund. Sigurd hatte noch nie eine Frau in einem derart prachtvollen Kettenhemd oder überhaupt in einem Brynja gesehen, geschweige denn, dass ihm je eine Frau begegnet wäre, die so geschickt mit einem scharfen Stahl umzugehen verstand.

»Sie ist ein Todesengel«, antwortete Olaf an ihrer Stelle. »Eine Schildmaid. Was soll sie sonst sein?« Ihm schien es zur Hälfte ernst zu sein.

»Mein Name ist Valgerd«, antwortete die Frau. »Ich habe gelobt, die Völva der Quelle zu beschützen. So wie meine Mutter geschworen hatte, ihre Vorgängerin zu beschützen.«

»Sie war die Völva?« Sigurd deutete mit einer Kopfbewegung in Richtung des Bettes und der Toten darin.

Valgerd ließ die Antwort im Raum stehen.

»Ich habe versagt«, sagte sie schließlich. Die Worte fielen wie ein Anker in ruhendes Gewässer. Sie sah zum Bett hinüber, und ihre nächsten Worte waren an die tote Frau gerichtet und galten nicht den Männern, die neben ihrem Herdstein standen. »Ich konnte meinen Schwur nicht erfüllen. Ich habe ihn gebrochen.« Als sie sich wieder zu Sigurd umwandte, sah er jedoch keine Trauer in ihren Augen, sondern Wut. »Die Götter sind grausam.« Ihre Zähne blitzten in der Dunkelheit. »Ihr größtes Vergnügen besteht darin, uns zu quälen.«

»O ja, da kann ich nicht widersprechen«, pflichtete Olaf ihr bei. »Sie zeigen dir eine schlafende See und beobachten, wie du ablegst, dann lachen sie in ihr Bier, weil ein Sturm aus dem Nichts auftaucht und du sie um dein Leben anflehst.«

»Lebst du hier oben allein, Valgerd?«, fragte Sigurd. Es gab nur ein Bett in dem Blockhaus, und Sigurd fragte sich, ob Valgerd in den letzten Tagen neben der toten Völva geschlafen hatte oder ob die Frau erst letzte Nacht gestorben war. Seine Nase hätte ihm die Antwort geben können, wenn nicht der scharfe Geruch der Kräuter und der Rauch des Herdes den Raum erfüllt hätten.

»Seit fünf Jahren«, erwiderte sie.

Sie hatten keine anderen Wohnstätten im Wald gesehen. Sigurd war klar, das Valgerd und die Völva auch ein Liebespaar gewesen sein mussten. Sie hatten zusammen neben der heiligen Quelle gelebt, jede auf ihre Art an die andere gebunden. Und jetzt bist du allein, dachte er, sagte es aber nicht laut.

»Warum hast du uns angegriffen?«, fragte Sigurd stattdessen und überlegte, ob es ihm besser gelang, seine Gedanken zu verbergen als Olaf. Denn bei den Göttern: Was war diese Frau schön! Sie war eine Erscheinung wie Freyja selbst. Die goldenen Zöpfe ihres Haares umrahmten ein Gesicht, das wild und stolz war, mit Augen so blau wie Gletschereis und so stechend wie Nietnägel. Es waren die Augen einer Jägerin. Die Augen eines Habichts. Der Gedanke traf Sigurd wie ein Schmiedehammer, als ihm seine nebelhaften Visionen, die ihn am Baum hängend heimgesucht hatten, in den Sinn kamen.

Sie zuckte mit den Schultern. »Manchmal kommen Männer. Sie kommen, und ich töte sie.«

»Warum?« Sigurd riss sich vom Bann ihres Gesichts los

und überlegte, woher sie ein solches Brynja hatte. Die vielen Hundert miteinander verbundenen Ringe schmiegten sich an ihren Körper wie eine eiserne Haut und waren einen beträchtlichen Schatz wert. Er vermutete, dass ein Schmied, und zwar ein sehr geschickter Schmied, dieses Brynja speziell für sie angefertigt hatte.

»Warum ich sie töte?«

»Warum sie kommen«, erläuterte Sigurd.

Sie zögerte. Da Loker jetzt bewusstlos auf dem Boden lag, richtete sich die Aufmerksamkeit aller Anwesenden auf sie, und sie betrachtete sie der Reihe nach, Floki, Olaf und Sigurd. Letzterer hatte den Eindruck, als würde Valgerd überlegen, ob sie sie alle nacheinander töten könnte.

»Einige kommen und wollen, dass die Völva ihnen ihre Zukunft vorhersagt«, antwortete sie dann. »Andere kommen wegen der Quelle und des Silbers, das die Leute dort seit Anbeginn der Welt geopfert haben.« Sie richtete ihren scharfen Blick jetzt auf Sigurd. »Sie kommen, um zu rauben, deshalb töte ich sie.«

»Kennst du die Männer, die in deiner Grube hocken?«, fragte Olaf sie.

»Ich habe einen von ihnen schon einmal gesehen, wenn er einer von denen ist, die am Ufer leben. Sie belästigen uns nicht, und wir lassen sie in Ruhe.« Sie zuckte zusammen, als sie unwillkürlich das Wort »wir« benutzte. »Ich habe keinen Zwist mit ihnen, solange sie da unten bleiben.«

»Nun, unser Freund hier«, sagte Olaf und deutete mit dem Daumen auf Loker, »er liegt jetzt im Streit mit dir. Du stehst in seiner Schuld. Sag mir, dass du genug Silber besitzt, um für die Hand zu zahlen, die du ihm genommen hast, und für die Mühe, die du ihm damit bereitest.«

Mühe. Das war ein wenig untertrieben, aber Olaf war stolz um Lokers willen.

Valgerd starrte ihn an, ohne seine Frage einer Antwort zu würdigen.

»Wie wäre es mit dem Brynja?«, schlug der schwarze Floki vor und zeigte auf die Schildmaid. »Ein Jarl mit mehr Silber als Hirn würde ihr das bestimmt als Geschenk für seine Frau abkaufen, darauf könnte ich wetten.«

»Wenn du mein Brynja willst, musst du mich töten«, antwortete sie.

Olaf zuckte mit den Schultern. »Dein Leben für seine Hand. Das dürfte genügen«, erklärte er.

»Was ist denn mit dem Silber in der Quelle?« Niemand antwortete auf diese Frage, und Floki selbst schien keine Antwort erwartet zu haben, denn kein Mensch, der bei Verstand war, versuchte, Silber aus einer heiligen Quelle zu stehlen. Genauso gut konnte man Óðin einen Speer in sein verbliebenes Auge stechen.

»Du könntest mit uns kommen.« Sigurd hörte die Worte, bevor ihm bewusst wurde, dass er sie gesagt hatte. Olaf lachte, und der schwarze Floki fluchte.

»Der Rauch hat dir deinen Verstand vernebelt, Junge!«, sagte Olaf. Aber Sigurd konnte seinen Blick nicht von diesen Habichtaugen lösen.

»Mir scheint, du hast keinen guten Grund mehr, hierzubleiben.«

»Scheiße, aber ich glaube, ich muss mir die Ohren waschen, denn ich hätte schwören können, dass du dieser Walküre gerade eine Seekiste und einen Platz auf unserem Schiff angeboten hast.«

»Sie ist eine gute Kämpferin«, antwortete Sigurd. »Das würde Loker bezeugen, wenn er könnte.«

Olaf stand da, mit großen Augen und offenem Mund, dann lachte er einmal bellend. »Loker würde ihr eher einen Speer in den Leib rammen! Und ich könnte es ihm nicht verübeln!«

Ihr Streit perlte von Valgerd ab wie Wasser von einem Möwenflügel. »Wohin gehst du?«, fragte sie Sigurd.

»Ich gehe zu Jarl Randver von Hinderå und töte ihn«, antwortete er, als wäre das nicht schwieriger, als in einen Fluss zu springen.

»Warum?«, wollte Valgerd wissen.

»Weil er mich beraubt hat«, sagte Sigurd. Er wusste, dass Valgerd ihn verstehen würde, nach dem, was sie ihnen über Männer erzählt hatte, die kamen, um einen geheiligten Schatz zu stehlen. »Wenn du mit uns kämpfst, behandle ich dich wie jeden anderen auch, der mir folgt. Es gibt Silber, und es gibt Blut.«

»Silber brauche ich nicht«, erwiderte sie verächtlich.

Aber Sigurd spürte, dass sie bereits am Haken zappelte. »Es gibt viel Schwertruhm zu gewinnen«, fuhr er fort, »denn wir sind nur wenige, und Jarl Randver ist ein mächtiger Mann. Wenn wir ihn besiegen, wird sich die Kunde davon rasch verbreiten.«

»Wie Feuer in einem trockenen Reetdach«, sagte der schwarze Floki grinsend.

Die vier standen in der von tanzenden Flammen durchzuckten Dunkelheit, die sie mit einer toten Seherin und einem Krieger, einem Mann mit einer Wolfshand, teilten, der tot schien, wäre da nicht sein leises Keuchen gewesen, und sahen sich an.

»Das erklärst du Loker aber selbst«, brummte Olaf, schüttelte den Kopf und kratzte sich seinen buschigen Vollbart.

Sigurd nickte.

Denn Valgerd, sein Habicht, gehörte jetzt zu ihrer Kriegerschar.

15

Die Brüder Bjarni und Bjørn waren gereizt. Ihr Stolz war angekratzt. Als Sigurd und Aslak sie aus Valgerds Fallgrube holten, waren sie aber immerhin einsichtig genug, ihre Erleichterung darüber kundzutun, dass Sigurd und seine Männer keine Gefolgsleute ihres Feindes Jarl Randver waren.

»Ihr seid bis hierher in den Lysefjord gekommen, um uns zu finden?« Bjørn war immer noch misstrauisch. Sie gingen durch den Wald zurück zum Strand, und die Brüder hatten angekündigt, dass sie erst noch mit ihren Freunden reden wollten, also mit denen, die weggelaufen waren und sie alleingelassen hatten, bevor sie mit Sigurd in See stachen.

»Ein Mann namens Ofeig Grettir hat mir gesagt, dass ihr zu kämpfen versteht«, erwiderte Sigurd, »und dass ihr vor allem mit Jarl Randver im Streit liegt.«

Bjarni spie aus. »Dieser stinkende Wieselschiss wollte Wergeld für einen Mann, der nicht einmal einen Tropfen Rattenpisse wert war«, erklärte er.

»Wir haben nicht bezahlt«, setzte sein Bruder hinzu, »also hat Randver unseren Vater ermordet.«

»Er hat ihn von einer Klippe gestoßen, richtig?«, bemerkte Olaf. Dass er sie an diese schlimme Sache erinnerte, brachte ihm finstere Blicke von den Brüdern ein.

»Er hat uns zu Ausgestoßenen erklärt, und dann schien es mehr Männer zu geben, die uns umbringen wollten, als ein Wildschwein Stacheln hat.« Bjørn zuckte mit den Schultern. »Wir hatten keine Wahl, als uns zu verkriechen.«

»Aber nicht besonders tief«, meinte Olaf. »Wenn ich mich recht erinnere, konntet ihr nicht dem Versuch widerstehen, uns letzte Nacht zu bestehlen, als wir geschlafen haben. Obwohl euch das nicht gut bekommen ist.« Er konnte sich diese Bemerkung nicht verkneifen, was ihm einen missbilligenden Blick von Sigurd einbrachte.

Die Brüder jedoch nahmen das ungerührt hin. »Wir sind Ausgestoßene und Gesetzlose«, antwortete Bjarni, als würde das alles erklären. Genauso gut hätte Olaf einen Hund beschuldigen können, dass der bellte. »Aber wir sind gute Kämpfer«, setzte er hinzu.

»Wenn ihr nicht gerade in Bärenfallen tappt.« Olaf ließ nicht so schnell locker.

Bjarni drehte sich um und warf Valgerd einen finsteren Blick zu. Die hielt sich ein Dutzend Schritte hinter ihnen und schien mehr an den Bäumen und Felsen um sie herum interessiert zu sein als an dem Gespräch der Männer. Sigurd ahnte, dass sie sich von diesem Ort verabschiedete, der ihre Heimat gewesen war.

»Ihr werdet keinen Mangel an Gelegenheiten haben, euren Mut und eure Geschicklichkeit im Umgang mit der Klinge unter Beweis zu stellen, wenn wir gegen Jarl Randver kämpfen.« Sigurd lenkte das Gespräch wieder auf ihren gemeinsamen Feind.

»Bring uns auf einen Speerwurf an diesen Schleimwurm heran, dann wirst du schon sehen, welche Männer da zu deiner Kriegerschar hinzugekommen sind«, verkündete Bjørn.

»Ja, das hoffe ich. Denn immerhin hat Loker bei dem Versuch, euch aufzuspüren, seine Hand verloren.« Olaf war immer noch verstimmt wegen der ganzen Angelegenheit und bezweifelte, dass die beiden Brüder den Verlust von Lokers Hand wettmachten. Loker war zwar wieder bei Bewusstsein, aber nicht kräftig genug, um gehen zu können. Deshalb hatten Aslak und der schwarze Floki ihn unter den Schultern gepackt und schleppten ihn. Seine Stiefelspitzen schleiften durchs nasse Laub hinterher, und sein Kinn sackte öfter auf seine Brust, als dass er es gehoben hatte.

»Sie hat ihm die Wolfshand beschert, nicht wir.« Bjørn deutete mit dem Daumen über seine Schulter auf die Schildmaid, die gepanzert und bewaffnet war wie ein Preiskämpfer. Alles, was sie besaß, hatte sie in einen Sack gepackt, den sie sich über die Schulter geschlungen hatte und auf dem Rücken unter ihrem Schild trug.

Ein Windstoß aus dem Westen trug den Geruch von Rauch zu ihnen. Valgerd hatte sich geweigert, ihr Blockhaus zu verlassen, bis sie genug von den trockenen Hölzern zu einem Scheiterhaufen aufgeschichtet hatten, den sie mit Fischtran tränkte. Darauf hatte sie die Völva gelegt und dann das Holz in Brand gesetzt. Erst als das Feuer loderte und der zum Skelett abgemagerte Leichnam der Seherin in ihrem blauen Mantel in Flammen aufging und zusammen mit ihrer Geistertrommel, einem Daunenkissen und anderen Habseligkeiten, die mit ihrer Zauberei zu tun hatten, brannte, war Valgerd bereit gewesen, aufzubrechen. Sigurd hatte ihr gesagt, dass sie warten würden, wenn sie so lange bleiben wollte, bis die Flammen das ganze Haus verzehrt hatten, aber sie hatte nur den Kopf geschüttelt. »Ich bin bereit, diesen Ort zu verlassen«, hatte sie erwidert.

»Willst du die Asche nicht ins Meer werfen?«, hatte Sigurd sich erkundigt.

»Das erledigt der Wind für mich«, antwortete sie nur. Dann hatte sie ihren Schild genommen und ihn sich auf den Rücken geschnallt.

Sigurd hätte sie gern gefragt, was jetzt mit der heiligen Quelle passierte. Hatte Valgerd nicht die Pflicht, eine neue Völva zu suchen und ihr zu dienen? Aber er hatte geschwiegen. Denn sie war an Bord der *Seekuh* weit nützlicher für ihn als hier am Arsch des Lysefjords. Außerdem hatte er den Eindruck, die Schildmaid glaubte, die Götter hätten sie ebenso im Stich gelassen wie Sigurds Familie. Deshalb schuldete sie ihnen jetzt nichts mehr. Sollten die Männer doch das Silber aus der Quelle stehlen, wenn sie es wagten, die Asen konnten sich gefälligst selbst darum kümmern.

Die Brüder zeigten ihnen einen einfacheren Weg hinunter zur Bucht, in der die *Seekuh* auf dem Strand lag. Nachdem Sigurd die beiden Männer und Valgerd den anderen vorgestellt hatte, hatten die kaum noch einen Blick für Bjarni und Bjørn, ja nicht einmal für Loker mit seinem frischen Armstumpf übrig. Sie alle starrten die Kriegerin an. Solveijg murmelte etwas von dem Unglück, das eine Frau an Bord mit sich bringen würde. Hagal jedoch widersprach ihm und sagte, sie sei eine wunderbare Ergänzung für das Heldenlied, und Svein vertraute Hendil tuschelnd an, Valgerd wäre die schönste, wenn auch gefährlichste Frau, die er je gesehen hatte.

In dem Moment tauchte eine Gruppe von mit Bögen und Speeren bewaffneten Leuten am Eingang der Höhle auf und spähte zu ihnen hinab. Sie schienen verwirrt zu sein, als sie sahen, dass die Brüder nicht nur unverletzt, sondern sogar bewaffnet zwischen der Mannschaft der Knørr standen. Schließlich trat der kahlköpfige, breitschultrige Mann mit den drei Bartzöpfen vor und schrie etwas zu ihnen herunter.

»Sind das eure Freunde?«, wollte er von den Brüdern wissen.

»Dieser Mann ist der Sohn von Jarl Harald von Skudeneshavn, der von König Gorm und Jarl Randver verraten wurde!«, schrie Björn zurück.

»Dann hat er mehr Feinde als wir!«, entgegnete Dreizopf.

Bjørn wollte antworten, aber Sigurd brachte ihn mit einer Handbewegung zum Schweigen.

»Das mag stimmen, aber ich habe auch ein Schiff, Silber und gute Waffen«, rief er zu dem Mann hinauf und deutete auf die beiden Brüder. »Diese Männer sagen mir, dass du ein guter Kämpfer bist und die Krähen mit einem Haufen Feinde gefüttert hast.« Er zuckte so deutlich mit den Schultern, dass man es von der Klippe aus sehen konnte. »Aber alles, was ich von dir gesehen habe ist, wie gut du laufen kannst.«

Das gefiel Dreizopf überhaupt nicht, was auch nicht verwunderlich war, denn es war eine schlimme Beleidigung. Sigurd wusste, dass er darauf reagieren musste, und hoffte, dass ein Mann, der gezwungen war, sich wie ein flüchtiger Thrall zu verstecken, trotzdem noch genug Stolz in sich hatte, um sich zu beweisen, wenn sich eine Gelegenheit bot.

»Bist du ein Jarl?«, erkundigte sich der Mann.

»Noch nicht!«

»Also muss ich dir keinen Treueeid schwören?«

Sigurd unterdrückte ein Lächeln. »Noch nicht!«

Bei diesen Worten kratzte sich der Mann den kahlen Schädel.

»Sigurd hat uns gleichen Anteil von der Beute versprochen, die wir machen!«, schrie Bjarni hinauf. Letztendlich war es wohl die Aussicht auf Beute, sagte sich Sigurd später, was Dreizopf und zwei weitere Männer veranlasst hatte, von der Klippe auf den Strand hinunterzuklettern, vorsichtig, wie Wölfe sich einem Kadaver nähern. Dreizopfs Name war Ubba. Die beiden anderen Männer, von denen einer so dünn war wie eine Eisenstange und der andere breitschultrig mit einer Brust wie eine Tonne, stellten sich als Agnar Bjarnason vor, den die Männer den Jäger nannten, und Karsten, dessen Beiname nach seinen eigenen Angaben Ríkr lautete, was ihm einige skeptische Blicke einbrachte. Ob Karsten, der sich als Däne entpuppte, tatsächlich so mächtig war, wie er von sich glaubte, würde sich vielleicht bald zeigen. Aber Ubba sagte, er wäre ein hervorragender Steuermann, der mehr Gefühl für das Meer hätte als ein Wal. Was vor allem Solveijg mit Argwohn aufnahm.

»Ich würde einen Dänen nicht ans Ruder lassen«, brummte er allen zu, die in Hörweite um ihn herumstanden, »es sei denn, man will sich die Klippen und Riffs mal genauer ansehen.«

Sigurd jedoch war froh, sie an Bord zu haben. Die neuen Mitglieder der Kriegerschar verabschiedeten sich winkend von den anderen Männern und Frauen, die sich nicht getraut hatten, von den Felsen herabzusteigen. Dann machten sie sich daran, das Segel der *Seekuh* zu setzen und sie in den Wind zu bringen. Valgerd setzte sich an den Bug, und Sigurd bemerkte, dass sie sich nicht ein einziges Mal umgedreht und zu dem Rauch zurückgeblickt hatte, der vom Scheiterhaufen ihrer Geliebten aufstieg und immer noch den grauen Himmel über den Wäldern auf der Klippe rötlich färbte. Die anderen schienen ebenfalls zufrieden zu sein, dass sich die Schildmaid von ihnen fernhielt, denn wie Olaf bemerkte, als sie ablegten, war es eine Sache, eine Frau an Bord zu haben, und eine ganz andere, eine Walküre in der Mannschaft zu haben.

»Ein Jarl sollte einen Habicht besitzen«, hatte Asgot gesagt und Sigurd betrachtet, um zu sehen, wie er reagierte. Denn der Godi wusste nur zu gut von der Vision, die Sigurd hatte, als er an der Erle hing, gefangen in einem Mahlstrom aus Schmerz und sonderbaren, von Asgots Trank ausgelösten Träumen.

Aber Sigurd gönnte dem Godi die Genugtuung nicht, darauf zu reagieren, sondern behielt seine Gedanken für sich.

»Sieh dich um, Onkel«, sagte er zu Olaf, der beobachtete, wie Solveijg das Ruder einschlug und die Knørr in den Wind drehte, sodass das Segel sich blähte und die *Seekuh* schon bald rückwärtsschob. Olaf ließ seinen Blick über die Mannschaft gleiten, über den schwarzen Floki, Bjarni und Bjørn, Asgot, Hagal Krähenlied und den rothaarigen

Hünen Svein – alles Männer, die Thralls, Gesetzlose und Gefolgsleute eines toten Jarl gewesen waren.

»Ja, wir sind eine merkwürdige Kriegerschar«, gab Olaf zu, während er und Hendil eine Ecke des Segels und die anderen die Leinen am Bug, mittschiffs neben dem Mast und am Heck lösten. Aslak und Svein hängten sich in die Rahtaue und zogen das Segel auf die andere Seite des Bootes. Dadurch fingen sie genug Wind ein, damit sich die Knørr wieder vorwärtsbewegte. Die Leute am Bug mühten sich mit dem großen, schweren Staken, andere befestigten ein Seil an der gegenüberliegenden Ecke des Segels, und dann zogen die Männer am Bug mit aller Kraft daran. Solveijg wartete, bis sie fertig waren, damit er den Kurs festlegen konnte. Dann würden Olaf und Hendil ihr Schot festzurren, das Segel dichtholen und befestigen. »Ich hoffe, es mehrt unseren Ruhm, dass wir eine Walküre unter uns haben«, erklärte Olaf, spuckte in die Hände und rieb sie. »Denn wir werden eine größere Kriegerschar brauchen als diese paar Kämpfer.«

Sigurd warf einen Blick auf Hagal, der seinen Beinamen schließlich nicht dafür bekommen hatte, dass er Ausgestoßene jagte oder an Tauen zog, die mit klebrigem Baumharz getränkt waren. Olaf hatte ihn mit seiner Bemerkung auf eine Idee gebracht.

Sigurd wusste, dass er nicht der einzige Mann an Bord war, der das Gefühl hatte, als wären seine Eingeweide mit Gewichten beschwert und als würden Nadeln sein Herz durchbohren, als sie die Südspitze von Karmøy umrundeten. So wie er starrten sie alle – Olaf und Solveijg, Aslak, Svein, Hendil und Loker Wolfshand – in Richtung Skudeneshavn, ihrer alten Heimstatt. Sie alle wussten, dass sie niemals dorthin zurückkehren konnten. Dieser Faden ihres Lebens war durchtrennt, auch wenn es niemand aussprach. Dennoch jagte jeder von ihnen flüchtigen Erinnerungen in diesem wirbelnden Strudel von Bildern nach, so als versuchten sie, einen einzigen Fisch in einem silbrig blitzenden Schwarm im Wasser im Auge zu behalten.

Einige von ihnen, Olaf etwa, hatten Familie, die noch dort lebte. Sigurd erschien das in gewisser Weise schlimmer, als nur an die Geister der Verstorbenen denken zu müssen, wie es bei ihm der Fall war. Denn diese Männer wussten, dass sie ihre Frauen nicht in den Arm nehmen oder ihre Kinder nicht trösten konnten, ohne ihre Familien in tödliche Gefahr zu bringen. Wenn das alles vorbei war und sie ihren Rachefeldzug überlebten, dann vielleicht konnten sie ihre Familien holen und irgendwo anders ein neues Leben beginnen, auf irgendeiner Insel, die außerhalb der Reichweite von Königen und Jarls lag. Aber vorher würde noch viel Blut fließen. Also stand Sigurd stumm am Heck, als sie die vertrauten Riffe und den Strand passierten und sogar im Inneren des geschützten Meeresarms einen Blick auf die Mole werfen konnten, an der einst Jarl Haralds Drachenschiffe *Reijnen* und *Seeadler* und die *Kleiner Elch* gelegen hatten.

Soll ihnen dieser Anblick im Leib brennen wie ein glühender Stein, dachte Sigurd. Er sah von seiner Schar zum Ufer. Es fühlte sich sonderbar an, dass sich Eik-Hjálmr, die große Halle seines Vaters, jetzt nicht mehr hinter den bemoosten Felsen, den Birken und Kiefern und den von Schafen gesprenkelten Hügeln erhob. Soll ihnen das Wissen im Halse stecken bleiben, was sie verloren haben, sollen sie daran herumpicken wie Krähen das Fleisch von Knochen picken! Das macht ihnen nur klar, wofür sie kämpfen.

Und was die Neuen in der Kriegerschar anging: Die Brüder Bjarni und Bjørn waren zu ihnen gestoßen, um Rache zu nehmen, was Sigurd besser verstehen konnte als so mancher. Andere Männer, wie Ubba, Agnar der Jäger und Karsten Ríkr, waren bereit, wegen des Silbers Blut zu vergießen, und Sigurd würde dafür sorgen, dass sie ihren Lohn bekamen. Dann fiel sein Blick auf Valgerd, die im Heck auf der Reling saß und mit einem Wetzstein die Schneide ihres Schwertes schärfte. Ihre Beine baumelten über dem offenen Frachtraum. Er konnte nicht sagen, warum sie mit ihnen gekommen war, aber er wusste, dass die Schildmaid der Habicht aus seiner Vision am Baum gewesen war. Außerdem glaubte er, dass ihrer beider Schicksalsfäden schon immer miteinander verflochten waren. Selbst wenn das nur ein Teppich wäre, den sein eigener Verstand gewoben hatte, war sie dennoch eine großartige Kämpferin und ebenso geschickt mit einer Klinge wie jeder andere Mann an Bord. Allein das machte sie schon wertvoll, und es war gut, sie dabeizuhaben, auch wenn Loker und einige andere Männer deshalb meckerten wie Ziegen.

Dann war da noch Hagal Krähenlied. Es stimmte, dass Sigurd gedroht hatte, den Skalden mit dem grausamen Ritual des Blutaars hinzurichten, wenn er nicht mit ihnen ginge, aber das war nicht der einzige Grund für Hagals Einlenken gewesen. Er war vor allem wegen der Geschichten mit dabei. Er war ein Mann, der sich von den ergriffenen Seufzern und dem Jubel nährte, sich an den staunenden Blicken labte, den entsetzten, gierigen Gesichtern, war einer, der vom bärtigen Grinsen seiner Zuhörer und den erhobenen Brauen jener lebte, die sich versammelten, um seine Geschichten anzuhören. Er hatte kein Heim, war an niemanden durch ein Gelübde gebunden und verbrachte sein Leben damit, von Herd zu Herd und von Becher zu Becher zu ziehen.

Sie hatten ihn an jenem Morgen, als die Sonne ihr rotes Licht über den Boknafjord ergossen hatte wie Blut aus einer Wunde, in Rennisøy an Land gesetzt. Dort sollte er den Markt aufsuchen und sich umhören, ob über Jarl Randvers Pläne, Sigurd betreffend, etwas zu erfahren war. Außerdem sollte er herausfinden, was die Leute über ihren König dort oben in Avaldsnes dachten. Hagal sollte sich den wichtigsten Männern nähern. Vielleicht konnte er eine Einladung in die Halle eines Jarls erhalten und dort den Verrat des eidbrüchigen Königs Gorm zur Sprache bringen und das Unrecht, das Sigurd angetan worden war. Von Rennisøy sollte Hagal nach Mekjarvik gehen, nach Jæren oder Sandnes, oder sogar noch weiter nach Süden oder Osten, tief hinein nach Rogaland. Dort sollte er alte Freunde aufsuchen und all jene, die ihn in ihre Hallen und an ihre Herde gebeten hatten. Sigurd wusste, wie unwahrscheinlich es war, dass irgendein Jarl oder ein reicher Karl bereit wäre, sein Besitz und sein Leben dafür zu riskieren, sich auf die Seite des rachedurstigen Sohnes eines toten Jarls zu stellen, der sich zudem noch nicht einmal einen Namen gemacht hatte. Aber es steckte noch mehr dahinter. Denn viele dieser Männer würden nach Hinderå eingeladen werden, zum Haustblót-Fest und der Hochzeitsfeier des Sohnes von Jarl Randver. Wenn sie dann Sigurd sahen, wollte er, dass sie wussten, wer er war und weshalb er gekommen war. Möglicherweise würden diese Männer ja die Gelegenheit beim Schopf packen.

»Also, was weißt du über den Mann?« Bjørn nahm eine Mastleine und schwang sie um den Mast herum in Sigurds Blickfeld. Sigurd brauchte einen Moment, um aus dem Nebel seiner Gedanken aufzutauchen, aber dann begriff er, dass Bjørn ihn nach Jarl Hakon Brandingi fragte, dessen Name »Brenner« bedeutete und der der Grund dafür war, dass sie nach Norden segelten.

»Alles was ich dir sagen kann, ist, dass er seinen Beinamen bekommen hat, weil er in seiner besten Zeit mehr Hallen niedergebrannt hat als jeder andere Jarl«, sagte Sigurd. Er überlegte unwillkürlich, wie viele Hallen das wohl gewesen sein mochten. »Aber Olaf ist ihm selbst begegnet«, setzte er mit einem Nicken in Richtung des großen Mannes hinzu.

»Ja, obwohl ich damals noch ein Knirps gewesen bin«, sagte Olaf. Er stand am Heck an der Ruderpinne, um dem alten Solveijg Gelegenheit zu geben, seine Augen ein wenig auszuruhen. Sie konnten von Glück reden, dass sie jetzt auch Karsten hatten. Aber mit sechzehn Rudergenossen und ihrer Kriegsausrüstung war es eng auf der *Seekuh* geworden, obwohl sie einen Teil des großen Frachtraums mit Planken abgedeckt hatten, um mehr Schlafraum zu schaffen. Sigurd war klar, dass sie schon bald ein größeres Schiff brauchen würden.

»Sigurd hat recht, was den Ruf des Mannes angeht«, sagte Olaf und nickte Solveijg zu. Der kam sofort und nahm seinen Platz an der Ruderpinne wieder ein. Denn in Wahrheit missfiel es ihm, nicht am Ruder zu stehen.

»Es gab da einmal eine Halle, die einem Jarl oben in Kvinnherad gehörte. Die Geschichte darüber trug landauf, landab jeder Skalde vor, damals, als wir noch bartlose Jungen waren«, fuhr Olaf fort. Sein Bart wehte im Wind, und in seinen Augen spiegelten sich das Meer und der Himmel. »Ich weiß nicht mehr, worum es bei dem Streit ging. Eines Nachts jedenfalls hat Jarl Hakon das Tor seiner eigenen Halle aus den Angeln gehoben …« Er runzelte die Stirn. »Es hatte wohl etwas damit zu tun, dass dieser andere Jarl gesagt hatte, seine Halle sei größer als die von Hakon. Jedenfalls brachten Hakon und seine Mannschaft dieses Tor zu seinem Schiff, segelten damit über den Bjørnafjord in den Hardangerfjord, schleppten es über Stock und Stein, bis sie schließlich zum Anwesen des anderen Jarls kamen. Es war pechschwarze Nacht, was euch vielleicht verdeutlicht, was für ein Mann dieser Hakon ist … Nun, während der andere Jarl und dessen Leute schliefen, nagelten Hakon und seine Leute das Tor, das sie mitgebracht hatten, über das Tor der Halle des anderen …«

»Sie müssen doch von dem Hämmern aufgewacht sein«, warf Ubba ein. Er hatte wie alle Übrigen mit großen Augen zugehört.

»Vielleicht waren sie zu betrunken«, erklärte Olaf. »Oder vielleicht waren sie taub. Was weiß denn ich!«

»Ich glaube trotzdem, dass irgendjemand den Lärm gehört haben müsste. Vielleicht einer der Hunde des Jarls.«

»Wessen Geschichte ist das hier?« Olaf warf dem Mann einen finsteren Blick zu.

Ubba runzelte unerschrocken die Stirn, bedeutete Olaf jedoch mit einem Nicken, die Geschichte weiterzuspinnen.

»Jedenfalls, als Hakons Männer die Halle in Brand gesetzt hatten und die Flammen so hoch schlugen, dass sie fast dem Allvater in Asgard den Bart versengten, öffneten die Männer des anderen Jarls das Tor, weil sie dachten, sie sollten sich wohl besser in Sicherheit bringen.«

»Was du nicht sagst, hej«, rief Svein. Er lächelte unter seinem roten Bart.

»Aber sie mussten feststellen, dass ein weiteres Tor den Ausgang verrammelte, das eindeutig größer war als ihr eigenes.« Olaf breitete die Arme aus. »Also verbrannte dieser andere Jarl zu einem Haufen Asche, in dem Wissen, dass er sich geirrt hatte, was die Größe seiner Halle betraf.«

»Vielleicht war seine Halle tatsächlich größer, und Hakon hatte nur ein größeres Tor«, warf Hendil nicht ganz unberechtigt ein.

»Ich verstehe trotzdem nicht, wie sie ihr Tor über das andere nageln konnten, ohne dass irgendjemand in der Halle es gehört hat.« Ubba schüttelte den Kopf.

»Scheiße!«, rief Olaf. »Jetzt weiß ich endlich, wie sich Krähenlied fühlt! Das ist das letzte Mal, dass ich euch eine Geschichte erzählt habe.«

Die anderen lachten, während Olaf murrte. Und Sigurd fragte sich, was für ein Mann Hakon Brenner wohl heute war und ob er ihm helfen würde, gegen Jarl Randver zu kämpfen. Er hatte gehört, dass früher einmal, als Sigurd noch nicht geboren war, Brandingi plante, sich selbst zum König auszurufen und sich von anderen Jarls, wenn nötig mit Gewalt, die Treue schwören zu lassen. Er war ein wilder Krieger gewesen, vor allem aber war er ein Jarl geworden, zu dem andere Männer sich hingezogen fühlten wie kalte Hände zu einem heißen Herd.

»Er hat den Männern viel Beute versprochen«, hatte Olaf Sigurd erzählt, als Asgot den Namen zum ersten Mal aus seiner Erinnerung ausgegraben hatte. Denn man sprach nicht mehr viel von Hakon. »Und er hat ihnen auch Beute gegeben. Man sagte, seine eidgebundenen Krieger hätten vor Silber förmlich geglänzt. Und je mehr Männer sich um ihn scharten, desto mehr Raubzüge unternahm er, um sie alle mit Armringen, Met und Fleisch zu versorgen.«

»Voller Bewunderung und Furcht beobachteten die Götter das schnelle Wachstum und die zunehmende Kraft des jungen Fenrir-Wolfes«, sagte Asgot. »Und genauso beobachteten die anderen Jarls, wie Hakons Macht zunahm.« Er grinste. »Aber anders als bei Lokis monströsem Spross wagte es niemand, Hakon an die Kette zu legen.«

»Ja, er hat sich einen Namen gemacht. Und zwar einen von der Art, mit dem Mütter ihren Kindern gern Angst einjagen, damit die Rangen ins Bett gehen«, sagte Olaf. »Aber dann kam eines Tages ein jüngerer Mann, der in dem Ruf stand, ein großer Schwertkämpfer und überaus listig zu sein, und damit änderte sich alles. Er bemächtigte sich des alten Hofs oben in Avaldsnes, der, wie du weißt, einmal König Ogvaldrs Nest gewesen war, und überredete einige Karls, denen es selbst nicht an Silber mangelte, ihm zu helfen, dort einen Stützpunkt zu errichten und den Karmsund in den Würgegriff zu nehmen.« Er zuckte mit den Schultern. »Schon bald barst die Seekiste dieses jungen Mannes fast über von Silber aus den Zöllen, die jeder Schiffsführer, der nach Norden wollte, entrichten musste. Und sehr bald war er reicher als Hakon Brandingi, und das, obwohl er hauptsächlich auf seinem Arsch herumgesessen hatte.«

Er redete natürlich von König Gorm, dessen Vermögen, das er durch seine Kontrolle des nördlichen Seeweges angehäuft hatte, alle anderen Jarls in den Schatten stellte. Entsprechend verfügte er über eine große Anzahl Speere und konnte auf Raubzug gehen, wann immer er wollte, was ihn noch reicher machte. Aber Gorm hatte das Feuer in Jarl Randver erkannt, und statt es zu löschen, hatte er es angefacht und Randver geholfen, Jarl Haralds Land und seine Schiffe zu erbeuten. Dafür musste der Jarl jetzt die Kämpfe des Königs ausfechten, da der kein junger Mann mehr war.

Aber obwohl Jarl Hakons Feuer auf kleinerer Flamme kochte, hockte der Brenner oben in Osøyro und hielt sich vom König fern, nachdem er dem Schildschüttler unwillig den Treueschwur geleistet hatte. Seine Eidgebundenen, allesamt hartgesottene Karls, waren bei ihm geblieben und unternahmen Raubzüge in den Norden und Osten, bis hin nach Ulfvík.

»Es sind jetzt alte Schwertkämpfer«, hatte Sigurd zu Olaf gesagt, als sie über die Möglichkeit geredet hatten, Hakon zu ihrem Verbündeten zu machen.

»Alt vielleicht, aber immer noch voller Feuer, darauf würde ich wetten«, hatte Olaf entgegnet. »Vielleicht dürstet es sie nach einem letzten guten Raubzug, nach einem letzten Schwertlied, das ihnen im Winter ihres Lebens in den Ohren klingt.« Er richtete seinen Blick in weite Ferne. »Und sie haben natürlich auch Söhne«, sagte er und dachte zweifellos an seine eigenen, Harek und den kleinen Erik. Sie waren beide in Skudeneshavn bei Ragnhild.

Also segelten sie nach Norden.

Es war ein guter Tag, um übers Meer zu segeln. Sobald sie Karmøy umfahren und das Dorf Sandve an der südwestlichen Küste passiert hatten, frischte der Wind auf und füllte das wollene Segel der *Seekuh*. Derselbe Wind peitschte Schaumkronen auf die Wellen, die nach Nordosten in Richtung Haugesund rollten, und Sigurd erinnerte sich an das erste Mal, als sein Vater diese Gischtkronen die weißhaarigen Töchter von Rán genannt hatte, der Göttin der See. Der schwanenbrüstige Rumpf der Knørr schnitt mühelos durch die Wogen und erzeugte nicht einmal eine Bugwelle. Es war offenkundig, dass der alte Solveijg das Schiff liebte, obwohl er in jüngeren Jahren am Ruder von Drachen- und Kriegsschiffen gestanden hatte, die selbst den Göttern bewundernde Blicke entlockt hatten.

»Ich würde ihr auch zutrauen, uns dorthin zu bringen, wenn du das willst«, sagte er und deutete mit dem Kinn nach Westen. Sigurd lächelte, denn eines Tages würde er vielleicht tatsächlich nach Westen segeln.

»Also mich dürft ihr gern vorher an Land setzen«, sagte Loker Wolfshand. »Denn es ist verdammt schwierig, sich mit nur einer Hand am Rand der Welt festzuhalten.«

Das löste Gelächter aus. Doch Lokers Sorge war mehr als nur ein Scherz, denn sie befanden sich nicht mehr im geschützten Gewässer irgendeines Fjords. Auf der Backbordseite sah man, so weit das Auge blickte, nur die Gischtkronen der Wellen. Aber die sicherere Passage durch den Karmsund, vorbei an König Gorms Halle in Avaldsnes, kam nicht infrage, also hatten sie sich aufs offene Meer begeben. Und niemand, weder Mann noch Frau, hatte Einspruch dagegen erhoben. Sigurd war stolz auf seine Gefährten.

Auch wenn das Wetter gut war und der Wind günstig stand, galt es, wachsam zu sein. Jeder, der auch nur ein bisschen von Seefahrt verstand, behielt die Strömung und die Farbe des Wassers im Auge sowie den Flug der Vögel, die Wolken am Himmel, die Bewegungen der Fische unter der Meeresoberfläche und die Runensteine, die Asgot ab und zu an Deck warf.

Gelegentlich sahen sie auch andere Schiffe, meistens Fischerboote, die in geschützten Buchten dicht an der Küste dümpelten. Heute waren nur die sehr Mutigen oder Hungrigen unterwegs, da die Wellen fast so schnell rollten, wie ein Vogel fliegen kann. Sigurd hatte diesen Gedanken kaum zu Ende gedacht, als der Vogel in dem Eimer neben Asgots Seekiste ein langes, gurgelndes Krächzen ausstieß.

»Will er dir immer noch die Augen aushacken, Godi?«, rief Sigurd.

Asgot bückte sich und zog vorsichtig eine Ecke des Umhangs hoch, den er über den Eimer gelegt hatte, um den Vogel zu beruhigen. Sie hatten befürchtet, dass der Rabe sich einen Flügel brechen könnte, wenn er wild umherflatterte, weil der Eimer zu klein war, als dass er seine Schwingen hätte ganz ausbreiten können.

»Wir lernen uns gegenseitig gerade kennen«, sagte Asgot, nahm dann den Umhang weg und hob den Raben aus dem Eimer. Der Vogel hackte mit dem Schnabel nach seinen Händen, aber deutlich nicht mehr so wild wie vorher. Er brachte den Vogel zum Heck, und Sigurd streckte die Hand aus, damit die Kreatur sie beäugen konnte.

»Ich tu dir nichts«, sagte Sigurd, zog den Ärmel seiner Tunika zurück und wickelte die dünne Schnur aus Pferdehaar ab, die er sich zuvor um den Arm gewunden hatte. In den Strick hatte er in regelmäßigen Abständen vier Schwingenfedern des Vogels eingeflochten. Sie waren zwar auf den ersten Blick schwarz wie die Nacht, schillerten aber trotzdem violett, blau und grün, als hätten sie einen Zauber in sich. Das erinnerte Sigurd an die wirbelnden Nebel auf einer guten Klinge, jene verschlungenen Muster, die durch das Schmieden entstanden und sich, wenn man sie anschaute, zu winden und zu verändern schienen.

»Komm schon, hab keine Angst, Fjølnir«, sagte er beruhigend. Er dachte sich, dass »Weiser« ein guter Name für solch eine Kreatur war, während er die Schnur um das rechte Bein des Raben unterhalb des gefiederten Fußgelenks band. Der Vogel fuhr sich mit dem Schnabel durch seine zottigen Halsfedern und gab eine Reihe von tiefen, klackenden Lauten von sich. Sigurd erwartete fast, dass sich dieser dicke Schnabel wie ein Scramasax in das Fleisch seines Unterarms graben würde. Aber vielleicht verstand der Rabe, dass er ihm nichts Böses wollte, denn er ließ zu, dass Sigurd das andere Ende der dünnen Schnur um sein Handgelenk befestigte. Als er fertig war, breitete der Rabe, ein Weibchen, seine großen Schwingen aus und hüpfte von Asgots Hand auf Sigurds Arm. Sigurd zuckte zusammen, als die spitzen Krallen sich durch den Stoff der Tunika in seine Haut bohrten.

Der Vogel krächzte, und Sigurd hielt ihn hoch, sodass er den Ozean sehen konnte und wusste, dass er jetzt einer von ihnen war. Sein Schicksalsfaden war mit den ihren verwoben. Erneut gab er das sonderbare, klackende Geräusch von sich, klapperte dann mit seinem gekrümmten Schnabel, als wollte er ihm sagen, dass das Boot, die Kriegerschar und die endlose See auf der Backbordseite der Knørr nichts im Vergleich zu dem war, was er auf seinen Reisen schon gesehen hatte.

»Das ist wirklich der verrückteste Haufen, mit dem ich je gesegelt bin.« Solveijg schüttelte den Kopf und wandte sich wieder der wogenden, von Gischt gekrönten Straße der Wale zu, über die er die *Seekuh* steuerte.

Einer von Óðins Beinamen ist Hrafnaguð, der »Rabengott«, dachte Sigurd, während er den Vogel auf seinem Arm betrachtete.

»Das ist eine nette Idee«, sagte Karsten Ríkr, der Anstalten machte, den Vogel zu streicheln, sich dann aber anders besann. »Ich meine, mit einem eigenen Hugin oder Munin in der Halle dieses Jarls aufzutauchen.«

»Wir werden sehen«, entgegnete Sigurd und betrachtete Fjølnirs Augen, die hell aufleuchteten, wie das Grau eines gut polierten Helmes. Der Wind fuhr durch die steifen Halsfedern des Raben und glättete die kleineren Federn auf seinem Rücken. Sie erinnerten an Fischschuppen oder an die Ringe eines Brynja. Sigurd grinste Olaf an. Der hatte gesagt, dass sie niemals einen Raben zu fassen bekommen würden, und wenn doch, würde der Vogel niemals so zahm werden, dass er tun würde, was Sigurd von ihm erwartete.

»Er muss ja nicht zahm sein, Onkel«, hatte Sigurd zu Olaf gesagt, als Asgot den Vogel am Ufer des Lysefjord gefangen hatte. Der Godi hatte eine Falle mit einem toten Hasen als Köder aufgestellt, den Agnar der Jäger mit sei-

nem Bogen erlegt hatte. Asgot hatte ihm den Bauch aufgeschlitzt, damit seine Eingeweide herausquollen. Dann
hatten sie gewartet und einen riesigen Seeadler verscheucht, der Sigurd wohl eher den Arm abgerissen hätte,
statt gut gelaunt darauf zu hocken, wie Fjølnir jetzt. Dann
war der Rabe in der Nähe gelandet und hatte sich dem
toten Hasen genähert.

Es hatte einige Zeit gedauert, aber schließlich war der
Fuß des Vogels in Asgots Schlinge gefangen. Er wusste,
dass er in der Falle saß und hatte wie verrückt gekämpft,
hatte fast so laut gekreischt wie Var und Vogg gekläfft hatten, die alten Jagdhunde von Sigurds Vater. Der Rabe hatte mit den Flügeln geschlagen und mit dem Schnabel auf
dem Seil herumgehackt, das ihn festhielt. Aber Asgot
konnte mit solchen Kreaturen umgehen, er besaß die
Gabe, sie zu beruhigen. Was eigentlich recht sonderbar
war, denn schließlich endeten die meisten dieser Tiere
mit seinem Messer im Leib und seinen düsteren Anrufungen in den Ohren.

Der Vogel hatte sich beruhigt, auch wenn er weiter
misstrauisch blieb. Sigurd ließ ihn noch ein wenig länger
auf seinem Arm hocken. Er wollte sein Verhalten kennenlernen, wollte, dass der Rabe sich sein Gesicht ein-
prägte. Es war allgemein bekannt, dass Raben ein vertrau-
tes Gesicht unter vielen fremden erkennen konnten.
Schließlich löste Sigurd den Strick vom Fuß des Tieres
und setzte es wieder in Asgots Eimer. Das gefiel ihm überhaupt nicht, und eben das bezweckte Sigurd.

»Er ist nicht sehr glücklich darüber, was ich ihm auch
nicht verdenken kann«, sagte Loker. »Denn ich habe erst
vor zwei Tagen in diesen Eimer geschissen.« Es sei nicht

leicht, den Arsch über die Seite des Schiffes zu hängen, wenn man nur eine Hand hatte, wurde Loker nicht müde, ihnen vorzuhalten.

»Gut«, sagte Sigurd, als Asgot den Umhang wieder über den Eimer legte und die krächzenden Proteste des Vogels dämpfte. »Ich möchte, dass er schon bald lieber auf meinem Arm sitzt als in diesem Eimer.«

»Du kannst von Glück reden, weil du zwei gesunde Arme zur Auswahl hast, auf die du ihn setzen kannst«, knurrte Loker und wedelte mit seinem Stumpf. Er hatte den Ärmel der Tunika mit einem Lederriemen darüber zusammengebunden. »Und die ganze Zeit sitzt diese Hexe hier herum, schärft ihre Klingen und überlegt wahrscheinlich, wen sie als Nächstes von uns verstümmeln will.«

»Ich habe es dir schon erklärt, Loker, sie dachte, wir wären gekommen, um das Silber und die anderen Opfergaben aus der Quelle zu rauben«, antwortete Sigurd. »Wenn du dich recht erinnerst, hattest du deine Axt in der Hand, und ich hatte mein Schwert aus der Scheide gezogen.«

»Wenn ich du wäre, würde ich mein Schwert tunlichst in der Scheide lassen, solange sie in der Nähe ist«, warf Hendil ein und presste grinsend seine Hände in den Schritt.

Aber Loker verzog nur das Gesicht. »Das findest du bestimmt nicht mehr lustig, wenn sie sich erst einmal schreiend auf dich stürzt«, sagte er zu Hendil. »Und ich heb bestimmt nicht für dich auf, was immer sie dir dann abschneidet.« Hendils Grinsen erlosch bei diesen Worten, und Loker sah Sigurd an. Der Wind wehte ihm das Haar um das Gesicht. Es war hager und von den Schmerzen der

Verletzung gezeichnet. »Wenn sie ein Mann wäre, hätte ich ihr längst den Bauch aufgeschlitzt. Schließlich hat sie keine Familie, die eine fünfzigjährige Blutfehde anfangen könnte, so wie es aussieht. Dann wäre die Sache ein für allemal aus der Welt.«

»Sie ist eine außergewöhnliche Kämpferin, nach allem, was Sigurd sagt, und nach allem, was deine eigene Wolfshand mir erzählt«, warnte Hendil seinen Freund.

Dem konnte Loker nicht widersprechen. Er zuckte mit den Schultern. »Ich könnte ihr den Bauch aufschlitzen, während sie schläft. Asgot könnte sie Njørð oder Rán zum Opfer bringen oder von mir aus auch an die Krebse verfüttern. Aber die Waagschale muss ausgeglichen werden!«, spie er hervor und fuchtelte erneut mit seinem verstümmelten Arm.

Sigurd warf ihm einen finsteren Blick zu. Es ärgerte ihn, schon wieder über dieses Thema reden zu müssen. Als führe man mit einem Messer über Haut, die schon rasiert war und jetzt wund wurde. »Du wirst sie nicht berühren!«, erklärte er. »Wir sind bewaffnet und unangekündigt in ihr Heim eingedrungen, und sie hatte das Recht, sich zu verteidigen.«

»Und ich habe das Recht auf meine Ehre!«, fauchte Loker.

»Dann komm und hol sie dir, Einhand!«, rief in diesem Moment Valgerd. Sie stand auf einer der Ruderbänke auf der anderen Seite des offenen Frachtraums, angetan mit ihrem Kettenhemd, aber ohne Helm.

»Ich schneide dir deine Eingeweide heraus, du Hure!«, brüllte Loker und riss sein Schwert aus der Scheide. Die Männer an Bord sahen sich an und fluchten, denn sie hatten gewusst, dass es dazu kommen musste. So wie ein voller Kessel auf dem Feuer so lange siedet, bis er schließlich überkocht.

»Es wird sehr interessant sein, zu beobachten, wie du dir den Arsch ohne Hände abwischen willst«, sagte Valgerd. Sie zog ihren Sax aus der Scheide, weil sie wusste, dass ein Schwert auf einem Schiff eine unhandliche Waffe war.

»Weg damit, Loker!«, blaffte Olaf ihn an. »Und du auch, Valgerd. Auf diesem Schiff wird nicht gekämpft!«

Loker drehte den Kopf zur Seite und spie aus, um zu zeigen, was er von diesen Worten hielt. »Das ist nicht deine Angelegenheit, Onkel.«

»Aber es ist meine Angelegenheit, Loker.« Sigurd brauchte nicht zu schreien, damit die beiden die Entschlossenheit in seiner Stimme hörten.

Loker fuhr zu Sigurd herum. Seine Augen glühten wie Kohlen. »Du bist nicht mein Jarl!«, stieß er hervor. Er hob mit seinem guten Arm das Schwert und richtete es anklagend auf Sigurd. »Du würdest für deine Rache selbst Bifrøst überqueren. Und ich würde über dich hinwegtreten für meine.«

Sigurd trat vor, zog mit der rechten Hand sein Schwert und mit der linken seinen Sax. Loker musste einen Moment unsicher geworden sein, oder vielleicht verlor er auch nur das Gleichgewicht, weil er zum ersten Mal mit nur einer Hand kämpfen musste. Jedenfalls geriet sein Hieb sehr ungeschickt, und die Klinge zischte weit von Sigurds rechter Wange entfernt durch die Luft, als der taumelnd zurückwich. Noch bevor Loker zu einem Rückhandschlag ausholen konnte, schwang Sigurd seinen

Trollkitzler. Die Klinge hackte in den Stumpf von Lokers verstümmeltem linken Arm und blieb darin stecken wie eine Axt in einem Holzblock. Die Männer stöhnten entsetzt auf, und der Rabe in Asgots Eimer krächzte, während Loker erstarrte. Die Augen traten ihm aus den Höhlen wie bei einem Rotfisch, dann stieß er einen unmenschlichen Schrei aus. Sigurd trat dicht an ihn heran, rammte den Sax in Lokers Bauch und schob das Langmesser mit sägenden Bewegungen unter die Rippen bis ins Herz.

Lokers Schrei verstummte schlagartig.

Heißes Blut strömte über Sigurds Hand, aber er schob das Langmesser noch tiefer hinein und grunzte dabei vor Anstrengung. Lokers Bartstoppeln rieben über sein Gesicht, und der feuchte Atem des Mannes traf sein linkes Ohr. Loker zitterte, aber Sigurd hielt sein Gewicht und spürte, wie das Blut auf seine Schuhe spritzte, hörte, wie es auf den Planken landete.

»War es wirklich das, was du wolltest, Loker?«, fauchte er seinem Freund ins Ohr. Aber Loker hörte ihn nicht mehr. Beißender Gestank verriet Sigurd, dass der Mann sich entleert hatte. Dann gaben seine Beine nach, und Sigurd zog Hand und Langmesser aus dem blutigen Bauch seines Freundes. Gleichzeitig riss er Trollkitzler aus dem Armstumpf.

Loker brach auf dem Deck zusammen, auf dem sich bereits eine blutige Pfütze gebildet hatte.

»Wirf ihn über Bord«, sagte Sigurd zu Svein, der neben ihm stand. Der Hüne nickte, bückte sich und hob Loker mit seinen kräftigen Armen auf, ohne ein Wort zu sagen. Er trug ihn zur Reling und ließ ihn ins Meer fallen.

Einfach so.

»Und das alles wegen der da?« Hendil zeigte auf Valgerd. Er war aschfahl im Gesicht und hatte die Augen weit aufgerissen. Neben ihm stand Aslak und blinzelte. Er hatte die Hände vor Schreck hinter dem Kopf verschränkt. Die anderen Männer von der Mannschaft standen wie angewurzelt da, betäubt von dem, was sie gerade mit angesehen hatten. Selbst Valgerd war blass geworden.

»Wer mich mit seinem Eisen bedroht, sollte alles daran setzen, mich auch zu töten«, erwiderte Sigurd.

»Er war unser Bruder!«, brüllte Hendil und umklammerte den Griff seines Schwertes.

»Willst du ihm vielleicht folgen, Hendil?« Der schwarze Floki fletschte die Zähne zu einem wölfischen Grinsen.

»Was geht dich das an, Thrall?«, stieß Hendil hervor.

Sigurd hob den blutigen Sax und bedeutete Floki damit, sich zurückzuhalten. Er war immer noch im Blutrausch, und falls jemand anders gegen ihn kämpfen wollte, dann sollte er das tun. Dann jedoch warf Olaf eine feuchte Decke über die Flammen, indem er zwischen Sigurd und Hendil trat.

»Es hat sich genauso zugetragen, wie unser Schwertbruder Loker es wollte. Jedenfalls fast«, meinte er und sah Hendil an. Ohne seine Klinge zu zücken, stellte er sich zwischen die beiden, wie ein Fels, über den sie klettern mussten, wenn sie sich gegenseitig an die Gurgel gehen wollten. Olaf drehte sich zu Bjarni und Bjørn herum und verzog das Gesicht. »Sagt mir, dass ich nicht der Einzige bin, der gerochen hat, dass sich die Wundfäule in Lokers Stumpf eingenistet hat. Glaubt ihr wirklich, ein Krieger wie er hätte zugelassen, fiebernd im Stroh zu verrecken, stinkend wie eine Jauchegrube und klagend wie der Wind unter irgendeiner alten Tür?«

Keiner antwortete, aber einige schüttelten die Köpfe. Olaf richtete seinen finsteren Blick auf Aslak und Ubba, auf Agnar den Jäger und Karsten Ríkr. »Wegen der Fäule in seinem Arm, die sich wie Feuchtigkeit in einem Schuh verbreitet, hätte er auch nicht zugelassen, dass er gerade dann schwach wurde, wenn wir ihn am meisten brauchten. Ihr wisst alle, was im roten Rausch des Schildwalls passiert.« Er schüttelte den Kopf, als würden seine Erinnerungen an den Lärm des Schildwalls in seinem Schädel pochen. »Mit seiner stinkenden Wolfshand wäre Loker nicht mehr der Mann gewesen, der er einmal war. Und seine Ehre ließ nicht zu, dass er die Krieger neben sich, seine Schildbrüder, in Gefahr brachte.«

Dann drehte sich Olaf zu Sigurd herum, der immer noch dastand, die blutigen Klingen in den Händen und den Gestank von frischem Blut in der Nase. »Nur wenige Männer hätten den Mut gehabt, zu tun, was du gerade getan hast, Sigurd«, sagte er. »Loker wird dir dafür danken, wenn ihr euch in der Halle des Speergottes wiederseht.«

»Bei Thórs haarigen Eiern!«, brüllte Solveijg an der Ruderpinne der Seekuh. Der Wind peitschte sein schütteres weißes Haar um sein Gesicht und in seine Augen. »Wenn ihr endlich damit fertig seid, wie Köter über einen Knochen zu zanken, würdet ihr dann bitte das verfluchte Segel reffen, bevor wir alle Loker ins Meer folgen?«

Olafs Brauen hoben sich und schienen sich mit seinem Haupthaar zu vereinigen, so wie die Regenbogenbrücke Bifrøst Asgard und die Welt der Menschen verband. »Ihr habt den alten Ziegenbock gehört!«, schrie er. Die Männer machten sich daran, das Segel zu reffen, ließen die Rah herunter und nahmen ihre Positionen ein.

Sigurd drehte sich um, sodass der Wind ihm ins Gesicht blies. Er war noch stärker geworden und blähte das Segel, sodass es nicht einfach werden würde, es einzuholen. Aber er bezweifelte, dass es notwendig war, das zu tun. Die *Seekuh* lief geschmeidig vor dem Wind, wie sie es schon zahllose Male zuvor für Ofeig Düsterauge und seine Mannschaft getan haben musste. Und solange Solveijg in eine Richtung steuerte, die den Wind nicht querab kommen ließ, bestand keine echte Gefahr, dass sie kenterten.

Sigurd beugte sich über die Reling und hielt seine Klingen ins Meer. Sein linker Arm war bis zum Ellbogen im Wasser. Er sah zu, wie Lokers Blut abgespült wurde und in rötlichen Schlieren davontrieb. Als er die Klingen wieder herauszog, stand Olaf neben ihm, ans Dollbord gelehnt, und blickte nach Westen.

»Es ist nicht nötig, das Segel zu reffen, Onkel«, sagte Sigurd.

»Stimmt.« Olaf schüttelte den Kopf. »Aber es lenkt sie von dem ab, was du gerade gemacht hast.«

Sigurd fühlte, wie die Wut und die Kampfeslust in ihm verklangen. Der Wind trug sie davon, so wie das Meer das Blut seines Freundes von seinem Schwert und seinem Scramasax gewaschen hatte, und von seinen Händen, seinem Handgelenk und seinem Arm. Er fühlte sich elend wegen seines Handelns. Und doch hatte er Loker töten müssen, um den anderen zu zeigen, dass er ein Mann war, der ein Rückgrat aus Eisen hatte, ein Mann, der eine Herausforderung an seine Ehre nicht einfach hinnahm.

Jetzt dachte er an Loker, der da draußen unter Ráns weißhaarigen Töchtern schwamm und dem er seine Rache an König Gorm, Jarl Randver und der Schildmaid Valgerd versagt hatte. Und jetzt auch an Sigurd selbst. Schon bald würde sich die Leiche mit Wasser füllen, und Loker würde eine lange Reise unternehmen, würde wie ein Anker, der sich von seinem Seil losgerissen hat, auf den Meeresgrund sinken und niemals wieder auftauchen. Die Fische und Krabben würden sich an ihm gütlich tun, und das war kein gutes Ende für einen Krieger wie ihn.

»Es war keine Wundfäule in Lokers Stumpf, stimmt's?«, fragte Sigurd. Der Wind rauschte in seinen Ohren, und sein Magen brannte säuerlich.

Wieder schüttelte Olaf den Kopf. »Soweit ich gesehen habe, war die Wunde sauber«, erwiderte er. »Bei Friggs Titten, Junge, unsere Kriegerschar ist schon klein genug, auch ohne dass du Männern den Bauch aufschlitzt und sie über Bord wirfst.«

Dann drehte er sich um und brüllte den Leuten Befehle zu, um dafür zu sorgen, dass sie das Segel auch ja ordentlich refften.

Sigurd lauschte dem Wind in seinen Ohren und glaubte darin das Lachen der Götter zu hören.

16

Es war eine schlimme Nacht. Ein scharfer Wind peitschte die Wellen und trieb Schaumberge auf den glatten Kiesstrand unterhalb der Klippen. Der Regen trommelte auf das Schilfdach von Jarl Otryggs Halle und prasselte immer wieder, getrieben von einer Windböe, gegen die Holzplanken, als würde ein Gott eine Handvoll Kieselsteine dagegenschleudern. Ein zerzauster Junge mit staunend aufgerissenen Augen war hereingekommen und hatte berichtet, dass ein Walkadaver auf dem schmalen, steinigen Strand angespült worden sei. Die Neuigkeit war mit missmutigem Grunzen und Knurren aufgenommen worden. Keiner der Männer war hungrig genug, um sich in einer solchen Nacht nur mit seinem Langmesser dort hinabzuwagen, selbst wenn sie das Risiko eingingen, dass irgendwelche Höhlenbewohner den Wal zerlegten, bevor der Sturm sich verzogen hatte. Außerdem würde bei solchem Wetter der Regen ihre Fackeln löschen, ehe sie auch nur zehn Schritte gegangen waren, und der Mond spendete nicht genug Licht, um etwas sehen zu können. Ein weißhaariger Alter mit wettergegerbtem Gesicht namens Gaut sagte, dass jeder, der mit einem Bauch voller Bier in der Dunkelheit zum Strand hinunterstieg, höchstwahrscheinlich ebenfalls als Kadaver neben dem Wal enden würde. Um zu zeigen, dass er selbst nirgendwo hinging, füllte er seinen Becher erneut. »Nur die Krabben lassen sich von Wind und Regen nicht abschrecken, und jeder Narr, der es trotzdem wagt, liegt bei Tagesanbruch als abgenagter Knochenhaufen neben diesem Vieh.«

»Wir gehen morgen früh hin«, verkündete Jarl Otrygg und hielt einem Thrall, der einen großen Krug in den Händen trug, sein Horn hin.

»Ha!«, bellte ein Mann in sein Bier. »Damit meint er, er schickt jemand anders hinaus, damit der so nass wird wie ein Otterarsch, bis sich die Haut von den verdammten Knochen schälen lässt.«

»Sei vorsichtig, Bram«, warnte ihn sein Banknachbar und deutete mit einem Nicken auf den Jarl auf seinem Hochsitz. Hinter ihm hing ein Wandteppich, der in dem Luftzug flatterte, der durch die Ritzen in der Wand drang. Aber der Jarl hatte Brams Worte trotz des allgemeinen Stimmengemurmels in der Halle verstanden. Nicht dass Bram das auch nur einen Furz interessiert hätte.

»Hast du mir vielleicht etwas zu sagen, Bär?«, fragte der Jarl. Stille senkte sich über die Trinkenden wie ein dicker Pelz, sodass das Heulen des Windes draußen in der Nacht wie das Stöhnen von jenen klang, die verurteilt waren, nach Helheim hinabzufahren.

Bram blickte nicht einmal zu dem Mann hoch, sondern nahm stattdessen einen langen Zug von seinem Bier und fuhr sich dann mit dem Arm über den Mund und seinen dichten Bart. »Ich habe mich gerade gefragt, ob dieser Wind vielleicht von deiner flatternden Zunge kommt«, erwiderte er schließlich und schnippte mit den Fingern und dem Daumen seiner linken Hand. »Denn er bläst so laut und ist doch leer wie mein Becher.« Er drehte den

Becher um und streckte ihn dann aus, damit er erneut gefüllt wurde. Der Thrall warf einen Blick auf seinen Jarl, trat aber trotzdem vor und füllte Brams Becher mit zitternden Händen.

Otryggs Preiskämpfer, ein Mann, der durch seinen Eid verpflichtet war, für ihn zu kämpfen, stand von seiner Bank auf. Sein Gesicht war so finster wie die Flanke der Granitklippen hoch über dem schaumbedeckten Strand.

»Bleib sitzen, Brak.« Bram, der ihm gegenübersaß, winkte beiläufig mit der Hand. »Ich habe keinen Streit mit dir.«

Brak genoss den Ruf eines guten Kämpfers, obwohl er mittlerweile fett geworden und mehr daran gewöhnt war, Platten mit Wildschwein und Elchfleisch statt Feinde zu vernichten. Jetzt stand er da, wie der Ochse vorm Berg, und wusste nicht, was er tun sollte. Er warf einen Blick auf seinen Herrn, dessen fleckiges, aufgequollenes Gesicht plötzlich aufleuchtete wie die Sonne, die durch eine Wolkendecke bricht. Er deutete auf das Essen vor seinem Preiskämpfer.

»Setz dich, Brak«, befahl Jarl Otrygg und lächelte, obwohl alle sehen konnten, dass er sich dazu zwingen musste. »Bram wollte mich nicht beleidigen.« Seine Frau Hallveijg neben ihm zischte etwas. Ihr Gesicht wirkte so grimmig wie der Sturm draußen, aber Otrygg ignorierte sie. »Wir alle haben oft genug erlebt, wie das Bier seine Zunge gelöst hat und er am nächsten Morgen sein loses Mundwerk bereut hat«, erklärte er.

Sichtlich erleichtert nickte Brak seinem Jarl zu und grinste in Brams Richtung, dann setzte er sich und widmete sich wieder einem fleischigen Knochen.

Bram zuckte mit den Schultern, und die Leute in der Halle nahmen wieder ihre Gespräche auf, die sie unterbrochen hatten. Es wurde Bier nachgeschenkt, dem fettglänzenden Fleisch zugesprochen, und die Flammen der Lampen und des Herdes tanzten, als wollten sie dem tosenden Sturm jenseits der Eichenplanken von Otryggs Halle trotzen.

Aber Bram konnte es nicht sein lassen, ebenso wie der Wind und der Regen da draußen in der Dunkelheit nicht plötzlich ihren Zorn vergaßen und einfach Ruhe gaben.

»Das hier ist keine Halle, das ist ein Stall voller Schafe und Ziegen«, sagte Bram. Er redete nicht laut, aber seine schnarrende Stimme klang wie eine eiserne Feile, die gegen die Maserung einer Eichenbohle rieb. Die Leute verstummten erneut und richteten ihre Blicke auf ihn. »Ich habe schon mehr Rückgrat unter Aalen gesehen als hier unter diesen *Männern*. Wann sind wir das letzte Mal auf Raubzug gegangen?« Er ließ herausfordernd seinen Blick über die Anwesenden schweifen. Er sprach mit erhobener Stimme weiter. »Wann haben wir das letzte Mal eine Kriegerschar zusammengestellt, hej?« Das galt Jarl Otrygg, der mittlerweile bleich geworden war. »Deine Schiffe sind von Würmern zerfressen und verrotten an ihrem Liegeplatz. Deine Krieger werden fett, ihre Muskeln schlaff wie Friggs Titten, und wo einst das Schwertlied erklang, höre ich jetzt nur müßiges Geplapper wie von alten Weibern am Webstuhl.«

Wieder stand Brak auf und wischte sich seine fettigen Finger an seiner Tunika ab.

»Was für ein anmaßender Kerl!«, entfuhr es Hallveijg.

Mit Blicken forderte sie ihren Ehemann auf, etwas zu unternehmen, und zwar schnell.

»Du wirst deine Zunge hüten, Bär, sonst reiße ich sie dir heraus!« Otryggs Augen verengten sich zu Schlitzen. »Du beleidigst mich in meiner eigenen Halle? Du hast dir mit meinem Bier den Verstand weggesoffen, du stinkender Haufen Schweinescheiße!«

»Ja, ich bin lieber ein Säufer als ein Hrafnasueltir!«, gab Bram zurück. Das löste eine Woge der Empörung aus, die wie Donner durch die Halle lief. Es war keine Kleinigkeit, irgendjemanden, geschweige denn einen Jarl, zu beschuldigen, die »Raben verhungern« zu lassen. Denn das bedeutete, ihn als Feigling zu bezeichnen.

»Du vergisst deinen Eid, Bram!«, knurrte Brak von seiner Seite der langen Tafel und legte eine fettige Hand auf den Knauf des Schwertes an seiner Hüfte.

»Und du vergisst, dass ich Jarl Otrygg keine Treue geschworen habe«, erwiderte Bram.

»Aber *ich* habe es nicht vergessen«, erklärte der Jarl.

Das kann ich mir denken, dachte Bram und erinnerte sich an den Tag vor drei Jahren, als er nach Steinvik gekommen war und dem Jarl sein Schwert angeboten hatte.

»Ich trinke dein Bier und esse dein Fleisch, um dafür deine Feinde anzuknurren«, sagte Bram. »Aber du hast keine Feinde, weil die anderen Jarls gar nicht mehr wissen, dass es dich gibt. Für sie bist du nichts weiter als ein Pickel am Arsch ihrer Frauen.« Er wusste, dass er damit zu weit gegangen war, und ihm war auch klar, dass Jarl Otrygg es nicht verdient hatte, so vor seinen Leuten beleidigt zu werden. Ebenso wenig, wie er eine Halle und seinen Hochsitz verdient hatte. Aber Bram war mit seiner Geduld langsam am Ende, es wurde Zeit, den Anker aus den Schlingpflanzen und dem Schlamm zu lichten, wo er schon viel zu lange gelegen hatte. »Ich trinke dein Bier und esse dein Fleisch und bin doch immer noch hungrig«, sagte er, leerte seinen Becher in einem Zug und knallte ihn dann auf den Tisch. »Ich bin ein Krieger, und ein Krieger braucht Silber und Ruhm. Hier bei dir gibt es nur Rost und Ehrlosigkeit.«

Um ihn herum kletterten Männer und Frauen hastig von den Bänken und gingen auf Abstand, wie Leute, die vor den Funken eines wild lodernden Feuers zurückwichen. Auch ihnen war klar, dass Bram zu weit gegangen war. Und ihnen war auch klar, was jetzt folgte.

Ein alter Speerschüttler namens Esbern, dessen beste Tage als Kämpfer lange hinter ihm lagen und dessen Bart und Zöpfe so weiß wie Schnee waren, deutete mit einem knorrigen Finger auf Bram. »Du beleidigst uns alle. Und du besudelst deinen eigenen Namen!«

Aber Bram war zu betrunken, um den Stachel zu spüren, den diese Worte enthielten. »Ich besudele meinen eigenen Namen schon seit Langem, weil ich hiergeblieben bin, Alter«, erwiderte er. »Bleib sitzen und genieße deinen Tod auf einem Strohlager, es sei denn, du willst eine letzte Chance auf einen Platz in der Halle des Allvaters!«

Esbern fletschte die Zähne, und seine Hand fiel auf den Griff seines Scramasax. Einen Augenblick lang sah es so aus, als würde der alte Mann tatsächlich seine Tage mit einer Klinge in der Hand beschließen, wie ein ordentlicher Schwertkämpfer. Doch dann schob eine große Hand ihn zur Seite.

»Aus dem Weg, Weißhaar!«, schnarrte Brak. Er trat um

die lange Bank herum, um zu Bram zu gehen, der fühlte, wie sich das Blut in seinen Adern erhitzte, zum ersten Mal seit viel zu langer Zeit.

Braks Schwert fuhr zischend aus seiner Scheide, und Bram zollte insgeheim Jarl Otryggs Preiskämpfer seinen Respekt, da dieser wenigstens seine Pflicht tat, obwohl er wusste, dass er keine Chance hatte.

Bram duckte sich unter dem ersten wilden Schlag weg. Braks Schwert zerteilte nur den rauchigen Nebel über seinem Kopf und grub sich in einen Stützpfosten ein, wie eine Axt in einen Eichenstamm. Brak fluchte, und Bram hämmerte ihm seine Faust in den Bauch. Der Krieger krümmte sich zusammen. Dann packte Bram einen seiner Zöpfe, riss den Kopf des Mannes nach hinten, und während Brak hilflos mit den Armen um sich schlug, schlug Bram ihm mit der Handkante gegen die schutzlos entblößte Gurgel. Brak stürzte würgend zu Boden und trat zappelnd um sich, als seine Lungen nach Atem rangen, der nicht kommen wollte.

»Steh auf, du fetter Narr!«, schrie Otrygg, als andere Gefolgsleute sich mit gezückten Schwertern auf Bram stürzten. Der Erste hielt sich offensichtlich für Beowulf, der nach Grendels Arm schlägt. Denn der Hieb war so mächtig, dass er Bram in zwei Teile gehackt hätte – wenn er denn auch nur in seine Nähe gekommen wäre.

»Setz dich auf deinen Arsch, Anlaf!« Bram hämmerte dem Mann seine Faust ins Gesicht und zertrümmerte ihm die Nase, dass Blut und Knochen nur so spritzten. Anlaf ging wie ein gefällter Baum zu Boden, während Bram einem anderen Mann den Speer aus der Hand riss. Er zerbrach ihn über seinem Knie und schlug dem Angreifer dann die beiden Hälften rechts und links um die Ohren. Der Mann presste seine Arme schützend um den Kopf und zog sich hastig zurück.

»Schafe und Ziegen!«, brüllte Bram, als der Mann an der Wand zusammensank und sich einrollte wie ein Igel vor einem knurrenden Hund. Ein großer Bursche stürzte sich von hinten auf Bram und schlang seine Arme um ihn, um ihn daran zu hindern, sich dem Jarl zu nähern. Bram hämmerte seinen Kopf nach hinten in das Gesicht des Mannes, der ihn daraufhin losließ. Dann drehte er sich um, packte Gevars blutiges Gesicht mit seinen Händen und drückte zu. Die Augen des Hünen traten aus ihren Höhlen und seine Beine gaben nach, aber Bram ließ nicht los. »Ihr werdet alle im Schlaf sterben«, fauchte Bram, »und keiner wird jemals erfahren, dass ihr überhaupt gelebt habt!« Seine Arme zitterten vor Anstrengung, und er fragte sich, ob er wohl den Schädel des Mannes zerquetschen könnte und ob dessen Gehirn durch seine Finger quellen würde. Aber er lag nicht im Streit mit Gevar, also hämmerte er sein Knie in das blutige Gesicht. Gevar stürzte rücklings in die Binsen.

»Dann komm, du eidscheuer Sohn einer verreckten, stinkenden Sau!«, rief Otrygg und winkte Bram einladend mit einer schimmernden Speerspitze zu sich.

»Ich leiste meinen Treueschwur dem Mann, der dessen würdig ist.« Bram wich mit einem Seitschritt Otryggs Stoß aus und riss ihm den Bärenspieß aus den Händen. »Und was meine Mutter angeht«, fuhr er fort, während er die Blankwaffe herumwirbelte und dem Jarl das stumpfe Ende in den Magen rammte, was ihm die Luft aus den Lungen presste, »ich glaube, sie lebt noch.« Dann schlug er das stumpfe Ende des Spießes gegen die Schläfe des Jarls, und Otrygg verdrehte die Augen. Seine Frau warf sich über ihn und fauchte Bram an, ihren Ehemann in Ruhe zu lassen.

Bram beachtete sie nicht. Er wandte sich um und sah im Rauch und Qualm die entsetzten Gesichter der anderen Gäste. Es herrschte eine bedrohlich Stille. Bram fragte sich, ob einer von ihnen den Mut hatte, gegen ihn zu kämpfen.

»Du hast dir heute Nacht eine Menge Feinde gemacht.« Esbern hatte die Zähne gefletscht, und seine weißen Zöpfe schimmerten wie von der Sonne gebleichte Schiffstaue.

Bram nickte. »Ein Mann braucht Feinde, Alter.« Mit diesen Worten schritt er durch die Halle. Die Leute wichen vor ihm zur Seite wie das Wasser vor dem Bug eines Drachenschiffes. Er ging zu seiner Seekiste, die an der gegenüberliegenden Wand stand und in der sich alles befand, was er besaß. Er bückte sich, hob sie hoch und wuchtete sie sich auf die linke Schulter. Den Spieß des Jarls hielt er in der rechten Hand.

Ich bin ein verdammter Narr, dachte er. Ich hätte wenigstens noch ein oder zwei Tage warten können. Aber dieses Schafsleben war für einen Krieger wie ihn nun einmal unerträglich. Jedenfalls, wenn er die Taten seines Lebens zu einem Ruf schmieden wollte, wie Vølund, der Schmied der Götter, eine Klinge schmiedete, die Hunderte von Generationen überdauerte.

Neben Brak blieb er stehen. Der Preiskämpfer saß immer noch auf seinem Hintern und umklammerte mit beiden Händen seine Kehle. Bram lehnte den Spieß gegen seine Schulter und bot dem Mann seine Hand. Aber man musste Brak zugutehalten, dass er genug Luft fand, um Bram einen ranzigen Trollfurz zu schimpfen und ihm vor die Füße zu spucken. Die Schande darüber, so leicht besiegt worden zu sein, war in sein Gesicht gemeißelt wie Runen in einen Fels.

Bram zuckte mit den Schultern und nahm den Bärenspieß wieder in die Hand. Als er zur Tür der Halle kam, öffnete der Junge sie für ihn, der den Wal am Strand gefunden hatte. Er sah Bram an, als wäre der aus dem Himmel gefallen.

»Denk an mich, Junge«, sagte Bram. Der Junge nickte, und Bram trat hinaus in die heulende, regengepeitschte, tosende Nacht.

Eine Weile blieb er vor der Halle stehen, während der Regen auf sein Gesicht prasselte. Er fragte sich, wohin er jetzt gehen sollte. Er musste wirklich sehr betrunken gewesen sein, um das heiße Essen, einen lodernden Herd und all das Bier, das er sich in die Kehle hätte schütten können, einfach so zurückzulassen.

Dann hörte er, wie sich die Tür hinter ihm öffnete, und er seufzte, weil es ihm nicht gefiel, im Regen zu kämpfen. Es war nicht gut für ein Schwert, wenn man es nass in die Scheide schieben musste.

Er drehte sich um und sah den hünenhaften Krieger dort stehen, dessen Silhouette sich vor dem Licht der Flammen in der Halle hinter ihm abzeichnete.

»Also gut, bringen wir's hinter uns, Brak«, sagte er.

Runa konnte verstehen, warum Jarl Randver neidisch auf Eik-Hjálmr gewesen war, die Halle ihres Vaters. Seine eigene Halle hieß Örn-Garð – »Adlerhorst«. Der Name kündete von ihrer erhöhten Lage auf einem Hügel und sollte wohl auch bedeuten, dass ihr Jarl sich für den Herrn von Land und Meer hielt. Aber sie war mindestens zehn Schritt kürzer, und das Satteldach war viel niedriger als Eik-Hjálmr. Deshalb hing der Rauch aus dem großen Herd, der nicht durch das Rauchloch hinausziehen konnte, wie ein Leichentuch zwischen den Dachbalken. Viele Wandbretter hätten ersetzt werden müssen, und der Jarl hatte ihr, ganz offensichtlich verlegen, erklärt, dass er das Dach im nächsten Sommer neu eindecken wollte. Örn-Garð war nicht beeindruckend genug, nicht würdig genug für ein Heldenlied, jedenfalls für einen Jarl, der jetzt eine Flotte von guten Kriegsschiffen besaß, die Gunst des Königs genoss und, abgesehen von eben diesem König, der mächtigste Mann innerhalb eines Umkreises von zehn Tagesreisen mit dem Schiff von Hinderå oder Skudeneshavn war.

Aber trotz Jarl Randvers bescheidener Halle bezweifelte Runa, dass seine Leute etwas an seiner Großzügigkeit auszusetzen hatten. All seine Eidgebundenen, seine Hauskarls und ihre Frauen, waren unter Örn-Garðs Dach willkommen, und in dieser Nacht, wie in so vielen anderen zuvor, hallte das Gelächter der Betrunkenen durch die Halle, das Klappern von Tellern, das Klirren von Tischmessern und das Wogen zahlreicher Stimmen, die alle gleichzeitig sprachen, wie ein Echo des Meeres, das sich gegen die Felsen von Hinderås Gestade warf. Die Halle mochte kleiner sein, als die von Eik-Hjálmr gewesen war, aber der Herdstein war doppelt so groß. Darüber drehten sich jetzt auf einem Spieß, golden von triefendem Fett, das in den Flammen zischte, ein junger Elch und vier fette Gänse. Drei junge Thralls waren damit beschäftigt, den Bratenspieß zu drehen und dafür zu sorgen, dass das Fleisch gleichmäßig garte. Runa kam es so vor, als ob die Sorgfalt, mit der sie ihrer Arbeit nachgingen, nicht allein durch Furcht vor Strafe hervorgerufen wurde, wenn das Fleisch verbrannte. Nein, sie erfüllten ihre Aufgabe voller Stolz.

Die Luft war vom Holzrauch und dem appetitlichen Aroma des Fleisches geschwängert. Auf der anderen Seite ihrer Bank spielte ein alter Mann, krumm wie eine Sichel, aber mit funkelnden Augen, ein Bukkehorn. Runa kannte die Melodie, so wie sie das Gesicht ihrer Mutter gekannt hatte. Denn dieses Lied war eins von Grimhilds Lieblingsliedern gewesen. Sie hatte in ihrer Hochzeitsnacht danach getanzt, das hatte sie Runa erzählt, wann immer die Melodie von einem Musikanten unter den Feiernden in Eik-Hjálmr gespielt wurde. Jetzt jedoch schien diese melodische Weise sich wie eine Schlange um Runas Herz zu winden.

Tranlampen flackerten, wenn Menschen dicht daran vorbeigingen oder in den Windstößen, die durch die Lücken in den Brettern von Örn-Garð fuhren. Sie warfen Schatten über die Holzwände und die Wandteppiche, in denen Bilder von Göttern und Ungeheuern eingewebt waren. Trotz der Schmerzen, die dieser Gedanke mit sich brachte, ließ Runa ihren Geist zu ähnlichen Nächten in der Halle ihres Vaters zurückgleiten, in denen der Met nur so geflossen war und die rauen Stimmen von Haralds Kriegern wie Donner geklungen hatten. Und in denen ihre Brüder so lebhaft und stolz gewesen waren, während ihre Eltern auf ihren Hochsitzen saßen und einander an der Hand hielten, mit glücklich leuchtenden Augen.

Vielleicht weil sie sich so in Erinnerungen an die Vergangenheit versenkt hatte, bemerkte sie den Mann zunächst nicht, der mit Jarl Randver hereingekommen war und jetzt auf einem Stuhl mit hoher Lehne zur Linken des Jarls Platz nahm. Runa saß neben Amleth in der Halle nahe bei Randvers Hochstuhl. Es war Amleth, ihr Verlobter, der ihre Aufmerksamkeit auf den blondbärtigen, gut aussehenden Fremden lenkte, der bei seinem Vater saß und mit ihm sprach. Nein, es war kein Fremder. Sie kannte ihn gut.

»Womit hat Krähenlied diese Ehre verdient?«, hatte Amleth einen seiner eigenen Speerkrieger gefragt, einen großen Mann namens Ambar, der Met in sich hineinschüttete, wie ein Lachs Wasser schluckte.

Der Krieger zuckte mit den Schultern. »An seinen erbärmlichen Liedern kann es nicht liegen«, brummte Ambar eifersüchtig. Im selben Moment endete Runas traurige Reise in die Vergangenheit. Sie starrte Hagal, den Skalden, an, den sie zuletzt in der Halle ihres Vaters gesehen hatte, bevor der Eisensturm im Karmsund losbrach. Was tat er hier bei dem Jarl, dessen Karls ihre Mutter ermordet hatten? Andererseits, was wusste ein Skalde schon von Loyalität? Sie brütete über diesen Gedanken, der ihr so sauer aufstieß wie altes Bier. Männer wie Hagal Krähenlied eilten dorthin, wo das Silber am hellsten funkelte.

»Ich würde darauf setzen, dass Vater nach ihm geschickt hat, weil es schon bald eine Hochzeit geben soll«, sagte Amleths älterer Bruder Hrani grinsend. Er saß auf der anderen Seite des Tisches und stieß mit seinem Methorn gegen das in Amleths Hand. »Hagal soll eine Geschichte für das Fest weben.«

Amleth rutschte auf seinem Stuhl hin und her. Runa vermutete, dass ihm der Gedanke an ihre Hochzeit Unbehagen bereitete. Denn auch wenn es ganz offensichtlich war, dass Amleth sie gerne in seinem Bett haben würde, hatte er sich ihr nie aufgedrängt und war nie unfreundlich zu ihr gewesen. Ihm war wichtig, was sie von ihm hielt, so viel war klar, und Runa bezweifelte, dass sie dieselbe Macht über Hrani gehabt hätte, wenn sie das Unglück getroffen hätte, mit ihm verheiratet zu werden. Er hätte sie längst genommen, vielleicht auf einer der Bänke am Rand der Halle, wo sie ihn schon häufiger dabei beobachtet hatte, wie er es mit jungen Mädchen trieb. Sie schwitzten und stöhnten und lachten, und es kümmerte sie nicht, wer sie dabei beobachtete.

»Wenn ich heirate, beauftragen wir natürlich einen besseren Skalden als Hagal Krähenlied, um uns durch die Nacht zu begleiten«, sagte Hrani. Er rülpste laut, und der Gestank aus seinem Mund schien ihn selbst anzuwidern. »Trotzdem, für dich und die Tochter eines toten Narren ist er gut genug, kleiner Bruder.«

»Hüte deine Zunge!«, zischte Amleth und warf einen Blick auf Runa, die um seinetwillen tat, als hätte sie nichts gehört. Denn das Letzte, was sie wollte, war, dass Amleth seinen Bruder beim Streit um die Ehre oder wegen einer Beleidigung tötete. Hrani hatte Eisen und Tod in ihr Dorf gebracht, und Runa wollte, dass er noch lebte, wenn Sigurd kam. Sie wollte zusehen, wie ihr Bruder ihn tötete, und dabei lachen.

»Ich mache nur Spaß, Bruder.« Hrani hob das Methorn an seine lächelnden Lippen.

Amleth beobachtete wieder Hagal. »Er ist schon oft

hier gewesen, doch noch nie zuvor hat er neben unserem Vater sitzen dürfen«, sagte er. »Ich glaube, dahinter steckt mehr als nur mein Hochzeitsfest.« Hrani spitzte die Lippen und überlegte, während Amleth aufstand. »Ich werde herausfinden, was Krähenlied von Vater will.«

»Darf ich mitkommen?«, fragte Runa.

Amleth war einen Moment verblüfft, weil Runa nur selten mit ihm sprach und ihn nicht ansah, wenn sie es vermeiden konnte. Er hätte fast gelächelt, als er ihr die Hand reichte.

Als sie sich den beiden Männern näherten, die im Gespräch vertieft waren, blickte Hagal auf. Er erkannte Runa und schluckte schwer. Er nickte ihr halbherzig zu. Sie hatte den Eindruck, dass er errötete. Offensichtlich war er verlegen wegen ihres Auftauchens. Dazu hat er auch allen Grund, dachte sie.

»Hagal, das sind mein Sohn Amleth und seine Braut, Runa Haraldsdóttir«, sagte Jarl Randver und deutete mit seinem Methorn auf sie, als sie auf das Podest traten, auf dem sich der Hochsitz der Jarls befand. Dann runzelte Randver die Stirn. »Aber Runa hast du ja wohl schon kennengelernt?«

Hagal nickte. »Ich habe die Halle ihres Vaters gelegentlich besucht, Herr«, erwiderte er. »Und ganz gewiss ist das Gesicht dieses Mädchens weit erinnerungswürdiger als die Gastfreundschaft, die ich dort erhalten habe.«

»Dein Becher war nie leer, Schlangenzunge!«, zischte Runa und spürte, wie Amleth neben ihr zusammenzuckte. Es war keine Kleinigkeit, den Gast des Jarls zu beleidigen. Doch angesichts der Umstände lächelte Randver nur.

»Wie du sehen kannst, Hagal, wird mein Sohn sein

Ziehmesser nehmen und die Ränder dieses Mädchens ein wenig ausglätten müssen«, sagte der Jarl. »Ich musste dasselbe bei seiner Mutter tun«, fuhr er fort, und der Blick seiner funkelnden Augen schien einen Herzschlag geradezu wehmütig zu werden. Runa erinnerte sich daran, dass vor einigen Jahren Thorgrima, Randvers Ehefrau, nach einer verschleppten Krankheit gestorben war. Es war offensichtlich, dass sie selbst jetzt noch nicht weit von seinen Gedanken entfernt war.

»Wenn du glaubst, sie wäre temperamentvoll, dann solltest du erst ihren Bruder sehen, Herr«, erwiderte Hagal. »Sigurd stolziert herum und kräht wie ein Hahn auf einem Misthaufen. Er hält sich bereits für einen Jarl. Jarl von was? Das weiß niemand.«

Es war offensichtlich, dass sie bereits länger darüber geredet hatten und dass Hagal seine Worte nur für Amleth und Runa wiederholte.

»Er sollte sich glücklich schätzen, dass er noch am Leben ist«, erwiderte Amleth und fuhr sich über seinen sauber gestutzten Bart.

Jarl Randver lehnte sich zurück, als ein Thrall einen Teller mit von Fett schimmerndem Fleisch vor ihn stellte. Er atmete tief den Duft ein, nahm ein Stück mit den Fingern und schnitt mit seinem feinen, mit einem Knochengriff verzierten Tafelmesser etwas davon ab. Der köstliche Duft ließ Runa das Wasser im Mund zusammenlaufen.

»Krähenlied hat mir gesagt, dass der junge Sigurd seiner Meinung nach niemals einen Frieden zwischen uns akzeptieren wird«, sagte Randver zu seinem Sohn. »Ich habe Hagal gesagt, dass ich bereit wäre, dem jungen Mann den Brautpreis zu zahlen, der in Jarl Haralds Truhe gewandert wäre, wenn er noch lebte.« Er verzog das Gesicht. »Aber der Skalde hat mich davon überzeugt, dass es Sigurd nur nach Rache gelüstet. Der Narr ertrinkt in seiner eigenen Blutgier, ohne dass man etwas dagegen tun könnte.«

»Gar nichts?«, fragte Amleth.

»Jedenfalls nichts, was ihrem Bruder in diesem Leben nützen würde«, sagte der Jarl und sah Runa an. »Trotzdem ist es eine Schande, denn es wäre sehr ... nützlich gewesen, Sigurds Segen für diese Heirat zu bekommen.«

»Warum sagt Hagal uns dann nicht, wo wir ihn finden können?«, wollte Amleth wissen. »Oder noch besser, warum bringt er uns nicht gleich zu ihm? Von Angesicht zu Angesicht könntest du ihn vielleicht überzeugen, dass dies der einzige mögliche Weg ist. Und wenn er sich dann immer noch weigert« – er zuckte mit den Schultern – »töten wir ihn.« Er drehte sich zu Hagal herum. »Wie viele Männer hat er bei sich?«

Hagal verzog das Gesicht. »Nicht annähernd genug, um ein Drachenschiff zu bemannen«, erwiderte er. »Aber einige von ihnen sind gute Kämpfer, und Olaf, der Schwertbruder seines Vaters, ist kein Narr, wenn es zum Krieg kommt. Es ist sogar eine Frau dabei, eine Schildmaid.«

Randver hob die Brauen, und Amleth grinste. »Wenn das eine von deinen Geschichten ist, Krähenlied, dann spar sie dir für unser Hochzeitsfest auf«, sagte er. Aber Hagal hob die Hand.

»Es ist die Wahrheit. Und nach allem, was ich gehört habe, ist sie eine wilde Kämpferin. Sie hat einem Mann namens Loker die Hand abgehackt.«

»Und dieser Loker ist einer von Sigurds Männern?«, wollte der Jarl wissen.

Hagal nickte und lächelte amüsiert.

Randver lachte. »Vielleicht gibt es dann doch keinen Kampf zwischen uns«, sagte er. »Wenn wir sie einfach in Ruhe lassen, bringen sie sich möglicherweise gegenseitig um.«

Jetzt schüttelte Krähenlied den Kopf. »Wie ich dir sagte, Jarl Randver, Sigurd wird kommen. So sicher wie die Nacht.«

»Er will hierherkommen?« Amleth klang ungläubig. »Ist er verrückt geworden?«

Hagal verzog die Lippen, als wollte er sagen, dass dies durchaus möglich wäre. »Er glaubt, dass Óðin ihm wohlgesonnen ist«, erklärte er.

»Wusstest du, dass er neun Tage lang an einem Baum gehangen hat, um die Aufmerksamkeit des Allvaters auf sich zu lenken?«, erkundigte sich Randver bei Amleth, während er mit seinem Messer ein Stück Fleisch aufspießte. »Wie ich Krähenlied kenne, werden es vermutlich nur vier Tage gewesen sein. Trotzdem. Was ist das für ein Mann, der so etwas auf sich nimmt?« Er schob sich das Fleisch in den Mund und kaute, während er über die Frage nachdachte.

Runas Gedanken wanden sich in ihrem Kopf wie Schlangen in einer Grube. Vielleicht hatte Sigurd tatsächlich den Verstand verloren. Das war nicht schwer zu glauben nach allem, was ihm widerfahren war. Oder aber Óðin Draugadróttin, der Herr der Toten, führte ihn tatsächlich und steuerte ihn auf irgendein verrücktes Ziel zu, weil er ein Gott war, der das Chaos liebte.

»Wann, glaubst du, kommt er?«, erkundigte sich Amleth bei Hagal. Seine Augen verrieten immer noch den Schrecken darüber, dass Sigurd und seine zusammengewürfelte Mannschaft den Mumm haben sollten, in das Land seines Vaters zu kommen, wo sie sich einer Kriegsschar gegenübersehen würden, die an Stärke kaum der des Königs nachstand. Es würde ein schreckliches Gemetzel werden.

»Wann kommt mein Bruder, Hagal?« Runa durchbohrte den Skalden mit ihrem Blick. Ein weiterer Verrat gegen ihre Familie, diesmal von einem Geschichtenerzähler. Es würde einen weiteren grausamen Hinterhalt geben, um die Fehde ein für alle Mal zu beenden.

Hagal hob eine blonde Braue, und ein Lächeln huschte über seine Lippen. »Natürlich an deinem Hochzeitstag, wann sonst?«

Runa spürte, wie ihr übel wurde. Ihre Beine drohten ihr den Dienst zu versagen, und sie hielt sich am Tisch des Jarls fest.

»Ich verstehe, warum man dir den Ehrensitz gegeben hat, Hagal Schlangenzunge!«, stieß sie schließlich hervor.

Bei diesen Worten schien Hagal zusammenzuzucken, und der Jarl wedelte mit der Hand und befahl seinem Sohn, das Mädchen wieder zu ihrem Platz zurückzubringen.

Amleth nahm ihre Hand und zog sie durch den Rauch und den Dunst zurück, vorbei an den Tischen und Bänken, auf denen sich die Trinkenden und Feiernden drängten. Als sie ihren Platz erreicht hatte, warteten dort bereits Teller mit saftigem Fleisch auf sie.

»Und, Bruder?«, erkundigte sich Hrani. »Hat er dir von Sigurd erzählt?«

Also wusste Hrani es bereits. Amleth nickte finster, sichtlich verärgert, weil ihr Vater es seinem älteren Bruder zuerst erzählt hatte.

»Gut«, sagte Hrani. »Es macht auch viel mehr Spaß, wenn du es weißt.« Blutiges Fett tropfte von dem Fleisch, das auf der Spitze seines Messers steckte, und er deutete damit in Hagals Richtung. »Heja, kleiner Bruder, wie es aussieht, gibt es zumindest ein hübsches Schauspiel in deiner Hochzeitsnacht, und danach wird Krähenlied eine großartige Geschichte zu erzählen haben.«

Eine Geschichte von Verrat und Blut, dachte Runa und schob den Teller von sich weg.

Diese Geschichten handelten immer von Verrat und Blut.

Es herrschte fast Windstille, als sie Osøyro erreichten. Die Knørr wühlte kaum das dunkle Wasser auf, als sie an einer Mole anlegten, deren uralte Duckdalben mit Entenmuscheln und glänzenden schwarzen Miesmuscheln übersät waren. Die Planken waren glitschig von Moos und faulig. Ein altes Karvi lag an der Mole vertäut. Olaf, der es aufmerksam betrachtete, murmelte, dass jeder, der an Bord ging, wahrscheinlich mit dem Fuß durch den Rumpf treten und alsbald einen Fisch in seinem Schuh finden würde.

»Das war einmal ein schönes Schiff«, äußerte Sigurd und fragte sich, warum jemand ein solches Boot so lieblos behandeln und ungeschützt vor Wind und Wetter achtlos liegen lassen sollte. Die Rah lag auf den Ruderbäumen am Bug und achtern, und das Segel, das darumgewickelt war, war fleckig und in einem erbärmlichen Zustand. Das

Schiff war vor sehr langer Zeit zuletzt angestrichen worden, man sah das Rot und Ocker oberhalb der Wasserlinie, aber dieser Schmuck war nur noch ein verblasster Fleck, der von einer besseren Zeit kündete. Jetzt war der größte Teil der dunklen, von Wasser durchtränken Eiche von den Möwen weiß gefärbt worden. Einige flatterten kreischend von ihren Plätzen auf der Rah auf, als die *Seekuh* sich näherte.

Olaf und Svein machten sie mit den Tauen fest, dann nickte Olaf Sigurd zu, der die Geste erwiderte. Sie waren froh, dass sie keine Schwierigkeiten beim Anlegen gehabt hatten, trotz der ruhigen See und der leichten Brise. Denn fünf Männer waren als Mannschaft für ein Schiff wie die *Seekuh* viel zu wenig, und doch hatte Sigurd darauf bestanden, nicht mit mehr Männern hier zu landen. Allerdings war niemand an der Mole, der sie begrüßt hätte.

»Und dieser Jarl lebt *hier*?«, rief Svein. Er sah sich in der großen Bucht um, und seine Stimme hallte wie Donner über das Wasser.

»Nicht so laut, Großmaul«, sagte Olaf. Aber Svein hatte nur ausgesprochen, was Sigurd selbst gedacht hatte. Außer dem Karvi lagen noch drei kleine Fischerboote an der Mole vertäut, aber selbst von denen war eins voller Regenwasser gelaufen. Sigurd konnte das, was er sah, nicht mit dem in Einklang bringen, was er über Jarl Hakon Brandingi gehört hatte, diesen brandschatzenden Krieger, der Kindern Albträume bereitete und durch seine Beutezüge reich geworden war.

Südlich von dieser Bucht lagen, verdeckt von Felsen und Bäumen, Häuser – man sah die schnurgeraden Rauchfahnen, die sich in den ruhigen, grauen Himmel erhoben. Sie hatten die *Seekuh* an diesem Morgen auf einen sanft geschwungenen Strand in der Nähe der Siedlung gesetzt, damit der Rest der Kriegerschar dort von Bord gehen konnte. Nur Sigurd, Olaf, Asgot, Svein und Valgerd waren auf dem Schiff geblieben.

Jetzt stiegen die fünf auf die Mole, was bei Ebbe nicht einfach war, und warteten, bis Sigurd entschieden hatte, was sie als Nächstes tun würden.

»Und wer bewacht jetzt das Schiff?«, erkundigte sich Olaf. Sigurd fluchte leise, wütend auf sich selber, weil er nicht noch zwei Leute mitgebracht hatte, vielleicht die Brüder. Aber er hatte erwartet, dass Jarl Hakons Leute beim Anblick eines Handelsschiffs wie der *Seekuh* auftauchten und sich dann, wie es die Tradition verlangte, um das Schiff kümmerten. Nicht, dass sich irgendetwas auf dem Schiff befunden hätte, was es wert gewesen wäre, zu stehlen, da die Mannschaft all ihre Waffen mitgenommen hatte, und das Silber führten sie ohnehin nicht mit sich. Sie hatten es in einem Kiefernwald auf einer unbewohnten Insel südlich eines Ortes vergraben, bei dem es sich laut Solveijg um Røtinga handelte.

Trotzdem wollte Sigurd Eindruck bei diesem alten Jarl machen, weshalb er die Krieger mitgenommen hatte, die jetzt um ihn herumstanden, und nur sie. Denn abgesehen von ihm selbst und Asgot trugen die drei andern ihre Brynjur aus glänzenden Ringen, die jedes für sich einen kleinen Silberschatz wert waren. Außerdem trugen sie Gürtel aus feinstem Leder, glänzende Schließen, hielten ihre Umhänge mit schimmernden Fibeln zusammen und hatten zudem prächtige Waffen dabei: Schwerter, Speere, Schilde und in Sveins Fall auch eine langstielige

Streitaxt. Sigurd fand, dass sie wie wahre Kriegsgötter aussahen.

Selbst Valgerd wirkte trotz der Schönheit ihres hageren Gesichts und ihrer blonden Zöpfe wild angesichts ihrer Waffen, und erst recht wegen ihrer Geschicklichkeit im Umgang damit, von der sie alle wussten. Hagal Krähenlied hatte gesagt, er sähe die Göttin Freyja, wenn er Valgerd anblicke, und er müsse immer an jene Geschichte denken, in der Freyja auf dem stacheligen Rücken des wilden Ebers Hildisvíni in die Schlacht ritt.

Valgerd und Olaf hatten ihre schönen Helme aufgesetzt, Svein jedoch hatte nur sein flammend rotes Haar, und man brauchte keinen Skalden wie Krähenlied, um den Leuten bei Sveins Anblick den Donnergott Thór in den Sinn zu rufen.

Sigurd war mit Kriegsgöttern gekommen, was Jarl Hakon sehen würde.

»Du bleibst beim Schiff, Asgot«, sagte Sigurd jetzt. Er wusste genau, was der Godi von dieser Idee halten würde. »Es ist wichtig, dass der Jarl die strahlenden Kettenhemden und die Waffen in Augenschein nehmen kann«, fuhr er fort, bevor Asgot sich beschweren konnte.

»Ich bin nicht euer Wachhund!«, schnarrte der Godi.

»Sonderbar, wo du doch Knochen so liebst«, brummte Olaf, was die Blicke der anderen auf die Tierknochen lenkte, die der Godi in seine grauen Zöpfen eingeflochten hatte.

Asgot warf Olaf einen finsteren Blick zu, der rasch seinen Helm aufsetzte und sein vorlautes Wort bereits zu bereuen schien.

»Warum lassen wir nicht einfach den Vogel hier, damit

er auf das Schiff aufpasst?«, schlug Svein vor. »Ich bin sicher, dass Sigurd ihm in den letzten Tagen beigebracht hat, wie man segelt. Wenn es Schwierigkeiten gibt, kann er einfach die Rah hochziehen und davonsegeln.«

»Ich wette darauf, dass dieses Geschöpf mehr Hirn in seinem Schädel hat als du, Junge.« Asgot schien sich damit abgefunden zu haben, beim Schiff zu bleiben.

Der Rabe war gereizt gewesen, als Sigurd ihn aus dem Eimer genommen hatte, aber jetzt beruhigte sich der Vogel allmählich, als er ihn auf seinem Arm hocken ließ. Sigurd schmeichelte Fjølnir mit Komplimenten über seine nachtschwarzen, glänzenden Federn und seine Klugheit.

»So, wie es aussieht, sind wir ohnehin vergeblich hierhergekommen«, erklärte er. »Das hier sieht nicht aus wie ein Ort, an dem wir Schwertträger für unseren Kampf gegen Randver finden werden.«

»Wohl wahr«, pflichtete Olaf ihm bei.

»Es sieht nicht einmal wie ein Ort aus, an dem es Bier gibt«, warf Svein ein und kratzte sich den roten Bart. »Von Frauen ganz zu schweigen.« Er drehte sich zu Valgerd herum. »Was auch für dich bedauerlich ist, heja!«, sagte er grinsend.

»Hat dein Freund gerade etwas gesagt?«, fragte die Schildmaid und sah Sigurd an. »Du solltest ihm erklären, dass ich die Sprache der Trolle nicht beherrsche.« Das war ein ziemlicher Hieb für Svein, weil er sich nämlich für ziemlich gut aussehend hielt. Aber Sigurd zuckte nur mit den Schulten.

Dann marschierten sie über die alte Mole und steuerten auf den Pfad zu, der, falls Olafs Gedächtnis nicht trog, zu Jarl Hakons Halle führte.

Der Weg schlängelte sich zwischen Birkengehölzen hindurch, von deren Blättern es nach dem letzten Regen noch tropfte, und an einem Fels vorbei, auf dem ein eiserner Feuerkorb langsam verrostete. Sigurd drehte sich um und bemerkte, dass niemand auf dem Meer dieses Leuchtfeuer sehen konnte, selbst wenn es loderte wie der Scheiterhaufen eines Gottes, weil man die Birken viel zu hoch hatte wachsen lassen.

Zwei Nebelkrähen saßen krächzend hoch oben in einer alten Rotbuche. Fjølnir krächzte zwar ebenfalls, versuchte aber nicht, wegzufliegen. Der Rabe wusste, dass seine Klaue an dem Band um Sigurds Handgelenk befestigt war.

»Bist du wirklich sicher, dass dies hier der richtige Ort ist?«, erkundigte sich Sigurd bei Olaf.

Der nickte und deutete mit seinem Speer auf die Buche, deren Blätter immer noch zum größten Teil grün waren, obwohl Sigurd den Wechsel der Jahreszeiten in der Luft riechen konnte.

»Als ich als Junge hierhergekommen bin, hatten sie einen Mann an diesem Zweig dort aufgehängt«, sagte er. »Vielleicht war es ein Mörder – oder ein Opfer.«

»Schade, dass Asgot nicht hier ist«, meinte Svein. »Das ist genau die Art von Geschichten, die er liebt.«

»Da drüben ist Rauch.« Valgerd deutete in den Himmel über einem anderen Gehölz. Und richtig, ein dunkler Fleck, rötlich wie Rost, hob sich gegen den grauen, windstillen Himmel ab. Vor ihnen lag eine Weide mit hohem Gras, was an sich bereits ungewöhnlich war, weil sie erwartet hätten, auf einem solchen Boden Schafe zu sehen, die das Gras kurz hielten.

»Vielleicht ist Jarl Brenner schon vor Jahren gestorben«, sagte Valgerd. »Das würde erklären, warum niemand mehr etwas von ihm hört.«

»Möglich«, räumte Sigurd ein und fragte sich, ob sie ihre Reise wirklich umsonst angetreten hatten. Es war nicht mehr lange hin bis zum Haustblót-Fest und Runas Hochzeit mit diesem Hund von Jarl Randvers Sohn. Aber Sigurd war nicht bereit, es jetzt schon mit seinem Feind aufzunehmen.

Dieser Gedanke bedrückte ihn schwer, als sie auf der anderen Seite des Waldes zwischen den Bäumen heraustraten und sie vor sich stehen sahen – sie sprang sie förmlich an.

»Du hast uns nicht gesagt, dass wir nach Bilskírnir gehen würden, Onkel!«, sagte Svein. Sie waren alle wie angewurzelt stehen geblieben und betrachteten ehrfürchtig die Halle vor ihnen.

»Alles kommt einem groß vor, wenn man selbst nur ein Dreikäsehoch ist«, sagte Olaf, ebenso beeindruckt wie die andern. »Damals habe ich mir nicht viel dabei gedacht.«

Jetzt lag sie vor ihnen, dunkel, mit einem an vielen Stellen geflickten Reetdach und riesig. Nicht so wie Bilskírnir, Thórs mächtige Halle, aber eine Heimstatt, auf die auch ein Gott stolz gewesen wäre.

Jarl Hakon Brandingis Halle.

17

Ein Thrall mit einem Eimer in jeder Hand sah sie und rannte dann eilig zum Eingang der Halle. In seiner Hast verschüttete er nicht wenig Milch.

»Also, gehen wir hin und stellen uns vor«, sagte Sigurd. Fjølnir krächzte, und der Blick zweier stahlgrauer Augen bohrte sich abwechselnd in die von Sigurd. »Denkt daran, selbst wenn uns der Jarl weiche Felle und seinen besten Met anbietet, verbringen wir die Nacht auf keinen Fall hier.«

Svein verzog enttäuscht das Gesicht und drehte sich dann zu Valgerd herum. »Wir haben in der Halle eines Karls in der Nähe eines Ortes namens Moldfall geschlafen. Der fette Karl und seine Pisse saufenden Freunde haben versucht, uns im Schlaf zu ermorden, was einfach keine Art ist.«

Valgerd lächelte verächtlich. »Ja. Er hätte warten sollen, bis ihr aufgewacht wart, und es dann tun sollen«, entgegnete sie.

Svein runzelte bei ihren Worten die Stirn, unsicher, wie sie das meinte. Dann zuckte er mit den Schultern und fuhr mit der Schilderung fort, wie Floki mit ihren Angreifern kurzen Prozess gemacht hatte. »Und das, bevor ich mir den Schlaf aus den Augen wischen konnte«, schloss er.

»Am Ende können wir froh sein, dass es so gekommen ist«, räumte Olaf ein. Er dachte an die *Seekuh*, die Waffen und das Silber, das sie dabei gewonnen hatten, und an den jungen Mann, der töten konnte, ohne auch nur einen Tropfen Schweiß, geschweige denn eigenes Blut zu vergießen. »Aber ich stimme Sigurd zu. Es ist besser, wenn wir heute nicht hier schlafen.« Er schüttelte den Kopf. »Mir scheint, man kann heute niemandem mehr trauen.«

Das war ein weiterer Grund, warum der Rest der Kriegerschar irgendwo hinter dem Kiefernhügel westlich von Jarl Hakons Halle wartete. Wenn Sigurd mit einem kleinen, aber stark bewaffneten Gefolge hier auftauchte, zeigte er diesem Hakon, dass er ihn nicht fürchtete, sondern ein Mann war, der entweder großzügig die Beute aufteilte, sodass seine Krieger Waffen tragen konnten, die jeden Mann neidisch machten, oder einer, dem sich tapfere Krieger anschlossen, ähnlich wie es Jarl Hakon in seiner besten Zeit gewesen war.

»Wird er es nicht sonderbar finden, dass du kein Brynja trägst, wo wir alle eins haben?«, hatte Svein gefragt.

Sigurd hatte seinen Freund angelächelt. Svein war mächtig stolz auf das prachtvolle Kettenhemd, dass er Æskil In-Haltis totem Kämpfer auf Guthorms Hof abgenommen hatte. »Er wird glauben, ich wäre ein so guter Krieger, dass ich keins brauche«, erwiderte er.

»Oder dass deine Krieger so gute Kämpfer sind, dass du keins brauchst«, hatte Svein erwidert. Sigurd fand, das klang genauso gut.

Trotzdem konnte es nicht schaden, seine Schar an einem Ort warten zu lassen, wo Jarl Hakon sie nicht sehen konnte. Lass den Feind das Schwert in deiner Hand sehen, nicht aber den Sax hinter deinem Rücken, dachte er jetzt, während er mit den anderen wartete, einen guten Speerwurf vom Eingangstor der Halle des Jarls entfernt. Sie waren Fremde, noch dazu bewaffnet, und wollten ohne eine Einladung nicht näher herangehen, aber da man sie gesehen hatte, würden sie wohl nicht mehr lange warten müssen.

»Warum habe ich nur das Gefühl, dass wir die Höhle eines Wolfs betreten werden?« Olaf kratzte sich das Kinn.

»Mir scheint, es ist ziemlich gefährlich, zu deiner Kriegerschar zu gehören«, erklärte Valgerd. Sigurd hatte plötzlich einen schlechten Geschmack im Mund, weil die Worte ihn an Loker erinnerten, den er getötet und ins Meer geworfen hatte.

»Wenn dieser alte Jarl bei unserer Sache nicht mitmachen will, überlassen wir ihn seinem Tod im Stroh und kehren diesem sonderbaren Ort den Rücken«, erklärte Sigurd. Er sah zum westlich gelegenen Wald hinüber, über dem zwei Krähen einen Adler angriffen. Sie wechselten sich dabei ab, und ihre kreischenden Schreie hallten über den bewölkten Himmel.

Er hoffte, dass der schwarze Floki, Solveijg, Bjarni und Bjørn und die anderen nicht allzu weit entfernt waren.

»Ah, endlich«, brummte Olaf, als sich endlich das große Tor der Langhalle öffnete und eine Gruppe von Kriegern zu ihnen heraustrat, mit geschwellter Brust und wichtiger Miene – so wie Krieger es eben tun.

»Bei Thórs Arsch! Der ganz vorne sieht älter aus als Solveijg«, bemerkte Svein leise.

»Was bedeutet, dass er Burschen wie dich hat kommen

und gehen sehen und sehr wahrscheinlich einigen von ihnen auch beim Gehen geholfen hat«, brummte Olaf.

»Es sind alles alte Männer«, stellte Valgerd fest. Sie hatte recht. Etliche Gesichter waren von weißen Zöpfen eingerahmt, und sie hatten weiße Bärte. Einige waren geflochten und mit silbernen Ringen geschmückt, anderen standen die Haare wild und ungebändigt vom Kinn ab.

Es waren elf Männer. Sie mochten alt, und zwei von ihnen von der Last der Jahre sogar schon gebeugt sein, aber sie waren bewaffnet wie Týr selbst und sichtlich stolz darauf. Jeder trug ein Brynja, und alle waren auf Hochglanz poliert. Olaf stellte fest, dass er noch nie so viele Brynjur auf einen Haufen gesehen hatte. Die Männer waren mit Speeren und Schwertern bewaffnet, und als sie sich ihnen näherten, fächerten sie sich auf und schritten in einer Reihe weiter. Ihre Schilde, auf der die Farbe bereits verblasst war, bildeten einen lockeren Wall.

Sigurd hielt seine Hand vom Griff seines Schwertes fern und hoffte, dass die anderen seinem Beispiel folgten. Obwohl Trollkitzler förmlich darum bettelte, angesichts so vieler bewaffneter Fremder freigelassen zu werden. Auf Sigurds linkem Arm flatterte Fjølnir mit seinen großen Flügeln und stieß dreimal ein lautes Klacken aus.

»Wer seid ihr?«, wollte der Anführer der Gruppe wissen. Seine Oberarme waren mit Ringen geschmückt und auch mit Narben, die wie weiße Runen in seine Haut geritzt zu sein schienen.

»Ich bin Sigurd Haraldarson. Mein Vater war der Jarl von Skudeneshavn, bevor er von dem eidbrüchigen König Gorm ermordet wurde.« Sigurd sagte sich, dass es nicht schaden konnte, Gorm von Anfang an mit ins Spiel zu bringen. Denn immerhin war Jarl Hakon das Feuer in dieser Gegend gewesen, bevor Gorm auf ihn gepisst hatte.

»Du bist zum Ausgestoßenen erklärt worden«, sagte der Weißbart. »Obwohl Jarl Randver von Hinderå versucht, eine Brücke zwischen euch zu schlagen, da er seinen Sohn mit deiner Schwester vermählen will.«

»Du scheinst gut darüber Bescheid zu wissen«, gab Sigurd zurück, »was mich überrascht.«

»Warum überrascht es dich, Sigurd Haraldarson?« Der alte Krieger musterte, während er sprach, Valgerd, was bewies, dass unter all den eisernen Ringen, dem Leder, den Narben und den Jahren noch ein Mann steckte.

»Weil dieser Ort aussieht wie ein Geisterort«, erklärte Sigurd.

Der alte Krieger verzog die Lippen in seinem weißen Bart, aber man konnte nicht erkennen, ob er sich amüsierte oder beleidigt war.

»Nun, wir sind tatsächlich so etwas wie Geister«, gab er dann zu. »Nur haben wir vergessen, vorher zu sterben.« Einige der Männer neben ihm grinsten und lachten leise, aber sie senkten weder ihre Schilde noch lockerten sie den Griff um ihre Speere.

»Bist du Jarl Hakon, den die Männer den Brenner nennen?«, fragte Sigurd ihn.

Der Mann hob seine buschigen Brauen bei dieser Frage.

»Diesen Namen habe ich schon eine Weile nicht mehr gehört«, antwortete er. »Obwohl er zutreffend war.«

Jetzt erkannte Sigurd den Blick. Hier stand ein Mann vor ihm, der sich an bessere Zeiten erinnerte. Trotzdem, dachte er, wenn man so alt ist wie der da, müssen alle Erinnerungen an eine Zeit, in der man jünger war, wie Silber glänzen.

»Aber nein«, fuhr Weißbart fort. »Ich bin nicht Brandingi.« Er sah Olaf an und hätte fast genickt, so wie ein Krieger einem anderen zeigt, dass er ihn ernst nimmt und schätzt.

»Ich bin gekommen, um mit deinem Jarl zu sprechen«, rief Sigurd.

»Und der Vogel da?« Weißbart deutete auf Fjølnir. »Will der auch mit meinem Jarl sprechen?«

»Es ist genau genommen eine *Sie*«, warf Olaf ein und nickte in Richtung des Raben. »Also begegne ihr respektvoll.«

Der alte Mann entgegnete nichts. Offenbar wusste er nicht, ob Olaf im Scherz gesprochen hatte oder nicht.

»Ich spreche für Jarl Hakon«, sagte Weißbart schließlich an Sigurd gewandt. »Wenn du hierhergekommen bist, um seine Hilfe bei dem Versuch zu erbitten, deine Familie zu rächen, kann ich dir sagen, dass du diese Reise umsonst unternommen hast.«

»Das kannst du gern tun. Trotzdem möchte ich das aus dem Mund von Jarl Hakon selbst hören«, gab Sigurd zurück.

Der Mann schüttelte den Kopf. »Wie ich schon sagte, Sigurd Haraldarson – eher wird mein Haar wieder rot,« Er warf einen Seitenblick auf Svein. »O ja, mein Junge, es hat einmal so geleuchtet wie deins.« Dann sah er wieder Sigurd an. »Es ist wahrscheinlicher, dass hübsche Weibsbilder an mir hängen wie Silber an einem König, wie sie es taten, als ich in deinem Alter war, als dass mein Jarl sich an dieser Blutfehde beteiligt, die du mit Jarl Randver und König Gorm hast.«

»Du sprichst für ihn, wie du ja selbst sagst«, entgegnete Sigurd. »Denkst du auch für ihn? Denn schließlich weiß er nicht einmal, dass ich hier bin.« Sigurd fragte sich, wie dieser Mann so alt hatte werden können, wenn er andere schon immer so gegen sich aufgebracht hatte, wie er jetzt Sigurd erzürnte. »Hol ihn, Weißbart. Oder bring mich zu ihm.«

Die anderen alten Kämpfer hoben ihre Brauen und verzogen missbilligend ihre Gesichter.

»Dein Gehör scheint für einen jungen Mann ziemlich schlecht zu sein«, gab Weißbart zurück. Seine Geduld ging zur Neige und wurde ebenso dünn wie der Saum der Tunika, die unter seinem Brynja heraushing. »Ein letztes Mal – Jarl Hakon wird sich nicht an deiner Fehde beteiligen.« Er schwenkte den Schild zur Seite und deutete mit seinem Speer auf das Meer. Damit sagte er Sigurd ohne Worte, er solle verschwinden.

»Trotzdem.« Sigurds Blick wurde schärfer. »Ich bin den weiten Weg gekommen und werde mir das vom Jarl selbst anhören, denke ich.«

Damit schien er die Geduld der Männer endgültig überreizt zu haben. Sie hoben die Schilde. Svein hob im selben Moment seine große Axt, und Valgerd und Olaf spannten sich an.

Weißbart starrte Sigurd an, der keine Anstalten machte, sich abzuwenden, und einen Moment lang war Sigurd fest davon überzeugt, dass der Mann seine Gefährten in den Kampf führen und ihnen den ehrenvollen Tod eines Kriegers bescheren wollte. Doch dann zuckte der alte Mann mit den Schultern.

»Also schön.« Er machte eine resignierte Miene. »Dann solltet ihr hereinkommen und ihn kennenlernen.« Damit drehte er sich zu Hakons Halle herum. Zusammen marschierten sie zu dem düsteren Bauwerk, bis sie vor dem Tor stehen blieben. Es war so ausladend, dass drei Männer mit breiten Schultern leicht nebeneinander hätten hindurchgehen können.

Sigurd sah, wie sein rothaariger Freund die große Tür anstarrte, und wusste, dass er sich fragte, ob das die Tür aus Olafs Geschichte war, die Tür, die Jarl Brandingi über zwei Fjorde bis nach Kvinnherad gebracht und über das Tor seines Feindes genagelt hatte, um den Zwist ein für alle Mal zu klären.

»Lasst eure Waffen hier draußen.« Weißbart deutete mit seinem Speer auf ein Gestell unter dem Giebel. Sigurd bezweifelte ernstlich, dass das verfaulte Reet den Regen von den Waffen fernhalten konnte.

»Ich gehe allein«, erklärte Sigurd.

»Ja, und wir werden unsere Waffen behalten, wenn es recht ist. Und auch, wenn es nicht recht ist«, sagte Olaf, als Sigurd sein Schwert abnahm und es ihm reichte.

»Als wir das letzte Mal unsere Waffen abgegeben haben, hat unser Gastgeber versucht, uns umzubringen«, sagte Sigurd als Erklärung, warum er seine Begleiter bewaffnet vor der Halle ließ.

»Und das, nachdem er schon versucht hatte, uns mit seinem sauren Bier zu vergiften«, setzte Svein hinzu.

Weißbart nickte. »Ich verstehe, warum du zögerst, anderen zu vertrauen«, sagte er zu Sigurd und blickte dann Sven, Olaf und Valgerd an. »Ich lasse euch Getränke bringen, damit ihr die salzige Gischt runterspülen könnt.«

Olaf bedankte sich mit einem Nicken, während Weißbart drei Männern befahl, ihn zu begleiten. Die sieben anderen Männer hieß er draußen bei ihren Gästen zu warten.

Svein deutete mit seinem Kinn auf das Tor der Halle. »Sieh dir das an, Sigurd. Sie müssen sie wieder abgebaut haben, bevor sie auch verbrannt ist. Und sie dann den weiten Weg zurückgebracht haben.«

Weißbart hörte ihn und blickte stirnrunzelnd auf das Tor. Dann nickte er, als hätte er eine alte Erinnerung aus der Tiefe seines Gedächtnisses ausgegraben, und stieß die große Tür auf. Bevor Sigurd hindurchging, betrachtete er die Flecke am Rand, schwarze Zungen aus verbranntem Holz, die vermutlich aus der brennenden Halle eines dem Tod geweihten Jarls geschlagen waren. Er stellte sich die Schreie der Unseligen vor, die bei lebendigem Leib verbrannt waren, Krieger, sicherlich, aber wahrscheinlich auch Frauen und Kinder. Eine Halle so abzufackeln war das Schlimmste, was ein Mann tun konnte. Dieser Jarl Hakon war ein Mörder gewesen und hatte wahrscheinlich statt Mark Eis in seinen Knochen.

Als Sigurd die Halle betrat, ließ ihn das Dämmerlicht zunächst erblinden. Ihm stieg der Geruch von nasser Wolle und nassem Hund in die Nase, der scharfe Rauch eines Herdfeuers, der Gestank von Schweiß und Pisse, der von Männern und der von Mäusen. Außerdem mischte sich der Moder verfaulenden Holzes in den Dunst und der von modrigem Reet, das schon vor Jahren hätte ersetzt werden müssen. Sigurd hatte die Geschichte gehört, dass einmal eine Ratte aus dem Reetdach von Eik-Hjálmr gefallen und auf dem Teller seines Vaters gelandet war.

Jetzt sah er zum Dach hinauf und betrachtete die unterschiedlichen Schwarztöne der dicken Giebel und der uralten Dachbalken. Es fiel ihm nicht schwer, sich vorzustellen, wie es hier Ratten und Mäuse und tote Vögel regnete. Auf den Dachbalken waren Tischgestelle und Tischplatten verstaut, für Festessen und Feiern. Aber sie sahen aus, als wären sie mittlerweile ein Teil des Daches geworden, und Sigurd vermutete, dass sie schon seit Jahren nicht mehr heruntergeholt worden waren.

»Du hättest die Halle früher sehen sollen«, murmelte Weißbart, der Sigurd die Halle in Ruhe betrachten ließ. Zwei Reihen von Dachträgern erstreckten sich in die Dunkelheit, zu viele, um sie jetzt zählen zu können. Zu beiden Seiten verliefen die gesamte Länge der Halle entlang auf einem Podest Bänke, deren Bretter mit Schaffellen gepolstert waren. Im Mittelgang fanden sich zwei Feuergruben, aber nur in der am hinteren Ende brannte ein loderndes Feuer. Und nur um diesen Herdstein herum waren die Bänke besetzt. Sigurd, dessen Augen sich mittlerweile an die Dunkelheit gewöhnt hatten, folgte dem alten Krieger. Auf einigen der Bänke hockten Frauen, die mit Nadel und Faden beschäftigt waren oder Perlen aufzogen. Andere bereiteten im Licht der Flammen und dem trüben Tageslicht, das durch das rauchige Kaminloch im Dach fiel, Speisen zu. Die Frauen arbeiteten weiter, obwohl sie Sigurd und seinem Vogel mit ihren Blicken folgten.

Eine alte Frau saß auf einem Hocker an einem Webstuhl, blickte hoch und sah Weißbart fragend an. Sigurd fragte sich, ob sie wohl die Frau des alten Kriegers war. Ihr gegenüber befand sich ein niedriger Tisch, auf dem sich Becher und Teller stapelten. Darum herum standen Seekisten, und es war klar, dass Weißbart und seine Männer darauf gesessen hatten, bevor der Thrall, der die Milch vergossen hatte, sie aufgeschreckt hatte. Der Junge zündete gerade weitere Lampen an, die überall herumstanden oder an Ketten von den Dachbalken herabhingen.

Dann sah Sigurd im Licht der Flammen und durch den Rauch der Feuergrube, dass eines der großen Tischgestelle von den Balken heruntergeholt worden war. Nur stapelten sich jetzt Häute und Felle darauf – es wurde als Bett benutzt. Er folgte Weißbart um den Herd herum, gefolgt von den drei anderen gewappneten und bewaffneten Kriegern, und trat mit ihm an das Bett. Auf dem ein Mann lag, leblos.

Weißbarts Worte verrieten ihm jedoch, dass Jarl Hakon, den man Brandingi nannte, noch keine Leiche war, obwohl er wie eine aussah.

»Mein Jarl, das ist Sigurd Haraldarson, der letzte lebende Sohn von Jarl Harald von Skudeneshavn auf der Insel Karmøy im Süden.«

Sigurd warf einen Blick auf das knochige Gesicht, das alles war, was man von Jarl Hakon sehen konnte. Der Rest wurde von einem alten Bärenfell und mehreren Schaffellen verdeckt. Er erkannte die Wildheit darin, selbst jetzt noch.

»Was machst du da, Hauk, du alter Narr? Du weißt, dass er dich ebenso wenig hören kann, wie ein Scheißhaufen die Fliegen hört, die um ihn herumsummen.«

Sigurd drehte sich um und sah, wie ein fettleibiger Mann von einer der Bänke an der Rückwand aufstand. Er ließ zwei Bettsklavinnen in den Fellen hinter sich zurück. Drei weitere Krieger standen im Schatten, wenngleich nicht so aufrecht wie die Speere, die sie in den Händen hielten. Sie traten mit dem Mann vor, der jetzt zu Weißbart ging.

»Trotzdem, Herr«, antwortete Hauk und sah zu, wie der Mann seinen Met verschüttete, als er über eine Bank stieg und in den kupferroten Schein des Herdfeuers trat. »Sigurd hat darauf bestanden, deinem Vater vorgestellt zu werden, und ich fand es richtig, ihm diese Ehre zu erweisen. Immerhin ist er der Sohn von Harald, den alle Männer für einen großen Krieger hielten und einen guten Jarl.«

»Und doch ist mein Vater noch immer lebendiger als Jarl Harald«, antwortete der Mann. »Aber du vergisst dich, Alter«, fuhr er Hauk höhnisch an. »Ich bin dein Jarl, und du bringst Gäste zu mir, nicht zu ihm.«

Hauk nickte und rammte das Ende seines Speeres in den gestampften Lehmboden, der mit Asche bestreut war, die die Feuchtigkeit aufsaugen sollte, die durch Schuhe oder Kleidung in die Halle getragen wurde oder durch die Löcher im alten Dach und das Kaminloch hereindrang.

Der Mann sah von dem Sterbenden auf dem Bett neben dem Feuer zu Sigurd. Seine schweren Lider waren halb geschlossen. »Ich bin Thengil Hakonarson, und das ist meine Halle.« Er deutete mit dem Methorn auf die Krieger hinter Sigurd. »Diese alten Knochensäcke sind meine Herdkarls, auch wenn man es kaum glauben sollte. Sie selbst scheinen es bereits vergessen zu haben.«

Sigurd warf einen Blick auf Hauk, aber das Gesicht des

alten Kriegers wirkte wie die schlafende See, und Sigurd vermutete, dass der Mann nicht einmal zuhörte.

»Die Wahrheit jedoch ist«, fuhr Thengil Hakonarson fort, »dass sie die Männer meines Vaters waren, und das Letzte, was aus seinem Mund kam, war sein Befehl an sie, mir den Treueeid zu schwören.« Er zuckte mit den Schultern. »Natürlich gefiel ihnen das nicht, aber die alten Narren haben es trotzdem gemacht, und jetzt gehören sie mir.« Seine fetten Lippen verzogen sich in seinem weichen Bart, einem Bart, der, wie Sigurd vermutete, noch nie von salziger Gischt durchnässt worden war. Thengil berührte den mit Silber verzierten Schwertgriff an seiner Hüfte. »Denn es gibt Männer, denen ein Eid, den sie auf einen Schwertgriff abgelegt haben, noch etwas bedeutet. Er bindet sie ebenso sicher, wie Gleipnir den Fenrir-Wolf um seinen Hals fesselt.« Er trank einen Schluck Met aus seinem Horn und wischte sich dann mit der feisten Hand über den Mund. »Andere Männer dagegen … nun, das muss ich dir ja wohl nicht sagen, hej, Sigurd.«

Er spielte auf den Verrat von König Gorm an Sigurds Vater an. Sigurd beschloss, ohne Umschweife zum Punkt zu kommen.

»Ich werde diesen verräterischen König töten«, sagte Sigurd entschieden. »Aber vorher werde ich Jarl Randver von Hinderå erledigen.«

»Und du bist hierhergekommen, um den Furcht einflößenden Jarl Brandingi zu überreden, dir bei diesem Unternehmen zu helfen.« Das war eine Feststellung, keine Frage. Dann lachte er, und Sigurd bemerkte das Zittern seines weichen Bauches und seines ebenso weichen Doppelkinns. Fjølnir krächzte bei diesem Geräusch.

Du würdest dich gerne an seiner fetten Leiche laben, hab ich recht, Vogel?, dachte Sigurd. Es war nur schwer zu glauben, dass dies der Sohn des Mannes war, der neben ihnen im Bett lag und dessen gelbliche Haut sich so fest über seinen Schädel spannte, dass der Mund geöffnet blieb und seine verbliebenen Zähne ein dauerhaftes Grinsen zeigten.

»Ich habe sagen hören, dass dein Vater nicht gerade ein Freund des Königs gewesen ist«, sagte Sigurd.

Thengils fleischige Lippen öffneten sich, und in diesem Moment zumindest konnte man erkennen, wessen Lenden er entsprungen war.

»Mein Vater war keines Mannes Freund«, meinte er. »Obwohl er sich seinen Eidgebundenen gegenüber immer großzügig gezeigt hat. Sie haben wie die Wölfe für ihn gekämpft, und es hat ihnen nie an Silber gemangelt.« Er wies mit dem Arm in die riesige Halle. Eine Maus huschte an Sigurds Fuß vorbei und verschwand unter einer Bank. »Sieh dich um, Sigurd Haraldarson. Du wirst feststellen, dass sich hier keine jungen Männer mehr aufhalten. Sie sind alle verschwunden.« Er machte eine wegwerfende Handbewegung. »Sie sind davongeflogen und haben sich kämpfenden Jarls auf der Suche nach Beute angeschlossen. Denn ich musste hierbleiben und mich um meinem Vater kümmern und konnte ihnen keine Beute versprechen, sondern nur einen Schatz an ruhigen Jahren und am Ende einen friedlichen Tod im Stroh.« Er warf Hauk einen Blick zu, als wäre der Mann ein Aussätziger. »Die da sind meine Kriegerschar. Sie sind wegen meines Vaters hiergeblieben, und jetzt hängt diese Entscheidung über ihnen wie ein Fluch, wie du mit deinen jungen Augen zweifellos erkennen kannst. Sie widern mich an ...«

»Ich möchte nicht gegen sie kämpfen müssen«, sagte Sigurd. Er wusste, dass das ein großes Kompliment war, aber Männer, die ihre Brynjur und Waffen so gut pflegten wie diese Männer hier, waren stolz. Und Stolz machte Männer stark, ganz gleich, wie viele Jahre sie auf dem Buckel haben mochten.

»Sie sind so schal wie altes Bier, Sigurd.« Thengil deutete mit seinem Horn auf den niedrigen Tisch und die Seekisten. Wohl eher Landkisten, dachte Sigurd. »Ich höre ihnen zu«, fuhr Hakons Sohn fort, »wenn sie dort sitzen und über ihre Freunde reden, die ihren Met in der Halle des Speergottes schlürfen. Sie reden ständig über alte Schlachten. Sie sind wie Schafe, die Tag für Tag dieselben Pfade entlanglaufen. Manchmal glaube ich, dass sie es nur tun, um mich zu ärgern.« Wieder lief eine Maus über den Boden, und Thengil schleuderte fluchend sein Methorn nach dem Tier. Aber die Maus war längst verschwunden. Die Frauen sahen nicht einmal von ihrer Arbeit hoch. »Sie setzen mir zu, Sigurd. Sie halten mich für einen Schwächling, der nicht einmal ein halb so ereignisreiches Leben geführt hat wie sie.« Er sah Hauk und die Männer hinter Sigurd an, aber keiner von ihnen schnappte nach dem Köder. »Aber all ihr Gerede klingt wie Blöken in meinen Ohren. Ich besitze diese Halle, und alles, was sie haben, ist eine Bank und ein Eid, den ihnen ein lebender Leichnam aufgezwungen hat.«

»Schließ dich mir an, Thengil Hakonarson«, sagte Sigurd. »Bring etwas Silberglanz in diesen dunklen, alten Ort. Lebe deine eigene Heldengeschichte, damit die Leute dich nicht immer im Schatten deines Vaters suchen müssen.«

Thengil kratzte sich den weichen Bart und starrte Fjølnir auf Sigurds Arm an. »Bist du vielleicht wahnsinnig, Sigurd?«, fragte er, während sein Blick wieder zu Sigurd glitt. »Hast du deshalb einen Raben auf deinem Arm?« Er presste Zeigefinger und Daumen zusammen. »Jarl Randver wird dich wie eine Laus zerquetschen. Und was König Gorm angeht, so wette ich, dass er nicht einmal weiß, dass du noch am Leben bist, geschweige denn, dass es ihn kümmert.«

»Er weiß es«, antwortete Sigurd.

»Ah, jetzt verstehe ich«, meinte Thengil. »Dich verlangt nach dem Tod eines Kriegers, weil du deine Brüder und deinen Vater vermisst. Du willst mit ihnen in der Halle des gehenkten Gottes sitzen und trinken.«

Sigurd fragte sich, wie Jarl Hakon solch einen Sohn hatte zeugen können. Vielleicht hatte den Jarl ja die Enttäuschung über Thengil zu diesem verwelkten, totenschädelartigen Knochenstab dort am Feuer gemacht.

Thengil klatschte in die Hände, und der Thrall, der die Milch verschüttet hatte, brachte ihm ein frisch gefülltes Horn. Bisher hatte er Sigurd keins angeboten, was an sich schon eine Beleidigung war und ein weiterer Grund, warum Sigurd Lust gehabt hätte, dem Mann die Zähne durch seinen weichen Hinterkopf zu schlagen.

»Herr«, mischte sich jetzt Hauk ein. »Ich sagte, ich würde Sigurds Männern etwas zu trinken nach draußen bringen lassen.« Er runzelte die Stirn. »Und auch der Frau.«

Bei diesen Worten hob Thengil seine schweren Lider. »Du lässt deine Frau draußen vor meiner Halle stehen?«

»Sie ist nicht meine Frau«, stellte Sigurd richtig. »Sie ist eine Kriegerin. Und eine recht wilde dazu.«

Thengil wandte sein Gesicht ab, so als erwartete er, dass Sigurd zugab, einen Scherz gemacht zu haben. Aber Sigurds Augen wirkten wie Eis, bis der fette Mann schließlich rülpste. Er lächelte unsicher. »Du hast also sogar Frauen eingefangen, die für dich kämpfen? Und wir wollen auch diesen wilden Vogel nicht vergessen, den du da hast. Vor dieser Bestie werden deine Feinde zweifellos erzittern.« Er forderte Hauk mit einem Wink auf, Met nach draußen zu schicken. »Eine Kriegerschar, über die man wahrhaftig ein Heldenlied spinnen wird, hej!«

»Eine Bande von Weißbärten und Krummrücken dürfte dir jedenfalls kaum eine Erwähnung in einer Heldengeschichte einbringen.« Sigurd konnte sich die Bemerkung nicht verkneifen. »Ebenso wenig, wie im Dunkeln auf dem Arsch herumzusitzen, während andere Männer da draußen an ihrem Ruhm weben.«

Thengil zuckte zusammen. Sigurd schien ins Schwarze getroffen zu haben. Es mussten wirklich sehr loyale Gefolgsleute sein, diese uralten Krieger von Hakon, wenn keiner von ihnen Thengil bisher so etwas ins Gesicht geschleudert, geschweige denn, ihm einen Speer in den Wanst gerammt hatte. Denn Männer wie Hauk wussten nur zu gut, dass ihr Ruf oder das, was davon übrig war, jetzt von ihrem Treueeid zu diesem feigen, verweichlichten Herrn zerstört wurde. So wie ein gutes Schwert, das man im Regen zurücklässt, vom Rost zerfressen wird.

Thengil drehte sich zu einem der Krieger um, einem Mann, in dessen Bart sich mehr braune als weiße Haare fanden und dessen versteinertes Gesicht nichts von seinen Gedanken verriet. »Dieser ausgestoßene Sohn eines toten Jarls, ein junger Mann, dem gerade sein erster Bart wächst, kommt hierher und beleidigt mich in meiner eigenen Halle. Muss ich mir das bieten lassen?« Er drehte sich wieder zu Sigurd herum. »Sollte ich meine Ehre nicht als meinen wertvollsten Besitz betrachten?« Seine fetten Lippen bewegten sich, als er erneut die Zähne fletschte. »Es ist schon schlimm genug, dass ich keine Einladung zur Hochzeit von Jarl Randvers Sohn zum Haustblót-Fest erhalten habe.«

Er warf diese Worte Sigurd wie eine Herausforderung vor die Füße, so wie der erste Speer aus einem Schildwall in Richtung eines anderen geschleudert wird, bevor der Kampf beginnt. Sigurd schoss der Gedanke durch den Kopf, seinen Scramasax zu ziehen, den er unter dem Ärmel der Tunika um seinen rechten Arm geschnallt hatte. Warum sollte er Thengil nicht den Bauch aufschlitzen und zusehen, wie seine Eingeweide zum Fraß für die Mäuse wurden. Dann würde er sehen, was die alten Herdkarls des halb toten Jarls dazu zu sagen hatten.

»Es wird keine Hochzeit geben«, sagte Sigurd. »Wenn diese Made Randver sich überhaupt in dieser Nacht an eine Festtafel setzt, dann wird er an diesem Tisch zusammen mit meinem Vater, meinen Brüdern und seinen eigenen Vorfahren sitzen.«

»Du bist ein sehr ehrgeiziger junger Mann.« Thengil trat näher, um ihn genauer zu betrachten. Die Krieger um ihn herum zogen den Kreis enger. Es war das erste Mal, dass Sigurd so etwas wie Rückgrat an dem Mann bemerkte. Sie standen sich jetzt auf Armeslänge gegenüber, und Sigurd konnte die Bettsklavinnen riechen, denen er vor seiner Ankunft beigelegen hatte. Es war ein süßlicher, moschusartiger Geruch, und Sigurd erkannte, dass er hier einen Mann mit einem großen Appetit auf Speisen, Met und Frauen vor sich hatte, aber nicht auf Krieg oder Ruhm.

Wie sich herausstellen sollte, irrte sich Sigurd jedoch in dem letzten Punkt.

»Mein Vater hätte dich sicher gemocht«, sagte der Mann. »Er hätte Jarl Randvers Halle einfach nur wegen des bloßen Vergnügens angezündet, um zusehen zu können, wie sie brennt. Und was König Gorm angeht, hätte es dem alten Hakon bestimmt gefallen, ihn zurechtzustutzen. Mein Vater würde es nie zugeben, aber er hat etwas an Schneid verloren, als er Gorm auf dessen Schwert die Treue schwören musste.« Er warf einen Blick auf die reglose Gestalt in dem Bett. »Ich glaube, er hat bereut, dass er seine Männer nicht gegen Gorm geführt hat, als der Mann sich da unten in Avaldsnes als König eingenistet hat.« Er zuckte mit den Schultern. »Aber ich bin nicht er.«

»Das sehe ich, Thengil«, erwiderte Sigurd. »Du wirst mir also nicht helfen, gegen Jarl Randver zu ziehen und dabei reich zu werden?« Er spürte plötzlich, wie Fjølnirs Krallen sich in die Haut seines Arms gruben. Thengil wandte sich ab und winkte Hauk zu sich in den Schatten hinter dem Kopfende des Bettes, in dem sein Vater lag. Sigurd konnte nicht hören, was er zu dem alten Krieger sagte, aber er widerstand dem Drang, über die Schulter zu blicken. Er wusste sehr genau, wie weit das Tor am anderen Ende der Halle entfernt war.

»In Wahrheit, Sigurd Haraldarson!«, rief Thengil ihm

zu, als Hauk an Sigurd vorbeiging, ohne ihm in die Augen zu blicken, und durch den Mittelgang der Halle schritt, »hat dein Auftauchen mir die Gelegenheit geboten, meine Ehre wiederherzustellen.«

Welche Ehre?, dachte Sigurd, sagte jedoch nichts.

»Und dafür danke ich dir«, fuhr Thengil fort. Er streckte die Hand nach Jarl Hakon aus, hielt jedoch eine Fingerlänge vor dem grauen Haar inne, als wagte er es nicht, den Mann zu berühren. Dann zog er die Hand wieder zurück und legte sie um die andere, die das Methorn hielt. Er trat hinter einen seiner Männer, als draußen ein Schrei ertönte.

Sigurd gefor das Blut in den Adern.

»Packt ihn!«, schrie Thengil seine Männer an. Seine Augen waren plötzlich rund, und seine Hände zitterten so sehr, dass er sein Met verschüttete.

Die Gruppe von Kriegern um Sigurd senkte die Speere und umringte ihn. Er stieß einen Fluch aus, der jedoch hauptsächlich ihm selbst galt, weil er es nicht geschafft hatte, Thengil nach draußen zu locken oder sich zumindest dichter an der Tür der Halle zu postieren. Jetzt hielten auch die Frauen auf den Bänken mit ihrer Arbeit inne. Ihre Augen leuchteten hell im Licht der Flammen.

»Aber tötet ihn nicht!«, schrie Thengil. Weitere Schreie ertönten, aber Sigurd wusste nicht, was sie bedeuteten, und er hoffte nur, dass Olaf und die anderen keinen Kampf gegen acht mit Kettenpanzern geschützte Männer riskierten, ganz gleich wie alt sie auch sein mochten. »Den Vogel kannst du töten, Bodvar«, fuhr Jarl Hakons Sohn fort. Der Speerträger mit dem langen Bart runzelte die Stirn, als wüsste er nicht genau, wie er das anstellen sollte. Derweil löste Sigurd den Strick mit den eingeknüpften Rabenfedern von seinem linken Arm und zog ihn aus dem Ärmel seiner Tunika, sodass er von Fjølnirs Klaue herunterbaumelte. Aber der Rabe grub seine Krallen immer noch in seinen Arm, während er die Männer um sich herum betrachtete.

»Flieg schon, Fjølnir!«, knurrte Sigurd und hob ruckartig seinen Arm. Der Vogel schlug mit den großen schwarzen Flügeln und flog hinauf in den Rauch des Herdes, wobei er wütend krächzte. Er glitt zum Dach hinauf wie ein lebender Schatten, und einen Augenblick fürchtete Sigurd, er würde auf einem Dachbalken landen, sich dort niederlassen und mit seinen schwarz glänzenden Augen das Geschehen verfolgen. Aber im letzten Moment drehte er ab, und als er seine einzige Fluchtmöglichkeit sah, legte er seine Schwingen an und schoss durch das Kaminloch in den grauen Himmel empor. Der mit Federn besetzte Strick hing immer noch an seiner Klaue.

»Du hättest ihn aufspießen sollen, Bodvar«, sagte einer der Männer. Vielleicht hatte er durchschaut, warum Sigurd den Vogel hatte davonfliegen lassen. Vielleicht aber auch nicht.

»Du bist ein verdammter Neiding, Hakonarson!«, zischte Sigurd. »Du hättest wenigstens dein Schwert ziehen können, du verweichlichtes Stück Scheiße. Du Trollfurz!« Er spuckte dem Mann auf die weichen Kalbfellschuhe. »Nicht dass Óðins Walküren dich holen würden, wenn ich dir die Kehle durchschneide, Thengil. Denn du lässt die Wölfe hungern, du Feigling. Das Einzige, was auf dich wartet, ist ein Haufen Würmer, der sich an deinem Fleisch gütlich tun wird.«

Die Beleidigungen glitten von Thengil ab wie Schweinefett von einem glatten Kinn. Er grinste wie ein Mann, der wochenlang aufs Meer hinausgestarrt und darauf gewartet hat, dass der Wind umschlägt, den er jetzt endlich an seinem Hinterkopf fühlt.

»Ich denke, ich werde nach Hinderå reisen, um Jarl Randver meinen Respekt zu erweisen«, erwiderte er. »Denn wenn er das Hochzeitsgeschenk sieht, das ich ihm mitgebracht habe, wird er mich zweifellos neben sich an die festliche Tafel bitten.« Er deutete zur Tür auf der anderen Seite der Halle. »Schafft ihn nach draußen«, befahl er seinen Männern. »Ich möchte gerne die Narren sehen, die sich mit diesem von den Nornen verfluchten Jungen zusammengetan haben.«

Ein Mann richtete seine Speerklinge auf Sigurds Brust und deutete mit einem Rucken seines Kinns zur Tür. Sigurd drehte sich um und bekam einen Stoß mit dem Schaft eines Speers zwischen die Schulterblätter. Er ging durch den Mittelgang, vorbei an den Webstühlen und den Frauen mit ihren fleißigen Händen, durch eine der größten Hallen, die er je gesehen hatte. Und doch war sie nur noch ein Schandfleck auf dem Andenken eines Jarls, der hier einst auf dem Hochsitz gesessen hatte, jetzt aber mehr tot als lebendig unter alten Fellen lag.

Bodvar öffnete das angesengte Tor. Davor standen Olaf, Sven und Valgerd in einem Ring aus Eisen, Stahl und glitzernden Speerspitzen.

»Das war wohl nichts, Sigurd«, brummte Olaf und beobachtete Thengils Männer über den Rand seines Schildes. »Ich habe langsam den Verdacht, dass du kein Talent hast, Freundschaften zu schließen.«

Zwei Männer hielten ihre Speere auf Sigurd gerichtet, und jetzt zog Thengil sein eigenes Schwert und stellte sich hinter ihn. Die anderen vier Herdkarls traten aus der Halle zu ihren Gefährten, sodass Olaf, Svein und Valgerd von zwölf Männern umzingelt waren. Sie alle trugen Kettenpanzer. Dieser Jarl Hakon muss einmal so reich wie Fáfnir gewesen sein, dachte Sigurd.

»Sag nur ein Wort«, raunte Svein Sigurd zu. Der Wunsch, Blut zu vergießen, stand ihm auf die Stirn geschrieben.

Sigurd schüttelte den Kopf. »Rühr dich nicht vom Fleck, Svein.« Er wusste, dass die Überzahl seiner Feinde für Svein keine Bedeutung hatte. Ein Nicken, und sein Freund würde sich mit seiner gewaltigen Axt auf Thengils Krieger stürzen, und das Gemetzel würde beginnen. Aber zweifellos würden dabei ein oder zwei Speere auch seinen hünenhaften Freund treffen.

»Legt eure Waffen nieder, ihr Narren. Es gibt keinen Grund für euch, sich abschlachten zu lassen.« Thengil deutete auf Hauk und seine Herdkarls. »Selbst alte Hunde können noch beißen. Diese Männer hier haben schon die Feinde meines Vaters getötet, bevor ich geboren wurde.« Er deutete auf Sveins langstielige Axt. »Auf den Boden damit, Rotbart!«

»Halt sie fest, Junge«, brummte Olaf. Allerdings war klar ersichtlich, dass Svein auch nicht vorgehabt hatte, irgendetwas anderes zu tun.

»Wenn ihr eure Waffen nicht weglegt, ramme ich dem jungen Sigurd dieses Schwert in den Rücken!«, drohte Thengil. Sigurd wusste zwar, dass allein das Gewicht des Mannes genügte, ihm diese Klinge in den Leib zu treiben, aber er wusste auch, dass Thengil nichts dergleichen tun würde.

»Er braucht mich lebend, Onkel«, erklärte er. »Dieser feige Neiding will mich nach Hinderå bringen und sich damit einen Namen erkaufen.«

»Bei den Göttern, wenn mir jemand dich als Hochzeitsgeschenk brächte, würde ich ihm mächtig in den Arsch treten!«, rief Olaf aus.

»Ich fordere euch zum letzten Mal auf!« Als Sohn von Jarl Hakon und allein unter Frauen und alten Männern war er es höchstwahrscheinlich nicht gewohnt, dass man sich ihm widersetzte. »Legt eure Waffen nieder, oder meine Männer werden euch, wo ihr steht, mit ihren Speeren durchbohren.« Die Gesichter der Weißbärte waren wie aus Stein gemeißelt. Sie waren bereit, zu kämpfen. Sie hielten ihre Speere und Schilde mit der Leichtigkeit langjähriger Erfahrung ebenso selbstverständlich, wie sie einen Becher Bier halten würden. Sigurd wusste, dass sie Thengils Befehl ohne mit der Wimper zu zucken befolgen würden.

»Sigurd ist meine Beute. Er ist das Silber, das den Reif eines Jarls um meinen Hals legen wird.«

»Ein Jarl von Geistern.« Olaf spreizte die Beine und hob seinen Schild, bereit zum Kampf.

Valgerd deutete mit dem Kinn auf Sigurd, und ihre Augen im Schatten ihres schönen Helms funkelten. »Was ist aus dem Vogel geworden?«, wollte sie wissen.

»Er ist weggeflogen«, sagte Sigurd mit einem Blick auf den Wald, was ein Lächeln auf die Lippen der Schildmaid zauberte. »Männer von Osøyro!«, fuhr Sigurd fort. »Senkt eure Speere. Ihr seid Männer von Ehre. Ihr steht weit über diesem Scheißhaufen Thengil Hakonarson!«

Etwas traf ihn am Hinterkopf, und er taumelte nach vorn und fiel auf die Knie. Vermutlich hatte Thengil ihn mit dem Knauf seines Schwertes geschlagen. Er spürte das Blut, das ihm warm in den Nacken lief, aber er drehte sich nicht herum, um den Mann anzusehen. Stattdessen rappelte er sich auf, als wäre nichts geschehen.

»Ziegenficker!«, zischte Svein Thengil zu. Er konnte es kaum erwarten, von der Leine gelassen zu werden und den grauen Tag in rotem Blut zu ertränken.

»Ihr seid stolze Männer!«, setzte Sigurd seine Rede fort. »Aber ihr entehrt euch selbst, wenn ihr den Anweisungen dieses Mannes folgt. Ihr wisst ganz genau, was euer Jarl von seinem Sohn halten würde. Er hätte sich gewünscht, dass er diesen Neiding bei der Geburt ertränkt hätte!«

Diesmal rammte Thengil ihm den Schwertgriff in die Nieren, und Sigurd sank neben den dunklen, nassen Flecken auf den Boden, wo Thengils Thrall die Milch verschüttet hatte. Er wollte weiterreden, aber er bekam keine Luft mehr.

»Noch ein Wort, und du bekommst meine Klinge zu spüren, Haraldarson!«, blaffte Thengil. Er ließ seiner Wut freien Lauf, nachdem er so vor seinen Männern beleidigt worden war. Vor den Männern seines Vaters. Und auch vor den Frauen, denn die hatten sich in der dunklen Toröffnung der Halle versammelt. Zweifellos war das hier das Aufregendste, was sie seit Jahren erlebt hatten.

Sigurd holte tief Luft und stand erneut auf. Rechts und links von ihm standen zwei Speerkämpfer, bereit, ihn zu durchbohren.

»Hakons Männer, das ist eure letzte Chance!«, stieß er

mit schmerzverzerrtem Gesicht hervor. »Tretet zurück oder sterbt.«

»Halt den Mund, Sigurd!«, befahl Olaf.

»Bringt ihn zu mir!«, bellte Thengil. »Ich werde ihm seine Zunge herausschneiden! Dagegen wird Jarl Randver wohl nichts einzuwenden haben!«

»Herr!«, stieß einer seiner Herdkarls hervor, hob den Speer und deutete damit nach Westen, auf den von Kiefern bestandenen Hügel.

Ein anderer Mann stieß einen Fluch aus.

»Schildwall!«, schrie Hauk. Er brauchte diesen Befehl nur einmal zu geben. Seine Männer öffneten augenblicklich ihren Kreis aus Speeren um Sigurds Gefährten, wichen mit erhobenen Schilden zurück und bildeten eine Schlachtreihe Richtung Westen. Selbst die beiden Krieger, die Sigurd bewacht hatten, beeilten sich, zu ihren Kameraden zu kommen. Thengil eilte davon, noch bevor Sigurd ihn packen konnte. Im nächsten Moment schlug Hakons Sohn das Hallentor zu, und Sigurd hörte, wie der Balken von innen vorgeschoben wurde. Dann blickte er selbst nach Westen, und der Schmerz in seiner Seite und in seinem Kopf wich einer Welle der Freude.

Seine Männer kamen. Sie hatten offenbar gesehen, wie Fjølnir in den grauen Himmel emporgestiegen war, weil der mit Federn verknotete Strick sie von allen anderen Vögeln unterschied. Und jetzt kamen sie herbei, wie Wölfe, begierig darauf, ihre Beute zu erlegen. Krieger mit Schilden, Speeren, Äxten und Schwertern kamen zwischen den Bäumen hervor und rannten über die Weiden, so gierig nach Gemetzel wie Thór selbst. Floki lief voran. Sein Haar, schwarz wie Fjølnirs Federn, wehte hinter ihm, und neben ihm rannten Aslak und Hendil, Bjarni und Bjørn und die anderen.

»Schildwall!« Olaf warf Sigurd sein Schwert zu. Der fing es auf und riss Trollkitzler aus der Scheide. Svein konnte sich nicht mehr länger zurückhalten. Er sprang auf Hauks Schildwall zu, schwang seine langstielige Axt in einer großen Acht vor sich, und die Männer wappneten sich gegen seinen Angriff.

»Ochsenhirn!«, knurrte Olaf, aber Sigurd hatte sich bereits in Bewegung gesetzt. Valgerd reagierte ebenfalls blitzartig und stand jetzt an Sveins linker Schulter.

»Achtung, Männer!«, schrie Hauk. »Stellung halten!«

Svein hämmerte seine Axt in einen Schild und hackte ihn in der Mitte durch. Dabei trennte er den Arm des Mannes dahinter ab. Der Krieger taumelte zurück und schwang seinen Armstumpf, aus dem das Blut über seine Gefährten spritzte. Valgerd stürzte in die Bresche, schlug einen Speer beiseite und schrie wie eine Walküre, als sie ihren eigenen Speer einem Mann durch den Hals rammte. Sigurd war an Sveins rechter Seite, aber er hatte weder Schild noch Speer, also musste er entweder Abstand halten oder dichter herankommen. Er hämmerte Trollkitzler mit voller Wucht auf einen Speerschaft und schlug die Waffe zur Seite. Aber der Krieger, der sie hielt, war trotz seines fortgeschrittenen Alters gut bei Kräften. Er trat einen Schritt vor, rammte Sigurd den Schildbuckel ins Gesicht und brach ihm die Nase. Sigurd zog seinen Sax aus der Scheide an seinem Unterarm und trat zurück, während er auf den nächsten Speerstoß wartete. Ihm verschwamm alles vor den Augen, und Blut spritzte aus seiner Nase auf Lippen und Bart.

Eine Klinge zischte aus dem Schildwall heran, und er lenkte sie mit dem Sax ab. Ihm war klar, dass er unbedingt dichter an die Krieger herankommen musste. Da hämmerte Olaf seinen Schild gegen den Wall, und einen Herzschlag später stürzte sich Floki in das Getümmel, duckte sich, tauchte unter einem Schild weg und hackte dem Mann seine Faustaxt zwischen die Beine. Svein brüllte wie ein wahnsinnig gewordener Stier. Im nächsten Moment prallten die anderen gegen den Schildwall wie eine Sturzflut gegen einen Fels. Blut strömte, Klingen sangen, und Männer starben.

Ubba rammte seinen Speer durch den alten Schild eines Graubarts und setzte seine ganze Kraft ein, um den Schild nach unten zu drücken. Mehr brauchte Karsten Ríkr nicht. Er rammte dem Mann sein Schwert in den Mund, dass Blut und Knochen nur so spritzten. Irgendwie hatte Floki es geschafft, sich den Weg durch Hauks Schildwall zu bahnen. Er stand hinter Hakons Männern und hielt mit Axt und Langmesser blutige Ernte. Das genügte, um den Schildwall aufzulösen. Niemand hielt seine Stellung, wenn er den Feind im Rücken hatte.

Sigurd sah, wie ein alter Krieger Hendils Speer mit seinem Schild abwehrte und seinen eigenen Speer Hendil in die Schulter rammte. Dann jedoch war Agnar der Jäger mit seinen beiden Saxen da, trennte dem alten Krieger mit einem Langmesser die Führhand ab und rammte ihm die andere ins Auge. Auch dieser alte, erfahrene Krieger schrie vor Furcht und Schmerz.

»Mach dem Kampf ein Ende, Sigurd!«, brüllte Olaf ihm ins Ohr. »Hörst du, Junge? Das hier ist das Blut nicht wert!«

Selbst gefangen im Blutrausch, hörte Sigurd diese Worte, die sich wie Gewichte auf seine Schultern legten. Olaf hatte recht. Er bückte sich und hob einen weggeworfenen Schild auf. »Zurück! Und Schildwall!«, schrie er und hob den Schild, um eine Speerklinge abzuwehren. »Zurück!« Er konnte es sich nicht leisten, Männer bei einem so bedeutungslosen Scharmützel zu verlieren. Außerdem musste er zugeben, dass er die Krieger, die er da gerade tötete, bewunderte. Sie hatten etwas Besseres verdient, als für den Feigling Thengil Hakonarson zu sterben.

»Ihr habt gehört, Sigurds Männer! Zurück!« Olafs dröhnende Stimme war nicht zu überhören.

Solveijg krümmte sich keuchend. Bjarni warf den Weißbärten wütende Beleidigungen an den Kopf, und sein Bruder Bjørn trat zurück, während er sich Blut und Speichel von seinen aufgeplatzten Lippen wischte. Hauks Männer jedoch, jedenfalls die, die noch auf zwei Beinen standen, wichen geordnet zurück, weg von dem Gemetzel, von ihren toten Herdgefährten, von Männern, mit denen sie gerudert, gesungen und gekämpft hatten. Diese fünf Krieger verrieten keinerlei Furcht und gaben durch nichts zu verstehen, dass sie sich ergeben wollten.

Valgerd kniete neben einen Mann und schlitzte ihm mit ihrem Langmesser die Kehle auf. Sein weißer Bart färbte sich auf der Stelle rot. Svein hämmerte seine Axt auf den Schädel eines gestürzten Kriegers, mit so viel Wucht, dass er ihn in zwei Teile teilte und sich die Axtklinge in die Erde grub.

»Es reicht!«, brüllte Sigurd. Blut von der Kopfwunde lief ihm über den Hals und tropfte von seinem Bart. Die Stelle auf seinem Rücken, in die ihm Thengil den Knauf seines Schwertes gerammt hatte, schmerzte höllisch, aber das Einzige, was ihn kümmerte, war, dass keiner seiner Krieger unter den Toten und Sterbenden war. Sieben von Jarl Hakons Herdkarls lagen tot am Boden und zwei weitere würden ihnen schon bald folgen, jedenfalls dem Blut nach zu urteilen, das aus ihren Wunden sprudelte.

Sigurd blickte hoch. Asgot kam auf sie zu, mit seinem Schwert und einem Speer bewaffnet. Seine grauen, mit Knochen geschmückten Zöpfe umrahmten sein wildes Gesicht.

Die übrigen Männer rangen keuchend nach Luft von dem schnellen Lauf und dem Kampf, aber sie hatten einen einigermaßen passablen Schildwall gebildet. Selbst mitten in diesem Gemetzel, umgeben von dem Gestank des Todes, der die Luft verpestete, und trotz der Tränen in seinen Augen wegen seiner gebrochenen Nase hätte Sigurd nicht stolzer sein können, wenn er den großen Halsreif seines Vaters aus gehämmertem Silber getragen hätte.

»Komm, Sigurd Haraldarson, lass es uns zu Ende bringen!« Hauk lockte Sigurd mit einem kurzen Winken seines Schildes, um ihm zu zeigen, dass der Arm dahinter noch stark war. »Unsere Brüder warten in der Halle des Speergottes auf uns. Wir werden uns zu ihnen gesellen.« Er grinste freudlos in seinem weißen Bart. »Oder aber wir besiegen euch und kehren zu unserem Met zurück.«

Sigurd sah dem Mann in die Augen. Er empfand Respekt für ihn und jene, die Schulter an Schulter bei ihm standen.

»Jarl Hakon konnte sich glücklich schätzen, Herdkarls wie euch zu haben, Hauk von Osøyro«, rief Sigurd ihm zu, drehte sich um und spuckte einen Klumpen Blut aus. Dann fuhr er sich mit der Hand über Mund und Bart und warf einen Blick auf seine rote Handfläche. »Aber Hakon ist längst von euch gegangen. Nichts von ihm steckt noch in dem Gerippe da in der Halle.« Er deutete mit dem Daumen hinter sich. »Und der Mann, dem du jetzt dienst, ist ein elender Neiding. Er wollte noch nicht einmal in diesem Kampf bei euch stehen, sondern versteckt sich lieber hinter den Röcken der Frauen. Ich sage noch einmal, dass es eine Ehrlosigkeit ist, solch einem Mann Treue zu geloben, und dass ihr gut beraten wäret, euch von dieser Bindung zu befreien.«

»Wir werden schon bald frei genug sein, möchte ich wetten«, gab Hauk zurück.

»Ja, und dabei helfen wir euch gern.« Svein hob seine blutige Axt.

»Kommt zu uns«, sagte Sigurd. »Ihr habt gesehen, was für Männer ich an meiner Seite habe.«

»Und nicht nur Männer, heja!« Bjarni grinste.

Sigurd nickte. »Sogar eine Walküre kämpft für mich.«

Hauk und seine Männer hätten vielleicht darüber gelacht, wenn sie Valgerd nicht bereits im Kampf erlebt hätten. Wenn sie nicht mit angesehen hätten, wie sie ihre Freunde abgeschlachtet hatte.

Sigurd deutete mit seinem Sax in einem weiten Bogen auf seine Leute. Auf meine Herdkarls, dachte er. Auch wenn er keinen eigenen Herd hatte. Noch nicht. »Wir werden eine Geschichte weben, die die Skalden noch erzählen werden, nachdem wir schon lange von dieser Welt verschwunden sind. Ich stehe in Óðins Gunst. Hätten wir euch sonst so leicht besiegen können, wenn das nicht so wäre?«

Das gab Hauk zu denken, ebenso wie den anderen. Es zeichnete sich auf ihren Gesichtern ab, so deutlich wie in alte Stämme geschnitzte Runen.

»Kommt mit uns und kämpft gegen Jarl Randver. Füllt eure alten Seekisten mit Beute.«

Hauk lachte. »Was brauchen wir in unserem Alter noch Silber?«, erwiderte er. »Wir wollen Essen, Met und einen Herd, an dem wir unsere alten Knochen wärmen können. Deine Armreifen kannst du behalten. Wir machen uns kaum noch die Mühe, unsere eigenen zu tragen.«

Sigurd akzeptierte diesen Einwand mit einem Nicken. »Ihr müsst irgendwo Söhne haben«, sagte er. »Und Töchter, und andere Leute, die ihr kanntet. Lasst sie von euren Taten in den Geschichten und Liedern der Skalden hören. Sollen sie erfahren, wie ihr ein letztes Mal im Eisensturm standet und euch Ruhm verdient habt, den euch niemand mehr nehmen kann.«

»Ich würde euch gern neben mir wissen, wenn wir gegen Jarl Randvers Männer kämpfen«, sagte Olaf. »Ich kenne keine tapfereren Krieger.«

Hauk und seine erschöpften Männer richteten sich bei diesen Worten etwas größer auf. Es waren starke Worte aus dem Munde eines Kriegers wie Olaf. Sie waren wie Met für den Geist eines stolzen Mannes.

Sigurd nickte. »Holt euch die Ehre zurück, die euch gebührt«, sagte er.

Hauk rang eine Weile mit sich, während Sigurd Blut schluckte und einer der beiden Männer, die bei den Toten lagen, noch einmal zitterte und dann starb.

»Du willst gegen einen mächtigen Mann wie Jarl Randver nur mit den Kriegern kämpfen, die ich hier vor mir sehe?«, erkundigte Hauk sich schließlich.

Sigurd nickte. »Und nachdem ich Randver getötet habe, werde ich den eidbrüchigen König Gorm ebenfalls töten.«

Hauk hob die weißen Brauen, drehte den Speer in seiner Hand und rammte die Klinge in die Erde.

»Dann sind wir deine Männer, Haraldarson!«, erklärte er.

18

»Es ist also nicht so gelaufen, wie wir gehofft haben«, sagte Asgot, als er zu ihnen vor Jarl Hakons Halle trat. Sein Blick glitt wie der eines Aasvogels über die Leichen. Dann legte er seine klauenartige Hand auf Sigurds Arm und sah ihm in die Augen. »Aber wie es aussieht, haben wir endlich ein paar richtige Kämpfer unter uns!«

»Du hättest sie sehen sollen«, erwiderte Sigurd mit gesenkter Stimme, während er beobachtete, wie die anderen, sich leise unterhaltend, ihre blutigen Klingen an den Tuniken der Toten reinigten. Hauk warf ihnen einen missmutigen Blick zu, verkniff sich aber eine Bemerkung. Nach einem solchen Kampf waren Männer häufig noch aufgewühlt, sowohl aus Freude darüber, noch zu leben, als auch vom Blutrausch. Diese Männer jedoch waren in sich gekehrt. Sigurd wusste, dass es ein teuer erkaufter Sieg war.

Er betrachtete die Toten, die in ihrem Kot dalagen, ihre Haut ebenso grau wie die Bärte. »Diese Männer hatten einen besseren Tod verdient, Asgot«, sagte er.

»Wer von ihnen ist Jarl Hakon?«, erkundigte sich der Godi.

Sigurd schüttelte den Kopf. »Brandingi liegt auf dem Sterbelager neben seinem Herdstein. Sein ehrloser Sohn Thengil hatte vor, mich Jarl Randver als Hochzeitsgeschenk auszuliefern.«

Asgot verzog spöttisch die Lippen. »Ein kluger Plan. Aber er ist offenbar nicht aufgegangen.«

Sigurd deutete mit seinem Sax auf die Halle hinter sich. »Er ist auch da drin. Für einen so fetten Mann kann er erstaunlich schnell laufen.« Dann bemerkte er den Ausdruck in Asgots Augen, den Blick des Godi, der mit seinem scharfen Messer Tieren und manchmal auch Menschen die Kehle aufschlitzte, um sie Óðin zu opfern. »Nein, Asgot«, meinte Sigurd. »Der Allvater würde dir für dieses Opfer nicht danken.«

»Sigurd hat recht, Asgot. Ich habe schon Scheißhaufen gesehen, in denen mehr Ehre steckte«, mischte sich Olaf ein. »Er ist es nicht wert, dass du deine Klinge an ihm besudelst.«

Asgot hob eine Braue. »Und doch sind diese alten Knochen für ihn gestorben?«

»Das bezweifle ich«, widersprach Olaf.

»Sie haben für ihren Jarl gekämpft«, erklärte Sigurd. »Und nur aus blankem Stolz, damit es nicht aussah, als mangelte es ihnen an Mut.«

»Und jetzt kämpfen sie für Sigurd.« Olaf deutete mit einem Nicken auf Hauk und seine vier Kämpfer. Sie hatten ihre Schilde weggelegt, mochten sich aber offensichtlich noch nicht von ihren Speeren trennen. Sie standen in einer kleinen Gruppe zusammen und beredeten sich hitzig miteinander. Sigurd vermutete, sie überlegten, was sie mit Thengil anfangen sollten.

»Sie sind alt, aber ich bin froh, sie bei uns zu haben«, meinte Sigurd.

»Wir sind ohnehin schon ein sonderbarer Haufen«, erwiderte Olaf, womit er ganz recht hatte.

Hauk sah zu Sigurd, der mit einem Nicken antwortete. Er wusste, was der alte Krieger ihm mit diesem Blick sagen wollte. Hauk und seine Männer würden sich um Thengil auf ihre Art kümmern.

Hauk hämmerte mit der Faust gegen die Tür der Halle, aber die Frauen drinnen hatten zu viel Angst, um sie zu öffnen. Er versicherte ihnen, dass sie sich nicht vor ihnen zu fürchten hätten. Schließlich wurde das gewaltige Tor geöffnet. Sigurd sah ein paar bleiche Gesichter, bevor Hauk mit seinen Gefährten hineinging und das Tor sich hinter ihm schloss. Es schien eine Ewigkeit zu dauern, und die schneebedeckten Gipfel verschwanden bereits im Dämmer, als der Abend sich über sie senkte. Schließlich kam Solveijg zu Sigurd, um ihn zu benachrichtigen, dass Hauk ihn in der Halle zu sprechen wünsche.

»Ich wollte ihn eigentlich um sein erbärmliches Leben betteln hören«, sagte Olaf, als er neben Sigurd zur Halle ging. Auf dem Boden unter ihren Füßen befanden sich Pfützen mit angetrocknetem Blut. Die Toten lagen immer noch da, wo sie gestorben waren. »Glaubst du, dass er am Ende doch noch Mut gezeigt hat?«

»Nein«, erwiderte Sigurd, als sie die Halle betraten. Sigurd bemerkte, wie Olaf staunend die gewaltige Decke, die Dachbalken und den breiten Mittelgang betrachtete, die beiden mit Steinen eingefassten Herdgruben, die mächtigen Dachpfeiler, die sich wie riesige Eichen erhoben, und vor allem die Leere und das Elend einer Halle, die früher einmal Männer mit Neid erfüllt haben musste.

»Bei Thórs haarigen Eiern, das hier muss einmal wirklich ein prächtiger Ort gewesen sein«, murmelte Olaf. »Nicht zu Unrecht, war die Halle früher berühmt.«

Sigurd wollte gerade antworten, als er Thengil Hakonarson sah.

Seine Kalbslederschuhe, von denen die Pisse tropfte, schwebten etwa einen Schritt über dem Boden. Er selbst drehte sich langsam an einem knarrenden Seil, und die aus den Höhlen quellenden Augen in dem violett angelaufenen Gesicht schienen anklagend auf die Männer gerichtet zu sein, die soeben das Haus seines Vaters betraten. Einen schrecklichen Moment lang dachte Sigurd, Thengil wäre noch am Leben. Aber das war nur eine Täuschung, hervorgerufen duch die tanzenden Flammen des Feuers. Thengil war offenbar auf das Kopfende des Totenbettes seines Vaters gestiegen, um über einen der Dachbalken das Seil zu werfen, an dem er sich schließlich aufgeknüpft hatte.

Also hat der alte, brandschatzende Krieger seinen Sohn überlebt, dachte Sigurd. Bis er den mit Silber geschmückten Griff sah, der aus Jarl Hakons Brust ragte. Häute und Pelze waren achtlos auf den Boden neben dem Bett geworfen worden. Hatte Hauk es vielleicht sogar selbst getan? Hatte der treue alte Krieger dem Jarl Thengils Schwert ins Herz gerammt, um ihn endlich nach Walhall zu schicken, wohin er schon vor vielen Jahren hätte gehen sollen? Sigurd stellte sich vor, wie einer von Hauks Männern dem Jarl sein eigenes Schwert in die Hand gedrückt und es festgehalten hatte, während Hauk den Rest erledigte.

Aber Sigurd fragte nicht danach. Es spielte ohnehin keine Rolle. Vater und Sohn, so unterschiedlich wie Sonne und Mond, waren jetzt tot, und darin zumindest waren sie gleich. Die Frauen hatten sich auf die Bänke an den

Wänden zurückgezogen, wo sie sich jetzt weinend gegenseitig zu trösten versuchten. Hauk und seine vier Männer sahen so müde aus, als würden sie sich am liebsten neben ihren Jarl legen. Aber Sigurd vermutete, dass sie einfach nur eine ordentliche Mahlzeit brauchen würden und ein paar Stunden Schlaf. Allerdings schienen die letzten Herdkarls von Jarl Brandingi nicht vorzuhaben, sich jetzt schon auszuruhen. Sigurd sah, wie zwei von ihnen den pissegetränkten Leichnam des gehenkten Sohnes packten, während ein anderer sich auf Hakons Bett stellte und das Seil durchtrennte. Sigurd war nicht klar, warum sie diesen Scheißkerl nicht einfach auf den Boden fallen ließen, aber vielleicht war eine dieser schluchzenden Frauen mit Thengil verwandt, und sie taten es aus Respekt vor ihr.

»Was machen sie mit ihm, was glaubst du?«, erkundigte sich Olaf.

Sigurd zuckte mit den Schultern. »Ihn an die Krabben verfüttern. Jedenfalls würde ich das tun.«

Die Männer trugen Thengil aus der Halle, und Sigurd stieg der scharfe Geruch nach Pisse in die Nase.

»Wir kümmern uns jetzt um unsere Toten«, sagte Hauk an Sigurd gewandt, während er den Männern folgte.

Sigurd nickte. »Wir helfen euch.«

»Nein, Haraldarson, das machen wir selbst«, gab Hauk zurück.

Er wandte sich zum Gehen, hielt aber noch einmal inne und kratzte sich die bärtigen Wangen. »Das heißt, ihr könntet uns bei den Steinen helfen«, sagte er schließlich. »Es gibt jede Menge davon auf der Wiese auf der Nordseite der Halle, bei den Apfelbäumen.«

Sigurd nickte. Er wusste, was der alte Mann meinte. Ein Scheiterhaufen, um neun Männer zu verbrennen, würde die Hälfte des Holzes verbrauchen, mit dem Hakons Halle errichtet worden war. Selbst dann würden die Leichen noch so viel Flüssigkeit ausscheiden, dass sie wahrscheinlich nicht einmal richtig verbrannten. Also wollte Hauk stattdessen eine flache Grube ausheben und mit großen Steinen den Umriss eines Schiffes dort auslegen. Dann würde man die neun Leichen in dieses Schiff legen, das sie auf diese Weise ins Nachleben bringen würde. Denn sie alle hatten am Ende einen guten Tod gehabt. Mehr konnte ein Mann von seinem Schicksalsfaden nicht erwarten.

»Hauk!«, rief Sigurd ihnen nach, als sie Thengil zur Tür schleppten. »Ich erhebe Anspruch auf die Waffen und Rüstungen der Toten!«, meinte er. »Und meine Männer bekommen die Brynjur.«

Hauks Miene zeigte selbst über die Entfernung hinweg, dass ihm das nicht sonderlich gefiel. Er hätte seine Herdgefährten lieber mit ihren Schwertern, Kettenpanzern und Helmen in das Steinschiff gelegt, denn solche Dinge brauchte man im Nachleben. Aber er nickte, er hatte schließlich keine Wahl. Er konnte von Glück reden, dass Sigurd ihm und den anderen ihre Ehre gelassen hatte, und das wusste er sehr genau.

»Nun, die Steine können jedenfalls warten.« Olaf hielt die Hände über das Herdfeuer und ballte sie zu Fäusten. Die Abende wurden mittlerweile kühler, und in der Halle war es sehr zugig. »Es ist zu spät, um sie jetzt noch auszugraben. Außerdem haben wir gut gekämpft und es verdient, uns das Blut wie eine ordentliche Kriegerschar mit Met abzuspülen.«

»Dann sollten wir wohl herausfinden, wo Thengil seinen Met verwahrt«, sagte Sigurd. Er zupfte sich gerade das geronnene Blut aus dem Bart und fragte sich, wie die Wunde auf seinem Kopf wohl aussehen mochte. Außerdem half ein Schluck Met bestimmt dabei, den metallischen Geschmack im Mund loszuwerden. Vor allem aber dachte er, dass Olaf recht hatte: Sie waren jetzt eine richtige Kriegerschar. Sie hatten gut zusammen gekämpft. Besser noch: Sie hatten gewonnen! Seine merkwürdige Mannschaft aus Ausgestoßenen und Besitzlosen, aus Männern und einer Frau von so unterschiedlichen Herdstätten hatte Blut vergossen und das Schwertlied miteinander gesungen. Es gab kein stärkeres Band zwischen Kämpfern, hatte sein Vater immer gesagt. Und bei allen Göttern – sie waren gute Kämpfer! Das hätte selbst sein Vater zugegeben, auch wenn er gewiss befohlen hätte, einen Schildwall zu bilden, statt ihnen zu erlauben, sich wie Berserker auf den Feind zu stürzen. Und jetzt hatten sie Waffen und Rüstungen erbeutet, die die Aufmerksamkeit selbst des Schlachtengottes Týr von seinem Met wegreißen und auf sie lenken würde. Wahrscheinlich vermochte nur König Gorm so viele mit Kettenhemden gepanzerte Männer und Frauen in eine Schlacht zu führen.

»Trotzdem, zu seiner Zeit war er ein Wolf«, sagte Olaf. Er flüsterte es fast. Sigurd wusste, dass er von der Leiche hinter ihnen sprach, die von Thengils Schwert ans Bett geheftet worden war. »Es ist eine Schande, dass wir ihn so gefunden haben.«

Eine Maus huschte über den mit Asche bestreuten Boden. Sigurd kam der Gedanke, dass diese Tiere jetzt nicht mehr befürchten mussten, von Thengil mit Methörnern beworfen zu werden.

»So schade ist das vielleicht gar nicht«, erwiderte er. »Denn wäre Hakon noch bei Verstand gewesen, hätte er vielleicht geschafft, was Thengil vergeblich versucht hat. Und ich hätte als Hochzeitsgeschenk bei Jarl Randvers Haustblót-Fest geendet.«

Olaf spitzte die Lippen. »Das stimmt allerdings«, räumte er ein. »Ein Mann wie er hätte vielleicht durchschaut, dass du irgendeinen Loki-Unsinn mit diesem Vogel vorhast.«

Sigurd grinste. »Einen Moment dachte ich schon, Fjølnir würde sich dort oben hinhocken und in dem alten Holz nach Würmern picken.« Er deutete mit dem Kopf auf einen der gewaltigen Dachbalken. Dann lachten sie, und Olaf schlang einen Arm um Sigurds Schulter und zog ihn an seine Brust. Er verzichtete gerade noch darauf, Sigurds langes Haar mit der anderen Hand zu zerzausen, wie er es so oft getan hatte, als Sigurd noch ein Junge gewesen war.

»Sei vorsichtig, alter Mann«, neckte Sigurd ihn, als er ihn losgelassen hatte. »Erinnerst du dich noch an das letzte Mal, als wir miteinander gerungen haben? Es endete damit, dass du auf dem Boden lagst und gejammert hast wie eine Frau in den Wehen.«

»Gerungen? Du hast mich abgelenkt und mir dann in die Eier getreten, Bursche!« Er wedelte mit seiner großen Hand durch die rauchige Luft. »Obwohl du sicherlich irgendeinen verdammten Skalden dafür bezahlen wirst, diese Sache zu einer Heldengeschichte aufzubauschen, zu einem Kampf, der die ganze Nacht gedauert hat und den du nur durch deine Geschicklichkeit und deinen Mut gewonnen hast und weil du ein Günstling Óðins bist ...«

Sigurd tat, als müsse er darüber nachdenken, und kratzte sich sein bärtiges Kinn, wie ein richtiger Jarl es tun würde, wenn er eine wichtige Entscheidung zu treffen hatte. »Nein«, sagte er schließlich, »dir in die Eier zu treten und zu hören, wie du wie eine Frau jammerst« – er grinste – »das genügt mir völlig.«

Sie verbrachten die Nacht in Hakons Halle, unter Fellen auf den Bänken und erheblich behaglicher, als sich jeder von ihnen, außer natürlich Hauk und seine Leute, seit Langem gefühlt hatte. Neun Frauen teilten mit ihnen die von den Herdflammen und den Lampen spärlich erleuchtete Dunkelheit, während der Wind durch die Spalten in den alten Wänden pfiff, Holzrauch aufwirbelte und den beißenden Gestank des Fischtrans im Raum verbreitete, der in eisernen Gefäßen brannte. Unter den Frauen befanden sich auch die beiden Bettsklavinnen von Thengil, die außerdem Aufgaben im Haushalt erledigten. Thengil hatte das hart erbeutete Silber seines Vaters schon vor langer Zeit ausgegeben. Er war längst ärmer als die meisten Freibauern. Dennoch hatte er es nicht gewagt, Raubzüge zu unternehmen, um die Seekisten seines Vaters neu zu füllen. Also hatte er auch nicht viele Thralls, denn die jüngeren Krieger von Osøyro, die schon vor langer Zeit weggegangen waren, um ihr Glück zu machen, hatten ihre Frauen und Hakons Thralls mitgenommen.

Zwei der neun Frauen im Haus waren, soweit Sigurd die Sache durchschaute, Ehefrauen von Hauks verbliebenen Männern. Vier waren jetzt Witwen, und auch wenn keine von ihnen besonders freundlich auf die Fremden reagierte, die ihre tapferen Männer getötet hatten und sich jetzt in ihrer Halle breitmachten, schienen sie ihren Zorn und ihren Hass vor allem auf Thengil Hakonarson zu richten. Sigurd hatte selbst gesehen, wie zwei von ihnen auf seine gehenkte Leiche gespuckt hatten, nachdem Hauks Männer sie draußen auf den Boden gelegt hatten. Hauk hatte sie dafür angefahren, aus Respekt vor dem Vater des Gehenkten. Dann hatten sie Thengil, obwohl die Nacht bereits heraufzog, zu den Felsen getragen und ihn, als die Gezeiten wechselten, über die Klippe in die Tiefe gestoßen. Dort warf ihn die Brandung immer wieder gegen die Felsen und brach ihm noch die letzten Knochen. Sein Schwert schmissen sie ihm nach, denn obwohl es eine schöne Waffe war, wollte keiner sie besitzen. Denn sie würde ihnen ganz gewiss Unglück bringen.

»Das wäre also erledigt«, hatte Svein bei der Rückkehr der Männer gesagt.

»Kannst du dir ein schlimmeres Ende vorstellen?« Aslaks Frage machte die Gefährten nachdenklich, während sie jetzt Trinkhörner mit Met herumgehen ließen, den sie in Fässern hinter einem von Wandteppichen abgeteilten Raum im hinteren Teil der Halle gefunden hatten.

»Vielleicht ein Pfeil im Arsch, mit einer Wunde, die sich entzündet?« Der Vorschlag Agnars des Jägers wurde mit zustimmendem Murmeln aufgenommen.

»Oder ein Messer in den Lenden von irgendeinem feigen Neiding?«, setzte Ubba noch einen drauf, woraufhin alle unwillkürlich zusammenzuckten. »Wenn dir die große Ader durchtrennt wird, blutest du so schnell aus, dass du gerade noch Zeit hast, die Nornen wegen deines miesen Schicksalsfadens zu verfluchen!«

»Ein schleichender, blutloser Tod ist schlimmer«, ergriff Valgerd das Wort. Etliche dachten vermutlich, sie redete über Jarl Hakon, aber Sigurd wusste, dass sie an ein Blockhaus im Lysefjord und eine tote Seherin dachte, die ihre Geliebte gewesen war. »Wenn man von der Krankheit von innen her aufgefressen wird. Und verzweifelt und vergeblich versucht, sein Leben festzuhalten, als wollte man Wasser in den hohlen Händen halten.« Sie verzog das Gesicht. »Das ist schlimmer als jeder Tod durch eine Klinge.«

Trotz des Schmerzes über ihren Verlust, der ihr deutlich ins Gesicht geschrieben stand, war sie wunderschön. Vielleicht sogar noch schöner gerade deswegen. Also starrte Sigurd ihr nicht ins Gesicht, sondern sah stattdessen in die Herdflammen. Er hatte die Seherin nicht kennengelernt, aber für ihn war es Valgerd, die über den Seiðr verfügte, und es kam ihm vor, als würden die Blicke der anderen Männer auf ihm ruhen, sobald er sie ansah. Aus diesem Grund wandte er sich jetzt ab.

»Niemand von uns kann sagen, welchen Teppich die Nornen für uns gewebt haben«, warf Asgot ein. Seine Worte schienen den Met in ihren Hörnern sauer werden zu lassen, während sich jeder Einzelne fragte, was die drei Schicksalsgöttinnen wohl mit seinem eigenen Lebensfaden angestellt hatten. Aber sie tranken trotzdem, spülten damit den Schmerz der Wunden und Verletzungen hinunter und den widerlichen Geschmack, den man oft im Mund bekam, wenn man getötet hatte.

Am nächsten Tag legten sie Jarl Hakon auf ein anderes Bett, eines aus abgelagertem Holz, das sie aus einem Bootshaus am Meer geholt hatten. Dann setzten sie es in Brand, was für einen Mann, der den Beinamen »Brenner« trug, höchst passend war. Niemand weinte ihm eine Träne nach, weder die Frauen noch seine Herdkarls, die all die Jahre Blut und Met mit ihm geteilt hatten. Denn der Herr, den sie kannten, war schon vor langer Zeit von ihnen gegangen. Aber die ganze Zeremonie wurde sehr ehrenvoll und würdig abgehalten. Hauk und seine Männer waren gekleidet, als wollten sie in den Krieg ziehen. Sie hatten Klingen und Helme poliert, bis sie so hell schimmerten wie am ersten Tag.

Der Wind fachte die Flammen an, die hoch aufloderten und gen Norden stoben. Der alte Solveijg merkte an, dass noch nie ein Mann schneller nach Walhall getragen worden wäre. Darauf antwortete Floki, Hakon könnte es sich in seinem Alter auch nicht leisten, langsam zu reisen, wenn er noch irgendetwas genießen wollte, was in der Halle der Toten geboten wurde.

Sigurd verfolgte die Zeremonie in düsterer Stimmung. Denn er konnte nur daran denken, dass er nicht in der Lage gewesen war, seinem Vater und seinen Brüdern einen würdigen Scheiterhaufen zu errichten. Und wer wusste zu sagen, was König Gorm mit ihren Leichen angestellt hatte?

»Die Walküren haben sie geholt, noch bevor ihr Blut kalt geworden ist.« Olaf hatte sich neben ihn gestellt. Er wusste sehr gut, was an Sigurd nagte, als Hakons Leichnam im Feuer schwarz wurde und sich die Gliedmaßen zu sonderbaren Formen krümmten und das Blut blubbernd aus der Wunde in seiner Brust quoll. »Sie würden nie und nimmer solche Männer übersehen, hej!«

Sigurd schwieg, und auch Olaf sprach nicht weiter, denn er spürte ebenfalls wie eine Wunde die Scham, dass er seinen Jarl nicht ordentlich auf die Reise geschickt hatte.

Als der Scheiterhaufen niedergebrannt war und von Hakon Brandingi nur noch ein paar verkohlte Knochen übrig waren, bauten sie ein Steinschiff für die Toten. Sigurd erlaubte Hauk, jedem gefallenen Krieger einen Speer mit ins Grab zu legen, aber keine anderen Waffen. Die waren für die Lebenden zu wertvoll, als dass man sie den Toten hätte überlassen können. Aber die alten Kameraden der Gefallenen taten, was sie konnten, und legten den Toten ihre restlichen Besitztümer mit ins Grab, Dinge wie Kämme, Amulette mit Thórs Hammer, Tischmesser und Trinkhörner. Braunbart, dessen Name Grundar war, legte sogar ein Tafl-Brett mit Spielsteinen hinein, was alle für eine gute Idee hielten. Denn niemand wusste genau, wie lange ein Steinschiff wohl für die Reise ins Nachleben brauchte, falls die Walküren nicht alle Gefallenen gleich vom Schlachtfeld weggetragen hatten. Schließlich waren es alte Männer gewesen, die ihre beste Zeit lange hinter sich hatten. Und nur den stärksten Kriegern war ein Platz unter den Auserwählten sicher. Aber ein Tafl-Brett würde ihnen helfen, sich die Zeit zu vertreiben, bis sie ihre Plätze auf den Metbänken in der Halle des alten Báleygr fanden, des alten Flammenauges.

»Und was jetzt?« Svein war zu Sigurd getreten und wischte sich den Schweiß von der Stirn, trotz des kalten Windes, der über die offene Weide wehte und das Nahen des Winters verkündete.

»Jetzt warten wir«, erklärte Sigurd. Männer, die nur wenige Tage zuvor noch gegeneinander gefochten hatten, arbeiteten jetzt zusammen, schaufelten Erde und karrten sie in Handkarren zu dem Steinschiff der Toten, um einen Hügel darauf aufzuhäufen. »Wir warten und bereiten uns vor.« Sveins mürrische Miene machte unmissverständlich deutlich, was er davon hielt, aber es gab keine andere Möglichkeit. Sie hatten ihren Plan geschmiedet, und Sigurd würde sich daran halten. »In sieben Tagen sind wir in Skudeneshavn«, erklärte Sigurd. Er sagte nicht »zu Hause«, denn nachdem die Halle seines Vaters niedergebrannt und seine Verwandten tot waren, würde dieser Ort nie wieder sein Heim sein. »Dort treffen wir Hagal und erfahren, ob es ihm gelungen ist, einen Jarl oder einen ehrgeizigen Karl für unsere Sache zu gewinnen.«

Svein hob eine rote, buschige Braue. »Du vertraust Krähenlied und glaubst nicht, dass er in irgendeine warme Halle geflattert ist, wo ihn der dortige Herr in Met schwimmen lässt und von ihm verlangt, Lieder über ihn zu singen?«

»Hagal sagte, er würde auf uns warten«, erwiderte Sigurd. »Er wird da sein.« Doch wenn er ehrlich war, wusste er nicht, ob er sich da so sicher sein konnte. Sein ganzer Plan stand und fiel mit dem Skalden, und er hoffte, er hatte sich in dem Mann nicht getäuscht. Hagal hatte sich noch nie mit einem Eid an einen Jarl gebunden und wusste folglich auch nicht, was es hieß, einer anderen Person gegenüber bedingungslos loyal zu sein. Bei diesem Gedanken kam Sigurd auf die Idee, ob er jetzt vielleicht von denen, die ihm folgten, einen Treueeid verlangen sollte. Denn woher sollte er wissen, dass sie ihn nicht einfach im

Stich ließen, wenn die Lage brenzlig wurde oder wenn jemand anders ihnen mehr Silber versprach? Das Einzige, was Sigurd ihnen versprechen konnte, war Blut. Wenn sie keinen Treueeid ablegten, der sie bei ihm hielt, was sollte sie dann daran hindern, ihm den Rücken zu kehren?

Natürlich würden Svein und Aslak, Solveijg, Asgot und Olaf zu ihm stehen, wenn es hart auf hart kommen sollte. Das wusste Sigurd mit Gewissheit. Aber die anderen? Er musste sie an sich binden. Olaf hatte gesagt, sie schuldeten Sigurd ihren Schwur, weil er sie an der Beute beteiligt hatte, die sie jetzt gemacht hatten. Jeder war jetzt stolzer Besitzer eines Brynjas, denn sie hatten sowohl die neun Kettenhemden von Hakons gefallenen Herdkarls an sich genommen als auch Thengils Brynja, das zwar angerostet, aber dafür unbenutzt war und Ubba gut passte. Sigurd hatte das Brynja des Jarls für sich beansprucht. Er hatte sich gefragt, wie viele Kämpfe und Abenteuer diese eisernen Ringe wohl im Laufe der Jahre gesehen hatten. Es passte Sigurd perfekt. Und es war länger als die meisten Kettenhemden – es reichte Sigurd bis zu den Oberschenkeln, und Svein hatte gemeint, es sehe aus, als trüge er ein Kleid. Olaf hatte angemerkt, dass Jarl Hakon entweder ein sehr großer Mann gewesen sein musste, bevor die Jahre ihn gebeugt hatten, oder er hatte einst einen Hünen wegen dieses Kettenhemds getötet.

»Jarls geben ihren Kriegern Armreifen und Klingen, wenn es Herren sind, die es verdienen, dass man ihnen die Treue gelobt«, hatte Olaf gesagt, als Hauk die Brynjur auf dem Boden ausgelegt und Thengils Bettsklavinnen angewiesen hatte, sie vom Blut zu säubern. »Aber du«, fuhr Olaf fort, »der du nicht einmal ein Jarl bist, hast ihnen etwas so Wertvolles gegeben, wie sie es sich nie erträumt hätten.« Er schlug mit der Faust in seine offene Hand. »Schlag jetzt zu, Sigurd. Lass sie den Treueeid leisten, während sich ihre Knochen noch an das Gewicht dieser Ringe gewöhnen müssen.«

Sigurd hatte genickt, obwohl er die Möglichkeit fürchtete, dass sie sich weigern könnten, sich an ihn zu binden. Immerhin war er ein junger Mann ohne Namen, ohne Land und ohne ein Schiff, mit dem sie in eine einigermaßen anständige Heldengeschichte segeln konnten. Trotzdem wusste er, dass Olaf recht hatte und dass es keinen anderen Weg gab. Also würde er sie auffordern, ihren Eid auf sein Schwert abzulegen. Aber nicht jetzt, dachte er, nicht jetzt, während sie Erde ausheben und ihre Gefährten begraben. Svein schwang sich die Picke auf die Schulter und ging wieder an die Arbeit.

Es war noch früh am Morgen, als Sigurd, Solveig, Karsten Ríkr und Hauk den Leuten, die westlich von Hakons Halle lebten, auf der anderen Seite des bewaldeten Hügels, einen Besuch abstatteten. Sie fanden in dem Dorf zwei Männer, die sowohl die Fertigkeit als auch das Werkzeug besaßen, ihnen dabei zu helfen, das Karvi des toten Jarls zu reparieren. Hauk gab mit vor Scham gerötetem Gesicht zu, dass sie es an der Mole hatten verrotten lassen, weil sie alte Männer waren, deren Zeit für Raubzüge lange vorbei war.

»Sie wird keine raue See und nicht einmal eine längere Reise überstehen«, hatte Solveijg verkündet, als Sigurd mit ihm und Karsten Ríkr zur Mole gegangen war, wo das Karvi und die *Seekuh* vertäut lagen. Er bleckte seine verbliebenen Zähne. »Auf dem Rücken eines Seehundes hättest du eine größere Chance, auf den Wellen zu reiten«, stieß er verächtlich aus. Zumindest in diesem Punkt waren sich die beiden erfahrenen Steuermänner einig, auch wenn Sigurd es nicht gern hörte.

»Dennoch, wir haben Holz und wir haben Zeit«, hatte er geantwortet, obwohl er mehr von Ersterem als von Letzterem hatte. »Außerdem liegt es in eurem Interesse, das Karvi seetüchtig zu machen, weil einer von euch beiden schon sehr bald an seinem Ruder stehen wird.« Karsten hatte einen Fluch ausgestoßen, und Solveijg hatte nur entgegnet, er hätte schon immer gewusst, dass ihn irgendwann der Tod durch Ersaufen erwartete. Von diesem Moment verband die beiden Männer eine gegenseitige Wertschätzung, die fast schon an Freundschaft grenzte, was Sigurd mit Genugtuung beobachtete.

Nachdem sie alles Holz gesammelt hatten, dessen sie in dem kleinen Dorf habhaft werden konnten und was auf den Dachbalken des Bootshauses am Ufer lagerte, hatten sie etliche bearbeitete Planken und genug abgelagerte Stämme zusammenbekommen. Also zogen sie das Karvi, das laut Grundar *Seekobold* hieß, aus dem Wasser und machten sich an die Arbeit. Sie ersetzten die am schlimmsten von Entenmuscheln übersäten Rumpfplanken und auch die Decksplanken, die weich und von Würmern zerfressen waren. Dann kratzten sie den grünen Algenschleim und die Vogelscheiße ab, die das ganze Schiff bedeckten. Sie konnten es nicht riskieren, die Rah mit ihrem vermoderten Segel hochzuziehen, weil der Mast aussah, als würde er brechen, sobald man ihn belastete.

»Sie muss gerudert werden«, sagte Olaf. Also holten sie

die Ersatzriemen aus der *Seekuh* und warfen die Riemen des Karvi, die viele Winter lang schutzlos den Elementen ausgesetzt gewesen waren, kurzerhand über Bord.

»Ein bisschen Pullen wird den Männern guttun«, sagte Solveijg. Er hatte leicht reden, denn er stand am Ruder und konnte zusehen, wie die anderen schwitzten.

»Sie braucht uns nur bis nach Hinderå zu bringen«, erwiderte Sigurd, der jetzt mit Olaf die *Seekobold* finster musterte, von der das unablässige Hämmern ertönte, mit dem die Männer Nägel ins Holz trieben. »Danach kann sie ihre Tage auf dem Meeresgrund beschließen oder für Feuerholz zerhackt werden.« Diesmal verzog Solveijg finster das Gesicht, denn es war nicht klug, so etwas vor einem Schiff zu sagen.

»Ich glaube, ich würde lieber mit meinem Brynja nach Hinderå schwimmen«, sagte Olaf. Seine Miene verriet Sigurd, dass er es nur halb im Scherz meinte. Aber es war trotzdem allen klar, dass sie jetzt zu viele waren, als dass sie auf den Ruderbänken der *Seekuh* Platz gefunden hätten, selbst mit den neuen Planken über dem großen Frachtraum der Knørr.

Also wurden die Reparaturarbeiten fortgesetzt. Während Solveijg und Karsten die Arbeiten überwachten – die von den Handwerkern aus dem Dorf und ihren Freunden durchgeführt wurde, die Sigurd mit dem Versprechen auf Silber angelockt hatte und die die Handlangerdienste erledigten –, versammelte Olaf Sigurds Kriegerschar auf der Wiese im Osten von Hakons Halle.

»Ihr seid wie ein Rudel wilder Wölfe an diesem Tag vor Hauks Schildwall aufgetaucht«, begann Olaf mit erhobener Stimme, und augenblicklich herrschte Stille ringsum.

»Ich habe schon Regen erlebt, der ordentlicher auf den Boden geprasselt ist, als ihr Hauks Kämpfer angegriffen habt. Der alte Solveijg zum Beispiel hat seinen ersten Schlag fast einen ganzen Tag später als Floki gelandet.«

»Na und? Wir haben gewonnen, oder etwa nicht?«, erwiderte Bjarni. Er erntete zustimmendes Gemurmel.

»Ja, wir haben sie mit Leichtigkeit überrannt«, fügte Ubba an.

Olaf drehte sich zu Sigurd um und schüttelte den Kopf. »Jetzt hört euch diese Kriegsgötter an«, rief er und funkelte Bjarni und Ubba finster an. »Es waren alte Männer!«, stellte er fest. »Männer, die schon seit vielen Jahren keinen ordentlichen Kampf mehr geführt hatten!« Er hob eine Hand, um ihnen zu zeigen, dass er sie nicht beleidigen wollte. Hauk machte eine trotzige Miene, aber er wusste, dass Olaf recht hatte. »Glaubt ihr etwa, dass Jarl Randvers Kriegerschar aus Weißbärten und Männern besteht, die den Allvater noch aus der Zeit kennen, in der er zwei Augen hatte?« Damit erntete er etliche Lacher, allerdings nicht von den Männern aus Osøyro, wie Sigurd bemerkte.

»Scheiße, nein! Sein Herd steht hinter einem Schildwall, von dem selbst die Flut abprallen würde!« Er pochte mit dem Daumen gegen seine gepanzerte Brust. »Das weiß ich, weil ich gegen sie gekämpft habe!« Das konnte keiner abstreiten, denn auch wenn nur wenige von ihnen die Seeschlacht im Karmsund mit angesehen hatten, hatten sie doch alle davon gehört. Sie wussten, wie Jarl Harald bis zum letzten Moment gekämpft hatte, wie sein Preiskämpfer und zwei von Sigurds Brüdern um ihn herum niedergemetzelt worden waren.

»Wozu benutzen wir diesen Arm?«, fragte Olaf, streckte den rechten Arm aus und ballte seine vernarbte Faust.

»Wenn du das fragen musst, machst du etwas falsch, Onkel!«, rief Hendil. Seiner Bemerkung folgte lautes Gelächter aus rauen Kehlen.

»Dieser Arm dient dazu, zu hacken, zu schlagen, zu fällen und zu töten!«, erläuterte Olaf.

»Und zu trinken!«, schrie Björn, was ihm zustimmenden Jubel einbrachte.

»Und dieser Arm …« Olaf ignorierte die Unterbrechungen und hob seinen Schild. »Mit dem stoßen wir zu, wehren ab und decken uns!« Er spitzte die Lippen und legte den Kopf auf die Seite. »Ich weiß, das ist verdammt schwer zu verstehen, aber könnt ihr mir bis hierhin folgen?« Die Männer grinsten verlegen, und Olaf nickte. »Gut!«, fuhr er fort. »Nur könnt ihr einen Mann nicht niederschlagen, wenn man euch auf den Arsch gesetzt hat oder wenn ihr zu sehr damit beschäftigt seid, zuzulassen, dass irgendein Hurensohn seine Axt in eure Rippen hackt, weil die Männer rechts und links neben euch die Formation aufgelöst haben und bereits auf halbem Weg über irgendeinen Fjord sind, mit Ärschen, die wie der Schwanz eines Fisches zappeln!« Er stellte seine Füße hintereinander und zeigte darauf. »Also! Ihr pflanzt eure Füße so in den Boden, und dann steht ihr. Ihr steht mit euren Schwertbrüdern da und brecht nicht aus der Formation!«

Er nickte mit dem Kinn zu Aslak und Svein, die ihre Schilde hoben. Er hatte das ganz offensichtlich vorher mit ihnen abgesprochen. Sveins Schild überlappte den von Aslak knapp zur Hälfte, während sie sich in den Boden stemmten. Olaf hob sein Bein und trat mit der Sohle seines Stiefels gegen Sveins Schild, aber die jungen Männer wichen keinen Zoll zurück. Dann trat Olaf fünf Schritte zurück, hob seinen Schild und lief los. Er krachte gegen ihre Schilde und legte sein ganzes Gewicht hinein, versuchte sie zurückzudrängen. Aber gegen Sveins massigen Körper und den zusätzlichen Widerstand von Aslak kam er keinen Fingerbreit voran, obwohl er knurrte und sein Gesicht rot anlief.

Er ließ schließlich von ihnen ab, richtete sich wieder auf und drehte sich zu den anderen um. »Ich will zwei Schildwälle sehen, Aug in Aug!«, blaffte er.

Als die Männer sich erhoben und aufgestellt hatten und ihre Speere in den Himmel zeigten, nahmen Olaf und Sigurd ihre Plätze ein, jeder im Mittelpunkt eines Schildwalls. Rechts von Sigurd war Svein und links von ihm Floki. Die Männer ihnen gegenüber auf Olafs Seite waren Hendil und Björn. Zwei Schildwälle aus Holz, Eisen und Fleisch.

»Eine Frau in einem Schildwall?« Torving schüttelte den Kopf, dass seine weißen Zöpfe tanzten. »Sie wird den Wall schwächen!«

Valgerd warf ihm einen giftigen Blick zu. »«Der Mann, der es in einem richtigen Kampf mit mir zu tun bekommt, stirbt, bevor er auch nur seinen Schild heben kann«, schoss sie zurück. Aslak, Svein und ein paar andere bejubelten ihre Worte, während Hauk und seine Männer fluchten und knurrten.

Tatsache war dennoch, dass selbst die alten Männer aus Osøyro noch immer Muskeln auf den Knochen hatten, von ihren Raubzügen und ihren Tagen auf der Ruderbank, wohingegen Valgerd schlank war und so biegsam wie eine Birke. Sie konnte unmöglich einen Mann zurückhalten, der dreimal so viel wog wie sie. Aber daran hatte Olaf ebenfalls gedacht.

»Valgerd kämpft hinter dem Schildwall, wenn es so weit ist. Sie wird die Männer töten, deren stinkender Atem euch in die Nase steigt und deren Pisse eure Füße tränkt, und ihr werdet ihr dafür dankbar sein. Asgot kämpft neben ihr, denn ich habe schon längst aufgehört, die Männer zu zählen, die er mit einem Speerstoß ins Auge oder mit einem Hieb seiner Klinge in die Lenden getötet hat.« Die Männer zuckten bei diesen Worten zusammen, der Godi jedoch grinste nur. »Nachdem ihr jetzt genug Zeit vergeudet habt, machen wir uns an die Arbeit.«

Die Männer lockerten Nacken und Schultern, hoben ihre bemalten Schilde und warteten auf den Befehl.

»Die Männer, deren Schildwall als Erster bricht, gehen später auf die Jagd und kehren nicht ohne eine Wildsau für den Spieß heute Abend zurück!«

»Aber die Wildschweine sind alle im nördlichen Wald, einen halben Tagesmarsch von hier entfernt!«, rief Grundar aus Sigurds Schildwall.

»Dann sorg dafür, dass du nicht verlierst, Grundar!« Olaf grinste, dann marschierte er vor, begleitet von den anderen. Die Männer schrien sich gegenseitig Beleidigungen und rüde Sprüche zu, und im nächsten Moment prallten die Schildwälle krachend wie Donner gegeneinander.

Am nächsten Tag übte Olaf mit ihnen Svinfylkja, den Schweinekeil. Mit dieser Formation konnte man einen Haufen feindlicher Krieger durchbrechen, wenn man

ihren Herrn töten wollte. Als die größten und furchtein-
flößendsten Männer bildeten Svein und Ubba die erste
Reihe. Ihnen folgten drei Männer in der zweiten Reihe,
vier in der dritten und so weiter. Olaf oder Sigurd gaben
den Befehl, dann sollten sie, so schnell sie konnten, ihre
Position einnehmen. Zuerst war alles ein völliges Durcheinander. Die Männer stießen gegeneinander, traten sich
auf die Füße, und in dem strömenden Regen flogen wüste
Beleidigungen hin und her. Doch am Ende des Tages
wusste jeder, was er zu tun hatte, und sie bildeten den
Svinfylkja so ordentlich wie eine Schar Wildgänse, die
nach Süden fliegt.

Sie übten auch, ein Viereck aus Schilden zu bilden, falls
Sigurd verletzt würde und sie ihn beschützen oder aus
dem Getümmel schaffen mussten. Allerdings war es nicht
sehr sinnvoll, zu viel Zeit und Schweiß auf diese Formation
zu vergeuden. Mit ihren insgesamt neunzehn Kriegern
waren sie nur eine halbe Kriegerschar, und wenn sie von
allen Seiten angegriffen wurden, sodass dieses Viereck
ihre letzte Möglichkeit zur Verteidigung dargestellt hätte,
waren sie ohnehin dem sicheren Tod geweiht. Wie Solveijg ironisch bemerkte, wäre das die Art von letztem Gefecht, das Hagal nur zu gerne für eine seiner Geschichten
verwenden würde.

Am sechsten Tag, nachdem sie Jarl Hakon und seine
Gefolgsleute verbrannt hatten, also am siebten Tag, nachdem sie seinen unwürdigen Sohn in die tosenden Fluten
geschleudert hatten, packten sie ihre Seekisten, versammelten sich auf der verfaulenden Mole neben der *Seekuh*
und der *Seekobold* und bereiteten alles vor, um in See zu
stechen.

Die Männer von Osøyro verabschiedeten sich von ihren Frauen und sagten, sie würden entweder mit einer Heldengeschichte zurückkommen, die die alten Dachbalken der großen Halle erschütterten, oder gar nicht. Die älteren Frauen akzeptierten das mit stillen Tränen, aber ansonsten ruhig und gefasst. Was man von Thengils beiden Bettsklavinnen nicht sagen konnte. Sie klammerten sich an Svein und Bjarni, heulten und flehten sie an, nicht wegzugehen. Die beiden Männer liefen rot an vor Verlegenheit und zuckten peinlich berührt zusammen, als ihre Freunde sie verspotteten, wie eifersüchtige Männer das ganz gern tun. Denn die Bänke dieser beiden hatten in den letzten Nächten recht laut geknarrt.

Dann zerrten Bjørn und Agnar der Jäger einen alten Bullen an den Hörnern auf die Felsen. Karsten zog ihn an seinem Strick, Hauk und Bodvar schoben von hinten. Das Vieh muhte und krümmte den Rücken, um größer und bedrohlicher auszusehen.

Sigurd sah an den Augen der Umstehenden, dass sie von dem Bullen beeindruckt waren und ihn für ein würdiges Opfer hielten. Das allein war der Klumpen Hacksilber wert, den er dem Bauern in dem kleinen Dorf für das Tier gezahlt hatte. Es war ein wilder, wehrhafter Bulle, der mit Hufen und Hörnern gegen den Fels trat und stieß. Bjørn und Agnar hatten Mühe, ihn festzuhalten, als Svein schließlich mit seiner langstieligen Axt vor den Bullen und die beiden vor Anstrengung schwitzenden Männer trat. Er drehte den Griff der Waffe herum und hämmerte das stumpfe Ende des Kopfes gegen den Schädel des brüllenden Viehs. Es sank benommen auf die Vorderbeine, und Asgot trat mit seinem scharfen Messer heran. Er rammte es dem Bullen in den Hals und zog es dann zur Seite, trennte die dicken Adern durch, sodass das Blut in die Schüssel floss, die Valgerd darunterhielt. Die helle Flüssigkeit spritzte auf die Felsen und dampfte in der kalten Luft des frühen Morgens. Der scharfe Geruch stieg Sigurd in die Nase. Die Schüssel war im Nu voll, und Asgot und Valgerd standen bereits in einer größer werdenden Blutpfütze.

Als Bjørn und Agnar spürten, dass das Tier ihnen keinen Schaden mehr zufügen konnte, ließen sie die Hörner los. Der Bulle sank mit einem letzten lauten Schnauben zu Boden und konnte nicht einmal mehr die Lider über die großen Augen klappen. Asgot und Valgerd sanken ebenfalls auf die Knie. Der Godi packte eines der Vorderbeine des Tiers und pumpte es. Mit diesem Trick wollte er mehr Blut aus der klaffenden Halswunde holen, obwohl die Schüssel, die Valgerd hielt, bereits überfloss und ihre Hände blutüberströmt waren.

Als er fertig war, nahm Asgot Valgerd die Schüssel ab und zog einen Bund Birkenzweige aus seinem Gürtel. Dann ging er zu den Leuten, die mit großen Augen und fest zusammengepressten Lippen zusahen. Er tunkte die Birkenzweige in die Schüssel und spritzte ihnen das Blut über die Gesichter. Die Leute zuckten unwillkürlich zusammen. Sie alle spürten den Zauber dieser Zeremonie und wussten, dass die Götter zusahen. Danach spritzte Asgot das Blut des Bullen über den Bug der *Seekuh* und der *Seekobold*, rief Óðin Sigðir an, den Siegbringer, und dann noch einen anderen Gott, den Sigurd ihn gebeten hatte zu beschwören, damit er mit ihnen in diesen blutigen Kampf ritt – den Gott Vidar, Óðins Sohn, der, wie weise Männer sagten, den Wolf Fenrir im Chaos der letzten Schlacht von Ragnarøk töten würde. Als Asgot diesen Gott anrief, tat er das so wütend und mit derart knirschenden Zähnen, dass nicht wenige Männer nervös das Eisen ihrer Schwerter berührten.

Sigurd jedoch hatte keine Angst. Er stand mit hocherhobenem Kopf da, gerade aufgerichtet, und hörte zu, wie Asgot dem Gott sagte, dass sie nach Hinderå fahren und Rache nehmen würden, nur diese kleine Schar gegen die vielen Männer des Jarls. Wenn das Schwertlied und der Schildlärm ertönten, würde der Name Vidar auf ihren Lippen liegen und auf den Lippen ihres jungen Anführers. Jarl Randver würde mit Blut für das zahlen, was er getan hatte. Er würde leiden, bluten und sterben. Denn Sigurd hatte die Götter aufgeweckt. Die Zeit der Vergeltung war gekommen.

Und Vidar war der Gott der Rache.

Das Blut des Bullen trocknete noch auf ihren Gesichtern, und Asgots Anrufungen klangen noch in ihren Ohren, als Olaf Sigurd ansah. Er brauchte nicht zu fragen, was sein Freund dachte.

Eine kalte Hand umklammerte Sigurds Herz. »Jetzt?«, erkundigte er sich.

»Kannst du dir einen besseren Zeitpunkt vorstellen?« Olaf hob eine Braue. Sie wölbte sich wie die Regenbogenbrücke Bifrøst.

»Und wenn sie sich weigern? Dann ist alles vertan, was wir bis jetzt erreicht haben«, entgegnete Sigurd.

»Die Götter sind mit uns.« Olafs Blick bohrte sich in Sigurds Augen. »Die Krieger werden sich nicht weigern.«

Sigurd fühlte sich fast so betäubt, wie der Bulle gewesen war, nachdem Svein dem Vieh seine große Axt gegen den Schädel gehämmert hatte.

»Wir haben einen harten Kampf vor uns, Junge. Binde sie jetzt durch einen Eid an dich. Bevor der Tau des Schlachters ihre Füße benetzt. Bevor Jarl Randvers Halsring sie blendet.«

Das war ein kluger Gedanke, denn wenn sich die Ereignisse in Hinderå nicht zu Sigurds Gunsten entwickelten, war es durchaus möglich, dass Jarl Randver Sigurds Kriegern anbot, ihr Leben zu verschonen und sie sogar zu belohnen, wenn sie zu ihm überliefen. Sigurd bezweifelte zwar, dass die Leute, die jetzt bei ihm waren, ihn verraten würden, aber wenn er sie den Eid auf sein Schwert leisten ließ, war das ein weiterer Schutz.

»Was muss ich tun, Onkel?«

»Nichts, Junge«, antwortete Olaf. Einige der Männer riefen die Götter an, befingerten Amulette, die ihnen an Lederbändern um den Hals hingen, und murmelten etwas in ihre Bärte. Andere pinkelten über den Rand der Mole ins Wasser, während weitere bereits an Bord der *Seekuh* oder der *Seekobold* kletterten und ihre letzten Vorbereitungen trafen, bevor sie Segel setzten. »Bleib einfach hier stehen und versuche, wie dein Vater auszusehen. Den Rest überlass mir!«

»Und wenn sie sich doch weigern?«, fragte Sigurd erneut. Trotz allem, was passiert war, fühlte er sich in diesem Moment wie der Junge, der seinen Vater angebettelt hatte, in die Kriegerschar aufgenommen zu werden, und dem dieser Wunsch vor den Augen und Ohren der anderen Krieger abgeschlagen worden war.

Olaf zuckte mit den Schultern. »Wenn sie sich weigern, werfe ich sie wie das fette Mastschwein Thengil den Krabben zum Fraß vor.«

Sigurd lächelte unwillkürlich. »Dann bleiben nur wir beide übrig, um es mit Jarl Randver und seiner Kriegerschar aufzunehmen!«

Olaf grinste, und seine Augen glühten. »Dann mögen die Götter ihnen beistehen«, sagte er. Er drehte sich um und befahl den Leuten, sich zu versammeln, weil es noch eine letzte Sache gäbe, die erledigt werden müsse, bevor sie Osøyro verließen. Die Männer machten finstere Mienen und murmelten Fragen, als sie heranschlurften. Da das Opfer dargebracht worden war und der Wind günstig stand, begriffen sie nicht, was sie jetzt noch Wichtiges daran hindern könnte, in den Bjørnafjord hinauszusegeln, der wie glänzendes Eisen vor ihnen in der untergehenden Sonne lag.

»Wollt ihr etwa auf diese prachtvollen Drachenschiffe steigen«, das brachte Olaf ein paar Lacher ein, »bevor ihr Sigurd gebt, was ihr ihm schuldet?«

Einige Männer runzelten die Stirn, aber andere, Svein, Aslak und der alte Solveijg, warfen sich wissende Blicke zu. Männer, die von Anfang an bei Sigurd gewesen waren, schon als in ihren Augen noch der Rauch von Eik-Hjálmr gebrannt hatte, der Halle seines Vaters.

»Wollt ihr diese prachtvolle Kriegsausrüstung, diese hervorragenden Brynjur annehmen, ohne dem Mann, der sie euch gegeben hat, dessen Klugheit und Kriegskunst uns hier den Sieg beschert hat, auch nur das Geringste von dem zurückzugeben, das ihr ihm schuldet?« Das war zwar hart für Hauk und seine Männer, aber es stimmte trotzdem.

»Ich weiß, was jetzt kommt«, murmelte Bjarni.

»Ihr könntet für einen Jarl zwanzig Sommer lang kämpfen und an seinem Herd weiße Haare bekommen, ohne jemals eine solche Beute euer eigen nennen zu können.« Olaf deutete auf Bjarni und Bjørn und die anderen Männer, die noch vor wenigen Wochen als Ausgestoßene am Arsch des Lysefjords gelebt hatten. »Ihr müsst geglaubt haben, dass eure Ehre längst dahin wäre, wie ein Furz im Wind. Ihr müsst gedacht haben, dass ihr niemals wieder die Möglichkeit bekommen würdet, euch eurer Vorfahren würdig zu erweisen und euch einen Namen zu machen.« Er schwieg einen Moment und sah ernst in die Runde. »Ihr müsst geglaubt haben, dass ihr niemals Walhall sehen würdet.«

Er ließ seine Worte wirken, ließ sie den bitteren Geschmack kosten.

»Dieser Mann, dieser von Óðin begünstigte Sohn des besten Mannes, den ich jemals gekannt habe« – Sigurd sah ein Schimmern in Olafs Augen und blickte rasch weg – »hat diese Kriegerschar zusammengestellt, wie ein guter Schiffszimmerer die besten und stärksten Hölzer für ein Schiff auswählt oder wie ein Skalde eine Geschichte webt, indem er die besten Bilder findet. Ich habe in meinem Leben genug Kämpfer erlebt, um einen guten Kämpfer zu erkennen, wenn ich einen sehe, und jetzt sehe ich gute Kämpfer. Ihr alle seid Wölfe. Aber ein Wolf allein kann einen Elch nicht zur Strecke bringen. Wölfe müssen als Rudel jagen und kämpfen.« Er warf einen Blick auf Sigurd und nickte dann den Männern und der Frau vor sich zu. »Gelobt Sigurd Haraldarson eure Treue. Schwört bei eurer Ehre, für ihn zu kämpfen, damit wir alle wissen, dass unser Rudel stark ist und nicht zerstreut werden kann.«

Die Krieger betrachteten sich gegenseitig und versuchten herauszufinden, was die anderen über die ganze Angelegenheit dachten.

»Ich will dich nicht beleidigen, Sigurd«, sagte Grundar mit nachdenklicher Miene. Er kratzte sich seinen grau gefleckten braunen Bart. Seine andere Hand lag auf dem Griff des Schwertes an seiner Hüfte. »Aber dir ist kaum der erste Bart gewachsen.«

Sigurd akzeptierte seine Worte mit einem bedachtsamen Nicken. Denn Grundar schrammte mit seinen Worten am Rand einer Beleidigung vorbei. »Und doch habe ich dich und deinen ehrlosen Neiding von Herrn besiegt, Grundar«, erwiderte er.

Der Mann war klug genug, die Lippen zusammenzupressen und seine Gedanken für sich zu behalten.

Bodvar räusperte sich und lenkte Sigurds Blick auf sich. »Die Dinge hätten sich vielleicht anders entwickelt, wenn ich deinen Vogel aufgespießt hätte.« Man merkte ihm an, dass ihn das immer noch ärgerte.

»Vielleicht«, räumte Sigurd ein. »Aber keiner von euch hatte genug Hirn im Schädel, um zu begreifen, warum ich mit einem Vogel auf meinem Arm zwischen euch getreten bin. Es verblüfft mich wirklich, Bodvar, dass ihr alle so lange gelebt habt, dass euer Bart am Ende seinen Herzensbruder auf eurer Brust küsst.«

Einige lachten über diese Worte, und Bodvar sah zu Hauk hinüber, als erwarte er, dass er für die anderen sprach.

Hauk runzelte die Stirn, kaute auf seiner Unterlippe

und trat schließlich einen Schritt vor, damit alle wussten, dass er etwas zu sagen hatte. Obwohl seine unschlüssige Miene verriet, dass er sich noch nicht entschieden hatte, was das sein würde.

Sigurd nickte ihm zu. »Ich möchte gerne deine Gedanken hören, Hauk Langbarðr«, sagte er. Hauks Miene verdüsterte sich noch mehr, weil er nicht genau wusste, was er von dem Beinamen Langbart halten sollte, angesichts dessen, was bisher gesagt worden war.

»Es stimmt, dass unser Herr sich unehrenhaft benommen hat. Statt euch mit Speisen, Met und einem warmen Herd willkommen zu heißen, wie es ein Gastgeber tun sollte, wollte er dich gefangen nehmen und an deinen Feind ausliefern.«

Svein spuckte angewidert aus, und andere Männer verfluchten Thengils Namen. Aber Hauk war noch nicht fertig und hob eine Hand, um fortzufahren.

»Aber du warst ebenfalls unaufrichtig und voller Loki-Täuschungen, da du deine Männer im Wald versteckt gehalten hast, obwohl sie eigentlich offen hätten vortreten sollen.«

»Dieser Loki-Trick mit dem Raben war wirklich verdammt gut«, warf Bodvar ein und schüttelte immer noch den Kopf.

»Trotz deiner zahlreichen Jahre habe ich dich mit Leichtigkeit übertölpelt, Hauk«, antwortete Sigurd. »Und doch willst du mich nach der Länge meines Bartes beurteilen?«

»Ein Treueschwur ist eine schwerwiegende Angelegenheit«, erwiderte Hauk.

»Und er wiegt noch schwerer für jene, die ihn ihr ganzes Leben lang tragen müssen«, sagte Sigurd und deutete auf Aslak, Floki und Svein. Dann lächelte er ein wenig. »Aber dich entlasse ich nach zehn Jahren aus deinem Treueschwur, wenn du es denn willst.«

Darüber musste selbst Hauk spöttisch lächeln.

Die anderen standen da und fühlten sich wie Kriegsgötter angesichts der Beute, die Sigurd ihnen gegeben hatte. Selbst wenn sie Bedenken hatten, sich durch einen Eid an ihn zu binden, hüteten sie sich, etwas zu sagen. Außerdem leisteten jüngere Männer, die weniger Jahre auf dem Buckel hatten, viel schneller einen Treueeid als jene, die schon etwas von der Welt gesehen hatten. Das hatte Olaf Sigurd gesagt. »Wenn du ein hübsches Mädchen neben dir hast, verschwendest du nicht die Zeit damit, sie dir als alte Frau vorzustellen. Du widmest dich der Aufgabe, die direkt vor dir liegt«, hatte er gesagt.

Hauk drehte sich zu seinen Freunden um, und sie berieten sich leise, bis Olaf schließlich sagte, wenn sie noch länger brauchten, um sich zu entscheiden, würde der Wind umschlagen, und dann würden sie nirgendwo hingehen. Aber Hauk ignorierte ihn und wandte sich wieder an Sigurd. »Es ist kein Geheimnis, dass wir Männer aus Osøyro den Winter unserer Jahre erreicht haben.«

»Den Winter eurer Jahre? Ich habe schon Berge gesehen, die jünger waren!«, rief Bjarni aus. Daraufhin schimpfte Solveijg ihn einen vorlauten Schweineficker, denn Solveijg war fast genauso alt wie Hauk und seine Leute.

»Jeder Mann, der auch nur das Geringste wert ist, weiß«, sprach Hauk ungerührt weiter, »dass das Wertvollste, was wir haben, der Ruf ist, den einer zurücklässt, nachdem er den letzten Atemzug getan hat. Olaf hatte recht. Welchen Ruf wir auch einst als Jarl Hakons Hauskarls gehabt haben mögen, er ist so verblasst wie der Mond, wenn die Sonne am Himmel steht.« Er tippte sich an den weißhaarigen Schädel. »Wir halten ihn in Ehren, in unseren eigenen Schädeltruhen, aber wer sonst wird davon erfahren?« Er nickte Sigurd zu. »Wir werden vielleicht nicht lange genug leben, um zu sehen, wie du ein großer Jarl wirst, Sigurd Haraldarson, aber wir werden ein Teil deiner Geschichte werden. Wir leisten dir den Treueeid, wenn du schwörst, uns mitten ins Getümmel zu stellen, damit man von uns hört. Damit die Skalden von uns singen, wenn wir nicht mehr sind.«

Das genügte Sigurd. Er zückte Trollkitzler und drehte die Klinge herum, sodass sie auf seinem linken Arm ruhte und der Griff zu Hauk zeigte.

So kam es, dass Hauk Langbart von Osøyro, ein Krieger, der einst für Jarl Hakon Brandingi gekämpft hatte, der erste Mann wurde, der Sigurd einen Treueeid leistete.

Sie wählten die Worte so einfach wie möglich, weil – wie Solveijg ihnen zu Recht ins Gedächtnis gerufen hatte – der Tag rasch verstrich und der Wind jeden Moment drehen konnte. Dennoch, jeder Mann beschwor seine Vorfahren, wenn er welche hatte, die der Erwähnung wert waren, und verkündete ihre Taten ebenso wie seine. Wenn man ihnen zuhörte, hätte man glauben können, dass jeder dieser Ausgestoßenen und Besitzlosen von Óðin selbst abstammte. Als Karsten Ríkr an der Reihe war, küsste er den Griff von Trollkitzler, wie sie es alle taten, und fuhr dann mit den prahlerischen Worten fort, er wäre einmal bis ans Ende des Meeres gesegelt und hätte über den Rand gepisst. Dann behauptete er, ein großes Seeungeheuer gesehen zu haben, mit Armen so lang wie das Schiff, das er steuerte.

Bjarni gab auch ein paar Prahlereien zum Besten, von denen die Behauptung am besten ankam, er hätte es mit sechs Frauen in einer einzigen Nacht getrieben.

»Soweit ich mich erinnere, war diese Nacht so schwarz wie Pech«, meinte Bjørn, kratzte sich die Wange und runzelte die Stirn. »Und es gab Gerüchte, dass mindestens fünf Ferkel unseres Vaters aus ihrem Koben entkommen wären.«

Von allen Anwesenden fand nur sein Bruder das nicht komisch.

Schließlich war Valgerd an der Reihe. Die anderen standen da, noch mehr vom Seiðr ergriffen als vorhin, als sie Asgot dabei zugesehen hatten, wie der den Bullen opferte. Denn keiner von ihnen hatte jemals erlebt, dass eine Schildmaid einem Herrn einen Treueschwur geleistet hatte. Sie listete die Männer auf, die sie getötet hatte, wenn nicht mit Namen, dann durch eine Beschreibung ihres Aussehens – es waren Männer, die gekommen waren, um die Quelle zu entweihen, oder der Seherin übel wollten, oder beides. Sigurd sah die Blicke, die sich die anderen Männer zuwarfen, denn die Namensliste spulte sich scheinbar endlos ab wie ein Ankertau auf offener See.

»Erinnere mich daran, sie mir nicht zum Feind zu machen«, raunte Bjørn seinem Bruder Bjarni zu.

Jetzt wollte sie für Sigurd kämpfen und ihn mit ihrem Leben beschützen. Es war sonderbar für Sigurd, das aus dem Munde einer Frau zu hören. Und noch sonderbarer kam es ihm vor, diese Worte von Valgerd zu hören, denn er hatte das Gefühl, er selbst würde gegen den Unhold Grendel und dessen Mutter gleichzeitig kämpfen, um Valgerd zu beschützen.

Olaf war der Letzte, der den Eid leistete. Er, der wahrscheinlich mit den meisten Kämpfen hätte prahlen können, die er bereits bestritten hatte, führte keinerlei Heldentaten an. Er legte seine Lippen auf den Knauf von Sigurds Schwert, murmelte den Eid mit finsterer Miene. Sigurd wusste, dass die Worte niemandem so schwer fielen wie Olaf, obwohl es seine eigene Idee gewesen war. Denn bevor Sigurd geboren worden war, hatte Olaf Jarl Harald einen ganz ähnlichen Eid geschworen, und er war Harald so nah gewesen wie einem Bruder. Doch Jarl Harald war tot, ermordet im Kampf von seinem heimtückischen König, und Sigurd wusste, dass Olaf sein eigenes Versagen darüber, dass er den Jarl nicht hatte beschützen können, wie ein Messer in seinen Eingeweiden fühlte. Dem Sohn seines Freundes jetzt einen neuen Eid zu schwören, hinterließ gewiss einen bitteren Geschmack in seinem Mund.

»Ich werde für dich kämpfen, Herr, und keinen Schritt in der Schlacht weichen«, sagte er. Sein Gesicht war so hart wie eine Felswand. »Wenn du fällst, werde ich dich rächen und so viele deiner Feinde ins Nachleben schicken, wie ich kann, bevor ich neben dir falle. Ich werde niemals das Silber und die Beute vergessen, die du mir gibst, ebenso wenig den Met und das Fleisch, das wir teilen. Schwert und Schild, Fleisch und Knochen, ich bin dein Mann, Sigurd Haraldarson. Solange die Sonne scheint und die Welt andauert, von jetzt bis ans Ende der Zeit.«

Als Olaf nickte, um zu zeigen, dass er fertig war, sagte

Sigurd zu ihm, was er auch zu den anderen gesagt hatte. Es waren die Worte , die auch sein Vater vor denjenigen gesprochen hatte, die in Eik-Hjálmr gekniet hatten. Denn ein Treueschwur, dieser Eid der Bindung zwischen einem Häuptling und seinen Hauskarls, war ein Geben und Nehmen.

»Ich werde dich ins Blutvergießen führen und selbst in vorderster Reihe kämpfen«, sagte er, während er die Blicke der Männer auf sich spürte wie das Gewicht eines Kettenhemdes. »Du wirst feststellen, dass ich freigebig mit der Kriegsbeute bin. Gjöf sér æ til gjalda – ›ein Geschenk wartet immer auf eine Gegengabe‹. Ich werde Armreifen verteilen und die Raben füttern. Solange die Sonne scheint, von jetzt an bis ans Ende der Zeit.«

Das war alles. Gleipnir, die Kette, mit der die Asen den Fenrir-Wolf gefesselt hatten, hätte sie nicht fester aneinanderbinden können als die Worte, die sie gerade gesprochen hatten, untermalt vom Rauschen der Brandung am Strand, dem Knarren der Schiffe an ihren Tauen und dem Kreischen der Möwen am morgendlichen Himmel.

»Jetzt habe ich Herdkarls, aber keinen Herd«, sagte Sigurd zu Svein, der neben ihn trat und ihm mit der großen Hand auf die Schulter schlug. Er grinste über das ganze Gesicht.

»Was brauchst du einen Herd, wenn du zwei schöne Schiffe hast?«, erwiderte der rothaarige Hüne.

Sigurd lachte, froh, die Last, die auf ihm lag, für einen Augenblick abschütteln zu können. »Und was für schöne Drachenschiffe das sind«, sagte er. »Jarls und Könige werden vor Neid erblassen und vor Schreck erzittern.«

»Schiffe oder nicht, du bist in kurzer Zeit weit gekommen, Sigurd«, sagte Aslak. Sigurd nickte, denn das war richtig. »Dein Vater wäre stolz auf dich«, fuhr sein Freund fort und blickte auf die Eidgebundenen um ihn herum, und Sigurd fühlte Stolz, solche Freunde zu haben.

»Aber mein Vater wäre längst auf dem Wege nach Hinderå, um Jarl Randver sein Schwert in den Leib zu stoßen«, sagte Sigurd so laut, dass auch die anderen es hören konnten.

Olaf nickte. »Also gut, ihr wolfsfütternden, witwenmachenden Hurensöhne, worauf wartet ihr noch? Wir gehen auf eine Hochzeit!« Allerdings würden sie sich zuerst in Skudeneshavn mit Hagal treffen, zusammen mit allen Jarls oder Kriegern, die Krähenlied hatte überzeugen können, ihre Sache zu unterstützen.

»Ich hoffe, dieser Jarl Randver serviert guten Met in seiner Halle«, rief Ubba.

»Wir werden zunächst etwas Kräftiges zum Feiern brauchen, wenn wir nach Skudeneshavn gekommen sind, ohne zu ersaufen«, sagte Agnar der Jäger. Er war einer von denen, die auf der *Seekobold* rudern mussten. Sie war seit den Reparaturen noch nicht auf dem offenen Meer ausprobiert worden.

»Vertrau mir, Agnar«, sagte Karsten Ríkr, der an der Ruderpinne des Karvi stand und das Dollbord neben sich streichelte, als wäre es das Bein einer Geliebten. »Sie ist verdammt froh, dass sie wieder Männer an Bord hat.«

»Ja, wie deine Frau im Lysefjord, hej!«, lachte Ubba.

Karsten überhörte das. Er war nicht bereit, sich von Ubba den feierlichen Moment verderben zu lassen. »Und gerade jetzt erinnert sie sich an die alten Zeiten«, fuhr er fort. »Und sie ist uns sehr dankbar, dass wir ihr noch eine Chance geben. Sie wird uns nicht enttäuschen.«

»Das sollte sie auch besser nicht«, brummte Olaf. Er nahm den Riemen, den Svein ihm hinhielt, während Sigurd an Bord ging. Er verabschiedete sich von Solveijg, der am Ruder der *Seekuh* stand.

»In meinem Nornenteppich ist nichts davon eingewebt, dass Schiffe unter mir sinken, Onkel«, erklärte Sigurd.

Genauso war es. Denn auf ihn warteten Männer, die getötet werden mussten.

Und die Götter sahen zu.

19

Als Karsten am Ruder ausrief, dass die Nordspitze von Karmøy gleich an der Backbordseite der *Seekobold* auftauchen würde, spürte Sigurd, wie sich Erleichterung unter den Männern auf den Ruderbänken breitmachte. Das Rudern war sehr anstrengend gewesen und die Muskeln in Sigurds Rücken und Bauch brannten heiß und schmerzhaft. Es wäre schon anstrengend gewesen, wenn sämtliche vierundzwanzig Ruderplätze besetzt gewesen wären, aber da fünf von ihnen an Bord der *Seekuh* gebraucht wurden, hatten sie außer ihm, Sigurd, nur zwölf weitere Ruderer, außerdem einen Mann, der das Wasser ausschöpfte. Es war eine langsame, ermüdende und gefährliche Fahrt gewesen. Sie hatten das alte geflickte Schiff aufs offene Meer gesteuert. Das Wasser war zwischen den Planken hereingespritzt und schwappte unter den Ruderbänken hin und her. Also hatten sie sich abwechselnd den Rücken krumm gerudert und ihn sich dann fast gebrochen, wenn sie abwechselnd mit einem Eimer das Wasser wieder ins Meer zurückkippten. Aber Karsten hatte seine Geschicklichkeit als Steuermann unter Beweis gestellt. Er hielt sich dicht an der Küste, mied aber geschickt Felsen und Untiefen und nutzte die Strömung, so gut er konnte, um ihnen das Rudern zu erleichtern.

Sigurd hatte die Straße der Wale im Rücken und konnte die Riffs nicht sehen, die unter der Flut verdeckt lagen. Sie hätten das Karvi leicht zertrümmern und sie alle ins Meer schleudern können. Deshalb hatte Sigurd den Steuermann wie ein Falke beobachtet. Aber was er sah, fand seine Bewunderung, denn Karsten stand auf dem Achterdeck der *Seekobold* stolz wie ein Jarl und zeigte zu keiner Zeit auch nur die leiseste Unsicherheit, was angesichts der merkwürdigen Windungen seines Schicksalsfadens nicht überraschend war. Er hatte am Steuer eines Schiffes voller Dänen gestanden, als Jarl Arnstein Reisigbauch sich auf sie gestürzt und ein blutiges Gemetzel veranstaltet hatte. Reisigbauch hatte Karsten gefangen genommen und wollte ihm als Strafe für den Überfall auf seine Ländereien die Augen ausstechen, damit er niemals wieder einen Fjord zu sehen bekäme. Karsten jedoch war über Bord gesprungen und, seinen eigenen Worten nach, geschwommen wie ein Otter, während die Pfeile der Nordmänner die Wellen um ihn herum durchsiebt hatten. An Land gekommen, hatte er ein kleines Boot gestohlen und war nach Osten gerudert, nach Jørpeland. Dort hatte er erfahren, dass der Lysefjord genau das Richtige war, wenn man sich verstecken wollte, ohne sich weit vom Meer zu entfernen. Er hatte sich dort mit anderen Ausgestoßenen zusammengetan und hätte vielleicht sogar seine Tage dort beendet, wäre Sigurd nicht in diesen Fjord gesegelt und hätte nach den Brüdern gesucht, deren Ruhm als Schwertkämpfer ihm zu Ohren gekommen war. Und jetzt hielt Karsten ein Ruder in der Hand und die Nase in die Seeluft. Was hätte ihm Besseres passieren können?

Sie hatten die *Seekuh* schließlich bei Anbruch der Dämmerung des vorigen Tages eingeholt und gemeinsam die Nacht in einer geschützten Bucht verbracht. Dadurch hatten sie Zeit gehabt, das Karvi ordentlich auszuschöpfen und die schlimmsten Lecks mit geflochtenem, harzgetränktem Pferdehaar zu stopfen. Ein weiterer anstrengender Tag an den Riemen hatte sie nach Karmøy gebracht. Hier hatte Olaf sie angebrüllt, gefälligst härter zu rudern, weil das Meer rauer wurde und sie es nicht riskieren konnten, für die Nacht am Ufer anzulegen, weil Avaldsnes und das Haus ihres Feindes König Gorm zu nahe waren.

»Warum bringen wir diesen Haufen Trolle nicht einfach um, wenn wir schon hier sind?«, rief Svein ihm von seiner Ruderbank zu, als wäre das die einfachste Sache von der Welt.

»Weil ich dieser Kröte von Verräter nicht in so einem wurmstichigen Schiff gegenübertreten will!«, hatte Olaf erwidert. Das hatte ihm einen finsteren Blick von Karsten eingebracht, der ebenso wie Solveijg glaubte, dass ein Schiff hörte, wenn man es beleidigte, und es einem übelnahm. »Außerdem«, fuhr Olaf fort, »will ich nicht mit schmerzenden Gliedern in einen Kampf ziehen, erst recht nicht, wenn der Mann, gegen den man kämpft, ein König ist und mehr Speerkämpfer zur Hand hat als ein Hund Flöhe im Fell.«

Es hätte sie Wochen gekostet, eine hohe, gerade Eiche zu finden und sie zu einem neuen Mast zu verarbeiten, um den verrotteten auszutauschen, und dazu hatten sie keine Zeit. Stattdessen hatten sie den morschen Mast umgelegt und die Rah und das zusammengewickelte Segel auf den Ruderbäumen verstaut. Denn es war besser, wenn andere Schiffe, die ihnen begegneten, nicht wussten, dass die *Seekobold* nicht segelte, obwohl sie doch einen Mast hatte. Möglicherweise kamen sie dann auf die Idee, sich zu fragen, warum dieses so spärlich bemannte Schiff mit Riemen gegen diese widrigen Wellen kämpfte, über die der Wind Schaumkronen peitschte.

»Biflindi wird auf seinem Haufen von Zollsilber hocken, wenn wir uns bereit machen, es ihm in Eisen heimzuzahlen«, erklärte Sigurd. »Aber zuerst soll ihm zu Ohren kommen, was seinem Freund Jarl Randver widerfahren ist. Das wird ihm zu denken geben, und er wird sich fragen, ob die Götter sich vielleicht von ihm abgewendet haben, weil er ein Eidbrecher ist.«

»Und wenn er Gast bei der Hochzeit in Hinderå ist, murksen wir ihn ab, und fertig aus«, rief Svein. Die anderen lachten trotz ihrer schmerzenden Muskeln und müden Knochen. Sigurd jedoch wechselte einen besorgten Blick mit Olaf. Sie hofften beide, dass König Gorm nicht in Hinderå war. Der Kampf gegen Jarl Randver und seine Gefolgsleute würde schon schwer genug werden. War jedoch der König mit seinem Gefolge ebenfalls dort, würden Sigurds ehrgeizige Pläne in Strömen von Blut weggespült werden, in seinem eigenen und dem seiner durch Eid an ihn gebundenen Gefährten.

»Er wird nicht da sein«, hatte Olaf ihm versichert, als sie ihren Plan geschmiedet hatten und Sigurd diese Möglichkeit angesprochen hatte. »Der König veranstaltet sein eigenes Haustblót-Fest.« Olaf hatte den Kopf geschüttelt. »Nein, Biflindi wird nicht in einer fremden Halle auf dem Stuhl eines anderen Mannes sitzen, wenn seine eigenen Gefolgsleute erwarten, mit ihm zu trinken und sich an seinem reich gedeckten Tisch den Wanst vollschlagen zu können.«

Sigurd hoffte inständig, dass Olaf recht hatte. Schweiß brannte ihm in den Augen, während jetzt die Sonne über den Rand des westlichen Meeres kippte. Olaf blaffte die Männer an, fester zu pullen, bevor das letzte Licht des Tages zu vergehen drohte, denn Karsten musste sie noch zwischen den Inseln an Karmøys zerklüfteter Südküste hindurchlotsen.

Als sie in der Dämmerung schließlich Skudeneshavn erreichten, murmelte Sigurd einen Fluch, als er sich umsah und bemerkte, dass nur ein einziges Schiff an der Mole vertäut lag. Und das war die *Seekuh.*

»Bei Óðins Arsch!«, knurrte Olaf. »Wo steckt dieser verdammte Skalde? Er sollte längst hier sein!«

Aslak grinste. »Vielleicht macht er eine große Sache daraus und kommt mit dem Langschiff irgendeines Jarls angesegelt, damit wir ihn alle sehen und ihm zujubeln können.«

»Ja, das würde ihm gefallen«, stimmte Sigurd ihm zu. Alle wussten, dass der Skalde heldenhafte Auftritte liebte.

Die Ruderer auf der Backbordseite hatten unterdessen ihre Riemen eingezogen, während die auf der anderen Seite rückwärtsruderten und Karsten die *Seekobold* so sanft an die Mole brachte, wie eine Mutter ein kleines Kind in die Wiege legte. Dann warfen Agnar der Jäger und Bodvar Solveijg und Valgerd Taue zu, während von den Hügeln die ersten Leute kamen, um sie zu begrüßen.

Sigurd konnte nicht verhindern, dass er sich vorstellte, wie seine Mutter dort auf den bemoosten Felsen stand, und sein Magen zog sich bei der Erinnerung zusammen. Der Schmerz war so groß, dass er selbst das Brennen in seinen Muskeln und Knochen vergaß.

»Da ist Krähenlied ja.« Svein verzog das Gesicht, als er sich die großen Hände in den Rücken stemmte und das Kreuz durchdrückte.

Hagal stolperte alles andere als heldenhaft den ausgetretenen Pfad zu ihnen herunter. Und er wurde auch nicht von einem Jarl mit einem Halsring begleitet. Stattdessen waren zwei Männer bei ihm, die Sigurd noch nie gesehen hatte.

»Ich frage mich, wer das sein mag«, murmelte Olaf, der auf der Mole stand und Sigurd die Hand hinhielt. Sigurd packte sie, und Olaf zog ihn auf die Mole. Dann hielt er dem nächsten Mann den Arm hin.

»Hagal, ich bin froh, dich zu sehen«, sagte Sigurd, als der Skalde zu Sigurd trat und sie zum Gruß ihre Unterarme umklammerten.

»Und ich bin erleichtert, dass du da bist, Sigurd.« Hagal runzelte die Stirn, als er über Sigurds Schulter auf die Männer blickte, die an Land kamen. »Es ist eine Schande, was da oben in Osøyro passiert ist. Ich habe es vor ein paar Tagen gehört.«

Sigurd spitzte die Lippen. »Ja und nein«, antwortete er. »Jeder von uns hat jetzt ein Brynja, was bedeutet, dass man zweimal so viele Männer hat.«

»Dreimal so viele«, warf Olaf ein.

Hagal nickte halbherzig und drehte sich dann zu den beiden Männern um, die hinter ihm standen und warteten. Es waren große, kräftige Männer, Kämpfer, wie es aussah, und Hagal schien sie mit Misstrauen zu betrachten, so wie ein Mann die Jagdhunde eines anderen Mannes argwöhnisch im Blick behält.

»Das hier ist Kætil Ivarsson, den die Leute Kartr nennen«, sagte er. Der mit dem Blondschopf und den roten Wangen trat vor und nickte Sigurd respektvoll zu.

»Warum nennt man dich Kartr?«, wollte Sigurd wissen.

»Ich bin Schmied, aber ich bin mein ganzes Leben lang von Ort zu Ort gezogen.« Der Mann zuckte mit den Schultern. »Ich habe mein Werkzeug immer in einem Karren vor mir hergeschoben.« Das war Antwort genug.

»Und ich bin Bram, den man Bär nennt.« Der andere blieb mit gespreizten Beinen stehen, als erwartete er, dass Sigurd zu ihm käme. Er war eine Bulle von einem Mann, nicht so groß wie Svein, aber mindestens so breit und massig, mit einem Gesicht, das nur aus Bart zu bestehen schien, und einer Nase, die offenbar mehr als ein Dutzend Mal gebrochen worden war.

»Hagal hat mir gesagt, du wärst ein Kämpfer, Sigurd Haraldarson«, fuhr Bram fort, »deswegen bin ich da.«

Sigurd sah die beiden Männer an und nickte. »Ich werde Jarl Randver von Hinderå töten. Und dann König Gorm.« Es gab keinen Grund, die Sache nicht beim Namen zu nennen.

Bram nickte. »Ich habe die letzten drei Winter in Steinvik verbracht, und der Jarl, mit dessen Met ich meinen Bart getränkt habe, hat vergessen, wie man auf Raubzug geht. Er gab sich damit zufrieden, wie ein überfressener Hund neben seinem Herd zu sitzen und vor sich hin zu furzen. Ich habe es nicht länger bei ihm und seinen Schafen ausgehalten.«

»Er hat dich von deinem Eid entbunden?«, wollte Sigurd wissen.

»Ich habe nie sein Schwert geküsst. Er war mein Treuegelübde nicht wert.« Er starrte Sigurd an und zupfte mit den Zähnen an den Bartstoppeln unter seiner Lippe, während er den jüngeren Mann einzuschätzen versuchte.

»Ich war in Tysvær in Jarl Leiknirs Halle, als Bram dort eintraf und wissen wollte, ob der Jarl noch vor dem Winter auf Raubzug ginge«, mischte sich Hagal ein und grinste. »Ich habe ihm gesagt, er solle Jarl Leiknir vergessen, denn ich würde einen Mann kennen, der dabei wäre, ein gewaltiges Heldenlied zu weben.«

»Du wirst mir deine Treue geloben, Bram Bär«, sagte Sigurd und deutete auf die gepanzerten Krieger um sich herum. »Sie alle haben den Eid geschworen.«

Bram nickte. Dann sagte er: »Drei Bedingungen müssen erfüllt werden, damit ich mich mit einem Eid an dich binde.«

»Drei für einen Eid?« Sigurd hob eine Braue. »In meinen Ohren klingt das nicht nach einem gerechten Handel.«

Der Hüne quittierte das mit einem Lächeln. »Hättest du mich kämpfen gesehen, würdest du dir den Kopf kratzen und dich fragen, warum ich nur drei Forderungen stelle.« Er deutete mit einem Rucken seines buschigen Bartes in Sveins Richtung. »Soll ich diesem großen Ochsen das Innere nach außen prügeln? Oder was ist mit ihm da?« Er deutete auf Olaf, der gerade die *Seekobold* vertäute. »Ich setze ihn auf den Arsch, wenn du willst.«

Sigurd wischte das Angebot mit einer Handbewegung beiseite. »Pah, das ist leicht, denn das habe ich selbst schon gemacht«, erwiderte er. Bram warf ihm einen ungläubigen Blick zu, denn Olaf sah in seinem Brynja wie ein Kriegsgott aus. Die Kettenglieder spannten sich straff über seinen breiten Schultern. »Also, welche drei Forderungen stellst du im Tausch für deinen Eid und dein Schwert?«

»Ruhm, Silber und Met«, erwiderte Bram. »Gibst du mir das, mähe ich deine Feinde nieder wie Gerste mit der Sense.«

Er war wirklich ein Prahlhans, und doch hatte Bram etwas an sich, das Sigurd glauben ließ, dass seine Worte nicht nur blanke Aufschneiderei waren. Er strahlte eine rohe Brutalität aus, nicht so finster wie die, die aus Flokis Poren sickerte, aber, wie Sigurd vermutete, trotzdem nicht weniger gefährlich. Dann erinnerte sich Sigurd an seine Prüfung und die Visionen, die er gehabt hatte, als er, zwischen den Welten taumelnd, an dem Baum in dem stinkenden Sumpf gehangen hatte. Er hatte einen stolzen Bären getroffen, und dieser König der Tiere hatte sich an dem Honig eines Bienenstocks gelabt, obwohl eine schwarze Wolke wütender Bienen ihn umsummte. *Sie werden dich vielleicht töten,* hatte Sigurd dem Bären gesagt. Und der hatte nur gelacht.

»Und du, Kætil Kartr?« Sigurd wendete sich an den anderen Mann. »Willst du auch Ruhm, Silber und Met?«

Der Schmied kratzte sich den blonden Bart und runzelte die Stirn. »Wenn ich tot bin, wird mein Name in den Klingen weiterleben, die ich geschmiedet habe. Das ist genug Ruhm für mich. Und was das Silber angeht, bin ich es müde, von einem Ort zum anderen zu gehen. Ich will Wurzeln schlagen, bevor ich zu alt werde, meinen Hammer zu schwingen.«

»Kætil ist zufällig in Tysvær vorbeigekommen«, erklärte Hagal. »Du solltest seine Arbeiten sehen, sie sind bewundernswert.«

»Ich werde mir einen guten Ambossstein suchen und dann eine ordentliche Schmiede errichten«, erklärte Kætil. »Hagal hat mir gesagt, dass die Flüsse hier in der Gegend Eisenerz mit sich führen.«

Sigurd warf Hagal einen verblüfften Blick zu, und der zuckte unmerklich mit den Schultern. Sigurd nickte, denn schließlich war es Kætils eigene Schuld, wenn er für bare Münze nahm, was ein Skalde ihm erzählte.

»Dafür brauche ich Silber«, meinte Kætil. »Und Klingen zu schmieden macht durstig, also werde ich Bier und Met niemals ausschlagen.«

»Und bist du auch ein guter Kämpfer?«, fragte Sigurd. »Wer eine gute Klinge schmiedet, weiß sie nicht auch unbedingt zu führen.«

»Ich habe viele Kämpfe ausgetragen«, erwiderte der Schmied. »Warum sonst wohl, glaubst du, ziehe ich von Ort zu Ort?« Er schüttelte den Kopf. »Es gibt immer wieder Streitigkeiten über die Bezahlung eines Messers oder einer Speerspitze.« Er verzog die Lippen. »Es ist schon komisch, wie leicht Männer vergessen, auf welche Summe man sich vorher geeinigt hat.«

»Wirst du mir deine Treue geloben, Kætil Kartr?«, fragte Sigurd.

»Das werde ich.« Der Mann nickte.

»Wen hast du mir noch mitgebracht, Krähenlied?« Sigurd blickte sich übertrieben neugierig um und sah dann auf die Anhöhe, wo die Halle seines Vaters gestanden hatte.

Der Skalde errötete. »Ich habe es versucht, Sigurd«, erwiderte er. »Aber ...«

»Aber du konntest keinen Jarl finden, der betrunken genug war, um sich bei diesem Kampf auf meine Seite zu stellen«, beendete Sigurd für ihn den Satz.

»In diesen Zeiten ist es schwierig, einen Rabenfütterer zu finden«, murmelte Bram.

Aber Sigurd war noch dabei, die bittere Wahrheit zu akzeptieren, dass er nur zwanzig Männer hatte und keine Zeit mehr, noch weitere zu suchen. Denn in zwei Tagen würde seine Schwester Runa Jarl Randvers Sohn Amleth zur Frau gegeben werden.

»Irgendwie wird auf jeden Fall eine bessere Geschichte daraus«, meinte Hagal. »Je weniger wir sind, meine ich.«

»Das will ich nicht abstreiten«, erwiderte Sigurd. »Hoffen wir, dass einer von uns am Ende noch lebt, um sie auch zu erzählen.«

Bram Bär grinste. »Ich glaube, du bist ein Mann nach meinem Geschmack, Sigurd Haraldarson«, erklärte er.

»Das wird sich zeigen«, erwiderte Sigurd, zückte Trollkitzler und legte die Klinge mit dem Griff nach vorn über seinen linken Unterarm.

»Mein Vater hätte deinem Bruder die Mitgift gezahlt«, sagte Amleth, »und zwar doppelt so viel wie den üblichen Brautpreis. Vierundzwanzig Aurar, den Gegenwert von zehn Kühen. Und auch einen Ochsen und ein Pferd mit Zaumzeug oder ein gutes Schwert und einen Schild, wenn ihm das lieber gewesen wäre, was ich annehme.« Es nieselte, und Runa zog den Umhang enger um sich, während sie zusahen, wie zwei von Jarl Randvers Männern ein kleines Boot von der Mole lösten. »Sigurd ist ein Narr, dass er dieses Angebot ausgeschlagen hat.«

Von der kleinen Inselkette, auf der sie warteten, sahen sie am Ufer der gegenüberliegenden Seite des Fjords Jarl Randvers Gäste, die den steinigen Strand säumten und sich an der Mole drängten, an dem drei Langschiffe des Jarls, darunter die *Reijnen* und die *Seeadler* vertäut lagen, die Schiffe ihres Vaters. Der hiesigen Tradition folgend, würde Amleth sie über den Fjord rudern, ein Akt, der ihre gemeinsame Reise als Ehemann und Ehefrau von diesem Tag an symbolisierte. Sie wusste, dass die Gäste auf der anderen Seite des Fjords sie bereits ungeduldig erwarteten, damit die Zeremonie anfangen konnte, gefolgt von den Festlichkeiten mit Bergen von Speisen und Strömen von Met. Sie wussten vielleicht nicht, dass ihr Gastgeber noch ein anderes Spektakel zu ihrer Unterhaltung geplant hatte, aber dabei würde nicht Met fließen, sondern Blut.

»Und was deine Morgengabe angeht, wirst du feststellen, dass ich sehr großzügig bin.« Amleth blickte nach Westen über den Sund und dann auf die größere der beiden Inseln zwischen ihnen und dem Festland. Dahinter warteten vier weitere Kriegsschiffe seines Vaters, vor Blicken vom Sund her verborgen. »Wunderschöne Kleidung, Schmuck und Sklaven. Was du auch willst, ich werde es dir geben.«

Er lächelte, aber sein Lächeln war so steif wie eine neue Lederscheide.

Runa musste schlucken. Das Gerede über die Morgengabe erfüllte sie mit Furcht, denn was war es anderes als der Preis für ihre Jungfräulichkeit? Schon bald, viel zu früh, würde die Nacht kommen, und dann wäre ihr Bruder tot, und sie würde unter dem Mann liegen, der jetzt bei ihr stand. Vielleicht würde er ihr seinen Samen einpflanzen, und dann saß sie in der Falle, dazu verurteilt, ihr Leben zwischen jenen zu verbringen, die ihre Mutter und ihre Brüder getötet hatten. Zwischen jenen, die die Arme bis zum Ellbogen in Blut getaucht hatten, bei der Zerstörung ihres früheren Lebens und all dessen, was ihr Vater aufgebaut hatte.

Ihre älteren Brüder hätten es niemals geduldet, wenn sie noch am Leben wären. Auch Sigurd ertrug es nicht, und deshalb würde er heute, an diesem Tag, zu ihr kommen, wie Hagal Jarl Randver verraten hatte. Und wenn er kam, würden sich diese Schiffe, die hinter jener Insel warteten, wie die Bluthunde auf Sigurd stürzen, und er würde sterben.

Ich könnte mich in den Fjord werfen, dachte sie. Ich könnte der Sache ein Ende machen. Aber Sigurd würde trotzdem kommen, das wusste sie. Selbst wenn Amleth sie nicht über das Wasser ruderte, würde Sigurd kommen. Krähenlied hatte dem Jarl erzählt, dass Runas Bruder am heutigen Tag Vergeltung üben würde, dass er noch vor den dunklen Monaten, die ihnen bevorstanden, ein Blutfest feiern wollte. Und auch wenn Runa wusste, dass ihr Bruder unmöglich gegen so viele Männer gewinnen konnte, die zudem seine Ankunft auch noch erwarteten, sah er vielleicht, wie sie in das kalte Wasser sprang, und wusste, dass sie gestorben war, ohne dass man ihr die Ehre genommen hatte. Vielleicht sah er das ja, bevor sie ihn niedermetzelten.

»Es ist Zeit, Amleth!«, rief einer der Männer von den mit Muscheln und schleimigem roten Moos überzogenen

Felsen. Er hockte dort und hielt das Boot fest, das sanft in der Dünung dümpelte.

Amleth nickte und hielt Runa seinen Arm hin, um mit ihr gemeinsam zum Boot zu gehen. Runa schlug seinen Arm aus, und er setzte sich allein in Bewegung.

Runa rührte sich nicht. Sie blickte zu den dunklen Wolken auf und ließ den weichen Regen auf ihr Gesicht fallen. Das war wirklich nicht der Hochzeitstag, wie sie ihn sich ausgemalt hatte, wenn sie mit ihrer Mutter über ihre Zukunft gesprochen hatte. Als Tochter eines Jarls hatte sie schon immer gewusst, dass sie durch ihre Heirat Frieden stiften würde, aber selbst ihr Vater, der immer ein Auge darauf hatte, seine Allianzen zu stärken, hatte ihr versprochen, dass sie keinen Mann heiraten musste, den sie nicht auch lieben könnte.

Sie biss die Zähne zusammen, als sie sich an ihre Eltern erinnerte. Ihre Worte galten nicht mehr als ein Nebel, der sich verzogen hatte. Sie hatten sie im Stich gelassen. All ihre Verwandten hatten sie im Stich gelassen. Alle außer Sigurd.

»Komm schon, Runa!«, rief Amleth ihr zu. Seine Stimme klang gereizt. Er war nervös, das war ihm deutlich anzumerken. Sein Vater hatte ihn als Köder in der Falle vorgesehen, auch wenn er dafür eine Braut bekam. Sein Blick glitt unruhig über den verregneten Sund wie die Sturmtaucher über die Wellen.

»Mein Bruder wird dich töten, Amleth.« Runa drehte vorsätzlich das Messer in der Wunde seiner Furcht. Er sollte wissen, dass es noch nicht vorbei war.

Er blickte sich um, sah zu den Felsenbäumen der verlassenen Insel, als erwartete er, dass Sigurd dort plötzlich auftauchte. Als hätte der letzte von Jarl Haralds Söhnen unentdeckt auf der anderen Seite der Insel anlegen können und käme jetzt, um ihn zu töten.

»Sigurd steht in Óðins Gunst«, fuhr Runa fort. »Dein Vater war ein Narr, als er sich meinen Bruder zum Feind machte. Er wird kommen und sich durch nichts aufhalten lassen.«

Sie sah, wie Amleth den silbernen Thórshammer an seinem Hals betastete. Der kleine Mjöllnir schimmerte zwischen Finger und Daumen. Vielleicht wagte er es ja nicht, mit ihr in dieses Boot zu steigen und zum Ufer zu rudern, wo mehr als zweihundert Gäste warteten. Zweifellos lief vielen bereits das Wasser im Munde zusammen bei dem Gedanken an die Tiere, die ihr Gastgeber für die Feier geschlachtet hatte und die jetzt auf den Spießen brieten.

»Ich hol dich notfalls mit Gewalt ins Boot, wenn du nicht sofort kommst!«, rief er. Er sah sie gequält an, und sein Blick erinnerte sie an seinen Vater, den Jarl, und seinen Bruder Hrani. Hrani, der jetzt in seinem Schiff *Hildiríðr*, der »Kriegsreiter«, darauf wartete, dass Sigurd hinter einer dieser Inseln auftauchte. Dieser Gedanke ließ Runa erschauern, denn Hrani war ein Schlächter und trug diesen Ruf so stolz wie ein Brynja.

»Nun, komm doch!«, wiederholte Amleth. »Bringen wir's hinter uns.« Mit diesen Worten stieg er den Fels wieder hinauf, packte Runa am Arm und zerrte sie zum Boot.

»Wind und Strömung werden dich dorthin abtreiben«, erklärte der Mann, der das Boot hielt, und deutete mit einem Nicken nach Südwesten. »Also solltest du auf diesen Schuppen da zuhalten.« Er deutete auf ein Bootshaus

am Rand des Ufers, einen guten Pfeilschuss von Jarl Randvers Mole entfernt.

Amleth nickte. »Ich werde froh sein, wenn ich überhaupt noch mal die andere Seite erreiche, Thorgest«, sagte
er.

Der Mann namens Thorgest grinste. »Heute Nacht
werden wir ein Fest feiern, das die Halle deines Vaters
erbeben lässt, heja!«

Amleth stieß Runa in das Boot, die über die Ruderbank
stolperte und auf die vorderen Planken am Bug fiel. Amleth setzte sich mit dem Rücken zu ihr auf die Bank, nahm
die Riemen und schob sie in die Riemendollen. Dann stieß
der Mann am Ufer das Boot ab, und Amleth begann zu
rudern. Seine breiten Schultern und sein Rücken schwol-
len vor Anstrengung an.

Silbermöwen kreisten schreiend in dem grauen Nebel
über ihnen. Ein Krächzen ließ Runa aufblicken – es war
ein Kormoran, der nach Osten flog. Er flog tief über den
Wellen und war schwarz wie ein Schatten. Runa hob das
dünne Lederband mit dem silbernen Anhänger von Freyja
über den Kopf und hielt das kostbare Amulett in der
Hand. Sie ballte ihre Faust so fest darum, dass es mehr als
den Tod brauchen würde, um es ihr zu entreißen. Dann
rief sie die Göttin an.

Während jedoch die meisten Frauen an ihrem Hochzeitstag Freyjas Hilfe erbaten, um ein Kind zu empfangen,
da einer der Beinamen der Göttin Gefn war, »die Gebende«, wandte sich Runa jetzt an Freyjas dunklere Seite.
Freyja nannte man auch Skjálf, »die Speerschüttlerin«. Sie
war eine Walküre in der Schlacht, und Runa bat sie, in
diesem Kampf neben ihrem Bruder zu reiten. Und sollten

die Götter sie jetzt verlassen, so wie sie ihren Vater, ihre Mutter und ihre Brüder im Stich gelassen hatten, war Runa fest entschlossen, sich über die Seite des Bootes zu werfen und im Sund zu ertrinken. Sollte doch Rán, die Mutter der Wellen, sie in die Arme schließen. Das war allemal besser, als zwischen diesen Männern hier zu leben, mit den Pelzen und dem Schmuck der Tochter eines Jarls, aber ohne Ehre, wie eine Thrall.

Amleth warf einen Blick über die Schulter und fluchte. Thorgest hatte recht gehabt, was die Flut anging. Das kleine Boot wurde nach Westen abgetrieben, in den Sandsund, wo Amleth auf keinen Fall hinwollte, das wusste Runa. Denn wenn Sigurd kam, war eben das die Richtung, aus der er kommen würde. Falls er sich hinter einer Insel oder einer der Klippen oder Landzungen versteckte, die die zerklüftete Küstenlinie des Festlandes säumten.

»Die Götter wollen diese Hochzeit nicht!«, erklärte Runa. »Oðin hat Njørd befohlen, zu verhindern, dass wir die andere Seite erreichen. Du kannst nicht leugnen, dass wir kaum vorangekommen sind, trotz deiner Kraft.«

»Halt den Mund, Mädchen!«, rief Amleth ihr über die Schulter zu. Er legte sich noch mehr in die Riemen und tauchte die Ruderblätter tiefer ein, zog sie mit aller Kraft durch das Wasser.

»Du musst kräftiger pullen, Amleth!«, rief Thorgest vom Ufer hinüber. Diesen Rat brauchte Amleth ebenso dringend wie eine gebrochene Planke.

Er keuchte vor Anstrengung, aber endlich zahlte sich seine Mühe aus, und sie kamen voran, wenngleich Amleth deutlich mehr Kraft in das linke Ruder legen musste, um die Strömung auszugleichen.

Donner rollte über den nördlichen Himmel, und Runa verkniff sich einen Kommentar. Denn Amleth hörte es selbst und war furchtsam genug, um es als ein schlechtes Omen zu deuten. Runa schlang nur den Umhang fester um sich und zog ihn über die Beine, um sich vor dem Regen zu schützen. Dann lächelte sie bitter, weil sie sich die Mühe machte, sich zu wärmen und trocken zu bleiben, wo sie doch längst beschlossen hatte, sich in die Fluten zu stürzen, um dort den Tod zu finden, wenn es denn so kam, wie es unausweichlich schien.

Als sie ihn sah, stockte ihr der Atem. Es war, als legte sich eine kalte Hand um ihre Kehle. Ihre Nackenhaare sträubten sich, und ein riesiger Felsbrocken schien ihr Inneres zu zermalmen.

Sigurd kam.

Wie gerne wäre sie aufgesprungen und hätte mit den Armen gewunken, um ihren Bruder zu warnen, dass Hagal ihn an Jarl Randver verraten hatte und dass die Bluthunde bereits auf ihn warteten. Aber das musste Sigurd bereits wissen, weil die *Kriegsreiter* und die anderen drei Schiffe ihre Taue gelöst hatten und um die große Insel vor dem Festland bogen.

Hrani stand am Bug. Sie erkannte ihn an seinem herrlichen, mit Silberplatten verzierten Helm, der trotz des grauen Wetters weithin leuchtete. Die vier Schiffe lagen vor dem Wind, ihre Segel bauschten sich, und die Seiten säumten bemalte Schilde.

»Zurück, Sigurd«, sagte sie leise. Sie wollte, dass er sich rettete, und in diesem Moment stieg ihr die Liebe, die sie für ihn empfand, in die Brust, und Tränen rannen ihr aus den Augen. »Geh zurück!«

»Er will wohl sterben«, sagte Amleth, der immer noch mit aller Kraft ruderte, während sein Blick auf die schwanenbrüstige Knørr gerichtet blieb.

»Bitte, Sigurd, bitte, lebe ...« Runas Worte wurden fast von den Wogen der Furcht und der Trauer erstickt, die sie überschwemmten. Sie kniete nieder und klammerte sich mit einer Hand an das Dollbord des kleinen Bootes, während sie mit der Faust der anderen Freyjas Amulett umklammerte. Sie starrte auf das Schiff ihres Bruders, als könnte sie es allein durch ihre Willenskraft zwingen, umzukehren. Das tat es auch, aber nur, um den Wind so gut wie möglich auszunutzen und über den Sund auf sie zuzufahren. Runa wusste, während eisige Furcht sie durchströmte, dass ihr Bruder nicht aufgeben und sich retten würde, und wenn Jarl Randvers Übermacht noch so groß wäre.

Amleth legte sich mit aller Kraft in die Riemen und kam Runa dabei so nah, dass sie den Met in seinem Schweiß roch, sowie den Wacholder und die Kamille, womit er sich die Haare gewaschen hatte.

»Jedenfalls wird niemand behaupten können, dass es ihm an Mut gemangelt hätte«, sagte er und grunzte vor Anstrengung. Sie hatten den Kanal zur Hälfte überquert, und die *Kriegsreiter* sowie die anderen drei Schiffe hatten bereits ihren Bug passiert. Runa sah, dass die Ruderbänke von Männern und Speeren nur so wimmelten. Vielleicht erinnerte der Anblick dieser Männer in ihrer Kriegsausrüstung sie daran, wie ihr Vater und ihre Brüder in See gestochen waren, um für König Gorm im Karmsund zu kämpfen. Plötzlich spürte sie eine andere Regung, und sie wusste, dass es Stolz sein musste. Sigurd hatte gesehen, dass sein Feind ihm entgegenkam, und wusste, dass es eine Falle war. Aber er kam trotzdem, weil er der Sohn seines Vaters war. Runa wusste in diesem Moment, dass er noch in dieser Nacht mit ihrem Vater und seinen Brüdern in der Halle des Allvaters tafeln würde, und sie musste ihm zeigen, dass sie ebenfalls tapfer war. Dass ihre Ehre nicht weniger wert war als seine.

Sie legte sich das Lederband mit dem Amulett von Freyja wieder um den Hals, stand auf und balancierte das Schwanken des Bootes aus. Sie setzte einen Fuß auf das Dollbord, warf einen letzten Blick auf die schwanenbrüstige Knørr und hoffte, dass ihr Bruder sie sehen konnte.

Dann sprang sie.

»Wende! Verdammt seien deine alten Knochen! Dreh endlich ab!«, knurrte Olaf.

Die übrigen Männer hatten sich versteckt, und nur Sigurd und Olaf lagen zwischen den von der Brandung umtosten Felsen am westlichen Ufer des Festlandes und blickten auf den Sund hinaus. Im Osten, jenseits der Hügel und Wälder, befanden sich die höchsten Anhöhen, und auf ihnen stand Jarl Randvers Halle. Sie konnten sie von ihrem Landeplatz am Ufer nicht sehen. Aber sie sahen den Rauch aus den Herden der Halle, der wie eine schmutzig braune Fahne im grauen Himmel hing.

Sie waren aus Leibeskräften gerudert, um die *Seekobold* an eine sichere, abgelegene Anlegestelle zu bringen. Es war riskant gewesen, aber sie hatten es geschafft, ohne von Randver und seinen Leuten gesehen zu werden.

»Jetzt wende endlich, du dickschädeliger Ziegenbock!«, zischte Olaf.

Denn wenn der alte Solveijg nicht mit der *Seekuh* abdrehte, würden die ersten Schiffe von Jarl Randver ihn gleich erreicht haben. Und dann würden die Karls trotz der hohen Seiten der Knørr sehen, dass sich nur zwei Männer an Bord befanden – Solveijg und Hagal. Aber obwohl sie die Schoten fixiert und die Ruderpinne verlängert hatten, war es für zwei Männer nicht leicht, das Schiff zu manövrieren, auch wenn es mit dem Wind segelte.

Von seiner erhöhten Position auf den Felsen aus konnte Sigurd Solveijg sehen, der vom Ruder zum Bug rannte. Er hoffte, dass die Entfernung zu den Schiffen seines Feindes noch zu groß war und die Drachenschiffe zu tief im Wasser lagen, sodass die Gefolgsleute des Jarls nicht sehen konnten, dass der Steuermann der Knørr so hastig über das Deck rannte, wie der Ellbogen eines Waschweibs hin- und hergeht.

Dann sah er Runa. Sie saß am Bug eines kleinen Bootes, und ihr goldenes Haar leuchtete vor dem grauen Fjord so hell wie das Licht einer Lampe. Bei ihrem Anblick pochte sein Herz wie der Hammer eines Schmiedes auf dem Amboss. In seinem Bauch schienen sich Schlangen umeinander zu winden, und wie schon auf dem Sklavenmarkt hätte er ihr fast etwas zugerufen, wollte sie wissen lassen, dass er da war.

Ich komme, Runa! Du bist nicht allein, Schwester!, schrie er im Geist, so, als könnten die stummen Worte über das Wasser gleiten wie eine Möwe im Sturm.

»Ah, endlich, und keinen Herzschlag zu früh«, sagte Olaf und lenkte Sigurds Aufmerksamkeit auf die *Seekuh*. Ihre Rah wurde gelöst, das Schiff rollte und lag einen Moment regungslos im Wasser. Jarl Randvers erstes Schiff, vollbesetzt mit Speerkriegern, war nur noch drei Pfeilschüsse von der *Seekuh* entfernt. Sigurd konnte die Schlachtrufe der Männer zwischen dem Kreischen der Möwen und dem Rauschen des Meeres hören.

Dann knallte das Segel der *Seekuh*, als der Wind hineinfuhr.

»Das wird eng«, sagte Olaf, als das Schiff mit dem ausladenden Rumpf sich in Bewegung setzte und nach Westen segelte, über das verregnete Meer. »Aber wenn ihnen jemand entkommen kann, dann Solveijg.«

»Er hat erreicht, was wir wollten«, erwiderte Sigurd voller Stolz auf den alten Steuermann. »Er und Hagal.«

Jarl Randver hatte geglaubt, Hagal hätte Sigurd verraten, indem er ihm von Sigurds Plan erzählte, und hatte sein Netz gesponnen. Solveijg war die Fliege, die an den Fäden gezupft hatte. Und jetzt segelten vielleicht mehr als einhundert von Randvers Kriegern von der Halle ihres Herrn weg, weg von ihrem Jarl, falls er nicht an Bord dieses schönen Schiffes mit dem Drachenkopf war, das das Rennen anführte.

Sigurd und Olaf krochen von der Klippe zurück und standen auf, den Rücken zum Meer gewandt und die Blicke auf die Gesichter der Leute gerichtet, die sich um sie versammelt hatten, alles Krieger und Eidgebundene. Sie wirkten in ihren Brynjur wie wahre Kriegsgötter, mit ihren glänzenden Speerklingen, den Schilden und den Gesichtern, von denen einige halb unter ihren Helmen verborgen waren. »Jetzt werden wir unserer Väter gedenken und ihnen und ihren Vorvätern alle Ehre machen«, sagte Sigurd und sah einen nach dem anderen an. »Jetzt können wir eine Geschichte für die Skalden spinnen. Wir werden diesen todgeweihten Jarl töten und uns selbst mit Ruhm und Silber überhäufen.«

Die Krieger fletschten die Zähne zu einem wölfischen Grinsen und hätten ihre Speere gegen die Schilde geschlagen, wenn es nicht ziemlich dumm gewesen wäre, ihre Feinde wissen zu lassen, dass sie kamen.

»Schlagt schnell zu und mit aller Kraft«, sagte Olaf, während er den Riemen seines Helms unter seinem Kinn festzog. »So wie Thór seinen Hammer auf einen großen, furzenden Riesen schleudern würde.«

Svein gefiel dieses Bild, jedenfalls dem Grinsen nach zu urteilen, das seinen roten Bart teilte. »Wir sind der Hammer des Chaos-Gottes«, erklärte er.

Hauk und seine Männer standen so stolz da, wie sie es in ihren besten Zeiten getan haben mussten. Sie hatten ihr weißes oder graues Haar zu festen Zöpfen geflochten und in ihre Bärte silberne Ringe eingeknotet. Floki dagegen stach von allen anderen Männern ab, mit seiner glatten Haut und dem vollen, schwarzen Haar. Seine dunklen Augen leuchteten wie die eines Raubtieres bei der Aussicht auf Beute. Svein und Bram Bär sahen aus wie Krieger aus den Legenden, die Art Männer, die die Jarls an den Bug ihrer Schiffe stellten und die Skalden in den Mittelpunkt ihrer Geschichten. Valgerd war blass und sah wunderschön und wild entschlossen aus. Ihr blondes Haar umrahmte in zwei langen Zöpfen ihr Gesicht, so wie bei Sigurd, damit es ihr nicht die Sicht nahm, wenn sie ihren Tanz aufführten.

Er hätte ihr gern gesagt, sie solle vorsichtig sein und sich nicht ins dichteste Getümmel wagen. Aber er wusste, dass er genauso gut einem Fuchs hätte befehlen können, sich im Hühnerstall auf seinen Schwanz zu setzen, also schwieg er.

Sie waren mehr als bereit, sie waren heiß darauf, sich ins Getümmel zu stürzen. Sigurd sah es in ihren Augen. Sie wollten ihm etwas beweisen, und das erschütterte ihn, aber er zog vor, nicht darüber nachzudenken. »Wer auch immer heute an diesem Tag fällt, wird mit meinem Vater in der Halle der Asen Met trinken«, sagte er.

»Aber lasst noch ein bisschen für uns andere übrig«, warf Bjarni in die Runde.

Sein Bruder hob den Speer, um die Blicke der Leute auf sich zu ziehen. »Und wer unseren Vater Bjarki sieht ...« Er hielt inne und runzelte die Stirn. »Er ist leicht zu erkennen, weil er die Miene eines Mannes hat, der von einer Klippe geworfen wurde ...«

Bjarni nickte finster.

»Dann sagt ihm«, fuhr Bjørn fort, »dass wir damit beschäftigt sind, ihn zu rächen, wie gute Söhne das tun sollten!«

Sigurd drehte sich zu Olaf herum, und sie tippten kurz ihre Speerschäfte gegeneinander. »Gehen wir und retten Runa, Onkel, und geben diesem Jarl, was er verdient.«

Olaf nickte. Da nichts weiter zu sagen war, hob Sigurd Schild und Speer und lief geduckt über die Felsen und das hohe Gras, quer über einen mit Geröll übersäten Hügel und über einen steinigen Pfad die Anhöhe hinauf.

Zu Jarl Randvers Halle.

20

Sie keuchten, als sie das Birkendickicht auf dem rückwärtigen Hang der Anhöhe erklommen hatten, hinter der Jarl Randvers Halle wie ein riesiger Adlerhorst lag.

»Tja, das ist der Nachteil, mit dem vielen Eisen am Leib«, flüsterte Bram, als Sigurd neben ihm den Kamm des Hügels erklomm. »Ich habe schon Wasser gesehen, das schneller bergauf gelaufen ist.«

Sigurd hätte etwas erwidert, wenn er den Atem dafür gehabt hätte. So strich er sich nur mit dem Handrücken der Speerhand über die Augen, in denen der Schweiß brannte. Außerdem wusste er, dass Bram hauptsächlich deshalb spottete, weil er und Kætil Kartr die Einzigen waren, die keinen Brynja trugen. Bär war jedoch ein Mann, dem man zutraute, dass er sich freiwillig dafür entschieden hatte, es nicht zu tun, und aus keinem anderen Grund.

»Ich spare mir meine Kräfte«, sagte Sigurd, während Floki neben seiner linken Schulter auftauchte. Er hatte das Gefühl, dass der junge Mann an seiner Seite bleiben würde, ganz gleich, was kam. »Hast du schon jemand gesehen?«, fragte er Bram. Es roch nach dem harzigen Holzrauch, der aus dem Loch im Reetdach vor ihnen stieg.

Bram schüttelte den Kopf. »Es sieht so aus, als würden alle wichtigen Leute immer noch unten am Kai stehen und auf das junge Liebespaar warten.«

»Mittlerweile dürften sie übergesetzt haben«, antwortete Sigurd, der noch vor Augen hatte, wie Randvers Sohn Amleth mit aller Kraft gerudert war, weil er gegen die Strömung ankämpfen musste.

»Ja«, warf Olaf ein. Er keuchte, hustete und spuckte Schleim ins regennasse Gras. »Wenn wir es so machen wollen, wie besprochen, müssen wir schnell sein. Sie werden jeden Moment zurückkommen«, sagte er und deutete auf den Pfad, der von der Südseite der Halle über den Kamm zum Meer hinabführte.

»Floki, Valgerd, ihr kommt mit mir. Du auch, Aslak«, befahl Sigurd. Olaf wies er an, zurückzubleiben und auf sein Signal zu warten.

Tief gebückt rannten die vier zwischen Felsbrocken und uralten Baumstümpfen hindurch den Hügel hinab. Beim Haus angekommen, warfen sie sich gegen die westliche Wand der Langhalle. Sigurd spähte vorsichtig um die Ecke. Es war niemand zu sehen. Er schlich weiter, gefolgt von den anderen. Sie schoben sich so dicht an den alten Bohlen entlang, dass ihre Umhänge immer wieder daran hängen blieben. An der südlichen Ecke blieb Sigurd stehen, und als er diesmal den Kopf vorstreckte, zuckte er leise fluchend zurück. Neben dem überdachten und mit Pfeilern gestützten Eingang der Halle standen zwei mit Speeren bewaffnete Wachen.

Er drehte sich zu Floki um und bedeutete ihm, um die andere Seite der Halle herumzugehen und auf sein Zeichen zu warten. Floki nickte und lief davon, geduckt wie ein Wolf, der einer Fährte folgt. Sigurd blickte zu der Stelle, wo der ausgetretene Pfad über den Hügelkamm führte. Er hielt den Atem an und lauschte, ob Stimmen oder Schritte zu hören waren, die sich dem Haus näherten. Er wusste, dass er ein Risiko einging, weil Randvers Leute jeden Augenblick auftauchen konnten. Wenn sie ihn und seine Männer sahen, würden sie sich möglicherweise auf die Schiffe zurückziehen und Runa mitnehmen. Das durfte nicht geschehen.

Als er glaubte, dass Floki seine Position auf der anderen Seite der Halle erreicht hatte, nickte er den anderen zu, zählte vier tiefe Atemzüge.

Dann rannte er los.

Der Wächter drehte sich um und riss vor Schreck die Augen auf, als Sigurds Speer sich auch schon in seinen Bauch bohrte und aus seinem Rücken wieder austrat. Valgerds Speer zerfetzte seine Kehle, bevor der Mann auch nur einen Schrei ausstoßen konnte, und Sigurd sah, dass Floki auf der anderen Seite seine Aufgabe ebenso wirkungsvoll erledigt hatte. Er hatte seine Faustaxt dem anderen Wächter in den Schädel gerammt. Im nächsten Moment waren sie in der Halle. Ihre Augen mussten ich erst an das Dunkel gewöhnen. Dann sahen sie ein Dutzend Thralls mit Servierbrettern und Krügen in den Händen, die angewurzelt dastanden und sie anstarrten.

»Bleibt ruhig, dann wird euch nichts geschehen«, rief Sigurd ihnen zu.

Valgerd trieb die Leute in den hinteren Teil der Halle, der von einem dicken Vorhang aus gewebter Wolle abgetrennt war, der wohl ehemals ein Schiffssegel gewesen war.

Sigurd drehte sich zu Aslak um und befahl ihm, die anderen zu holen und die Leichen zu verstecken. »Und sieh zu, dass man das Blut nicht bemerkt«, setzte er hinzu.

Er sah sich in der Halle seines Feindes um. Die Wände waren mit Pelzen und Häuten verhängt, und auf den Bänken an den Wänden häuften sich die Felle.

Floki hustete vernehmlich. »Bei den Göttern, hier ist so viel Rauch wie in der Höhle eines Drachens.« Er fuhr mit seinem Schild durch den grauen Dunst.

»Die Halle meines Vaters war größer und höher«, sagte Sigurd und trat zu Jarl Randvers Hochsitz. Er konnte sich nur schwer vorstellen, dass Runa an diesem düsteren Ort, unter diesem alten Dach gelebt hatte. »Ich hätte etwas Besseres von Randver erwartet.« Etwas Beeindruckenderes, dachte er, jedenfalls von einem Mann mit dem Ehrgeiz dieses Jarls. Kein Wunder, dass er voller Neid nach Eik-Hjálmr geschielt hatte.

»Trotzdem, so wie es aussieht, scheint er ein recht großzügiger Jarl zu sein.« Floki betrachtete anerkennend und mit großen Augen die drei langen Tische, die mit Tellern und Schüsseln voller Speisen beladen waren, von denen etliche noch dampften. Wären es Schiffe gewesen, wären sie Gefahr gelaufen unterzugehen. »Das alles wird uns nach dem Kampf gut schmecken«, sagte Floki grinsend.

Sigurd wollte sich zu Randvers vermeintlicher Großzügigkeit nicht äußern, aber er musste sich eingestehen, dass Floki recht hatte. Es konnte einem das Wasser im Mund zusammenlaufen beim Anblick und dem Geruch des Schweins, das aufgespießt über dem mittleren Herdstein hin. Das Fett tropfte langsam und gleichmäßig in die Flammen, mit einem Geräusch, das wie das Zischen einer Schlange aus irgendeiner alten Sage klang, mit der man Kindern Angst zu machen pflegte.

Es wird verbrennen, wenn kein Thrall den Spieß dreht,

dachte er, während er auf das Podest stieg und sich auf den Hochsitz des Jarls setzte. Er blies die Tranlampe aus, die neben ihm von der Decke herunterhing, und lehnte seinen Schild gegen die Seite des Stuhls, wo er ihn leicht erreichen konnte.

»Das wird ihm nicht gefallen«, erklärte Valgerd, deren Augen in den Löchern ihres Helmschutzes funkelten.

Darauf will ich wetten, dachte Sigurd. Er legte den Speer quer über die Knie und versuchte, so selbstsicher und gelassen zu wirken, wie man es sein konnte, wenn man auf dem Hochsitz eines anderen Mannes in dessen Halle saß. Der Halle eines Jarls, der den Raubzug angeführt hatte, bei dem seine Mutter ermordet worden war.

»Sehr freundlich von diesem stinkenden Ziegenarsch, uns solch eine Mahlzeit zu bereiten«, sagte Olaf, als er zu ihnen in die Halle trat. »Ihr geht alle nach dort hinten!«, wies er die anderen an und deutete mit dem Speer in den hinteren Teil der Halle, wo das alte Segel von den Balken herabhing. Dann stellte er sich neben Sigurd und sah ihn an. »Bist du dir sicher, dass wir es so machen sollen, Junge?«, fragte er leise.

Sigurd nickte. »Sorg dafür, dass von den Thralls und dem Gesinde keiner murrt«, antwortete er. Olaf sah ihn eine Weile an, dann seufzte er, hob den Schild und ging zu den anderen. Sigurd wusste, wie gefährlich es war, sich hier hinzusetzen, ebenso weit von den anderen hinter dem Segel entfernt wie von der Eingangstür. Randvers Herdkarls konnten sich auf ihn stürzen oder ihn mit ihren Speeren durchbohren, bevor Olaf und die anderen auch nur die Möglichkeit hatten, in den Kampf einzugreifen.

Was er tat, war riskant. Aber es war auch kühn und heldenhaft und würde einem Skalden bei der Schilderung ein Grinsen auf die Lippen zaubern. Und Sigurd konnte der Gelegenheit einfach nicht widerstehen.

Dann wartete er, scheinbar allein in der Halle seines Feindes, während die Holzscheite im Herd knisterten und bei jedem Fettspritzer von dem aufgespießten Schwein grau-goldene Funken aufstoben. Die Tranlampen flackerten, und rußige Rauchfäden stiegen zur niedrigen Decke empor, wo der Rauch so dicht hing wie Nebel auf dem Meer.

Schließlich kehrte Jarl Randver zurück.

Zuerst kamen die Krieger herein, die immer noch über das lachten, was sie unten am Ufer gesehen hatten.

»Mittlerweile werden sie bereits an Taravika vorbeisegeln«, sagte ein breitschultriger Mann mit einem Bartzopf, der ihm fast bis zum Gürtel reichte. Er und seine beiden Begleiter wirbelten den Rauch auf, als sie hindurchschritten.

»Sie sind Futter für die Krabben, das sind sie«, gab einer der kleineren von beiden zurück. Er hatte eine Nase, die platt gedrückt sein ganzes Gesicht zu füllen schien. »Was schade ist, weil ich gerne diesen vom Met berauschten Jungen gesehen hätte.«

Offenbar haben sie sich nichts dabei gedacht, dass die Speerwächter am Eingang verschwunden sind, dachte Sigurd. Er blieb so ruhig sitzen, wie er konnte, als weitere Leute hereinkamen. Ihr aufgeregtes Gerede strömte wie eine schäumende Welle durch die Halle.

»Das wird ein Fest, an das wir uns noch lange erinnern werden, heja!«, rief jemand.

»Wo sind die verdammten Thralls?«, erkundigte sich ein anderer. »Das Schwein verbrennt ja, verdammt!«

Sigurd spürte den Schweiß in seinen Handflächen, aber er ließ die Hände auf den Armlehnen liegen. Er umklammerte das Holz und widerstand dem fast übermächtigen Drang, seinen Schild hochzunehmen, als noch mehr bewaffnete Männer hereinkamen. Die meisten lehnten zwar ihre Speere an die Wand neben der Tür, aber viele hatten Schwerter an den Hüften, und alle hatten Saxe oder kurze Dolche an den Gürteln. Sigurds Mund war so trocken, dass er Angst hatte, er würde kein einziges Wort herausbekommen, wenn er versuchte zu sprechen.

Es war unglaublich, dass ihn bis jetzt noch keiner gesehen hatte. Andererseits saß er fast vollkommen im Schatten der verrauchten Halle, und die Männer hatten nur Augen für das Essen. Zudem erwarteten sie einfach nicht, einen anderen Mann auf dem Stuhl ihres Herrn sitzen zu sehen, schon gar nicht den Mann, von dem sie glaubten, dass er von ihren Schiffen gejagt wurde, falls er nicht schon längst von einem halben Dutzend Speeren durchbohrt war.

Eine Frau in einem schönen Gewand und mit einer kostbaren Brosche auf der Schulter kam ihm so nah, dass er fast die Hand hätte ausstrecken und sie berühren können. Doch sie hatte nur Augen für den Herd. Jetzt nahm sie den Griff des Spießes, um das Schwein langsam weiterzudrehen. Sigurd fürchtete, sein Herz würde gleich seinen Brustkorb sprengen, und er rief stumm Óðin an, in der Hoffnung, dass der Gott jetzt zusah, als die Frau den Kopf hob. Ihre Blicke trafen sich durch den nach Kräutern duftenden Rauch. Vor Schreck riss sie den Mund auf, aber sie brachte kein Wort heraus.

»Bei Heimdalls haarigem Arsch, wer bist du denn?«

Es war der Krieger mit der platten Nase, der diese Frage stellte. Bei seinen Worten drehten sich weitere Männer und Frauen herum und starrten Sigurd an. Keiner von ihnen trat näher, wahrscheinlich weil Sigurd in seinem Brynja und mit seinem Helm aussah wie ein Kriegsgott. Und wenn er schon kein Gott war, so musste er doch auf jeden Fall jemand Wichtiges sein.

»Wo ist Jarl Randver?« Sigurds Stimme klang so gelassen wie die schlafende See.

»Wer bist du?«, fragte jetzt der Mann mit dem Bartzopf. Er schien Ärger zu wittern, denn seine rechte Hand lag auf dem Griff seines Schwertes.

»Ich habe dir eine Frage gestellt, Plattnase«, sagte Sigurd, immer noch gelassen.

Taubart zog sein Schwert.

»Was ist hier los?«, rief jemand. Die Leute wandten sich zu der Stimme um und wichen zurück. Sie bildeten eine Gasse und ließen Jarl Randver hindurch. Die Blicke der Männer und Frauen zuckten von ihm zu Sigurd und wieder zurück. Randvers Sohn Amleth folgte seinem Vater auf dem Fuß. Er hatte einen Arm um Runa geschlungen. Beide waren tropfnass unter den Umhängen, die man ihnen übergeworfen hatte. Als Runa Sigurd erblickte, erschien ein Leuchten auf ihrem Gesicht. Sie riss die Augen auf und schlug die Hände vor den Mund, um das Keuchen zu unterdrücken, dass sich ihr entrang. Doch dann wurde Sigurd die Sicht auf Runa genommen, weil der hässlichste Mann, den er jemals gesehen hatte, vor sie trat. Sigurd wusste, dass dies Skarth sein musste, der Preiskämpfer des Jarls und sein Bugmann. Er stand jetzt neben seinem Herrn.

»Wer bist du?«, fuhr der Jarl Sigurd an. Sein Blick verriet Wut, aber auch Neugier, und er wirkte neben Skarth wie Baldur der Schöne, Óðins Sohn. Randvers Preiskämpfer war nicht besonders groß, aber er hatte Schultern wie ein Bär, und einen Hals so dick wie der eines Ochsen. Sein Schädel war kahl und von Schorf übersät, bis auf einen Zopf weißen Haars, der von der rechten Seite bis über seine Schulter reichte. Aber das eigentlich Furchterregende war das Gesicht selber, über das von einem Ohr bis zum andern eine grausame, tiefgefurchte Narbe verlief. Sigurd hatte gehört, dass er die Verletzung einem Axthieb verdankte.

»Ich bin Sigurd.« Sigurd wandte den Blick von Skarth ab und blickte den Mann an, auf dessen Hochsitz er es sich bequem gemacht hatte. Er wollte auf keinen Fall die Miene des Jarls bei seinen Worten verpassen. »Sigurd Haraldarson.«

Der Jarl zuckte zusammen, als hätte eine unsichtbare Faust ihm einen Schlag versetzt. Schwerter fuhren zischend aus ihren Scheiden, aber Jarl Randver war geistesgegenwärtig genug, seine Hand zu heben, um seine Männer daran zu hindern, anzugreifen.

»Du bist Sigurd?«, fragte er, während ein Raunen durch die Menge ging. Randvers edle Gesichtszüge verfinsterten sich, als er zu verstehen suchte, was hier vor sich ging. Skarths Mund bewegte sich zu einer Grimasse, die vermutlich ein Grinsen sein sollte.

Sigurd nickte. »Ich bin gekommen, um meine Schwester zu holen«, fuhr er fort und bohrte seinen stählernen Blick in den seines Feindes. »Und ich bin gekommen, um dich zu töten, Randver.« Er lächelte sein Gegenüber an.

Einige von Jarl Randvers Kriegern lachten über seine Worte. Amleth befahl einem Mann, auf Runa aufzupassen, und trat vor, das blanke Schwert in der Faust.

»Dein Schädel muss leck geschlagen sein, Haraldarson«, sagte der Jarl und legte seinen Kopf auf die Seite.

Sigurd ließ sich nicht beirren. »Und wenn ich dich und deine Söhne getötet habe, du dem Tod geweihter Frauenmörder«, fuhr er ungerührt fort, »spucke ich auf deinen Kadaver und werfe ihn den Krabben zum Fraß vor.«

Der Jarl schüttelte verwirrt den Kopf, als ihm dämmerte, dass die Sache nicht so einfach war, wie es den Anschein haben mochte.

»Erlaube mir, ihm die Kehle durchzuschneiden, Herr«, knurrte Skarth.

Sigurd fletschte die Zähne. »Ich kann es kaum erwarten, Plattnase.«

Skarth zog sein Schwert. Die gewundene Schlange auf der fein geschmiedeten Klinge schien im Schein der Flammen in Randvers Halle zum Leben zu erwachen. Sigurd hörte das Klirren von Eisen und das Scharren von Füßen auf dem mit Binsen bestreuten Boden. Frauen schrien, Männer fluchten, und die Lampen flackerten, als Leute dagegenstießen.

»Bevor du auch nur in seine Nähe kommst, musst du erst an mir vorbei, Skarth, Sohn von Skamkel!«, dröhnte Olaf. Er stand am anderen Ende der Halle, mit Schild und Speer. Seine Augen waren auf Jarl Randvers Preiskämpfer gerichtet. Rechts und links neben ihm hatte eine Wand aus Lindenholz, Eisen, Fleisch und Klingen Stellung bezogen.

»Tötet sie!«, schrie Jarl Randver. Sein Speichel flog durch die Luft, und sein Gesicht war rot angelaufen.

Sigurd riss seinen Schild und seinen Speer an sich und stürzte sich auf den Feind.

Aber Plattnase warf sich ihm in den Weg. Der drehte sich nach links und riss den Speerschaft hoch, um den Schwerthieb abzuwehren. Die Klinge biss sich in das Holz, und Sigurd spürte den Aufprall im ganzen Arm. Plattnase setzte mit der rechten Schulter nach und traf Sigurd auf der Brust. Sigurd taumelte zurück, sodass sie beide zu Boden gingen. Der Aufprall nahm Sigurd den Atem, und stinkender Speichel aus Plattnases Mund spritzte ihm ins Gesicht.

Der Mann rammte den Kopf in Sigurds Gesicht, während Sigurd seine Hände hochriss, seine Daumen in Plattnases Augenhöhle presste und versuchte, dem Mann die Augäpfel in den Schädel zu drücken. Sigurd spürte, wie ihm die Puste ausging, als Svein hinter Plattnase auftauchte und ihn von Sigurd herunterzerrte. Er sah, wie Svein mit gefletschten Zähnen und wildem Blick den Krieger von Randver wie ein Fass packte und ihn brüllend gegen die Wand schleuderte. Sigurd rollte sich herum und sah, wie Floki gerade ein Gesicht in zwei Hälften hackte und Ubba den Krieger mit dem Bartzopf mit seinem Schild in das Gewühl zurückdrängte.

»Runa!«, schrie Sigurd durch das Kampfgetöse und rappelte sich auf. Er presste blinzelnd das Blut aus seinem rechten Auge. Olaf war bei Skarth, aber sie konnten ihre Schwerter in dem Gedränge nicht einsetzen, während Randvers Krieger sich mühten standzuhalten und die Frauen versuchten zu flüchten. Sie krochen unter die Tische und an den Wänden entlang. »Wo ist Runa?«, brüllte Sigurd. Er hob seinen Speer auf und sprang auf

Randvers Hochsitz, um über den Tumult hinwegzublicken. Er sah, wie Agnar der Jäger einem Mann mit seinen Langmessern die Kehle aufschlitzte und Valgerd einen großen schwarzbärtigen Krieger mit ihrem Speer durchbohrte. Dann erblickte er Runa. Sie wurde zur Tür gezerrt. Der Mann, der sie gepackt hatte, schien nicht genau zu wissen, was er tun sollte. Schließlich konnte er die zukünftige Braut kaum an ihren blonden Haaren nach draußen schleifen. Sigurd hob seinen Speer, um ihn zu werfen, beschloss dann jedoch, das Risiko nicht einzugehen.

»Die andere Tür, Sigurd!«, rief Svein und packte seine langstielige Axt unter dem Kopf. Die große Klinge schimmerte blutig.

Sigurd nickte. Sie rannten gemeinsam zur Rückseite der Halle, hinter das alte Segel, wo sich noch immer die Thralls drängten. Ihre Augen glänzten, und sie zitterten wie Espenlaub. Sigurd hob den eisernen Riegel der kleinen Tür, stieß sie auf, und sie stürmten hinaus. Dann liefen sie an der Außenseite der Halle entlang zum Haupteingang zurück.

»Runa!«, rief Sigurd. Als sie ihn sah, riss sie sich aus dem Griff des Kriegers frei. Der Mann schien nichts dagegen zu haben, sie endlich los zu sein, weil er sich jetzt seinen Feinden zuwenden und die Arbeit eines Mannes tun konnte. Runa lief zu Sigurd und warf sich ihm an die Brust. Er hielt sie fest und drückte sein Gesicht in ihr duftendes Haar.

Randvers Krieger war nicht zurückgewichen, sondern hob jetzt sein Schwert. Svein schwang seine Kriegsaxt zweimal durch die Luft und hämmerte sie dann mit ausgestreckten Armen auf den Kopf des Mannes. Sie drang ihm durch den Schädel bis zur Kehle, wo die Klinge im Schlüsselbein stecken blieb.

Frauen liefen aus dem Haus, rannten die Felsenklippen hinauf oder hinunter zum Meer. Durch die offenen Türen drängten jetzt auch immer mehr Kämpfende. Randvers Männer brüllten sich Anfeuerungen zu, um der todbringenden Welle, die über sie hinwegschwappte, entgegenzutreten. Randver kam ebenfalls heraus, aber er war von einigen Gefolgsleuten umringt. Skarth war bei ihm. Sigurd gefror das Blut in den Adern, doch dann sah er, wie Olaf heraustrat, mit wutverzerrtem Gesicht und bluttriefendem Schwert.

»Bleib zurück, Runa«, sagte Sigurd, an seine Schwester gewandt. Er trat einen Schritt vor und schleuderte seinen Speer. Er flog geradewegs auf Randver zu, aber Skarth reagierte blitzschnell. Er schwang sein Schwert und traf den Speer in der Luft, bevor er seinen Herrn durchbohren konnte. Doch ihm blieb keine Zeit, sich über seinen Erfolg zu freuen, denn in diesem Moment kamen Sigurds Männer aus der Halle gestürzt und fielen über Randvers verbliebene Herdkarls her. Torving sprang vor, mit schwingenden weißen Zöpfen, und bohrte seinen Speer in das weiche Fleisch unter dem erhobenen Schwertarm eines Mannes. Bram hackte einem Mann das Bein ab und drehte sich dann zu Bartzopf um, der sein Schwert gegen das von Bram hämmerte. Bram fing den Schlag ab, kippte seinen Schild und schlug Bartzopf den Rand ins Gesicht. Der taumelte, wie ein angestochenes Rind. Dann schob Bram Bjarni und Grundar mit der Schulter zur Seite und hieb sein Schwert Bartzopf in den Schädel, der in einem Schwall aus Blut, Knochen und grauem Gehirn aufplatzte.

»Randver!«, brüllte Sigurd, riss Trollkitzler aus der Scheide und deutete drohend damit auf den Jarl, der sich in den Kampf gestürzt hatte. Er schlug auf Hauks Schild, dass die Splitter nur so flogen. »Randver, du miese Eiterbeule! Die Götter haben dich verlassen!«

Der Jarl war zu sehr damit beschäftigt, um sein Leben zu kämpfen, sodass er keine Zeit hatte, Beleidigungen auszutauschen. Ein weiterer seiner Krieger starb, gefällt von Bjarnis Axt. Floki duckte sich unter Amleths wildem Schlag und öffnete ihm mit seiner Klinge die Schulter bis zum Knochen. Amleth kreischte. Skarth stürzte sich auf Floki und schleuderte ihn zurück gegen Karsten und Bodvar.

Sigurd wollte Runa nur ungern allein lassen, aber der Kampfrausch hatte ihn gepackt, und er war ebenso begierig darauf, mit seinem Schwert Feinde zu durchbohren, wie ein Blutegel nach Blut giert. »Bleib bei Runa, Svein!«

Der Hüne nickte grimmig. In diesem Moment schrie Valgerd laut Sigurds Namen, und als er zu ihr aufsah, riss sie den Speer hoch über das Gewühl aus Kämpfenden. Sigurd sah durch den feinen Regenschleier, der alles zu umhüllen schien, dass Krieger über die Anhöhe vom Meer heranstürmten.

»Bei Thórs Arsch! Jetzt haben wir endlich einen richtigen Kampf.« Svein schritt auf die Neuankömmlinge zu und schwang die Axt.

»Schildwall!«, brüllte Olaf, aber Sigurd versuchte immer noch, an Randver heranzukommen. Der Jarl war nur noch von vier blutbefleckten und verzweifelten Männern umringt, darunter Amleth und Skarth, und wenn Sigurd Randver töten konnte, war die Sache vielleicht beendet.

»Skjaldborg!«, rief Olaf erneut. »Sigurd, verflucht sei dein sturer Schädel! Hierher, in den Schildwall, sofort!«, brüllte er.

Sigurd presste einen Fluch zwischen den Zähnen hervor, weil er so dicht davor gewesen war, endlich Rache zu nehmen, die jetzt aber warten musste. Er schrie Runa zu, sie solle sich zwischen seinen Leuten und Randvers Halle halten, während er mit Svein zu dem Schildwall schritt und seine Position einnahm. Die Neuankömmlinge, offenbar die Mannschaft eines der anderen Schiffe des Jarls, das zurückgekommen war, beeilten sich, zu den wenigen Überlebenden zu gelangen, die sich Sigurd und seinen Wölfen gegenübersahen. Sie waren mit Schilden und Speeren bewaffnet, und einige trugen sogar Kettenpanzer, sodass sich die Waage jetzt zur anderen Seite neigte, jedenfalls was die Zahl der Männer anging.

Olaf wusste das nur zu gut, weshalb er den Leuten neben sich zuschrie, vorzurücken und den Abstand zu verkürzen, den der Jarl und seine Männer zwischen sie gelegt hatten.

»Da kommen immer mehr von diesen Hurensöhnen«, knurrte Ubba. Das stimmte, denn noch immer rannten Männer über den Kamm, voller Wut, als sie sahen, dass ihr Herr in Gefahr schwebte und so viele ihrer Kameraden vor ihrer Halle niedergemetzelt worden waren.

»Da bin ich aber froh«, erklärte Bram. »Wär sonst auch zu einfach gewesen.« Sein Kyrtill aus dickem Leder war blutüberströmt, und er schlug mit dem Griff seines Schwertes gegen die Innenseite seines Schildes. Die anderen nahmen den Rhythmus auf, während sie Schritt für Schritt in Richtung auf den Feind vorrückten, während Jarl Randver seine Befehle schrie und versuchte, so etwas wie einen Schildwall aufzubauen. Aus der Axtwunde in Amleths linker Schulter quoll das Blut an seiner Seite hinunter, und sein Gesicht war aschfahl. Aber er stand immer noch dort neben seinem Vater und klammerte sich mit allem, was er hatte, an sein erbärmliches Leben an diesem vollkommen missratenen Tag.

Dann prallten die beiden Schildwälle mit einem dumpfen Dröhnen von Holz gegen Holz und dem Klirren von Stahl auf Stahl gegeneinander. Sigurd bekam es mit einem frischen Kämpfer zu tun, der ein Kettenhemd trug, einen dichten Bart hatte und sehr kräftig war. Sigurd schwang Trollkitzler hoch durch die Luft und drehte sein Handgelenk, um die Klinge zu kippen und sie in den Rücken des Kämpfers zu bohren. Aber das Brynja des Mannes und das Leder darunter lenkten den Hieb ab. Hastig zog Sigurd das Schwert wieder zurück, damit ihm niemand den Arm abhacken konnte.

»Da musst du dir schon etwas Besseres einfallen lassen, Junge!«, stieß der Mann hervor und rammte seinen Schild gegen den von Sigurd. Sigurd rammte seinen hinteren Fuß neu in die Erde und stemmte sich mit aller Kraft dagegen, um nicht zurückgeschoben zu werden. Auf beiden Seiten stießen Männer mit Speeren und Schwertern über den oberen Rand der Schilde, versuchten Gesichter und ungeschützte Schultern zu treffen.

Hinter Sigurds Barriere aus Eisen und Fleisch liefen Asgot und Valgerd hin und her wie Wölfe, die einen Weg in einen Pferch suchten. Sie zertrümmerten Schädel, zerfetzten Lenden und durchbohrten Bäuche. Aber das zahlenmäßige Übergewicht der Feinde machte sich allmählich bemerkbar, und Sigurds Schildwall konnte nicht mehr weiter vorrücken, weil immer mehr von Randvers Männern sich ins Getümmel stürzten und dessen Schildwall mittlerweile zwei Reihen tief war.

Sigurd rammte Trollkitzler hinter sich in den Boden und zog den Sax aus seiner Scheide.

»Valgerd!«, schrie er. Die Schildmaid, die hinter ihm stand, wusste, was er vorhatte, denn sie drängte sich von hinten an ihn und stieß mit ihrem Speer über seinen Schild auf den Mann, mit dem er gerade rang. Sigurd hörte, wie die Spitze ihrer Waffe von dem Helm des Mannes abrutschte, der im nächsten Moment den Schild ein Stück höher hob. Genau das hatte Sigurd beabsichtigt. Er hielt den Druck gegen den Schild seines Widersachers aufrecht, bis er sich plötzlich auf das linke Knie fallen ließ und den Scramasax mit aller Kraft, die er zur Verfügung hatte, nach oben riss. Die Spitze der Klinge durchbohrte Kettenglieder, Leder, Haut und Fett.

»Óðin!«, schrie er und riss den Sax durch den Bauch des Mannes, bis er das heiße Blut auf seiner Hand spürte. Dann richtete er sich wieder auf, stemmte seine Schulter in den Schild und versuchte vorwärtszugehen. Aber er rutschte auf den glitschigen Gedärmen des Mannes aus und konnte gerade noch sein Gleichgewicht halten.

»Tötet sie!«, brüllte Olaf. »Schlitzt diese stinkenden Schweine auf!«

Der Lärm war ohrenbetäubend. Blut, Speichel und Flüche flogen hin und her. Männer schrien vor Schmerz, bluteten, starben und verpesteten die Luft mit dem stinkenden Inhalt ihrer Därme. Sigurd blickte hoch, und sah wie Torving fiel. Ein Speer hatte ihm den Hals aufgerissen. Die Männer aus Osøyro um ihn herum brüllten laut und stachelten sich gegenseitig an, ihren gefallenen Schwertbruder zu rächen. Aber es war deutlich zu erkennen, dass sie allmählich müde wurden.

Skarth schrie Olaf an, er solle kommen und gegen ihn kämpfen, und Sigurd wusste, dass Olaf nichts in der Welt lieber getan hätte, als sich Randvers Preiskämpfer im Kampf Mann gegen Mann zu stellen. Aber er wusste auch, dass sein Freund deswegen niemals aus dem Schildwall ausbrechen und ihn schwächen würde.

»Kämpf gegen mich, Olaf!«, brüllte Skarth und hämmerte sein Schwert gegen Hendils Schild. Holzsplitter flogen durch die Luft. »Kämpf gegen mich, du feiges Stück Scheiße! Du Rabenquäler!« Sein nächster Schlag spaltete Hendils Schild in zwei Teile. Sigurds Mann brüllte trotzig und hob die restliche Hälfte, aber das reichte nicht. Mit dem nächsten Hieb trennte Skarth ihm den Arm am Ellbogen ab. Aus dem Stumpf spritzte Blut über seine Zähne und Lippen. Hendil wich jedoch nicht zurück, sondern schwang sein eigenes Schwert gegen Skarth. Aber Randvers Preiskämpfer rammte sein Eisen in Hendils Gesicht, so fest, dass eine ganze Fußlänge Stahl aus dessen Hinterkopf herausragte.

»Zusammenrücken!«, schrie Sigurd, während ein Schwert von seiner gepanzerten Schulter abrutschte und eine Speerklinge gegen seinen Helm klirrte. Neben ihm grunzte Bjørn, als eine Klinge ihren Weg an seinem Schild vorbei fand, aber er wich nicht zurück, biss die Zähne zusammen und vergalt Schlag mit Schlag. Trotzdem wurden sie langsam zurückgeschoben, und Sigurd riss rasch sein Schwert aus der Erde, damit er es nicht verlor, wenn ihr Schildwall schließlich nachgeben sollte.

Hauk wich zurück. Ein Pfeilschuss von den Schützen im Hinterhalt hatte ihn an der Wange verletzt. Der Mann, der seine Position einnahm, war Olaf.

»Wir können so weitermachen und hoffen, dass wir nicht sterben«, brummte Olaf, ohne sich zu Sigurd umzudrehen. »Oder wir laufen zu den Schiffen und bringen die Sache an einem anderen Tag zu Ende.«

Sigurd war halb blind von dem Blut anderer Männer in seinem Gesicht, und seine Ohren dröhnten von dem Schlachtenlärm, als würde jemand in seinem Kopf mit einem Hammer auf einen Amboss schlagen. Er wusste nicht, was er tun sollte. Seine Gedanken zuckten wild in seinem Schädel wie Flammen, in die der Wind fährt.

»Wir können sie schlagen!«, spie er hervor. In seinem Mund hatte er den metallischen Geschmack von Blut, und seine Arme brannten von der Anstrengung des Kampfes mit Schwert und Schild.

»Nein, Junge, das können wir nicht!«, widersprach Olaf. Er stieß sein Schwert über seinen Schild hinweg und zog die blutige Klinge blitzartig zurück.

Sigurd hörte, wie Jarl Randver seine Männer anschrie, weiter vorzurücken. Er hörte, wie der Jarl seinen Herdkarls versicherte, dass sein Sohn Hrani schon bald kommen und zu ihnen stoßen würde und mit ihm zusammen vier weitere Mannschaften. Sigurd wusste, dass seine eigenen Leute in einem schrecklichen, blutigen Gemetzel sterben würden, wenn sie tatsächlich kämen.

Olaf hatte recht. Sie mussten sich zurückziehen. Wenn

sie es bis zur Mole schaffen, konnten sie vielleicht das erstbeste Schiff entern und dem Gemetzel entkommen.

Oder aber sie wurden niedergemacht, bevor einer von ihnen auch nur das Meer erreichte.

»Nach rechts drehen!«, schrie Olaf. Die linke Seite ihres Schildwalls gab langsam nach. Die Männer hielten ihre Schilde hoch und kämpften weiter. Sigurd und die rechts von ihm waren gaben nicht einen Fußbreit Boden preis, sondern drehten sich nur langsam, aber stetig nach links. Der ganze Schildwall drehte sich, während Randvers Leute weiterdrängten, so gut sie konnten, in dem Glauben, dass sie es waren, die diesen Rückzug bewirkten. Sigurd nahm sich vor, sich später bei Olaf dafür zu bedanken, dass er seine Leute so gut gedrillt hatte, bevor sie auch nur einen Fuß nach Hinderå setzten. Denn jetzt standen sie mit dem Rücken zum Meer.

»Macht ein bisschen Platz, Jungs«, sagte Hauk. Sigurd und Bjørn drehten ihre Körper ein Stück zur Seite, damit der Mann aus Osøyro sich wieder in den Schildwall zwischen ihnen schieben konnte.

»Erinnert dich das an alte Zeiten, Weißbart?«, rief Bjørn. Nicht dass der Bart des Mannes jetzt noch weiß gewesen wäre. Der Pfeil hatte ihm eine tiefe Wunde in die Wange gerissen, aus der dunkles Blut strömte.

»Allerdings, Junge, wir hatten ein paar Scharmützel wie dies hier«, erwiderte Hauk. »Wenn wir nicht gerade damit beschäftigt waren, richtig zu kämpfen.«

Die Männer, die ihren Wortwechsel gehört hatten, lachten über seine Worte, was angesichts der Lage, in der sie sich befanden, ein gutes Zeichen war. Sigurd warf einen Blick über die Schulter und sah erleichtert Runa hinter sich stehen. Sie hatte einen Speer vom Boden aufgehoben und hielt ihn jetzt mit beiden Händen, während sie mit großen Augen auf das Gemetzel vor sich starrte.

»Schön langsam, Männer!«, schrie Olaf. Aber weder Olaf noch Sigurd brauchten den Kriegern jetzt noch zu sagen, wie der Plan aussah. Wie auf Kommando bewegten sie sich langsam über den regennassen, schlammigen Boden zurück, mit schmerzenden Muskeln, mit Mündern, die zu trocken waren, um schlucken zu können, und mit Augen, in denen Blut und Schweiß brannten. Sie wichen langsam zurück zur Klippe. Zum Meer.

»Runa, du bist meine Augen!«, schrie Sigurd. So gerne er sie auch bei sich behalten hätte, es war noch wichtiger, zu wissen, ob sie nicht rückwärts in eine weitere Gruppe von Randvers Männern marschierten. Runa wusste, was ihr Bruder von ihr erwartete, rannte über den Pfad und verschwand jenseits der Böschung. Sie blieb so lange fort, dass Sigurd sich bereits Sorgen um sie machte.

»Zurückbleiben!«, schrie jemand in Randvers Schildwall. Plötzlich war der Druck auf Sigurds Schild verschwunden, und es gab wieder freien Raum zwischen den beiden Schildwällen. Die Männer atmeten tief durch, saugten die feuchte Luft in ihre Lungen und spuckten Schleim aus. Sie rieben sich den Schweiß aus den Augen, überprüften ihre Schilde auf Schäden und riefen die Götter an.

»Wir halten uns gut!« Olaf lockerte seine Schultern und massierte sich einen verhärteten Muskel am Hals. »Aber wir können nicht hierbleiben!«

Sigurd wusste, dass sein Freund recht hatte. Sie hatten viele von Randvers Männern niedergemacht und waren sogar kurz davor gewesen, den Jarl selbst zu töten. Aber jetzt hatte sich das Blatt gewendet. Selbst mit dem Vorteil, den ihre Brynjur und die Geschicklichkeit im Umgang mit den Schwertern ihnen verliehen, wäre es unverantwortlich gewesen, das Kriegsglück erneut herauszufordern. Sigurd schuldete es seinen eidgebundenen Kameraden, dass sie diesen blutigen Tag überlebten.

»Die Hurensöhne verstehen ihr Handwerk.« Aus Hauks Bartzöpfen tropfte das Blut. Tatsächlich nutzte Jarl Randver klugerweise die Kampfpause, um seinen Schildwall neu aufzubauen. Er stellte die am besten gepanzerten Männer, die mit Brynjur oder Helmen oder guter Lederrüstung, in die erste Reihe und die übrigen dahinter. Er hatte noch mehr als vierzig Männer zur Verfügung und befahl einigen von ihnen, einen zweiten Schildwall zu errichten, aus acht Männern und Speeren, der sie beim nächsten Kampf, wie Sigurd vermutete, von hinten angreifen würde.

In diesem Moment kam Runa wieder zurück, und Sigurd dankte den Göttern dafür. Sie rang nach Luft, suchte Sigurds Blick.

»Es ist niemand zwischen uns und der Mole, Bruder«, rief sie. Das war in Sigurds Ohren wie Bier in der Kehle eines Verdurstenden.

Er nickte, und noch während er sprach, bildete sich ein Plan in seinem Kopf.

»Onkel, kannst du den Männern aus Hinderå einen guten Grund geben, damit sie sich in die Hose pissen?«

Olaf runzelte die Stirn, doch dann begriff er, was Sigurd vorhatte. Er nickte. »Ich kann diese Schweinehunde eine Weile ablenken, Sigurd«, sagte er. »Aber sie werden es trotzdem bald durchschauen, und dann muss jeder für sich selber kämpfen. Dann herrscht blutiges Chaos.«

Sigurd grinste. »Die Götter lieben das Chaos, Onkel«, sagte er und rief nach Valgerd und Karsten Ríkr, die aus dem Schildwall traten. Sie blinzelten sich den Schweiß aus den Augen. Als Sigurd den beiden und Runa sagte, was er von ihnen wollte, nickten sie und sahen sich entschlossen an.

»Fertig, Onkel«, rief Sigurd dann. Olaf nickte erneut, spuckte auf den Boden und hämmerte mit dem Schwert gegen seinen Schild.

»Svinfylkja!«, brüllte Olaf so laut, dass selbst die eisigen Toten unten in Niflheim seine Stimme gehört haben mussten. Olaf rührte sich nicht, aber alle anderen bewegten sich, lösten den Schildwall auf, und ihre Waffen und Rüstungen klirrten, als sie sich hinter Olaf in der keilförmigen Formation aufstellten, die den Namen »Schweinekopf« trug. Während sie das taten, schrie Randver seinen Männern zu, sich bereit zu machen, und seine Leute hämmerten mit Speeren und Schwertern gegen ihre eigenen Schilde, um sich Mut zu machen und sich auf den bevorstehenden Aufprall vorzubereiten.

Sie waren zu sehr von dem waffenstarrenden, gepanzerten Keil abgelenkt, der sich ihnen entgegenstellte, um einen Gedanken auf die drei Gestalten zu verschwenden, die zum Meer liefen.

Sigurd trat hinter Olaf.

»Zur Seite, Onkel«, sagte er.

»Denk nicht mal dran, Junge«, gab Olaf zurück, ohne sich umzusehen.

»Tritt zur Seite, Olaf«, wiederholte Sigurd. »Sie haben

sich ihres Eides würdig gezeigt, und ich werde meinen Teil des Eides ebenfalls erfüllen.«

Olaf sah ihn finster an. Dann schüttelte er den Kopf, knurrte einen Fluch und trat zur Seite. Er überließ Sigurd den Platz an der Spitze des Keils, denn Sigurd hatte geschworen, seinen Männern im Kampf voranzugehen, und er wollte, dass sie sahen, dass er zu seinem Wort stand.

Olaf war direkt hinter seiner linken Schulter, und Svein drängte Bjørn zurück, um sich rechts hinter ihm aufzubauen. Die halbmondförmige Schneide seiner Axt schimmerte rot von Blut, und sein bärtiges Gesicht war von einer entschlossenen Grimasse verzerrt. Hinter ihm standen Floki, Bram und Bjørn, und dahinter der Rest der Formation. Sigurd kannte die Männer, die hier bei ihm standen, und hätte fast die Männer in dem feindlichen Schildwall vor ihm bedauert.

Er wünschte sich, sein Vater und seine Brüder könnten ihn jetzt sehen, wie er ihrem gemeinsamen Feind beherzt und unter den Blicken von Óðin Einauge und Vidar dem Rachegott entgegentrat. Was nicht hieß, dass Sigurd nicht auch den Wurm der Angst gespürt hätte, der sich in seinen Eingeweiden wand. Aber es war nicht die Angst vor Schmerz oder Tod, denn im Tod würde er zweifellos Met mit seinen Brüdern und seinem Vater in der Halle der Asen trinken. Der sich windende Wurm war vielmehr die Angst, das Feuer, das er in sich fühlte, nicht im Blut dieses Kampfes löschen zu können. Er hatte alles getan, was er konnte, um die Aufmerksamkeit des Allvaters auf sich zu lenken. Jetzt würde er den Speergott ehren, indem er Óðins Namen gerecht wurde, der »Wahnsinn« bedeutete.

»*Los!*«

Er brüllte es seinen Männer zu, hob seinen schartigen Schild und zog hastig den Kopf ein, als ein Pfeil von seinem Helm abprallte und harmlos zu Boden fiel. Seine Gefährten setzten sich mit ihm in Bewegung, blieben dicht zusammen, hielten den Keil fest und stark und brüllten, während sie den Abstand zu ihrem Feind überbrückten. Sigurd grub mit seinem erstem Schlag Trollkitzler tief in den Schild eines Mannes. Er drückte den Schild zu Boden, sodass Bram seine Schwertspitze in das Auge des Feindes rammen konnte. Als er sie herauszog, spritzte Sigurd heißes Blut ins Gesicht. Sigurd riss seine Klinge aus dem gesplitterten Schild und drängte weiter vor. Svein rammte den Kopf seiner langstieligen Axt in ein bärtiges Gesicht, zertrümmerte den Schädel, drehte sie herum und hakte die sichelförmige Klinge in den Nacken eines anderen Kriegers. Dann zog er ihn mit aller Kraft zurück. Floki schlug mit der einen Axt den Schild des Feindes zur Seite und hämmerte seine Faustaxt in dessen Stirn.

Sie gingen unaufhaltsam vorwärts, bohrten sich durch Randvers Schildwall hindurch wie ein Nagel, der durch ein grünes Fichtenbrett getrieben wurde, und ein Mann nach dem anderen fiel unter ihren Klingen. Aber die Keilformation konnte nicht mehr gehalten werden, als die Feinde sich um sie herum schlossen und von allen Seiten Speere gegen sie stießen. Nach zehn hämmernden Herzschlägen gab es keinen Keil mehr, sondern nur noch einen Haufen von Männern, die gegen mehr als doppelt so viele Feinde um ihr Leben kämpften. Sigurd war im Mittelpunkt dieses ganzen Knäuels, als hätten sich seine Hauskarls um ihn herum versammelt, um ihn zu schützen, und einen Moment lang stand er reglos da und lauschte dem ohrenbetäubenden Chaos, das um ihn herum tobte.

Er sah, wie Ubba einem Mann den Schildbuckel ins Gesicht rammte und den Benommenen dann zu Boden schlug. Er sah, wie Bjarni sich unter einem Schwerthieb wegduckte und dann seine Klinge in die Innenseite des Oberschenkels des Mannes stieß. Er sah den Schrei des Mannes mehr, als dass er ihn hörte. Sigurd dreht sich herum und erblickte Agnar den Jäger und Kætil Kartr, die Rücken an Rücken kämpften. Agnar fing einen Schwertschlag mit gekreuzten Langmessern ab, dann schlug er die Klinge mit einem Messer beiseite und zog das andere durch ein Gesicht. Kætil blutete aus mehreren Wunden, von denen die schlimmste eine tiefe Schnittwunde in seiner Schulter war. Sie schien von einer Axt zu stammen. Doch er kämpfte wie ein Held aus einer alten Sage und schrie seinen Feinden Herausforderungen zu.

Die alten Krieger, die einst für Jarl Hakon Brenner gekämpft hatten, fochten ebenfalls heldenhaft. Was ihnen an Kraft fehlte, machten sie durch Erfahrung wett. Hauk stand mit grimmigem Gesicht zwischen Bodvar und Grundar. Sie waren die Letzten ihres alten Herdes, Männer eines längst vergangenen Zeitalters.

»Wir müssen verschwinden, Sigurd!«, schrie Olaf, und Sigurd hielt inne, suchte instinktiv nach Randver, versuchte den Jarl in diesem Gewühl von Leibern und Eisen zu finden. »Er hat sich in Sicherheit gebracht«, rief Olaf. Er wusste, was Sigurd dachte. »Wir kommen nicht an ihn heran, Sigurd, und wenn wir hier verrecken, werden wir diesen Hurensohn von König niemals erwischen!«

»Zum Meer!«, brüllte Sigurd. Seine Wölfe reagierten

mit einem letzten großen Aufbäumen, versuchten ihre Widersacher zu Boden zu schlagen, um sich eine Chance zur Flucht zu erkämpfen. Da Randver nicht mehr mitkämpfte, wussten seine Leute nicht genau, was sie tun sollten. Sigurds Hauskarls waren in der Lage, sich erneut zusammenzuscharen, bildeten einen lockeren Schildwall gegen den übel zugerichteten Feind, der erleichtert zu sein schien, Atem schöpfen zu können.

Ohne die Männer des Jarls aus den Augen zu lassen, wich Sigurds Mannschaft rückwärts, zu der Stelle am Rand der Klippe, den sie zuvor eingenommen hatten – bis auf Hauk und seine beiden Gefährten, die plötzlich stehen blieben, ihre Füße in den Boden pflanzten und ihre blutbespritzten, zerhackten Schilde zu einem kleinen Wall zusammenfügten. Sie wirkten erschöpft, aber sie hielten die Köpfe aufrecht und versuchten, gerade dazustehen.

»Hierher, Hauk!«, brüllte Sigurd.

»Nein, Junge!«, rief Hauk über die Schulter. »Wir sind noch nie weggelaufen, vor keinem Kampf. Und das werden wir auch heute nicht tun.«

»Wir können es immer noch schaffen, Hauk!«, rief Sigurd.

»Das solltest du auch tun, Junge!«, gab der alte Mann zurück. »Ich erwarte, dass du hierher zurückkommst und beendest, was wir angefangen haben.« Er hämmerte seinen Schwertgriff gegen seinen zerhackten Schild. »Männer von Osøyro!« Seine Stimme klang trocken und rissig wie altes Leder. »Heute Nacht werden wir mit unseren Schwertbrüdern in Walhall trinken!« Grundar und Bodvar schlugen ebenfalls mit ihren Waffen gegen die

Schilde und schleuderten ihren Feinden, die sich anschickten, sie zu töten, Beleidigungen entgegen. Es war eine letzte stolze Darbietung von Trotz angesichts des Todes, woraufhin Sigurds Mannschaft ebenfalls mit ihren Waffen gegen ihre Schilde hämmerte. Und nicht wenige sahen aus, als würden sie lieber bleiben, um die Sache so oder so zu beenden. »Jetzt verschwindet!«, schrie Hauk über die Schulter zurück. »Wir warten auf euch in der prachtvollen Halle der Gefallenen, Sigurd Haraldarson!«

Sigurd schüttelte den Kopf, aber eine große Hand legte sich auf seine Schulter. »Besser, sie enden es so, als mit einem Speer im Rücken«, sagte Olaf und deutete auf den kläglichen Schildwall. Sigurd wusste, dass sein Freund recht hatte, denn Hauk und die anderen hatten nicht mehr genug Kraft, um zu rennen. Doch der Gedanke, sie hier zurückzulassen, wo man sie abschlachten würde, brannte wie Feuer in Sigurds Brust. Erst recht, als jetzt Skarth die Krieger des Jarls anschrie, sie zu einer letzten Anstrengung anstachelte, während er auf die Männer von Osøyro zuschritt.

Sigurd warf einen letzten Blick auf die drei tapferen Männer, die ihre alten Beine in den Boden gepflanzt hatten, so fest, dass nur der Tod sie lösen konnte.

Dann drehte er sich um und rannte zum Meer.

21

Sie rannten über den steinigen Pfad, der zum Ufer führte, während das letzte Schwertlied der Männer von Osøyro noch in Sigurds Ohren klang. Doch als sie mit klappernden Waffen auf die Mole stürmten, hüpfte ihm das Herz vor Freude in der Brust. Denn Runa, Valgerd und Karsten standen an Bord der *Reijnen*, dem alten Schiff seines Vaters. Das Drachenschiff hatte die Taue bereits gelöst.

»Wir reisen ab?« Karsten stand auf dem Kielschwein und grinste. Die Männer sprangen an Bord, und einige machten sich sofort daran, mit dem Segel zu helfen, während andere die Riemen von den Ruderbäumen nahmen und sie durch die Ruderlöcher im Rumpf schoben. Sie brauchten Wind und Muskeln, um möglichst viel Wasser zwischen sich und Jarl Randver zu legen.

»Tut gut, die alte *Reijnen* wiederzusehen«, sagte Olaf und nahm den Riemen, den Bram ihm gab. Dann bereiteten sich die beiden darauf vor, das Schiff von der Mole abzustoßen.

Sigurd roch den vertrauten Duft – das Kiefernharz, die geteerten Taue, das nasse, wollene Segel und das schlammige Wasser in der Bilge bei den Ballaststeinen.

»Wir hätten sie abgefackelt, aber sie waren zu nass, und wir hatten keine Zeit.« Valgerd deutete mit einem Nicken auf Jarl Haralds anderes Schiff, die *Seeadler*, und Randvers

Lieblingsschiff, die *Fjord-Wolf*, die jetzt führungslos von ihren Liegeplätzen wegtrieben, da ihre Haltetaue durchtrennt waren.

»Du hast getan, was du konntest«, sagte Sigurd und bedankte sich bei Valgerd mit einem Nicken. Dann blickte er zum Hügel, über dessen Kuppe jetzt Jarl Randvers Männer liefen. Sie fluchten bei dem Anblick, der sich ihnen bot – zwei Schiffe, die herrenlos im Wasser trieben, und die *Reijnen*, die sich langsam von der Mole entfernte.

»Niemand wird sagen können, wir hätten ihnen das Haustblót-Fest nicht gehörig verdorben!«, rief Olaf. Er erntete lautes Gelächter – von blutüberströmten Männern, die die Riemen durch das schiefergraue, aufgewühlte Wasser zogen. Die meisten von ihnen standen tief gebückt da, weil keine Seekisten an Bord waren, auf die sie sich hätten setzen können.

»Auf der *Fjord-Wolf* waren Seekisten«, sagte Runa, die Sigurds Blick auf die rudernden Männer verfolgt hatte, »und der Mann da schlug vor, lieber die *Fjord-Wolf* zu nehmen.« Sie deutete auf Karsten, der hinter ihnen an der Ruderpinne stand. »Ich habe ihm gesagt, dass du lieber auf der *Reijnen* segeln wirst.«

Sigurd sah, dass sie am ganzen Körper zitterte und legte den Arm um sie. Er zuckte zusammen, als sein von zahllosen Wunden übersäter Körper schmerzend protestierte. Aber es waren nur die üblichen Verletzungen, nichts Lebensgefährliches. »Glaubst du wirklich, dass Vater sie diesem Haufen Ziegenscheiße überlassen hätte?« Er beobachtete Randver, der jetzt ebenfalls auf der Mole stand und seinen Männern Befehle zubrüllte. Sie liefen kopflos über die Bohlen, wussten offensichtlich nicht, was sie machen sollten. Einige hatten inzwischen ein kleines Boot aufgetrieben und ruderten damit zur *Fjord-Wolf*.

Runa strich sich das nasse Haar aus dem Gesicht und fragte Sigurd, ob sie ebenfalls rudern sollte. Er schüttelte den Kopf.

»Wir werden jeden Moment in den Wind kommen, und Karsten ist ein guter Steuermann.« Er nahm seinen Umhang ab und bemerkte erleichtert, dass nicht viel Blut darauf war. Dann legte er ihn seiner Schwester um die Schultern, über den Mantel, den sie bereits trug. »Ruh dich aus, solange wir nicht kämpfen müssen.« Er deutete auf eine Ducht in der Nähe des Hecks, auf die sie sich setzen konnte. Dann drehte er sich um und musterte seine Mannschaft.

Kætil Kartr ruderte nicht. Er schien viel Blut verloren zu haben, denn er war so weiß wie ein Leichentuch. Trotzdem stand er aufrecht da und beobachtete das Ufer, statt seine Kräfte zu schonen. Bjørn verzog schmerzverzerrt das Gesicht wegen der Wunde in seiner Seite, wo sein Brynja zerfetzt und blutig war, und wäre der Schädel von Agnar dem Jäger ein Schiffsrumpf gewesen, hätte seine Mannschaft alle Hände voll zu tun gehabt, das Leck zu stopfen, denn er hatte eine tiefe, schrecklich blutende Wunde auf seinem Kopf.

Trotzdem, sie hatten fünf Schwertbrüder da oben auf dem Hügel gelassen, und Sigurd war klar, dass dies die tiefste Wunde für sie alle war.

»Mach, dass ihre Eier verschrumpeln und abfallen, Asgot!«, schrie Ubba dem Godi zu, der am Heck stand und die Arme in den Himmel hob, während er ihren Feinden am Ufer einen Galdr zuschrie. Seine schneidende

Stimme allein klang schon furchterregend, selbst wenn man den Seiðr nicht kannte, den er bewirkte. Aber Sigurd verstand genug davon, um zu wissen, dass Asgot Jarl Randvers Untergang beschwor. Kein Heldenfeuer sollte für Randver lodern, sondern eine kalte Klinge und ein noch kälteres Grab sollten auf ihn warten, und die Männer und Frauen an Bord der *Reijnen* waren froh, dass dieser düstere, schreckliche Fluch nicht ihnen galt.

»Das reicht. Zieht die Riemen ein, Jungs!«, rief Olaf, als das Segel sich im Wind blähte. Er schob sein Ruder durch das Loch nach außen und hob es dann über das Dollbord wieder ins Boot. Dann stand er auf und ging zu Sigurd, der immer noch am Achtersteven stand und zusah, wie Randvers Männer die *Fjord-Wolf* zurück zur Mole brachten. Dort warteten die anderen, deren Speere auf die tief hängenden Gewitterwolken deuteten, die von Osten heranzogen. Möwen kreisten über ihnen, stießen wütende Schreie aus, vielleicht als Antwort auf Asgots Fluch. Auch Ráns weißhaarige Töchter tauchten hier und dort auf, huschten durch den Sund, als flüchteten sie ebenfalls vor dem Zorn des Jarls.

»Ich frage mich, wie es dem alten Solveijg und Hagal wohl ergangen ist«, sagte Olaf.

Sigurd sah sich um. Von der *Seekuh* war nichts zu sehen, und auch nicht von Randvers Schiffen, die sie nach Westen verfolgt hatten. Die Mannschaften, die aufgetaucht und dem Jarl den Kopf gerettet hatten, mussten hinter einer anderen Insel im Sund gelauert haben. Sigurd lächelte grimmig, als er überlegte, welche Mühe sich sein Feind bei dem Versuch gemacht hatte, ihn zu erwischen.

»Hört mal!« Svein legte eine Hand ans Ohr. »Ich glaube, ich höre was knirschen … Krähenlieds Arsch, der auf Grundeis geht!«

Olaf grinste. »Würde mich nicht wundern, schließlich sind vier Mannschaften hinter seinem Arsch her. Aber wenn du wirklich ganz genau hinhörst, dann hörst du auch das Lachen des alten Solveijg. Diese Hurensöhne werden verhungern, bevor sie diesen alten Bock einholen.«

»Dann lasst uns hoffen, dass wir nicht auf sie stoßen, wenn sie aufgegeben haben und umkehren, um nach Hause zu segeln!«, rief Karsten an der Ruderpinne.

»Wenn das passiert, finden wir heraus, wie gut du als Steuermann wirklich bist, hej!«, erwiderte Olaf, was dem Dänen nur ein gleichgültiges Schulterzucken entlockte.

Sigurd stand neben Olaf, und der Wind zerzauste ihre Bärte und trocknete das Blut, das ihre Haut und die eisernen Ringe ihrer Brynjur bedeckte. Schweigend beobachteten sie, wie ihr Feind sein Schiff in den östlichen Wind lenkte und eine schaumige Furche durch den Sund zog.

Sigurd stöhnte. Olaf wusste, wie ihm zumute war. »Wir hatten keine Wahl, Sigurd«, sagte er schließlich und kratzte sich den Bart.

»Es gibt immer eine Wahl, Onkel«, entgegnete Sigurd.

Olaf spitzte seine dicken Lippen. »Selbst ein Wolf lässt von seiner Beute ab, wenn der Bauer die Hunde loslässt.«

Sigurd sah auf. »Aber wir sind mehr als nur ein Wolf«, sagte er und deutete mit dem Arm auf das Deck und die Leute, die jetzt endlich Luft holen und sich um ihre Wunden kümmern konnten oder mit dem Segel arbeiteten, um im Wind zu bleiben. »Habe ich die Aufmerksamkeit des alten Feuerauges nur deshalb erregt, damit er zusehen kann, wie ich vor dem Mann flüchte, den umzubringen ich gelobt habe?«

»Nun, er ist nicht der Einzige, den wir erledigen müssen«, erwiderte Olaf.

»Und du glaubst, dass ich nach der Sache hier immer noch in Óðins Gunst stehe?«, wollte Sigurd wissen.

Olaf schien unschlüssig. Eine Weile kratzte er sich den Bart. »Du willst es wirklich hier und jetzt zu Ende bringen?« Er blickte Richtung Ufer, zu Randver, dessen Schiff jetzt ebenfalls Fahrt aufgenommen hatte. Dann sah er Sigurd an.

Sigurd erwiderte stumm seinen Blick, mit einem Ausdruck, der mehr sagte, als Worte je vermocht hätten.

»Bei Friggs Arsch!«, knurrte Olaf und drehte sich dann zu Karsten um. »Bring sie herum, gegen den Wind!«, rief er. »Siehst du diesen nichtswürdigen Haufen Hundescheiße von einem Schiff da drüben, voller Männer, die uns abschlachten wollen? Halt darauf zu!« Karsten klappte der Kiefer herunter, aber Olaf hatte sich schon zu der Mannschaft umgedreht, zu Svein und Floki, Bram, Bjarni, Bjørn und den anderen, die sich bei seinen Worten langsam erhoben.

»Habt ihr wirklich geglaubt, ihr könntet für den Rest des Tages faul auf euren Ärschen hocken?«, brüllte er. »Habt ihr gedacht, das Gerangel da oben hätte bewiesen, dass ihr würdige Kämpfer seid? Würdig, im selben Heldenlied wie Olaf der Schmied und Sigurd der Günstling Óðins erwähnt zu werden?«

Bjarni und Bjørn starrten ihn verblüfft an. Svein und Bram hingegen grinsten, wie Wölfe vor der Schafherde.

Floki hatte nur Augen für Sigurd und nickte langsam, als hätte er sein Leben lang auf diesen Moment gewartet.

»Nun, dann hat euer Reif-Geber euch etwas zu sagen.« Das war sehr schlau von Olaf, denn er erinnerte sie mit diesem Begriff an ihren Eid, ohne Sigurd einen Jarl zu nennen, der Armreife an seine Männer verteilte – eine Bezeichnung, die Sigurd noch nicht für sich in Anspruch nehmen konnte.

Der trat jetzt auf das niedrige Deck neben dem Ruder und stellte sich neben Karsten, der bereits damit beschäftigt war, die *Reijnen* in den Wind zu drehen.

»Seht hin!« Sigurd deutete über den Bug auf die *Fjord-Wolf.* »Dieser Jarl will unbedingt gegen uns kämpfen.« Er fing Runas sorgenvollen Blick auf, aber sein Entschluss war gefasst. »Svein, dein Vater Styrbjørn war ein Furcht einflößender Bugmann. Ich bin sicher, dass er stolz auf dich wäre, wenn du heute am Bug der *Reijnen* stehen würdest.«

Der rothaarige Hüne grinste wie ein Mann, dem man zwei Methörner in die Hände gedrückt hatte.

Sigurd wusste, dass Olaf erwartet hatte, am Bug zu stehen, aber Sigurd brauchte seine Kampfkraft und Erfahrung und wollte nicht riskieren, dass eine Verletzung ihn schon früh aus dem Gefecht riss.

»Ich laufe nicht vor diesem Jarl davon«, fuhr Sigurd fort, »sondern ich werde ihn töten, und die Götter werden mir dabei zusehen.« Er grinste ihnen aufmunternd zu. »Wenn einer von euch nicht mit mir kämpfen will, dann kann er jederzeit gehen. Ich halte niemanden auf.«

Sie lachten darüber, alle, selbst Kætil Kartr, der noch immer leichenblass war.

»Also gut, machen wir uns an die Arbeit!«, rief Olaf, während Karsten das Ruder hart Backbord legte und die *Reijnen* in den Wind brachte. Gleichzeitig ließen Bjarni und Bjørn eine Seite der Rah los, und die anderen lösten die Taue am Bug, mittschiffs und am Heck. Sigurd und Olaf zogen an den Seilen, die am Ende der Rah befestigt waren, um das Segel auf die andere Seite des Schiffes zu ziehen und wieder dicht an den Wind zu kommen. Es war eine mühsame Angelegenheit, die Kraft, Geschick und Übung brauchte. Als sie fertig waren und Karsten die *Reijnen* auf Kurs gebracht hatte, trimmten sie die Segel jedoch nicht erneut, wie sie es normalerweise getan hätten.

»Streicht die Rah«, rief Olaf, woraufhin sich die Männer erstaunte Blicke zuwarfen. »Und setzt die Anker. Ich nehme an, hier ist es flach genug.«

Sigurd sah ihn fragend an. Wenn sie das Segel strichen, waren sie manövrierunfähig. Olaf zuckte mit den Schultern und deutete mit einem Nicken auf die schaumigen Wellen, die über den Sund wogten. »Bei einem solchen Wetter die Schiffe zusammenzubinden ist, als würde man versuchen, einen Furz zu fangen. Wenn wir schon gegen diese räudigen Hunde kämpfen wollen, können wir zumindest versuchen, so ruhig dazuliegen wie eine frisch vermählte Braut in ihrer Hochzeitsnacht.«

Er sah mit einem entschuldigenden Blick zu Runa, die lächelte, um zu zeigen, dass sie es ihm nicht übel nahm.

»Ich bin nicht verheiratet, Onkel«, sagte sie, während die Anker an Bug und Heck ins Wasser klatschten. »Es gab da ein paar ungebetene Gäste, die das verhindert haben.«

Sigurd grinste Olaf an und schnappte sich seinen Helm. Das Lederfutter war nass von Schweiß, Regen und Blut.

»Das wird ein harter Kampf«, sagte er und band die Riemen unter dem Kinn zusammen. »Und einige von euch werden nach dem heutigen Tag nie wieder auf das Meer oder den Himmel blicken.« Die anderen setzten sich ebenfalls die Helme auf, nahmen Speere und Schilde von den Planken und schüttelten sich, um wieder Leben in ihre müden Glieder zu bekommen. »Wer auch immer heute fällt, wird mit einem Scheiterhaufen geehrt und mitsamt seinen Waffen in die Halle der Toten geschickt. Darauf habt ihr mein Wort.«

Mehr hatte Sigurd ihnen nicht zu sagen. Also drehte er sich um und sah zu, wie die *Fjord-Wolf* durch den Sund auf sie zusegelte. An ihrem Bug drängten sich Männer. Man sah blitzende Helme und Klingen.

Die Anker der *Reijnen* schienen zu halten, und der Bug des Schiffes deutete mehr oder weniger nach Nordosten. Die Strömung glitt sanft an ihr vorbei, statt sie querschiffs zu treffen, was sie hätte schaukeln lassen wie eine Kinderwiege.

Svein holte den Stevenkopf der *Reijnen* und befestigte ihn an der vorgesehenen Stelle am Bug. Dann schob er das Geweih hinein und jene, die neu auf der *Reijnen* waren, schienen zufrieden mit dem grimmigen Ausdruck der Bestie zu sein.

»Sie sieht besser aus als die meisten Frauen, mit denen mein Bruder es getrieben hat«, rief Bjarni bewundernd. Was möglicherweise sogar der Wahrheit entsprach, denn Bjørn widersprach nicht.

»Haltet euch von Skarth fern, wenn ihr könnt«, erklärte Olaf, als Sigurd und seine Eidgebundenen, insgesamt dreizehn Krieger, sich in einer Reihe an beiden Seiten des Bugs der *Reijnen* aufstellten.

»Das sagst du nur, weil du ihn für dich selbst haben willst«, erwiderte Ubba, der seine langstielige Axt unter dem Kopf gepackt hielt und das Ende des Stiels auf das Deck gestellt hatte.

Olaf stritt es nicht ab. »Wir haben da noch eine Sache zu klären«, sagte er.

»Ich werde jeden umbringen, der nah genug an mich herankommt«, antwortete Bram. »Und wenn das dieser Skarth ist, tut es mir leid für dich.«

Agnar der Jäger und Valgerd nahmen ihre Bögen und überprüften die Spannung. Sie würden nicht allzu weit schießen können, da die Sehnen nass waren, aber das spielte keine Rolle, denn in diesem Kampf würden sie auch nicht besonders weit schießen müssen, wie Svein zu Valgerd sagte, als sie den mit Pfeilen gefüllten Köcher am Dollbord der *Reijnen* festbanden.

»Dumm ist nur, dass wir gegen den Wind stehen«, fuhr der Hüne fort. »Wenn sie sich in die Hosen scheißen, weht der Gestank rüber.«

»Sie kommen!«, rief Olaf, als die Schlachtrufe ihrer Feinde über das Wasser hallten. Sigurd blickte Asgot an, der nickte, um ihm Mut zuzusprechen. Einige Männer berührten ihre Amulette, die sie um den Hals trugen, um das Glück zu beschwören, aber die meisten hatten genug Eisen an sich und berührten die Ringe ihrer Kettenpanzer, die Speerspitzen, Helme oder Schwertgriffe.

»Es ist so weit, Runa«, sagte Sigurd. Sie nickte und erwiderte für einen Moment seinen Blick, dann nahm sie einen Schild und hockte sich damit neben den Mast.

»Also dann!«, bellte Olaf. »Denkt daran, lasst sie erst ihre Haken rüberwerfen. Wartet, bis sich die Schiffe berühren, bevor ihr anfangt, diese Neidinge abzuschlachten.« Er sah Valgerd und Agnar den Jäger an. »Das gilt natürlich nicht für euch beide. Wenn ihr ihre Zahl verringern könnt, bevor wir uns umarmen … nur zu.« Sie nickten und legten Pfeile auf ihre Sehnen, weil die *Fjord-Wolf* in höchstens zwanzig Herzschlägen in Reichweite selbst ihrer nassen Sehnen kommen würde.

»Heja, bereiten wir ihnen einen freundlichen Empfang!«, brüllte Bram, und alle traten an die Reling, um ihren Feinden Beleidigungen entgegenzuschleudern.

»Ich wünschte, Krähenlied wäre hier, um das mit anzusehen«, sagte Aslak.

»Mach dir keine Sorgen, Junge«, beruhigte ihn Olaf. »Wenn er die Geschichte erzählt, hat Randver vier Schiffe, und auf unserem steht Thór selbst und schwingt seinen riesigen Hammer.«

Er hatte die Worte kaum ausgesprochen, als Agnar und Valgerd ihre ersten Pfeile fliegen ließen und die Männer ihre Schilde hoben, um ein Bollwerk über dem Dollbord zu bilden.

Als die *Fjord-Wolf* gegen die *Reijnen* prallte, taumelten die Männer auf beiden Schiffen. Aber Svein hatte seinen muskulösen Arm um den Stevenkopf geschlungen, und als Randvers Schiff am Bug der *Reijnen* vorbeiglitt und an ihrer Steuerbordseite entlangschrammte, schwang er seine große Axt und schlug einem Mann den Kopf von den Schultern. Der Leichnam sank auf die Knie, und aus seinem Halsstumpf spritzte das Blut klafterhoch in die Luft. Randvers Mannschaft schleuderte ihre Enterhaken in die Planken der *Reijnen*. Die Männer auf deren Backbordseite rannten zu den anderen hinüber. Niemand durchtrennte die Taue. Bjarni streckte sogar eine Hand aus und schrie einem von Randvers Männern zu, ihm das Tau hinüberzuwerfen, was der Mann auch tat. Dann zogen sie beide daran, um die Schiffe zusammenzubringen.

Olaf ignorierte seinen eigenen Befehl, darauf zu warten, bis die beiden Schiffe sicher miteinander vertäut waren, bevor sie anfingen, ihre Feinde zu töten. Er schleuderte einen Speer hinüber, der in die Brust eines Mannes drang und ihn zwischen seine Schiffskameraden zurückwarf. Das war das Zeichen für den Beginn des allgemeinen Gemetzels. Agnar schoss einem Mann einen Pfeil ins Gesicht. Der Schaft drang in eine Wange ein und kam aus der anderen wieder heraus, während Valgerd einem bartlosen Jüngling einen Pfeil in den Arm schoss, als der ihn gerade hob, um seinen Speer zu schleudern.

Ubba brüllte Flüche und stieß mit seiner Langaxt gegen die Schilde der Feinde, und Asgot wirbelte wie ein Dämon mit seinem Speer, stach zu und zerfetzte Haut und Knochen. Sigurd roch bereits das frische Blut. Ein Schwert prallte von seinem Helm ab und landete auf seiner Schulter, während er seinen Speer in die Schulter des Mannes bohrte, dem daraufhin das Schwert aus der Hand und ins Meer zwischen die Schiffe fiel. Dann krachten die *Fjord-Wolf* und die *Reijnen* erneut zusammen, als Randvers Mannschaft die Taue befestigte. Es war ziemlich mutig von ihnen, Knoten zu schlingen, während Männer versuchten, sie zu töten.

In diesem Moment bestieg ein großer Kämpfer in einem Kettenhemd, an den Sigurd sich von ihrem vorigen Kampf erinnerte, auf das Dollbord und schwang seine langstielige Axt. Er traf Bjørns Schild, der zersplitterte. Sein nächster Schlag hätte Bjørn zweifellos getötet, wäre da nicht Kætil Kartr gewesen. Er rammte dem Hünen sein Schwert in den Oberschenkel. Der Mann brüllte wie ein Ochse. Aber seine Beine waren dick wie Bäume, und irgendwie gelang es ihm, das Gleichgewicht zu halten und erneut die Axt zu schwingen. Die Klinge trennte Kætils Schwertarm an der Schulter ab. Bjørn sprang vor und rammte dem Mann seinen Speer in den Wanst. Sigurd sah genau den Moment, in dem die Ringe zerbrachen und die Klinge sich in das Fleisch grub. Der Hüne krümmte sich, und mit einem weiteren kräftigen Stoß schleuderte Bjørn ihn in die *Fjord-Wolf* zurück. Randvers Männer brüllten wütend, als sie den Hünen fallen sahen.

Ein weiterer Krieger versuchte an Bord der *Reijnen* zu gelangen und hackte das Ende von Aslaks Speer ab, während er seinen Fuß auf das Dollbord stellte. Einen Herzschlag später lagen der Fuß und der größte Teil des Knöchels auf den Planken der *Reijnen*, durchtrennt von Flokis Faustaxt. Seinem Fuß nachzutrauern, hatte der Mann keine Gelegenheit, denn Floki spaltete mit dem nächsten Schlag seinen Schädel.

Sigurd war klar, was der Feind vorhatte. Wenn es Randvers Männern gelang, die *Reijnen* zu entern, würde ihre Überzahl diesen Kampf höchstwahrscheinlich schnell entscheiden. Sigurd hatte kaum genug Männer, einen Schildwall quer übers Deck zu bilden.

»Vidar steh mir bei!«, knurrte er. Dann trat er auf das Dollbord, brüllte wie ein Berserker und stieß mit seinem Speer wahllos auf die Männer vor sich. Zwei Schwerter hackten in seinen Schild und zersplitterten ihn in der

Mitte, also schüttelte er ihn vom Arm und zog seinen Sax aus der Scheide.

Dann sprang er. Sein Körpergewicht zusammen mit dem Brynja und den Waffen genügte, um eine Bresche in das Gewühl der Feinde zu schlagen. Dass er nicht im nächsten Moment ein toter Mann war, aufgeschlitzt, von Speeren durchbohrt, zerfetzt und zerhackt, grenzte an ein Wunder. Aber bevor er auch nur Anstalten machen konnte, sich umzusehen, wurde er von einem weiteren Krieger in einem Kettenpanzer und mit schwarzen Zöpfen nach vorn auf das Deck geschleudert. Floki hatte keinen Schild, sondern nur zwei Faustäxte, in jeder Hand eine, und diese Waffen wirbelten durch die Luft wie wild gewordene Rabenflügel, als er mit der einen Klinge parierte und mit der anderen Bäuche zerfetzte, Hälse aufschlitzte und Männer abschlachtete.

Randvers Leute hoben ihre Schilde und wichen vor ihm zurück. Das nutzten weitere Männer von der *Reijnen*, um ebenfalls herüberzukommen. Sigurd zückte Trollkitzler und stellte sich mit dem Rücken zu Floki. Er fing einen Schlag mit seiner Klinge ab und zog einem Mann den Sax über die Augen. Dann war Bram bei ihnen.

Immer mehr Männer der *Reijnen* sprangen auf das Deck der *Fjord-Wolf*, was ihre Feinde so sehr überraschte, dass sie instinktiv weiter zurückwichen. Sigurd wandte sich um und sah, wie Svein seine Axt schwang und mit seinen ausholenden Hieben einen freien Halbkreis schuf, in den andere Männer der *Reijnen* springen konnten. Randver stand auf dem Kielschwein des Schiffs, Schwert und Schild in Händen, und schrie seinen Männern zu, sie sollten endlich aufhören, sich wie Feiglinge aufzuführen und den Feind ins Meer werfen. Er hatte leicht reden, weil er nur zusah, wie andere Männer starben.

Ubba tötete einen breitschultrigen Krieger mit einem gut platzierten Stoß seiner Axt mitten ins Gesicht, woraufhin er sich plötzlich Skarth gegenüber sah, der bis jetzt seinen Jarl beschützt hatte. Ubba grinste und klopfte mit seiner Langaxt fast wie grüßend gegen Skarths Schild. Randvers Preiskämpfer warf seinen Schild zur Seite, weil ihm klar war, dass dieser Schild nicht sehr viele Schläge von einer langstieligen Axt aushalten würde, die ein Mann von Ubbas Größe schwang. Dann holte Ubba mit seiner Axt aus und schlug zu, aber Skarth wäre nicht Randvers Bugmann geworden, wenn er sich von einem plumpen Holzfällerschlag wie diesem hätte überrumpeln lassen. Er wich der Klinge aus, die sich in die Decksplanken grub. Dann hieb er sein großes Schwert mit der wellenförmigen Schneide auf den Schaft der Axt und durchtrennte ihn, ein beeindruckender Anblick. Er trat vor und schlug den Stiel beiseite, den Ubba wie einen Knüppel schwang. Der Kämpfer spuckte Skarth ins Gesicht, als der Preiskämpfer seine Klinge in seinen Nacken hackte. Das feuchte Klatschen hörte Sigurd selbst bei dem Kampflärm. Aber Ubbas Hals war kräftiger als der Schaft seiner Axt, sodass er wenigstens mit dem Kopf auf den Schultern starb.

»Sigurd!«, kreischte Runa in diesem Moment. Sigurd hob den Kopf und sah, dass einer von Randvers Leuten in die *Reijnen* gesprungen war. Vielleicht wollte er den Kampf dadurch beenden, indem er Runa als Geisel nahm. Aber es waren zu viele Krieger zwischen Sigurd und Runa, sodass er sie nicht mehr rechtzeitig erreichen würde.

»Valgerd!«, schrie Sigurd. Die Schildmaid blickte hoch, und ihr Blick folgte der Richtung, in die Sigurd mit seinem Sax deutete. Im selben Moment lief sie los, durchtrennte einem Krieger die Kniesehnen und stieß einen anderen zur Seite, bevor sie die Reling der *Fjord-Wolf* erreichte und ihren Speer schleuderte. Der Schaft flog so schnurgerade durch die Luft, wie das Senkblei eines Schiffsbauers in die Tiefe fällt, und bohrte sich in den Rücken von Randvers Mann. Der taumelte gegen Runa, die sich von ihm befreite und ihn auf das Deck fallen ließ. Dort zappelte er wie ein Fisch auf dem Trockenen.

»Sigurd!«, schrie jetzt Aslak.

Sigurd fuhr herum und hob gerade noch rechtzeitig sein Schwert, um den wilden Schlag eines pockennarbigen Kriegers mit gelblicher Haut zu parieren, der stank wie der Tod selbst. Sigurd trat vor und rammte dem Mann sein Langmesser in den Wanst. Er hielt es fest und benutzte den Mann als Schild, während er nach dem nächsten Gegner Ausschau hielt, den er töten konnte. Aslak stürzte nach einem Schlag zu Boden, der seinen Helm verbeulte, und Karsten bekam einen Speer in die Schulter, während ein anderer Mann ihm eine Faustaxt ins Bein hackte. Der Steuermann brüllte vor Wut und Schmerzt, aber sein Schrei verstummte, als ihn der Speer erneut traf.

Floki bewegte sich auf Deck wie der leibhaftige Tod. Er schien unantastbar, während er sein blutiges Handwerk ausübte und Randvers Mannschaft dezimierte. Neben ihm kämpften Olaf, Asgot und Bjarni Schulter an Schulter und drängten Randvers Krieger immer weiter zum Heck zurück, wohin sich auch der Jarl zurückgezogen hatte. Auf der anderen Seite machten Svein, Bram und Bjørn aus den letzten verbliebenen Männern in Brynjur Rabenfutter.

Valgerd war, nachdem sie Runas Angreifer erledigt hatte, an Bord der *Reijnen* geblieben. Von dort aus beschoss die Schildmaid Randvers Leute mit ihrem Bogen und spickte sie mit Pfeilen, da sie zu sehr damit beschäftigt waren, um ihr Leben zu kämpfen, um sich vor den Geschossen zu schützen.

»Überlass ihn mir!«, brüllte Olaf, als Agnar der Jäger mit seinen beiden Langmessern Skarth angriff. Es war Agnar gelungen, den Unterarm des Preiskämpfers zu treffen, doch dann landete Skarth einen Treffer und hackte ihm eine Hand ab. Bevor Agnar auch nur merkte, dass er sie verloren hatte, schlug Skarth ihm auch die andere Hand vom Arm. Agnar hob die beiden blutspritzenden Armstümpfe und starrte sie ungläubig an. Im selben Moment rammte Skarth ihm das Schwert in seinen offenen Mund und drehte die Klinge herum, sodass das Blut spritzte und die Zähne brachen.

»Bringt es zu Ende!«, schrie Sigurd. Männer schrien und brüllten, das Blut floss über die Decksplanken der *Fjord-Wolf* und bildete knöcheltiefe Lachen in der Bilge. Die Männer hackten und schlugen, bis sie ihre Arme kaum noch spürten, und trotzdem töteten sie ihre Feinde immer weiter, selbst als diese begriffen, dass sie dem Untergang geweiht waren und einige von ihnen ihre Schwerter wegwarfen.

»Jetzt zu dir, Randver!«, brüllte Sigurd und deutete mit seinem blutverschmierten Schwert auf den Jarl, der auf dem Achterdeck stand. Sigurds Männer begleiteten ihn wie eine Welle des Todes, die sich über das Deck seines Feindes ergoss. »Bist du bereit für mich, Randver? Du räudiger Hund von einem Neiding!«

Als Skarth seine Worte hörte und sah, dass der Kampf verloren war, trat er auf das Achterdeck neben seinen Herrn. Die beiden sahen hilflos zu, wie die letzten drei Hauskarls von Randver abgeschlachtet wurden. Sigurd drehte sich um und warf einen Blick über das Deck der *Fjord-Wolf*. Es war von Leichen übersät, sodass man unter den Gefallenen kaum noch die Eichenplanken sehen konnte.

Seine Männer standen erschöpft keuchend da. Ihre Oberkörper pumpten wie Blasebälge, Schweiß und Blut tropfte aus Bärten. Noch schienen sie nicht zu begreifen, dass es vorüber war.

Bram erwachte als Erster wieder zum Leben. Er zuckte mit seinen breiten Schultern und trat auf Skarth zu.

»Denk nicht mal dran!«, knurrte Olaf.

Sigurd wusste, dass es keinen Sinn hatte, zu versuchen, Olaf aufzuhalten. Skarth grinste, wenn man in diesem grausam verunstalteten Gesicht von einem Grinsen sprechen konnte, und schüttelte den Kopf, um sich Mut zu machen. Sein weißblonder Zopf peitschte um seinen von Schorf verkrusteten Schädel.

»Es wird mir ein Vergnügen sein, dich zu töten, Olaf«, sagte Skarth.

Als Antwort bekam er Olafs Klinge zu spüren. Skarth parierte Olafs ersten Hieb und wich geschickt zur Seite. Dann umkreisten sie sich wie zwei große Wölfe, wobei jeder nach einer Blöße in der Deckung des Gegners suchte.

Olaf verlor als Erster die Geduld. Er wehrte Skarths nächsten Schlag mit dem stärksten Teil seines Schwertes ab, dicht am Griff, schob das gegnerische Schwert hoch und trat vor. Dann stieß er seinen Helm in Skarths Gesicht. Der trat einen Schritt zurück und schlug mit seiner Klinge nach unten, aber Olaf parierte den Schlag erneut, diesmal jedoch, indem er das Schwert weiter zur Seite schlug. Im nächsten Moment hieb er seine Faust gegen Skarths Kiefer. Der Schlag hätte einen Bullen betäubt. Aber Skarth taumelte nur ein wenig, hob sein Schwert, um den nächsten Hieb zu parieren, der, wie er glaubte, kommen würde. Aber Olaf trat nur mit geballter Faust vor und schlug seinem Widersacher erneut ins Gesicht. Sigurd hörte das Knacken des Kieferknochens. Es klang wie das Knallen eines Holzscheits im Herdfeuer.

Skarth sank auf ein Knie, und Olaf sah auf den Mann hinunter. Er schüttelte den Kopf, als wäre er enttäuscht. Dann schwang er sein Schwert und trennte Skarth mit einem grauenvollen Hieb den hässlichen Kopf von den Schultern.

»So sieht der Mann gleich viel besser aus«, sagte Svein grinsend. Er stand da und hatte einen Arm auf seine Langaxt gestützt.

Jarl Randver blickte nach Südwesten, als hoffte er, dass sein Sohn aus heiterem Himmel mit Schiffen voller Männer auftauchen würde. Aber da draußen waren nur Ráns weißhaarige Töchter zu sehen, die über das sturmgepeitschte Meer liefen. Sigurd erwartete fast, dass der Jarl über Bord springen würde, statt um sein Leben zu betteln. Aber Randver war trotz allem ein Jarl, selbst wenn keiner seiner Herdkarls mehr bei ihm war, um ihn zu beschützen. Er hatte sich seinen Halsring nicht ganz umsonst verdient.

»Ich warte auf dich in der Halle des Allvaters, Sigurd Haraldarson!«, rief er, warf seinen Schild über Bord, hob sein Schwert und trat vor. Sigurd wich den ersten drei Schlägen aus, fing dann den vierten mit seiner Klinge ab und bohrte dem Jarl dann seinen Sax in den Hals. Er riss ihn zur Seite und zerfetzte dem Mann Kehle und Luftröhre, sodass seine weißen Knochen leuchteten.

»Aber zuerst wirst du deine Söhne dort sehen«, zischte Sigurd ihm ins Ohr, ließ seine Klingen fallen und packte den Jarl an seinem Schwertgurt. Im nächsten Moment war Svein neben ihm, und gemeinsam hoben sie den Jarl, dessen Augen aus ihren Höhlen traten, während er versuchte Dinge zu sagen, die er nicht mehr aussprechen konnte, und warfen ihn über die Seite der *Fjord-Wolf*. Dann beugten sie sich über das Dollbord und sahen zu, wie das prachtvolle Brynja Randver in die dunklen Tiefen zog und die Wellen über ihm zusammenschlugen, als hätte er nie existiert.

Olaf trat neben sie, und sie blickten lange auf das graue Meer hinaus, während die Möwen über ihren Köpfen kreischten, wie sie es tun, wenn man Fischinnereien über Bord wirft.

Als Sigurd sich wieder umdrehte, sah er Runa, die zwischen all den Leichen stand und ihn anstarrte. Ihr offenes blondes Haar fiel ihr über Schultern, und ihr Gesicht war so weiß wie Neuschnee.

»Wir sollten verschwinden, Sigurd«, sagte Aslak und wischte sich mit dem Arm Blut aus dem Gesicht. Floki reinigte bereits seine Faustäxte. Asgot lehnte an der Seite des Schiffes und hechelte wie ein Hund. Bjarni und Bjørn durchwühlten die Toten nach Beute. Bram und Valgerd hatten sich hingehockt und beobachteten Sigurd.

»Wir müssen das Schiff losbinden, falls die anderen Schiffe des Jarls zurückkommen …«, versuchte Aslak es noch einmal.

Sigurd nickte, rührte sich aber nicht. Er blickte in den Himmel und erwartete fast, einen Raben zu erblicken, einen von Óðins Vögeln vielleicht. Als Zeichen, dass der Speergott anwesend war, dass er beobachtet hatte, was sich hier gerade ereignet hatte.

Aber am Himmel war nichts zu sehen als dunkle Wolken und kreisende Möwen.

»Das war es dann wohl«, erklärte Olaf.

Sigurd sah ihn an und nickte. Dann trat er wieder an die Seite des Schiffes und blickte nach Westen, denn dort im Westen lag Avaldsnes.

Die Heimat eines Königs.

GLOSSAR

Asgard – Heim der Asen
Aurar – Silberwährung (Sing.: Eyrir)
Berserker – Krieger, der im Blutrausch wie zehn Männer
kämpft
Bifrøst – Regenbogenbrücke, die die Welt der Götter
und Menschen miteinander verbindet
Bilskírnir – »Blitzschlag«; Thórs Halle
Blutadler oder Blutaar – Folter und Hinrichtungs-
methode, möglicherweise ein rituelles Menschenopfer
an Óðin
Brynja – Kettenhemd (Pl.: Brynjur)
Draugr – Lebender Toter, der seinem Grabhügel entstie-
gen ist
Erlenmann – Geist oder Elf des Waldes
Fáfnir – »Umschlinger«, Drache, der einen gewaltigen
Schatz bewacht
Fenrir – Wolf, der bei Ragnarøk befreit wird und Óðin
verschlingt
Fimbulvetr – Der »tödliche Winter«, der den Anfang
von Ragnarøk ankündigt
Forskarlar – Die Geister des Wasserfalls
Galdr – Anrufung, Zauber, Bann
Gjallarhorn – Horn, mit dem Heimdall den Beginn von
Ragnarøk verkündet

Gleipnir – Von Zwergen geschmiedete Kette, die Fenrir bindet

Godi – Priester, Seher; ein Amt von beträchtlichem gesellschaftlichen und sozialen Einfluss

Gungnir – Mächtiger, runenbedeckter Speer Óðins

Hacksilber – Zahlungsmittel; Bruchstücke von Silbermünzen und Schmuck

Haugbui – Lebender Toter, der jedoch anders als ein Draugr in seinem Grabhügel weiterlebt

Haugr – Grabhügel

Haustblót-Fest – Erntefest (»Haustblót«: Erntesegen)

Helheim – Mythologischer Ort weit im Norden, wo die unehrenhaften Toten hausen

Hildisvíni – Der »Kriegseber«, auf dem Freyja in die Schlacht reitet

Herdkarls – Die Schar von Kriegern, die einem König, Jarl oder Häuptling folgt

Hólmgang – Duell, um Meinungsverschiedenheiten aus der Welt zu schaffen

Hrafnasueltir – »Der die Raben hungern lässt«; Rabenquäler; Feigling

Hugin und **Munin** – »Gedanke« und »Gedächtnis«, Óðins Raben

Huglausi – Ein Feigling

Hauskarls oder **Herdkarls** – Gefolgsleute

Jarl – Titel der wichtigsten und einflussreichsten Männer nach dem König

Jul-Fest – Fest zur Wintersonnenwende

Jørmungand – Die Midgard-Schlange, die die Welt umspannt und ihren eigenen Schwanz gepackt hält; lässt sie ihn los, endet die Welt

Karl – Freier Mann, meist Bauer oder Landbesitzer

Karvi – Schiff mit 13 bis 16 Ruderpaaren (Riemen)

Knørr – Frachtschiff; breiter und kürzer und mit mehr Tiefgang als ein Langschiff

Kyrtill – Lange Tunika oder Umhang

Meyla – Kleines Mädchen

Mímirs Brunnen – der Brunnen der Weisheit; um daraus trinken zu dürfen, opferte Óðin ein Auge

Mjöllnir – Thors zaubermächtiger Hammer

Mundr – Brautpreis, Aussteuer

Naust – Bootshaus, für gewöhnlich mit einer Seite zum Meer errichtet und einer Rampe, um die Boote zu Wasser zu lassen

Nestbaggin – Proviantbeutel

Nídhøgg – Drache, der unaufhörlich an den Wurzeln von Yggdrasil frisst

Niflheim – Kalte, dunkle und neblige Totenwelt, in der die Göttin Hel herrscht

Neiding – Ehrloser Mensch, Feigling

Nornen – Die drei Frauen, die den Lebensfaden der Menschen spinnen bzw. den Teppich ihrer Lebensgeschichte weben und so über ihr Schicksal entscheiden; ihre Namen lauten: Urd (Schicksal), Verdandi (das Werdende) und Skuld (Schuld; das, was sein soll)

Ragnarøk – Die letzte Schlacht, in der alle Götter untergehen – bis auf Vidar, der Rachegott

Ratatøsk – Eichhörnchen, das Botschaften und Verleumdungen zwischen dem namenlosen Adler in der Krone von Yggdrasil (zwischen dessen Augen der Habicht Vedrfølnir sitzt) und dem Drachen Nídhögg zwischen den Wurzeln des Weltenbaums überbringt

Rast – Abstand, den man, ohne anzuhalten, zwischen zwei Pausen zu Fuß zurücklegen kann; zur damaligen Zeit etwa 9 Kilometer

Sæhrímnir – Eber, der jede Nacht aufs Neue in Walhall gekocht und verzehrt wird

Scramasax oder Sax – Ein großes Langmesser mit einschneidiger Klinge

Seiðr – Zauberei und Magie; wird oft mit Óðin oder Freyja assoziiert

Skalde Poet, häufig im Dienst von Jarls oder Königen

Skjaldborg – Schildwall

Svinfylkja – »Schweinekopf«; keilförmige Kampfformation

Tafl – Strategiespiel auf einem schachbrettähnlichen Spielfeld

Taufr – Hexerei

Thrall – männliche und weibliche Sklaven oder Leibeigene

Walhall – Óðins Halle, in der die ehrenhaft Gefallenen begrüßt und bewirtet werden

Valknuter – Symbol aus drei ineinander verschlungenen Dreiecken, die das Nachleben und Óðin repräsentieren

Walküren – Die Schlachtenjungfern, Schildmaiden oder Todesengel; sie erwählen und tragen die Gefallenen vom Schlachtfeld, die würdig sind, nach Walhall zu kommen

Varðlokur – Monoton sich wiederholender, rhythmischer Singsang einer Vølva, um in einen tranceähnlichen Zustand zu gelangen

Vølva – Schamanin, Seherin; praktiziert Seiðr

Wyrd – Von den Nornen gesponnener Faden des Schicksals, der auch die persönliche Bestimmung festlegt

Yggdrasil – Die Weltesche; Baum des Lebens

Die Nordischen Götter

Asen – Göttergeschlecht; gemeint sind meist die Götter, die für Krieg, Tod und Macht stehen

Baldur – Der Schöne, Sohn Óðins

Frey – Gott der Fruchtbarkeit, der Ehe und des Wachstums

Freyja – Göttin der Liebe und der Magie (Seiðr)

Frigg – Óðins Gemahlin

Heimdall – Wächtergott der Götter; hält auf Bifrøst Wache

Hel – Göttin der Unterwelt und des Heims der Toten, vor allem jener Toten, die an Krankheit oder hohem Alter gestorben sind

Loki – Der Unruhestifter, Übeltäter, Vater der Lügen, Luftikus

Njørd – Herr des Meeres, Gott von Wind und Flammen

Óðin – Allvater, Herr der Asen, Gott der Krieger und des Krieges, der Weisheit und der Poesie

Rán – Göttin der Wellen und der Tiefe

Thór – Óðins Sohn, Bezwinger der Giganten und Donnergott

Týr – Herr der Schlachten

Váli – Óðins Sohn; wurde nur zu dem Zweck geboren, um Höðr als Rache für dessen unabsichtlichen (und durch Loki herbeigeführten) Totschlag an seinem Halbbruder Baldur zu töten

Wanen – Geschlecht von Fruchtbarkeitsgöttern: Njørd, Frey und Freyja, die alle in Wanenheim leben

Vidar – Rachegott, der als Einziger Ragnarøk überleben

wird und seinen Vater Óðin rächt, indem er den Wolf
Fenrir tötet

Völund – Gott der Schmiedekunst, des Handwerks und
der Erfahrung

DANKSAGUNGEN

Mein herzlicher Dank gilt folgenden Menschen:

Bill Hamilton für seinen klugen Rat und dafür, dass er mich an den Riffs vorbeimanövriert hat, an denen ich sonst zweifellos zerschellt wäre. Simon Taylor, der niemals daran gezweifelt hat (jedenfalls nicht offen), dass ich diese Geschichte würde erzählen und auch rechtzeitig abliefern können, und für seinen scharfen Lektorblick. Elizabeth Masters, deren wikingerhafte Initiative und Energie dafür gesorgt haben, dass diese Geschichte ihre Schwingen ausbreitete. Dank an Steve Mulcahey, für das Cover. Dank an Phil Stevens, der mit mir ein Wikingerschiff gerudert hat und Geschichten beim Met erzählte. Danke Conn Iggulden. Er las eine frühe Version meines Manuskripts und schickte mir Kurznachrichten mit Sätzen, die ihm besonders gut gefielen, und der, obwohl es den früheren Lehrer in ihm geschmerzt haben muss, nur ab und zu einen Fehler erwähnte. Meinen Freunden bei Historical Writers' Association danke ich für ihre Großzügigkeit und für die Organisation einiger großartiger »Büro«-Partys. Und ich möchte auch dir danken, weitgereister Leser, dafür, dass du mit mir auf dieses Abenteuer gegangen bist, und für deinen unerbittlichen Wikinger-Geist. Wir sind schon eine tolle Mannschaft!

Robert Low

Die Königskriege

»Wie kein zweiter lässt Robert Low dich das Mittelalter spüren –
unglaublich intensiv und packend!« *Harry Sidebottom*

978-3-453-41244-6

Der Löwe erwacht
978-3-453-41168-5

Krone und Blut
978-3-453-41181-4

Die letzte Schlacht
978-3-453-41244-6